JUDE DEVERAUX
Mehr als nur Träume

Aus dem Amerikanischen von Bodo Baumann

BASTEI-LÜBBE-TASCHENBUCH
Band 11655

1. Auflage 1991
2. Auflage 1992
3. Auflage 1993
4. Auflage 1994
5. Auflage 1996

Deutsche Erstveröffentlichung
Titel der amerikanischen Originalausgabe:
A Knight in Shining Armor
Copyright © 1989 by Deveraux Inc.
Copyright © 1991 für die deutsche Übersetzung by
Gustav Lübbe Verlag GmbH, Bergisch Gladbach
Printed in Germany
Einbandgestaltung: Adolf Bachmann
Titelfoto: Elaine Duillo/Schlück
Satz, Druck und Bindung: Ebner Ulm
ISBN 3-404-11655-0

Der Preis dieses Bandes versteht sich einschließlich
der gesetzlichen Mehrwertsteuer.

Ich widme dieses Buch voller Liebe meinem Verleger und, was mir noch mehr am Herzen liegt, meiner Freundin Linda Marrow

Prolog

England,

1564

Nicholas versuchte sich auf den Brief an seine Mutter zu konzentrieren – einen Brief, der vermutlich das wichtigste Dokument darstellen würde, das er jemals verfaßt hatte. Alles hing von diesem Brief ab: seine Ehre, sein Besitz, die Zukunft seiner Familie – und sein Leben.

Doch als er schrieb, drang dieses Weinen an sein Ohr. Ein leises Schluchzen zunächst, das dann lauter wurde. Das Weinen einer Frau, das nicht nur Schmerz oder Kummer verriet, sondern ein noch viel tiefer sitzendes Leid.

Er wandte sich wieder seinem Brief zu, vermochte sich aber nicht mehr genügend zu sammeln. Diese Frau war in Nöten. Aber er wußte nicht, wie ihr zu helfen war. Brauchte sie Trost? Oder Beistand?

Nein, dachte er bei sich, sie braucht Hoffnung. Dieses Weinen hörte sich nach einem Menschen an, der keine Hoffnung mehr hatte.

Nicholas blickte auf seinen Brief hinunter. Die Probleme jener Frau waren nicht die seinen. Wenn er diesen Brief nicht rasch beendete und ihn dem wartenden Boten übergab, würde sein eigenes Leben ohne Hoffnung sein.

Er schrieb wieder zwei Zeilen und hielt dann abermals inne. Das Weinen wurde heftiger. Es schien nicht an Lautstärke, sondern an Volumen zuzunehmen, bis es den ganzen Raum ausfüllte.

»Lady«, flüsterte er, »laßt mich in Frieden. Ich würde mein

Leben hingeben, um Euch zu helfen; aber mein Leben ist bereits verpfändet.«

Er nahm die Feder auf und schrieb, sich mit einer Hand ein Ohr zuhaltend, bemüht, die Nöte der Frau von sich abzuwehren.

I

England,

1988

Dougless Montgomery saß im Fond des Wagens; Robert und seine pummelige dreizehn Jahre alte Tochter Gloria nahmen die Vordersitze ein. Wie üblich futterte Gloria unentwegt. Dougless bewegte ihre schlanken Beine, um sich ein wenig mehr Platz inmitten Glorias umfangreichen Gepäcks zu verschaffen. Sechs große, teure, zu einer Kollektion gehörende Koffer, die Glorias Habseligkeiten enthielten, hatten nicht in den Gepäckraum des Mietwagens hineingepaßt und waren deshalb neben Dougless auf dem Rücksitz gestapelt.

»Daddy«, wimmerte Gloria wie ein vierjähriges invalides Kind; »sie zerkratzt mir die hübschen Koffer, die du mir gekauft hast.«

Dougless ballte die Hände zu Fäusten, daß sich die Fingernägel in die Handteller bohrten. *Sie.* Man gönnte ihr nie einen Namen. Es hieß immer nur *sie.*

Robert blickte über die Schulter zu Dougless zurück, deren kastanienbraunes Haar gerade noch sichtbar war. »Du könntest ja wirklich etwas mehr Rücksicht auf ihr Gepäck nehmen, denke ich.«

»Ich habe nichts zerkratzt, okay? Ich sitze hier nur sehr unbequem. Da ist kaum Platz neben den Koffern.«

Robert seufzte schwer. »Dougless, mußt du dich denn dauernd beschweren? Kannst du nicht wenigstens einmal im Urlaub friedlich sein?«

Dougless schluckte ihren Ärger hinunter und strich sich über den Magen. Er tat wieder weh. Sie wagte nicht, Robert darum zu bitten, anzuhalten, damit sie eine Librax nehmen konnte, um ihre Magenbeschwerden zu lindern. Sie blickte hoch und bemerkte Glorias hämisches Grinsen im Schminkspiegel der Sonnenblende. Dougless sah aus dem Seitenfenster und versuchte sich auf die Schönheit der englischen Landschaft zu konzentrieren.

Grüne Felder zogen vorbei, alte Steinmauern, Kühe und noch mehr Kühe, malerische kleine Häuser, prächtige Landsitze und . . . und Gloria, dachte sie bei sich. Überall Gloria. Robert pflegte immer nur zu sagen: »Sie ist doch noch ein Kind, und ihr Daddy hat sie verlassen. Zeige ihr wenigstens ein bißchen Mitgefühl. Sie ist wirklich ein süßes Ding.«

Ein süßes Kind. Mit dreizehn trug Gloria mehr Make-up auf dem Gesicht als Dougless mit ihren sechsundzwanzig Jahren – und sie verbrachte Stunden im Hotel-Badezimmer, um sich zu schminken. Gloria saß auf dem Beifahrersitz. (»Sie ist doch nur ein Kind, und es ist ihre erste Englandreise.«) Dougless sollte die Straßenkarte lesen und auf die Wegweiser achten; aber daß ihr Glorias Kopf die Sicht versperrte, schien nicht wichtig zu sein.

Dougless versuchte sich auf die Landschaft vor dem Seitenfenster zu konzentrieren. Robert meinte, Dougless wäre auf Gloria eifersüchtig, wollte ihn nicht mit einem anderen Menschen teilen; aber wenn sie nur etwas gelassener reagieren würde, könnten sie doch eine sehr glückliche Familie sein. (»Eine zweite Familie für ein kleines Mädchen, das so viel verloren hatte.«)

Dougless hatte versucht, Gloria zu mögen. In dem Jahr, das sie nun mit Robert zusammenlebte, hatte sie Gloria zum Einkaufen mitgenommen und mehr Geld für sie ausgegeben, als sie sich das mit ihrem bescheidenen Einkommen als Volksschullehrerin eigentlich leisten konnte. Abend für

Abend war Dougless in Roberts Haus bei Gloria geblieben, während Robert Cocktail-Parties und Diners besuchte. (»Es wird Zeit, daß ihr beiden Mädchen euch besser kennenlernt.«)

Zuweilen glaubte Dougless sogar, daß Roberts Rechnung aufgehen könne; denn wenn sie mit Gloria allein war, wurde deren Umgangston herzlich, wenn nicht sogar freundschaftlich. Aber sobald Robert auf der Bildfläche erschien, verwandelte sich Gloria in einen jammernden, verlogenen Fratz. Sie setzte sich auf Roberts Schoß – ein wimmerndes, hundertfünfundfünfzig Zentimeter langes Hundertundvierzig-Pfund-Gewicht – und plärrte, *sie* wäre gemein gewesen. Anfangs hatte Dougless Glorias Anschuldigungen zurückgewiesen, hatte sich mit dem Hinweis verteidigt, sie liebte Kinder, was schon die Tatsache belegte, daß sie Volksschullehrerin geworden war; denn des Geldes wegen hätte sie diesen Beruf sicherlich *nicht* ergriffen. Aber Robert glaubte immer nur Gloria. Robert sagte, Gloria wäre ein unschuldiges Kind und nicht zu diesen Gemeinheiten fähig, die Dougless dem armen Kind unterstellen wollte. Er sagte, er könne nicht verstehen, daß ein erwachsener Mensch wie Dougless seine Wut an so einem kleinen Kind auslassen mochte.

Wenn Robert ihr diese Vorhaltungen machte, schwankte Dougless zwischen Empörung und schlechtem Gewissen. Ihre Klasse verehrte sie; aber Gloria schien sie zu hassen. *War* sie, Dougless, tatsächlich eifersüchtig auf das Mädchen? Ließ sie dieses Kind unwissentlich spüren, daß sie Robert nicht mit seiner eigenen Tochter teilen wollte? Jedesmal, wenn Dougless' Gedanken diese Wendung nahmen, schwor sie sich, ihre Anstrengungen zu verdoppeln, um Glorias Sympathie zu gewinnen, was in der Regel darauf hinauslief, daß sie losfuhr und ein teures Geschenk für Gloria kaufte.

Die andere sie beherrschende Emotion war der Zorn. Konnte Robert nicht einmal – ein *einziges* Mal nur – ihre

Partei ergreifen? Konnte er nicht wenigstens versuchen, Gloria klarzumachen, daß Dougless' Wohlbefinden wichtiger sei als die verdammten Koffer seiner Tochter? Oder vielleicht Gloria darauf hinweisen, daß Dougless einen Namen besaß und nicht immer mit *sie* oder *die* apostrophiert werden wollte? Aber bisher schien Robert nicht einmal die Möglichkeit einer Parteinahme für Dougless in Betracht gezogen zu haben.

Und Dougless wagte nicht, Robert zu verärgern. Wenn sie ihn verärgerte, würde sie nicht von ihm bekommen, wonach es sie so sehr verlangte – nach einem Heiratsantrag.

Denn Dougless wünschte sich nichts sehnlicher im Leben, als verheiratet zu sein. Sie hatte nie diesen brennenden Ehrgeiz ihrer älteren Schwestern besessen. Sie wollte nur ein behagliches Heim, einen Ehemann und ein paar Kinder haben. Vielleicht würde sie eines Tages Kinderbücher schreiben; aber sie hatte nicht unbedingt vor, in ihrem Beruf Karriere zu machen.

Achtzehn Monate ihres Lebens hatte sie in Robert investiert, und er war ein so ideales Ehemann-Material: groß, gutaussehend, gut gekleidet, ein exzellenter orthopädischer Chirurg. Er war ordentlich, hängte stets seine Kleider weg, jagte nicht den Frauen nach, kam stets zu der Zeit nach Hause, zu der er sich angekündigt hatte. Er war zuverlässig, vertrauenswürdig, treu – und er brauchte sie so sehr.

Robert hatte als Kind nicht viel Liebe erfahren, und er versicherte ihr, daß ihr weiches, großzügiges Herz das wäre, wonach er sein ganzes Leben hindurch gesucht habe. Seine erste Frau, von der er sich vor mehr als vier Jahren hatte scheiden lassen, war ein kalter Fisch gewesen, eine zur Liebe unfähige Frau. Sie sagte, daß er sich eine »dauerhafte Beziehung« mit Dougless wünsche – worunter sie eine Ehe verstand; doch zuerst wollte er wissen, wie gut sie beide »harmonierten«. Schließlich hatte er in seiner Ehe bitter leiden müssen. Mit anderen Worten: Er wollte zunächst ohne Trauschein mit ihr zusammenleben.

Also war Dougless in sein großes, schönes, teures Haus gezogen und hatte alles getan, was in ihren Kräften stand, um Robert zu beweisen, daß sie so warmherzig, großzügig und liebevoll sei, wie seine Mutter und seine erste Frau gefühllos und kalt gewesen waren.

Abgesehen von ihrem problematischen Verhältnis zu Gloria, war das Leben mit Robert großartig. Er war ein sehr aktiver Mann, und sie gingen zusammen zum Tanzen, unternahmen viele Fuß- und Radwanderungen, empfingen oft Gäste und gingen ebenso häufig zu Parties.

Robert war so viel besser als die anderen Männer, mit denen Dougless sich bisher getroffen hatte, daß sie ihm seine kleinen Marotten nachsah, die zumeist mit Geld zu tun hatten. Wenn sie zusammen zum Einkaufen gingen, »vergaß« er regelmäßig, sein Scheckheft mitzunehmen. Am Kartenschalter im Theater oder wenn der Ober in einem Restaurant die Rechnung brachte, stellte er fest, daß er seine Geldbörse zu Haus gelassen hatte. Wenn Dougless sich beschwerte, pflegte er sie auf das neue Zeitalter der Gleichberechtigung hinzuweisen, und daß sich die meisten Frauen förmlich danach drängten, die Hälfte der Kosten zu übernehmen. Dann küßte er sie zärtlich und brachte sie in irgendein teures Lokal zum Essen – wo er dann die Rechnung bezahlte.

Dougless wußte, daß sie mit diesen kleinen Unarten wie Roberts Pfennigfuchserei leben konnte; aber Gloria brachte sie fast zur Verzweiflung. Für Robert war diese pummelige, schlecht erzogene, verlogene Göre die Perfektion auf Erden, und weil Dougless seinen Standpunkt nicht teilen wollte, begann Robert Dougless als Feind zu betrachten. Wenn sie zu dritt etwas unternahmen, waren Robert und Gloria stets Verbündete, die Partei gegen Dougless ergriffen.

In diesem Moment bot Gloria im Beifahrersitz ihrem Vater eine Praline aus der Schachtel an, die sie auf ihrem Schoß hielt. Keiner der beiden kam auch nur auf den Gedanken, Dougless ebenfalls etwas anzubieten.

Sie blickte aus dem Fenster und knirschte mit den Zähnen. Vielleicht war es die Kombination von Gloria und Geld, die sie so wütend machte. Vielleicht färbte ihre Verstimmung über Geldsachen auf ihr Verhältnis zu Gloria ab.

In der ersten Zeit, als sie sich kennenlernten, hatten sie stundenlang von ihren Träumen geredet und auch oft über eine Reise nach England gesprochen. Als Kind war sie häufig mit ihrer Familie in England gewesen; aber inzwischen lag ihr letzter Besuch in diesem Land schon Jahre zurück. Als sie im September des letzten Jahres in Roberts Haus gezogen war, hatte Robert zu ihr gesagt: »Laß uns heute in einem Jahr in England Urlaub machen. Bis dahin werden wir es wissen.« Er hatte sich nicht weiter darüber ausgelassen, was sie »wissen« würden; aber für Dougless war nicht zweifelhaft gewesen, was er meinte. Bis dahin würden sie wissen, ob sie füreinander ehetauglich waren.

Ein ganzes Jahr lang hatte Dougless an der Planung dieser Reise gearbeitet. Sie hatte Zimmer an den romantischsten Plätzen, in den exklusivsten und teuersten kleinen Hotels bestellt. Robert hatte augenzwinkernd zu ihr gesagt: »Spare für *diese* Reise keine Kosten.« Sie hatte sich Broschüren kommen lassen, Reiseführer gekauft und so viel gelesen und recherchiert, bis sie die Namen der Städte und Dörfer von halb England auswendig kannte. Robert hatte gesagt, daß er sich eine Bildungsreise wünschte, und so hatte sie eine Liste von vielen Sehenswürdigkeiten in der Nähe ihrer reizenden kleinen Hotels aufgestellt – was nicht schwierig war, da Großbritannien ja gewissermaßen ein Disneyland für Geschichtsliebhaber war.

Drei Monate vor dem Termin ihrer Abreise hatte Robert dann angefangen, ihr anzudeuten, daß er eine sehr, sehr bedeutungsvolle Überraschung für sie auf dieser Reise bereithielte, die sie mit großer Freude erfüllen würde. Dougless hatte noch härter an ihren Reiseplänen gearbeitet. Sie hoffte, daß er ihr auf dieser Reise einen Heiratsantrag machen würde. Drei Wochen vor der Abreise prüfte sie Roberts Haushaltskonto und sah dort einen Scheck über fünftausend Dollar an ein Juweliergeschäft auf der Ausgabenseite eingetragen.

»Ein Verlobungsring«, hatte sie mit Tränen in den Augen geflüstert. Das er so viel gekostet hatte, war für sie ein Beweis, daß Robert bei all seiner Pfennigfuchserei in kleinen Dingen finanziell großzügig war, wenn es sich um eine wirklich bedeutende Sache handelte.

Drei Wochen lang ging sie wie auf Wolken. Sie kochte Robert herrliche Mahlzeiten, war besonders aktiv im Schlafzimmer und tat überhaupt alles, womit sie ihm ihrer Meinung nach eine Freude machen konnte. Es hatte sie keineswegs bekümmert, als er sich bitter darüber beklagte, daß seine Hemden nicht ordentlich gebügelt waren. Nach der Hochzeit würde sie seine Hemden in die Wäscherei schicken.

Zwei Tage vor ihrer Abreise hatte Robert ihren Ballon ein klein wenig angestochen – nicht kräftig genug, daß er platzte, aber immerhin so, daß er schrumpfte. Er hatte sie gebeten, ihm die Rechnungen für die Reise vorzulegen: die Flugscheine, die Reservierungen, kurzum alles. Er hatte dann die Summen addiert und ihr den Streifen aus der Rechenmaschine überreicht.

»Das ist deine Hälfte.«

»Meine?« hatte sie blöde gefragt.

»Ich weiß, welche Bedeutung ihr Frauen heutzutage der Tatsache zumeßt, daß ihr euch selbst unterhalten könnt. Ich möchte mir nicht den Vorwurf gefallen lassen, daß ich ein chauvinistischer Männlichkeitsfanatiker bin«, hatte er mit einem Lächeln gesagt.

»Nein, nein, natürlich nicht«, hatte Dougless gemurmelt. »Es ist nur so, daß ich kein Geld habe.«

»Wahrhaftig, Dougless! Gibst du denn *alles* aus, was du verdienst? Du solltest wirklich lernen, mit deinem Geld hauszuhalten.« Seine Stimme wurde leiser. »Deine Familie ist doch vermögend.«

Dougless' Magen hatte zu rebellieren begonnen. Vor einem halben Jahr hatte ein Arzt ihr gesagt, daß sie es offenbar darauf anlegte, ein Magengeschwür heranzuzüchten, und hatte ihr Librax verschrieben. Sie hatte Robert schon hunderte Male den Standpunkt ihrer Familie erklärt. Ja, ihre Familie war vermögend – hatte massenhaft Geld –; aber ihr Vater verfocht das Prinzip, daß seine Töchter sich selbst ernähren sollten. Dougless mußte auf eigenen Beinen stehen, bis sie fünfunddreißig war, und erst dann würde sie erben. Falls ein Notfall eintrat, wußte sie, daß ihr Vater ihr helfen würde; aber eine Vergnügungsreise nach England konnte man schwerlich als Notfall bezeichnen.

»Nun hör mal, Dougless«, hatte Robert im neckischen Ton gesagt, »ich höre doch ständig, was für ein Musterbeispiel von Liebe und Fürsorge deine Familie ist. Kann sie dir denn jetzt nicht helfen?« Ehe sie etwas erwidern konnte, hatte er das Thema gewechselt. Er hatte ihre Hand an seine Lippen geführt. »Ah, Baby, versuche, das Geld aufzutreiben. Ich wünsche mir so sehr, daß du mitkommst. Ich habe eine so wichtige Überraschung für dich.«

Letztendlich konnte es Dougless dann nicht über sich bringen, ihren Vater um Geld zu bitten. Es wäre ihm gegenüber ein Eingeständnis ihrer Niederlage gewesen. Sie hatte einen Vetter in Colorado angerufen und ihn um eine Anleihe gebeten. Er hatte ihrer Bitte sofort entsprochen – ohne Zinsen –; und sie hatte nur seinen Vortrag über sich ergehen lassen müssen: »Er ist Chirurg, und du bist eine unterbezahlte Lehrerin; ihr lebt nun schon ein Jahr zusammen, und er will, daß du die Hälfte der Kosten für so eine teure Reise übernimmst?« Sie hätte ihm gern erklärt, daß sie sich einen Heiratsantrag davon erhoffte; aber das hätte wohl zu viktorianisch geklungen. »Schick mir nur das Geld, okay?« hatte sie knapp erwidert.

In den letzten Tagen vor ihrer Abreise hatte sich Dougless gesagt, daß es nur fair sei, wenn sie für ihren Teil der Kosten aufkam. Robert hatte recht: dies *war* das Zeitalter der Frauenbefreiung. Statt ihr Millionen in den Schoß zu werfen, ehe sie damit umgehen konnte, brachte ihr Vater ihr bei, auf eigenen Füßen zu stehen, und Robert blies nur in das gleiche Horn. Sie sagte sich, daß es ihre eigene Dummheit war, wenn sie nicht sofort begriffen hatte, daß sie ihren Anteil an der Reise selbst bezahlen sollte.

Sie hatte ihre gute Laune größtenteils zurückgewonnen, und als sie dann die drei Lederkoffer von Robert packte und ihren eigenen alten Koffer, freute sie sich schon wieder auf die Reise. Sie füllte ihre Reisetasche mit den notwendigen Toilettenartikeln und mit Reiseführern.

Auf der Fahrt im Taxi zum Flughafen war Robert besonders nett zu ihr gewesen. Er hatte ihr einen Knutschflecken auf den Hals gemacht und sie hatte ihn verlegen von sich weggeschoben, als sie merkte, daß der Fahrer sie im Rückspiegel beobachtete.

»Hast du schon erraten, was für eine Überraschung dich erwartet?« hatte Robert gefragt.

»Du hast in der Lotterie gewonnen.«

»Noch besser als das.«

»Du hast uns ein Schloß gekauft, und wir werden dort bis zu unserem Lebensende als Lord und Lady wohnen.«

»*Viel* besser als das«, hatte er geantwortet. »Hast du eine Vorstellung, was der Unterhalt dieser Schlösser kostet? Ich wette, du kannst so etwas Gutes wie diese Überraschung auch nicht annähernd erraten.«

Dougless hatte ihn liebevoll angesehen. Sie wußte genau, wie ihr Hochzeitskleid aussehen würde. Würden ihre Kinder Roberts blaue oder ihre grünen Augen haben? Sein braunes Haar oder ihr kastanienrotes? »Ich habe keine Ahnung, was für eine Überraschung das sein wird«, log sie.

Robert hatte sich in das Polster zurückgelehnt und gelächelt. »Du wirst es bald herausfinden«, hatte er mit geheimnisvoller Stimme gesagt.

Am Flugplatz hatte sich Dougless dann um die Übergabe des Gepäcks am Schalter gekümmert, während sich Robert ruhelos in der Halle umgesehen hatte. Als Dougless dem Gepäckträger ein Trinkgeld gab, hatte Robert den Arm gehoben, um jemandem zuzuwinken. Zunächst war Dougless viel zu beschäftigt gewesen, um zu begreifen, was da vor sich ging.

Sie blickte erst bei dem Schrei »Daddy!« hoch und sah Gloria durch die Wartehalle rennen, hinter ihr ein Gepäckträger mit einem Karren, auf dem sechs funkelnagelneue Koffer standen.

Was für ein Zufall, hatte Dougless bei sich gedacht, daß sie ausgerechnet am Flughafen mit Gloria zusammentrafen. Sie hatte zugesehen, wie Gloria ihrem Vater an den Hals flog. Sekunden später lösten sie sich wieder voneinander, Roberts rechter Arm fest um die plumpen Schultern seiner kostbaren Tochter gelegt. Gloria trug eine Lederjacke mit Lederfransen und Cowboy-Stiefel; sie sah aus wie eine übergewichtige Stripperin aus den sechziger Jahren.

»Hallo, Gloria«, hatte Dougless gesagt. »Wo willst du denn mit den vielen Koffern hin?«

Gloria und ihr Vater hätten sich vor Lachen fast auf dem Boden gewälzt. »Du hast es ihr nicht gesagt«, quietschte Gloria.

Robert hatte ihr dann, den Heiterkeitsausbruch überwindend, mit feierlicher Stimme erklärt: »*Das* ist die Überraschung.« Er hatte Gloria vor sie hingeschoben, als wäre Gloria eine häßliche Trophäe, die sie soeben gewonnen hatte. »Ist das nicht eine *wundervolle* Überraschung?«

Dougless hatte noch immer nicht verstanden – oder vielleicht war sie zu entsetzt, um verstehen zu wollen.

Robert legte nun seinen anderen Arm um Dougless: »Meine *beiden* Mädchen verreisen mit mir«, hatte er gesagt.

»Beide?« hatte Dougless geflüstert.

»Ja. Gloria ist die Überraschung. Sie kommt mit uns nach England.«

Dougless hatte schreien, laut protestieren, sich weigern wollen, mitzukommen. Sie tat nichts dergleichen. »Aber alle Hotelzimmer sind nur für zwei Personen bestellt«, brachte sie schließlich über die Lippen.

»Also werden wir eben ein drittes Bett hineinstellen lassen. Das werden wir schon deichseln. Die Liebe wird für uns sprechen, und das genügt.« Er nahm den Arm wieder von Dougless' Schultern. »Und jetzt zum Geschäftlichen. Dougless, du hast doch nichts dagegen, für Gloria die Formalitäten am Flugschalter zu erledigen, während ich mich wieder an meine Vaterrolle gewöhne, ja?«

Dougless hatte nur stumm den Kopf schütteln können. Benommen hatte sie sich zum Schalter der Fluggesellschaft begeben, hatte dort zweihundertachtzig Dollar für Glorias Übergewicht an Gepäck bezahlt und das Trinkgeld für Glorias Gepäckträger. Im Flugzeug hatte Robert Gloria den Platz zwischen sich und Dougless angewiesen, so daß Dougless am Mittelgang sitzen mußte. Während des Fluges hatte Robert Dougless – mit einem Lächeln – Glorias Flugschein gegeben. »Schreib das auf unsere gemeinsame Ausgabenliste, ja? Und ich möchte sie Penny für Penny – oder sollten wir Schilling für Schilling sagen? – belegt haben. Mein Buchhalter meint, die Reise sei abzugsfähig auf der Steuererklärung.«

»Aber das ist doch keine Geschäfts-, sondern eine Vergnügungsreise!«

Robert hatte die Stirn gerunzelt. »Du wirst doch jetzt nicht schon zu nörgeln anfangen, oder? Du brauchst nur alle Ausgaben zu verbuchen, und wenn wir wieder nach Hause kommen, teilen wir die Ausgaben unter uns auf.«

Dougless betrachtete Glorias Flugschein. »Du meinst, wir dritteln sie, nicht wahr? Ein Drittel für mich, zwei Drittel für dich und Gloria.«

Robert hatte ihr einen entsetzten Blick zugeworfen und den Arm schützend um Gloria gelegt, als habe Dougless versucht, das Kind zu schlagen. »Ich meinte *hälftig*. Du teilst ja auch mit mir die Freude, daß Gloria mit uns kommt. Geld bedeutete nichts im Vergleich zu dem Vergnügen, das du durch Glorias Teilnahme an der Reise erfährst.«

Dougless hatte sich von ihm weggedreht. Den Rest des langen, langen Fluges über hatte sie gelesen, während Gloria und Robert miteinander Karten spielten und sie überhaupt nicht beachteten. Zweimal hatte Dougless Librax eingenommen, um zu verhindern, daß ihr Magen sich selbst aufaß.

Nun rieb sich Dougless im Wagen den schmerzenden Magen. Sie hatte versucht, die vier Tage, die sie nun schon in England verbracht hatten, zu genießen. Sie hatte versucht, sich nicht am ersten Abend in ihrem schönen Hotelzimmer zu beschweren, als Gloria so sehr über das Rollbett klagte, das die Direktion in ihr Zimmer hatte schieben lassen – nachdem der Eigentümer Dougless Vorhaltung gemacht hatte, daß man Gloria eigentlich nicht erwartet hatte –, bis Robert Gloria aufgefordert hatte zu ihnen in das Vier-Pfosten-Bett zu steigen. Die Sache hatte damit geendet, daß Dougless die Nacht in Glorias Notbett verbrachte. Noch hatte Dougless sich beschwert, als Gloria drei Vorspeisen im teuren Restaurant bestellte, damit sie von »allen eine Kostprobe« nehmen könne. »Nun sei nicht so knauserig. Ich habe dich immer für eine großzügige Person gehalten«, hatte Robert gesagt und Dougless dann die Rechnung mit der exorbitanten Summe gereicht, von der sie die Hälfte bezahlen sollte.

Dougless gelang es, ihren Mund zu halten, weil sie wußte, daß irgendwo in Roberts Gepäck ein Fünftausend-Dollar-Verlobungsring versteckt war. Der Gedanke daran brachte ihr in Erinnerung, daß er sie liebte. Und alles, was er für Gloria tat, waren ebenfalls Liebestaten.

Doch seit dem vergangenen Abend begannen ihre Gefühle sich zu wandeln. Gestern abend, nach einem Einhundertfünfzig-Dollar-Diner, hatte Robert Gloria eine längliche, mit blauem Samt überzogene Schachtel überreicht. Dougless hatte mit einem bangen Gefühl der Enttäuschung zugeschaut, wie Gloria die Schachtel öffnete.

Glorias Augen leuchteten auf, als sie in die Schachtel blickte. »Aber heute ist doch nicht mein Geburtstag, Daddy«, hatte sie geflüstert.

»Ich weiß, mein Herzblatt«, hatte Robert leise erwidert. »Es soll dir nur sagen, daß ich dich lieb habe.«

Gloria zog ein Armband aus der Schatulle, mit Diamanten und Smaragden als Anhänger.

Dougless blieb die Luft weg, denn sie wußte, daß ihr Verlobungsring nun um Glorias feistes Handgelenk befestigt wurde.

Gloria hielt es triumphierend in die Höhe. »Siehst du das?«

»Ja«, hatte Dougless kalt erwidert, »ich sehe es.«

Später im Korridor vor ihrem Hotelzimmer hatte Robert sie dann wütend angefahren: »Du hast keine große Begeisterung über ihr Armband gezeigt. Gloria hat versucht, es dir vorzuführen. Sie hat sich *bemüht*, dir ihre Bereitwilligkeit zu einer Freundschaft zu beweisen; aber du hast sie abblitzen lassen. Du hast sie zutiefst verletzt.«

»Ist es das, wofür du fünftausend Dollar bezahlt hast? Ein Diamant-Armband für ein *Kind*?«

»Gloria ist, falls du das noch nicht bemerkt haben solltest, eine junge Dame – eine sehr schöne junge Dame – und sie verdient es, sich mit schönen Dingen zu umgeben. Und außerdem ist es *mein* Geld. Schließlich ist es ja nicht so, als ob wir verheiratet wären und du einen gesetzlichen Anspruch auf *mein* Geld hättest.«

Dougless hatte die Hände auf seinen Arm gelegt. »*Werden* wir denn heiraten? Wird das jemals der Fall sein?«

Er hatte ihr mit einem Ruck den Arm entzogen. »Nicht, wenn du nicht anfängst, für uns ein bißchen Liebe und Großzügigkeit zu zeigen. Ich dachte, du wärest anders; aber nun erkenne ich, daß du genauso kalt bist wie meine Mutter. Ich muß meine Tochter trösten. Sie heult sich wahrscheinlich ihre kleinen Augen aus dem Kopf, nachdem du sie so schnöde behandelt hast.« Er ging wütend in ihr Zimmer.

Douglass sank gegen die Korridorwand. »Smaragdohrringe sollten ihre Tränen trocknen«, hatte sie geflüstert.

Und jetzt saß sie, den Körper zwischen Glorias Gepäckstücken eingeklemmt, im Mietwagen und wußte, daß ihr weder ein Verlobungsring geschenkt noch ein Heiratsantrag gemacht werden würde. Statt dessen sollte sie die einen Monat dauernde Reise als Kammerdiener-Sekretärin für Robert Whitley und dessen verzogene und unverschämte Tochter mitmachen. In diesem Moment war sie sich noch nicht sicher, was sie tun würde; aber der Gedanke, mit dem erstbesten Flugzeug wieder nach Hause zu fliegen, war verlockend.

Noch während sie dies dachte, betrachtete sie Roberts Hinterkopf, und ihr Herz machte einen Satz. Würde er sich, wenn sie ihn verließ, durch sie genauso verraten fühlen wie von seiner Mutter und seiner ersten Frau?

»Dougless!« schnaubte da Robert. »Wo ist diese Kirche? Ich glaubte, du würdest die Straßenkarte im Auge behalten. Ich kann nicht gleichzeitig lenken *und* navigieren.«

Dougless fummelte mit der Straßenkarte herum und bemühte sich, um Glorias dicken Kopf herumzuschielen, damit sie die Straßenschilder erkennen konnte. »Hier!« sagte sie. »Die Straße, die rechts abgeht.«

Robert bog nun in eine von diesen schmalen englischen Landstraßen ein, die auf beiden Seiten von Büschen gesäumt wurden, daß die Fahrbahn fast von ihnen verdeckt wurde, und fuhr auf das entlegene Dorf Ashburton zu – ein Ort, der aussah, als hätte er sich seit Jahrhunderten nicht verändert.

»Dort befindet sich eine Kirche aus dem dreizehnten Jahrhundert mit einer Katakombe, in der ein Graf beerdigt sein soll, der ein Zeitgenosse von Elizabeth der Ersten gewesen ist.« Dougless blickte in ihre Sehenswürdigkeiten-Liste. »Lord Nicholas Stafford, verstorben im Jahre 1564.«

»Müssen wir denn noch eine Kirche besichtigen?« meinte Gloria im jammernden Ton. »Mir stehen die Kirchen bis hierher. Konnte sie denn nichts Besseres finden, was wir uns anschauen können?«

»Ich wurde angewiesen, historisch bedeutende Stätten auszukundschaften«, gab Dougless gereizt zurück.

Robert hielt mit dem Wagen vor der Kirche und blickte auf Dougless im Fond. »Glorias Frage war berechtigt, und ich sehe keinen Grund, sich darüber aufzuregen. Ich fange an zu bereuen, daß ich dich mitgenommen habe.«

»*Mitgenommen* habe?« sagte Dougless; aber er hatte sich schon von ihr weggedreht, den Arm um Gloria gelegt. »Ich bezahle meine Reise selbst«, flüsterte sie ins Leere hinein.

Dougless ging nicht mit Robert und Gloria in die Kirche hinein. Sie blieb vielmehr draußen, wanderte auf dem unebenen Friedhof umher und blickte geistesabwesend auf die uralten Grabsteine. Sie hatte eine wichtige Entscheidung zu treffen und brauchte Zeit zum Überlegen. Sollte sie bleiben und sich unglücklich fühlen, oder sollte sie nach Hause fliegen? Wenn sie jetzt abreiste, wußte sie, daß Robert ihr das nie verzeihen würde, und dann hatte sie alles, was sie an Zeit, Geld und Mühe für ihn aufgebracht hatte, umsonst investiert.

»Hallo.«

Dougless erschrak, als sie sich umdrehte und Gloria hinter sich stehen sah. Die Diamanten an ihrem Armband funkelten in der Sonne.

»Was willst du von mir?« fragte Dougless argwöhnisch.

Gloria schob ihre Unterlippe vor. »Du haßt mich, nicht wahr?«

Dougless seufzte. »Ich hasse dich nicht. Warum bist du nicht in der Kirche und besichtigst den Innenraum?«

»Das hat mich gelangweilt. Du hast eine hübsche Bluse an. Sie sieht teuer aus. Hat deine reiche Familie sie dir gekauft?«

Dougless blickte das Mädchen nur an, drehte sich dann auf den Absätzen herum und ging davon.

»Warte!« rief Gloria ihr nach, und dann: »Au!«

Dougless machte abermals eine Kehrtwendung und sah Gloria wie einen großen Fettkloß neben einer Grabplatte mit rauher Oberfläche auf der Erde liegen. Seufzend ging Dougless zu dem Mädchen zurück, um ihm wieder auf die Beine zu helfen, und zu ihrem Verdruß begann Gloria nun auch noch zu weinen. Dougless konnte sich nicht dazu überwinden, Gloria in die Arme zu nehmen; aber sie brachte es fertig, ihr wenigstens auf die Schulter zu klopfen. Glorias Arm trug an der Stelle eine Schürfwunde, wo sie gegen die Grabplatte gefallen war. »Das kann doch nicht so weh tun«, sagte Dougless. »Leg das Armband um dein linkes Handgelenk, und ich wette, die Schmerzen sind sofort weg.«

»Das ist es ja gar nicht«, sagte Gloria. »Ich weine nur, weil du mich haßt. Daddy hat mir erzählt, du hättest gedacht, mein Armband wäre ein Verlobungsring für dich.«

Dougless ließ die Hände fallen und erstarrte. »Wie kam er denn auf diese Idee?«

Gloria blickte sie schräg von der Seite an. »Oh, er weiß alles. Er weiß, daß du dachtest, seine Überraschung wäre ein Heiratsantrag und der Scheck an den Juwelier die Bezahlung für einen Verlobungsring. Daddy und ich haben viel darüber gelacht.«

Douglas stand so steif da, daß ihr Körper zu zittern begann.

Gloria lächelte boshaft. »Daddy sagt, du wärest eine richtiggehende Plage, würdest ihm ständig auf der Pelle sitzen, ihn mit großen Kuhaugen ansehen. Daddy sagt, wenn du nicht so gut wärest im Bett, würde er dich abschaffen.«

Da holte Dougless mit der Hand aus und schlug Gloria mitten in ihr feistes, grinsendes Gesicht.

Robert tauchte in diesem Moment aus der Kirche auf, gerade noch rechtzeitig, um die Ohrfeige mitzuerleben. Gloria flüchtete sich kreischend in die Arme ihres Vaters.

»Sie hat mich ununterbrochen ins Gesicht geschlagen!« kreischte Gloria. »Und mir den Arm zerkratzt.«

»Du lieber Himmel, Dougless«, sagte Robert entsetzt. »Ich hätte so etwas von dir niemals erwartet! Daß du ein Kind schlägst und . . .«

»Kind! Ich habe mir mehr als genug von diesem *Kind* bieten lassen müssen! Ich habe deine maßlose Art, sie zu verhätscheln, satt. Ich habe es noch mehr satt, mich noch länger von euch beiden schikanieren zu lassen.«

Robert funkelte sie an. »Wir sind auf dieser Reise immer gut und rücksichtsvoll zu dir gewesen, während du unsere Bemühungen mit Eifersucht und Böswilligkeit belohnt hast. Wir haben uns über alle Maßen angestrengt, dir den Urlaub so angenehm wie möglich zu machen.

»Du hast dich nicht im geringsten darum bemüht, mir auf dieser Reise eine Freude zu machen. Alles war nur Gloria zugedacht.« Tränen traten in Dougless Augen. »Ihr habt mich hinter meinem Rücken ausgelacht.«

»Jetzt phantasierst du aber. Da du dich offenbar in unserer Gesellschaft nicht wohl fühlst, wäre es vielleicht besser, wenn du auf uns verzichtest.« Er drehte sich um, während Gloria sich an ihn drängte, und ging auf seinen Wagen zu.

»Ja, ich möchte nach Hause«, sagte Dougless und bückte sich, um ihre Handtasche aufzuheben. Sie war nicht da. Sie blickte hinter ein paar Grabsteine; aber nirgends eine Spur von ihrer Handtasche. Sie sah hoch, als sie den Motor des Wagens anspringen hörte.

Robert fuhr davon und ließ sie einfach hier stehen!

Sie rannte zum Friedhofstor, als der Wagen anrollte. Zu ihrem Entsetzen streckte Gloria ihren Arm aus einem Fenster heraus – und ihre Handtasche pendelte am Henkel in Glorias Hand.

Dougless rannte ein Weilchen hinter dem Wagen her, den sie jedoch bald aus den Augen verlor. Wie vor den Kopf geschlagen und benommen ging sie zur Kirche zurück. Sie befand sich in einem fremden Land, ohne Geld, Kreditkarte und Paß. Aber am schlimmsten von allen war die Tatsache, daß der Mann, den sie liebte, sie soeben verlassen hatte.

Die schwere Eichentür der Kirche stand offen, und sie ging in den Innenraum hinein. Es war kühl und feucht und schattig in der Kirche, und die hohen Wände aus Stein gaben dem Ort etwas feierlich Ruhiges.

Sie mußte über ihre Lage nachdenken, sich schlüssig werden, was sie tun sollte. Sie würde ein R-Gespräch anmelden und ihren Vater bitten müssen, ihr Geld zu schikken. Sie würde ihm beichten müssen, daß seine jüngste Tochter wieder einmal bei etwas versagt hatte, daß sie nicht einmal eine Urlaubsreise antreten konnte, ohne in Schwierigkeiten zu geraten.

Tränen traten ihr in die Augen, als sie in Gedanken bereits ihre älteste Schwester, Elizabeth, sagen hörte: »Was hat unser kleiner Wirrkopf Dougless denn diesmal wieder angestellt?« Robert war Dougless' Versuch gewesen, ihre Familie dazu zu bringen, daß sie stolz auf sie war. Robert war kein ›streunender Kater‹ wie die Männer, in die sie sich früher vergafft hatte – er war *so* respektabel, so passend für ihre Kreise; aber sie hatte ihn verloren. Wenn sie sich doch nur nicht von ihrem Temperament hätte hinreißen lassen, Gloria eine Ohrfeige . . .

Mit tränenumflortem Blick blickte sie nun zum anderen Ende des Kirchenschiffes. Die Sonne strömte durch die alten Fenster hoch über ihrem Kopf, und scharfe, klare Strahlenbündel beleuchteten die Grabplatte aus weißem Marmor im Seitenschiff zu ihrer Linken. Dougless ging darauf zu. Auf der Grabplatte war als erhabenes Relief in voller Körpergröße ein Mann abgebildet, der einen Brustharnisch trug und ein seltsam aussehendes kurzes Beinkleid – die Fußknöchel gekreuzt, einen Helm unter dem Arm. »Nicholas Stafford«, las sie laut. »Earl of Thornwyck.«

Sie beglückwünschte sich dazu, daß sie unter so grauenvollen Umständen so viel Haltung bewies, als sie plötzlich alles mit voller Wucht traf und ihr die Knie einknickten. Sie fiel auf den Boden, ihre Hände auf der Grabplatte, ihre Stirn gegen den kalten Marmor gedrückt.

Sie begann nun ernsthaft zu weinen, bitterlich, aus tiefstem Seelengrund. Sie fühlte sich als Versagerin, als eine totale Niete. Es schien, daß alles, was sie jemals in ihrem Leben angepackt hatte, immer zu einem Mißerfolg geführt hatte. Ihr Vater hatte sie unzählige Male aus irgendwelchen Klemmen herausgeholt. Da war dieser »Junge« gewesen, in den sie sich verliebte, als sie sechzehn war. Der »Junge« entpuppte sich als Fünfundzwanzigjähriger mit einer langen Latte von Vorstrafen. Ihr Verhältnis zerbrach, als er wegen Raubes festgenommen wurde. Da war dieser Prediger, in den sie sich verknallte, als sie zwanzig war. Er entpuppte sich als Betrüger, der Kirchengelder unterschlug, die er für seine Würfelspielleidenschaft in Las Vegas brauchte. Da war dieser . . . Die Liste schien endlos zu sein. Robert schien sich so sehr von seinen Vorgängern zu unterscheiden, wirkte so bieder und respektabel; aber sie hatte ihn dennoch nicht festhalten können.

»Was stimmt denn nur nicht mit mir?« schluchzte sie.

Durch einen Tränenschleier betrachtete sie das Gesicht des Mannes auf der Grabplatte. Im Mittelalter wurden die Ehen gestiftet. Als sie zweiundzwanzig war und gerade entdeckt hatte, daß ihr letzter Liebhaber, ein Börsenmakler, wegen Insider-Geschäften verhaftet worden war, war sie bei ihrem Vater zu Kreuze gekrochen und hatte ihn gebeten, ihr einen Mann auszusuchen.

Adam Montgomery hatte gelacht. »Dein Problem, Kind, ist, daß du Männer liebst, die dich nötig brauchen. Du solltest einen Mann finden, der dich nicht braucht – einer, der dich nur haben will.«

Dougless hatte geschnieft. »Klar – einen Ritter in schimmernder Rüstung, der auf einem weißen Pferd herbeigesprengt kommt und mich so sehr begehrt, daß er mich auf sein Schloß entführt, wo wir glücklich miteinander leben bis in alle Ewigkeit.«

»So etwas Ähnliches. Eine Rüstung ist okay; aber wenn er eine schwarze Lederkluft trägt, Dougless, und auf einem Motorrad reitet oder nachts geheimnisvolle Anrufe bekommt, läßt du die Finger von ihm, okay?«

Nun weinte Dougless noch heftiger, als sie sich an die Zeiten erinnerte, wo sie ihre Familie um Hilfe hatte bitten müssen. Und nun war sie abermals gezwungen, sie um Unterstützung zu bitten, mußte wieder zugeben, daß sie sich von einem Mann, der nicht zu ihr paßte, den Kopf hatte verdrehen lassen.

»Hilf mir«, flüsterte sie, ihre Hand auf die Marmorhand der Skulptur gelegt. »Hilf mir, meinem Ritter in der schimmernden Rüstung zu begegnen. Hilf mir, einen Mann zu finden, der mich haben möchte.«

Sie setzte sich auf ihre Fersen zurück, schlug die Hände vors Gesicht und schluchzte herzzerbrechend.

Nach einer langen Weile spürte sie, daß jemand in ihrer Nähe war. Sie drehte den Kopf, und die Sonne, die sich in glänzendem Metall spiegelte, blendete sie so sehr, daß sie sich heftig auf den Steinboden setzte. Sie hob die Hand, um ihre Augen abzuschirmen.

Vor ihr stand ein Mann. Ein Mann, der eine ... Rüstung zu tragen schien.

Er stand regungslos da und funkelte sie an. Sie starrte mit offenem Mund zu ihm hinauf. Er sah ungewöhnlich gut aus, trug ein so unglaublich authentisches Theaterkostüm, das man es fast für ein Original halten konnte. Um den Hals trug er eine kleine Krause, darunter einen Harnisch bis zur Taille. Und was für einen Harnisch! Er sah beinahe so aus, als wäre er aus purem Silber angefertigt, und da waren reihenweise Blumenmuster eingeätzt, die mit goldfarbenen Metallplättchen ausgefüllt waren. Von der Taille bis zur Mitte seiner Schenkel war er mit einer kurzen Hose bekleidet, deren Stoff sich bauschte wie ein Ballon. Seine Beine – kräftige, sehr muskulöse Beine – steckten in Strümpfen, die aussahen, als wären sie aus Seide gestrickt. Über dem linken Knie trug er ein Strumpfband. Seine Füße waren mit einem seltsam geformten, weichen Schuhwerk versehen, das kleine Einkerbungen zeigte.

»Nun, Hexe«, sagte er mit einer tiefen Baritonstimme, »du hast mich beschworen. Was verlangst du jetzt von mir?«

»Hexe?« wiederholte sie schniefend.

Der Mann zog aus seiner Ballonhose ein Taschentuch hervor und reichte es ihr. Dougless schneuzte sich laut.

»Haben meine Feinde dich angeheuert? Schmieden sie wieder ein Komplott gegen mich? Ist ihnen denn mein Kopf nicht genug? Steht auf, Madam, und erklärt Euch!«

Ein prächtiges Mannsbild; aber nicht ganz richtig im Kopf, dachte Dougless bei sich. Sie stand auf. »Wenn Sie mich jetzt bitte entschuldigen wollen . . .«

Sie sagte nichts mehr, weil er ein dünnschneidiges Schwert zog, das fast einen Meter lang sein mußte, und dessen nadeldünne Spitze auf ihre Kehle setzte. »Nimm deinen Zauber zurück, Hexe. Ich möchte zurückkehren!«

Das war nun doch zu viel für Dougless. Erst Robert und seine verlogene Tochter und dann dieser verrückte Hamlet. Sie bekam wieder einen Heulkrampf und sank gegen die kalte Steinmauer zurück.

»Verdammt!« murmelte der Mann, und ehe Dougless wußte, wie ihr geschah, wurde sie hochgehoben und zu einer Kirchenbank getragen.

Sie schien ihren Tränenfluß nicht aufhalten zu können. »Das war der schlimmste Tag meines Lebens heute«, schluchzte sie. Der Mann blickte finster auf sie herunter, als wäre sie eine Figur in einem Betty-Davis-Film. »Tut mir leid«, brachte sie schließlich über die Lippen. »In der Regel weine ich nicht so viel; aber ich wurde von einem Mann, den ich liebe, in einem fremden Land ausgesetzt, und nun werde ich auch noch angegriffen – sogar mit einem Schwert. Das alles an einem Tag, das geht mir an die Nieren.« Sie blickte auf das Taschentuch. Es war sehr groß und besaß einen mindestens zweieinhalb Zentimeter breiten Saum aus kostbarer Seidenstickerei. »Wie hübsch«, würgte sie hervor.

»Für solche Trivialitäten haben wir keine Zeit. Meine

Seele steht auf dem Spiel – genauso wie Eure Ich fordere Euch noch einmal auf, Euren Zauber zurückzunehmen.«

Dougless gewann ihre Fassung wieder. »Ich weiß nicht, wovon Sie eigentlich reden. Ich war allein, heulte mich tüchtig aus, und Sie kommen in dieser absurden Maskerade hier herein und schreien mich an. Ich hätte gute Lust, die Polizei zu rufen – oder die Bobbies oder was es auch immer hier auf dem Land für Gesetzeshüter gibt. Haben Sie auch einen Waffenschein für dieses Dingsda, dieses Schwert, mit dem Sie mich bedrohen?«

»Waffenschein?« wiederholte der Mann. Er blickte auf ihren Arm. »Ist das eine Uhr da an Eurem Handgelenk? Und was ist das für eine Kleidung, die Ihr da tragt?«

»Natürlich ist das eine Uhr, und was ich anhabe, ist mein Reisekostüm für England. Konservativ. Keine Jeans oder T-Shirts. Nette Bluse, netter Rock. Sie wissen schon – brav wie Miss Marple.«

Er sah sie noch immer finster an. »Ihr redet ungewöhnlich fremdartig. Was für ein Typ von Hexe sein Ihr?«

Dougless warf verzweifelt die Hände in die Höhe und stand von der Bank auf. Er war ein tüchtiges Stück größer als sie, hatte schwarze geringelte Haare, die bis zu dieser steifen kleinen Halskrause hinunterreichten, einen schwarzen Schnurrbart und einen spitzen kurzen Knebelbart.

»Ich bin keine Hexe und auch keine Figur in Ihrem Elizabethanischen Drama. Ich werde jetzt gehen, und wenn Sie versuchen sollten, mich mit Ihrem Schwert daran zu hindern, werde ich so laut schreien, daß die Fenster herausfallen. Hier haben Sie Ihr Taschentuch wieder. Leben Sie wohl, und ich hoffe, Ihr Stück bekommt großartige Kritiken.« Sie drehte sich auf den Absätzen herum und verließ die Kirche. »Wenigstens kann mir heute nicht noch etwas Schlimmeres passieren«, murmelte Dougless, als sie durch das Friedhofstor ging.

An der nächsten Straßenecke, in Sichtweite der Kirchentür, befand sich eine Telefonzelle. Es mußte jetzt früher Morgen in Maine sein, und eine verschlafene Elizabeth meldete sich am anderen Ende der Leitung.

Ausgerechnet sie, dachte Dougless bei sich. Sie hätte lieber mit jedem anderen Menschen auf dieser Welt geredet als mit ihrer perfekten älteren Schwester.

»Dougless, bist du das?« fragte Elizabeth. »Geht es dir gut? Du steckst doch nicht etwa wieder in einer Klemme, wie?«

Dougless knirschte mit den Zähnen. »Natürlich nicht. Ist Dad da? Oder Mam?« Oder ein Fremder von der Straße?, dachte Dougless bei sich. *Jeder* war besser als Elizabeth.

Elizabeth gähnte. »Nein, sie sind in die Berge gefahren. Ich hüte das Haus und arbeite gerade an einem Papier.«

»Glaubst du, daß du damit den Nobelpreis gewinnen wirst?«

Elizabeth ließ eine kurze Pause verstreichen. »Schön, Dougless – was ist passiert? Hat dein Orthopäde dich irgendwo ausgesetzt?«

Dougless lachte verlegen. »Elizabeth, du kommst auf die komischsten Ideen. Robert, Gloria und ich verleben eine herrliche Zeit. Hier gibt es so viele Dinge zu sehen und zu tun. Erst heute morgen haben wir uns ein mittelalterliches Stück angeschaut. Die Darsteller waren *so* gut.«

Wieder legte Elizabeth eine Pause ein. »Dougless, du lügst. Ich kann das bis hierher hören. Was ist passiert? Brauchst du Geld?«

Dougless brachte es nicht fertig, ein ›Ja‹ mit den Lippen zu formen. Ihre Familie erzählte nur zu gern, was sie als Dougless-Anekdoten bezeichneten. Die Geschichte, wo Dougless, nur ein Handtuch um den Bauch gewickelt, aus ihrem eigenen Hotelzimmer ausgesperrt wurde. Oder die Geschichte, als sie in die Bank ging, um einen Scheck einzurei-

32

chen, und sich am Schalter Bankräubern gegenübersah, die sie mit Spielzeugpistolen in Schach hielten.

Nun stellte sie sich vor, wie Elizabeth lachend allen Montgomery-Vettern und -Kusinen berichtete, wie die komische kleine Dougless nach England fuhr, dort ohne Geld in einer Kirche von ihrem Liebhaber zurückgelassen und anschließend dort von einem verrückten Shakespeare-Darsteller mit einem Schwert attackiert wurde.

»Nein, ich brauche kein Geld«, antwortete Dougless schließlich. »Ich wollte nur alle zu Hause aus England grüßen. Ich hoffe, deine Arbeit wird auch fertig. Wir sehen uns.«

»Dougless . . .«, begann Elizabeth wieder; aber da hatte Dougless bereits aufgelegt.

Dougless lehnte sich gegen die Kabinenwand. Die Tränen flossen wieder. Sie hatte den Stolz der Montgomerys geerbt, aber keinen Grund, auf etwas stolz zu sein. Sie hatte drei ältere Schwestern, durchweg Musterbeispiele für erfolgreiche Karrierefrauen: Elizabeth war Chemikerin in einem Forschungslabor; Catherine Professorin für Physik; Anne Anwältin für Strafsachen. Dougless schien der Familiennarr zu sein, eine unerschöfliche Quelle der Heiterkeit für die ganze Montgomery-Verwandtschaft.

Während sie nun mit in Tränen schwimmenden Augen an der Zellenwand lehnte, sah sie den Mann in dem Ritterkostüm die Kirche verlassen und den Pfad zum Friedhofstor herunterkommen. Er betrachtete ohne großes Interesse die alten Grabsteine und setzte dann seinen Weg zum Tor fort.

In diesem Moment kam einer dieser kleinen englischen Busse die Landstraße herunter, fuhr wie üblich seine fünfzig Meilen die Stunde, was auf diesen engen Straßen lebensgefährlich war.

Dougless richtete sich kerzengerade auf. Irgendwie wußte sie instinktiv, daß der Mann dem Bus direkt vor den Kühler laufen würde. Dougless begann zu rennen. Als sie kurz vor der Friedhofsmauer war, kam der Vikar aus dem Garten hinter der Kirche, sah, was Dougless tat, und begann ebenfalls zu laufen.

Dougless erreichte den kostümierten Mann zuerst. Sie verwendete ihren besten fliegenden ›Bodycheck‹, den sie beim Football-Spiel mit ihren Vettern gelernt hatte, packte ihn um die Taille, und dann schlitterten sie beide auf seiner Rüstung über den kiesbestreuten Vorplatz der Kirche, als säßen sie in einem kleinen Ruderboot. Der Bus machte im letzten Moment einen Schlenker und verfehlte sie nur um wenige Zentimeter.

›Haben Sie sich auch nichts gebrochen?« fragte der Vikar, der Dougless die rechte Hand hinstreckte, um ihr wieder auf die Beine zu helfen.

»Ich . . . ich glaube nicht.« Dougless stand auf und klopfte sich den Rock ab. »Sind Sie okay?« fragte sie den Mann im Harnisch, der noch auf dem Boden lag.

»Was für ein Streitwagen war denn das?« fragte er zurück. »Ich habe ihn nicht kommen hören. Er hatte keine Pferde.«

Dougless wechselte einen Blick mit dem Vikar.

»Vielleicht sollte ich Ihnen ein Glas Wasser holen«, sagte der Vikar.

»Wartet!«, sagte der Mann in der Rüstung. »Welches Jahr habt Ihr jetzt?«

»1988«, erwiderte der Vikar, und als der Mann in der Rüstung sich wieder auf dem Boden ausstreckte, als wäre er zu erschöpft, um aufstehen zu können, blickte der Vikar Dougless zum zweitenmal an. »Ich hole das Wasser«, sagte er und ließ sie dann allein.

Dougless bot nun ihre Rechte dem Mann am Boden an; aber er weigerte sich, sie zu ergreifen, und sprang auf die Beine.

»Ich denke, Sie sollten sich dorthin setzen.« Dougless

deutete auf eine eiserne Bank an der Innenseite der niedrigen Friedhofsmauer. Er wollte nicht vorangehen, sondern folgte ihr durch das Tor; dann wollte er auch nicht eher Platz nehmen, bis sie das getan hatte; aber Dougless drückte ihn einfach auf die Bank nieder. Er sah blaß und verwirrt aus.

»Sie sind gefährlich, wissen Sie das? Hören Sie – Sie bleiben jetzt hier sitzen, und ich werde einen Arzt holen. Sie scheinen krank zu sein.«

Sie wandte sich von ihm weg; aber seine Worte hielten sie mitten im Schritt an.

»Ich glaube, es wäre möglich, daß ich tot bin.«

Sie blickte auf ihn zurück. Wenn er Selbstmordabsichten hatte, wollte sie ihn nicht alleinlassen. »Kommen Sie mit mir«, sagte sie leise. »Wir werden schon jemand finden, der Ihnen hilft.«

Er rührte sich nicht von der Stelle. »Was für ein Transportgerät war das, das mich fast umgerissen hätte?«

Sie ging zur Bank zurück und setzte sich neben ihn. Wenn er tatsächlich ein potentieller Selbstmörder war, würde es ihm vielleicht am meisten helfen, wenn er sich bei jemandem aussprechen konnte. »Woher stammen Sie? Sie sprechen zwar englisch; aber mit einem seltsamen Akzent.«

»Ich bin Engländer. Was war das für ein Streitwagen?«

»Schön«, erwiderte sie seufzend. Warum sollte sie ein Spielverderber sein? »Das war ein Transportgerät, das die Engländer ›coach‹ nennen. In Amerika nennt man so etwas einen Minibus. Er fuhr natürlich viel zu schnell; aber meiner Meinung ist das einzige, was die Engländer aus dem zwanzigsten Jahrhundert übernommen haben, die Geschwindigkeit von Automobilen. Was ist Ihnen sonst noch unbekannt? Flugzeuge? Eisenbahnen? Hören Sie – ich muß jetzt wirklich gehen. Lassen Sie uns deshalb in die Pfarrei gehen, damit der Vikar einen Arzt für Sie bestellt. Oder vielleicht rufen wir auch Ihre Mutter an.« Sicherlich war dieser Verrückte, der in einem Brustharnisch herumlief und so tat, als hätte er noch nie eine Armbanduhr oder einen Bus gesehen, in diesem kleinen Ort kein Unbekannter.

»Meine Mutter«, sagte der Mann, und seine Lippen verzogen sich zu einem kleinen Lächeln. »Ich würde meinen, daß meine Mutter ebenfalls tot ist.«

»Das tut mir aber leid. Ist sie erst vor kurzem verstorben?«

Er blickte zum Himmel hinauf. »Vor ungefähr vierhundert Jahren.«

Dougless machte Anstalten, sich von der Bank zu erheben. »Ich werde jemanden holen.«

Er nahm ihre Hand und hielt sie fest. »Ich saß . . . in einem Raum am Tisch und schrieb meiner Mutter einen Brief, als ich eine Frau weinen hörte. Der Raum wurde dunkel, mir schwindelte der Kopf, und dann stand ich über eine Frau gebeugt – Euch.« Er sah zu ihr hoch.

Dougless dachte, daß es so viel leichter wäre, diesen Mann hier sitzen zu lassen, wenn er nicht so unglaublich gut ausgesehen hätte. »Vielleicht hatten Sie einen geistigen Aussetzer und können sich jetzt nicht mehr daran erinnern, wie Sie sich dieses Kostüm angezogen haben und zur Kirche gegangen sind. Warum verraten Sie mir nicht, wo Sie wohnen? Ich werde Sie nach Hause bringen.«

»Als ich in diesem Zimmer am Tisch saß, war das im Jahre des Herrn 1564.«

Ein Wahnsinniger, dachte Dougless. Schön; aber verrückt. Mein sprichwörtliches Glück.

»Kommen Sie mit«, sagte sie leise, als redete sie zu einem Kind, das sich von einer Klippe stürzen will. »Wir werden schon irgendwo Hilfe für Sie finden.«

Der Mann schoß diesmal förmlich von der Bank hoch, und seine blauen Augen blitzten. Seine Größe, die Wut, die ihm aus den Augen leuchtete, ganz zu schweigen von dem Harnisch und dem Schwert, das rasiermesserscharf zu sein

schien, veranlaßten Dougless, zwei Schritte vor ihm zurück-
zuweichen.

»Ich bin noch nicht so weit, daß man mich ins Tollhaus
stecken könnte, Mistress. Ich weiß nicht, warum ich hier bin
oder wie ich hierhergekommen bin; aber ich weiß genau, wer
ich bin und woher ich stamme.«

Plötzlich perlte ein Lachen in Dougless hoch. »Und Sie
kamen aus dem sechzehnten Jahrhundert. Ein Zeitgenosse
von Königin Elizabeth, richtig? Dies scheint sich mir zu der
besten Dougless-Anekdote aller Zeiten zu entwickeln. Ich
werde am Morgen in einer Kirche ausgesetzt, und eine
Stunde später drücken mir Geister eine Schwertspitze an die
Kehle.« Sie machte noch einen Schritt rückwärts. »Vielen
Dank, Mister. Sie haben mir wieder Mut gemacht. Ich werde
jetzt meine Schwester anrufen und sie bitten, mir telegra-
phisch zehn Pfund zu überweisen – nicht mehr und nicht weniger –, und dann nehme ich mir einen Zug zu Roberts Hotel, wo ich mir mein Geld für einen Rückflugschein nach
Hause besorge. Nach diesem Tag wird mir der Rest meines
Lebens wohl ziemlich eintönig vorkommen.«

Sie wandte sich von ihm ab; aber er ging rasch um sie
herum und verstellte ihr den Weg. Er holte aus seiner Ballonhose einen Lederbeutel hervor, blickte hinein, holte einige
Münzen heraus, drückte sie Dougless in die Hand und
schloß ihre Finger darüber.

»Nehmt diese zehn Pfund, Frau, und verschwindet. Es ist
mir diese Summe wert – oder sogar noch mehr –, um mich
von Eurer lästerlichen Zunge befreien zu können. Ich werde
Gott bitten, Euren bösen Fluch von mir zu nehmen.«

Sie war nun versucht, ihm das Geld wieder ins Gesicht zu
schleudern; aber die Alternative dazu wäre ein zweites Tele-
fongespräch mit ihrer Schwester gewesen. »Ja, das bin ich –
die böse Hexe Dougless. Ich weiß gar nicht, warum ich einen
Zug nehmen soll, wo ich doch ein perfektes Fluggerät in Ge-

37

stalt meines Besenstiels besitze. Ich werde Ihnen das Geld zurückgeben. Ich schicke es an die Adresse des Vikars. Leben Sie wohl, und ich hoffe, wir werden uns nie mehr begegnen.«

Sie machte auf den Absätzen kehrt und verließ in dem Moment den Kirchhof, wo der Vikar mit dem Wasser für den geharnischten Mann zurückkam. Soll sich doch ein anderer mit dessen Wahnvorstellungen beschäftigen, dachte sie. Der Mann hatte sicherlich einen Schrankkoffer voller Kostüme zu Hause. Heute mimt er einen elizabethanischen Ritter und morgen Abraham Lincoln – oder Horatio Nelson, da er ja Engländer ist.

Es war nicht schwer, in diesem Dorf die Eisenbahnstation zu finden, und sie trat an das Fenster des Fahrkartenschalters, um ihr Billett zu kaufen.

»Das macht drei Pfund sechs«, sagte der Mann hinter dem Fenster.

Für Dougless war das englische monetäre System ein Buch mit sieben Siegeln. Es schien da so viele verschiedene Münzen zu geben, die alle den gleichen Wert hatten. Sie schob das Geld, das der Mann ihr gegeben hatte, unter dem Schalterfenster durch. »Ist das genug?«

Der Mann betrachtete der Reihe nach die drei Münzen, drehte sie vorsichtig um und entschuldigte sich dann.

Nun werde ich gewiß noch verhaftet, weil ich Falschgeld verbreite, dachte Dougless. Das wäre der passende Abschluß für diesen großartigen Tag.

Einige Minuten später kam ein Mann mit einer amtlich aussehenden Schirmmütze zum Schalterfenster. »Wir können diese Münzen nicht annehmen, Miss. Ich denke, Sie sollten sie zu Oliver Samuelson bringen. Er wohnt gleich rechts von hier hinter der nächsten Ecke.

»Er wird mir für diese Münzen das Fahrgeld geben?«

»Ich schätze, ja.«

»Vielen Dank«, murmelte Dougless. Sie war wieder versucht, ihre Schwester anzurufen und die Münzen zu vergessen. Sie betrachtete sie. Sie sahen so fremd aus wie alle ausländischen Münzen. Mit einem Seufzer wandte sie sich vor der Station nach rechts und kam zu einem kleinen Laden: »Oliver Samuelson, Münzhändler«.

Ein kahlköpfiger kleiner Mann saß hinter einem Tisch, eine Juwelierslupe an einem Band auf der glänzenden Stirn. »Ja?« sagte er, als Dougless in den Laden kam.

»Der Mann in der Bahnstation hat mich zu Ihnen geschickt. Er sagte, ich könnte mir für das da von Ihnen das Geld für eine Fahrkarte beschaffen.«

Der kleine Mann nahm die Münzen entgegen und betrachtete sie durch seine Juwelierslupe. Nach einer Weile begann er leise zu lachen. »Das Geld für eine Eisenbahnfahrkarte – wahrhaftig!«

Er blickte hoch. »Schön, Miss«, sagte er. »Ich werde Ihnen fünfhundert Pfund für die beiden da geben, und diese da ist ungefähr – na, sagen wir – fünftausend Pfund wert. Aber ich habe nicht so viel Geld hier bei mir im Laden. Ich werde mit einigen Leuten in London sprechen müssen. Können Sie ein paar Tage darauf warten?«

Dougless war ein paar Sekunden lang sprachlos.

»*Fünftausend* Pfund?«

»Also gut, sechstausend; aber keinen Shilling mehr.«

»Ich . . . ich . . .«

»Wollen Sie die Münzen nun verkaufen oder nicht? Sie sind doch wohl nicht gestohlen, oder?«

»Nein, ich glaube nicht«, flüsterte Dougless. »Aber ich muß erst noch mit jemandem reden, ehe ich sie verkaufe. Sind sie echt?«

»In der Regel sind mittelalterliche Münzen nicht so wertvoll; aber diese sind selten und gewissermaßen münzfrisch. Gibt es noch mehr davon?«

39

»Ich glaube ja.«

»Wenn Sie eine Fünfzehn-Schilling-Münze mit einer Königin in einem Schiff darauf haben, zeigen Sie sie mir. Ich kann sie mir nicht leisten; kann aber einen Käufer dafür finden.«

Dougless zog sich langsam wieder zur Ladentür zurück.

»Oder eine Dublone. Eine Edward-VI.-Dublone.«

Dougless nickte ihm noch einmal zu, ehe sie den Laden verließ. Wie benommen wanderte sie zur Kirche zurück. Der Mann saß nicht mehr auf der Bank im Friedhof, und sie hoffte, er hatte ihn nicht verlassen. Sie ging in die Kirche, und dort war er – lag auf den Knien vor dem weißen Marmorgrab mit dem Ritter darauf, die Hände gefaltet, den Kopf im Gebet gesenkt.

Der Vikar trat an ihre Seite. »Er kniet dort, seit Sie den Friedhof verlassen haben. Ich kann ihn nicht dazu bewegen, aufzustehen. Etwas bekümmert ihn offensichtlich sehr.« Er drehte sich zu ihr. »Ist er Ihr Freund?«

»Nein. Ich habe ihn erst heute morgen kennengelernt. Er ist nicht von hier?«

Der Vikar lächelte. »Meine Pfarrkinder tragen selten Rüstungen.« Er blickte auf seine Uhr. »Ich muß gehen. Sie bleiben doch bei ihm, ja? Irgendwie habe ich das Gefühl, daß man ihn nicht alleinlassen sollte.«

Dougless sagte, daß sie bei ihm bleiben wolle, und der Vikar ließ sie mit dem Mann allein. Leise ging sie zu ihm und legte ihm die Hand auf die Schulter. »Wer sind Sie?« wisperte sie.

Er öffnete nicht die Augen und hielt seine Hände verschränkt. »Nicholas Stafford, Earl of Thornwyck.«

Es dauerte einen Moment, ehe Dougless sich daran erinnerte, woher ihr dieser Name bekannt war. Dann blickte sie auf die Grabplatte. Dort stand, in gotischen Buchstaben eingemeißelt: Nicholas Stafford, Earl of Thornwyck.

Sie holte tief Luft. »Ich bezweifle wohl zu Recht, daß Sie einen Ausweis bei sich haben.«

Er hob den Kopf, öffnete die Augen und funkelte sie an: »Ihr zweifelt doch wohl nicht an meinem Wort, wie? Ihr, die Hexe, die mir das angetan hat? Wenn ich nicht fürchtete, selbst als Zauberer angeklagt zu werden, würde ich Euch anzeigen und zusehen, wie Ihr auf dem Scheiterhaufen verbrannt werdet.«

Sie stand da und sah zu, wie er wieder zu beten begann.

2

Nicholas Stafford erhob sich von den Knien und starrte die junge Frau an, die neben ihm stand. Ihre Manieren, ihre Kleidung, ihre Sprache waren ihm so fremd, daß er seine Gedanken kaum zusammemhalten konnte. Sie sah so aus, wie die Hexe, die sie seines Wissens ja auch war: so schön wie nur irgendeine Frau, die er bisher getroffen hatte; die Haare nicht unter einer Haube, sondern frei über die Schultern fließend, und mit einem unziemlich kurzen Rock bekleidet, als wagte sie, ihre Verachtung für Gott und Mensch offen zu zeigen.

Obwohl er sich schwach fühlte und ihm der Kopf schwindelte, gestattete er sich nicht, von seiner festen Haltung abzuweichen und gab ihren sehr direkten Blick trotzig zurück.

Er konnte noch immer nicht glauben, was mit ihm geschehen war. Am Tiefpunkt seines Lebens, als es keine Hoffnung mehr für ihn zu geben schien, hatte ihm seine Mutter geschrieben, daß sie endlich etwas entdeckt habe, was ihnen doch wieder Mut machen könnte. Er hatte gerade über einem Brief an sie gesessen, in dem er ihr Fragen stellte, Ratschläge erteilte, Vorschläge machte, als er eine Frau weinen hörte. Tränen waren an diesem Ort nicht selten; aber etwas war in dem lauten Schluchzen dieser Frau, das ihn veranlaßte, seine Feder wegzulegen.

Er rief nach jemandem, der zu der Weinenden gehen sollte; aber niemand antwortete, und das Klagen der Frau

42

wurde immer lauter, bis es den kleinen Raum ausfüllte und von den steinernen Wänden widerhallte. Nicholas hatte sich mit beiden Händen die Ohren zugehalten, um sich gegen dieses Schluchzen abzuschirmen; aber er konnte es dennoch hören. Ihr Weinen wurde so laut, daß er seine eigenen Gedanken nicht mehr verfolgen konnte. Er hatte das Gefühl, als müsse ihm der Kopf zerspringen.

Als er versuchte aufzustehen, um Hilfe herbeizurufen, schien der Boden unter ihm einzubrechen. Er fühlte sich ganz leicht, als würde er schweben. Dann hielt er die Hand vors Gesicht und sah zu seinem Schrecken, daß sie keine Substanz mehr zu haben schien. Er konnte durch seine Hand hindurchblicken. Er wankte zur Tür, versuchte zu rufen; aber kein Ton kam ihm über die Lippen. Die Tür schien abzufallen, dann das Zimmer sich aufzulösen. Einen Moment lang schien er im Vakuum zu verharren. Da war eine Leere um ihn her, sein Körper nur ein wesenloser Schatten, durch den das fahle Nichts hindurchschimmerte.

Er hatte keine Ahnung, wie lange er durch diese Leere trieb, in dem er weder Kälte noch Wärme spürte, nichts anders hörte als das Weinen dieser Frau.

Eben noch war er im Nichts gewesen, ein wesenloser Schatten, und im nächsten Moment stand er im Sonnenlicht in einer Kirche. Seine Kleider waren anders. Nun trug er den Brustharnisch, den er nur bei bedeutenden öffentlichen Anlässen anlegte, und seine smaragdgrüne Seidenpluderhose.

Vor ihm lag ein weinendes Mädchen oder eine weinende Frau – was von beiden sie war, konnte er nicht sagen, weil ihr die Haare aufgelöst ins Gesicht hingen – vor einer Gruft.

Es war die Steinplatte auf der Gruft, die ihn einen Schritt rückwärts gehen ließ. Es war eine weiße Marmorskulptur von – ihm selbst. Darunter eingemeißelt stand sein Name und das Datum dieses Tages. Haben sie mich beerdigt, bevor ich tot war?, fragte er sich entsetzt.

Es war ihm noch übel von diesem Fall ins Leere, und als er nun sein eigenes Grab erblickte, sah er sich in der Kirche um. Da waren überall Grabplatten an den Wänden. 1734, 1812, 1902.

Nein, dachte er, das konnte nicht sein. Aber als er sich die Kirche genauer ansah, konnte er erkennen, daß da etwas anders war. Die Kirche war so *nüchtern*. Das Gebälk unbemalt, die Kragsteine ebenso, und das Altartuch sah aus, als wäre es von einem unbeholfenen Kind bestickt worden.

Er blickte auf die schluchzende Frau hinunter. Eine Hexe! Eine Hexe, die ihn mit ihren Zauberkräften in eine andere Zeit und an einen anderen Ort versetzt hatte. Er hatte gefordert, daß sie ihn zurückschicken sollte – er *mußte* zurückkehren, weil seine Ehre, die Zukunft seiner Familie von seiner Rückkehr abhingen –; aber sie war nur wieder in ein hilfloses Schluchzen verfallen.

Sie war so übellaunig und scharfzüngig, wie sie böse war. Sie erdreistete sich, ihm zu sagen, daß sie nicht wisse, wie er hierhergekommen sei – daß sie keine Ahnung habe, warum er hier stünde.

Er fühlte sich erleichtert, als sie fortging, gewann eine gewisse Festigkeit zurück und begann zu glauben, daß er den Flug durchs Nichts nur geträumt habe. Ein Traum von bemerkenswerter Realität.

Er hatte die Kirche verlassen und sich noch besser gefühlt, als er bemerkte, daß der Friedhof genauso aussah wie alle Friedhöfe – hielt sich aber nicht damit auf, die Daten auf den Grabsteinen zu studieren. Einer in der Kirche hatte die Jahreszahl 1982 getragen.

Er war durch das Friedhofstor gegangen und auf die stille Straße hinausgetreten. Wo waren nur die Leute? Die Pferde? Die mit Gütern beladenen Wagen?

Was als nächstes geschah, passierte so schnell, daß er sich nicht mehr deutlich daran erinnern konnte. Da war ein Geräusch zu seiner Linken gewesen – ein lautes, sich rasch bewegendes Geräusch –, wie er es bisher noch nie gehört hatte, und zu seiner Rechten kam diese Hexe auf ihn zugerannt und sprang ihn an. Er war schwächer, als er das geglaubt hatte, weil das Gewicht dieses schmächtigen Mädchens ihn zu Boden warf.

Dicht neben ihm knatterte ein obszönes, pferdeloses Gefährt vorbei. Noch immer schwach in den Beinen, ließ er es zu, daß diese Hexe ihn auf den Friedhof zurückführte. War das sein Schicksal, allein an diesem fremden Ort zu sterben . . . in einer ihm fremden Zeit?

Er hatte versucht, dieser Hexe zu erklären, daß er zurückkehren müsse; aber sie verharrte in ihrer schnöden Haltung, indem sie so tat, als wisse sie nicht, wie und warum er an diesen Ort gekommen war. Er hatte seine liebe Not damit, ihre Sprache zu verstehen, und dies und auch ihre gewöhnliche Kleidung – keine Juwelen, kein Gold, kein Silber – bestärkten ihn in der Annahme, daß sie dem Bauernstand angehören müsse. Es dauerte eine Weile, ehe er begriff, daß sie ihn um Geld anbettelte. Sie verlangte von ihm die ungeheure Summe von zehn Pfund. Er wagte nicht, ihr die Bitte abzuschlagen, aus Angst vor ihren Zauberkräften.

Sie nahm das Geld und entfernte sich damit, während er in die Kirche zurückging. Er hatte die Marmorplatte berührt, war mit den Fingern das Datum seines Todes nachgefahren, das in den Stein gemeißelt war. War er gestorben, als er durch das Nichts reiste? Als die Hexe ihn in diese Zeit versetzte – der Kirchenmann hatte gesagt 1988, also vierhundertundvierundzwanzig Jahre später –, hatte sie ihn da im Jahre 1564 umgebracht?

Er *mußte* zurückkehren. Wenn er am 6. September 1564 gestorben war, hatte er nichts beweisen können. Zu viel war da noch unerledigt. Was mochte noch alles den Leuten zustoßen, die er zurückgelassen hatte?

45

Er fiel auf dem kalten Steinboden auf die Knie und begann zu beten. Wenn seine Gebete so stark waren wie die Magie der Hexe, konnte er vielleicht ihren Bann brechen und sich selbst in seine Zeit zurückversetzen.

Doch während er betete, rasten ihm die Gedanken nur so durch den Kopf. Sie formten sich zu dem Spruch: *Die Frau ist der Schlüssel. Du mußt wissen.*

Nach einer Weile hörte er auf, Gebete zu rezitieren, und öffnete seinen Geist seinen Gedanken. Hexe oder nicht – diese Frau hatte ihn hierhergebracht, und sie war die einzige, die die Macht besaß, ihn wieder in seine Zeit zurückzuversetzen.

Warum war er hier? Sollte er etwas lernen? Sollte die Hexe ihm etwas beibringen? Konnte es möglich sein, daß sie so unschuldig war, wie sie behauptete? Hatte sie geweint, weil sie von einem unwürdigen Liebhaber schnöde behandelt worden war und hatte ihn dabei aus einem Grund, den sie beide nicht kannten, in diese gefährliche Zeit gerufen, wo Streitwagen mit einer unglaublichen Geschwindigkeit dahinterbrausten? Wenn er erfuhr, was er wissen mußte, würde er dann in seine ihm gemäße Zeit zurückkehren?

Die Hexe war der Schlüssel. Dieser Satz wollte ihm nicht mehr aus dem Sinn. Ob sie ihn nun aus böswilliger Absicht oder durch einen unglücklichen Zufall in diese Zeit geholt hatte: Sie besaß die Macht, ihn auch wieder in seine eingestammte Epoche zurückzuversetzen – und konnte ihm zweifellos beibringen, was er aus dieser Epoche, in der er sich gegenwärtig befand, lernen sollte.

Er *mußte* sie an sich binden. Gleichgültig, wieviel es ihn von seinem Seelenfrieden kosten würde – gleichgültig, ob er sie belügen, verleumden und sogar Gott lästern mußte: Es war notwendig, daß er diese Frau an sich fesselte, und dafür sorgte, daß sie ihn nicht verließ, bis die ihm mitgeteilt hatte, was er nur von ihr erfahren konnte.

Er verharrte auf den Knien, bat Gott um Erleuchtung, erflehte sich seinen Rat und seinen Beistand für den Auftrag, den er offenbar erfüllen mußte.

Die Frau kam zu ihm zurück, während er noch betete, und während sie sich über das Geld beschwerte, das Nicholas ihr gegeben hatte, sprach er ein Dankgebet.

»Wer sind Sie?« fragte Dougless den Mann in diesem lächerlichen Kostüm »Und woher haben Sie diese Münzen?« Sie beobachtete ihn, wie er sich von den Knien erhob, und aus der Mühelosigkeit, mit der er in dieser schweren Rüstung vom Boden aufstand, schloß sie, daß er lange und oft in diesem Kostüm geprobt haben mußte. »Sind sie gestohlen?«

Sie sah, wie es zornig in seinen Augen aufblitzte. Doch dann beruhigte er sich wieder.

»Nein, Madam, sie sind mein Eigentum.«

»Ich kann mich mit dieser Erklärung nicht zufrieden geben«, erwiderte Dougless. »Sie sind sehr wertvoll.«

»Reichen sie etwa nicht aus, Eure Bedürfnisse zu befriedigen?«

Dougless beäugte ihn mißtrauisch. Noch vor wenigen Minuten hatte er sie mit dem Schwert attackiert, und jetzt blickte er sie an, als wollte er . . . er sie verführen. Je rascher sie sich von diesem verrückten Kerl trennte, um so besser für sie.

Als der Mann keine Anstalten machte, die Münzen wieder an sich zu nehmen, legte sie sie auf den Rand der Grabplatte. »Danke für das Angebot; aber so gut es gemeint war – ich werde auch ohne Ihre Hilfe zurechtkommen.« Sie drehte sich um und schickte sich an, die Kirche wieder zu verlassen.

»Verweilet, Madam!«

Dougless ballte die Hände zu Fäusten. Diese pseudo-elisabethanische Sprache, die dieser verrückte benützte, ging ihr auf die Nerven. Sie drehte sich zu ihm um. »Hören Sie –

ich weiß, daß Sie Probleme haben. Ich meine, vielleicht haben Sie einen Schlag auf den Kopf bekommen und können sich nun nicht mehr daran erinnern, wer Sie sind; aber das ist nicht meine Sorge. Ich habe meine eigenen Probleme. Ich habe nicht einen Penny in der Tasche, bin hungrig, kenne niemanden in diesem Land und weiß nicht einmal, wo ich heute schlafen werde oder wie ich mir ein Bett besorgen soll, selbst wenn ich mir eines leisten könnte.«

»Dasselbe gilt für mich«, sagte der Mann.

Dougless seufzte. Männer, die mich brauchen, dachte sie – der Fluch meines Lebens. Doch diesmal würde sie keinen Finger rühren, um einem Verrückten zu helfen, der sie mit einem Schwert bedrohte, wenn er wütend wurde. »Sie brauchen nur aus der Kirche zu gehen, dann rechts die Straße hinunter – wobei Sie aber auf den Verkehr achten sollten –, und an der übernächsten Ecke biegen Sie dann links ab. Dort, zwei Blocks hinter dem Bahnhof, wohnt ein Münzhändler. Der wird Ihnen eine Menge Geld für Ihre Münzen geben. Davon können Sie sich einen Anzug kaufen und in ein gutes Hotel ziehen. Miss Marple gehauptet, daß es wenige Probleme im Leben gibt, die nicht gelöst werden können, wenn man sich eine Woche lang in einem Hotel aufhält. Nehmen Sie ein heißes Bad, und ich wette, das wird Ihnen helfen, Ihr Gedächtnis wiederzufinden.«

Nicholas konnte sie nur anstarren. Sprach diese Frau überhaupt englisch? Was war ein Block? Wer war Miss Marple?

Als Dougless den leeren Blick des Mannes sah, seufzte sie abermals. »Schön – dann kommen Sie mit mir zur Telefonzelle, und ich zeige Ihnen dann, wohin Sie gehen müssen.«

Nicholas folgte ihr stumm aus der Kirche; aber als er durchs Friedhofstor kam, blieb er wieder stehen. Was er dort sah, war zu entsetzlich, um es glauben zu können.

Dougless ging ein paar Schritte die Straße hinunter, ehe

sie merkte, daß der Mann ihr nicht mehr folgte. Sie drehte sich um und bemerkte, wie er mit offenem Mund ein junges Mädchen anstarrte, das sich auf der anderen Straßenseite befand. Sie war so bekleidet, wie es augenblicklich in England als schick galt – total in Schwarz. Sie trug schwarze hochhackige Schuhe, eine schwarze Strumpfhose, einen winzigen schwarzen Lederrock und einen mächtigen schwarzen Sweater. Ihre kurzen Haare waren purpurrot gefärbt, hatten ziegelrote Spitzen und standen ihr, zweifellos mit Hilfe von Haarlack, wie Speichen vom Kopf weg.

Dougless lächelte. Die von Punkern und Rockern beeinflußte Mädchenmode waren ein Schock für jedermann: Da mußte man nicht erst unter der Wahnvorstellung leiden, daß man aus dem sechzehnten Jahrhundert in diese Zeit versetzt worden sei. »Kommen Sie«, sagte sie, etwas milder gestimmt. »Sie ist nichts Besonderes. Da sollten Sie erst mal die Leute sehen, wenn sie ein Rock-Konzert besuchen.«

Sie gingen zusammen bis zur Telefonzelle, und dort zeigte ihm Dougless den Häuserblock, wo der Münzhändler seinen Laden hatte. Doch zu ihrem Verdruß weigerte er sich, sie zu verlassen. »Nun gehen Sie doch, bitte«, bettelte sie; aber er rührte sich nicht von der Stelle. »Wenn das die englische Methode ist, eine Frau aufzugabeln, muß ich sie enttäuschen. Ich habe bereits einen Kerl. Oder hatte jedenfalls einen bis vor einer Stunde. Tatsächlich werde ich ihn jetzt anrufen, und er wird hierherkommen und mich abholen.«

Der Mann sagte nichts, sondern sah nur mit großem Interesse zu, wie Dougless die Vermittlung anwählte und ein R-Gespräch für Robert in dessen Hotel anmeldete. Es dauerte ein paar Sekunden, ehe die Vermittlung im Hotel sie davon unterrichtete, daß Robert und seine Tochter vor einer Stunde ihr Hotelzimmer geräumt hätten.

Dougless sank gegen die Wand der Telefonzelle.

49

»Was war das?« fragte der Mann. »Habt Ihr mit diesem Ding gesprochen?«

»Lassen Sie mich einen Augenblick in Ruhe, ja?« schrie sie ihn förmlich an, ihre Wut an ihm auslassend. Sie riß den Hörer wieder vom Haken, ließ sich die Nummer des Hotels geben, das als nächstes auf dem Reiseplan stand, den sie für Robert aufgestellt hatte. Der Portier dieses Hotels informierte sie, daß Robert Whithley erst vor wenigen Minuten die Zimmerbestellung rückgängig gemacht habe.

Abermals lehnte sich Dougless gegen die Kabinenwand. Obwohl sie sich bemühte, keine Schwäche zu zeigen, traten ihr Tränen in die Augen. »Wo bleibt also mein Ritter in der schimmernden Rüstung?« flüsterte sie. Als sie diese Worte leise zu sich selbst sagte, blickte sie den Mann an, der neben ihr stand. Ein Strahl der verblassenden Nachmittagssonne fiel auf seinen Harnisch und ein Schatten über seine blauschwarzen Haare. Ein Edelstein in seinem Schwertgriff versprühte grünes Licht. Der Mann hatte plötzlich hinter ihr gestanden, als sie in der Kirche in ihrer Verzweiflung weinend um einen Ritter in schimmernder Rüstung gebeten hatte.

»Ihr habt schlechte Nachrichten erhalten?« fragte er.

Sie löste sich von der Zellenwand. »Es sieht so aus, als habe man mich verlassen«, sagte sie leise und blickte ihn an. Nein, das konnte nicht sein – und sie weigerte sich, die Möglichkeit auch nur in Betracht zu ziehen –, daß dieser Schauspieler, der glaubte auch das zu sein, was er darstellte, just in dem Moment erschienen war, wo sie um einen Mann in einer Rüstung gebeten hatte. Aber übte sie nicht immer wie ein Magnet eine Anziehungskraft auf seltsame Männer aus?

»Ich scheine ebenfalls alles verloren zu haben«, sagte er.

»Jemand in diesem Ort muß Sie doch kennen. Vielleicht fragen Sie mal im Postamt nach.«

»Postamt?«

Er sah so verloren aus, daß ein Mitgefühl für ihn sich in ihr regte. Nein, Dougless, nein, ermahnte sie sich. »Kommen Sie – ich bringe Sie zu dem Münzhändler, wo Sie Ihre Münzen eintauschen können.«

Sie gingen jetzt nebeneinander die Straße hinunter, und seine aufrechte, perfekte Haltung veranlaßte Dougless, ihre Schultern durchzudrücken. Von den Engländern, die sie passierten, gaffte nicht einer sie an (soweit Dougless das beurteilen konnte, starrten Engländer nur Leute an, die eine Sonnenbrille trugen); aber dann begegnete ihnen ein amerikanisches Touristenehepaar mit zwei Kindern. Die ganze Familie trug brandneue Kleider, die sie zweifellos »für den Urlaub aufgespart« hatte. Der Mann hatte zwei Kameras um den Hals hängen.

»Schau dir das an, Myrt«, sagte der Mann, und während die Erwachsenen Nicholas angafften wie ein Wundertier, zeigten die Kinder mit dem Finger auf ihn und lachten. »Ungezogenes Pack«, sagte Nicholas leise zu sich. »Jemand sollte ihnen beibringen, wie sie sich in Gegenwart ihrer Herrschaft zu benehmen haben.«

Danach entwickelten sich die Dinge sehr rasch. Ein Bus hielt auf der Straße, und heraus sprangen fünfzig Japaner mit klickenden Kameras. Nicholas zog sein Schwert und ging auf die Japaner zu. Die amerikanische Touristin schrie, die Japaner drängelten und schoben sich noch dichter heran, während ihre Kameras klickten und summten wie Zikaden an einem heißen Sommerabend.

Dougless tat das einzige, was ihres Wissens funktionierte: Sie warf sich gegen den Mann im Harnisch, wobei seine Schwertschneide den Ärmel ihrer Bluse zerschnitt und sie am Oberarm verletzte. Erschrocken über den jähen Schmerz, geriet Dougless ins Straucheln und wäre fast gestürzt, wenn der Ritter sie nicht aufgefangen, auf seine Arme genommen

51

und auf den Bürgersteig zurückgetragen hätte. Hinter ihnen klickten noch immer die japanischen Kameras, und die Amerikaner klatschten Beifall.

»He, Daddy, das ist besser als Warwick Castle«, krähte eines von den beiden amerikanischen Kindern.

»Das steht aber nicht im Reiseführer, George«, sagte die amerikanische Frau zu ihrem Mann. »Ich meine, solche Sachen sollten im Reiseführer erwähnt werden, weil sonst jemand auf den Gedanken kommen könnte, das wäre *echt*«

Nicholas setzte die Frau auf dem Bürgersteig ab. Irgendwie – er wußte nicht, wie – hatte er sich vor diesen Leuten zum Narren gemacht. Durfte man in diesem Jahrhundert einen Edelmann ungestraft beleidigen? Was für eine Waffe stellten diese seltsamen schwarzen Maschinen dar? Und was waren das für seltsame kleine Leute, die diese Maschinen in den Händen hielten?

Aber er sprach diese Fragen nicht laut aus. Fragen schienen diese Hexen-Frau nur zu verärgern. »Madam, Ihr seid verwundet.«

»Es ist nur eine Fleischwunde«, erwiderte sie, eine Darstellerin in einem Western-Film parodierend. Aber der Mann lächelte nicht. Tatsächlich sah er verlegen aus. »Das ist nicht zum Spaßen«, sagte er, während er den blutigen Schnitt an ihrem Arm betrachtete. Sie holte ein Papiertuch aus der Tasche in ihrem Rock und preßte es auf die Wunde. »Der Münzhändler befindet sich dort drüben.«

Als Dougless den kleinen Laden betrat, blickte ihr der Händler ihr mit einem warmen Lächeln entgegen. »Ich hoffte sehr, sie wiederzusehen. Ich . . .« Er stockte mitten im Satz, als er Nicholas bemerkte. Langsam, ohne ein Wort zu sagen, kam der Mann hinter seinem Ladentisch hervor und begann, Nicholas' Kleidung zu untersuchen. Er schob die Juwelierslupe übers Auge und studierte den Brustpanzer. »Hmm-hmmm«, murmelte er immer wieder. Er betrachtete die Juwelen am

Schwertgriff, dann Nicholas' Hand, die auf dem Schwertgriff lag, dann den Dolch in seinem Gürtel – eine Waffe, die Dougless bisher noch gar nicht bemerkt hatte. Dann sank der Händler auf die Knie und studierte die Stickerei des Strumpfbandes über Nicholas' Knie, dann das Gewebe seiner Strumpfhose und zuletzt auch noch die weichen flachen Schuhe an Nicholas' Füßen.

Schließlich richtete sich der Münzhändler wieder auf und betrachtete Nicholas' Gesicht, untersuchte mit der Lupe dessen Bart und Haare.

Während dieser eingehenden Betrachtung seiner Person hatte Nicholas steif dagestanden und die ganze Prozedur mit kaum verhohlenem Widerwillen über sich ergehen lassen.

Endlich trat der Münzhändler einen Schritt von ihm zurück. »Bemerkenswert. Ich habe noch nie so etwas gesehen. Ich muß den Juwelier von nebenan holen, damit er sich das anschaut.«

»Bei Eurem Leben – das werdet Ihr nicht tun!« schnaubte Nicholas ihn an. »Glaubt Ihr, ich warte hier den ganzen Tag und lasse mich inspizieren wie ein Schwein auf einem Wochenmarkt? Macht Ihr jetzt mit mir Geschäfte oder soll ich woanders hingehen?«

»Jawohl, Sir«, murmelte der Münzhändler und huschte wieder hinter seinen Ladentisch.

Nicholas stellte sein Ledersäckchen voller Münzen auf den Ladentisch. »Was gebt Ihr mir dafür? Und denkt daran, Mann, daß ich jeden zur Rechenschaft ziehe, der mich zu betrügen versucht.«

Dougless kauerte jetzt neben dem Ladentisch an der Wand. Dieser geharnischte Mann hatte eine Art, Befehle zu geben, daß man Angst hatte, sich seinen Anweisungen zu widersetzen. Nachdem Nicholas sein Ledersäckchen voller Münzen auf den Tisch gelegt hatte, trat er ans Fenster, während der Händler mit bebenden Händen den Lederbeutel öffnete. Dougless trat zu dem Händler. »Nun«, fragte sie flüsternd, »was haben Sie entdeckt, als Sie ihn so eingehend studierten?«

Der Händler warf einen scheuen Blick auf Nicholas' Rükken. »Sein Harnisch besteht aus Silber, die Ziselierungen sind mit purem Gold ausgefüllt. Die Smaragde an seinem Schwert sind ein Vermögen wert, desgleichen die Rubine und Diamanten an seinen Fingern.« Er blickte sie an. »Wer auch immer sein Kostüm angefertigt hat – er muß unglaublich viel Geld dafür aufgewendet haben. O mei«, sagte er dann, eine Münze hochhebend. »Da ist sie ja.«

»Eine Königin in einem Schiff?«

»Eben die.« Er hielt die Münze, als wäre sie eine zerbrechliche Kostbarkeit. »Ich kann einen Käufer dafür finden; aber es wird ein paar Tage dauern.« Seine Stimme war die eines Liebhabers.

Dougless nahm ihm die Münze wieder aus der Hand und schob sie mit den anderen in den Lederbeutel zurück. Nur eine ließ sie auf dem Ladentisch liegen. Sie wollte sich erst umhören und Preise vergleichen, ehe sie Nicholas empfehlen würde, sich von seinen Münzen zu trennen. »Sie sagten mir vor einer Stunde, daß Sie mir für diese Münze fünfhundert Pfund geben würden.«

»Und die anderen?«

»Ich . . . wir werden uns das überlegen.«

Der Mann begab sich zur Hinterwand des Ladens und zählte ihr ein paar Sekunden später fünfhundert Pfund in großen, hübschen englischen Banknoten auf den Tisch.

»Ich werde hier sein, wenn Sie es sich doch noch anders überlegen sollten«, rief der Händler Nicholas und Dougless nach, als die beiden zur Ladentür gingen.

Auf der Straße blieb Dougless stehen und händigte Nicholas den Beutel mit den Münzen und den modernen Banknoten aus. »Ich habe eine Münze für fünfhundert Pfund verkauft. Der Rest ist ein Vermögen wert. Tatsächlich scheint alles, was Sie auf dem Leib tragen, so kostbar zu sein, daß man einen König damit auslösen könnte.«

»Ich bin ein Graf, kein König«, sagte Nicholas, während er verwirrt und neugierig zugleich das Papiergeld betrachtete.

Sie studierte nun auch seinen Harnisch aus der Nähe. »Besteht der Panzer tatsächlich aus Silber, und ist er mit echtem Gold am Rand unterlegt?«

»Ich bin kein armer Mann, Madam.«

»Offenbar nicht.« Sie trat von ihm weg. »Ich schätze, ich sollte jetzt besser gehen.« Ihr war bewußt geworden, daß sie den größten Teil dieses Tages an diesen Mann verschwendet und immer noch kein Geld hatte oder eine Bleibe für die nächste Nacht. Robert und seine Tochter hatten das eine Hotel verlassen und das andere abbestellt.

»Ihr werdet mir bei meiner Wahl helfen?« sagte der Mann.

»Entschuldigung – ich habe nicht zugehört.«

Der Mann versuchte ihr offenbar etwas zu sagen, das er nur unter großen Schwierigkeiten ausdrücken konnte. Er schluckte, als wären seine eigenen Worte Gift für ihn. »Ihr werdet mir helfen, Kleider auszusuchen und eine Unterkunft für die Nacht zu finden? Ich werde Euch für Eure Dienste bezahlen.

Dougless brauchte eine Sekunde, ehe sie begriff. »Sie wollen wir einen *Job* anbieten?«

»Eine Anstellung, ja.«

»Ich brauche keinen Job; ich brauche lediglich . . .« Ihre Stimme verebbte und sie drehte sich von ihm weg. Ihre Tränendrüsen schienen irgendwie mit den Niagara-Fällen verbunden zu sein.

»Geld?« half ihr auf die Sprünge.

Sie schniefte. »Nein. Ja, ich schätze, daß ich Geld brauche. Ich muß auch Robert finden und ihm alles erklären.«

»Ich werde Euch bezahlen, wenn Ihr mir helft.«

Dougless drehte sich wieder um und sah ihn an. Da war etwas in seinen Augen – etwas Verlorenes und Einsames –, das sie für ihn einnahm. Nein! ermahnte sie sich streng. Du kannst dich nicht mit einem Mann einlassen, der nicht alle Tassen im Schrank hat. Er war zweifellos reich, aber verrückt. Vermutlich ein wohlhabender Exzentriker, der sich dieses Kostüm hatte anfertigen lassen und damit von Dorf zu Dorf zog, um einsame Frauen aufzugabeln.

Aber da war noch dieser Ausdruck von Verlassenheit in seinen Augen. Wenn er nun *tatsächlich* nur sein Erinnerungsvermögen verloren hatte?

Und welche Alternativen standen ihr zu Gebote? Sie konnte schon jetzt das spöttische Lachen ihrer Schwester Elizabeth hören, wenn sie bei ihr anrief und um Geld bettelte. Elizabeth würde es nicht im Traum einfallen, einen Job von einem Mann anzunehmen, der in einem Brustharnisch über die Dörfer tingelte. Elizabeth würde ganz genau wissen, was in so einem Fall zu tun sei – wann und wie man was machte. Elizabeth war perfekt. Genauso perfekt wie Catherine und Anne. Tatsächlich schienen alle Montgomerys perfekt zu sein – Dougless ausgenommen. Sie hatte sich schon oft gefragt, ob man sie nicht auf der Entbindungsstation in die falsche Krippe gelegt hatte.

»Schön«, sagte sie abrupt. »Dieser Tag ist sowieso schon vergeudet; also kann ich Ihnen ebensogut noch den Rest davon schenken. Ich werde Ihnen bei der Besorgung von Kleidern helfen, Ihnen noch eine Bleibe suchen und dann ist es genug. Ich werde das für, sagen wir, fünfzig Dollar tun.« Das sollte reichen für eine Übernachtung mit Frühstück, überlegte sie, und morgen früh wollte sie ihren ganzen Mut zusammennehmen und Elizabeth ein zweites Mal anrufen.

Nicholas schluckte seinen Ärger hinunter und gab der Frau mit einem kurzen Nicken sein Einverständnis. Er hatte zwar ihre Worte nicht verstanden, aber begriffen, daß sie noch ein paar Stunden mit ihm zusammenbleiben wollte. Er würde ein Mittel finden müssen, daß sie ihm so lange nicht von der Seite wich, bis er entdeckt hatte, wie er in seine eigene Zeit zurückgelangen konnte. Und sobald er herausgefunden hatte, was er wissen mußte, würde er sich mit Freuden von dieser Frau trennen.

»Kleider«, sagte sie. »Wir beschaffen Ihnen zuerst etwas zum Anziehen, und dann ist es Teezeit.«

»Tee? Was ist Tee?«

Dougless hielt mitten im Schritt inne. Ein Engländer, der offenbar nicht wußte, was Tee war? Dieser Mann war eine Zumutung. Sie würde ihm helfen, bis er in einem Hotelzimmer untergebracht war, und dann froh sein, ihn loszuwerden.

3

Sie gingen schweigend den breiten Bürgersteig hinunter, wobei der Mann alles neugierig betrachtete. Sein hübsches Gesicht hatte einen so verwunderten Audruck, daß Dougless fast glauben mochte, daß er diese moderne Welt noch nie zuvor gesehen hatte. Er stellte ihr keine Fragen; hielt aber oft an, um Autos anzustarren oder Frauen in kurzen Röcken.

Sie mußten nur bis zur nächsten Straßenecke gehen, um einen kleinen Laden zu finden, der Herrenbekleidung verkaufte. »Hier können Sie sich etwas besorgen, was weniger auffällig ist als Ihr Harnisch und Ihre Strumpfhose.«

»Ja, ein Schneider«, sagte er, blickte hinauf in das Stockwerk über der Ladentür und runzelte die Stirn, als würde er etwas vermissen.

»Kein Schneider, nur Kleider.«

In dem kleinen Laden gaffte der Mann die Hemden in den Regalen an und die Hosen, die an Bügeln an Garderobenstangen hingen. »Diese Kleider sind bereits gemacht«, sagte er.

Dougless wandte sich dem Verkäufer zu, der aus dem Hinterzimmer kam. »Wir brauchen eine komplette Ausstattung von der Unterwäsche bis zum Anzug. Und Sie müssen seine Maße nehmen.« Selbst wenn dieser kostümierte Mann sich an seine Anzuggröße erinnern konnte, würde er zweifellos so tun, als habe er sie vergessen.

Dougless suchte sich einen Stuhl und wartete, bis der Verkäufer ihren Begleiter versorgt hatte. Sie tat so, als lese sie in einem Magazin, schickte aber hin und wieder einen verstohlenen Blick zu Nicholas hinüber. Der hob die Arme, damit ihm der Verkäufer den Brustharnisch abnehmen konnte. Er trug ein Leinenhemd mit weiten Ärmeln darunter, das ihm auf der Haut klebte.

Und was für ein Körper zeichnete sich da unter dem verschwitzten Stoff ab! Er war tatsächlich so breitschultrig und muskulös, wie sie das vermutet hatte, als er noch diesen mächtigen Harnisch trug.

Der Verkäufer brachte ihm einige Hemden zum Anprobieren; aber dem Grafen gefiel keines von ihnen. Schließlich blickte der Verkäufer Dougless hilfesuchend an.

»Was paßt Ihnen denn an diesen Hemden nicht?« fragte sie Nicholas.

»Diese Kleider sind nicht schön«, sagte er stirnrunzelnd. »Sie haben keine Farbe, keine Juwelen, keine Stickerei. Vielleicht könnte eine Frau sich an den Stickrahmen setzen und eine von diesen Dingern . . .«

Dougless lachte. »Heutzutage sitzen Frauen nicht mehr am Stickrahmen. Jedenfalls machen sie so etwas nicht mehr.« Sie fuhr mit den Fingerspitzen über die rechte Manschette seines Hemds, das der Verkäufer über einen Bügel gehängt hatte. Die Manschette war mit schwarzer Seide bestickt und zeigte ein Muster aus Blumen und Vögeln – eine herrliche Handarbeit mit einem kunstvollen Spitzensaum.

Dougless korrigierte sich im stillen. Natürlich gab es noch irgendwo Frauen, die so etwas anfertigten; denn irgend jemand in diesem Jahrhundert mußte doch dieses Hemd genäht und bestickt haben – oder etwa nicht?

Sie wählte aus dem Haufen der anprobierten Sachen, die ihr Begleiter verworfen hatte, ein wunderschönes Baumwollhemd aus. Die Engländer waren nicht so wie die Amerikaner, die alle fünf Minuten etwas Neues haben wollten, und deshalb fand man in englischen Geschäften zumeist Kleider von bester Qualität, die jahrelang hielten. Und wenn jemand sich die unglaublich hohen Preise dafür leisten konnte, waren sie der Qualität nach durchaus ihr Geld wert.

»Hier – probieren Sie dies doch mal an«, sagte sie in einem sie überraschend einschmeichelnden Ton. Gab es eine Frau auf Erden, die noch nicht die Erfahrung gemacht hatte, daß sie einen Mann dazu überreden mußte, etwas anzuziehen, was ihm wirklich stand? »Prüfen Sie mal den Stoff, wie weich er ist.«

Widerstrebend entblößte er seinen Oberkörper, und Dougless hielt ihm das Hemd zum Anprobieren hin. Er hatte einen breiten, von der Sonne gebräunten Rücken und Muskeln, die unter der Haut bei jeder Bewegung ein Wellenmuster bildeten.

»Und nun gehen Sie dort zum Spiegel hinüber und schauen Sie sich an.«

Sie war nicht auf die Reaktion gefaßt, die die drei bodenlangen Spiegel bei ihm auslösten. Er betrachtete sie und fuhr mit den Fingern darüber hin.

»Ist das Glas?« flüsterte er.

»Natürlich. Woraus sollten Spiegel wohl sonst gemacht sein?«

Aus seiner kurzen Ballonhose holte er einen runden kleinen, hölzernen Gegenstand hervor und reichte ihn ihr. Als sie das Holz in der Hand drehte, sah sie, daß auf der anderen Seite ein Spiegel aus Metall befestigt war, und als sie hineinblickte, sah sie ein verzerrtes Spiegelbild von sich selbst.

Sie schaute zu dem Mann hoch und beobachtete, wie er sein Spiegelbild studierte. War es das erstemal, daß er sich selbst in voller Länge sah? Natürlich nicht, sagte sie sich. Er konnte sich nur nicht an das letzte Mal erinnern.

Sie betrachtete sich nun selbst im Spiegel, während sie hinter ihm stand. Was für ein katastrophaler Anblick! Ihr Maskara saß *unter* dem Auge statt darüber – das Ergebnis mehrerer Heulkrämpfe. Ihre Bluse war am Ärmel aufgeschlitzt und hing ihr über den Gürtel hinunter. Ihre Haare rahmten wirr und strähnig ihr Gesicht. Sie konnte ihren Anblick nicht länger ertragen und wandte sich ab.

»Jetzt zu den Hosen«, murmelte sie und zog sich in eine Ecke zurück, während der Verkäufer an ihrem Begleiter Maß nahm. Es blieb eine Weile still im Laden, bis sich die Tür einer Anprobekabine einen Spalt öffnete und der Mann zu ihr hinsah. Sie ging zu ihm.

»Ich komme damit nicht zurecht«, sagte er leise und öffnete die Tür noch ein Stück, damit sie eintreten konnte. »Was ist das für eine Befestigung?«

Dougless versuchte nicht an diese unmögliche Situation zu denken. Sie war in einer kleinen Kabine mit einem Mann eingeschlossen, der nicht wußte, wie man einen Reißverschluß bediente. »Hier, so geht das . . .« Sie begann ihm die Arbeitsweise eines Reißverschlusses an der Hose zu zeigen, die er gerade anprobierte; nahm dann jedoch eine von jenen zur Hand, die auf einem Bügel hingen. Sie zeigte ihm den Verschluß des Geräts, darauf die Haken, die miteinander verbunden wurden, und sah dann zu, wie er, als wäre er noch ein Kind, das Ding öffnete und wieder schloß und mit dem Verschluß mehrmals an den Metallzähnen auf- und niederfuhr. Dann wollte sie die Kabine wieder verlassen.

»Wartet. Was ist das für eine wundersame Substanz?« Er hielt eine Unterhose in die Höhe und zog das Band an der Taille auseinander.

»Ein elastischer Gummi.« Sein Gesicht leuchtete förmlich vor Entdeckerfreude. Sie fühlte sich in diesem Moment ausgesprochen gut.

»Warten Sie ab, bis Sie auf eine Stretchhose stoßen«, sagte sie lächelnd und trat wieder aus der Kabine. »Wenn Sie noch mehr Hilfe brauchen, rufen Sie mich.«

Sie lächelte noch immer, als sie die Kabinentür hinter sich schloß. Sie blickte die Anzüge an, von denen sie umgeben war. Wie nüchtern sie einem Mann erscheinen mußten, der daran gewöhnt war, sich mit einem silbernen Harnisch zu bekleiden. Der Verkäufer hatte den Brustpanzer, das Schwert und den Dolch sorgsam in einer großen Tragetasche verpackt, die er neben der Kabine abgestellt hatte. Dougless vermochte die Tragetasche kaum anzuheben.

Nach ein paar Sekunden kam der Mann aus der Kabine. Er trug ein weißes weiches Baumwollhemd und eine eng anliegende graue Baumwollhose. Das Hemd entsprach der zeitgemäßen Mode und bauschte sich gewaltig; aber die Hose saß stramm. Er sah hinreißend aus.

Sie schaute zu, wie er zum Spiegel ging und sich finster musterte.

»Diese . . . diese . . .« sagte er und zerrte an der Naht unter dem Gesäß.

»Hose«, half sie ihm mit der Vokabel aus.

»Sie passen mir nicht. Sie zeigen nicht meine Beine. Ich habe feine Beine.«

Dougless lachte. »Männer tragen heutzutage keine Strumpfhosen mehr; aber Sie sehen großartig aus.«

»Ich bin mir nicht sicher. Eine Kette vielleicht.«

»Keine Kette«, sagte sie. »Verlassen Sie sich auf mich. *Keine Kette.*«

Sie suchte einen Ledergürtel für ihn aus und dann Socken. »Schuhe müssen wir in einem anderen Laden kaufen.«

Sie gingen zur Kasse, wo der Verkäufer die Summen auf den Preisschildern addierte und diese dann von den Kleidern abtrennte, und Dougless sah mit Entsetzen, daß Nicholas wieder einmal zu seinem Schwert griff. Zum Glück befand es sich in der Tragetasche, so daß er nicht so schnell an die Waffe herankam.

»Er möchte mich berauben!« brüllte der Graf. »Ich kann

mir ein Dutzend Diener für weniger anheuern, als er mir für diese schmucklosen Kleider berechnen will.«

Dougless stellte sich zwischen Nicholas und die Ladenkasse, während sich der Verkäufer ängstlich an die Wand drückte. »Geben Sie mir das Geld«, sagte sie mit energischer Stimme. »Heutzutage kostet es alles mehr als früher. Ich meine, es wird Ihnen schon bald wieder einfallen, daß es so ist. Geben Sie mir das Geld.«

Immer noch wütend überließ Nicholas ihr seinen Lederbeutel, und dann mußten sie in der Tragetasche und in seinen anderen Kleidern nach dem Papiergeld suchen.

»Er will für die Kleider das Papier nehmen?« flüsterte der Graf und lächelte dann. »Ich werde ihm so viel Papier geben, wie er haben möchte. Er ist ein Narr.«

»Das Papier ist *Geld*, und man kann es in Gold umtauschen«, sagte sie, als sie den Laden verließen.

»Jemand würde mir für dieses Papier Gold geben?«

»Jede Bank würde das tun.«

»Was ist eine Bank?«

›Eine Bank ist eine Stelle, wo man sein Geld verwahren kann. Geld, das man nicht benötigt, heißt das. Wo verwahren Sie denn Ihr Geld?«

»In meinem Haus«, erwiderte er verblüfft.

»Oh, ich verstehe«, erwiderte sie lächelnd. »Sie graben ein Loch und verstecken es im Garten. Nun, heutzutage trägt man es auf eine Bank, wo es Zinsen bringt.«

»Was ist das – Zinsen?«

Dougless stöhnte. »Hier ist eine Teestube. Haben Sie Hunger?«

»Ja«, antwortete er und öffnete die Tür für sie.

Der Nachmittagstee war eine Sitte, an die Dougless sich rasch gewöhnt hatte. Es war himmlisch, sich um vier Uhr nachmittags an einen Tisch zu setzen, köstlich heißen Tee zu trinken und ein frisches Hörnchen dazu zu essen.

Sie ballte die Hände zu Fäusten, als sie an Gloria dachte. Wußte Robert, daß Gloria ihre Handtasche mitgenommen hatte? Wußte er, daß er Dougless mittellos auf dem Friedhof hatte stehen lassen, allein und der Willkür dieses verrückten Mannes ausgeliefert?

Sie mochte nicht glauben, daß er das gewußt hatte. Robert war im Grunde kein böser Mensch. Wenn er das gewesen wäre, hätte er seine Tochter nicht so sehr geliebt. Dougless wußte, daß er Gloria gegenüber ein schlechtes Gewissen hatte, weil er sie nach der Scheidung der Mutter überließ. Und um das Manko, daß er sie verlassen hatte, wieder gutzumachen, verwöhnte er sie während der Besuchszeiten und hatte sie deshalb auch auf diese Urlaubsreise mitgenommen. Und es war eine ganz natürliche Sache, daß Gloria um die Liebe ihres Vaters kämpfte. Es war eine natürliche Erscheinung bei einem Kind, auf Dougless eifersüchtitg zu sein.

Dougless wußte, daß sie auf die Knie fallen und um Vergebung flehen würde, wenn Robert in diesem Moment in die Teestube gekommen wäre.

»Kann ich Ihnen helfen?« sagte die Frau hinter dem Ladentisch.

»Tee für zwei Personen«, erwiderte Dougless. »Und zwei Hörnchen bitte.«

»Wir haben heute auch Erdbeertörtchen mit Schlagsahne«, sagte die Frau.

Dougless nickte, und ein paar Sekunden später schob die Frau ihr ein Tablett über den Ladentisch zu. Dougless bezahlte, nahm das Tablett auf und blickte den Grafen an. »Sollen wir draußen essen?«

Er folgte ihr in den kleinen Garten, der von einer mit rankendem Wein bedeckten Ziegelmauer umgeben war. Sie setzte das Tablett ab und begann, den Tee auszuschenken. Sie hatte auch am ersten Tag, als sie nach England kam, den Tee nach der Gewohnheit der Einheimischen mit Milch getrunken und dies als eine köstliche Bereicherung empfunden.

Der Graf ging inzwischen in dem kleinen Garten umher und studierte das Mauerwerk und die Pflanzen. Sie rief ihn an den Gartentisch zurück und reichte ihm eine gefüllte Tasse Tee und ein Hörnchen.

Er betrachtete zunächst den Tee mißtrauisch und nahm dann einen kleinen Schluck. Nachdem er zwei Schluck davon genommen hatte, blickte er Dougless mit so unverhohlener Freude an, daß sie lachen mußte. Sie schenkte ihm eine zweite Tasse ein, als er die erste nun auf einen Zug geleert hatte, und nun nahm er das Hörnchen zur Hand und betrachtete es.

Es war einem südamerikanischen Zuckerhörnchen ähnlich; aber mit Rosinen gefüllt. Sie nahm es ihm ab, zerbrach es in zwei Hälften, tauchte eine Hälfte in Schlagsahne ein und gab es ihm zurück. Er biß nun in das Gebäck, und während er den Bissen kaute, sah er aus wie ein Mann, der sich soeben verliebt hatte.

In wenigen Minuten hatte er den ganzen Tee ausgetrunken und die beiden Hörnchen verzehrt. Dougless ging in den Laden zurück und ließ sich das Tablett zum zweitenmal mit Hörnchen und Tee beladen. Als sie mit dem Tablett in den Garten zurückkam, blickte er sie an.

Was hat Euch veranlaßt, in der Kirche zu weinen?«

»Ich . . . ich glaube nicht, daß Sie das etwas angeht.«

»Wenn ich zurückkehren soll – und ich *muß* zurückkehren – muß ich auch wissen, was mich hierhergebracht hat.«

Dougless legte ihr halb aufgegessenes Hörnchen auf dem Teller ab. »Sie werden doch jetzt nicht schon wieder damit anfangen, oder? Wissen Sie, was ich denke? Ich glaube, Sie sind ein examinierter Student der elisabethanischen Zeit, vermutlich ein Doktor der Philosophie, der von seiner Forschungsarbeit so hingerissen war, daß er total in ihr aufging. Mein Vater erzählte mir, daß ihm das gleiche passiert wäre – daß er so viele mittelalterliche Handschriften gelesen hätte, daß er nach einer Weile die moderne Schrift nicht mehr entziffern konnte.«

Nicholas betrachtete die Frau mit scheelem Blick. Wenn er an all die Wunder dachte, die er heute gesehen hatte – an die pferdelosen Wagen., das makellos klare Glas, die sauberen Straßen, die Massen von herrlichen Waren, die man hier kaufen konnte, konnte er nur staunen über die Kleinmütigkeit dieser Frau, das Mysterium und die Magie dieser Welt betreffend. »Ich weiß, woher ich kam«, sagte er nüchtern, »und Ihr, Hexe . . .«

Bei diesen Worten verließ Dougless den Garten; aber er holte sie noch vor der Ladentür ein, und seine Hände zerquetschten ihr fast den Arm.

»Warum habt Ihr geweint?« forschte er.

Sie befreite sich mit einem Ruck aus seinem Griff. »Weil ich gerade in einem fremden Land zurückgelassen worden war«, erwiderte sie wütend. Und dann begannen die Tränen wieder zu fließen, was ihr entsetzlich peinlich war.

Sacht schob er seinen Arm unter den ihren und führte sie an ihren Tisch im Garten zurück. Dort setzte er sich neben sie, goß ihr eine Tasse Tee ein, fügte Milch hinzu und reichte ihr dann das hübsche Porzellangefäß.

»Und jetzt verratet mir, Madam, was Euch so bekümmert, daß Euch die Tränen aus den Augen strömen wie ein Wasserfall!«

Dougless hatte es keinem erzählen *wollen*, was ihr passiert war; aber zu ihrem Verdruß ertappte sie sich nun dabei, wie sie diesem seltsamen Mann alles beichtete.

»Er hat Euch verlassen? Euch schutzlos Gaunern und Banditen ausgeliefert?«

Dougless schneuzte sich in die Papierserviette und nickte.

»Und auch Männern, die glauben, daß sie aus dem sechzehnten Jahrhundert stammen. Oh, entschuldigen Sie«, setzte sie rasch hinzu.

Aber der Mann schien ihren letzten Satz gar nicht gehört zu haben. Er schritt im Garten auf und ab. »Ihr habt lediglich vor einem Grab gekniet – vor meinem Grab – und um einen . . . einen . . .« Er blickte zu ihr hin.

»Einen Ritter in schimmernder Rüstung gebeten.«

Er lächelte ein wenig, die Lippen in seinem Schnurr- und Knebelbart versteckt. »Ich trug keine Rüstung, als Ihr mich beschworen habt.«

»Ich habe Sie *nicht beschworen.* Es ist bei uns so Sitte, daß man zu heulen anfängt, wenn man in einer Kirche ausgesetzt wird. Besonders dann, wenn ein dicker Fratz von einem Mädchen einem vorher noch die Handtasche stiehlt. Ich besitze jetzt nicht mal mehr einen Paß. Selbst wenn mir meine Familie telegrafisch Geld für einen Flugschein schicken würde, könnte ich dieses Land nicht verlassen. Ich würde mich erst um einen neuen Paß bemühen müssen.«

»Auch ich kann nicht nach Hause zurückkehren«, sagte er. »Aber wenn Ihr mich schon hierhergeholt habt, könnt Ihr mich ebensogut wieder zurücksenden.«

»Ich bin *keine* Hexe. Ich praktiziere keine schwarze Magie, und ich kann Ihnen versichern, daß ich nicht weiß, wie man Leute aus einem Jahrhundert ins andere schickt. Sie haben sich das alles nur eingebildet.«

Er sah sie mit hochgezogenen Brauen an. »Kein Zweifel, daß Euer Liebhaber Euch zu Recht hatte sitzen lassen. Bei Eurer Übellaunigkeit ist es kein Wunder, daß er es nicht länger bei Euch ausgehalten hat.«

»Ich habe mich bei Robert *niemals* übellaunig gezeigt. Ich liebte ihn. Ich *liebe* ihn, und deshalb war ich auch immer liebenswürdig zu ihm. Ich tat alles, was er von mir verlangte, und ich hätte mich bei ihm nicht über Gloria beklagen sollen.

Es war nur so, daß mir ihre Lügerei allmählich auf die Nerven ging.«

»Und Ihr liebt diesen Mann, der Euch verlassen hat und seiner Tochter erlaubte, Euch zu berauben?«

»Ich bezweifle, daß Robert etwas von dem Diebstahl seiner Tochter weiß, und Gloria ist nur ein Kind. Es ist ihr vielleicht nicht einmal bewußt, was sie da angestellt hat. Ich wünschte nur, ich könnte die beiden wiederfinden, meine Handtasche zurückbekommen und nach Hause fliegen.«

»Mir scheint, wir verfolgen gleiche Ziele.«

Plötzlich wußte sie, worauf er hinauswollte. Sie sollte ihm Hilfe auf einer permanenten Basis leisten. Aber sie dachte nicht daran, sich mit einem Mann zusammenzutun, der an Gedächtnisschwund litt.

Sie stellte ihre leere Tasche auf den Tisch zurück. »Unsere Ziele sind sich nicht so ähnlich, daß wir die nächsten Monate miteinander verbringen sollten, in denen Sie sich zu erinnern versuchen, daß Sie eigentlich eine Frau und drei Kinder in New Jersey haben und jeden Sommer nach England kommen, wo Sie sich eine Rüstung anziehen, um sich ein paar kleine erotische Spielchen mit ahnungslosen Touristinnen zu erlauben. Nein, vielen Dank. Wenn Sie nichts dagegen haben, treffen wir jetzt ein kleines Abkommen. Ich suche Ihnen ein Hotelzimmer, und dann bin ich aus dem Spiel, ja?«

Als sie geendet hatte, sah sie den Ärger hinter seinem Bart aufblitzen. »Sind alle Frauen jetzt so, wie Ihr seid?«

»Nein, nur diejenigen, die immer wieder von Männern vor den Kopf gestoßen wurden.« Sie beruhigte sich ein wenig. »Wenn Sie tatsächlich Ihr Gedächtnis verloren haben, sollten Sie zu einem Arzt gehen und nicht Frauen in einer Kirche aufgabeln. Und wenn das alles nur ein Theater von Ihnen ist, sollten Sie erst recht einen Arzt aufsuchen. Ob nun das eine oder das andere zutrifft – Sie sind in beiden Fällen nicht auf meine Hilfe angewiesen.« Sie stellte das Teegeschirr auf das

Tablett zurück, um es in den Laden zurückzutragen, aber er verstellte ihr den Weg.

»Was nützt es mir, wenn ich die Wahrheit berichte? Mögt Ihr denn nicht glauben, daß Eure Tränen mich aus einem anderen Ort und einer anderen Zeit hierhergerufen haben könnten?«

»Natürlich glaube ich das nicht«, sagte sie. »Es gibt tausend Erklärungen dafür, daß *Sie* davon überzeugt sein könnten, Sie würden aus dem sechzehnten Jahrhundert stammen, und nicht eine davon hat etwas mit mir oder meinen angeblichen Zauberkräften zu tun. Wollen Sie mich jetzt entschuldigen? Ich muß diese Sachen im Laden abgeben, und dann suche ich Ihnen ein Hotelzimmer.«

Friedlich folgte er ihr jetzt aus der Teestube, hielt dabei aber den Kopf gesenkt, als sei er mit einem großen Problem belastet. Wenn er sein Gedächtnis verloren hatte, konnte Dougless tatsächlich nichts Verkehrteres tun, als bei ihm zu bleiben und ihn an einem Besuch beim Arzt zu hindern.

Sie fragte die Verkäuferin in der Teestube nach dem nächstbesten Hotel garni, und dann gingen sie beide wieder stumm die Straße hinunter. Der Mann sagte nicht nur nichts, sondern schaute sich auch nicht mehr neugierig um, wie er das bisher getan hatte.

»Gefallen Ihnen Ihre neuen Kleider?« fragte sie schließlich in dem Bemühen, Konversation zu machen. Er trug die Tragetasche mit seiner Rüstung und seiner Pluderhose unter dem Arm.

Er gab ihr keine Antwort, schritt weiter mit gefurchter Stirn neben ihr her.

In dem Hotel garni war nur noch ein Zimmer frei. Und Dougless begann ihn in das Hotelbuch einzutragen. »Bestehen Sie immer noch darauf, daß Ihr Name Nicholas Stafford ist?«

Die Frau in der kleinen Empfangsloge lächelte. »Oh, wie

69

der von der Kirche.« Sie nahm eine Ansichtspostkarte von der Gruft in der Kirche aus einem Ständer und betrachtet sie. »Sie sehen ihm ähnlich, wirken nur ein bißchen lebendiger.« Sie lachte über ihren eigenen Witz. »Erste Tür rechts. Das Bad ist am Ende des Flurs.«

Dougless drehte sich um, blickte den Mann an und fühlte sich plötzlich wie eine grausame Mutter, die ihr Kind aussetzt. »Sie werden Ihr Gedächtnis schon bald wiedergefunden haben«, sagte sie. »Diese Lady kann Ihnen sagen, wo Sie ein Dinner bekommen.«

»Lady?« wiederholte er. »Dinner um diese Tageszeit?«

»Also gut«, erwiderte sie frustriert. »Frau und Supper hätte ich besser sagen sollen. Ich wette, nach einem guten Schlaf wird Ihnen gewiß alles wieder einfallen.«

Ich habe nichts vergessen, Madam. Ihr könnt jetzt nicht gehen. Nur Ihr wißt, wie ich zurückkomme in meine Zeit.«

»Geben Sie mir erst mal ein bißchen was von Ihrem Zaster, ja? Lediglich die fünfzig Piepen, die wir ausgemacht haben. Das ist . . .« Zu ihrem Schrecken waren das nur dreißig Pfund. Ein Einbettzimmer mit Frühstück in diesem Hotel hatte aber vierzig Pfund gekostet. Doch abgemacht war abgemacht. »Wenn Sie mir nur diese dreißig Pfund geben würden, und dann bin ich auch schon weg.«

Sie hatte sein Papiergeld, und sie gab es ihm bis auf die dreißig Pfund zurück. »Bringen Sie diese Münzen zum Händler.« Sie wandte sich zum Gehen. »Viel Glück«, sagte sie noch mit einem letzten Blick in seine blauen Augen, die so traurig aussahen.

Als sie das Hotel verlassen hatte, war ihr gar nicht zum Jubeln zumute. Eher, als würde sie etwas vermissen. Sie zwang sich dazu, die Schultern durchzudrücken und den Kopf zu heben. Es war schon spät am Tag, und sie mußte noch einen Platz finden, wo sie übernachten konnte – ein billiges Haus – und sich danach schlüssig werden über ihre weiteren Schritte.

Nicholas fand das Zimmer rechts der Treppe, und zuerst wirkte es auf ihn bedrückend. Es war klein, besaß zwei winzige harte Betten ohne Himmel und Vorhänge, und die Wände waren sehr kahl. Doch bei näherem Hinsehen entdeckte er, daß die Wände mit Tausenden von blauen Blümchen bemalt waren. Er dachte, wenn da vielleicht ein Rahmen gewesen und eine gewisse Ordnung in diesem Gemälde geherrscht hätte, hätte das Zimmer nicht ganz so übel ausgesehen.

Da war auch ein Fenster mit diesem wunderbaren Glas darin und zwei bemalten Tüchern an den Seiten. Und an den Wänden hingen gerahmte Bilder, und als er sie berührte, spürte er wieder dieses Glas – so klar, daß man es kaum erkennen konnte. Die Bilder stellten halb bekleidete Damen dar, und Männer, die ihre Haare viel zu lang trugen und sie zu einem Schwanz zusammengebunden hatten.

Da war eine Tür, die zu einem Schrank führte, der keine Bretter hatte. Nur einen runden Stock, der von einem Ende zum anderen reichte und an dem seltsame Gebilde aus Stahl hingen. Da war auch ein Kabinett in diesem Zimmer, aber von einer Art, wie er es noch nie zuvor gesehen hatte. Es bestand nur aus Schubladen! Er versuchte die obere Platte des Kabinetts hochzuheben; aber sie wollte sich nicht von der Stelle bewegen. Er zog die Schubladen der Reihe nach heraus, und das ging überraschend, fast unheimlich leicht.

Nach einer Weile begann er nach dem Nachttopf zu suchen; aber dieser war nirgends zu finden. Also ging er hinaus in den Garten hinter dem Haus, um dort einen Abort aufzusuchen. Aber es gab keinen.

»Haben *diese* Dinge sich in vierhundert Jahren so sehr verändert?« murmelte er für sich, während er seine Notdurft hinter einem Rosenbusch verrichtete. Er mußte dann ein bißchen am Reißverschluß herumfummeln; beherrschte ihn aber seiner Meinung nach ziemlich gut.

»Ich komme auch ohne diese Hexe zurecht«, sagte er zu sich und ging in das Haus zurück. Vielleicht würde er morgen aufwachen und feststellen, daß das alles nur ein Traum gewesen war – ein langer, schlimmer Traum.

Niemand hielt sich im Erdgeschoß auf, und so blickte Nicholas in ein Zimmer hinein, dessen Tür offen stand. Da befanden sich seltsame Möbel in diesem Raum, die mit einem feinen gewebten Stoff überzogen waren. Nicht die Zollbreite eines Stuhlbeins war darunter zu finden; aber als er sich auf so ein Ding setzte, wurde er von dessen Weichheit förmlich eingehüllt. Er dachte an seine Mutter und deren alte, gebrechliche Gebeine: Wie gut ihr so ein Stuhl bekommen würde, der mit so einem weichen Material überzogen war.

An einer Wand lehnte ein hoher, hölzerner Sekretär mit einem Schemel darunter. Das war etwas, das ihm irgendwie vertraut vorkam. Er ging zu diesem Möbelstück, untersuchte es, sah das Scharnier und hob den Deckel an. Es war kein Sekretär, sondern eine Art von Klavizimbel. Als er die Tasten berührte, klang es anders als bei jenem Instrument. Da befand sich eine geschriebene Musik vor ihm, und zum erstenmal hatte er etwas gefunden, das ihm aus seinem Jahrhundert vertraut war.

Nicholas setzte sich auf den Schemel, ließ die Finger über die Tasten streichen, um sich mit dem Klang dieses Instruments vertraut zu machen, und begann dann etwas holprig, aber nach den ersten Takten immer besser die Musik zu spielen, die vor ihm aufgeschlagen war.

»Das war wunderschön.«

Er drehte sich um und sah die Hotelinhaberin hinter sich stehen.

»»Moon River« gehörte schon immer zu meinen Lieblingsstücken. Wie kommen Sie mit Ragtime zurecht?« Sie suchte in der Schublade eines kleinen Tisches, auf dem eine außergewöhnliche Pflanze stand, und brachte ihm ein anderes

Musikstück. »Das sind alles amerikanische Melodien«, sagte sie. »Mein Vater war Amerikaner.«

Dieses ungewöhnliche Musikstück, »The Sting« genannt, wurde nun vor Nicholas auf ein Brett gestellt, und es dauerte eine Weile, ehe er es zur Zufriedenheit der Frau vortragen konnte; aber sobald er es verstanden hatte, spielte er es mit großem Vergnügen.

»O mei, Sie sind so gut. Sie könnten in jedem Pub einen Job bekommen.«

»Ich werde diese Möglichkeit bedenken«, sagte Nicholas, als er sich vom Schemel erhob. »Es könnte sich durchaus ergeben, daß ich eine Anstellung brauche.« Plötzlich überfiel ihn ein Schwindel, so daß er sich an einer Stuhllehne festhalten mußte.

»Ist Ihnen nicht gut?«

»Nur erschöpft«, murmelte Nicholas.

»Das Reisen nimmt mich ebenfalls immer sehr mit. Haben Sie einen weiten Weg zurücklegen müssen?«

»Etliche hundert Jahre.«

Die Frau lächelte. »So empfinde ich es auch, wenn ich reise. Sie sollten auf Ihr Zimmer gehen und sich vor dem Supper ein bißchen hinlegen.«

»Ja«, erwiderte Nicholas leise und bewegte sich auf die Treppe zu. Vielleicht würde er morgen gründlicher darüber nachdenken können, wie er sich in seine eigene Zeit zurückversetzen vermochte. Oder vielleicht würde er morgen in seinem eigenen Bett aufwachen und *alles* würde vorbei sein – nicht nur dieser Alptraum des zwanzigsten Jahrhunderts, sondern einfach alles.

Er zog sich in seinem Zimmer langsam aus. Da waren keine Haken für seine Kleider an der Wand, und so legte er sie säuberlich auf das andere Bett. Wo befand sich die Hexe in diesem Augenblick? Wieder in den Armen ihres Liebhabers? Wenn sie so zaubermächtig war, ihn über eine Kluft von vierhundert Jahren in diese Zeit zu versetzen, vermochte sie doch zweifellos einen verirrten Liebhaber aus einer Entfernung von wenigen Meilen zurückzuholen.

Er stieg nackt in das Bett. Die Bezüge waren so unglaublich glatt und weich, und sie rochen nach etwas, das er nicht kannte, aber als angenehm empfand. Und so etwas Flaumig-Weiches wie diese Zudecke hatte er bisher auch noch nie auf seiner Haut gespürt.

Morgen, dachte er, als er die Augen schloß. Morgen würde er wieder zu Hause sein.

Kaum hatte er die Augen zugemacht, als er auch schon schlief. Sein Schlaf war so tief wie noch nie, und er hörte nicht, wie der Himmel seine Schleusen öffnete und ein Wolkenbruch auf die Erde niederging.

Erst Stunden später wälzte er sich unruhig auf der Matratze und erwachte dann. Er setzte sich auf. Es war stockdunkel im Zimmer, und er wußte zunächst nicht, wo er sich befand. Er konnte den Regen auf das Dach trommeln hören. Er tastete auf dem Nachttisch nach Feuerstein und Kerze; konnte jedoch beides nicht finden.

»Was ist das nur für ein Ort?« rief er. »Keine Aborte, kein Licht.«

Während er noch murrte, ruckte plötzlich sein Kopf heftig in die Höhe. Jemand rief nach ihm. Nicht mit Worten. Es war nicht so, daß jemand laut seinen Namen schrie; und dennoch spürte er, daß jemand verzweifelt nach ihm verlangte.

Er war sich sogleich im klaren, daß es diese Hexen-Frau sein mußte. Ob sie sich gerade über einen Kessel voller Schlangenaugen beugte, in der Brühe rührte und dabei seinen Namen flüsterte?

Es hatte keinen Zweck, sich gegen ihren Ruf zu wehren. So wahr er lebte und atmete, wußte er auch, daß er zu ihr gehen mußte. Er hatte Schwierigkeiten mit diesen seltsamen modernen Kleidern, und als er den Reißverschluß zuzog,

74

stellte er fest, daß Teile seines Körpers empfindlich reagierten, wenn sie zwischen die Zähne dieses Gerätes eingeklemmt wurden. Er streifte dieses dünne Hemd über und suchte sich mit vorgehaltenen Händen einen Weg zur Tür.

Im Korridor war Licht. Da war eine von Glas umgebene Fackel an der Wand; aber die Flamme war in einer weiteren Glaskugel eingeschlossen. Er wollte sie näher untersuchen; aber draußen krachte ein Donner, und der Ruf der Hexe wurde noch dringender.

Er ging die Treppe hinunter, über einen üppigen Teppich und hinaus in den Regen. An Stangen, hoch über seinem Kopf, waren noch mehr Fackeln angebracht; aber der prasselnde Regen löschte sie nicht. Nicholas zog den Kopf tief in seinen Kragen hinein. Diese modernen Kleider hatten keine Substanz! Kein Cape, kein Wams – nichts, was ihn vor diesem heftigen Regen schützen konnte.

Er kämpfte gegen die peitschenden Schlossen an, durchquerte Straßen, die ihm gänzlich unbekannt waren, bog ein paarmal in die falsche Richtung ab; aber dann drang der Ruf wieder zu ihm. Er ließ die Straßen mit den Fackeln auf den Stangen hinter sich, und die Dunkelheit des offenen Landes hüllte ihn ein. Er ging einige Minuten auf einer Landstraße, hielt dann an und lauschte, während er sich den Regen aus dem Gesicht wischte. Er wandte sich nach rechts, überquerte ein Feld, stieg über einen Zaun und kam schließlich zu einem Schuppen.

Er riß die Tür des Schuppens auf, und im grellen Licht eines Blitzes sah er sie – durchnäßt und zusammengerollt auf einem Strohballen. Sie weinte wieder einmal.

»Nun, Madam«, sagte er. »Ihr habt mich aus einem warmen Bett hierhergerufen. Was verlangt Ihr diesmal von mir?«

»Gehen Sie weg«, schluchzte sie. »Lassen Sie mich in Ruhe.«

75

Sein Zorn verließ ihn. Ihre Zähne klapperten heftig aufeinander, und sie fror offensichtlich sehr. Er bückte sich und hob sie auf seine Arme. »Ich weiß nicht, wer von uns beiden hilfloser ist – Ihr oder ich.«

»Lassen Sie mich los«, sagte sie; aber sie wehrte sich nicht allzu heftig. Ihr Schluchzen wurde lauter. »Ich konnte nirgends eine Bleibe für die Nacht finden. Alles hier in England ist so teuer, und ich weiß nicht, wo Robert ist. Ich werde Elizabeth anrufen müssen, und sie wird mich auslachen.«

Er legte sie sich über die Schulter, als er sich wieder über den Zaun schwang, und überquerte dann das Feld. Sie hörte nicht auf zu weinen, als sie ihm die Arme um den Hals legte. »Ich gehöre nirgendwo hin. Meine Familie ist perfekt; aber ich bin es nicht. Alle Frauen in meiner Familie sind mit wunderbaren Männern verheiratet; aber mir gelingt es nicht einmal, einen wunderbaren Mann *kennenzulernen*. Robert war ein großartiger Fang; aber ich konnte ihn nicht festhalten. Oh, Nick, was soll ich nur tun?«

»Zunächst, Madam, solltet ihr mich *nicht* Nick nennen. Ihr könnt mich Colin rufen, wenn Ihr das müßt; aber nicht Nick. Da es uns offenbar bestimmt war, uns kennenzulernen, sollte ich auch Euren Namen wissen. Wie heißt Ihr?«

»Dougless«, sagte sie, sich an ihn klammernd. »Dougless Montgomery.«

»Ah, ein guter, vernünftiger Name.«

»Ich bin nach Dougless Sheffield genannt, die das illegitime Kind des Grafen von Leicester unter dem Herzen trug.«

Nicholas blieb stehen. »Sie trug was?«

»Das Kind des Grafen von Leicester unter dem Herzen.«

Er setzte sie auf den Boden ab und funkelte sie an, während ihnen beiden das Regenwasser über das Gesicht lief. »Und wer ist der Graf von Leicester?«

»Robert Dudley – der Liebhaber von Königin Elizabeth.«

Nicholas' Gesicht verfärbte sich vor Zorn, als er sich von

ihr wegdrehte und davonstampfte. »Die Dudleys sind Verräter und wurden geköpft. Alle. Und Königin Elizabeth soll den König von Spanien heiraten.«

»Nun, das wird sie *nicht* tun«, rief Dougless, rannte ihm nach und schrie dann vor Schmerz auf, als ihr Knöchel umknickte und sie der Länge nach auf den Boden hinschlug, wobei sie sich Knie und Hände aufscharrte.

Nicholas kam zu ihr zurück. »Frau, Ihr macht einem verdammt viel Ärger«, sagte er und hob sie wieder auf seine Arme.

Sie wollte wieder etwas sagen; aber er gebot ihr, still zu sein, und sie gehorchte.

Er trug sie zurück zu dem Haus, wo er ein Zimmer gemietet hatte, und als er die Vordertür aufstieß, sah er seine Herbergswirtin in einem Sessel sitzen und auf ihn warten.

»Da sind Sie ja«, sagte sie. »Ich hörte Sie weggehen und wußte sofort, daß etwas nicht stimmen könne. Oh, ihr Armen! Ihr seht ja schrecklich aus. Bringen Sie sie nach oben und machen Sie ihr erst einmal ein hübsches, warmes Bad.«

Nicholas folgte der Frau die Treppe hinauf, Dougless wieder auf den Armen tragend, ohne ihr mehr als unbedingt nötig Beachtung zu schenken, und kam nun in einen Raum, den er noch nicht gesehen hatte. Er war mit seltsamen tönernen Gefäßen ausgestattet, von denen eines eine Badewanne war. Doch er sah keine Wassereimer im Raum.

Er hätte seine Last fast zu Boden fallen lassen, als die Herbergswirtin an einem Knauf drehte und Wasser herauskam. Ein Wasserfall *mitten* in einem Haus!

»Es wird gleich heiß werden. Ziehen Sie sie aus und legen Sie sie in die Badewanne. Ich besorge inzwischen frische Badetücher. Sie sehen mir auch so aus, als könnten Sie ein heißes Bad gut gebrauchen.« Sie verließ den Raum.

Nicholas blickte interessiert auf Dougless hinunter.

»Machen Sie sich bloß keine warmen Gedanken«, warnte

ihn Dougless. »Sie verschwinden so lange, bis ich gebadet habe.«

Er setzte sie ab und blickte sich um. »Was ist das für ein Zimmer?«

»Ein Badezimmer.«

»Ich sehe die Badewanne; aber was ist das? Und das da?«

Dougless verkniff sich die Frage, was er denn benutzt hatte, wenn er nicht wußte, was eine Toilette war. Er mußte wirklich sehr, sehr hart studiert haben, wenn er sich an so grundlegende Dinge nicht mehr erinnern konnte. Sie zeigte ihm, wie man das Waschbecken und die Hähne darüber benützte und dann die Funktionsweise einer Sitztoilette, wobei sie feuerrot im Gesicht wurde, als sie die Brille hinauf- und herunterklappte. »Und Sie dürfen nie, *niemals* die Sitzbrille hochgeklappt lassen«, sagte sie und hatte dabei das Gefühl, als täte sie dem ganzen weiblichen Geschlecht einen Gefallen, wenn sie einem Mann so eine schlichte Sache beibringen konnte.

Die Pensionswirtin kam mit den frischen Frotteetüchern, auf denen noch ein geblümter Bademantel aus Baumwolle lag. »Ich bemerkte, daß Sie nicht viel Gepäck bei sich hatten, als Sie sich nach einem Zimmer erkundigten.«

»Die Fluggesellschaft hat es verbummelt«, erwiderte Dougless rasch.

»Das dachte ich mir. Nun – gute Nacht.«

»Vielen Dank«, sagte Dougless, ehe die Pensionswirtin die Tür hinter sich schloß und sie mit diesem Mann alleinließ. »Sie müssen jetzt auch gehen. Ich werde nicht lange brauchen.« Sobald Nicholas das Badezimmer geräumt hatte, stieg Dougless in das heiße Wasser und legte sich in der Wanne zurück. Erst brachte das Wasser den Schmerz in ihre aufgeschlagenen Knie und Ellenbogen zurück; aber dann breitete sich allmählich eine behagliche Wärme in ihrem Körper aus.

Wie hatte er sie nur gefunden?, wunderte sie sich. Nachdem sie ihn verlassen hatte, war sie im ganzen Ort herumgewandert, um einen Platz zum Übernachten für dreißig Pfund zu finden; aber alle ihre Mühe war vergeblich gewesen. Sie hatte dann sechs Pfund für eine Mahlzeit in einem Pub ausgegeben und sich dann wieder auf den Weg gemacht. Sie hatte geglaubt, wenn sie in ein anderes Dorf ginge, fände sie dort vielleicht eine Bleibe für die Nacht. Aber dann hatte es zu regnen angefangen, und als die Dunkelheit hereinbrach, hatte sie sich in diesem Schuppen verkrochen. Sie hatte sich dort auf dem Stroh zusammengerollt und war eingeschlafen; aber dann war sie, in Tränen aufgelöst, wieder aufgewacht. Heulkrämpfe schienen seit vierundzwanzig Stunden bei ihr ein Normalzustand zu sein.

Während sie so vor sich hingeweint hatte, war er plötzlich erschienen – und sie war nicht überrascht gewesen, ihn wiederzusehen. Es war ihr als eine ganz normale Sache erschienen, daß er wußte, wo er sie finden würde, und in diesem Regen zu ihr kam. Es war ihr auch ganz natürlich vorgekommen, daß er sie auf seine starken Arme hob.

Sie stieg aus der Wanne, trocknete sich ab und legte den geblümten Bademantel an. Ein Blick in den Spiegel zeigte ihr, daß sie kein Make-up mehr trug und daß ihre Haare . . . Je weniger sie daran dachte, umso besser.

Schüchtern klopfte sie an die Tür, die halb offen stand. Nicholas, der nur noch seine Hose trug, öffnete sie ganz.

»Das Badezimmer gehört Ihnen.«

Da war kein weicher Zug in seinem Gesicht. »Steigt dort ins Bett und bleibt darin. Ich gedenke nicht zum zweitenmal nachts auf Vogelfang zu gehen.«

Sie nickte ihm nur zu, als er sie auf dem Weg ins Badezimmer passierte. Sie schlüpfte, bekleidet mit dem dünnen Bademantel, unter die Bettdecke. Wenn er zurückkam,

79

würden sie reden. Sie würde herausfinden, wie er gewußt hatte, wo sie war und wie er sie in der Dunkelheit und bei diesem Regen gefunden hatte.

Sie gedachte, mit ihm zu sprechen, wenn er zurückkam; aber als sie einen Moment die Augen schloß und sie wieder aufmachen wollte, war es heller Morgen. Die Sonne schien ihr voll ins Gesicht, daß sie nur langsam die Lider öffnen konnte.

Da stand ein Mann am Fenster, der ihr den Rücken zukehrte. Er hatte einen feinen, muskulösen Rücken, der sich zu einer engen Taille hinunter verjüngte, dann gerade Hüften, um die ein schmales weißes Handtuch geschlungen war. Seine Beine waren sehr muskulös, als wären sie an harte Arbeit gewöhnt.

Langsam kam Dougless nun zur Besinnung und erinnerte sich wieder, wer dieser Mann war, wo sie sich zuerst getroffen und wie er in der Kirche ein Schwert gegen sie gezückt hatte. Und wie er sie schließlich in der letzten Nacht auf seinen Armen hierhergetragen hatte.

Sie setzte sich auf, und er drehte sich um und sah sie an.

»Ihr seid wach«, sagte er nur. »Steht auf – es gibt viel zu tun.«

Sie drehte sich um, als er sich anzog, nahm dann ihre eigenen zerknitterten Sachen und ging damit ins Badezimmer, um sich dort anzukleiden. Sie hatte nicht einmal einen Kamm, um sich damit durch die Haare zu fahren. Sie blickte in den Spiegel und dachte, wenn alle Frauen mit dem Gesicht, das Gott ihnen gab, sich unter die Leute mischen müßten, würde es einen erheblichen Zuwachs in der weiblichen Selbstmordstatistik geben.

Sie glättete ihre Haare mit den Fingern und verließ das Badezimmer. Nicholas erwartete sie draußen auf dem Flur.

»Erst essen und dann reden wir, Madam«, sagte er, als wäre das eine Herausforderung.

80

Dougless nickte nur, während sie, ihm voraus, die Treppe hinunter und dann ins Speisezimmer ging.

Es gibt zwei Mahlzeiten, die man in England essen sollte: das Frühstück und den Tee. Sie setzten sich an einen kleinen Tisch, während die Pensionswirtin ihnen Platten voller Nahrungsmittel brachte: locker geschlagene Rühreier; drei Sorten Brot; Speck, der so gut war wie der beste amerikanische Schinken; gegrillte Tomaten; Bratkartoffeln; golden gerösteten Fisch; Sahne, Butter und Marmelade. Und eine große hübsche Porzellankanne voll frischgebrühtem Tee. Die Engländer lieben ihren Tee und lieben es, ihn in erlesenem Porzellan zu servieren.

Dougless aß, bis sie nicht mehr konnte; aber sie war in dieser Hinsicht keine Konkurrenz für Nicholas. Er verspeiste fast alles, was da an Eßwaren auf dem Tisch stand. Als Dougless mit ihrem Frühstück fertig war, bemerkte sie, wie die Pensionswirtin Nicholas neugierig beobachtete. Er aß alles mit dem Löffel oder mit den Fingern. Er benützte sein Messer, um den Speck zu zerschneiden, während er diesen mit den Fingern festhielt; aber er nahm kein einzigesmal die Gabel zur Hand.

Als er fertig war, bedankte er sich bei der Pensionswirtin, nahm Dougless' Arm und ging mit ihr ins Freie.

»Wo wollen wir denn hin?« Sie fuhr mit der Zungenspitze über ihre Zähne hin. Sie hatte sie seit vierundzwanzig Stunden nicht mehr geputzt, und sie fühlten sich irgendwie rauh an. Auch juckte ihre Kopfhaut.

»In die Kirche«, sagte er. »Dort werden wir einen Plan machen.«

Sie schritten rasch dahin, und Nicholas blieb nur einmal stehen, um einen kleinen Lieferwagen anzugaffen. Dougless dachte daran, ihm von Tiefladern zu erzählen und von Viehtransportern; überlegte es sich dann aber anders.

Die alte Kirche war geöffnet und leer, und Nicholas

81

führte sie zu der Bank, die im rechten Winkel zu der Gruft stand. Sie sah stumm zu, wie er wieder die Marmorskulptur auf der Grabplatte betrachtete und mit den Händen über das Datum und den Namen fuhr.

Endlich wandte er sich wieder von der Gruft ab, verschränkte die Hände auf dem Rücken und begann, im Seitenschiff auf- und niederzulaufen. »Wie ich sehe, Mistress Montgomery, brauchen wir einander. Es scheint, daß Gott uns in einer bestimmten Absicht zusammengebracht hat.«

»Ich dachte, ich hätte das mit einem Zauber gemacht«, sagte sie in sarkastischem Ton.

»Ich glaubte das zunächst; aber ich habe nicht mehr geschlafen, seit Ihr mich in den Regen hinausriefet, und ich hatte genügend Zeit, über alles nachzudenken.«

»Ich habe Sie *gerufen*? Ich dachte nicht einmal im Traum daran; und wenn ich daran gedacht hätte, wären keine Telefone dagewesen. Zweifellos habe ich keine so laute Stimme, daß Sie mich über eine große Entfernung hinweg hören würden.«

»Dennoch habet Ihr mich gerufen. Ihr wecktet mich mit Euren Nöten.«

»Oh, ich verstehe«, erwiderte sie mit wachsendem Verdruß. »Wir sind wieder an dem Punkt angelangt, wo Sie glauben, ich hätte sie *irgendwie*, mit einem Hokuspokus, aus Ihrem Grab hierhergeholt. Ich kann so etwas nicht mehr hören. Ich gehe.«

Ehe sie eine Bewegung machen konnte, war er bei ihr, eine Hand auf die hohe Armstütze der Kirchenbank, die andere auf die Rückenlehne gestemmt, und drückte sie mit seinem kräftigen Körper auf den Sitz nieder. »Es ist nicht wichtig für mich, ob Ihr mir glaubt oder nicht. Gestern morgen, als ich aufwachte, war es 1564 nach unserer christlichen Zeitrechnung, und heute morgen war es das Jahr . . .«

». . . 1988«, ergänzte sie.

»Aye«, sagte er, »mehr als vierhundert Jahre später. Und Ihr, Hexe, seid der Schlüssel zu meinem Hiersein und zu meiner Rückkehr.«

»Glauben Sie mir – ich würde Sie gern dorthin zurückschicken, wo Sie hergekommen sind. Ich habe schon genug Probleme und möchte nicht auch noch die Aufpasserin für einen . . .«

Er brachte sein Gesicht dicht an das ihre heran. »Ihr könnt es nicht wagen, zu behaupten, daß Ihr auf mich aufpassen müßtet. Ich bin es, der Euch mitten in der Nacht auf irgendwelchen Feldern auflesen mußte.«

»Ein einziges Mal«, erwiderte sie und beruhigte sich dann. »Wie haben Sie mich denn gehört . . . oder meine Nöte, wie Sie sich ausdrückten?«

Er nahm die Hände von der Kirchenbank, ging zu der Gruft zurück und blickte auf die Grabplatte hinunter. »Es gibt ein Band zwischen uns. Eine unnatürliche, unheilige Bindung; aber sie besteht. Ich hörte, wie Ihr mich riefet. So deutlich, als hättet Ihr meinen Namen ausgesprochen, hörte ich Euch. Dieses . . . Gefühl Eures Rufes weckte mich, und ich folgte ihm, um Euch zu finden.«

Dougless blieb eine Weile still. Sie wußte, daß er die Wahrheit sagte; denn es gab keine andere Erklärung für die Tatsache, daß er sie gefunden hatte. »Sie glauben, es besteht da irgendeine telepathische Verbindung zwischen uns?« Als er sie verständnislos ansah, erklärte sie: »Gedankenübertragung. Der eine kann die Gedanken des anderen lesen.«

»Vielleicht«, sagte er, wieder auf die Grabplatte hinunterschauend. »Ich scheine Euch zu hören, wenn Ihr mich braucht.«

»Ich brauche aber niemanden«, erwiderte Dougless eigensinnig.

Er streifte sie mit einem zornigen Blick. »Ich verstehe nicht, warum Euer Vater Euch nicht in der Obhut seines

Hauses behielt. Ich habe noch keine Frau erlebt, die so viel Hilfe und Aufsicht braucht wie Ihr.«

Dougless wollte sich von der Kirchenbank erheben; aber ein zornigrr Blick aus seinen Augen genügte, daß sie dieses Vorhaben aufgab. »Also gut – Sie hörten mich ›rufen‹, wie Sie das nennen. Was bedeutet das?«

»Ich bin nicht ohne Ursache in diese Zeit und an diesen hektischen, seltsamen Ort versetzt worden, und Ihr müßt mir helfen, diese Ursache zu ergründen.«

»Das kann ich nicht«, erwiderte Dougless rasch. »Ich muß Robert finden, mir von ihm meinen Paß geben lassen und dann nach Hause fliegen. Mein Urlaub war aufregend genug. Noch so ein Tag und so eine Nacht wie diese letzten vierundzwanzig Stunden, und jemand sollte besser schon jetzt *meinen* Grabstein bestellen.«

»Mein Leben und mein Tod sind für Euch nur ein Scherz; jedoch nicht für mich.«

»Aber Sie sind doch nicht tot; sie stehen hier vor mir und sehen sehr lebendig aus.«

»Nein, Madam, ich liege dort«, erwiderte er, auf die Gruft hinuntersehend.

Dougless hob in ohnmächtiger Verzweiflung die Hände. Sie sollte aufstehen, vielleicht um Hilfe schreien, aber sie brachte das nicht fertig. Schließlich war er schrecklich nett zu ihr gewesen, und selbst wenn sie nicht daran glaubte, daß er aus einer anderen Zeit stammte, so schien er doch davon überzeugt zu sein. »Was haben Sie vor?« fragte sie leise.

»Ich werde Euch helfen, Euren Liebhaber zu finden; aber Ihr müßt mir helfen, den Grund meines Hierseins zu entdekken.«

»Wie können Sie mir helfen, Robert zu finden?«

»Ich kann Euch Nahrung, Kleidung und Unterkunft gewähren, bis er gefunden ist.«

»Ah, ja. Wie wäre es mit Lidschatten? Können Sie mir den

auch besorgen? Okay, es war nur ein Scherz. Angenommen, wir fänden Robert – was soll ich Ihrer Meinung nach tun, um Ihnen zu Ihrer – äh – Rückkehr zu verhelfen?«

»Heute nacht habt Ihr zu mir von Robert Dudley und Königin Elizabeth gesprochen. Ihr scheint zu wissen, wen sie heiraten wird.«

»Sie heiratet gar keinen. Sie ist als ›Virgin Queen‹, die ›Jungfräuliche Königin‹, bekannt. In Amerika gibt es einige Staaten, die nach ihr benannt sind: Virginia und West Virginia.«

»Nay! Das kann nicht wahr sein. Keine Frau kann allein herrschen.«

»Sie regiert nicht nur allein, sondern macht Ihren Job auch noch verdammt gut. *Machte* ihre Sache verdammt gut, meine ich. Sie sorgte dafür, daß England zur beherrschenden Macht in Europa wurde.«

»Ist das so?«

»Sie brauchen mir nicht zu glauben. Das ist Geschichte.«

Er schwieg eine Weile gedankenverloren. »Geschichte, ja. Alles, was passiert ist, ist Geschichte und vermutlich irgendwo aufgezeichnet, richtig?«

»Ich verstehe«, erwiderte Dougless lächelnd. »Sie denken, daß man Sie vielleicht in die Zukunft geschickt hat, um etwas herauszufinden, nicht wahr? Faszinierend.« Sie runzelte die Stirn. »Ich meine, wenn es möglich gewesen wäre, jemanden damals oder irgendwann in die Zukunft zu schicken, wäre das faszinierend. Aber da das nicht möglich ist, ist es auch nicht faszinierend.«

Sie gewöhnte sich allmählich an seine verständnislosen Blicke.

»Vielleicht wißt Ihr etwas, das ich von Euch erfahren muß.« Er baute sich wieder vor ihr auf. »Was wißt Ihr von dem Erlaß der Königin? Wer hat ihr gesagt, daß ich eine Armee ausheben würde, um sie zu stürzen?«

»Ich habe keine Ahnung, wovon Sie reden. All das ist schon vor sehr langer Zeit passiert. Hören Sie – warum bleiben Sie nicht einfach hier? Warum wollen Sie denn unbedingt zurückkehren? Sie könnten sich hier einen Job besorgen. Sie wären ein großartiger Lehrer für Elizabethanische Geschichte. Sie hätten Ihr gutes Auskommen, wenn Sie Ihre Münzen verkaufen und das Geld gut anlegen würden. Mein Vater könnte Ihnen dabei helfen oder mein Onkel J.T. Beide sind sehr beschlagen in Geldsachen.«

»Ich *muß* zurückkehren«, flüsterte Nicholas, die rechte Faust in den linken Handteller gepreßt. »Meine Ehre steht auf dem Spiel. Die Zukunft der Staffords steht auf dem Spiel. Wenn ich nicht zurückkehre, wäre alles verpfändet.«

»Verpfändet?« fragte Dougless. Sie wußte gut genug in mittelalterlicher Geschichte Bescheid, um sich einen Begriff von der Tragweite des Wortes ›verpfändet‹ zu machen. »In der Regel verpfändet ein Edelmann seinen Besitz an den König – oder die Königin –, wenn er . . .« Ihre Stimme verebbte, während sie den Kopf hob und ihn ansah. »Wenn er des Hochverrats beschuldigt wurde«, flüsterte sie. »Wie . . . wie sind Sie gestorben?«

»Ich vermute, ich wurde enthauptet.«

4

Dougless vergaß die Problematik, ob er aus dem sechzehnten Jahrhundert stammte oder nicht. »Erzählen Sie mir«, flüsterte sie.

Er schritt noch eine Weile in der Kirche auf und ab, blieb dann stehen, starrte auf die Grabplatte hinunter und setzte sich schließlich neben sie auf die Kirchenbank. »Ich besitze Ländereien in Wales«, sagte er leise. »Ich erfuhr, daß meine Ländereien dort angegriffen wurden, also hob ich eine Armee aus. In der Eile vergaß ich, eine Petition an die Königin zu richten, damit sie mir die Erlaubnis zur Aushebung dieser Armee gab. Man erzählte ihr . . .«

Er stockte und blickte mit zornigen, harten Augen ins Leere. »Man erzählte ihr, meine Armee sollte sich den Streitkräften der jungen schottischen Königin anschließen.«

»Maria, Königin der Schotten«, sagte Dougless, und Nicholas nickte.

»Ich wurde in einem Eilverfahren zum Tode verurteilt. Ich hatte noch eine Frist von drei Tagen bis zu meiner Hinrichtung, als . . . als Ihr mich hierherriefet.«

»Dann haben Sie ja enormes Glück!« sagte Dougless. »Enthaupten. Abscheulich. Bei uns macht man das heutzutage nicht mehr.«

»Es gibt bei euch keinen Hochverrat? Wie bestraft ihr die Nobilität?« Er hob die Hand, als sie ihm darauf antworten wollte. »Nein, ich muß fortfahren. Meine Mutter ist eine mächtige Frau und hat Freunde. Sie war überaus rührig, um meine Unschuld zu beweisen. Wenn ich nicht zurückkehre und meine Ehre rette, wird sie alles verlieren. Sie käme an den Bettelstab.«

»Die Königin würde alles konfiszieren?«

»Alles.«

Dougless dachte darüber nach. Natürlich war das alles nicht real; aber wenn doch, könnte man heute vielleicht etwas darüber in den Geschichtsbüchern lesen.« Haben Sie eine Ahnung, wer der Königin erzählt haben kann, daß Ihre Armee dazu verwendet werden soll, sie vom Thron zu stürzen?«

»Nein«, sagte er und barg verzweifelt seinen Kopf in den Händen.

Dougless hätte fast die Hand ausgestreckt, um ihm über die Haare zu streichen, vielleicht sogar seinen Hals zu streicheln. Sie unterließ es. Die Probleme dieses Mannes waren nicht die ihren. Da gab es keinen Grund, warum sie dazu auserwählt sein sollte, diesem Mann bei der Suche nach der Antwort zu helfen, warum er zu Unrecht des Hochverrates beschuldigt worden war.

Doch bei der Vorstellung einer so ungeheuerlichen Ungerechtigkeit bekam sie eine Gänsehaut. Vielleicht lag das in ihrem Blut. Ihr Großvater, Hank Montgomery, hatte bei der Organisation einer Landarbeiter-Gewerkschaft geholfen, ehe er nach Hause kam, um die Warbrooke-Reederei zu übernehmen. Heute noch haßte ihr Großvater jede Art von Ungerechtigkeit und würde sein Leben riskieren, um sie zu beseitigen.

»Mein Vater ist Professor für mittelalterliche Geschichte«, sagte Dougless, »und ich habe ihm manchmal bei Nachforschungen geholfen. Vielleicht wurden Sie – äh – mir zugeteilt, weil ich Ihnen bei Nachforschungen helfen könnte. Zudem – wie viele Frauen haben bisher so sehr auf

88

dem trockenen gesessen, daß sie sogar in Erwägung ziehen würden, einem Mann zu helfen, der ein Schwert trägt und kurze Ballonhosen?«

Nicholas sah sie erst verdutzt, dann ärgerlich an und stand auf. »Ihr sprecht von meinen Kleidern? Ihr macht Euch darüber lustig? Diese . . . diese . . .«

»Hosen.«

»Hosen. Sie fesseln die Beine eines Mannes. Ich kann mich darin weder bücken noch hocken. Hier, das.« Er schob die Hände in die Hosentaschen. »Ich kann darin nichts tragen. Und heute nacht fror ich im Regen darin und . . .«

»Aber heute sind sie angenehm kühl«, sagte sie lächelnd.

»Und das.« Er zog vorne den Stoff auseinander, um ihr den Reißverschluß zu zeigen. »Das kann einen Mann verletzen.«

Dougless begann zu lachen. »Wenn Sie Ihre *Unterhose* angezogen hätten, statt sie auf dem Bett liegenzulassen, würde Ihnen der Reißverschluß möglicherweise nicht weh tun.«

»Unterhose? Was ist das?«

»Das mit dem elastischen Band. Erinnern Sie sich?«

»Ah, ja«, sagte er und begann ebenfalls zu lächeln.

Dougless dachte plötzlich: Was muß ich noch alles tun? Wieder ein bißchen weinen? Sechs ihrer Freundinnen hatten sie zu einem Dinner ausgeführt, um ihr alles Gute zu wünschen, ehe sie ihre romantische fünfwöchige Urlaubsreise antrat. Doch hier saß sie nun und wollte schon nach fünf Tagen wieder nach Hause fliegen.

Wenn sie ehrlich zu sich selbst war: Würde sie lieber noch viereinhalb Wochen mit Robert und Gloria verbringen oder diesem Mann bei der Nachforschung in einer Angelegenheit helfen, die vielleicht sein vergangenes Leben betraf oder auch nicht? Sein Anliegen erinnerte sie an eine Gespenstergeschichte, in der die Heldin in eine Bibliothek geht und dort in einem Buch etwas über einen Fluch liest, der auf dem Haus lastet, das sie sich für die Sommerferien gemietet hatte.

»Ja«, hörte sie sich sagen, »ich werde Ihnen helfen.«

Nicholas setzte sich neben sie, nahm ihre Hand in die seine und drückte dann einen glühenden Kuß auf ihren Handrücken. »Ihr seid im Grunde Eures Herzens eine Lady.«

Sie lächelte auf seinen Scheitel hinunter, doch dann verging ihr plötzlich das Lächeln. »Im Grunde meines Herzens? Sie meinen, in jeder anderen Beziehung nicht?«

Er zuckte ein wenig mit den Achseln. »Wer kann schon ergründen, warum Gott mich mit einer Frau aus gewöhnlichem Stand zusammenspannte?«

»Wie? Sie unversch . . .« begann sie. Ihr lag die Antwort auf der Zunge, daß ihr Onkel der König von Lanconia sei und sie als Kind häufig den Sommer damit verbrachte, mit ihren sechs Kusinen und Vettern zu spielen – den Prinzen und Prinzessinnen. Aber etwas hielt sie von so einer Antwort ab. Mochte er doch denken, was er wollte. »Sollte ich Sie vielleicht mit Eure Lordschaft anreden?« fragte sie anzüglich.

Nicholas runzelte nachdenklich die Stirn. »Ich habe diese Frage bereits bedacht. Ich kann mich jetzt bewegen, ohne mich einer Gefahr auszusetzen. Diese Kleider sehen aus wie alle anderen auch. Ich kann Eure Gesetze, den übermäßigen Kleideraufwand betreffend, nicht verstehen. Ich muß mir ein Gefolge zulegen; doch hier kostet ein Hemd so viel wie ein Jahreslohn für einen Gefolgsmann. Ich verstehe Eure Gebräuche nicht. Öfters mache ich mich . . .« Er blickte zur Seite. »Ich mache mich zum Narren.«

»Oh – das passiert mir auch, und ich bin in diesem Jahrhundert aufgewachsen.«

»Aber Ihr seid eine Frau.«

»Eines wollen wir hier mal gleich festhalten: In diesem Jahrhundert sind die Frauen nicht die Sklavinnen der Männer. Wir Frauen sagen, was wir wollen, und wir tun, was wir wollen. Wir sind nicht ausschließlich zu eurem Vergnügen auf die Welt gekommen.«

Langsam drehte ihr Nicholas das Gesicht zu und blickte sie an. »Ist es das, was man heute glaubt? Daß die Frauen in meiner Zeit lediglich zum Vergnügen der Männer auf der Welt waren?«

»Gehorsam, gefügig, irgendwo auf einer Burg eingesperrt, ständig schwanger, ohne Erlaubnis, eine Schule zu besuchen.«

Nicholas begann zu lachen. »Ich werde das meiner Mutter erzählen. Meine Mutter, die drei Ehemänner begraben hat. König Heinrich sagte, die Gatten meiner Mutter hätten sich ins Grab gewünscht, weil sie nicht halb so mannhaft waren wie sie. Gefügig? Nein, Lady, keineswegs gefügig. Keine Schulbildung? Meine Mutter spricht vier Sprachen und führt mit Gelehrten philosophische Streitgespräche.«

»Dann ist Ihre Mutter eine Ausnahme. Ich bin sicher, die meisten Frauen sind – waren – unterjocht und der Willkür ihrer Männer ausgeliefert.«

Er blickte sie durchbohrend an. »Und die Männer sind heute durchwegs nobel gesinnt? Sie lassen keine Frau hilflos in der Fremde zurück und liefern sie den Elementen aus?«

Dougless drehte sich errötend von ihm weg. Vielleicht war das nicht eine so günstige Zeit, mit ihm darüber zu diskutieren. »Okay, dieser Punkt geht an Sie.« Sie sah ihn wieder an. »Schön. Kommen wir auf das Geschäftliche zurück. Zuerst gehen wir in einen Drugstore, oder in eine Drogerie, wie man das hier nennt, und kaufen dort Toilettenartikel.« Sie seufzte. »Lidschatten, Rouge – ich könnte im Augenblick jemanden umbringen für einen Lippenstift. Zahnbürsten, Zahnpasta, Haarspray.« Sie hielt inne und blickte ihn an. »Zeigen Sie mir mal Ihre Zähne.«

»Madam?«

»Lassen Sie mich mal in Ihren Mund schauen.« Wenn er

ein überarbeiteter Gelehrter war, würde er Plomben in den Zähnen haben; aber wenn er aus dem sechzehnten Jahrhundert stammte, würde kein Zahnarzt jemals seine Zähne angefaßt haben.

Nach einer Weile öffnete Nicholas gehorsam den Mund, und Dougless bewegte den Kopf hierhin und dorthin, um seine Kiefer begutachten zu können. Ihm fehlten drei Bakkenzähne, und da schien ein Loch in einem anderen Zahn zu sein; aber sie fand keinen Hinweis auf eine moderne Zahnbehandlung. »Wir müssen mit Ihnen zu einem Dentisten.«

Nicholas zog den Kopf zurück. »Der Zahn tut mir nicht so weh, daß man ihn ziehen sollte.«

»Deshalb fehlen Ihnen also drei Zähne? Man hat sie Ihnen gezogen?«

Er schien zu denken, daß dies doch wohl nicht anders sein konnte, und deshalb zeigte Dougless ihm ihre Plomben und versuchte ihm zu erklären, was ein Dentist war.

»Ah, da sind Sie ja«, sagte der Vikar vom anderen Ende der Kirche her. »Ich fragte mich schon, ob Sie sich wieder vertragen würden.«

»Wir waren nicht . . .« begann Dougless und unterbrach sich dann selbst. »Ja, wir haben uns ausgesprochen.« Sie stand auf. »Wir müssen jetzt gehen. Wir haben sehr viel zu erledigen. Nicholas, sind Sie soweit?«

Lächelnd bot er ihr seinen Arm und führte sie aus der Kirche. Draußen hielt Dougless kurz an und blickte sich auf dem Friedhof um. Es war erst gestern gewesen, daß Robert sie hier zurückgelassen hatte.

»Was blinkt denn dort?« fragte Nicholas, der zu einem der Grabsteine hinsah.

Es war der Stein, wo Gloria gestürzt war, sich den Arm angestoßen und dann Robert vorgelogen hatte, daß Dougless sie geschlagen habe. Neugierig begab sich Dougless zu diesem Grabstein. Am Fuße des Steins, unter Gras und Lehm versteckt, befand sich Glorias Fünftausend-Dollar-Armband. Dougless hob es auf und hielt es einen Augenblick in die Sonne.

»Die Qualität der Diamanten ist ausgezeichnet«, sagte Nicholas. »Die Smaragde sind billiges Zeug.«

Dougless lachte und schloß die Hand über dem Armband. »Jetzt werde ich ihn finden«, sagte sie. »Er wird wieder hierherkommen und nach mir fragen.« Sie ging in die Kirche und sagte zu dem Vikar, falls sich ein gewisser Robert Whitley nach diesem Armband erkundigen sollte, möge er ihm ausrichten, daß Dougless es habe. Sie teilte ihm den Namen der Pension mit, wo sie sich gegenwärtig mit Nicholas aufhielt.

Als sie die Kirche zum zweitenmal verließ, war sie in bester Stimmung. Alles würde sich nun zum Guten wenden. Robert würde ihr so dankbar sein, daß sie das Armband gefunden hatte, daß er . . . wer weiß? Vielleicht würde sie England doch noch mit einem Heiratsantrag verlassen.

»Lassen Sie uns einkaufen gehen«, sagte sie vergnügt zu Nicholas. Während sie die Straße hinuntergingen, machte sie in Gedanken eine Liste aller Gegenstände, die sie benötigten, damit sie so gut wie möglich aussah, wenn Robert zu ihr zurückkam. Gesicht, Haare, Garderobe – ganz bestimmt eine Bluse, deren Ärmel nicht aufgeschlitzt waren.

Zuerst begaben sie sich zum Münzhändler und verkauften ihm wieder eine Münze, diesmal für tausendfünfhundert Pfund. Dougless rief in der Pension an, um sich ihr Zimmer für drei weitere Nächte reservieren zu lassen, während der Händler inzwischen einen Käufer für Nicholas' selteneren Münzen auftreiben wollte. Und um Robert die nötige Zeit zu verschaffen, sie wiederzufinden, dachte Dougless bei sich.

Dann gingen sie in eine Drogerie.

»Was ist das?« flüsterte Nicholas, die Reihen von bunt verpackten Waren betrachtend.

»Shampoo, Deodorant, Zahnpasta, was man eben so braucht.«

»Ich kenne keines von diesen Worten.«

Dougless hatte den Kopf voll mit Robert und den Möglichkeiten, die das Armband in ihrer Tasche ihr verschaffte; doch plötzlich betrachtete sie die Produkte in den Regalen mit den Augen eines Zeitgenossen von Königin Elizabeth I. – falls Nicholas aus dieser Zeit stammte, was natürlich nicht der Fall war. Sie wußte jedoch aus ihrem Unterricht in der Schule, daß bis vor kurzem die Leute noch alle Konserven, Mittel und Gegenstände des täglichen Gebrauchs selbst hergestellt hatten.

»Das ist eine Substanz, mit der man sich die Haare wäscht.« Sie öffnete eine Flasche Shampoo, das ein Papaya-Aroma verströmte. »Riechen Sie mal.«

Nicholas hielt die Nase darüber und lächelte sie entzückt an.

»Gurkenmilch«, sagte sie, eine andere Flasche öffnend. »Und das ist eine nach Erdbeeren riechende Zahnpasta.« Danach zeigte sie ihm die Rasierwasser-Flaschen. »Sie denken wohl nicht daran, sich das da wegzurasieren, wie?«

Nicholas fuhr sich mit der Hand über den Bart. »Ich habe bisher noch keinen Mann mit Bart gesehen.«

»Es gibt einige; aber Bart ist nicht gerade die herrschende Mode.«

»Dann werde ich zu einem Barbier gehen und ihn mir abnehmen lassen.« Er hielt inne. »Es existierten doch in dieser Zeit noch Barbiere, oder?«

»Ja, es gibt sie noch.«

»Und der Barbier ist auch derjenige, der mir Silber in meinen wehen Zahn einsetzen soll?«

Dougless lachte. »Keineswegs. Barbiere und Dentisten

sind heutzutage vollkommen voneinander getrennt. Suchen Sie sich ein Rasierwasser aus, während ich inzwischen für Sie Rasierkrem und Rasierklingen besorge.« Sie nahm einen Einkaufskorb und füllte ihn mit Shampoo, Gesichtswasser, Kämmen, Zahnbürsten, Haarspray und einem kleinen Reisenecessaire mit elektrischen Lockenwicklern. Sie betrachtete gerade vergnügt die Kollektionen von Schminkutensilien, als sie ein Geräusch hinter sich hörte. Nicholas versuchte, ihre Aufmerksamkeit auf sich zu lenken.

Als sie um die Ecke herumbog, sah sie, daß er eine Tube mit Zahpasta geöffnet und diese über das Regal und sich selbst ausgedrückt hatte.

»Ich wollte nur daran riechen«, sagte er steif, und Dougless spürte, wie peinlich ihm diese Panne war.

Sie nahm eine Schachtel mit Papiertüchern aus dem Regal, öffnete sie, nahm eine Handvoll Tücher heraus und begann die Regalbretter und sein Hemd damit zu reinigen.

Er nahm eines der dünnen Tücher aus der Schachtel. »Das ist Papier«, sagte er mit zugleich verwunderter und ehrfürchtiger Stimme. »Hört auf damit! Ihr könnt doch nicht so viel Papier verschwenden. Es ist zu kostbar, und dieses ist noch nie zuvor gebraucht worden.«

Dougless verstand nicht, wovon er überhaupt redete. »Man verwendet so ein Tuch nur einmal und wirft es dann weg.«

»Ist Euer Jahrhundert denn so reich?«

Dougless hatte immer noch Mühe, ihn zu verstehen; erinnerte sich nun aber daran, daß im sechzehnten Jahrhundert Papier durchweg in Handarbeit hergestellt wurde. »Ich schätze, daß wir reich an Produkten sind«, sagte sie dann, legte die geöffnete Schachtel mit den Papiertüchern in ihren Einkaufskorb und fuhr fort, die Sachen auszusuchen, die sie hier besorgen wollte. Sie kaufte Gesichtskrem, Rasierkrem, Rasierklingen, Deodorant, Waschlappen (denn die engli-

95

schen Hotels stellten so etwas nicht zur Verfügung) und einen kompletten Satz Kosmetika.

Dann übernahm sie abermals die Kontrolle über Nicholas' Papiergeld. Er konnte es nicht ertragen, mitanzuhören, was diese Dinge kosteten. »Ich kann mir ein Pferd für den Preis dieser Flasche kaufen«, murmelte er, als sie vorlas, was auf dem Etikett stand. Sie bezahlte an der Kasse und trug eine große Einkaufstüte voller Toilettenartikel aus dem Laden. Nicholas erbot sich nicht, ihr die Tüte abzunehmen.

»Lassen Sie uns diese Sachen ins Hotel bringen«, sagte sie. »Dann können wir . . .« Sie brach ab, weil Nicholas jetzt vor dem Schaufenster eines anderen Ladens stand. Gestern hatte er nur Augen für die Straße gehabt, die Autos angegafft, hatte sich hin und wieder gebückt und den Asphalt befühlt und dann wieder Leute angestarrt. Heute bewunderte er die Auslagen der Läden, bestaunte das Glas der Schaufenster, befingerte die Buchstaben der Ladenschilder.

Er betrachtete nun im Schaufenster einer Buchhandlung eine herrliche großformatige illustrierte Ausgabe, die sich mit mittelalterlichen Waffen und Rüstungen befaßte. Daneben lagen Bücher über Heinrich den Achten und Elizabeth die Erste.

»Kommen Sie«, sagte sie lächelnd und zog ihn mit sich in die Buchhandlung hinein. Was sie selbst auch für Sorgen haben mochte – sie vergaß sie rasch, als sie die Freude und das Staunen auf Nicholas' Gesicht sah, während er ehrfürchtig die Bücher in die Hand nahm. Sie ließ ihre Einkaufstüte bei der Kasse stehen und ging mit ihm durch das Geschäft. Die größten und teuersten Bücher lagen mit dem Gesicht nach oben auf einem Tisch, und er fuhr mit den Fingerspitzen über die glänzenden Einbandfotos.

»Sie sind prächtig«, flüsterte er.

»Hier ist Ihre Königin Elizabeth«, sagte Dougless, eine große bebilderte Ausgabe hochnehmend.

Als hätte er fast Angst davor, das Buch zu berühren, nahm er es Dougless aus der Hand. Er hatte keine Worte, um ihr ausdrücken zu können, was er beim Anblick so vieler Bücher empfand. Bücher waren kostbar und rar, und ihren Besitz konnten sich nur die reichsten Leute leisten. Wenn sie Bilder enthielten, waren das Holzschnitte oder handkolorierte Illustrationen.

Er öffnete das Buch, das er in der Hand hielt, und fuhr mit der Hand über die bunten Illustrationen hin. »Wer hat diese gemalt? Gibt es denn in Eurer Zeit so viele Maler?«

»Sie werden von Maschinen gemacht.«

Nicholas betrachtet das Bild von Königin Elizabeth. »Schaut Euch ihre Gewänder an. Ist das die neue Mode? Meine Mutter müßte sie eigentlich kennen.«

Dougless suchte nach dem Datum. 1582. Sie nahm ihm das Buch wieder aus der Hand. »Ich bin nicht sicher, ob Sie die Zukunft betrachten sollten.« Was sagte sie da?! 1580 bezeichnete sie als Zukunft? »Hier ist ein hübsches Buch.« Sie gab ihm eine bebilderte Ausgabe mit der Überschrift »Vögel der Welt.«

Doch Nicholas hätte fast das Buch fallen lassen, weil in diesem Moment die Stereoanlage, die bisher stumm gewesen war, plötzlich zu spielen anfing. Nicholas blickte sich im Laden um. »Ich sehe keine Musikanten. Und was ist das für eine Musik? Ist das Ragtime?«

Dougless lachte. »Wo haben Sie denn schon mal von Ragtime gehört? Nein, ich meinte, Ihr Gedächtnis scheint sich nun wieder einzustellen.« Doch während sie das sagte, mochte sie nicht so recht daran glauben.

»Mrs. Beasley«, erwiderte er, sich auf ihre Pensionswirtin beziehend. »Ich habe es ihr von ihrer Musik vorgespielt.«

»Worauf haben Sie es ihr vorgespielt?«

»Es sieht aus wie eine große Klavizimbel; klingt aber ganz anders.«

»Vermutlich ein Piano.«

»Ihr habt mir noch nicht verraten, was die Quelle dieser Musik ist.«

»Es ist klassische Musik – Beethoven vermutlich –, und sie kommt aus einer Kassette in einer Maschine.«

»Maschinen«, flüsterte er. »Immer wieder Maschinen.«

Dougless begann zu verstehen, wie diese neue Welt auf ihn wirken mußte. Er ist ein Mann, der sein Gedächtnis vollkommen verloren hat, nicht ein Mann aus dem sechzehnten Jahrhundert, ermahnte sie sich. Vielleicht würde Musik helfen, sein Erinnerungsvermögen zurückzuholen.

An einer Wand fand sie eine Auswahl von Tonbandkassetten. Sie suchte Beethoven, ein Potpourri aus *La Traviata* und irische Volksmusik heraus und meinte, als sie ein Band der Rolling Stones in den Händen hatte, daß sie lieber etwas Modernes wählen sollte, um dann über sich selbst zu lachen. »Mozart ist ganz was Neues für ihn«, sagte sie und nahm das Band der Stones nun doch mit. Sie kaufte auch noch ein billiges Tonbandgerät mit Ohrstöpseln, damit er die Musik hören konnte.

Als sie zu Nicholas zurückkehrte, befand er sich in der Papierwarenabteilung und befühlte dort interessiert allerlei Briefpapiere. Dougless zeigte ihm Filzschreiber, Kugelschreiber und Schreiber mit automatischem Wechsel mehrfarbiger Minen. Er machte ein paar Kritzeleien auf Testpapier; aber es waren keine Worte. Dougless überlegte, ob er überhaupt lesen und schreiben konnte, aber sie fragte ihn nicht danach.

Sie verließen den Laden mit einer zweiten Einkaufstüte, die diesmal mit Spiralblöcken, Filzschreibern in allen erdenklichen Farben, sechs Reisebüchern, Tonbandkassetten und einem Tonbandgerät gefüllt war. Von den Reisebüchern hatte eines England, eines Amerika und zwei die ganze Welt zum Thema. Einem Impuls folgend, hatte sie einen Satz von

Winsor-Newton-Aquarellen gekauft und einen Zeichenblock für Nicholas. Sie hatte irgendwie das Gefühl, daß er gern etwas malen wollte. Sie nahm auch eine Taschenbuchausgabe von Agatha Christie mit.

»Könnten wir das jetzt alles ins Hotel zurückbringen?« fragte Dougless. Ihre Arme begannen zu schmerzen unter dem Gewicht ihrer Einkäufe.

Doch Nicholas war abermals stehengeblieben, diesmal vor dem Schaufenster eines Damenmodengeschäfts. »Ihr werdet Euch neue Kleider kaufen wollen«, sagte er, und es war eher ein Befehl.

Dougless gefiel der Ton seiner Stimme nicht. »Ich habe ja meine eigenen Kleider, und wenn ich sie wiederbekomme, werde ich . . .«

»Ich werde nicht mit einer Vettel reisen«, sagte er steif.

Dougless war sich nicht sicher, was er unter diesem Wort verstand; aber sie glaubte, es erraten zu können. Sie blickte auf ihr Spiegelbild im Schaufensterglas. Wenn Sie gestern gedacht hatte, daß sie schlimm aussähe, so traf heute eher das Wort wüst auf sie zu. Sie händigte ihm die Tüte mit den Büchern aus. »Warten Sie dort drüben auf mich«, sagte sie, auf eine hölzerne Bank unter einem Baum deutend.

Dougless nahm die Tüte mit den Kosmetikartikeln mit in den Laden.

Es dauerte eine Stunde; aber als Dougless zu ihm zurückkam, schien sie eine ganz andere Person zu sein. Ihr kastanienbraunes Haar, das seit Tagen keine Pflege mehr erfahren hatte, war nun straff aus dem Gesicht gekämmt und fiel in sanften Wellen auf ein seidenes Tuch herab, mit dem sie ihre Haarflut im Nacken zusammengebunden hatte. Behutsam aufgetragenes Make-up brachte die Schönheit ihres Gesichts zur Geltung. Dougless gehörte nicht zu diesem zerbrechlichen, überzüchteten Schönheitstyp, sondern sah so gesund und frisch aus, als wäre sie auf einer Pferdefarm in

Kentucky oder auf einem Segelboot in Maine aufgewachsen. Letzteres traf zu.

Sie hatte sich Kleider ausgesucht, die schlicht, aber ausgezeichnet verarbeitet waren: ein kricketentenblaues österreichisches Jackett; einen Paisley-Rock in der gleichen Farbe mit pflaumenblauen und navy-blauen Mustern, eine pflaumenblaue Seidenbluse und weiche navy-blaue Lederstiefel. Einem Impuls folgend, hatte sie sich auch ein Paar navy-blaue Nappalederhandschuhe und eine navy-blaue Handtasche dazu gekauft.

Ihre Einkaufstüte auf dem Arm, überquerte sie die Straße und ging auf Nicholas zu. Sie freute sich über seinen Gesichtsausdruck, als er sie erblickte. »Nun?« fragte sie.

»Schönheit ist zeitlos«, sagte er leise, stand auf und küßte ihr die Hand.

Elisabethanische Männer haben ihre Vorzüge, dachte sie bei sich.

»Ist es schon Zeit für den Tee?« fragte er.

Dougless stöhnte. Männer waren ebenfalls zeitlos, dachte sie. Erst ›Du-siehst-gut-aus‹, dann das ›Was-gibt-es-zu-essen?‹

»Wir werden nun einen der schlimmsten Aspekte Englands kennenlernen, und das ist der Lunch. Das Frühstück ist großartig, der Tee ist großartig. Das Dinner ist großartig, wenn man Butter und Sahne mag. Aber der Lunch ist . . . unbeschreiblich.«

Er hörte ihr so aufmerksam zu wie einer, der eine neue Sprache lernt. »Was ist das – Lunch?«

»Sie werden es erleben«, sagte Dougless und führte ihn zu einem kleinen hübschen Pub. Pubs gehörten zu den Dingen, die Dougless besonders gut an England gefielen. Sie stellten ihre Tüten in eine Nische, Dougless orderte zwei Käse-Sandwiches mit Salat und zwei Gläser Bier für sie beide, und dann ging sie daran, Nicholas den Unterschied zwischen einer Bar in Amerika und einem Pub in England zu erklären.

»Gibt es noch mehr Frauen ohne Begleitung?« fragte er.

»Außer mir, meinen Sie? Ich denke, die meisten Frauen sind heutzutage unabhängig«, antwortete Dougless. »Die meisten haben ihr Konto und ihre Kreditkarten; aber sie haben auch keine Männer, die sich um sie kümmern.«

»Aber wie steht es mit den Vettern und den Onkeln? Und mit den Söhnen?«

»Das ist heute nicht mehr so. Es ist . . .« Sie hielt inne, als die Bedienung die Sandwiches vor ihnen auf den Tisch stellte. Es waren keine Sandwiches, wie die Amerikaner sie kannten. Ein Käse-Sandwich war eine Scheibe Käse zwischen zwei mit Butter bestrichenen Weißbrotschnitten. Und wenn man Salat dazu bestellte, lag ein Blättchen Kopfsalat auf der Käsescheibe.

Nicholas sah zu, wie sie die diagonal geschnittenen Weißbrotscheiben in die Hand nahm und zu essen begann. Dann folgte er ihrem Beispiel.

»Schmeckt es Ihnen?«

»Es hat keine Würze«, sagte er. »Und das Bier auch nicht.«

Dougless sah sich im Pub um und fragte, ob es eine Ähnlichkeit mit den Gasthäusern im sechzehnten Jahrhundert habe.

»Nay«, gab er zur Antwort. »Hier ist es schummrig und still. Hier gibt es keine Gefahr.«

»Aber das ist doch gut!«

Nicholas zuckte mit den Achseln. »Ich liebe die Würze – sowohl in meinem Essen wie in meinen Gasthäusern.«

Sie lächelte. »Sind Sie soweit, daß wir gehen können? Wir haben noch eine Menge zu erledigen.«

»Gehen? Aber wo bleibt das Essen?«

»Das haben Sie soeben verzehrt.«

Er blickte sie mit einer hochgezogenen Braue an. »Wo ist der Wirt?«

»Der Mann hinter der Theke scheint der Inhaber zu sein, und die Frau dort drüben ist für die Küche verantwortlich. Warten Sie, Nicholas – machen Sie keinen Wirbel. Die Engländer mögen so was nicht. Ich werde zu ihnen gehen und . . .«

Aber er war bereits vom Tisch aufgesprungen. »Essen bleibt Essen, egal, in welcher Zeit. Nein, Madam, Ihr bleibt, wo Ihr seid, und ich werde für eine Mahlzeit sorgen, die diesen Namen auch verdient.«

Dougless schaute ihm zu, als er zu dem Mann hinter der Theke ging und ernsthaft mit ihm konferierte. Dann wurde die Frau hinzugerufen, und sie hörte aufmerksam zu, während Nicholas auf sie einredete. Dougless hatte das Gefühl, während sie die drei an der Theke beobachtete, daß Nicholas schon zu einem kleinen Problem werden könnte, wenn er sich mit den Gepflogenheiten des zwanzigsten Jahrhunderts besser auskannte.

Dann kam er wieder zu ihrem Tisch zurück, und Minuten später begann die Kellnerin, Schüsseln und Platten mit warmen und kalten Gerichten anzuliefern: gebratene Hühner, Gemüse, Salate, Roastbeef, Schweinerollbraten und für Nicholas ein Glas mit gefährlich aussehendem dunklem Bier.

»Und nun, Mistress Montgomery, Euer Vorschlag«, sagte Nicholas, als sich der Tisch unter den Schüsseln und Platten bog, »wie meine Rückkehr am besten bewerkstelligt werden könnte.«

Zunächst gab ihm Dougless erst einmal Unterricht im Gebrauch einer Gabel (er durchbohrte sich damit fast die Zunge), entnahm dann der einen Einkaufstüte einen Spiralblock samt Kugelschreiber und fing an, sich Notizen zu machen. »Ich muß alles über Sie wissen, ehe wir mit unseren Nachforschungen beginnen können.« Vielleicht konnte sie ihm jetzt, an Hand von Daten und Örtlichkeiten, auf die Schliche kommen.

Doch nichts, was sie ihn fragte, vermochte selbst das Tempo zu bremsen, mit dem er eine Platte nach der anderen leerte. Geboren am sechsten Juni 1537.

»Ihren vollen Namen oder in Ihrem Fall vermutlich alle Titel.«

»Nicholas Stafford, Earl of Thornwyck, Buckshire and Southeaton, Lord of Farlane.«

Dougless schluckte. »Noch etwas?«

»Ein paar Freiherrensitze; jedoch keiner von übermäßiger Bedeutung.«

»So viel zu den Freiherren«, sagte sie und stellte dann weitere Fragen. Gleichzeitig begann sie eine Liste aller ihm gehörenden Besitztümer aufzustellen: Ländereien von East Yorkshire bis hinunter nach South Wales. Noch mehr Ländereien in Frankreich und Irland.

Nach einer Weile klappte sie ihren Notizblock zu. »Ich denke, mit Hilfe dieser Liste werden wir schon etwas über Sie – ihn – herausfinden können«, sagte sie.

Nach dem »Lunch« suchten sie einen Frisör auf, wo sich Nicholas rasieren ließ. Als er dann, ohne Bart, vom Sessel herunterstieg, stockte Dougless einen Moment der Atem. Schwarzes, tiefschwarzes, Haar; blaue, tiefblaue Augen.

»Besser so, Madam?« fragte er mit einem leisen Lachen.

»Passabel«, erwiderte sie, sein Lächeln zurückgebend.

Sie trugen ihre Einkaufstüten in ihre Pension, und die Wirtin sagte ihnen, daß sie nun ein Zimmer mit eigenem Bad habe, das sie ihnen anbieten könne. Die Vernunft sagte Dougless, daß sie sich ein eigenes Zimmer geben lassen sollte; aber sie blieb stumm. Wenn Robert zu ihr zurückkam, wäre es ganz gesund für ihn, dachte sie, sie mit diesem fabelhaft aussehenden Mann zusammen zu sehen.

Danach kehrten sie wieder in die Kirche zurück, doch da

war keine Nachricht von Robert eingetroffen und keine Nachfrage nach dem verlorenen Armband. Sie gingen in einen Lebensmittelladen und kaufen Käse und Obst ein; dann zu einem Fleischer, um sich dort eine Leberpastete einpacken zu lassen; anschließend zu einem Bäcker wegen Brot, Hörnchen und Kuchen und schließlich in eine Spirituosenhandlung, wo sie sich noch eine Flasche Wein besorgten.

Als es Zeit für den Tee war, wankte Dougless vor Erschöpfung.

»Mein Großsiegelträger scheint mir am Ende seiner Kräfte zu sein.«

Damit hatte er den Nagel auf den Kopf getroffen, dachte Dougless. Sie gingen zu ihrer Pension zurück.

Dort trugen sie die Tüte mit den Büchern in den Garten, und ihre Wirtin kochte ihnen eine Kanne Tee und brachte ihnen eine Decke. Sie setzten sich darauf, tranken Tee, aßen Hörnchen dazu und betrachteten die Bücher. Es herrschte ein himmlisches englisches Wetter, kühl und dennoch warm, sonnig, aber nicht gleißend. Der Rasen war saftig grün, und Rosen verströmten ihren Duft. Dougless saß aufrecht, während Nicholas vor ihr auf dem Bauch lag, in einer Hand ein Hörnchen, mit der anderen Hand behutsam eine Seite nach der anderen umblätternd.

Das Baumwollhemd spannte sich über seinen Rückenmuskeln, die Hose um seine Schenkel. Schwarze Locken streiften den Hemdkragen.

»Hier ist es!« rief Nicholas, rollte sich auf den Rücken und setzte sich so rasch auf, daß Dougless ihren Tee verschüttete. »Mein neuestes Haus ist hier.« Er schob ihr das Buch zu, während sie ihre Tasse abstellte.

»Thornwyck Castle«, las sie, »von Nicholas Stafford, Earl of Thornwyck, 1563 erbaut . . .« Sie warf ihm einen Blick zu. Er lag auf dem Rücken, ein seliges Lächeln auf dem Gesicht, als hätte er soeben einen Beweis für seine Existenz gefunden. ». . . von Königin Elizabeth I. 1564 konfisziert, als . . .« Ihre Stimme verebbte.

»Lest weiter«, sagte Nicholas nun mit ernstem Gesicht.

». . . als der Graf des Hochverrats für schuldig befunden und zum Tode auf dem Richtblock verurteilt wurde. Es bestanden Zweifel an seiner Schuld; aber alle Ermittlungen wurden eingestellt, als man . . .« Dougless' Stimme sank fast zu einem Flüstern herab ». . . den Grafen drei Tage vor seiner Hinrichtung tot an seinem Schreibtisch über einem . . .« Sie blickte hoch und flüsterte: ». . . angefangenen Brief an seine Mutter fand.«

Nicholas blickte eine Weile zu den Wolken hinauf und schwieg. »Steht dort auch, was aus meiner Mutter wurde?« fragte er schließlich.

»Nein. Es folgt lediglich eine Beschreibung des Schlosses, das nie ganz fertig wurde, und daß es dann nach dem Bürgerkrieg – Ihr Bürgerkrieg, nicht unserer – teilweise verfiel, bis es 1824 für die Familie James renoviert wurde. Und nun . . .« sie stockte, ». . . nun ist es ein exklusives Hotel mit einem Zwei-Sterne-Restaurant.«

»Mein Schloß ein öffentliches Gasthaus?« fragte Nicholas offensichtlich entsetzt. »Es sollte ein Mittelpunkt der Bildung und Gelehrsamkeit werden. Es war . . .«

»Nicholas, das ist viele hundert Jahre her. Verstehen Sie denn nicht? Vielleicht könnten wir dort ein Zimmer bestellen. Wir könnten sogar in Ihrem Haus *wohnen.*«

»Ich soll für einen Aufenthalt in meinem eigenen Haus bezahlen?«

Sie hob resignierend beide Hände. »Okay, dann eben nicht. Wir werden hierbleiben und die nächsten zwanzig Jahre mit Einkaufen verbringen.«

»Ihr habt eine scharfe Zunge.«

»Ich stehe nur für meine Meinung ein.«

»Und für Männer, die Euch im Stich gelassen haben.«

Sie wollte sich von der Decke erheben; aber er griff nach ihrer Hand und hielt sie fest.

»Ich werde bezahlen«, sagte er, zu ihr hochsehend. Er ließ ihre Hand nicht los, sondern begann, ihre Finger zu liebkosen. »Ihr werdet bei mir bleiben?«

Sie entzog ihm ihre Hand. »Ein Vertrag ist ein Vertrag. Wir werden herausfinden, was Sie wissen müssen, und Sie können vielleicht den Namen ihres Vorfahren reinwaschen.«

Nicholas lächelte. »Ich bin also jetzt mein eigener Vorfahre.«

Sie stand auf, ging ins Haus und suchte die Nummer von Thornwyck Castle heraus. Zunächst teilte ihr der Angestellte, der für Reservationen zuständig war, mit hochmütiger Stimme mit, daß man Zimmer ein Jahr im voraus bestellen müsse; aber dann gab es eine kurze Unterbrechung, die von einem kleinen Tumult begleitet war, ehe sich der Angestellte wieder meldete und sagte, ihre beste Suite sei soeben unerwartet frei geworden. Dougless buchte sie.

Als sie auflegte, wurde ihr bewußt, daß sie gar nicht überrascht gewesen war über diesen ungewöhnlichen Zufall. Es schien, als ob da eine Art von Wunschtherapie wirksam sei. Jedesmal, wenn sie sich etwas wünschte, bekam sie es auch. Sie wünschte sich einen Ritter in schimmernder Rüstung, und er erschien (ein Verrückter, der glaubte, aus dem sechzehnten Jahrhundert zu stammen; aber immerhin ein Mann in schimmernder Rüstung). Sie wünschte sich Geld, und er hatte einen Beutel mit Münzen bei sich, die mehrere hunderttausend Pfund wert waren. Nun brauchte sie ein Zimmer in einem exklusiven Hotel, und natürlich wurde in diesem Augenblick eines für sie frei.

Sie nahm Glorias Armband aus der Tasche und betrachtete es. Es sah aus wie etwas, das ein reicher fetter, alter Mann seiner zwanzig Jahre jüngeren Mätresse schenken würde. Was konnte sie sich im Zusammenhang mit Robert

106

wünschen? Daß er zu der Erkenntnis kommen sollte, seine eigene Tochter sei eine verlogene Diebin? Sie wollte nicht, daß irgendein Elternteil sein eigenes Kind verachten sollte. Wo blieb sie also in ihrem Verhältnis zu Robert? Sie wollte Robert haben, aber er brachte seine Tochter und seine Liebe für seine Tochter mit.

Sie rief das Vikariat an, doch niemand hatte sich dort nach dem Armband erkundigt. Sie bat den Vikar, ihr einen Dentisten zu empfehlen, und konnte bei diesem einen Termin – abermals dank der Absage eines anderen Patienten – für den nächsten Vormittag bekommen. Als sie wieder in den Garten zurückgehen wollte, sah sie mehrere amerikanische Magazine auf dem Tisch – *Vogue, Harper's Bazaar, Gentleman's Quarterly* –, und sie nahm sie mit für Nicholas.

Es gab einige erstaunte Ausrufe seinerseits, als sie ihm erklärte, daß diese wunderschönen »Bücher« tatsächlich eine Wegwerfware darstellten. Er begann, in den Magazinen zu blättern, studierte die Anzeigen und die Kleider der abgebildeten Personen mit einer Eindringlichkeit wie ein General einen Schlachtplan. Zunächst mochte er die Kleider nicht leiden; aber als er das erste Magazin durch hatte, nickte er mit dem Kopf, als begänne er zu begreifen.

Dougless nahm das Taschenbuch von Agatha Christie zur Hand und begann zu lesen.

»Wollt Ihr mir nicht etwas daraus vorlesen?« fragte er.

Da er immer nur die Abbildungen in den Büchern und Magazinen zu betrachten schien, kam ihr der Verdacht, daß er vielleicht gar nicht lesen könne. Sie las ihm laut vor, während er die Fotos im *Gentleman's Quarterly* studierte.

Um sieben Uhr abends öffneten sie die Weinflasche und aßen dazu Brot, Käse und Obst, während Nicholas in sie drang, ihm doch noch mehr aus dem Kriminalroman vorzulesen.

Während so die Zeit verflog, kam es ihr immer natürlicher

vor, daß sie ihre ganze Zeit diesem liebenswürdigen Mann widmete. Zu beobachten, wie er die Welt mit großen, verwunderten Augen betrachtete, war eine Freude für sie. Mit jeder Stunde, die sie mit ihm verbrachte, wurde ihre Erinnerung an Robert blasser.

Als es dunkel wurde, gingen sie hinauf auf ihr Zimmer, und Dougless wurde sich nun allmählich der Intimität bewußt, die eine Wohngemeinschaft mit diesem Mann mit sich brachte. Aber Nicholas ließ bei ihr gar nicht erst peinliche Gefühle aufkommen. Nachdem er das Bad untersucht hatte, das zu ihrem Zimmer gehörte, wollte er wissen, wo die Badewanne sei. Zu Dougless' (amerikanischem) Entzücken besaß das Badezimmer eine Duschkabine. Ehe sie in das Badezimmer vordringen konnte, hatte Nicholas die Hähne angedreht und sich mit kaltem Wasser vollgesprüht. Lachend beugte er sich nach vorn, während sie ihm die Haare trocken rubbelte.

Sie zeigte ihm, wie man das Shampoo benützte, die Zahnbürste und die Zahnpasta. »Morgen werde ich Ihnen den Rasierapparat erklären«, sagte sie und lächelte, als sie die schäumende Zahnpasta zwischen seinen Zähnen sah.

Sie duschte und wusch sich die Haare, zog das schlichte weiße Nachthemd an, das sie sich gekauft hatte, und schlüpfte unter die Zudecke des rechten Doppelbettes. Sie hatte mit Nicholas eine etwas »hitzige« Diskussion, ob er täglich ein Duschbad nehmen sollte oder nicht. Die Vorstellung schien ihn zu erschrecken; aber schließlich gab er nach. Er nahm ein langes Duschbad, so heiß, das der Dampf unter der Türritze durchkam, und dann trat er aus dem Badezimmer, nur mit einem Handtuch um die Hüften bekleidet, während er sich mit dem anderen Handtuch die Haare trockenrieb.

Es folgte ein Moment der Verlegenheit, als er zu ihr hochsah, mit frischgewaschenem Gesicht, die nassen Haare nach hinten gestrichen. Douglas klopfte das Herz bis in die Kehle hinauf.

Doch dann erblickte Nicholas die Nachttischlampe, und Dougless verbrachte die nächste Viertelstunde damit, ihm die Arbeitsweise eines elektrischen Lichtes vorzuführen. Nicholas trieb sie fast zum Wahnsinn, indem er ununterbrochen die Lichter ein- und ausschaltete, bis sie versprach – damit er sich endlich hinlegte –, ihm noch etwas aus dem Buch von Agatha Christie vorzulesen. Sie blickte zur Seite, als er das Handtuch von seinen Hüften entfernte und in sein Bett stieg. »Pyjamas«, murmelte sie, »morgen kaufen wir Pyjamas.«

Sie las ungefähr eine halbe Stunde lang, ehe sie bemerkte, daß er eingeschlafen war, und dann drehte sie die Lichter aus und machte es sich selbst unter der Zudecke bequem. Sie war gerade dabei, einzuschlafen, als Nicholas im Nachbarbett begann, um sich zu schlagen, so daß sie sich erschreckt aufsetzte. Es war gerade hell genug im Zimmer, daß sie sehen konnte, wie er die Zudecke von sich stieß, sich im Bett wälzte und stöhnte in den Klauen eines Alptraumes. Sie legte ihm die Hand auf die Schulter. »Nicholas«, flüsterte sie; doch er reagierte nicht darauf, sondern fuhr fort, um sich zu schlagen. Sie rüttelte ihn an der Schulter; aber er wollte nicht aufwachen.

Sie setzte sich auf den Bettrand und beugte sich über ihn: »Nicholas, wachen Sie auf. Sie haben einen Alptraum.«

Sogleich griff er mit seinen starken Armen nach ihr und zog sie an sich.

»Lassen Sie mich los!« sagte sie und wehrte sich gegen seinen Griff; aber er gab sie nicht frei. Statt dessen hörte er auf, sich zu wälzen und um sich zu schlagen und schien vollkommen damit zufrieden zu sein, sie an seinem Körper zu spüren.

Dougless bot ihre ganze Kraft auf, um sich aus seiner Umarmung zu befreien, und schlüpfte hinüber in ihr eigenes Bett. Kaum befand sie sich unter ihrer Zudecke, als er wieder zu stöhnen und um sich zu schlagen begann. Sie verließ ihr Bett und stellte sich neben dem seinen auf. »Nicholas, Sie müssen aufwachen«, sagte sie laut; aber das hatte keine Wirkung auf ihn.

Sich seufzend in ihr Schicksal ergebend, hob sie seine Decke an und legte sich neben ihn. Sofort griff er nach ihr wie ein verschrecktes Kind nach einer Puppe und beruhigte sich sofort. Dougless sagte sich, daß sie eine perfekte Märtyrerin sei, daß sie das nur für ihn tat; aber irgendwo in ihrem Inneren wußte sie, daß sie genauso einsam und verschreckt war, wie er es zu sein schien. Sie legte ihre Wange in die Höhlung seiner warmen Schulter und schlief ein.

Sie erwachte noch vor Anbruch der Dämmerung, lächelte, bevor sie die Augen aufschlug, als sie Nicholas' großen warmen Körper an ihrer Haut spürte. Sie fühlte sich dazu gedrängt, sich in seinen Armen umzudrehen und seine warme Haut zu küssen.

Aber dann öffnete sie rasch die Augen, schlüpfte leise aus seinem Bett und hinüber in das ihre. Dort lag sie dann allein, betrachtete ihn, wie er friedlich schlief, die schwarzen Lokken auf dem weißen Kopfkissen. War er ihr eigener Ritter in schimmernder Rüstung? Würde er letztendlich sein Gedächtnis wiederfinden und sich daran erinnern, daß er irgendwo in England ein Heim hatte? Würde er vielleicht verlangen, daß sie dieses Heim mit ihm teilte? Was wäre, wenn sie zwischen Robert und diesem Mann zu wählen hätte?

Sie kam sich nun ein bißchen wie ein Kobold vor, als sie aus dem Bett stieg, auf Zehenspitzen zu der Tüte ging, in der das Tonbandgerät lag, und die Kassette mit den Stones herausnahm. Sie legte den Recorder neben Nicholas' Kopf auf das Kissen, legte das Tonband ein, drehte am Lautstärkenregler und schaltete dann das Gerät ein.

Nicholas setzte sich wie der Blitz kerzengerade auf, als ihm die Melodie von »Can't Get No Satisfaction« ins Ohr dröhnte. Lachend über das Gesicht, das er machte, schaltete Dougless das Gerät wieder ab, ehe sie damit die anderen Pensionsgäste aufweckte.

Nicholas saß mit weit aufgesperrten Augen da, als habe er einen Schock erlitten. »Was für ein Chaos war das?«

»Musik«, sagte Dougless und lachte, aber als dieser schockierte Ausdruck sich nicht aus seinem Gesicht verlor, setzte sie hinzu: »Es war nur ein Scherz. Es ist Zeit zum Aufstehen.«

Er sah sie an, sagte aber nichts, und Dougless hörte auf zu lächeln. Sie vermutete, daß elizabethanische Männer solche Scherze nicht mochten. Oder vielmehr Männer, die glaubten, Zeitgenossen von Königin Elizabeth I. zu sein, korrigierte sie sich.

Es war zwanzig Minuten später, daß Dougless würgend und spuckend aus dem Badezimmer herauskam. »Sie haben mir Shampoo auf die Zahnbürste geschmiert!«

»Ich, Madam?« erwiderte Nicholas mit unschuldigem Gesicht.

»Sie . . .!« sagte sie und schleuderte ein Kopfkissen nach ihm. »Das werde ich Ihnen heimzahlen!«

»Noch mehr von Eurer Musik in der Morgendämmerung?« sagte er, ihr Kissen abwehrend.

Dougless lachte. »Schön. Ich schätze, ich habe das verdient. Sind Sie soweit, daß wir frühstücken können?«

Beim Frühstück teilte Dougless ihm mit, daß sie für ihn einen Termin mit einem Zahnarzt vereinbart habe, und als er das Gesicht verzog, maß sie dem keine Bedeutung bei. Jeder verzog das Gesicht bei dem Gedanken an einen Zahnarzt. Während sie aßen, entlockte sie ihm noch die Namen anderer Besitztümer, die er neben Thornwyck besaß, damit sie in der öffentlichen Bibliothek nachforschen konnte, was aus ihnen geworden war und ob einige davon ebenfalls der Öffentlichkeit zugänglich waren.

Er war sehr still, als sie zusammen zur Praxis des Dentisten gingen, und im Wartezimmer mochte er nicht einmal die mit Plastik bezogenen Stühle betrachten. Dougless wußte, daß er wirklich besorgt war, da er sich auch nicht für die Zimmerpflanze aus Plastik interessierte, die sie ihm zeigte. Als die Sprechstundenhilfe ihn aufrief, drückte Dougless ihm die Hand. »Sie brauchen wirklich keine Angst zu haben. Danach werde ich . . . ich Sie ausführen und Ihnen eine Eiskrem spendieren. Das ist etwas, worauf sie sich freuen können.« Es war ihr klar, daß er sich unter dem Namen Eiskrem nichts vorstellen – oder sich nicht mehr daran erinnern konnte, was Eiskrem war, verbesserte sie sich.

Da sie ihn für eine komplette Zahnuntersuchung angemeldet hatte und er mindestens eine Kariesbehandlung benötigte, wußte sie, daß er eine Weile im Behandlungszimmer sein würde, und deshalb bat sie die Sprechstundenhilfe, sie in der Bibliothek anzurufen, wenn seine Behandlung fast abgeschlossen war.

Als sie zur Bibliothek ging, hatte sie ein Gefühl, wie eine Mutter es haben mußte, die ein Kind allein beim Arzt zurückläßt. »Es ist doch nur der Zahnarzt«, sagte sie sich.

Die Bibliothek war bescheiden, vor allem auf den Besuch von Kindern eingerichtet und auf Erwachsene, die populäre Unterhaltungsliteratur bevorzugten. Dougless setzte sich auf einen Schemel in der Abteilung für Reisebücher und begann nach Hinweisen auf die elf Landsitze zu suchen, die Nicholas angeblich besessen hatte. Vier davon waren heute Ruinen, zwei davon waren in den fünfziger Jahren abgerissen worden (es machte sie krank, daran zu denken, daß sie so lange dem Zahn der Zeit widerstanden hatten und erst vor kurzem niedergerissen worden waren), einer war das ihr bereits bekannte Thornwyck, einen konnte sie nicht finden, zwei waren inzwischen in Privatbesitz und einer für die Besichtigung durch die Öffentlichkeit freigegeben. Sie notierte sich die Öffnungzeiten des Landsitzes für Besucher – die Wochentage und die Stunden – und blickte dann auf ihre Armbanduhr. Nicholas weilte inzwischen schon anderthalb Stunden beim Zahnarzt.

Sie suchte im Schlagwortkatalog, konnte aber keinen Hinweis auf die Familie Stafford finden. So verging noch eine Dreiviertelstunde.

Als das Telefon auf dem Tisch der Bibliothekarin läutete, schrak sie zusammen. Die Bibliothekarin sagte, die Sprechstundenhilfe ließe ihr ausrichten, daß der Patient Stafford fast fertig sei. Dougless eilte – rannte förmlich – in die Praxis zurück.

Der Zahnarzt kam aus dem Behandlungszimmer, um sie persönlich zu begrüßen und in sein Büro zu bitten. »Mr. Stafford gibt mir Rätsel auf«, sagte er und hing die Röntgenaufnahmen von Nicholas' Kiefer an einen beleuchteten Wandschirm. »Ich mache es mir zur Regel, nie die Arbeit eines Kollegen zu bewerten; aber wie Sie hier sehen können, ist Mr. Staffords bisherige Zahnbehandlung . . . nun, ich kann sie nur als brutal bezeichnen. Die drei Zähne, die extrahiert wurden, müssen ihm buchstäblich aus dem Mund herausgerissen worden sein. Sehen Sie – hier und hier ist der Kieferknochen gebrochen und schief zusammengewachsen. Es muß eine extrem schmerzhafte Behandlung gewesen sein. Und außerdem – ich weiß, daß das eigentlich unmöglich ist – habe ich tatsächlich das Gefühl, daß Mr. Stafford noch nie zuvor eine Betäubungsspritze gesehen hat. Vielleicht hat man ihn bewußtlos geschlagen, ehe man ihm die Zähne entfernte.«

Der Arzt schaltete die Beleuchtung des Wandschirms ab. »Natürlich *mußte* er bewußtlos gewesen sein. Heutzutage können wir uns nicht mehr vorstellen, was für Schmerzen ihm diese Extraktionen, wie wir sie auf dem Röntgenbild gesehen haben, bereitet haben müssen.«

113

»Aber vor vierhundert Jahren war so etwas möglich?«

Der Zahnarzt lachte. »Vor vierhundert Jahren hatte wohl jeder solche Extraktionen über sich ergehen lassen müssen, könnte ich mir denken – aber ohne Betäubungsspritzen und schmerzlindernde Mittel nach der Behandlung.«

»Wie sehen sonst seine Zähne aus? Wie war er als Patient?«

»Hervorragend in beiderlei Beziehung. Sehr entspannt im Behandlungsstuhl, lachte, als ich ihn fragte, ob ihm das Bohren weh getan habe. Ich habe eine Kariesbehandlung durchgeführt und die anderen Zähne überprüft.« Der Arzt sah einen Moment wieder etwas ratlos aus. »Er hat an einigen Zähnen eine leichte Furchenbildung. Ich habe so etwas bisher nur in Lehrbüchern gesehen, und solche Furchenbildungen bedeuten in der Regel, daß der Betreffende als Kind ein, zwei Jahre lang Hunger gelitten hat. Ich frage mich, was sie bei ihm ausgelöst haben könnte? Der Mann macht mir nicht den Eindruck, als ob seine Familie sich nicht die zur Ernährung notwendigen Dinge leisten konnte.«

Dürre, hätte Dougless fast gesagt. Oder Überschwemmungen. Etwas, das die Ernte in einer Zeit vernichtete, wo es keine Kühlhäuser, Konserven oder frische Nahrungsmittel gab, die von anderen Teilen der Welt eingeflogen wurden.

»Ich wollte Sie nicht aufhalten«, sagte der Arzt. »Ich machte mir nur Sorgen wegen seiner bisherigen Zahnbehandlung. Er . . .« der Arzt lachte leise. »Er hat mich buchstäblich mit Fragen gelöchert. Hat Mr. Stafford etwa vor, sich selbst als Zahnmediziner ausbilden zu lassen?«

Dougless lächelte. »Er ist nur neugierig. Vielen herzlichen Dank, daß Sie sich so viel Zeit für ihn genommen haben und sich seinetwegen so besorgt gezeigt haben.«

»Ich bin froh, daß ein anderer Patient abgesagt hat und ich mich ihm widmen konnte. Er hat ein höchst interessantes Gebiß.«

Dougless bedankte sich noch einmal bei ihm, und als sie in das Empfangszimmer kam, sah sie Nicholas am Tisch der hübschen Sprechstundenhilfe stehen und mit ihr flirten.

»Kommen Sie!« schnaubte sie ihn an. Alles und jeder verschworen sich gegen sie, um sie zu dem Glauben zu zwingen, daß dieser Mann tatsächlich aus dem sechzehnten Jahrhundert stammte.

»Das ist nicht die Art von Barbier, bei der ich bisher in Behandlung gewesen bin«, sagte Nicholas lächelnd und rieb seine noch immer taube Lippe. »Ich würde gern diesen Mann und seine Maschinen mit zurücknehmen in meine Zeit.«

»Sie sind alle elektrisch«, erwiderte Dougless mißlaunig.

Er faßte sie am Arm und drehte sie zu sich herum. »Was bedrückt Euch?«

»Wer sind Sie?« schrie sie ihn förmlich an. »Warum haben Sie Rillen an Ihren Zähnen? Warum ist bei Ihnen der Kiefer gebrochen, als man Ihnen drei Zähne gezogen hat?«

Nicholas lächelte sie an, als er hörte, daß sie ihm endlich zu glauben begann. »Ich bin Nicholas Stafford, Earl of Thornwyck, Buckshire und Southeaton. Vor zwei Tagen wartete ich in einer Zelle auf meine Hinrichtung, und wir zählten das Jahr des Herrn, 1564.«

»Ich kann das nicht glauben«, sagte Dougless. Ich *will* es nicht glauben. Es kann nicht wahr sein.«

»Was würde Euch zum Glauben bekehren?« fragte er leise.

5

Als Dougless mit ihm zum Eissalon ging, dachte sie über seine Frage nach. Was *würde* sie überzeugen? Es wollte ihr nichts einfallen. Es gab für alles eine Erklärung. Er konnte ein fabelhafter Schauspieler sein, der nur so tat, als wäre alles neu für ihn. Ihm konnten die Zähne als Football-Spieler einer Hochschul-Mannschaft ausgeschlagen worden sein (und daß er Leistungssportler gewesen war, würde Sinn machen, weil er ja auch des Lesens kaum kundig zu sein schien). Da sie alles, was er ihr erzählte, durch Recherchen bestätigen konnte, ließ den Schluß zu, daß er sich die entsprechenden Information beschafft und auswendig gelernt hatte, um glaubhaft zu erscheinen.

Was konnte er also tun, um ihr zu beweisen, daß er aus der Vergangenheit kam?

Im Eissalon bestellte sie geistesabwesend für sich einen Eiskaffee und für Nicholas einen Becher voll Vanilleeis mit Schokoladensirup. Sie war so sehr in ihr Problem vertieft, daß sie erschrak, als er sich vorbeugte und sie rasch, aber fest, auf den Mund küßte.

Verdutzt blinzelte sie zu ihm hoch und sah ein so verklärtes Entzücken auf seinem Gesicht, während er den ersten Löffel Eis hinunterschluckte, daß sie lachen mußte.

»Ein vergrabener Schatz«, sagte sie schließlich.

»Hmm?« meinte Nicholas, dessen Aufmerksamkeit gänzlich von seinem Eisbecher in Beschlag genommen wurde.

»Um mir zu beweisen, daß Sie aus der Vergangenheit kommen, müssen Sie etwas wissen, was niemand sonst weiß. Etwas, das in keinem Buch steht.«

»Zum Beispiel, wer der Vater von Lady Sydneys letztem Kind gewesen ist? Etwas in dieser Richtung.« Er löffelte sein Eis mit einer Inbrunst, als könnte er jeden Augenblick zerschmelzen vor Freude.

Während sie diese verzückten blauen Augen hinter dichten schwarzen Wimpern betrachtete, als er sein Eis leckte, fragte sie sich, ob er auch eine Frau beim Liebesakt so ansah.

»Euer Blick ist sehr eindringlich«, sagte er und sah sie durch seine Wimpern hindurch an.

Dougless räusperte sich und sah zur Seite. »Ich möchte *nicht* wissen, wer Lady Sydneys Kind gezeugt hat.« Sie blickte Nicholas nicht an, als er in ein Gelächter ausbrach.

»Ein vergrabener Schatz«, sagte er, seine Eiswaffel zerkauend. »Irgendeine Kostbarkeit, die sich nach vierhundertundvierundzwanzig Jahren noch in ihrem Versteck befindet – meintet Ihr das?«

Dougless sah nun auf ihn zurück. »Es war nur so eine Idee von mir.« Sie schlug ihren Notizblock auf. »Lassen Sie mich berichten, was ich inzwischen herausgefunden habe.« Sie las ihm vor, was sie sich in der Bibliothek, seine Besitztümer betreffend, notiert hatte.

Als sie von ihrem Block hochsah, wischte er sich stirnrunzelnd die Hände an einer Papierserviette ab. »Ein Mann baut, damit etwas von ihm weiterlebt. Es gefällt mir nicht, zu hören, daß das, was mein war, heute nicht mehr existiert.«

»Ich dachte, Ihr Name würde in Ihren Kindern weiterleben.«

»Ich habe keine Kinder hinterlassen«, erwiderte er. »Ich hatte einen Sohn; aber er starb eine Woche, nachdem mein Bruder ertrunken war, bei einem Erdrutsch.«

Dougless sah, wie der Schmerz wie ein Schatten über sein

Gesicht wanderte, und wurde sich plötzlich bewußt, wie angenehm und sicher das zwanzigste Jahrhundert war. Sicher, es gab Massenmörder, Sittenstrolche und betrunkene Fahrer in Amerika; aber in der elisabethanischen Zeit wurde die Menschheit von Pest, Lepra und Pockenseuchen heimgesucht. »Hatten Sie die Pocken?«

»Weder die schwarzen noch die roten«, erwiderte er mit einigem Stolz.

»*Rote?*«

Er blickte sich rasch im Eissalon um. »Die Französische Krankheit.«

»Oh«, sagte sie, sich auf ihre Geschichtskenntnisse besinnend. Die Syphilis. Aus irgendeinem Grund war sie erleichtert, das zu hören. Nicht das es sonderlich wichtig gewesen wäre; aber sie teilten sich immerhin das Badezimmer.

»Was bedeutet das – ›der Öffentlichkeit zugänglich‹?«

»In der Regel konnten sich die Besitzer solcher großen Landsitze den Unterhalt des Hauses nicht leisten, und deshalb übereigneten sie es einer Nationalen Stiftung, und nun bezahlt man ein Eintrittsgeld und kann das Haus unter Leitung eines Fremdenführers besichtigen. Und in diesem Haus gibt es auch noch eine Teestube und einen Souvenirladen und . . .«

Nicholas setzte sich plötzlich kerzengerade auf. »Ist es Bellwood, von dem Ihr gerade sprecht?«

Sie blätterte in ihrem Notizblock. »Ja, Bellwood, knapp südlich von Bath.«

Nicholas schien etwas im Kopf zu überschlagen. »Mit schnellen Pferden könnten wir in ungefähr sieben Stunden in Bath sein.«

»Mit einem guten englischen Zug schaffen Sie es in zwei Stunden. Würden Sie Ihr Haus gern wiedersehen wollen?«

»Mein Haus, verkauft an eine Gesellschaft von teiggesichtigen Männern?«

Dougless lächelte. »Wenn Sie es so sehen . . .«

»Können wir mit diesem . . .«

»Zug.«

». . . Zug nach Bellwood fahren?«

Dougless blickte auf ihre Uhr. »Klar. Wir können jetzt gehen, dort unseren Tee nehmen und Bellwood besichtigen. Aber wenn Sie diese teiggesichtigen Männer . . .«

»Schürzenmänner«, sagte er lächelnd.

». . . nicht durch die Räume gehen sehen wollen, warum dann erst dorthinfahren?«

»Es besteht eine Chance, eine geringe Chance, daß ich Euch dort den vergrabenen Schatz, den Ihr fordert, zeigen kann. Als meine Güter von Eurer . . .« er blinzelte spöttisch ». . . jungfräulichen Königin . . .« er ließ Dougless spüren, was er von dieser absurden Idee hielt ›. . . konfisziert wurden, hat man mir nicht mitgeteilt, ob meine Familie die Erlaubnis bekam, vorher noch ihre persönliche Habe aus den Räumen entfernen zu dürfen. Vielleicht besteht da eine Chance . . .«

Die Vorstellung, einen Nachmittag mit einer Schatzsuche zu verbringen, versetzte Dougless in freudige Erregung. »Worauf warten wir noch?«

Das Eisenbahnsystem war ebenfalls eine Sache, die Dougless an England gefiel. Fast jedes Dorf besaß eine Eisenbahnstation, und – im Gegensatz zu Amerika – waren die Züge sauber, ohne Graffiti an den Wänden und gut in Schuß. Ein Zug nach Bath stand gerade auf dem Bahnsteig, als Dougless die Fahrkarten für sie beide kaufte –, diesmal kein ungewöhnlicher Zufall, da die Züge herrlich oft verkehrten.

Sobald sie in einem Waggon Platz genommen hatten, traten Nicholas die Augen fast aus den Höhlen bei der Geschwindigkeit, mit der sich der Zug bewegte. Nach ein paar nervösen Sekunden hatte er sich jedoch, wie es einem wahren Engländer zukommt, dieser Situation angepaßt und begann im Abteil herumzuwandern, studierte die Anzeigen über den Gepäcknetzen und deutete auf eine Werbung für Colgate, da er darauf die Zahnpasta wiedererkannte, die Dougless für ihn gekauft hatte. Vielleicht mochte es gar nicht so schwer sein, ihm das Lesen beizubringen, dachte Dougless bei sich.

In Bristol stiegen sie um. Nicholas beobachtete erschrokken die vielen hastenden Menschen und betrachtete dann fasziniert die dekorative Eisenkonstruktion des viktorianischen Bahnhofs. Dougless kaufte einen dicken Reiseführer für die Schlösser und Burgen Südenglands, und auf der Fahrt nach Bath las sie Nicholas daraus über seine Häuser vor, die inzwischen zu Ruinen geworden waren. Doch als sie bemerkte, daß ihn das nur traurig machte, klappte sie das Buch wieder zu.

Er saß da, das Gesicht dem großen Wagenfenster zugewendet, und hin und wieder sagte er: »Dort ist Williams Haus«, oder »Robin wohnt da«, wenn er einen der riesigen Landsitze zu Gesicht bekam, die in dieser Gegend Englands fast so zahlreich über die Landschaft verstreut zu sein schienen wie Schafe und Kühe.

Bath, das schöne, wunderschöne Bath, war für Nicholas ein Wunder. Für Dougless war es alt, da seine Architektur durchweg dem achtzehnten Jahrhundert entstammte; aber für ihn war sie hochmodern. Dougless dachte, daß New York oder Dallas mit den Hochhäusern aus Stahl und Glas ihm wie außerirdische Raumstationen vorkommen mußten. Nein, er würde so *tun*, als ob sie ihm wie außerirdische Raumstationen vorkämen, verbesserte sie sich.

Sie nahmen ihren Lunch in einer Sandwich-Station amerikanischen Stils ein, und Dougless bestellte Club-Sandwiches, Kartoffelsalat und eisgekühlten Tee für sie beide. Er meinte, diesmal sei der Lunch zwar schmackhaft, aber nur

120

ein Ohnmachtshappen. Es gelang Dougless, ihn aus dem Lokal zu ziehen, ehe es ihm einfiel, beim Manager ein geröstetes Schwein oder einen Ochsen am Spieß zu bestellen.

Er war so tief beeindruckt von Bath, daß es Dougless fast weh tat, ein Taxi herbeizuwinken, damit sie ihre Fahrt fortsetzen konnten. Aber sobald er in den Wagen stieg, wurde seine Aufmerksamkeit sofort von den Gebäuden der Stadt abgelenkt. Die Taxichauffeure Englands besitzen ein ganz anderes Naturell als ihre Kollegen in den Vereinigten Staaten. Englische Taxifahrer schreien nicht sofort einen Fahrgast an, wenn er beim Einsteigen trödelt. Nicholas untersuchte die Wagentür, den Türgriff, öffnete und schloß den Wagenschlag dreimal, ehe er in den Wagen stieg, und sobald er im Taxi saß, untersuchte er das Polster und die Rückenlehne und beugte sich dann vor, um den Fahrer beim Lenken des Wagens und dem Wechseln der Gänge zu beobachten.

Als sie in Bellwood ankamen, hatte die Besichtigungstour bereits begonnen, und so hatten sie Zeit, sich in den Gärten des Landsitzes zu ergehen. Dougless hielt sie für schön; aber Nicholas kräuselte verächtlich die Lippen und würdigte sie so gut wie keines Blickes. Er wanderte in dem großen, weitläufigen Haus umher und erzählte ihr, was man inzwischen angebaut und verändert hatte. Er machte keinen Hehl aus seiner Meinung, daß er die Anbauten für einen Pfusch hielt – architektonisch verheerend.

»Ist der Schatz im Garten vergraben?«

»Einen Garten ruinieren, indem ich unter den Wurzeln meiner Pflanzen Gold verstecke?« fragte er entsetzt.

»Aber wenn es keine Banken gab – wo haben Sie dann Ihr Geld gehortet? Wo hatten die Leute damals ihr Geld untergebracht, meine ich?«

Nicholas verstand offensichtlich ihre Frage nicht, und so ließ sie das Thema fallen. Die Gärten schienen seinen Zorn herauszufordern, und deshalb führte sie ihn zum Andenkenladen. Eine Weile lang schien er sich daran zu erfreuen, spielte mit Kugelschreibern und Wechselgeldbörsen aus Plastik und lachte sogar laut, als er eine Miniaturtaschenlampe mit dem Aufdruck »Bellwood Castle« sah. Aber er mochte die Ansichtskarten nicht, und Dougless konnte nicht ergründen, was ihn daran störte.

Er betrachtete das Regal voller Kübeltaschen, deren Vorderseiten mit einem auf Seide gedruckten Farbfoto von Bellwood versehen war. »Ihr werdet eines von diesen Dingern brauchen.« Er lächelte ihr zu, beugte sich dann vor und flüsterte: »für den Schatz.«

Dougless kaufte eine Kübeltasche und eine von den winzigen Taschenlampen und wollte sich dann die Ansichtskarten betrachten; aber Nicholas ließ das nicht zu. Er legte jedesmal die Hand auf ihren Arm, wenn sie einem Kartenständer zu nahe kam, packte mit seinen kräftigen Fingern fest zu und führte sie von den Ständern weg.

Die nächste Führung wurde aufgerufen, und nachdem Dougless für sie beide Karten gekauft hatte, betraten sie zusammen mit einem Dutzend Touristen das Haus. Das Innere des Gebäudes sah aus wie die Dekoration für ein Theaterstück über Elizabeth I. Es war mit dunklem Eichenholz getäfelt, und es standen schwarz gebeizte Eichenstühle aus der Zeit Jakobs I. in den Räumen, geschnitzte Eichentruhen, und Ritterrüstungen hingen an den Wänden.

»Sieht das schon eher nach dem aus, was Sie gewohnt waren?« fragte Dougless Nicholas im Flüsterton.

Da lag ein Ausdruck von Widerwillen auf seinem hübschen Gesicht, während er mit gekräuselter Oberlippe erwiderte: »Das ist nicht mein Haus. Höchst unerfreulich, daß es so weit kommen sollte.«

Dougless hingegen gefiel das Haus, aber sie sagte ihm nicht, daß sie es schön fand, weil der Fremdenführer mit seinem Vortrag begonnen hatte. Sie hatte die Erfahrung gemacht, daß die englischen Reiseführer den höchsten Ansprüchen genügten und ihr Thema absolut beherrschten. Die Frau, die hier die Fremdenführung übernommen hatte, erzählte ihnen gerade die Geschichte des Hauses, das 1302 vom ersten Stafford als Burg gebaut worden war.

Nicholas hörte ihr stumm zu – bis sie zur Zeit Heinrichs des Achten kam.

»Im Mittelalter war die Frau Besitz des Ehemanns«, erzählte die Fremdenführerin, »der mit ihr nach Gutdünken verfahren konnte. Frauen besaßen keine Macht.«

Nicholas schnaubte laut. »Mein Vater hatte meiner Mutter nur einmal zu sagen gewagt, daß sie sein Eigentum sei – aber nie wieder.«

»Pst«, zischelte Dougless, weil sie nicht von ihm blamiert werden wollte.

Sie gingen in einen anderen Raum. Die Dunkelheit, die hier herrschte, war bedrückend. »Kerzen waren damals sehr teuer«, erklärte die Fremdenführerin, »und entsprechend düster war das Leben des Menschen im Mittelalter.«

Nicholas machte den Mund auf, um ihr offenbar zu widersprechen; aber Dougless stieß ihn rasch mit dem Ellenbogen in die Rippen. »Wo ist Ihr Schatz?« fragte sie.

»Ich möchte hören, was Eure Welt über die meine denkt«, antwortete er. »Warum scheint Ihr heute zu glauben, wir hätten keine Fröhlichkeit gekannt?«

»Ich schätze, angesichts der vielen Seuchen und Plagen und der Besuche beim Bader, der Ihnen die Zähne ausriß, konnte unserer Ansicht nach wenig Raum bleiben für Kurzweil und Spaß.

»Wir haben die Zeit, die uns dafür blieb, gründlich genützt«, sagte er, als die Gruppe wieder in einen anderen Raum hinüberwechselte. Sobald sie dort eingetreten waren, öffnete Nicholas eine Tür, die in der Täfelung versteckt war, und sofort begann ein Gerät mit schrillem Tönen Alarm zu schlagen. Dougless warf die Tür sofort wieder zu und begegnete dem Blick der Fremdenführerin mit einem kläglichen, um Entschuldigung bittenden Grinsen. Sie fühlte sich wie ein Kind, das man dabei ertappte, wie es die Hand in eine mit flüssigem Kuchenteig gefüllte Backform steckte.

»Benehmen Sie sich!« zischelte sie Nicholas zu. »Wenn Sie jetzt gehen wollen – ich bin nur zu gern bereit, Ihrem Beispiel zu folgen.«

Aber Nicholas wollte nicht gehen. Er begleitete die Fremdenführerin von einem Zimmer zum anderen, schnaubte ab und zu höhnisch bei ihrem Vortrag, ohne ihn jedoch zu unterbrechen.

»Wir kommen jetzt zu dem bei unserem Publikum beliebtesten Zimmer«, sagte die Fremdenführerin mit einem feinen Lächeln, das ihren Zuhörern etwas Amüsantes ankündigte.

Nicholas, der größer war als Dougless, schaute in das Zimmer hinein, ehe Dougless Gelegenheit hatte, eine Blick hineinzuwerfen. »Wir gehen jetzt«, sagte er steif, so daß Dougless ein großes Interesse daran hatte, dieses Zimmer zu besichtigen.

Die Fremdenführerin begann: »Das war Lord Nicholas Staffords Privatgemach, und man würde ihn heute, noch höflich ausgedrückt, als Schürzenjäger bezeichnen. Wie Sie dort sehen können, war er ein sehr hübscher Mann.«

In diesem Moment drängelte sich Dougless nach vorn. Dort hing über dem Kamin ein Porträt von Lord Nicholas Stafford – ihrem Nicholas. Er war genauso gekleidet, wie sie ihn zum erstenmal gesehen hatte – mit Schnurr- und Knebelbart –, und er sah auf dem Gemälde so gut aus wie jetzt.

Natürlich war er nicht die gleiche Person, sagte Dougless sich, aber sie war bereit, zuzugeben, daß er ein Nachkomme dieses Lords sein mußte.

Die Fremdenführerin fuhr nun mit einem Lächeln, weil sie das, was sie jetzt zu berichten hatte, offenbar für amüsant hielt, fort: »Man erzählte sich damals, daß keine Frau seinem Charme widerstehen konnte, sobald er sich vornahm, sie zu erobern. Und seine Feinde fürchteten, daß er selbst die junge und schöne Königin Elizabeth verführen könnte, wenn er an ihren Hof ging.«

Dougless spürte, wie sich Nicholas' Finger in ihre Schulter gruben. »Ich werde Euch jetzt zu dem Schatz führen«, flüsterte er.

Sie legte den Finger an den Mund, ihn zum Schweigen ermahnend.

»Im Jahre 1560«, fuhr die Fremdenführerin fort, »gab es einen großen Skandal um Lady Arabella Sydney.« Sie legte eine Pause ein.

»Ich möchte jetzt gehen«, flüsterte Nicholas Dougless beschwörend ins Ohr.

Die Fremdenführerin fuhr fort: »Es ging damals das Gerücht um, daß Lord Nicholas, der etliche Jahre jünger war als Lady Sydney, der Vater ihres vierten Kindes gewesen sein soll. Außerdem erzählte man sich –« die Fremdenführerin senkte die Stimme und deutete mit Verschwörermiene in eine Richtung –, »daß das Kind auf *jenem* Tisch dort gezeugt worden sein soll.«

Man hörte ein allgemeines tiefes Atemholen, und jeder betrachtete neugierig die Tischplatte auf zwei Holzböcken an einer Wand.

»Überdies soll Lord Nicholas . . .«

Im Hintergrund des Zimmers ertönte ein lautes Summen. Es verstummte, fing wieder an, verstummte, begann von neuem, so daß es der Fremdenführerin nicht möglich war, ihren Satz zu beenden.

»Würden Sie das bitte unterlassen?« sagte die Fremdenführerin; aber das Spiel mit dem Alarmgerät ging weiter.

Dougless mußte sich nicht erst umdrehen, um zu erfahren, wer dort mit dem Öffnen und Schließen einer Geheim-

125

türe die Alarmanlage ein- und ausschaltete. Sie bahnte sich eine Gasse durch die im Zimmer versammelten Touristen zur Fensterwand, während hinter ihr die Fremdenführerin mit strenger Stimme sagte: »Ich muß Sie bitten, das Schloß zu verlassen. Sie können den gleichen Weg benützen, den wir bisher genommen haben.«

Dougless packte Nicholas am Arm und zog ihn von der Tür mit der Alarmanlage weg. Sie ließ seinen Arm erst wieder los, als sie zwei Zimmer von Lord Staffords ehemaligem Privatgemach entfernt waren.

»An welche Nichtigkeiten man sich doch vierhundert Jahre später noch erinnert!« schnaubte Nicholas erbost.

Dougless blickte interessiert zu ihm hoch. »Ist das *wahr*?« fragte sie. »Das mit Lady Sydney? Auf jenem *Tisch*?«

Er blickte sie stirnrunzelnd an. »Nein, Madam, es ist nichts dergleichen auf jenem Tisch geschehen.« Er machte auf den Absätzen kehrt und marschierte davon, während Dougless, sich irgendwie erleichtert fühlend, ihm lächelnd nachsah. »Ich habe den richtigen Tisch Arabella geschenkt«, sagte er dann, über die Schulter blickend.

Dougless holte tief Luft, starrte ihm nach und beeilte sich dann, ihn wieder einzuholen.« Sie haben diese Dame auf einem Tisch geschwäng . . .« begann sie; aber da blieb er plötzlich stehen und blickte sehr streng und hochmütig auf sie hinunter. Er hatte eine Art, jemanden anzusehen, daß man tatsächlich glaubte, er wäre ein Graf.

»Wir wollen doch mal nachschauen, ob diese Schafsköpfe mein Wandfach angerührt haben«, sagte er und drehte sich wieder von ihr weg.

Dougless hatte große Mühe, bei seinen langen Schritten mitzuhalten, mit denen er nun das Haus durchquerte. »Dort können Sie nicht hineingehen«, sagte sie, als er die Hand auf eine Tür legte, auf der »kein Zutritt« geschrieben stand. Aber Nicholas beachtete ihre Warnung nicht, und Dougless hielt den Atem an und wartete auf die schrillen Töne einer Alarmanlage. Doch als es still blieb, folgte sie ihm vorsichtig in einen Raum, den sie mit Sekretärinnen und Schreibmaschinen gefüllt wähnte.

Aber da waren keine Sekretärinnen. Tatsächlich war niemand in dem Raum, nur Kartons, die sich bis zur Decke stapelten, und der Beschriftung nach waren diese mit Papierservietten und anderen für einen Restaurationsbetrieb nötigen Gegenständen gefüllt. Hinter den Kartons entdeckte sie eine wunderschöne Wandtäfelung, die vor der Öffentlichkeit zu verstecken Dougless für eine Schande hielt.

Sie folgte Nicholas noch durch drei weitere Räume und lernte hier den Unterschied zwischen restauriert und unrestauriert kennen. Die Zimmer, die der Öffentlichkeit nicht zugänglich waren, wiesen geborstene Kamine, Lücken in der Wandverkleidung und Deckengemälde auf, die vom Regenwasser, das durch lecke Dächer sickerte, verdorben worden waren. In einem Zimmer hatte ein Viktorianer die reichbeschnitzte Wandtäfelung mit Tapeten überklebt, und Dougless konnte sehen, wo Arbeiter diese inzwischen wieder vorsichtig entfernt hatten.

Endlich langte Nicholas mit ihr in einem kleinen Raum an, der als eine Art Kabinett zu einem größeren Zimmer gehörte. Hier war das Dach offenbar erheblich beschädigt, und die breiten Dielen sahen gefährlich verrottet aus. Nicholas blickte sich traurig in diesem Raum um.

»Das war das Zimmer meines Bruders, und ich war erst vor vierzehn Tagen hier«, sagte er leise und zuckte dann mit den Achseln, um das Bedauern aus seinem Bewußtsein zu verdrängen. Er ging über die verfaulten Dielen zu einer Wandverkleidung und drückte darauf. Nichts geschah.

»Das Schloß ist verrostet«, sagte er. »Oder jemand hat es versiegelt.«

127

Plötzlich schien ihn die Wut zu packen, und er begann mit beiden Fäusten auf die Täfelung einzuschlagen.

Dougless rannte zu ihm, und da sie nicht wußte, wie sie ihm helfen konnte, nahm sie ihn einfach in ihre Arme und strich ihm über die Haare. »Aber, aber . . .« flüsterte sie wie zu einem Kind.

Er klammerte sich an sie, drückte sie so fest, daß sie kaum Luft bekam. »Es war meine Absicht, daß man mich als Gelehrten in Erinnerung behalten sollte«, sagte er an ihrem Hals, und da waren Tränen in seiner Stimme. »Ich habe Mönche angestellt, die Hunderte von Büchern für mich kopierten. Ich begann mit dem Bau von Thornwyck. Ich habe . . . hatte. Es ist alles heute vergangen.«

»Sst«, beruhigte ih Dougless, seine breiten Schultern mit beiden Händen haltend.

Er schob sie von sich, drehte ihr den Rücken zu, und Dougless sah, wie er sich Tränen abwischte. »Man erinnert sich an ein paar Minuten mit Arabella auf einem Tisch«, sagte er.

Er blickte auf sie zurück, und diesmal war sein Gesicht grimmig. »Aber wenn ich weitergelebt hätte . . .« sagte er. »Wenn ich nur weitergelebt hätte, hätte ich das alles geändert. Ich muß herausfinden, was meine Mutter wußte – muß erfahren, was ihrer Überzeugung nach meinen Namen reingewaschen und mich vor der Hinrichtung gerettet hätte. Und ich muß zurückkehren.«

Dougless blickte ihn an und wußte mit einemmal, daß er die Wahrheit sagte. Sie hatte die gleichen Empfindungen, was ihre Familie betraf. Sie wollte auch nicht wegen all dieser idiotischen Dinge, die sie verbrochen hatte, in deren Gedächtnis bleiben. Man sollte sich ihrer wegen solcher Taten wie im letzten Sommer erinnern, als sie sich freiwillig dafür gemeldet hatte, Kindern zu helfen, die nicht lesen konnten. Sie hatte drei Tage die Woche im Betreuungszentrum mit Kindern verbracht, von denen kaum eines in seinem Leben so etwas wie Liebe erfahren hatte.

»Wir werden es schon finden«, sagte sie leise. »Wenn es heute noch existiert, werden wir es bestimmt entdecken, und wenn Sie das haben, was Sie hier suchen, werden Sie sicherlich wieder in Ihre Zeit zurückgeschickt –«

»Ihr wißt, wie man das macht?« fragte er.

»Nein. Vielleicht passiert das einfach, sobald Sie im Besitz der Information sind, deretwegen Sie hierhergeschickt wurden.«

Er sah sie stirnrunzelnd an; doch dann verwandelte sich sein finsterer Blick in ein Lächeln. »Ihr haltet mich nicht länger für einen Lügner?«

»Kaum. Niemand könnte ein so perfekter Schauspieler sein.« Sie wollte über das, was sie sagte, nicht nachdenken. Ein Mensch konnte doch unmöglich aus dem sechzehnten in das zwanzigste Jahrhundert versetzt werden; aber andererseits . . .

»Schauen Sie nur«, sagte sie und berührte mit den Fingerspitzen das Holz der Wandverkleidung, gegen die er mit beiden Fäusten getrommelt hatte. Da stand eine kleine Tür ungefähr einen Zoll weit offen.

Nicholas öffnete sie ganz. »Mein Vater hat nur meinem Bruder von diesem Versteck erzählt, und Kit zeigte es mir nur eine Woche, bevor er starb. Ich habe keinem davon ein Wort erzählt.«

Sie sah zu, wie er eine Hand in die Höhlung dahinter schob und dann eine Rolle vergilbten brüchigen Papiers herausholte. Nicholas blickte es betroffen an. »Ich habe dieses Papier erst vor vierzehn Tagen hier hineingelegt.«

Dougless nahm ihm die Rolle ab und zog sie ein wenig auseinander. Das Papier war von oben bis unten, ohne Rand, mit Schriftzeichen bedeckt. Doch sie konnte sie nicht verstehen. »Können Sie das lesen?«

»Das möchte ich meinen, da ich es selbst geschrieben habe«, sagte er, während er in die Höhlung hineinblickte. »Ah, hier ist Euer Schatz.« Er händigte Dougless eine kleine, gelb-weiße Schatulle aus, die wunderschön beschnitzt war mit Tieren und menschlichen Figuren.

»Ist das Elfenbein?« sagte sie staunend, als sie die Schatulle entgegennahm. Sie hatte zwar solche Kästchen schon in Museen gesehen, jedoch keines von ihnen jemals in der Hand gehalten. »Es ist schön – ein wunderbarer Schatz.«

Nicholas lachte. »Der Schatz liegt in dem Kästchen. Aber wartet«, sagte er, als Dougless den Deckel öffnen wollte. »Ich habe eine Stärkung nötig.« Er nahm ihr die Schatulle wieder ab, öffnete die Kübeltasche, die sie im Souvenirladen gekauft hatte, und schob das Kästchen hinein.

»Sie wollen mich so lange warten lassen, bis Sie *gegessen* haben, und mir dann erst erlauben, den Schatz zu betrachten?« fragte sie ungläubig.

Nicholas lachte. »Ich bin froh, mich davon überzeugen zu können, daß sich die weibliche Natur in vierhundert Jahren nicht geändert hat.«

Sie gab mit einem hochmütigen Blick zurück: »Nun werden Sie mir nur nicht übermütig – oder haben Sie vergessen, daß ich Ihre Rückfahrkarte in der Tasche habe?«

Sein Gesicht nahm einen sanften Ausdruck an, und er sah sie durch seine Wimpern auf eine Art an, daß ihr Herz ein paar Takte schneller schlug. Er trat auf sie zu; sie wich vor ihm zurück.

»Ihr habt doch gehört«, sagte er mit leiser, tiefer Stimme, »daß mir keine Frau zu widerstehen vermag.«

Dougless stand mit dem Rücken an der Wand, und das Herz pochte ihr bis zu den Ohren hinauf, während er auf sie hinunterschaute. Er legte seine Fingerspitzen unter ihr Kinn und hob ihr Gesicht an. Wollte er sie jetzt küssen?

dachte sie mit einer Mischung aus Empörung und Erwartung. Sie schloß die Augen.

»Ich werde mir meinen Weg zurück ins Hotel mit einer Verführung erkaufen«, sagte er nun in einem gänzlich anderen Ton, und da wußte sie, daß er sie nur necken wollte.

Ihre Augen flogen wieder auf, und sie richtete sich kerzengerade auf, während er sie unter das Kinn faßte, wie ein Vater das tun würde – oder ein sehr gut aussehender Privatdetektiv bei seiner gefühlsduseligen Sekretärin.

»Aber die Frauen von heute sind nicht so wie jene in meiner Zeit«, sagte er, während er die Tür des Geheimfachs wieder schloß. »Dies ist ein Zeitalter, in dem die Frauen den Ton angeben . . .«

». . . in dem die Frauen endlich die gleichen Rechte erhalten wie die Männer«, verbesserte sie ihn. Sie mußte dabei an Lady Arabella auf dem Tisch denken.

Er blickte sie über die Schulter hinweg an. »Ich wäre nicht imstande, eine Frau wie Euch zu becircen. Ihr habt mir erzählt, daß Ihr einen Geliebten . . .?«

»Robert. Ja. Vielleicht kommen die Dinge zwischen uns wieder ins reine, wenn ich in die Staaten zurückgekehrt bin. Oder vielleicht wird er schon hier zu mir zurückkommen, wenn er meine Nachricht, das Armband betreffend, erhält.« Sie wollte sich an Robert erinnern. Im Vergleich zu diesem Mann schien Robert eine sichere Bank zu sein.

»Ah«, sagte Nicholas und bewegte sich zur Tür.

»Was soll das nun wieder bedeuten?«

»Nicht mehr, nicht weniger.«

Sie stellte sich ihm in den Weg. »Wenn Sie etwas sagen wollen, sagen Sie es jetzt.«

»Dieser Robert wird wegen der Juwelen zurückkommen – nicht wegen der Frau, die er liebt?«

»Natürlich kommt er meinetwegen zu mir zurück!« schnaubte sie. »Das Armband ist nur . . . Es ist nur so, daß

Gloria ein Fratz ist, der das Blaue vom Himmel herunterlügt und Robert ihr glaubt. Hören Sie auf, mich so anzusehen! Robert ist ein guter Mann. Wenigstens wird sich die Nachwelt an das erinnern, was er auf einem Operationstisch geleistet hat, nicht wegen solcher Sachen wie . . .« Sie hielt inne, als sie den Ingrimm auf Nicholas' Gesicht sah.

Er drängte sich an ihr vorbei und ging mit langen Schritten davon.

»Nicholas, es tut mir leid«, sagte sie, ihm nachlaufend. »Ich hatte es nicht so gemeint. Ich war nur wütend, das ist alles. Es ist nicht Ihre Schuld, daß man sich an Sie wegen dieser Arabella-Geschichte erinnert. Es ist *unsere* Schuld. Zu viel Fernsehen. Zu viel *National Enquirer*. Zu viele Sensationsberichte. Colin, bitte.« Sie hielt mitten im Schritt inne. Würde er ebenfalls fortgehen und sie hier sitzenlassen?

Sie blieb mit hängendem Kopf stehen und hörte nicht, wie er zu ihr zurückkam. Er legte ihr freundschaftlich den Arm um die Schultern. »Verkauft man hier auch Speiseeis?« fragte er.

Sie lachte bei seinen Worten, und er hob mit einem Finger ihr Kinn an und wischte ihr eine Träne ab. »Habt Ihr wieder Zwiebeln in den Augen?« fragte er.

Sie schüttelte den Kopf, weil sie ihrer Stimme nicht trauen mochte.

»Dann kommt!« sagte er. »Wenn ich mich richtig erinnere, liegt eine Perle in dieser Schatulle, die so dick ist wie mein Daumen.«

»Wirklich?« fragte sie. Sie hatte die Schatulle vollkommen vergessen. »Und was noch?«

»Erst der Tee«, erwiderte er. »Tee, Hörnchen und Eiskrem. Dann werde ich Euch den Inhalt der Schatulle zeigen.«

Sie verließen nun gemeinsam die nicht restaurierten Räume des Schlosses, passierten die nächste Besichtigungs-

gruppe und benützten dann eine andere als die offiziell zuge-
lassene Tür als Ausgang, was den Fremdenführern überhaupt nicht gefiel.

Im Schloßrestaurant übernahm Nicholas das Kommando.
Dougless saß an einem Tisch und wartete auf ihn, während
er auf die Frau hinter der Theke einredete. Die Frau schüttelte den Kopf, als Nicholas sie offensichtlich nach etwas
fragte; aber Dougless hatte so eine Ahnung, daß er trotzdem
bekommen würde, was er auch immer von ihr verlangte.

Eine Minute später winkte er ihr zu, ihm zu folgen. Er
führte sie hinaus, ein paar steinerne Stufen hinunter und
quer durch den Park zu einem Platz im Schatten einer Eibe
mit hellroten Beeren. Als Dougless dort stehenblieb und sich
umdrehte, sah sie eine Frau und einen Mann mit zwei großen
Tabletts kommen, die mit Teegeschirr, Teekannen, Törtchen, kleinen belegten Broten ohne Kruste und Nicholas' geliebten Hörnchen beladen waren.

Nicholas ignorierte die beiden, als sie ein Tuch auf dem
Boden ausbreiteten und das Geschirr daraufstellten. »Das
war mein Garten mit kunstvoll beschnittenen Bäumen und
geometrisch geformten Rabatten«, sagte er mit trauriger
Stimme. Er deutete in eine Richtung. »Und dort drüben war
ein Hügel.«

Als die Angestellten des Restaurants wieder gegangen waren, streckte Nicholas die Hand aus und half ihr, sich auf das
Tuch zu setzen. Sie goß ihm den Tee ein, tat Milch dazu,
füllte einen Teller für ihn mit Schnitten und Hörnchen und
sagte dann: »Jetzt?«

Er lächelte. »Jetzt.«

Dougless griff in die Kübeltasche und holte das alte, zerbrechliche Elfenbeinkästchen heraus. Dann öffnete sie es
langsam, mit angehaltenem Atem.

Obenauf lagen zwei Ringe von erlesener Schönheit, der
eine mit einem Smaragd, der andere mit einem Rubin und

133

Goldfassungen, die ein kompliziertes Muster aus Drachen und Schlangen zeigten. Nicholas nahm die Ringe, lächelte ihr zu und schob sie auf seine Ringfinger. Sie paßten ihm wie angegossen.

Auf dem Boden der Schatulle lag ein altes, brüchiges Stück Samt. Darin war etwas eingewickelt. Dougless faltete vorsichtig das Tuch auseinander.

In ihrer Hand lag eine ovale Brosche mit kleinen goldenen Figuren darauf, die . . . Sie blickte zu Nicholas hoch. »Was tun sie?«

»Das ist das Martyrium der Heiligen Barbara«, sagte er in einem Ton, als wäre sie eine Ignorantin.

Dougless dachte, das könnte stimmen, weil es so aussah, als würde der goldene Mann der goldenen Frau den Kopf abschlagen. Die Darstellung war von einem abstrakten Muster in Emaillearbeit und einem Kranz aus winzigen Perlen und Diamanten umgeben. An einer Öse unter der Brosche hing eine Perle, die tatsächlich so groß war wie der Daumen eines Mannes. Es war eine Barockperle, uneben, ein wenig birnenförmig; aber von einem Glanz, den Jahrhunderte nicht hatten trüben können.

»Sie ist herrlich«, flüsterte sie.

»Sie gehört Euch«, sagte Nicholas.

Eine Welle des Begehrens durchflutete sie. »Ich kann das nicht annehmen«, sagte sie, obwohl sich ihre Hand über dem Juwel schloß.

Nicholas lachte. »Es ist Frauentand. Ihr könnt es behalten.«

»Das kann ich nicht. Es ist zu kostbar. Viel zu wertvoll. Es gehörte in das Museum. Es sollte . . .«

Er nahm ihr die Brosche aus der Hand und heftete sie an ihre Bluse, direkt unter dem Kragen.

Dougless holte ihre Puderdose heraus, öffnete sie und betrachtete die Brosche im Innenspiegel. Sie betrachtete auch

134

ihr Gesicht. »Ich muß mal kurz verschwinden«, sagte sie, und Nicholas lachte abermals, als sie sich von dem Tuch erhob.

Als sie allein war auf der Damentoilette, konnte sie die Brosche mit Muße betrachten, und puderte sich erst die Nase, als jemand hereinkam. Auf ihrem Weg zurück zu Nicholas hielt sie beim Souvenirladen an und betrachtete die Ansichtskarten. Es dauerte einen Moment, ehe sie begriff, warum Nicholas sie daran hindern wollte, sich die Karten anzusehen. Ganz unten im Ständer befand sich eine Abbildung dieser notorischen Lady Arabella. Dougless kaufte eine Ansichtskarte mit deren Porträt.

Als sie die Ansichtskarte bezahlte, fragte sie die Kassiererin, ob in den Büchern, die sie hier verkaufte, etwas über Nicholas Stafford stand.

Die Frau lächelte auf eine gönnerhafte Weise. »Alle jungen Damen fragen mich das. Wir hatten immer einen Vorrat von Ansichtskarten mit seinem Porträt; aber sie sind im Augenblick vergriffen.«

»Und es gibt nichts Schriftliches über ihn? Von seinen Taten – ich meine, abgesehen von seinen Abenteuern als Frauenheld?«

»Ich glaube nicht, daß er in seinem Leben etwas anderes geleistet hat, als eine Armee gegen die Königin auszuheben, wofür er zum Tode verurteilt wurde. Wäre er nicht plötzlich gestorben, hätte man ihn sicherlich enthauptet. Der junge Mann war ein ziemlich durchtriebenes Früchtchen.«

Dougless nahm die Ansichtskarte entgegen, die sie gekauft hatte, wandte sich zum Gehen und drehte sich dann wieder um. »Was ist aus Lord Nicholas' Mutter geworden, nachdem er verstorben war?«

Die Miene der Frau hellte sich wieder auf. »Sie meinen Lady Margaret? Na, das war wirklich eine Dame. Lassen Sie mich mal nachdenken – ja, ich glaube, sie hat wieder geheiratet. Wie war sein Name gleich wieder? Oh, ja, Harewood. Lord Richard Harewood.«

»Wissen Sie, ob sie etwas Schriftliches hinterlassen hat?«

»O mei. Da bin ich wirklich überfragt.«

»Alle Stafford-Papiere befinden sich in Goshawk Hall«, kam eine Stimme von der Tür her. Es war die Fremdenführerin, deren Tour sie und Nicholas so schnöde unterbrochen hatten.

»Wo ist Goshawk Hall?« fragte Dougless ein wenig verlegen.

»In der Nähe der Ortschaft Thornwyck«, erwiderte die Frau.

»Thornwyck«, wiederholte Dougless und hätte vor Freude fast gejubelt, bremste sich aber noch rechtzeitig. Sie bedankte sich nur hastig bei der Fremdenführerin und rannte aus dem Laden in den Park, wo Nicholas ausgestreckt auf dem Tuch lag, an seinem Tee nippte und das letzte Hörnchen verzehrte.

»Ihre Mutter hat Richard – äh – Harewood geheiratet«, sagte sie atemlos, »und alle Ihre Papiere befinden sich in . . .« Sie konnte sich nicht auf den Namen besinnen.

»Goshawk Hall?« fragte er.

»Ja, das ist es! In der Nähe von Thornwyck.«

Er drehte das Gesicht von ihr weg. »Meine Mutter heiratete Harewood?«

Dougless betrachtete seinen Rücken und fragte sich, was er jetzt wohl dachte. Wenn er als ein des Hochverrates für schuldig Befundener starb, war seine Mutter da als bettelarme Frau genötigt gewesen, einen hassenswerten Despoten zu heiraten? War seine alte, schon gebrechliche Mutter gezwungen gewesen, einen Mann zu ertragen, der sie als sein Eigentum behandelte?

Als Nicholas' Schultern zu zucken begannen, legte Dougless ihm sacht die Hand auf den Oberarm. »Nicholas, es

136

war nicht Ihre Schuld. Sie waren tot – Sie konnten ihr nicht helfen.« *Was* sagte sie da nur?, dachte sie bei sich.

Aber Nicholas drehte sich zu ihr um, und er . . . lachte. »Ich hätte es wissen sollen, daß sie wieder auf ihren Füßen landen würde«, sagte er. »Dickie Harewood.« Er konnte kaum sprechen, so heftig wurde er von seinem Lachen geschüttelt.

»Sagen Sie mir, was Sie so erheitert«, drängte Dougless.

»Dickie Harewood ist ein *tardy-gaited, unhaired pajok.*«

Dougless runzelte ratlos die Stirn.

»Ein Esel, Madam«, erklärte ihr Nicholas. »Aber ein reicher Esel. Ja, sehr reich.« Er lehnte sich lächelnd zurück. »Es tut gut zu wissen, daß sie nicht mit einem Koffer voller Habseligkeiten auf der Straße stand.«

Immer noch lächelnd goß er Dougless eine Tasse Tee ein, und während sie daran nippte, nahm er ihre kleine Tüte zur Hand und öffnete sie.

»Nein . . .«, begann sie, aber er betrachtete bereits die Ansichtskarte von Lady Arabella.

Er sah mit einem so wissenden Blick zu ihr hinauf, daß sie versucht war, ihre Tasse Tee über seinem Scheitel auszukippen. »Gibt es nicht auch noch ein Bild von dem Tisch zu kaufen?« spöttelte er.

»Ich habe keine Ahnung, was Sie meinen«, sagte sie von oben herab, schaute ihn aber nicht dabei an. »Die Postkarte ist für meine Recherchen gedacht. Sie könnte uns helfen . . .« Ihr wollte nicht einfallen, zu was das Bildnis der Mutter von Nicholas' unehelichem Kind ihnen verhelfen konnte. »Haben Sie inzwischen tatsächlich alle Hörnchen aufgegessen? Sie können zuweilen so hemmungslos sein wie ein Schwein.«

Wieder brach Nicholas in ein Gelächter aus.

Nach einer Weile sagte er. »Was meint Ihr dazu, wenn wir heute in diesem Ort übernachten? Und morgen werde ich mir Armant und Rafe kaufen.«

Es dauerte einen Moment, ehe Dougless begriff, was er meinte; aber dann erinnerte sie sich an die amerikanischen Magazine, die er sich angesehen hatte. »Giorgio Armani und Ralph Lauren?« fragte sie.

»Aye«, sagte er. »Kleider aus Eurer Zeit. Wenn ich nach Thornwyck zurückkehre, möchte ich nicht dort einziehen wie einer, der nur einen Koffer voll Habseligkeiten geerbt hat.«

Dougless biß in eines der kleinen belegten Brote. Wenn sie nicht bald Robert und ihre Kleiderkoffer wiederfand, würde sie sich auch noch mehr Garderobe kaufen müssen.

Sie blickte auf Nicholas hinunter, der die Hände im Nakken verschränkt hatte. Morgen einen Einkaufsbummel, übermorgen nach Thornwyck, wo sie versuchen würden, herauszufinden, wer ihn an die Königin verraten hatte.

Aber heute nacht, dachte sie. Heute nacht würden sie sich wieder ein Hotelzimmer teilen müssen.

6

Dougless saß, von Gepäckstücken umgeben, im Fond des großen Taxi. So bin ich hierhergekommen, dachte sie bei sich, an die Fahrt in Roberts Wagen zurückdenkend, als sie auf der Rückbank gesessen und versucht hatte, sich ein wenig Bequemlichkeit inmitten von Glorias Koffern zu verschaffen. Doch diesmal, die langen Beine von sich gestreckt, saß Nicholas neben ihr. Er war in ein von Batterien mit Strom versorgtes Videospiel vertieft, das sie heute morgen gekauft hatten.

Dougless legte den Kopf zurück, schloß die Augen und ließ die letzten zwölf Stunden in ihrem Geist Revue passieren. Nach dem Tee gestern in Bellwood hatten sie sich ein Taxi bestellt und sich von dem Fahrer zu einem gemütlichen Hotel in Bath bringen lassen. Der Taxifahrer hatte sie vor einem wunderschönen Gebäude aus dem achtzehnten Jahrhundert abgeladen, und Dougless hatte dort tatsächlich ein Doppelzimmer nur für eine Nacht mieten können. Weder sie noch Nicholas warfen die Frage auf, ob sie nicht getrennte Zimmer nehmen sollten. Es war ein schönes Zimmer, ganz in gelbem Chintz gehalten, mit geblümten Tapeten und Tagesdecken mit Blumenmustern. Nicholas fuhr mit der Hand über die Tapeten hin und schwor, wenn er wieder nach Hause zurückkehren sollte, würde er jemanden beauftragen, die Wände seines Hauses mit Lilien und Rosen zu bemalen.

Nachdem sie das Doppelzimmer gemietet hatten, wanderten sie in der Stadt umher und betrachteten die wundervollen Auslagen der Läden von Bath. Es war fast Zeit fürs Dinner, als Dougless ein Lichtspieltheater entdeckte, das sich ›American Cinema‹ nannte.

»Wir können uns auch einen Film anschauen und heiße Würstchen mit Popcorn dazu essen«, sagte sie im Scherz.

Aber ihr Vorschlag machte ihn unglaublich neugierig, und so kaufte Dougless für sie beide Kinokarten. Sie hielt es schon für eine Ironie, daß ein »amerikanisches« Lichtspieltheater einen englischen Film zeigte – A Room with a View –, aber sie konnten dort tatsächlich amerikanische ›Hot Dogs‹, Popkorn, Coca Cola und Erdnußbutter-Kegel von Reece als Atzung erstehen. Da Dougless Nicholas' Appetit kannte, kaufte sie von jedem etwas, und sie kamen kaum zwischen den Sesselreihen durch mit der schweren Last von Kinoverpflegung, die sie mit sich schleppten.

Nicholas fand das Popcorn herrlich, erstickte fast am Cola, meinte, daß die Hot Dogs durchaus ihre Möglichkeiten hatten und lachte entzückt, als er die Erdnußbutter in der Schokolade kostete. Dougless redete mit ihm und versuchte ihm zu erklären, was ein Film sei und wie groß die Leute auf der Leinwand zu sein schienen, aber er war zu sehr davon gefesselt, was in seinem Mund vorging, so daß er kaum zuhörte.

Er war fasziniert, als die Lichter langsam erloschen, und wäre fast von seinem Sessel aufgesprungen, als die Musik einsetzte. Beim ersten Anblick der riesenhaften Figuren nahm sein Gesicht einen so entsetzten Ausdruck an, daß Dougless beinahe an ihrem Popcorn erstickt wäre.

Den ganzen Film hindurch war die Beobachtung von Nicholas viel interessanter als die Vorgänge auf der Leinwand. Außerdem hatte Dougless diesen Film sowieso schon zweimal gesehen.

Als er vorbei war und sie wieder zum Hotel zurückwanderten, stellte er ununterbrochen Fragen. Er war so sehr von den technischen Aspekten des Films angetan gewesen, daß er dem Geschehen kaum hatte folgen können. Auch konnte er die Kleider nicht verstehen. Es dauerte eine Weile, ihm begreiflich zu machen, daß Kleider aus der Zeit Eduards VII. historische Kostüme, also »alt« waren.

Später, im Hotel, waren die einzigen Toilettengegenstände, die ihnen zur Verfügung standen, was Dougless in ihrer Handtasche hatte und in dem kleinen Korb, den das Hotel seinen Gästen bereithielt, und so teilten sie sich eine Zahnbürste. Dougless hatte vor, in ihrer Unterwäsche zu schlafen; und nachdem sie geduscht hatte, wickelte sie sich in den Frotteemantel ein, den das Hotel im Badezimmer den Gästen mit den Badetüchern bereitlegte. Sie wollte zu Bett gehen; aber Nicholas wollte, daß sie ihm noch etwas vorlas, und so holte sie den Agatha-Christie-Roman aus ihrer Handtasche, setzte sich in einen Sessel neben sein Bett und las, bis er eingeschlafen war.

Ehe sie das Licht ausdrehte, stand sie noch an seinem Bett, blickte auf seine weichen schwarzen Locken hinunter, die auf dem schneeweißen Kopfkissenbezug lagen, beugte sich, einem Impuls folgend, hinunter und küßte ihn auf die Stirn. »Gute Nacht, mein Prinz«, flüsterte sie.

Zu ihrer peinlichen Überraschung faßte Nicholas nach ihren Fingern. »Ich bin bloß ein Graf«, sagte er leise mit geschlossenen Augen; »aber dennoch vielen Dank für diese große Ehre.«

Lächelnd entzog sie ihm ihre Hand und ging zu ihrem Bett hinüber. Sie lag noch lange wach, lauschte den Geräuschen, die von ihm herüberdrangen, weil sie sich fragte, ob ihn nicht wieder wie in der Nacht zuvor böse Träume plagen würden. Aber er lag vollkommen still, und schließlich döste sie ein. Als sie wieder erwachte, war es heller Morgen, und Nicholas war bereits aufgestanden und befand sich im Badezimmer. Ihr erstes Gefühl war Enttäuschung, daß sie nicht, von seinen Armen umschlungen, geschlafen hatte, aber sofort rief sie sich zur Ordnung. Sie war in Robert verliebt, nicht in einen Mann, der möglicherweise den Verstand verloren hatte. Aber ob er nun verrückt war oder nicht – er gehörte ganz bestimmt nicht ihr. Er konnte sich jeden Moment in eine Rauchwolke auflösen und sie so rasch verlassen, wie er ihr erschienen war.

Er kam barfuß aus dem Badezimmer, mit nacktem Oberkörper, nur mit seiner Hose bekleidet, und rieb sich mit einem Handtuch die Haare trocken. Es gab schlimmere Anblicke am Morgen als die breite nackte Brust eines gut aussehenden Mannes. Dougless legte sich ins Kissen zurück und seufzte.

Bei ihrem Seufzer blickte er hoch und runzelte die Stirn. »Wollt Ihr den Tag vertrödeln? Wir müssen uns einen Barbier suchen, der mir das abrasiert.« Er fuhr mit der Hand über die schwarzen Stoppeln auf seinem Gesicht.

»Das ist zur Zeit sehr in Mode«, sagte sie, aber er wollte sich nicht dazu bereitfinden, unrasiert unter die Leute zu gehen. Schließlich holte sie den Rasierapparat und die winzige Tube Rasierkrem, die das Hotel für vergeßliche Gäste zur Verfügung stellte, und zeigte ihm, wie man sich damit rasierte. Ehe sie ihn daran hindern konnte, fuhr er mit den Fingerkuppen über die Rasierklinge hin und schnitt sich ins Fleisch. Er lachte über Dougless, weil sie so ein großes Gewese wegen einer so lächerlichen Schnittwunde machte.

Nachdem sie sich angekleidet und mit einem herzhaften englischen Frühstück gestärkt hatten, gingen sie einkaufen. Dougless gewöhnte sich allmählich daran, Nicholas bei den einfachsten Verrichtungen zu helfen; aber als es an die Auswahl von Kleidern ging, wußte er sehr genau, was er haben wollte. Dougless war verblüfft, was er an einem Abend, nur vom Lesen einiger Modemagazine, alles gelernt hatte.

Nicholas, der Graf, übernahm wieder das Kommando, und Dougless verharrte stumm im Hintergrund und schaute zu. Die englischen Verkäufer und Verkäuferinnen schienen zu erkennen, daß sie es mit einem Aristokraten zu tun hatten, denn der Laden hallte nur so wider von dem beflissenen »Yes, Sir«, und »No, Sir« der Angestellten.

Um Dougless' Füße stapelten sich Tragetaschen, gefüllt mit Hemden, Hosen, Socken, Gürteln, einer wunderschönen Jacke aus gewachstem Tuch, Kappen, zwei italienischen Seidenjacketts, einer üppigen Lederjacke, Krawatten, sogar mit schwarzen Abendanzügen. Als sie den fünften Laden verließen, machte Dougless eine nicht zu überhörende Bemerkung, daß Nicholas ihr wenigstens die Hälfte der Taschen abnehmen sollte. Er warf ihr einen Blick zu, in dem sich Ungläubigkeit mit Erstaunen mischte. Ein paar Sekunden später ließ er einen gellenden Pfiff hören, und ein Taxi hielt am Bordstein. Er lernt schnell, dachte Dougless bei sich. Nicholas vereinbarte mit dem Fahrer, daß er ihnen von einem Laden zum anderen folgte, und was er fortan einkaufte, bezahlte Dougless an der Kasse und lud es dann draußen im wartenden Taxi ab.

Um ein Uhr nachmittags war sie ziemlich geschafft und bereit, einen ausgedehnten Lunch vorzuschlagen, als er vor einer herrlichen Auslage mit Damenbekleidung stehenblieb. Er betrachtete die ausgestellten Sachen, blickte dann Dougless an und schob sie fast gewaltsam in den Laden hinein. Es war erstaunlich, wie rasch Dougless nun wieder zu Kräften kam. Nicholas' Kleidergeschmack war genauso ausgeprägt wie seine Großzügigkeit, und nach einer guten Stunde verließ Dougless das Geschäft in einem Glockenrock aus dunkelgrüner Wolle, einem dazu passenden Wolljackett und einer kremfarbenen Seidenbluse.

Nun blieb nur noch eines zu besorgen – passendes Schuhwerk. Nicholas hatte zwar inzwischen die Bequemlichkeit

143

zeitgenössischer Garderobe schätzen gelernt, haßte jedoch das harte Leder moderner Fußbekleidung. Am besten gefielen ihm noch die aus weichem Leder hergestellten Hauspantoffel. Doch nach dem Besuch von drei Schuhgeschäften überredete Dougless ihn dazu, sich für zwei Paar italienische Halbschuhe zu entscheiden, die schrecklich teuer waren. Er bestand darauf, ihr noch ein Paar weiche grüne Lederstiefel zu kaufen, die zu ihren neuen Kleidern paßten.

Dann folgte noch ein kurzer Aufenthalt in einem Laden, der Behältnisse feilbot, in denen sie ihre Sachen transportieren konnten. Nicholas wollte Lederkoffer haben; aber da ihr Bargeld knapp wurde, entschloß er sich auf Dougless' Zureden hin für ein paar blaue Segeltuchtaschen mit Ledersäumen.

Als sie mit dem Einkaufen fertig waren, war es drei Uhr nachmittags, und die Lunch-Lokale hatten geschlossen. Sie besorgten sich Brot, Käse, Fleischpasteten und eine Flasche Wein und lunchten im Fond des Taxis, das sie nun zu ihrer Pension zurückbrachte (Essen während der Fahrt war etwas gänzlich Neues für Nicholas). Dougless hatte gesagt, sie sollten mit dem Zug zurückfahren; aber Nicholas hielt ihren Vorschlag, daß *er* das Gepäck tragen sollte, offenbar für unzumutbar, und so legten sie den weiten Weg zu ihrem Hotel im Taxi zurück.

Auf dieser Fahrt lernte Nicholas zum erstenmal die sechsspurigen englischen Autobahnen kennen. Sie wußte nicht, wie die Geschwindigkeit auf ihn wirkte; aber sie fand sie erschreckend. Die »langsame Spur«, schrieb ein Tempo von siebzig Meilen die Stunde vor, und sie mochte nicht wissen, welche Geschwindigkeit man auf der schnellen Außenspur einhalten mußte.

Nach einer Weile hörte er auf, Fernlaster anzustarren und Fragen zu stellen, lehnte sich in das Rückenpolster zurück und spielte mit dem kleinen Video-Spiel, das sie für ihn gekauft hatte. Sie dachte an die vielen Dinge, die es noch für ihn zu sehen und zu tun gab. Glückspielautomaten, Fernsehgeräte, Flugzeuge, Weltraumraketen. Da war der amerikanische Kontinent: Maine mit seinen Schiffen und Yachten; der Süden, den man erlebt haben mußte, um zu glauben, was man von ihm erzählte; der Südwesten mit seinen Cowboys und Indianern; Kalifornien mit seinen . . . Sie lächelte, als sie an Hollywood und Venice Beach dachte. Sie konnte mit nach Nordwesten zur Pazifikküste zum Lachse-Angeln fliegen, nach Colorado zum Skifahren, zu einer Rundreise nach Texas. Sie konnte . . .

Sie langten in ihrer kleinen Pension an, ehe sie sich all die Dinge überlegen konnte, die sie ihm gern zeigen wollte – und bevor ihr wieder einfiel, daß ihr Zusammensein mit ihm von beschränkter Dauer war. Aber letztendlich war er doch *ihr* Ritter in der schimmernden Rüstung, oder etwa nicht? vielleicht würde er gar nicht mehr in seine Zeit zurückkehren.

Nicholas überwachte das Ausladen ihrer Einkäufe durch den Taxifahrer und ließ ihn die Sachen in der schmalen Einfahrt abstellen. Und Dougless bezahlte ihn anschließend mit dem letzten Geld aus dem Verkauf der Münzen. Während sie sich überlegte, wieviel Trinkgeld ihm zustand, kam die Pensionswirtin eilends die Vortreppe herunter.

»Er ist schon den ganzen Tag hier, Miss«, sagte sie. »Er kam heute morgen und ist seither nicht mehr von der Stelle gewichen. Er ist in einer furchtbaren Laune, sagte schreckliche Sachen. Ich dachte, Sie und Mr. Stafford wären verheiratet.«

Dougless wurde es plötzlich mulmig in der Magengrube und sie mußte sofort an Librax denken. Sie hatte es seit Tagen nicht mehr gebraucht. »Wer ist es?« fragte sie leise.

»Robert Whitley«, antwortete die Pensionswirtin.

»Allein?«

»Er hat eine junge Dame bei sich.«

145

Nicholas kommandierte noch immer den Taxifahrer herum; aber als er Dougless' Gesicht sah, stellte er das sofort ein und schaute zu, wie Dougless stumm dem Fahrer ein Trinkgeld gab und dann die Treppe zur Vorhalle hinaufstieg. Mit jeder Stufe, die sie erklomm, wurden ihre Bauchschmerzen schlimmer.

»Endlich«, sagte Robert, als Dougless in die Vorhalle kam. »Wir haben schon den ganzen Tag auf dich gewartet. Wo ist es?«

Sie begriff sofort, was er meinte, wollte ihm das aber nicht zeigen. Hatte er sie überhaupt nicht vermißt? »Wo ist was?«

»Das Armband, das du gestohlen hast!« rief Gloria. »Deswegen hast du mich auf dem Friedhof ja zu Boden gestoßen, damit du mir mein Armband wegnehmen konntest!«

»Ich habe nichts dergleichen getan«, sagte Dougless. »Du bist gegen diesen Grabstein gefallen und . . .«

Robert legte den Arm um Dougless und brachte sie so zum Verstummen. »Also – wir sind nicht hierhergekommen, um uns zu streiten. Gloria und ich haben dich vermißt.« Er lachte ein wenig. »Oh, du solltest uns mal sehen. Alle Naselang verfahren wir uns. Keiner von uns beiden kommt sonderlich gut mit Straßenkarten zurecht, und mit den Hotels kennen wir uns überhaupt nicht aus. Du hast schon immer so gut Fahrpläne und Reisekataloge lesen können und weißt sofort, ob ein Hotel Zimmerservice hat oder nicht.«

Dougless wußte nicht, ob sie sich nun geschmeichelt fühlen oder deprimiert sein sollte. Er wollte sie wiederhaben; aber nur als Quartiermeister und Straßenkartenleserin.

Robert küßte sie auf die Wange. »Ich weiß, daß du das Armband nicht gestohlen hast. Es war nur ein glücklicher Zufall, daß du es wiederfandest.

Gloria wollte etwas sagen, aber Robert warf ihr einen Blick zu, daß sie den Mund wieder zumachte. Dieser Blick verbesserte Dougless' Laune sofort. Vielleicht würde er seine

Tochter dazu zwingen, etwas mehr Respekt vor ihr zu haben. Vielleicht . . .

»Bitte, Lessa«, sagte Robert, sacht an ihrem Ohrläppchen knabbernd. »Bitte komm doch zu uns zurück. Du kannst die Hälfte der Zeit vorn sitzen, und Gloria die Hälfte der Zeit hinten. Das ist doch fair, nicht wahr?«

Sie war sich nicht sicher, was sie nun tun sollte. Robert war jetzt so nett zu ihr, und es tat gut, seine Entschuldigung zu hören und zu denken, daß er sie brauchte.

»Nun, Madam«, sagte Nicholas, der in die Halle kam, »soll das heißen, daß Ihr unseren Vertrag brechen wollt?«

Robert sprang von Dougless fort, und sofort spürte sie den Haß, den er um sich verbreitete – einen Haß, der gegen Nicholas gerichtet war. War Robert etwa eifersüchtig? Er hatte noch die Ansätze von Eifersucht auf einen anderen Mann gezeigt – nur auf ihre Zeit. Er wollte nicht, daß Dougless ihre Zeit auch noch für etwas anderes verwendete als für ihn.

»Wer ist das?« forschte Robert.

»Nun, Madam?« fragte Nicholas.

Dougless fühlte sich dazu gedrängt, aus dem Haus zu flüchten und keinen der beiden Männer wiederzusehen.

»Wer *ist* das?« verlangte Robert zu wissen. »Hast du dir etwa in den paar Tagen, seit du mich verlassen hast, einen . . . einen Liebhaber zugelegt?«

»*Dich* verlassen?« konterte Dougless. ›*Du* hast mich verlassen und meine Handtasche mitgenommen. *Du* hast mich ohne, Geld, Kreditkarten und Garderobe hier sitzen . . .«

Robert bewegte wegwerfend die Hand. »Das war ein Mißverständnis. Gloria hat deine Handtasche für dich aufgehoben. Sie wollte dir nur helfen. Sie hatte keine Ahnung, daß du hierbleiben wolltest und dich weigertest, die Reise mit uns fortzusetzen. Habe ich recht, Sweetheart?«

»Mir *helfen*?« echote Dougless erbost. »Ich hatte beschlossen, *hierzubleiben*?«

147

»Dougless«, sagte Robert, »müssen wir unsere privaten Probleme unbedingt vor diesem Fremden erörtern? Wir haben deinen Koffer im Wagen. Laß uns gehen.« Er nahm ihren Arm und schickte sich an, sie aus der Halle zu führen.

Nicholas stand unter der Eingangstr und blickte sie an. »Habt Ihr vor, mich zu verlassen?« fragte er im zornigen Ton. »Gedenkt Ihr, mit diesem Mann zu gehen, der Euch nur der Dienste wegen haben möchte, die Ihr ihm leistet?«

»Ich . . . ich . . .«, stotterte Dougless verwirrt. Sie war mit beiden Männern vertraut. Robert brauchte sie als Pfadfinderin, die Straßenkarten lesen konnte; Nicholas brauchte sie als Helferin bei seinen Nachforschungen. Beide Männer wollten sie für das haben, was sie für sie *tun* konnte. Sie wußte nicht, was sie machen sollte.

Nicholas entschied die Angelegenheit für sie. »Diese Frau ist von mir angeheuert worden«, sagte er. »Solange sie ihren Auftrag nicht erledigt hat, bleibt sie bei mir.« Damit packte er Robert mit einer Hand an der Schulter und schob ihn auf die Haustür zu.

»Nehmen Sie die Hände von mir weg!« brüllte Robert. »Sie können mich nicht so behandeln! Ich werde die Polizei rufen lassen. Gloria, ruf bei der Polizei an. Dougless, entweder kommst du jetzt mit *mir*, oder du wirst mir niemals einen Heiratsantrag entlocken können. Du wirst nie . . .« Seine letzten Worte wurden von der Tür abgeschnitten, die Nicholas hinter ihm ins Schloß warf.

Dougless setzte sich auf einen Stuhl und ließ den Kopf hängen.

Nicholas kam in die Halle zurück, blickte Gloria an und sagte nur ein Wort: »Hinaus!«

Gloria rannte aus der Halle und dann die Vortreppe hinunter.

Nicholas ging ans Fenster und blickte durch die Scheibe.

148

»Sie sind fort und haben Euer Gepäck dagelassen. Gut, daß Ihr die beiden los seid.«

Dougless blickte nicht zu ihm hoch. Wie war sie nur wieder in so einen Schlamassel geraten? Sie konnte nicht einmal auf eine Urlaubsreise gehen, ohne daß ihr die schrecklichsten Dinge passierten. Warum war ihr nicht eine ganz normale, gewöhnliche Beziehung zu einem Mann vergönnt? Wäre es nicht nett, irgendwo in einem Klassenzimmer einen Mann kennenzulernen, sich mit ihm zu einem harmlosen Vergnügen zu verabreden, zu einem Kinobesuch oder einem Minigolfspiel? Vielleicht würde er ihr dann, nachdem sie ein paarmal miteinander ausgegangen waren, bei einer Flasche Wein einen Heiratsantrag machen. Sie würden mit netten Leuten Hochzeit feiern, ein hübsches Haus haben und zwei nette Kinder bekommen. Und ihr Leben würde in schlichten, ruhigen Bahnen verlaufen.

Statt dessen lernte sie Kerle kennen, die im Knast gesessen hatten oder mit Haftbefehl gesucht wurden – Kerle, die von ungezogenen Töchtern tyrannisiert wurden oder Kerle, die aus dem sechzehnten Jahrhundert stammten. Sie kannte keine andere Frau, die so viel Ärger mit Männern hatte wie sie.

»Was stimmt nur nicht mir mir?« flüsterte sie, das Gesicht in den Händen bergend.

Nicholas kniete vor ihr nieder und zog ihr die Hände vom Gesicht weg. »Ich fühle mich sehr müde. Kommt mit mir nach oben und lest mir etwas vor.«

Wie ein dummes Tier ließ sie sich von Nicholas bei der Hand nehmen und in den Oberstock führen. Aber sobald sie auf ihrem Zimmer waren, erwartete er gar nicht, daß sie ihm etwas vorlas, sondern sagte zu ihr, daß sie sich auf dem Bett ausstrecken sollte, was sie auch tat. Und dann begann er, ihr etwas vorzusingen – ein sanftes, süßes Schlaflied, das wohl noch niemand, der in diesem Jahrhundert lebte,

149

jemals zuvor gehört hatte. Sie schloß die Augen und schlief schließlich ein.

Nicholas lehnte sich gegen das Kopfteil des Bettes, und als sie schlief, streichelte er ihre Haare. Himmel, wie sehr er sich danach sehnte, sie in seine Arme zu nehmen. Er wollte die Hände an ihre prächtigen rotbraunen Haare legen, ihr über die blasse Haut streichen, ihre um seine Taille gelegten Beine spüren. Er wollte ihr die Tränen wegküssen, dann ihren Mund küssen – ihren ganzen Körper mit Küssen bedecken bis sie erst lächelte, dann lachte und glücklich war.

Sie schlief gelöst wie ein Kind, aber da war ein kurzer Schluckauf zwischen ihren Atemzügen, als würde sie selbst im Schlaf noch weinen. Er hatte noch nie eine Frau erlebt, die so viel weinte wie sie. Er hatte noch nie eine Frau erlebt, die ihr auch nur annähernd ähnlich gewesen wäre. Sie sehnte sich so sehr nach Liebe.

Er hatte sie nach der Ehe gefragt in dieser seltsamen neuen Welt, und ihre Antwort hatte ihm nicht gefallen. Eine Ehe sollte ein Vertrag sein, ein Bündnis, dafür geschaffen, einen Erben in die Welt zu setzen. Aber es schien so, daß in diesem Jahrhundert die Partner eine Ehe aus Liebe miteinander eingingen.

Liebe! dachte Nicholas. Das war eine Verschwendung männlicher Energie. Er hatte Männer gesehen, die alles verloren hatten wegen der »Liebe« von oder zu einer Frau.

Er berührte Dougless' Schläfe, streichelte ihre weichen Haare und blickte hinunter auf ihren schönen Körper mit den vollen Brüsten und den schlanken Beinen. Schau nur, was dieses Mädchen alles erduldet hatte aus »Liebe«. Nicholas dachte daran, was seine Mutter wohl dazu gesagt haben würde, wenn er aus Liebe geheiratet hätte. Lady Margaret Stafford hatte vier Ehemänner gehabt und niemals daran gedacht, einen von ihnen zu lieben.

Aber als Nicholas auf diese moderne Frau hinuntersah,

150

spürte er eine Zärtlichkeit in seiner Brust, die er noch nie zuvor empfunden hatte. Sie trug ihr Herz auf ihrem Körper, bereit, es jedem zu schenken, der nur freundlich zu ihr war. Soweit er das beurteilen konnte, verband sie niemals irgendwelche Absichten mit der Hilfe, die sie gewährte, oder mit der Wärme, die sie anderen spendete.

Er legte die Hand an ihre Wange, und im Schlaf schmiegte sie ihr Gesicht in seinen Handteller.

Was für ein Band hatte sie zusammengebracht? Was für ein Band hielt sie zusammen? Er hatte ihr nicht gesagt – weil sie das nicht wahrzunehmen schien –, daß er ihren Schmerz spürte. Sobald sie einen solchen empfand, spürte er ihn auch. An jenem ersten Tag, vor der Kirche, hatte sie etwas gemacht, was man, wie er inzwischen wußte, telephonieren nannte. Sie hatte ihre Schwester angerufen. Er hatte nicht gewußt, was sie machte, aber er hatte gespürt, daß ihr das, was sie tat, Schmerzen bereitete.

Heute, als er vor der Haustreppe dem Fahrer Anweisungen gab, wo er das Gepäck hinstellen sollte, hatte er ihre große Verzweiflung gespürt. Die erste persönliche Begegnung mit diesem Liebhaber, der die einfach in einem fremden Land hilflos und ohne Geld ausgesetzt hatte, war so ein Schock für ihn gewesen, daß er Mühe gehabt hatte, dem Gespräch der beiden zu folgen.

Zunächst hatte er nur mit einem Gedanken darauf reagiert: Dougless wollte ihn verlassen. Wie sollte er den Schlüssel zu seiner Rückkehr finden, wenn sie ihn verließ? Was wollte er ohne sie anfangen?

Es war noch immer schwierig für ihn, die moderne Sprache zu verstehen; aber er begriff, daß Dougless' ehemaliger Liebhaber von ihr verlangte, mit ihm zu gehen, und daß es Dougless schwerfiel, sich zu entscheiden, was sie nun tun sollte. Nicholas handelte aus einem primitiven Instinkt heraus und warf den Mann aus dem Haus. Wie konnte Dougless auch nur daran denken, mit einem Mann fortzugehen, der seiner Tochter den Vorrang vor einer Frau gab? Wenn aus keinem anderen Grund, so verdiente Dougless allein schon deswegen Respekt, weil sie älter war. Was für Manieren herrschten in diesem Land, das Kinder so verehrte und behandelte, als wären sie allesamt königliche Hoheiten?

Nun berührte Nicholas Dougless' Schulter, fuhr mit der Hand an ihrem Arm entlang. Drei Tage, dachte er. Vor drei Tagen hatte er sie noch nicht einmal gekannt, und nun ertappte er sich dabei, wie er alles nur Erdenkliche tat, um sie zum Lächeln zu bringen. Wie leicht es doch war, ihr eine Freude zu machen: mit einem freundlichen Wort, einem Geschenk, einem Lächeln.

Er beugte sich vor und küßte sie sacht aufs Haar. Diese Frau brauchte jemanden, der sich um sie kümmerte, über sie wachte. Sie war wie eine Rosenknospe, die nur ein bißchen Sonnenschein benötigte, um voll erblühen zu können. Sie brauchte . . .

Abrupt erhob sich Nicholas vom Bett und ging ans Fenster. Er durfte nicht zulassen, daß er sich zu sehr mit ihren Nöten beschäftigte. Selbst wenn es ihm irgendwie gelingen sollte, sie mitzunehmen in seine Zeit, konnte er sie dort nur zu seiner Mätresse machen. Er lächelte mit schiefem Mund. Er glaubte nicht, daß die gutherzige Dougless eine sonderlich gute Mätresse abgeben würde. Sie würde ihren Gebieter niemals um etwas bitten, und was sie besaß, würde sie einem barfüßigen Kind schenken, das ihr erzählte, es habe keine Schuhe.

Es betraf nicht nur diese Maschinen, die Licht erzeugten und Bilder, was ihm unbegreiflich war an diesem zwanzigsten Jahrhundert – er verstand auch dessen Philosophie nicht. Gestern hatte er diese Ungeheuerlichkeit miterlebt, die man einen Film nannte. Es hatte erst eine Weile gedauert, ehe er das Ganze überschauen konnte – es war so groß –, und daß Riesen, die so rund wirkten, in Wirklichkeit ganz flach sein sollten, wollte ihm anfangs gar nicht in den Kopf. Dougless hatte ihm erzählt, daß diese Riesen eine ganz normale Körpergröße hätten; aber wie man einen Menschen auf einer Zeichnung ganz klein darstellen könne, so vermochte man einen Menschen auf einem Foto auch stark zu vergrößern. Nachdem er seinen Schrecken über die Größe und Beweglichkeit dieser Fotos überwunden hatte, stellte er fest, daß er die Geschichte dieser Bilder nicht verstand. Ein junges Mädchen sollte einen absolut geeigneten Mann von Vermögen heiraten; aber sie verweigerte die Eheschließung, eines mittellosen jungen Mannes wegen, der nichts anderes vorzuweisen hatte als ein Paar gutgewachsene Beine.

Hinterher hatte Dougless zu ihm gesagt, daß sie diese Geschichte »wunderbar« und »romantisch« fand. Er verstand diese Philosophie nicht. Wenn seine Mutter eine Tochter gehabt hätte, und diese Tochter hätte sich geweigert, die Ehre eines guten Heiratsvertrages anzunehmen, würde Lady Margaret sie geschlagen haben, bis ihr die Arme müde wurden, und hätte dann dem kräftigsten Diener ihres Hauses die Rute in die Hand gedrückt, damit er das Mädchen weiter verprügelte. Aber in diesem Zeitalter wurden die Kinder auch noch dazu ermutigt, ihren Eltern nicht zu gehorchen.

Er blickte auf Dougless zurück, die mit angezogenen Knien und einer Hand unter dem Gesicht auf dem Bett schlief.

Wenn er nicht mehr in seine Zeit zurückkehrte, dachte er, könnte er vielleicht bei ihr bleiben. Es wäre keine üble Sache, mit so einem gutherzigen weiblichen Wesen zusammenzuleben – mit einer Frau, die ihn fragte, ob er ein Kissen haben wollte; einer Frau, die ihn mit ihren Armen festhielt, wenn er schlecht träumte; einer Frau, die ihn nicht deswegen haben wollte, weil er ein Graf war oder vermögend. Das Leben mit ihr konnte wirklich angenehm sein.

Nein! dachte er, drehte sich wieder von ihr weg und sah aus dem Fenster. Er dachte zurück an diese scheußliche Vettel in Bellwood – diese Hexe, die dem Andenken von Nicholas Stafford Hohn sprach. Wenn er hier bei Dougless blieb, würde er niemals die Erinnerung der Nachwelt an ihn verändern können. Die Frau in Bellwood hatte gesagt, daß Königin Elizabeth nach Nicholas' Tod den Besitz der Staffords eingezogen hatte und später das meiste davon im Bürgerkrieg zerstört worden war. Nur vier von seinen zahlreichen Besitzungen existierten heute noch.

Ehre, dachte Nicholas. Die Menschen dieses Zeitalters schätzten offenbar die Ehre als eine geringe Sache ein. Dougless vermochte anscheinend gar nicht zu begreifen, was er mit Ehre meinte. Sie fand diese Geschichte von ihm und Lady Arabella amüsant. Doch die Vorstellung, daß ein Mann wegen Hochverrats hingerichtet wurde, berührte sie kaum. »Das liegt schon so lange zurück«, hatte sie gesagt.

Es lag gar nicht so lange zurück. Für ihn war das erst vor drei Tagen gewesen.

Das, was ihm da widerfahren war, war nicht ohne Grund geschehen. Gott gab ihm eine zweite Chance. Irgendwo in diesem Jahrhundert war die Antwort auf die Frage zu finden, wer ihn so sehr gehaßt hatte, daß er ihm den Tod wünschte. Wer profitierte von seinem Tod? Wem lieh die Königin ihr Ohr so sehr, daß sie alles glaubte, was diese Person ihr einflüsterte?

Nichts war bei seinem Prozeß an den Tag gekommen, was dieses Rätsel hätte aufklären können. Es war erwiesen, daß er eine Armee ausgehoben hatte, ohne vorher von der Königin die Erlaubnis dafür einzuholen. Männer kamen aus Wales, die schworen, daß sie ihn um Truppen gebeten hatten, aber die Richter wollten nicht auf sie hören. Sie schworen, sie besäßen »geheime« Beweise, welche belegten, daß Nicholas sich vorgenommen habe, die Königin vom

Thron zu stoßen und England wieder zum katholischen Glauben zu bekehren.

Nicholas war zum Tode verurteilt worden, und er hatte geglaubt, das dies sein Schicksal sei, bis seine Mutter ihm eine Botschaft schickte, in dem sie ihm mitteilte, sie habe neue Beweise gefunden, die Wahrheit würde bald ans Licht kommen, und bald würde Nicholas wieder ein freier Mann sein.

Aber ehe er erfahren konnte, was für Beweise das waren, hatte ihn der »Tod« ereilt. Wenigstens stand es so in den Geschichtsbüchern. Zweifellos eine unehrenhafte Weise, das Zeitliche zu segnen, wenn man ihn tot am Tisch über einem unvollendeten Brief an seine Mutter gefunden hatte.

Warum hatte seine Mutter den Beweis seiner Unschuld nicht nach seinem Tod veröffentlicht und damit seinen Namen reingewaschen? Warum hatte sie alle Gewalt über die Stafford-Besitztümer aufgegeben und statt dessen einen Schwachkopf wie Dickie Harwood geheiratet?

Da gab es so viele unbeantwortete Fragen – so viel Ungerechtigkeit zu korrigieren.

So viel Ehre stand auf dem Spiel.

Er war in diese Zeit gerufen worden, um das zu entdekken, was er wissen mußte, und die liebreizende junge Frau dort auf dem Bett war ihm als Gehilfin zugeteilt worden. Er blickte zu ihr hin und lächelte. Wäre er so großzügig zu ihr gewesen, wenn sie zu ihm gekommen wäre und gesagt hätte, sie stamme aus der Zukunft? Nein, dachte er. Er würde mit der Fackel die Scheiterhaufen angezündet haben, auf denen er sie als Hexe hätte verbrennen lassen.

Aber sie – sie hatte ihm ihre ganze Zeit geopfert, wenngleich zuerst nur widerwillig. Engherzigkeit lag nicht in ihrer Natur.

Und nun verliebte sie sich auch noch in ihn. Er konnte es in ihren Augen lesen. In seiner Zeit hatte er eine Frau sofort verlassen, wenn sie anfing, ihn zu lieben. Frauen, die einem Liebe entgegenbrachten, waren nur eine Last. Er zog solche Frauen wie Arabella vor, die Juwelen liebten oder einen guten teuren Seidenstoff. Er und Arabella hatten sich gut verstanden. Zwischen ihnen gab es nur Sex.

Aber mit Dougless würde es nicht so sein. Sie war eine Frau, die Liebe schenken wollte – Liebe mit ihrem ganzen Sein. Dieser Mann Robert hatte etwas von ihrer Liebe bekommen, aber er war zu dumm, um zu wissen, was er damit anfangen sollte. Er mißbrauchte Dougless, spielte mit ihrer Liebe und machte sie unglücklich.

Nicholas machte einen Schritt auf das Bett zu. Wenn er, Nicholas, ihre Liebe besaß, würde er schon wissen, was er damit anfangen mußte. Er würde . . .

Nein! ermahnte er sich und blickte zur Seite. Er konnte nicht zulassen, daß sie ihn liebte. Wenn er sie verließ, würde sie vor Kummer vergehen. Nicholas würde nur ungern in seine Zeit zurückkehren mit dem Gedanken, daß sie hier zurückblieb in dem Bewußtsein, einen Mann zu lieben, der schon seit über vierhundert Jahren tot war.

Er mußte einen Weg finden, um ihre aufkeimende Liebe zu ihm zu ersticken. Er brauchte ihre Kenntnisse von dieser ihm fremden Welt, er konnte sie nicht ziehen lassen. Aber genausowenig durfte er sie im Elend zurücklassen. Er mußte einen Weg finden, sie daran zu hindern, daß sie ihn liebte, und es mußte etwas sein, das sie verstehen konnte – etwas, das in ihrer Welt nicht ungewöhnlich war.

Lächelnd über die Absurdität dieses Einfalls, dachte Nicholas daran, daß er ihr erzählen könne, er liebte eine andere. Dies wirkte in der Regel abschreckend auf Frauen. Aber wen? Arabella? Er hätte fast laut herausgelacht, wenn er an die Ansichtskarte dachte, die Dougless gekauft hatte. Vielleicht wäre eine Frau, von der sie noch nichts gehört hatte, besser geeignet. Alice? Elizabeth? Jane? Ach, die süße, süße Jane.

Er hörte auf zu lächeln. Wie wäre es mit Lettice?
Verliebt in seine *Ehefrau*?«

Nicholas hatte seit Wochen nicht mehr an dieses kaltäugige Biest gedacht. Als er wegen Hochverrats verhaftet wurde, hatte Lettice sogleich begonnen, sich nach einem neuen Ehemann umzuschauen.

Konnte er Dougless glaubhaft machen, daß er seine eigene Frau liebte? Dieser Film hatte ihm zwei Menschen gezeigt, die aus Liebe heirateten. Wenn er nun Dougless weismachen konnte, daß er in seine Zeit zurückkehren wollte, weil er seine Frau so sehr liebte?

Er mochte nicht glauben, daß Dougless die Liebe für einen wichtigeren Grund erachtete als die Ehre; aber dieses Zeitalter huldigte allerlei für ihn befremdliche Ansichten.

Nun brauchte er nur noch den richtigen Ort und Zeitpunkt abzupassen, um ihr das, was er sich eben ausgedacht hatte, mitzuteilen

Er hatte seine Entscheidung getroffen; aber es wurde ihm nicht wohler dabei. Leise verließ er das Zimmer. Er mußte noch zu dem Münzhändler gehen und sich dort einen frischen Vorrat an modernem Geld besorgen. Morgen wollten sie nach Thornwyck fahren und damit anfangen, die Antworten auf seine Fragen zu finden. Mit einem letzten Blick auf Dougless verließ er das Zimmer.

Dougless erwachte mit einem Ruck, und als sie bemerkte, daß sie allein war, wurde sie von einer Panik ergriffen, beruhigte sich aber rasch wieder. Dann erinnerte sie sich an die Szene mit Robert. Hatte sie richtig gehandelt? Hätte sie mit ihm gehen sollen? Schließlich hatte sich Robert entschuldigt – im gewissen Sinne. Er hatte ihr erklärt, warum er sie verlassen hatte: Er hatte gedacht, sie wollte nicht mehr mit ihm reisen, und vielleicht hatte Gloria *tatsächlich* ihre Handtasche ohne böse Absicht aufgehoben.

Dougless legte die Hände an den Kopf. Alles war so verwirrend für sie. Was bedeutete sie Robert wirklich? Und Nicholas? Was bedeuteten diese Männer für sie? Warum war Nicholas zu ihr gekommen? Warum nicht zu einer anderen? Zu einer Frau, in deren Leben nicht alles so chaotisch war wie in dem ihren?

Die Tür öffnete sich, und Nicholas trat lächelnd ins Zimmer. »Ich habe noch ein paar von meinen Münzen verkauft, und wir sind reich!« sagte er.

Sie erwiderte sein Lächeln und dachte daran, wie er Robert vor die Tür gesetzt hatte. War dieser Mann ihr Ritter in der schimmernden Rüstung? War er zu ihr geschickt worden, weil sie ihn einfach so nötig brauchte?

Ihr Blick schien Nicholas zu stören; denn er wandte sich stirnrunzelnd ab. »Wäre jetzt nicht die Zeit zum Abendessen?«

Sie gingen in ein indisches Restaurant, und Nicholas war sehr angetan von dem Geschmack der mit Kreuzkümmel, Koriander, Garam, Masala und Zimt gewürzten Speisen. Er konnte inzwischen schon fast perfekt mit der Gabel umgehen, und Dougless sah die neidischen Blicke einiger Frauen, die an einem Tisch in ihrer Nähe saßen. Sie fragte ihn nach seinem Leben im Jahre 1564 und in welcher Hinsicht sich das zwanzigste vom sechzehnten Jahrhundert unterschied.

Er gab ihr darauf eine Antwort, aber Dougless hörte ihm kaum zu. Statt dessen betrachtete sie seine Augen und seine Haare, die Bewegung seiner Hände. Er würde nicht in seine Zeit zurückkehren, dachte sie bei sich. Sie hatte ihn sich hierher gewünscht, und er war zu ihr gekommen. Er war der Mann, den sie schon immer hatte haben wollen: gütig, rücksichtsvoll, geistreich, humorvoll, stark, entschlossen. Ein Mann, der wußte, was er wollte.

Gegen Ende der Mahlzeit war Nicholas merkwürdig still geworden. Irgend etwas schien ihn zu bedrücken. Sie gingen schweigend in ihre Pension zurück. Er schien auch nicht mit ihr reden zu wollen, als sie wieder auf ihrem Zimmer waren. Und er bat sie auch nicht darum, ihm etwas vorzulesen. Er stieg in sein Bett, drehte ihr den Rücken zu und sagte nicht einmal gute Nacht.

Dougless lag lange wach und versuchte Ordnung in die verwirrenden Ereignisse der letzten Tage zu bringen. Sie hatte geweint und um einen Ritter in schimmernder Rüstung gebeten. Und da hatte plötzlich Nicholas hinter ihr gestanden. Er gehörte ihr, und sie gedachte ihn zu behalten.

Gegen Mitternacht wurde sie von einem Geräusch erschreckt, das vom Nachbarbett herkam. Sie lächelte, weil sie wußte, daß er wieder einen Alptraum hatte. Immer noch lächelnd ging sie zu ihm und stieg in sein Bett. Sofort umschlang er sie mit seinen Armen und schlief nun friedlich weiter. Dougless schmiegte sich an ihn, ihre Wange an seiner breiten Brust, und schlief zufrieden ein. Mag doch geschehen, was will, dachte sie kurz vor dem Einnicken.

Als Nicholas erwachte, war es gerade hell geworden, und als er merkte, daß Dougless in seinen Armen lag, wußte er, daß seine Träume wahr geworden waren. Sie war seinem Körper so gut angepaßt, als wäre sie aus einem Stück Erde herausgeschnitten worden. Was war das Wort, das sie gebraucht hatte? Telepathie. Da war ein Gefühl zwischen ihnen, eine so innige, tiefe Bindung, wie er sie auch nicht annähernd so stark bei einer anderen Frau empfunden hatte.

Er vergrub das Gesicht in ihren Haaren, atmete tief deren Duft ein, und seine Hände begannen, sie zu berühren. Er hatte noch nie eine so starke Begierde nach einer Frau empfunden, hatte nie gewußt, daß es so ein Begehren überhaupt gab.

»Gib mir Kraft«, betete er, »Kraft für das, was ich tun muß. Und verzeih mir«, flüsterte er.

Er hoffte, daß er tun konnte, was er tun mußte, aber zuerst wollte er sie kosten, nur einmal – dieses einzige Mal –, und sich dann nie mehr gestatten, sie anzurühren.

Er küßte ihre Haare, ihren Hals, die Zunge auf ihre glatte Haut gelegt. Seine Hand glitt an ihrem Arm hinauf und legte sich dann über ihre Brust. Sein Herz pochte ihm in den Ohren.

Erwachend drehte sich Dougless in seinen Armen, um ihn zu küssen – von ihm geküßt zu werden, wie ihr das bisher noch nie widerfahren war. Meine andere Hälfte, dachte sie bei sich. Was mir bisher in meinem Leben gefehlt hatte, war dieser Mann. Er ist meine andere Hälfte.

»Lettice«, murmelte Nicholas an ihrem Ohr.

Ihre Beine waren ineinander verschränkt, ihre Arme umfingen einander. Dougless lächelte, den Kopf in den Nacken gelegt, während Nicholas ihren Hals und ihre Kehle mit heißen Küssen bedeckte. »Man hat mich schon . . . Karotte genannt« – sie war ganz atemlos –, »meiner Haare wegen. Aber »lettuce« – Lattich – noch nie.«

»Lettice ist . . .« Seine Lippen wanderten an ihrem Hals hinunter, tiefer und tiefer. »Lettice ist meine Frau.«

»Hmm«, murmelte Dougless, als seine Hand ihre Brust liebkoste und sein Mund noch tiefer hinunterglitt.

Was er da eben gesagt hatte, traf sie nun wie ein Keulenschlag. Sie schob ihn von sich, um ihn ansehen zu können. »Frau?« fragte sie.

Nicholas zog sie wieder an sich. »Sie kümmert uns jetzt nicht.«

Sie schob ihn wieder von sich fort. »Sie scheint Ihnen aber sehr am Herzen zu liegen, wenn Sie *mich* küssen; aber dabei den Namen Ihrer Frau aussprechen.«

»Ein kleines Versehen, nicht mehr«, sagte er, sie wieder an sich ziehend.

Dougless drückte ihn nun gewaltsam von sich weg, stieg aus dem Bett und zog ihr aufgeknöpftes Nachthemd vorne zusammen. »Warum wollen Sie mir nichts Näheres über Ihre *Frau* sagen?« fragte sie wütend. »Warum haben Sie mir nicht schon längst von ihr erzählt?«

Nicholas setzte sich im Bett auf, die Bettdecke bis zur Taille hinaufgezogen. »Es bestand kein Grund dazu, Euch von Lettice zu erzählen. Ihre Schönheit, ihre Talente, meine Liebe zu ihr sind meine Privatsache.« Er nahm Dougless' Armbanduhr vom Nachttisch. »Vielleicht werden wir heute so ein Ding für mich kaufen.«

»Legen Sie das wieder hin!« schnaubte Dougless. »Das ist eine ernste Angelegenheit. Ich glaube, Sie schulden mir eine Erklärung!«

»*Euch* eine Erklärung?« sagte Nicholas, aus dem Bett steigend. Er war nur mit einem winzigen Slip bekleidet. Er zog seine Hose an und drehte sich, während er den Bund zuknöpfte, zu ihr um. »Ich bitte Euch, Madam, wer seid Ihr denn? Seid Ihr die Tochter eines Herzogs? Eines Grafen? Oder wenigstens die eines Freiherrn? Ich bin der Earl of Thornwyck, und Ihr seid meine Dienerin, die für mich arbeitet. Und dafür beköstige und kleide ich Euch, und wenn Ihr es wert seid, erhaltet Ihr auch noch obendrein eine kleine Besoldung. Ich bin nicht verpflichtet, Euch in mein Privatleben einzuweihen.«

Dougless setzte sich hart auf das Bett. »Aber Sie haben bisher noch nie etwas von einer Frau erwähnt«, sagte sie. »Kein einziges Mal habt Ihr auch nur dergleichen angedeutet.

»Ich wäre ein schlechter Ehemann, wenn ich den Namen meiner geliebten Frau vor meiner Dienerin profanierte.«

»Dienerin«, flüsterte Dougless. »Lieben Sie sie so sehr?«

Nicholas schnaubte: »Sie ist der eigentliche Grund, warum ich zurückkehren muß. Ich muß die Wahrheit herausfinden und leben, um in die Arme meiner geliebten Frau zurückkehren zu können.«

161

Gestern Robert und heute die Entdeckung, daß Nicholas eine Frau hatte – eine Frau, die er wahnsinnig liebte. »Ich verstehe das nicht«, sagte sie, das Gesicht in den Händen vergrabend. »Ich wünschte Sie hierher. Ich betete um Sie. Warum sind Sie zu mir gekommen, wenn Sie eine andere lieben?«

»Ihr betetet an meinem Grab. Vielleicht wäre ich jedem erschienen, der an meinem Grab gebetet hätte. Vielleicht wußte Gott, daß ich eine Dienerin brauchte und Ihr eine Arbeit. Ich weiß es nicht. Ich weiß nur, daß ich in meine Zeit zurückkehren muß.«

»Zu Ihrer Frau?«

»Aye, zu meiner Frau.«

Sie hob den Kopf und sah ihn an. »Und was war das da?« fragte sie, auf das Bett deutend.

»Madam, Ihr habt Euch selbst in mein Bett begeben. Ich bin auch nur ein Mann und habe Schwächen.«

Dougless begann zu verstehen und schämte sich schrecklich. Gab es eine Frau auf Erden, die törichter war als sie? Gab es einen Mann auf der Welt, in den sie sich *nicht* verliebt hatte? Sie brauchte nur drei Tage mit einem Kerl zusammenzusein, und schon träumte sie von einem gemeinsamen Leben. Wenn Attila, der Hunnenkönig, oder Jack the Ripper ihr über den Weg gelaufen wären – sie hätte sich zweifellos in diese verliebt. Und bei ihrem Talent, sich immer die Falschen auszusuchen, wäre sie sicherlich schon am *zweiten* Tag mit Dschingis-Khan ins Bett gegangen.

Sie stand auf. »Hören Sie – es tut mir leid wegen dieses Mißverständnisses. Natürlich haben Sie eine Frau. Eine Frau und drei reizende Kinder . . . Ich weiß nicht, was ich mir gedacht habe. Sie waren in der Todeszelle *und* verheiratet. Ich bin an Typen gewöhnt, die arg gebeutelt waren – aber ein doppelt Gebeutelter ist mir bisher noch nicht begegnet. Offenbar treffe ich es von Mal zu Mal besser. Ich werde meine

Sachen zusammenpacken und von hier verschwinden. Und Sie kehren zu Mrs. Stafford zurück und genießen Ihr süßes Eheglück.«

Er verstellte ihr den Weg, als sie ins Badezimmer gehen wollte. »Gedenkt Ihr, unseren Vertrag zu brechen?«

»Brechen?« erwiderte sie mit erhobener Stimme. »Vertrag? Ich halte ihn für eine Zumutung. Sie vertragen sich doch so gut mit Ihrer reizenden Lettice und Ihrer Arabella-auf-dem-Tisch. Da brauchen Sie doch mich nicht.«

Nicholas bewegte sich auf sie zu und sagte im verführerischen Ton: »Wenn Ihr Euch über unser abgebrochenes Liebesspiel ärgert, können wir ja ins Bett zurückkehren.«

»Da haben Sie sich aber gründlich getäuscht, Buster«, erwiderte sie mit flammenden Augen. »Wenn Sie mich auch nur mit einem Finger anrühren, bekommen Sie eins auf die Nuß, Freundchen.«

Nicholas hielt die Hand über das Kinn, damit sie sein Lächeln nicht sah. »Ich sehe keinen Grund für Euren Ärger. Ich bin Euch gegenüber stets aufrichtig gewesen. Ich brauche Hilfe bei der Suche nach einer Person, die mich verraten hat. Ich will die Beweise für diesen Verrat finden und dann in mein Heim zurückkehren. Ich habe Euch nie etwas anderes erzählt.«

Dougless drehte sich von ihm weg. Er hatte recht. Er hatte nie versucht, ihr etwas zu verheimlichen oder vorzumachen. Nur sie hatte sich etwas vorgegaukelt und Luftschlösser gebaut, in denen sie glücklich leben wollte bis zu ihrem seligen Ende. Idiot, Idiot, Idiot, schalt sie sich im stillen.

Sie wandte sich ihm wieder zu. »Es tut mir leid, das alles. Vielleicht sollten Sie sich jemand anderen besorgen, der Ihnen bei der Suche hilft. Ich habe jetzt meine Handtasche wieder und mein Flugticket und denke, daß ich nun besser wieder nach Hause fliegen sollte.«

»Ah, ja«, sagte er. »Ich verstehe. Ihr seid ein Feigling.«

»Ich bin kein Feigling. Es ist nur . . .«

». . . daß Ihr Euch in mich verliebt habt«, sagte er mit einem ergebenen Seufzer. »Alle Frauen tun das. Es ist ein Fluch, der mich schon immer sehr belastet hat. Ich konnte noch nie drei Tage mit einer Frau verbringen, ohne daß sie zu mir ins Bett gekommen wäre. Das darf Euch nicht belasten. Ich mache Euch das nicht zum Vorwurf.«

»Ihr macht mir das nicht zum *Vorwurf?*« Der Zorn begann wieder Dougless' Selbstbemitleidung zu ersetzen. »Da überschätzen Sie aber Ihren Charme ganz ungeheuerlich! Sie haben keine Ahnung, wie die Frauen heutzutage beschaffen sind. Jede Frau könnte mit Ihnen unter einem Dach wohnen, ohne sich in Sie zu vergaffen. Wir modernen Frauen mögen keine von sich überzeugten, eingebildeten Pfauen, wie Sie einer sind.«

»Oh?« sagte er, eine Braue hochziehend. »Seid Ihr die einzige Ausnahme unter Euren weiblichen Zeitgenossen? Keine drei Tage sind wir zusammen, und Ihr liegt in meinem Bett.«

»Damit Sie sich keiner Illusion hingeben – ich versuchte Sie zu beruhigen, als Sie von einem Alptraum geplagt wurden. Ich dachte, ich könnte Sie trösten. Wie eine Mutter ihr Kind.«

Nicholas lächelte. »Trösten? Ihr könnt mich jeden Morgen trösten, wenn Ihr das wünscht.«

»Diesen Trost sparen Sie sich besser für Ihre Frau auf. Würden Sie mir jetzt endlich den Weg freigeben? Ich muß mich anziehen, damit ich von hier verschwinden kann.«

Er legte die Hand auf ihren Arm. »Seid Ihr auf mich wütend, weil ich Euch küßte?«

»Ich bin wütend auf Sie, weil . . .« Sie drehte sich wieder von ihm weg. Warum war sie wütend auf ihn? Er war aufgewacht, hatte sie in seinem Bett vorgefunden und angefangen sie zu küssen. Er hatte sich ihr nie auf eine verfängliche Art genähert, hatte sich tatsächlich immer nur wie ein Gentleman betragen. Nicht einmal hatte er auch nur angedeutet, daß ihre Beziehung mehr wäre als nur ein Arbeitgeber-Angestellten-Verhältnis.

Sie war es gewesen, die einer Illusion erlegen war. Der neckische Ton, der zwischen ihnen herrschte, das Lachen, das sie geteilt, und besonders ihr Schmerz über Roberts Verhalten hatten sie zu dem Glauben verleitet, daß da mehr wäre zwischen ihnen.

»Ich bin überhaupt nicht wütend auf Sie«, sagte Dougless.»Ich bin wütend auf mich selbst. Ich schätze, es war nur ein Rückfalleffekt.«

»Rückfalleffekt?«

»Manchmal, wenn man bei jemandem abgeblitzt ist oder verlassen wird, wie mir das passiert ist, will man sofort wieder auf den fahrenden Zug aufspringen.« Er sah sie noch immer verständnislos an. »Ich glaubte, daß Sie vielleicht Robert ersetzen könnten. Oder vielleicht wollte ich nur mit einem Ring am Finger nach Hause kommen. Wenn ich als Verlobte heimkehre, würde ich möglicherweise nicht so viele Fragen beantworten müssen, was aus dem Mann geworden ist, mit dem ich Amerika verlassen habe.«

Sie sah zu ihm hoch. »Es tut mir leid, daß ich mir solche Gedanken gemacht habe. Vielleicht sollten Sie sich lieber eine andere Gehilfin suchen.«

»Ich verstehe. Ihr könnt mir nicht widerstehen. Es ist so, wie diese Fremdenführerin sagte – daß keine Frau mir widerstehen kann.«

Dougless stöhnte. »Ich kann Ihnen durchaus widerstehen. Nun, daß ich das ganze Ausmaß Ihres aufgeblasenen Egos kenne, könnte ich mit Ihnen *leben* ohne mich in Sie zu verlieben.«

»Das könntet Ihr nicht.«

»Ich könnte es, und ich werde es beweisen. Ich werde diese Dokumente, nach denen Sie suchen, finden; aber ich werde ·· selbst wenn es Jahre dauern sollte – kein einziges Mal schwach werden und Ihrem Charme erliegen.« Sie blickte ihn mit schmalen Augen an. »Und falls Sie noch einmal schlecht träumen sollten, werfe ich Ihnen ein Kissen an den Kopf. Wollen Sie mich jetzt *endlich* in das Badezimmer lassen?«

Nicholas gab Dougless nun den Weg zur Badezimmertür frei, und sie schloß sie ziemlich heftig hinter sich. Er konnte nicht umhin, die Tür grinsend von außen zu betrachten. Ach, Dougless, dachte er bei sich –, meine süße, süße Dougless. Es mag sein, daß du mir widerstehen kannst; aber wie will ich dir widerstehen können? Ein Jahr mit dir zusammenleben? Ein Jahr, ohne dich anzufassen? Da verliere ich den Verstand.

Er drehte sich von der Badezimmertür weg und zog sich an.

7

Der lange schwarze Wagen eilte nach Süden durch die schöne englische Landschaft. Nicholas lehnte sich im Fond ins Polster zurück und blickte zu Dougless hinüber, die steif und sehr gerade auf der Rückbank saß. Ihr wunderschönes kastanienbraunes Haar war streng nach hinten gekämmt, zu einem Knoten gewickelt und mit Nadeln festgesteckt. Seit heute morgen hatte sie weder gelächelt noch gelacht oder etwas anderes gesagt als »Yes, Sir«, oder »No, Sir.«

»Dougless«, hub er an, »Ich . . .«

Sie schnitt ihm das Wort ab. »Ich glaube, Lord Stafford, wir haben das alles schon einmal durchgekaut. Ich bin Miss Montgomery, Ihre Sekretärin – nicht mehr und nicht weniger. Ich hoffe, daß Sie das nicht vergessen werden, Sir, und den Leuten nicht den Eindruck vermitteln, daß ich mehr sei, als ich bin.«

Er wandte sich seufzend von ihr ab. Ihm fiel nichts ein, was er dem entgegensetzen konnte, und tatsächlich wußte er auch, daß es so besser war. Aber schon nach diesen wenigen Stunden vermißte er sie schrecklich.

Sekunden später wurde seine Aufmerksamkeit auf den Turm von Thornwyck gelenkt, und er merkte, wie sein Herz schneller zu schlagen begann. Er hatte dieses Haus entworfen. Was er von seinen anderen Häusern kannte und an ihnen schätzte, hatte er zu einer Idee verbunden und dieses schöne Gebäude erschaffen. Vier Jahre hatte es gedauert, die

167

Steine dafür zu brechen und den Marmor aus Italien hierher zu transportieren.

Es war erst halb fertig gewesen, als man ihn verhaftete, aber diese fertiggestellte Hälfte war so schön gewesen wie irgendein Schloß in diesem Land.

Er runzelte die Stirn, als der Chauffeur in die Einfahrt einbog. Sie sah so *alt* aus. Er hatte doch erst vor einem Monat hier gewohnt, und da war sie ganz neu und tadellos gewesen. Nun bröckelten die Schornsteine, hier und dort war das Gesims schadhaft und ein paar Fenster waren sogar zugemauert.

»Es ist schön«, flüsterte Dougless und saß dann wieder kerzengerade, »Sir.«

»Es verfällt«, sagte Nicholas zornig. »Und wurden die Westtürme denn niemals zu Ende gebaut?«

Als der Wagen anhielt, stieg Nicholas aus und blickte sich um. Für ihn, mit seinen Erinnerungen, war es ein trauriger Ort: die noch unvollendete Hälfte jetzt eine Ruine, die andere Hälfte ein Gemäuer, das Hunderte von Jahren Wind und Wetter ausgesetzt gewesen zu sein schien. Was ja auch stimmte, dachte er voller Verdruß.

Als er sich wieder zum Wagen umdrehte, hatte Dougless bereits die Reisetaschen in die Hotelhalle getragen. »Lord Stafford möchte seinen Morgentee schon um acht ans Bett gebracht haben«, teilte sie dem Empfangschef mit. »Und er luncht pünktlich um zwölf. Die Speisekarte möchten Sie bitte erst mir vorlegen.« Sie drehte sich zu Nicholas um. »Wollen Eure Lordschaft sich selbst ins Hotelbuch eintragen, Mylord, oder soll ich das für Sie erledigen?«

Nicholas warf ihr einen vernichtenden Blick zu, den sie jedoch nicht sah, weil sie ihm bereits wieder den Rücken zugedreht hatte. Er trug sich rasch ins Gästebuch ein, und dann führte ein Page sie zu ihrer Suite.

Das Zimmer war schön, mit einer in Altrosa gehaltenen

Tapete und einem Pfostenbett mit rosenfarbenem und gelbem Chintz. Eine kleine Couch, gelb und blaßgrün gemustert, stand am Fußende des Bettes auf einem rosenfarbenen Teppich. Neben dem Schlafzimmer befand sich ein Salon, ebenfalls in Rosa und Blaßgrün gehalten.

»Ich brauche hier ein Faltbett«, sagte Dougless.

»Ein Faltbett?« wiederholte der Page.

»Natürlich. Auf dem ich schlafen kann. Sie haben doch wohl nicht angenommen, daß *ich* in der Kammer Seiner Lordschaft schlafen würde, oder?«

Nicholas verdrehte die Augen. Er hatte sich nun schon lange genug im zwanzigsten Jahrhundert aufgehalten, um zu wissen, daß Dougless' Verhalten ungewöhnlich war.

»Jawohl, Miss«, sagte der Page. »Ich werde veranlassen, daß Ihnen ein Faltbett heraufgeschickt wird.« Dann ließ er die beiden allein.

»Dougless«, begann Nicholas.

»Miss Montgomery«, korrigierte sie ihn mit kalter Stimme.

»Miss Montgomery«, sagte er ebenso kühl, »sorgen Sie dafür, daß meine Koffer heraufgebracht werden. Ich beabsichtige inzwischen mein Haus zu besichtigen.«

»Soll ich Sie begleiten?«

»Nein, ich möchte keine kratzbürstige Zicke dabeihaben«, sagte er wütend und verließ das Zimmer.

Dougless ließ die Koffer heraufschaffen und fragte dann den Portier, wo sich hier eine öffentliche Bibliothek befand. Sie kam sich sehr tüchtig vor, als sie sich mit Kugelschreiber und Notizblock auf den Weg ins Dorf machte; aber als sie sich der Bibliothek näherte, wurden ihre Schritte langsamer.

Denke nicht mehr daran, sagte sie sich. Es war alles nur ein Traum, ein unmöglicher, nicht zu verwirklichender Traum. Kalt, sagte sie sich, du mußt kühl und nüchtern denken. An die Antarktis, Sibirien. Er gehört einer anderen Frau, in einer anderen Zeit.

Es war nicht schwer zu finden, was die Bibliothekarin die »Stafford-Sammlung« nannte. »Viele Besucher erkundigen sich nach den Staffords, besonders die Gäste, die im Schloß wohnen«, erklärte die Bibliothekarin.

»Ich interessiere mich für den letzten Grafen, Nicholas Stafford.«

»Oh, ja, der arme Mann, zum Tode durch Enthauptung verurteilt und dann vor der Hinrichtung gestorben. Man nimmt an, daß er vergiftet wurde.«

»Vergiftet von wem?« fragte Dougless rasch.

»Wahrscheinlich von derjenigen Person, die ihn des Hochverrats beschuldigte. Er hat Thornwyck erbaut, wissen Sie? Wie ich gelesen habe, stammte sogar der Entwurf von ihm; aber es gibt keinen Beweis dafür. Es existieren nur Zeichnungen, die er signiert hat. Nun, da haben wir sie ja schon – alle Bücher in diesem Regal nehmen irgendwie Bezug auf die Staffords.«

Dougless nahm die Bücher nacheinander zur Hand und begann zu lesen.

Es stand nur wenig über Nicholas darin, und wenn ja, dann nur im negativen Sinn. Er war erst vier Jahre lang Graf gewesen, als man ihn wegen Hochverrats anklagte. Sein älterer Bruder, Christopher, war seit seinem einundzwanzigsten Lebensjahr vor ihm Graf gewesen, und die Bücher waren voll des Lobes, wie er das Familienerbe von Schulden befreit und den Besitz wieder in die Höhe gebracht hatte. Nicholas, der nur ein Jahr jünger war als sein älterer Bruder, wurde als leichtsinniger Lebemann geschildert, der Unsummen für Pferde und Frauen ausgegeben hatte.

»Er hat sich nicht verändert«, sagte Dougless laut und schlug ein anderes Buch auf. Dieses ließ sich über Nicholas noch weniger schmeichelhaft aus. Es berichtete in großer Ausführlichkeit die Geschichte von Lady Arabella auf dem Tisch. Offenbar befanden sich zwei Diener im Raum, als Ni-

170

cholas und Arabella das Zimmer betraten, und die beiden versteckten sich in einem Wandschrank, als sie den Lord und die Lady ins Zimmer kommen hörten. Später erzählten sie allen, was sie gesehen hatten, und ein Sekretär namens John Wilfried hat die ganze Geschichte in seinem Tagebuch aufgezeichnet – ein Tagebuch, das sich bis zur Gegenwart erhalten hatte.

Das dritte Buch war noch bedenklicher. Es berichtete von den großartigen Leistungen des älteren Christopher und der Verschwendungssucht des jüngeren Bruders, der den ganzen Familienbesitz mit dem törichten Versuch ruinierte, Maria Stuart von Schottland auf Elizabeths Thron zu setzen.

Dougless knallte das Buch zu und blickte auf ihre Uhr. Es war Zeit für den Tee. Sie verließ die Bibliothek und ging in die kleine hübsche Teestube im Ort. Sie bestellte sich dort ihren Tee mit Hörnchen, setzte sich dann an einen Tisch und begann ihre Notizen durchzulesen.

»Ich habe Euch dringend gesucht.«

Sie blickte hoch und sah Nicholas vor sich stehen. »Soll ich aufstehen, bis Ihr Platz genommen habt, Euer Lordschaft?«

»Nein, Miss Montgomery, es würde mir genügen, wenn Ihr meine Füße küßt.«

Dougless hätte fast gelächelt, tat es aber nicht. Er besorgte sich Tee und Hörnchen, wofür Dougless zahlen mußte. Er trug noch immer kein Geld bei sich.

»Was lest Ihr da?«

Mit kühler Stimme referierte sie, was sie bisher entdeckt hatte. Abgesehen von einer leichten Röte über dem Kragen, schien er nicht auf ihren Vortrag zu reagieren.

»Es findet sich kein Hinweis in diesen Büchern, daß ich der Oberhofmeister meines Bruders war?«

»Keiner. Es steht nur darin, daß Sie Unsummen für Pferde ausgegeben und Frauen verführt haben.« Und sie hatte geglaubt, sie könnte so einen Mann lieben! Offenbar hatten das viele Frauen gedacht. Nicholas aß ein Hörnchen und trank seinen Tee. »Wenn ich in meine Zeit zurückkehre, werde ich eure Geschichtsbücher ändern.«

»Sie können die Geschichte nicht ändern. Die Geschichte ist ein Bericht tatsächlicher Ereignisse. Und die Bücher sind bereits bedruckt.«

Er gab ihr darauf keine Antwort. »Was steht über die Welt nach meinem Tod in den Büchern?«

»So weit bin ich noch nicht gekommen. Ich las nur die Berichte über Sie und Ihren Bruder.«

Er warf ihr einen kalten Blick zu. »Sie haben nur das Schlechte über mich gelesen?«

»Es *gab* nur Schlechtes über Sie zu lesen.«

»Und mein Entwurf von Thornwyck? Die Königin rühmte das Schloß als Monument eines großen Geistes.«

»Es gibt keinen Beleg, daß Sie es entworfen hätten. Die Bibliothekarin erzählte mir, daß manche das zwar glauben, es aber nicht beweisen können.«

Nicholas legte sein halb aufgegessenes Hörnchen beiseite. »Kommt«, sagte er zornig. »Ich werde Euch zeigen, was ich vollbrachte. Ich werde Euch das großartige Werk zeigen, das ich hinterlassen habe.«

Er stürmte aus der Teestube, und das halbverzehrte Hörnchen bewies, wie erregt er war. Er eilte Dougless mit langen, wütenden Schritten voraus, und Dougless hatte Mühe, sein Tempo mitzuhalten.

Für Dougless war das Schloßhotel schön, für Nicholas aber nur eine bessere Ruine. Links vom Eingang befanden sich hohe Steinmauern, die Dougless für eine Umfriedung gehalten hatte; aber er zeigte ihr, daß dies Wände von einem Schloßflügel waren, der niemals fertiggestellt wurde. Nun waren es nur noch hohe Wälle, zwischen denen Gras wuchs und an denen Wein emporrankte. Er beschrieb ihr die

172

Schönheit der Räume, wenn sie nach seinem Entwurf fertiggestellt worden wären: die Paneele, die bunten Glasfenster, die Skulpturen an den Kaminfassungen aus Marmor. Er deutete auf ein steinernes Gesicht hoch oben an einer Mauer, das vom Zahn der Zeit schon recht mitgenommen war. »Mein Bruder«, sagte er. »Ich hatte dort seine Büste einhauen lassen.«

Während sie die lange Allee dachloser Räume hinuntergingen und er Dougless schilderte, wie sie einmal hätten aussehen sollen, begann sie zu begreifen, was er hier geplant hatte. Sie konnte förmlich die Lautenklänge im Musikzimmer hören.

»Und das ist nun daraus geworden«, sagte er schließlich. »Eine Stätte für Kühe und Ziegen und . . . Freibauern.«

»Und deren Töchter«, sagte Dougless, sich selbst in seine abwertende Aufzählung einschließend.

Er drehte sich um und blickte sie mit kalter Verachtung an. »Ihr glaubt, was diese Narren über mich geschrieben haben«, sagte er. »Ihr glaubt, daß mein Leben nur aus Pferden und Frauen bestand.«

»Das habe *ich* nicht gesagt; es stand so in den Büchern geschrieben, Mylord«, antwortete sie ihm im gleichen Ton.

»Morgen werden wir anfangen, zu suchen, was die Bücher *nicht* sagen.«

Am nächsten Morgen standen sie beide vor der Bibliothek, als deren Tür aufgesperrt wurde. Nachdem Dougless zwanzig Minuten damit verbracht hatte, ihm das Katalogsystem der Handbibliothek zu erklären, holte sie fünf Bücher, die sich mit der Familie Stafford beschäftigten, aus den Regalen und begann zu lesen. Nicholas saß ihr gegenüber, starrte in die Buchseiten und runzelte etwas ratlos die Stirn. Nachdem sie eine halbe Stunde zugesehen hatte, wie er sich mit seiner Lektüre abquälte, erbarmte sie sich seiner.

173

»Vielleicht könnte ich Ihnen abends in meiner Freizeit das Lesen beibringen, Sir«, sagte sie leise.

»Mir das Lesen beibringen?« wiederholte er.

»In Amerika bin ich Lehrerin an einer Schule, und deshalb verfüge ich über ein bißchen Erfahrung, wie man Kindern das Lesen beibringt. Ich bin sicher, daß Sie es lernen könnten.«

»Könnte ich?« fragte er mit einer hochgezogenen Braue. Er sagte nichts mehr, sondern stand auf, ging zur Ausgabe und stellte der Bibliothekarin ein paar Fragen, die Dougless jedoch nicht hören konnte. Die Bibliothekarin lächelte, nickte, verließ ihren Platz und kam nach einigen Sekunden mit einem Stoß Bücher zurück, die sie Nicholas aushändigte.

Nicholas legte sie auf den Tisch, öffnete den Deckel des obersten Bandes, und sein Gesicht leuchtete vor Freude auf. »Hier, Miss Montgomery, lesen Sie mir das mal vor.«

Auf dem Titelblatt sah sie ein für sie unverständliches Schriftbild mit Wörtern aus seltsam geformten Buchstaben und in einer seltsamen Orthographie. Sie blickte zu ihm hoch.

»*Das* ist die Schrift, die *ich* gelernt habe.« Er hob das Buch hoch und blickte auf das Titelblatt. »Es ist ein Stück von einem Mann namens Shakespeare.«

»Sie haben noch nicht von ihm gehört? Ich dachte, einen bekannteren Elisabethaner als ihn gibt es wohl kaum.«

Nicholas, der bereits zu lesen begann, nahm wieder den Platz ihr gegenüber ein. »Nein, ich weiß nichts von diesem Mann.« Rasch wurde er von seiner Lektüre gefangengenommen, während sich Dougless nun in ihre Geschichtsbücher vertiefte.

Sie konnte sehr wenig über die Ereignisse nach Nicholas' Tod finden. Die Königin hatte von seinen Gütern Besitz ergriffen. Weder Christopher noch Nicholas hatten lebende Nachkommen, und so war der Titel und die Linie der Staffords mit dem Hinscheiden der beiden Brüder erloschen. Und auch in diesen Büchern wurde immer wieder betont, was für ein Verschwender Nicholas gewesen sei und daß er seine ganze Familie verraten habe.

Mittags gingen sie in einen Pub zum Lunch. Nicholas begann sich allmählich an diese frugalen Mahlzeiten zu gewöhnen, brummelte aber unentwegt während des Essens.

»Törichte Kinder«, sagte er, »wenn sie auf ihre Eltern gehört hätten, wären sie am Leben geblieben. Eure Welt züchtet diesen Ungehorsam förmlich heran.«

»Welche Kinder?«

»In dem Stück. Julia und . . .« Er hielt inne und suchte sich zu erinnern.

»*Romeo und Julia*? Sie haben *Romeo und Julia* gelesen?«

»Aye, und so etwas Ungehorsames wie diese beiden habe ich noch nie erlebt. Dieses Stück ist eine Warnung für alle Kinder. Hoffentlich liest es auch die heutige Jugend und lernt daraus.«

Dougless fauchte ihn fast hysterisch an: »*Romeo und Julia* handelt von der *idealen Liebe*, und wenn die Eltern nicht so engstirnig und borniert gewesen wären, dann . . .«

»Engstirnig?«

Sie ereiferten und stritten sich nun die ganze Mahlzeit hindurch.

Später, als sie wieder zur Bibliothek zurückgingen, fragte Dougless ihn, wie sein Bruder Christopher ums Leben gekommen war.

Nicholas blieb stehen und sah von ihr fort. »Ich sollte an jenem Tag mit Christopher auf die Jagd gehen, aber ich verletzte mich beim Üben im Schwertkampf am Arm.« Dougless sah, wie er sich den linken Unterarm rieb. »Ich trage noch die Narbe davon am Körper.« Kurz darauf drehte Nicholas sich ihr wieder zu, und es war kein Schmerz mehr auf seinem Gesicht zu erkennen. »Er ist ertrunken. Ich war nicht der einzige Bruder, der Frauen liebte. Kit sah ein hübsches Mädchen im See schwimmen, und er gab seinen Männern den Befehl, ihn mit ihr alleinzulassen. Nach ein paar Stunden kamen die Männer zurück und fanden meinen Bruder tot im See treibend.

»Und niemand sah, wie es passierte?«

»Nay. Vielleicht das Mädchen; aber wir haben es nie gefunden.«

Dougless schwieg eine Weile nachdenklich. »Wie seltsam, daß Ihr Bruder ertrank, ohne daß jemand Zeuge dieses Unglücks wurde, und daß Sie ein paar Jahre später wegen Hochverrats verurteilt wurden. Es scheint fast so, als habe jemand geplant, die Güter der Staffords in seinen Besitz zu bringen.«

Nicholas' Gesicht veränderte sich plötzlich, nahm jenen Ausdruck an, mit dem Männer eine Frau ansehen, wenn sie etwas sagt, an das sie nicht gedacht hatten – als wäre das Unmögliche geschehen.

»Wer erbte den Besitz? Ihre teure, innig geliebte Lettice?« Dougless preßte die Lippen zusammen und wünschte, sie könnte die Eifersucht aus ihrer Stimme heraushalten.

Nicholas schien das nicht zu bemerken. »Lettice hatte ihr Heiratsgut, aber mit meinem Tod verlor sie jeden Anspruch auf das Stafford-Vermögen. Ich erbte von meinem Bruder Kit; aber ich kann Euch versichern, daß ich mir gewiß nicht seinen Tod wünschte.«

»Zu viel Verantwortung?« fragte Dougless. »Wer Boss ist, muß auch die dazugehörige Last tragen.«

Er sah sie verärgert an. »Ihr habt wohl ein blindes Vertrauen zu Euren Geschichtsbüchern, wie? Kommt«, sagte er, »Ihr müßt noch mehr lesen. Wer hat mich verraten?«

Dougless las den ganzen Nachmittag hindurch, während Nicholas über den *Kaufmann von Venedig* lachte; aber sie konnte nichts finden, was ihr neue Erkenntnisse brachte.

Abends wollte Nicholas mit ihr dinieren; aber sie schlug seine Einladung aus. Sie wußte, daß sie nicht mehr so viel Zeit wie bisher mit ihm verbringen durfte. Noch litt sie unter dem Schmerz eines gebrochenen Herzens, und nur zu leicht würde sie wieder mehr für ihn empfinden, als gut für sie war. Er sah aus wie ein trauriger kleiner Junge, als er, die Hände in den Hosentaschen, zum Dinner hinüberging, während Dougless sich eine kleine Terrine Suppe und Brot in ihr Zimmer hinaufbringen ließ. Sie aß und ging dann ihre Notizen durch, konnte aber keinen Hinweis auf dunkle Machenschaften entdecken. Niemand schien durch den Tod der beiden Brüder Christopher und Nicholas etwas zu gewinnen.

So gegen zehn Uhr abends, als Nicholas noch immer nicht vom Dinner zurückgekommen war, wurde sie neugierig und ging in die Halle hinunter, um nach ihm zu sehen. Er befand sich in einem schönen Salon mit steinernen Wänden, lachte dort mit einem halben Dutzend Gästen. Dougless stand im Schatten des Durchgangs, beobachtete die Gruppe – und eine unvernünftige, ungerechtfertigte Wut überflutete ihren Körper. *Sie* hatte ihn in diese Zeit gerufen; aber hier waren zwei andere Frauen und machten ihm unverschämt schöne Augen.

Sie drehte sich auf den Absätzen herum und verließ die Halle. Er war genauso, wie er in den Büchern beschrieben wurde. Kein Wunder, daß jemand ihn bedenkenlos verraten hatte. Statt sich um seine Geschäfte zu kümmern, hatte er vermutlich mit einer Frau im Bett gelegen.

Sie ging wieder nach oben, zog ihr Nachthemd an und stieg in das kleine Klappbett, das die Hotelverwaltung ihr ins Zimmer hatte stellen lassen. Aber sie schlief nicht, sondern wurde von einem törichten, ohnmächtigen Zorn geplagt. Vielleicht hätte sie doch mit Robert gehen sollen. Robert war wenigstens wirklich. Er hatte zwar Probleme, wenn es um die gerechte Verteilung von Kosten ging, und liebte seine

177

Tochter im übertriebenen Maße; aber er war ihr stets treu gewesen.

Gegen elf hörte sie, wie Nicholas die Tür seines Schlafzimmers öffnete, und sie sah Licht unter der Tür zwischen ihren Räumen. Als er dann auch ihre Tür öffnete, machte sie die Augen fest zu.

»Dougless«, flüsterte er; aber sie blieb still. »Ich weiß, daß Sie nicht schlafen, also antworten sie doch.«

Sie öffnete die Augen. »Soll ich meinen Notizblock und meinen Schreiber holen? Ich fürchte, mit Stenografie kann ich Ihnen nicht dienen.«

Er seufzte und rückte einen Schritt auf sie zu. »Ich habe sie heute abend gespürt. Zorn? Dougless, ich möchte nicht, daß wir Feinde sind.«

»Wir sind keine Feinde«, sagte sie schroff. »Wir sind Arbeitgeber und Arbeitnehmer. Ihr seid ein Graf, ich eine Frau von gewöhnlichem Stande.«

»Dougless«, erwiderte er im bittenden und nur zu verführerischen Ton. »Sie sind nicht gewöhnlich. Ich meinte . . .«

»Ja?«

Er wich bis zur Tür zurück. »Ich meinte, was ich sagte. Morgen müssen wir weiter auf Entdeckungsfahrt gehen. Gute Nacht, Miss Montgomery.«

»Aye, aye, aye, Captain«, sagte sie spöttisch.

Am nächsten Morgen weigerte Dougless sich, mit Nicholas zu frühstücken. Es ist besser, sagte sie sich, auch nicht eine Sekunde Schwäche zu zeigen. Denke daran, daß er für dich jetzt genauso ein Schuft ist, wie er es damals war. Sie ging allein in die Bibliothek, und als sie dort aus dem Fenster blickte, sah sie Nicholas mit einer hübschen Frau, und sie hörte, wie sie beide lachten. Dougless steckte die Nase tief in ihr Buch.

Nicholas lächelte noch immer, als er ihr gegenüber am

Tisch Platz nahm. »Eine neue Freundin?« sagte sie und bereute sofort ihre Frage.

»Sie ist Amerikanerin und hat mir etwas über Baseball erzählt. Und Football.«

»Haben Sie ihr etwas erzählt, daß Sie noch in der letzten Woche im elisabethanischen England lebten?« fragte sie entsetzt.

Nicholas lächelte. »Sie hält mich für einen Gelehrten. Ich hatte also gar keine Gelegenheit, über solche Trivialitäten mir ihr zu sprechen.«

»Gelehrter, ha!« schnaubte Dougless.

Nicholas lächelte noch immer. »Ihr seid eifersüchtig?«

»Eifersüchtig? Ganz gewiß nicht. Ich bin Ihre Angestellte. Ich habe kein Recht, eifersüchtig zu ein. Haben Sie ihr von Ihrer Frau erzählt?«

Nicholas nahm eines von den Büchern mit Shakespeares Dramen in die Hand, die die Bibliothekarin für ihn bereitgelegt hatte. »Ihr seid *frampold* heute morgen«, sagte er, lächelte aber dabei, als würde ihn das freuen.

Dougless war das Wort *frampold* nicht geläufig. Also notierte sie es sich, um es später im Lexikon nachzuschlagen. Ein Wort aus der Shakespeare-Zeit: streitsüchtig. Aha, er hielt sie für streitsüchtig. Sie beschäftigte sich wieder mit ihren Nachforschungen.

Um drei Uhr nachmittags wäre sie fast von ihrem Stuhl hochgesprungen. »Sehen Sie! Da!« Aufgeregt ging sie um den Tisch herum, um sich auf einen Stuhl neben Nicholas zu setzen. »Dieser Absatz!« Sie deutete mit dem Finger darauf; aber er konnte nur ein paar Sätze davon verstehen. Sie hielt eine zwei Monate alte Ausgabe eines Magazins über englische Geschichte in der Hand.

»Dieser Artikel berichtet über Goshawk Hall. Die Fremdenführerin in Bellwood hatte diese Sammlung ja bereits erwähnt. Und hier wird über eine Neuentdeckung von Papieren in den Dokumenten der Stafford-Familie in Goshawk berichtet. Sie werden gegenwärtig von Dr. Hamilton J. Nolman geprüft. Weiterhin steht hier, daß Dr. Nolman hofft, beweisen zu können, daß Nicholas Stafford, der am Anfang der Regierungszeit von Elizabeth I. des Hochverrats beschuldigt wurde, tatsächlich unschuldig war.«

Dougless blickte Nicholas an und gleich wieder weg, denn der Ausdruck in seinen Augen legte seine ganze Seele bloß.

»Das ist es, weswegen ich hierhergekommen bin«, sagte er leise. »Nichts konnte bewiesen werden, bis diese Papiere gefunden wurden. Wir müssen nach Goshawk fahren.«

»Wir können nicht einfach dorthin gehen. Wir müssen ein Gesuch an die Eigentümer richten, die Papiere einsehen zu dürfen.« Sie schlug das Magazin zu. »Was für eine Größe muß ein Haus haben, wenn man dort einen Koffer voller Papiere vierhundert Jahre lang übersehen konnte?«

»Goshawk Hall ist nicht so groß wie vier meiner Häuser«, erwiderte Nicholas in einem leicht beleidigten Ton.

Dougless lehnte sich in ihrem Stuhl zurück mit dem Gefühl, daß sie endlich ihrem Ziel ein Stück näher kommen würden. Sie hatte keinen Zweifel, daß die Dokumente, die in dem Magazin erwähnt wurden, von Nicholas' Mutter stammten, und daß der Beweis, den Nicholas brauchte, um seinen Namen reinzuwaschen, in diesen Papieren zu finden war . . .«

»Hallo!«

Sie sahen beide hoch, und vor ihnen stand die hübsche junge Frau, die Nicholas das Baseballspiel erklärt hatte. »Dachte ich mir doch, daß Sie es sind«, sagte sie und musterte dann Dougless von oben bis unten. »Ist das Ihre Freundin?«

»Nur seine Sekretärin«, sagte Dougless und erhob sich von ihrem Stuhl. »Haben Sie noch einen Wunsch, Lord Stafford?«

»Lord?!« meinte die junge Dame tief beeindruckt. »Sie sind ein *Lord?*«

Nicholas wollte Dougless aus der Bibliothek folgen; aber die Amerikanerin, geradezu hingerissen von der Neuigkeit, daß sie einen echten Lord kennengelernt hatte, wollte ihn nicht gehen lassen.

Dougless begab sich in das Hotel zurück, versuchte sich mit aller Macht auf den Brief zu konzentrieren, den sie nach Goshawk Hall schicken wollte, mußte aber immer wieder an Nicholas denken, der jetzt mit der hübschen Amerikanerin flirtete. Nicht, daß ihr das irgendwie naheging. Dies war ja nur ein Job. Bald würde sie wieder zu Hause sein und in ihrer Schulklasse unterrichten, hin und wieder eine Verabredung haben, ihre Familie besuchen und ihnen alles über England erzählen – ihnen erklären, wie sie von einem Mann auf schnöde Art mitten auf einem Friedhof stehengelassen wurde und sich dann halbwegs in einen Mann verknallt hatte, der verheiratet und ungefähr vierhundertundeinundfünfzig Jahre alt war.

Die beste Dougless-Story bisher, dachte sie.

Als sie das Hotel erreicht hatte, fing sie an, die Sachen auf das Klappbett und die Stühle zu schmeißen. Zum Teufel mit allen Männern, dachte sie bei sich. Zum Teufel mit den guten wie den schlechten. Sie brachen ihr immer wieder das Herz.

»Wie ich sehe, hat sich Ihre Laune nicht gebessert«, sagte Nicholas hinter ihrem Rücken.

»Meine Laune geht sie nichts an«, fauchte sie. »Sie haben mich angestellt, und ich tue die Arbeit, die Sie von mir verlangen. Ich werde nach Goshawk Hall schreiben und um die Erlaubnis nachsuchen, die Stafford-Papiere einzusehen.«

In Nicholas regte sich nun ebenfalls der Zorn. »Die Feindseligkeit, die Sie mir zeigen, entbehrt jeder Grundlage.«

»Ich bin Ihnen gegenüber keineswegs feindselig«, erwiderte sie wütend. »Ich tue mein Bestes, um Ihnen beizustehen – Ihnen zu der Rückkehr in Ihre Zeit zu Ihrer geliebten Frau zu verhelfen.« Ihr Kopf ruckte hoch. »Ich habe soeben erkannt, daß keine Notwendigkeit für Ihre Anwesenheit in diesem Hotel besteht. Ich kann die Nachforschungen allein durchführen. Sie können das meiste Gedruckte sowieso nicht lesen. Warum fahren Sie nicht . . . an die französische Riviera oder sonstwo hin? Ich kann meinen Job allein erledigen.«

»Ich soll abreisen?« fragte er leise.

»Klar, warum nicht? Fahren Sie nach London und lassen Sie sich dort zu Partys einladen. Lernen Sie alle schönen Frauen dieses Jahrhunderts kennen. Wir haben heutzutage Tische im Überfluß.«

Nicholas erstarrte: »Ihr wollt Euch von meiner Gegenwart befreien?«

»Ja, ja, ja. Ich käme ohne Sie mit meinen Nachforschungen viel besser voran. Sie . . . Sie stehen mir da nur im Weg. Sie wissen nichts von meiner Welt. Sie kommen mit der modernen Kleidung nur mit Mühe zurecht. Sie essen immer noch die Hälfte der Zeit mit den Händen. Sie können weder lesen noch schreiben. Ich muß Ihnen die einfachsten Dinge erklären. Es wäre tausendmal besser, wenn Sie mich alleinließen.« Ihre Hände krampften sich so fest um eine Stuhllehne, daß die Knöchel fast die Haut sprengten.

Sie sah zu ihm hoch, und der Schmerz, der ihm jetzt ins Gesicht geschrieben stand, war mehr, als sie ertragen konnte. Er *mußte* von ihr weg, mußte ihr die Möglichkeit geben, ihren Seelenfrieden wiederzufinden.

Ehe sie sich vor ihm mit einem Heulkrampf erniedrigte, verließ sie das Zimmer. Sobald sie sich in ihrem kleinen Salon befand, lehnte sie sich gegen die Tür und weinte bitterlich.

Sie mußte nur noch diesen Job erledigen, dachte sie, ihn wegschicken, nach Hause zurückkehren und wollte dann nie mehr einen Mann anblicken. Das war es, was sie für ihre Genesung brauchte.

Sie fiel aufs Bett, vergrub das Gesicht im Kissen und weinte leise vor sich hin. Sie weinte lange, bis sie das Schlimmste überwunden hatte, und dann begann sie sich besser zu fühlen. Und sie konnte nun auch klarer denken.

Wie dumm sie sich doch benommen hatte. Was hatte Nicholas denn verbrochen? Sie sah ihn im Geist irgendwo in einem Kerker sitzen und auf seine Hinrichtung wegen eines Verbrechens warten, das er gar nicht begangen hatte. Und im nächsten Moment schwebte er durch die Luft und befand sich im zwanzigsten Jahrhundert.

Sie setzte sich hoch und schneuzte sich die Nase. Und wie gut er sich der modernen Zeit anzupassen verstand! Er hatte sich an die Geschwindigkeit von Automobilen gewöhnt, an die moderne Sprache, die Illustrierten, an eine ihm fremde Küche und . . . an eine Heulsuse, die unter der Zurückweisung litt, die sie von einem anderen Mann erfahren hatte. Nicholas war großzügig gewesen mit seinem Geld, seinem Lachen, seinem Wissen.

Und was hatte Dougless getan? Sie war wütend auf ihn gewesen, weil er es gewagt hatte, vor mehr als vierhundert Jahren eine andere Frau zu heiraten.

Wenn sie es aus diesem Blickwinkel betrachtete, war ihr Verhalten fast lächerlich. Sie blickte zur Tür. Ihr Zimmer war dunkel; aber da schimmerte Licht vom Nachbarzimmer unter der Tür durch. Die Dinge, die sie ihm vorgeworfen hatte! Schreckliche Dinge!

Sie rannte förmlich zur Tür. »Nicholas, Ich . . .« Das andere Zimmer war leer. Sie rannte, um die Tür zum Korridor zu öffnen, doch dieser war ebenfalls leer. Sie kehrte in ihr Zimmer zurück und sah das Papier auf dem Boden, wo er es unter ihrer Tür durchgeschoben haben mußte. Rasch blickte sie darauf.

183

Dougless hatte keine Ahnung, was die Worte bedeuteten, aber dem Aussehen nach mußte es so etwas wie ein elisabethanischer Abschiedsbrief sein. Seine Kleider hingen noch im Wandschrank und auch die *capcases* – die Koffer, verbesserte sie sich schnell –, befanden sich noch an ihrem Platz.

Sie mußte ihn suchen und sich bei ihm entschuldigen – ihm sagen, daß er nicht abreisen solle, daß sie seine Hilfe brauchte. Ihr schien der Kopf zu schwirren von all den schlimmen, unglaublich schrecklichen Sachen, die sie ihm unterstellt hatte. Er *konnte* lesen. Er hatte vorzügliche Tischmanieren. Er – verdammt, verdammt, verdammt, dachte sie, als sie die Treppe hinunterrannte, aus dem Hotel stürmte, hinaus in den Regen.

Sie kreuzte die Arme vor der Brust, faßte sich an den Oberarmen und fing mit gesenktem Kopf an zu laufen. Sie mußte ihn finden. Er hatte wahrscheinlich keine Ahnung, was ein Regenschirm war oder ein Regenmantel. Er konnte sich in diesem Wetter den Tod holen. Er mußte vermutlich so sehr mit dem peitschenden Regen kämpfen, daß er einen sich ihm nähernden Bus übersah – oder einen Zug. Würde er ein Bahngleis von einem Bürgersteig unterscheiden können ? Und was passierte, wenn er auf einen Zug aufsprang? Er würde nicht wissen, wo er wieder aussteigen sollte – oder wie er wieder hierherkommen sollte, wenn er ausstieg.

Sie rannte zum Bahnhof; aber der war geschlossen. Gut, dachte sie und schob sich die nassen Haare aus der kalten Stirn. Sie versuchte, das Zifferblatt ihrer Uhr zu erkennen, aber der Regen flutete ihr übers Gesicht und in die Augen. Elf Uhr mußte längst vorüber sein. Sie hatte wohl stundenlang geweint. Es durchschauerte sie, als sie daran dachte, was ihm in den Stunden, die inzwischen vergangen waren, alles zugestoßen sein konnte.

Sie sah die dunklen Umrisse einer Gestalt in einiger Entfernung in der Gosse und sie rannte darauf zu, überzeugt, daß das Nicholas sein mußte, der dort tot im Regen auf der Straße lag. Doch es war nur ein Schatten. Blinzelnd, um den Regen von den Wimpern zu entfernen, rannte sie weiter, nieste zweimal heftig und blickte in die dunklen Fenster der Häuser.

Vielleicht war er einfach losgegangen. Wie weit konnte ein Mensch bei diesem Wetter kommen, wenn . . . Sie wußte ja gar nicht, wann er das Hotel verlassen hatte. Und welche Richtung er genommen hatte.

Sie rannte bis zum Ende der Dorfstraße, und das Wasser aus den Pfützen klatschte gegen ihre Waden und unter ihren Rock. Es schien in keinem Haus dieser Ortschaft noch ein Licht zu brennen; aber als sie um eine Ecke herumbog, sah sie doch noch Licht in einem Fenster. Ein Pub, dachte sie. Sie würde dort fragen, ob jemand Nicholas gesehen hatte.

Als sie in die Gastwirtschaft hineinging, trafen die

Wärme und das Licht sie mit einer Wucht, daß sie einen Augenblick lang nichts sehen konnte.

Frierend vor Kälte und triefend vor Nässe stand sie da und wartete, bis sich ihre Augen an die Helligkeit gewöhnt hatten. Und dann hörte sie ein Lachen, das ihr inzwischen vertraut war. Nicholas, dachte sie, und rannte durch den mit Rauchschwaden erfüllten Raum.

Was sie dann sah, war wie ein Werbeprospekt für die sieben Todsünden. Nicholas, das Hemd bis zur Taille aufgeknöpft, eine Zigarre zwischen den kräftigen Zähnen geklemmt . . . saß hinter einem Tisch, der aussah, als müßte er jeden Moment unter dem Gewicht der Speisen, die darauf standen, zusammenbrechen. Links und rechts von ihm saß jeweils eine Frau, und auf seinem Hemd und seinen Wangen sah sie Lippenstift-Abdrücke.

»Dougless«, sagte er entzückt, »setzen Sie sich zu uns.«

Sie stand da und kam sich vor wie eine nasse Katze. Das triefende Haar klebte ihr am Kopf, die Kleider lagen klamm auf ihrer Haut, sie hatte mindestens eine Gallone Wasser in jedem Schuh, und auf der Lache, die sich nun unter ihr bildete, hätte eine Dreimastbark segeln können.

»Stehen Sie auf und kommen Sie mit mir«, sagte sie in einem Ton, mit dem sie ungezogene Schulkinder zurechtwies.

»Aye, Captain«, sagte Nicholas lächelnd.

Er ist betrunken, dachte sie bei sich.

Er küßte die Frauen links und rechts von ihm auf den Mund, sprang dann auf seinen Stuhl, hüpfte über den Tisch und stemmte sie mit beiden Armen in die Höhe. »Setzen Sie mich sofort ab«, zischelte sie ihm zu; aber er trug sie durch das Gastzimmer hinaus ins Freie.

»Es regnet«, sagte sie.

»Nay, Madam, es ist schönes Wetter.« Sie immer noch in die Höhe stemmend, begann er ihren Hals zu küssen.

»Oh, nein, das lassen Sie bleiben! Stellen Sie mich sofort auf den Boden zurück.«

Er tat es; aber so, daß ihr Körper an dem seinen entlangglitt. »Sie sind betrunken«, sagte sie, ihn von sich schiebend.

»Oh, ja, das bin ich«, erwiderte er vergnügt. »Das Bier hier schmeckt mir. Die Frauen gefallen mir«, sagte er, während er den Arm um ihre Taille legte.

Dougless stieß ihn abermals von sich weg. »Ich machte mir schreckliche Sorgen Ihretwegen, und Sie sitzen hier, lassen sich vollaufen, schäkern mit den Weibern . . .«

»Zu schnell!« rief er, »viel zu viele Worte auf einmal. Hier, meine hübsche Dougless, betrachten sie lieber die Sterne dort oben!«

»Falls Sie es noch nicht bemerkt haben sollten: Ich bin naß bis auf die Haut und friere schrecklich.« Als müßte sie ihre Behauptung beweisen, begann sie heftig zu niesen.

Wieder hob er sie auf seine Arme.

»Lassen Sie mich los!«

»Ihnen ist kalt, ich bin warm«, erwiderte er, als wäre damit die Angelegenheit erledigt. »Ihr hattet Angst um mich?«

Sie war bereit, sich geschlagen zu geben, als sie sich an seine Brust schmiegte. Sie war tatsächlich warm. »Ich sagte ein paar schreckliche Dinge zu Ihnen, und das tut mir leid. Sie sind für mich wirklich keine Belastung.«

Er lächelte auf sie hinunter. »Ist das die Ursache Eurer Angst? Daß ich vielleicht zornig auf Euch war?«

»Nein. Da ich Sie nicht im Hotel finden konnte, dachte ich, daß Sie vielleicht unter einen Bus oder einen Zug geraten wären. Ich hatte Angst, es könnte Ihnen etwas zugestoßen sein.«

»Sehe ich so aus, als hätte ich keine *pia mater*?«

»Wie bitte?«

»Kein Gehirn. Mache ich auf Sie den Eindruck eines geistig Beschränkten?«

»Nein, natürlich nicht. Sie wissen nur einfach nicht, wie unsere moderne Welt funktioniert, das ist alles.«

»So? Wer ist von uns beiden naß und wer trocken?«

»Wir sind beide naß, da Sie ja darauf bestehen, mich zu tragen«, sagte sie mit einer leisen Schadenfreude.

»Und trotz all Ihrem überlegenen Wissen von der modernen Welt, habe ich gefunden, was wir brauchen, und morgen reiten wir nach Goshawk.«

»Wie haben Sie etwas herausgefunden und von wem? Etwa von diesen Schlampen in der Kneipe? Haben Sie Ihnen die Information herausgeküßt?«

»Seid Ihr eifersüchtig, Montgomery?«

»Nein, Stafford, das bin ich nicht.« Diese Behauptung bewies, daß die Pinocchio-Theorie falsch war. Ihre Nase wuchs nicht einmal um einen Millimeter. »Was haben Sie herausgefunden?«

»Dickie Harewood ist der Besitzer von Goshawk.«

»Aber hat er nicht Ihre Mutter geheiratet? Ist er etwa so alt wie *Sie*?«

»Vorsichtig – oder ich zeige Euch, wie alt ich bin.« Er verlagerte ihr Gewicht auf seinen Armen. »Esse ich Ihnen etwa zu viel?«

»Ich habe eher den Eindruck, daß das viele Flirten mit Frauen Sie geschwächt hat. Das raubt einem Mann die Kraft, falls Sie das noch nicht wissen sollten.«

»Meine Kraft hat darunter nie gelitten. Wo war ich gerade stehengeblieben?«

»Bei der Neuigkeit, daß Dickie Harewood immer noch Goshawk besitzt.«

»Ja, und morgen werde ich ihn besuchen. Was ist ein Wochenende?«

»Das ist das Ende einer Arbeitswoche, an dem jeder frei hat. Und Sie können nicht einfach vor dem Haus eines Lords erscheinen und ihn besuchen. Ich hoffe doch nicht, daß Sie daran denken, sich dort über das Wochenende selbst einzuladen.«

»Die Arbeiter nehmen sich frei? Auch hier scheint überhaupt niemand zu arbeiten. Ich sehe keine Bauern auf den Feldern, keinen Pflug. Die Leute gehen heutzutage nur einkaufen und fahren in ihrem Wagen herum.«

»Wir haben eine Vierzig-Stunden-Woche und Traktoren. Nicholas, Sie weichen meiner Frage aus. Was haben Sie vor?

Sie können doch diesem Harewood nicht allen Ernstes sagen, daß Sie aus dem sechzehnten Jahrhundert stammen. Sie können das gar keinem sagen – nicht einmal den Frauen in einer Kneipe. Sie zupfte an seinem Kragen. »Sie haben sich das Hemd ruiniert. Lippenstift geht beim Waschen nie heraus.«

Er grinste sie an und verlagerte abermals ihr Gewicht auf den Armen. »Sie haben ja auch nie etwas von diesem Stift auf Ihren Lippen.«

Sie bewegte den Kopf zur Seite. »Fangen Sie bloß nicht wieder damit an. Erzählen Sie mir etwas über Goshawk.«

»Die Familie Harewood besitzt das Haus noch. Sie kommen dort übers Wochen . . .«

»Wochenende.«

»Aye, dieses Wochenende dorthin. Und – »er betrachtete Dougless mit einem schrägen Blick – »Arabella ist dort.«

»Arabella? Was hat die Arabella aus dem zwanzigsten Jahrhundert mit der Sache damals zu tun?«

»*Meine* Arabella war Dickie Harewoods Tochter, und es scheint jetzt wieder einen Dickie Harwood in Goshawk Hall zu geben, der ebenfalls eine Tochter namens Arabella hat, die zudem in dem gleichen Alter ist wie damals, als wir . . .«

»Ersparen Sie mir den Rest«, sagte Dougless und dachte

einen Moment nach. Die Papiere, die erst vor kurzem entdeckt worden waren; eine zweite Arabella; ein zweiter Dikkie. Es war fast so, als würde die Geschichte sich selbst wiederholen.

8

Dougless beobachtete Nicholas auf dem Hengst und hielt den Atem an. Sie hatte zwar schon gehört, daß Leute auf solchen Pferden ritten, wie dieses eines war, das aber noch nie miterlebt. Jeder Angestellte, jeder Gast im Reitstall war inzwischen stehengeblieben, um Nicholas zu beobachten, ob er das ungewöhnlich temperamentvolle, zornige und tückische Tier zu beherrschen vermochte.

In der vergangenen Nacht waren sie bis ein Uhr morgens aufgeblieben, und Dougless hatte Nicholas dazu bewegen können, ihr von seinen Beziehungen zu den Harewoods zu erzählen. Viel war es nicht gewesen. Sie hatten Güter, deren Grenzen aneinanderstießen. Dickie war alt genug gewesen, um Nicholas' Vater sein zu können, und er hatte eine Tochter gehabt, die Arabella hieß und Robert Sydney geheiratet hatte. Arabella und ihr Mann hatten mich gehaßt, und nach der Geburt eines Erben hatten sie sich getrennt, obwohl Arabella später noch drei Kindern das Leben schenkte.

»Wovon eines Sie gezeugt haben«, hatte Dougless gesagt, die sich die ganze Zeit über Notizen machte.

Nicholas hatte sie mit sanftem Blick angesehen »Es besteht kein Grund, schlecht von ihr zu denken. Sie und der Säugling starben damals im Kindbett.«

»Tut mir leid.« Dougless verzog das Gesicht und dachte daran, daß eine Frau damals nur zu leicht an einer so geringfügigen Ursache wie den ungewaschenen Händen einer Hebamme sterben konnte.

Dougless versuchte sich etwas einfallen zu lassen, das ihnen so rasch wie möglich eine Einladung in das Haus der Harewoods verschaffte; aber sie hatte kein Dokument, das sie als kompetente Wissenschaftlerin auswies, und obgleich Nicholas ein Graf war, hatte man ihm den Titel abgesprochen, als er wegen Hochverrats verurteilt wurde. Sie zermarterte sich den Kopf, bis sie nicht länger wachbleiben konnte, wünschte Nicholas dann eine gute Nacht und war in ihr Bett gegangen.

Das ist schon besser, dachte sie, als sie in den Schlaf hinüberdämmerte. Sie hatte ihre Gefühle unter Kontrolle. Sie kam allmählich über die Affäre mit Robert hinweg und verliebte sich nicht länger in einen verheirateten Mann. Sie würde Nicholas helfen, zu seiner Frau zurückzukehren, ihm helfen, seinen Namen reinzuwaschen, und würde dann mit einem guten Gefühl, ihre eigene Person betreffend, nach Hause zurückkehren. Zum erstenmal in ihrem Leben würde sie *nicht* auf einen unpassenden Mann hereingefallen sein.

Nicholas weckte sie schon früh am Morgen, indem er die Tür zum Salon ziemlich unsanft aufstieß. »Könnt Ihr auf einem Pferd reiten? Kann heutzutage überhaupt jemand reiten?«

Dougless versicherte ihm, daß sie tatsächlich reiten könne – dank ihrer Vettern in Colorado –, und nach dem Frühstück hatten sie vom Portier erfahren, daß sich gar nicht weit vom Hotel ein Reitstall befand. Nicholas bestand darauf, daß sie die vier Meilen bis zu dieser Pferdestation zu Fuß zurücklegen sollten. Im Reitstall hatte er dann die Nase über die Mietpferde gerümpft; aber seine Augen hatten aufgeleuchtet, als er ein gewaltiges Pferd auf der Koppel erspähte. Es scharrte mit den Hufen und warf den Kopf auf und nieder, als wollte es jeden warnen, auch nur in seine Nähe zu kommen. Wie in Trance war Nicholas auf das Tier zugegangen. Der Hengst war auf ihn zugestürmt, daß Dougless vom Koppelzaun weggesprungen war.

»Dieses da«, hatte er nur gesagt.

»Sie können doch nicht im Ernst daran denken, auf diesem Pferd zu reiten. Es gibt genügend andere Tiere hier zur Auswahl«, hatte sie gesagt.

Doch soviel sie und die anderen auch noch auf ihn einredeten – er hatte sich nicht von seiner Wahl abbringen lassen. Der Besitzer des Mietstalls war herbeigeeilt und hatte gedacht, es wäre ein großartiger Witz, zu erleben, wie Nicholas sich den Hals brach.

Dougless wußte, daß man in Amerika in diesem Fall über eine Versicherung reden würde, aber nicht in England. Der Hengst wurde in einen Verschlag geführt, ein Stallbursche sattelte ihn, führte ihn dann wieder hinaus auf die Koppel und überließ Nicholas mit erwartungsvollem Grinsen den Zügel.

Nun saß Nicholas auf dem Rücken des Hengstes und brachte ihn fast mühelos zum Gehorsam.

»Ich habe noch niemanden so reiten gesehen«, staunte ein Pferdepfleger. »Reitet er viel?«

»Immer«, versicherte Dougless ihm. »Er steigt lieber auf ein Pferd als in einen Wagen. Tatsächlich hat er eine viel größere Zeit seines Lebens auf einem Pferderücken als hinter dem Lenkrad eines Automobils verbracht.«

»Muß er wohl«, murmelte der Stallbursche und beobachtete Nicholas voller Ehrfurcht.

»Seid Ihr soweit?« rief Nicholas Dougless zu.

Sie stieg auf die gutmütige Stute, die man ihr empfohlen hatte, und folgte ihm, als er angaloppierte. Sie hatte noch nie einen glücklicheren Mann gesehen, und wieder kam es Dougless zu Bewußtsein, wie verschieden die moderne Welt doch von jener sein mußte, die ihm vertraut war. Er und das Pferd paßten zusammen, als wären sie zusammengewachsen – als wäre er ein Zentaur.

Das ländliche England ist voller Fuß- und Reitwege, und Nicholas galoppierte einen davon hinunter. Dougless begann ihm zuzurufen, daß er lieber erst nach dem richtigen Weg fragen solle, aber dann wurde ihr bewußt, daß wohl kaum jemand in den letzten vierhundert Jahren Goshawk Hall an einen anderen Ort verpflanzt haben würde.

Sie hatte Mühe, sein Tempo mitzuhalten, verlor ihn ein paarmal aus den Augen, und einmal ritt er sogar zu ihr zurück. Sie war an einer Wegegabelung stehengeblieben und suchte den Boden nach den Spuren eines Reittiers ab. Als er sie sah, war er sehr interessiert an dem, was sie da machte. Dougless, die ihre ganze Kunst aufbot, um die Stute zu beruhigen, die auf die aggressive Nähe von Nicholas' Hengst reagierte, sagte ihm, sie würde ihm ein paar von Louis L'Amours Büchern besorgen und ihm die Stellen daraus vorlesen, die vom Spurenlesen handelten.

Endlich erreichten sie eine Straße und folgten ihr, bis sie ein Torhaus erreichten mit einem kleinen Messingschild daran, auf dem GOSHAWK HALL stand. Sie ritten die Einfahrt hinunter, auf einen riesigen, rechteckigen, festungsähnlichen Bau zu, umgeben von einem weitläufigen, viele Morgen großen, welligen Park.

Dougless war es peinlich, unangemeldet und uneingeladen auf dieses Haus zuzureiten, aber Nicholas war bereits dort angelangt, sprang vom Pferd herunter und ging auf einen großgewachsenen, etwas schmuddelig aussehenden Mann zu, der auf Händen und Knien in einem Petunienbeet herumkroch.

»Meinen Sie nicht, daß wir erst an der Haustüre anklopfen sollten?« fragte Dougless, als sie Nicholas erreichte, »und vielleicht dort nach Mr. Harewood fragen und ihm sagen, daß wir gern die Stafford-Papiere sehen möchten?«

»Ihr befindet Euch jetzt auf meinem Terrain«, erwiderte er und ging auf den Gärtner zu.

»Nicholas!« zischelte sie ihm zu.

»Harewood?« fragte Nicholas den Gärtner.

Der großgewachsene Mann drehte sich um und blinzelte zu Nicholas hinauf. Er hatte blaue Augen und blonde Haare, die an den Schläfen grau wurden, und darunter die glatte, rosige Haut eines Babys. Er sah auch nicht sonderlich intelligent aus. »Ha, ja. Kenn' ich Sie?«

»Nicholas Stafford von Thornwyck.«

»Hmmm.« Der Mann stand auf und machte sich nicht erst die Mühe, die Erde von seiner schmutzigen alten Hose abzuklopfen. »Doch nicht einer von diesen Staffords mit jenem mißratenen Sohn, den sie wegen Hochverrats verurteilt haben?«

Dougless dachte, daß der Mann so redete, als wäre das erst im letzten Jahr passiert.

»Der nämliche«, erwiderte Nicholas, den Rücken sehr gerade haltend.

Harewood sah von ihm zu seinem Pferd hin. Nicholas trug einen sehr teuren Reitdress mit hohen glänzenden, schwarzen Stiefeln, und Dougless kam sich plötzlich in ihrer genieteten Jeanshose, ihrem Baumwollhemd und ihren Tretern ziemlich schäbig vor. »Reiten Sie das da?« fragte Harewood.

»Ja. Wie ich hörte, haben Sie ein paar Papiere über meine Familie im Besitz.«

»Oh, ja, die haben wir gefunden«, sagte Harewood lächelnd. »Fanden sie, als eine Wand zusammenstürzte. Sieht so aus, als hätte sie jemand dort versteckt. Kommen Sie ins Haus, und wir trinken einen Tee und sehen zu, daß wir die Papiere auftreiben können. Ich glaube, Arabella hat sie.«

Dougless wollte den beiden folgen, aber Nicholas drückte ihr, sie kaum eines Blickes würdigend, den Zügel seines Pferdes in die Hand und ging seelenruhig mit Lord Harewood davon.

»Moment mal«, sagte sie und setzte sich, die beiden Pferde am Zügel führend, in Bewegung, um die beiden Männer einzuholen. Doch Nicholas' Hengst begann zu tänzeln, und Dougless blickte auf das Tier zurück. Es sah sie mit wild rollenden Augen an. »Mach mir bloß keine Zicken«, warnte sie den Hengst, und das Pferd hörte auf zu bocken.

Was soll ich jetzt machen? fragte sie sich. Wenn sie schon als Nicholas' Sekretärin fungieren und die Geheimisse entdecken sollte, die seine Mutter gekannt oder auch nicht gekannt haben mochte, warum stand sie dann hier als Pferdehalterin?

»Soll ich sie abreiben, Eure Lordschaft?« murmelte sie und bewegte sich dann auf die Rückseite des Hauses zu. Vielleicht befanden sich dort Ställe, wo sie die beiden Tiere loswerden konnte.

An der Rückseite des Hauses befanden sich ein halbes Dutzend Gebäude, und Dougless ging auf eines zu, das so aussah, als könnte es ein Stall sein. Sie war fast dort, als ein Pferd mit einer Reiterin an ihr vorbeischoß. Das Pferd war so groß und sah so tückisch aus wie Nicholas' Hengst, und auf seinem Rücken saß eine hinreißend schöne Frau. Sie vereinigte in ihrer Erscheinung all das, was jedes Mädchen sich erträumt, wenn sie zur Frau heranwächst: groß, schlanke Hüften, lange, lange Beine, ein aristokratisches Gesicht, große Brüste, eine kerzengerade Haltung, die den Neid eines Ladestocks erregt hätte. Sie trug eine englische Reithose, die ihr auf den Körper gemalt sein konnte, und ihre dunklen Haare waren zu einem strengen Knoten im Nacken zusammengebunden, der jedoch die ebenmäßigen Züge ihres Gesichts noch stärker betonte.

Die Frau zügelte ihr Pferd und wendete es. »Wem gehört dieser Hengst?« fragte sie mit einer Stimme, die, wie Dougless wußte, Männern sehr gefallen mußte: tief, rauh, kehlig und ausdrucksvoll. Laßt mich raten, dachte Dougless bei sich, du bist die Ur-Ur-Ur-etcetera-Enkelin von Arabella-auf-dem-Tisch. Mein sprichwörtliches Glück.

»Nicholas Stafford«, sagte sie.

Das Gesicht der Frau wurde blaß – was ihre Lippen roter erscheinen ließ, ihre Augen noch dunkler. »Soll das vielleicht ein Witz sein?« fragte sie, Dougless böse anfunkelnd.

»Er ist der Nachkomme *dieses* Nicholas Stafford«, antwortete Dougless. Sie versuchte sich vorzustellen, wie eine amerikanische Familie reagieren würde, wenn jemand den Namen eines elisabethanischen Vorfahren erwähnte. Sie würde nicht wissen, von wem sie da redete: aber die Leute hier benahmen sich so, als wäre Nicholas erst vor ein paar Jahren gestorben.

Die Frau stieg in wunderschöner Haltung vom Pferd und warf Dougless den Zügel zu. »Reiben Sie ihn ab«, sagte sie und ging auf das Haus zu.

»Ich würde an Ihrer Stelle nicht darauf wetten«, murmelte Dougless. Nun hielt sie drei Pferde am Zügel, von denen zwei so aussahen, als wäre es ihnen ein Vergnügen, zierliche Frauen vor dem Frühstück umzubringen. Sie wagte nicht, sich nach den Pferden umzusehen, sondern ging einfach weiter auf den Stall zu.

Ein älterer Mann, der in der Sonne saß, seinen Tee aus einem Becher trank und dabei die Zeitung las, schreckte ordentlich zusammen, als er sie auf sich zukommen sah.

Langsam, ganz vorsichtig, erhob er sich von seinem Schemel. »Ganz ruhig bleiben, Miss«, sagte er. »Sie bleiben jetzt ganz ruhig stehen, und ich werde sie Ihnen beide abnehmen.«

Dougless wagte sich nicht zu bewegen, während der Mann sich ihr näherte, als wäre sie ein verwundeter Tiger. Er streckte eine Hand aus, als er noch einen guten Meter weit entfernt war, und nahm ihr die Zügel eines Hengstes aus den Fingern. Langsam führte er das Pferd von ihr weg und brachte es in den Stall. Ein paar Sekunden später wiederholte er seine Vorstellung und führte Nicholas' Hengst in den Stall.

Als der Mann zum zweitenmal aus dem Stall auftauchte, nahm er seine Kappe ab und wischte sich den Schweiß von der Stirn. »Wie haben Sie nur Lady Arabellas Pferd und Zukkerpuppe zusammenbringen können!«

»Zuckerpuppe?«

»Der Hengst aus dem Dennison-Stall.«

»Zuckerpuppe! Ein großartiger Witz Man sollte ihn Volksfeind taufen. Das war also Lady Arabella?« Dougless blickte zum Haus zurück. »Wie komme ich in diese Herberge? Ich sollte denen dort . . . helfen.«

Der Mann blickte Dougless von Kopf bis Fuß an, und sie wußte, daß ihre amerikanischen Kleider und ihr amerikanischer Akzent für sie keineswegs Empfehlungen waren.

»Die Tür dort ist der Kücheneingang.

Dougless bedankte sich bei dem Mann und ging, vor sich hinbrummelnd, aufs Haus zu: »Der Kücheneingang. Sollte ich einen Knicks vor der Köchin machen und sie um einen Job als Tellerwäscherin bitten? Warte nur, Nicholas, bis wir uns wiedersehen! Da werden wir einiges klarstellen. Ich bin nicht dein Pferdeknecht!«

Ein Mann öffnete ihr, als sie an die Hintertür klopfte, und als sie nach Nicholas fragte, führte er sie in die Küche. Das war ein riesiger Raum mit den modernsten Küchenmaschinen, aber in der Mitte stand ein gewaltiger Tisch, der aussah, als hätte er schon dort gestanden, als Wilhelm der Eroberer nach England kam. Alle hier versammelten oder tätigen Personen drehten sich zu Dougless um und starrten sie an. »Ich bin nur auf der Durchreise«, sagte sie. »Mein – äh – Arbeitgeber, er – äh – braucht mich.« Sie lächelte schwach. Zu schade, daß ich ihn umbringen werde, dachte sie bei sich, und legte sich bereits die Lektion zurecht, die sie ihm, die moderne Gleichberechtigung der Geschlechter betreffend, erteilen würde.

Der Mann, dem sie nun folgte – und der kein Wort mit ihr redete – führte sie durch mehrere Vorratsräume, wo jeder, der sie erblickte, seine Arbeit einstellte und sie anstarrte. Nicholas wird sich auf seine Hinrichtung freuen, wenn ich mit ihm fertig bin, dachte sie bei sich.

Ihr Begleiter hielt erst an, als sie sich in der Eingangshalle befanden – einem großen runden Raum mit zwei großartigen Treppen an beiden Seiten und Porträts, die überall hingen. Lord Harewood und Nicholas und diese hinreißende Erscheinung, Lady Arabell, standen beisammen, als wären sie alte Freunde. Arabella sah sogar – wenn das überhaupt möglich war – noch besser aus als vorhin hoch zu Roß. Mit ihren schönen Augen schien sie Nicholas förmlich zu verschlingen.

»Da sind sie ja«, sagte Nicholas, als er Dougless bemerkte, in einem Ton, als wäre sie nur draußen gewesen, um ein bißchen frische Luft zu schnappen. »Meine Sekretärin muß immer in meiner Nähe bleiben.«

»In Ihrer Nähe?« wiederholte Arabella und blickte hochmütig auf Dougless herab. So mußte sich eine Weinbeere fühlen, dachte Dougless bei sich, wenn man sie in eine Rosine verwandelte.

»Ein Zimmer für sie«, suchte Nicholas mit einem Lächeln irgendwelchen Mißverständnissen vorzubeugen.

»Ich denke, wir werden schon einen Platz für sie finden«, sagte Arabella.

»Wo? In einem Müllschlucker?« murmelte Dougless leise.

Nicholas faßte sie etwas heftig bei der Schulter. »Amerikanerin«, sagte er, als erklärte das alles. »Wir werden zum Tee wieder hier sein«, fuhr er dann fort, und ehe Dougless noch ein Wort sagen konnte, schob er sie durch die Tür vor ihm. Er schien genau zu wissen, wo sich die Ställe befanden, denn er steuerte direkt darauf zu.

Dougless mußte schon sehr lange Schritte machen, um auf gleicher Höhe mit ihm zu bleiben. Es hatte auch Nachteile, wenn man nur einen Meter achtundfünfzig groß war. »Was haben Sie mit den Leuten vereinbart?« fragte sie. »Bleiben wir übers Wochenende hier? Sie haben denen doch nicht etwa gesagt, daß Sie aus dem sechzehnten Jahrhundert kommen, oder? Und woher nehmen Sie das Recht, mich in einem solchen Ton Amerikanerin zu nennen?«

Er blieb auf dem Kiesweg stehen. »Haben Sie was, das Sie zum Dinner anziehen können? Man zieht sich hier zum Dinner um, müssen Sie wissen.«

»Was stört Sie denn an den Sachen, die ich anhabe?« gab sie herausfordernd zurück.

Er drehte sich um und ging weiter.

»Sie glauben, daß Arabella sich umziehen wird? Ich möchte wetten, sie kommt in einem Ding, das einen Ausschnitt bis zum Boden hinunter hat.«

Nicholas, der ihr den Rücken zugedreht hatte, lächelte. »Was ist ein Müll . . . sowieso?«

»Ein Müllschlucker?« Dougless erklärte ihm, was darunter zu verstehen war. Er drehte sich wieder von ihr weg, damit sie sein Lächeln nicht sah.

Im Stall zog sich der Pferdepfleger bis an die Wand zurück, während Nicholas ›Zuckerpuppe‹ bestieg. »Hätte ich so einen Feigling als Stallburschen, würde ich ihn auspeitschen lassen«, murmelte Nicholas.

Dougless konnte kein Wort aus Nicholas herausbringen, als sie zum Mietstall zurückritten. Die Strecke zum Hotel legte er ebenfalls im Geschwindritt zurück. Es war Lunchzeit, und Nicholas ging, so verschwitzt wie er war, in den Speisesaal und bestellte drei Vorspeisen zum Lunch und eine Flasche Wein.

Erst als der Wein schon in den Gläsern perlte, schien er gesprächsbereit zu sein. »Was wollt Ihr von mir wissen?« fragte er augenzwinkernd.

Ihre Neugierde gewann die Oberhand über ihre Empörung, wie er sie behandelt hatte: »Wer? Wie? Was? Wann?«

Er lachte: »Eine Frau ohne Arglist.«

Er begann mit der Feststellung, daß Dickie Harewood ›sich gleichgeblieben wäre‹ – nicht zu hell, nur interessiert am Jagen und an der Pflege seiner Gärten. »Sie sind fast so gut wie meine«, sagte Nicholas.

»Lassen Sie das Prahlen und kommen Sie zur Sache.« Sie spießte ein Stück Roastbeef auf die Gabel. Englisches Roastbeef gehörte zu den großen Wundern dieser Erde – zart, saftig und perfekt zubereitet.

Vor zwei Monaten reparierten ein paar Handwerker das Dach von Goshawk Hall. Offenbar hatten ihre Hammerschläge ein Stück von der Wand herausgebrochen. »Heutzutage wird nicht so solide gebaut, wie es eigentlich sein sollte«, sagte Nicholas. »In meinen Häusern . . .«

Er brach ab, als ihm Dougless einen warnenden Blick zuwarf, und fuhr dann fort. In der Wand war ein Koffer voller Papiere eingemauert gewesen, und als man sie untersuchte, wurden sie als Briefe von Lady Margaret identifiziert.

Dougless lehnte sich auf ihrem Stuhl zurück. »Das ist wunderbar! Und nun werden wir in ihr Haus eingeladen, um sie zu lesen. Oh, Colin, Sie sind großartig.«

Nicholas' Augen weiteten sich, als sie ihn bei diesem Namen rief, enthielt sich aber einer Bemerkung. »Es gibt Probleme.«

»Was für Probleme? Nein, lassen Sie mich raten. Lady Arabella möchte Sie jeden Morgen zusammen mit ihrem Orangensaft auf einem Silbertablett serviert bekommen.«

Nicholas erstickte fast an seinem Wein. »Das haben *Sie* gesagt, Madam«, sagte er dann sehr förmlich.

»Habe ich nun recht oder nicht!«

»Nicht recht. Lady Arabella schreibt gerade an einem Buch über . . .« Er drehte sich von ihr weg, und Dougless meinte, ihn erröten zu sehen.

»Über Sie?« sagte sie erschrocken.

Er blickte zurück auf seinen Teller, aber nicht auf sie. »Es handelt von dem Mann, den sie für meinen Vorfahren hält. Sie hat – äh – die Geschichten von . . .«

»Von Ihnen beiden auf dem Tisch gehört?« Dougless schnitt eine Grimasse. »Großartig. Sie will wohl die Geschichte wiederholen. Wird sie Ihnen nun die Dokumente Ihrer Mutter zeigen oder nicht!«

»Sie kann nicht. Sie hat einen Vertrag mit einem Arzt unterschrieben.«

Dougless war einen Moment ratlos. Ein Arzt? War sie etwa krank? Nein, er meinte einen *Doktor*. »Doch nicht etwa mit dem Doktor in dem Magazin für Geschichte, oder? Wie hieß er doch gleich wieder? Dr. Sowieso-Hamilton. Nein Hamilton-Sowieso. Mit diesem Burschen?«

Nicholas nickte. »Er kam erst gestern ins Haus. Er hofft, etwas damit zu gewinnen, daß er meinen Namen reinwäscht. Aber Arabella sagt, das Buch wird Jahre brauchen. Ich glaube nicht, daß ich so lange warten kann. Eure Welt ist zu teuer.«

Dougless wußte aus der Erfahrung mit der Karriere ihres Vaters, wie wichtig es war in der akademischen Welt, veröffentlicht zu werden. Für die Außenwelt mochte es nicht wesentlich sein, ob ein Geheimnis aus der elisabethanischen Zeit aufgeklärt wurde, aber für einen Wissenschaftler, besonders einen jungen Mann, der gerade erst anfing, in seinem Beruf, konnte ein Buch mit neuen Erkenntnissen den Unterschied zwischen einer Anstellung an einer bekannten Universität oder einem kleinen Provinz-College bedeuten.

»So«, sagte sie. »Dr. Soundso ist da und hat Ihre Arabella

202

zur Verschwiegenheit verpflichtet, so daß Ihnen der Einblick in Ihre Familienpapiere verwehrt wird. Doch es scheint, daß wir trotzdem als Gäste im Haus willkommen sind.«

Nicholas lächelte über seinem Weinglas. »Ich habe Arabella dazu überredet, mir zu erzählen, was sie von mir weiß. Ich hoffe, ich kann sie dazu bewegen, mir alles zu erzählen. Und Ihr«, er fixierte Dougless über das Weinglas hinweg, »werdet mit diesem Arzt reden.«

»Er ist kein Arzt, sondern ein Doktor der Philosophie, und . . . Moment mal! Wenn ich recht habe mit meiner Vermutung, daß Sie damit irgendwelche Hintergedanken verbinden, dann sage ich Ihnen schon jetzt, daß das überhaupt nicht in Frage kommt. Ich werde nicht, unter keinen Umständen, mit irgendeinem akademischen Fachidioten flirten, um Ihnen aus Ihrer Klemme zu helfen. Ich habe mich als Sekretärin anheuern lassen, nicht als eine . . . Was machen Sie da?«

Nicholas hatte ihre Hand in seine beiden Hände genommen und küßte nun nacheinander ihre Fingerspitzen.

»Unterlassen Sie das! Was müssen die Leute von uns denken! Sie schauen schon alle zu unserem Tisch herüber!« Dougless verlor ihre Schuhe unter dem Tisch, während Nicholas' Lippen an ihrem Arm hinaufwanderten, bis sie die empfindliche kleine Stelle in ihrer Ellenbogenbeuge erreichten. Dougless rutschte fast unter die Tischkante.

»Also gut!« sagte sie. »Sie gewinnen! Hören Sie auf!«

Er blickte sie durch seine Wimpern hindurch an. »Sie werden mir helfen?«

»Ja«, sagte sie, als er wieder anfing, ihren Arm zu küssen.

»Gut«, sagte er und ließ ihren Arm so abrupt los, daß er auf ihrem schmutzigen Teller landete. »Nun müssen wir packen.«

Dougless verzog das Gesicht und wischte sich rasch mit der Serviette den Arm ab. Dann rannte sie ihm nach. »Ist das die Methode, mit der Sie Arabella überreden wollen?« rief sie laut, verbiß sich dann aber weitere Bemerkungen, als sie merkte, daß die anderen Gäste im Speisesaal sie anstarrten. Dougless setzte ein schiefes, entschuldigendes Lächeln auf und hastet aus dem Speiseraum.

In ihrer Suite erlebte Dougless nun wieder einen anderen Nicholas. Er war sehr besorgt, daß seine Kleidung vielleicht nicht korrekt sein könnte. Er hielt ein prächtiges Leinenhemd in die Höhe und sagte: »Es fehlen die Federn.«

Dougless betrachtete ihre eigene magere Garderobe. Ihr war zum Heulen zumute. Ein Wochenende auf dem Landsitz eines Lords, wo man sich zum Dinner umzog, und sie hatte nichts als einen Koffer voller praktischer Wollsachen. Sie wünschte, sie hätte das lange Weiße von ihrer Mutter – das mit den Perlen. Oder das rote Abendkleid mit dem . . .

Sie ruckte mit dem Kopf hoch, lächelte, und in der nächsten Sekunden war sie am Telefon und mit ihrer Schwester Elizabeth in Maine verbunden.

»Du willst, daß ich dir zwei von Mutters besten Abendkleidern schicke? Sie wird uns beide umbringen.«

»Elizabeth«, sagte Dougless mit flehender Stimme. »Ich übernehme die volle Verantwortung. Nur schick sie JETZT! Mit Eiluftfracht! Hast du einen Bleistift?« Sie gab Elizabeth die Adresse von Goshawk Hall durch.

»Dougless, was passiert da drüben eigentlich? Erst rufst du mich ganz verzweifelt an und willst mir nicht sagen, was los ist, und jetzt verlangst du, daß ich Mutters Kleiderschrank plündern soll!«

»Passieren tut nicht viel. Wie kommst du mit deiner Arbeit voran?«

»Sie macht mich fast wahnsinnig. Und als wäre das nicht schon schlimm genug, sind auch noch alle Abflüsse verstopft. Ein Klempner will heute noch vorbeikommen. Dougless bist du sicher, daß mit dir alles in Ordnung ist?«

»Mir geht's gut. Viel Glück mit deiner Arbeit und dem Klempner. Bye.«

Dougless packte ihren Koffer, den von Nicholas – für sich selbst einen Koffer zu packen, gehörte zu den Dingen, die ihm nicht einmal im Traum einfallen würden – und rief dann ein Taxi. Da kein Koffer groß genug war für seinen Harnisch und sein Schwert, packte Nicholas beides in eine große Tragetasche.

In Goshawk Hall nahm Arabella Nicholas buchstäblich mit offenen Armen auf. »Kommen Sie herein, Darling«, schnurrte sie. »Ich habe das Gefühl, daß wir beide uns schon gut kennen. Schließlich waren unsere Vorfahren sich ja *sehr* nahe gewesen. Wie kämen wir dazu, uns da ganz anders zu verhalten?« Sie zog ihn in die Halle hinein und ließ Dougless mit einem halben Dutzend Koffern vor der Tür stehen.

»Wer sind wir denn, daß wir uns da anders verhalten sollen?« spöttelte sie mit einer Falsettstimme, während sie den Taxifahrer bezahlte.

Dougless brauchte keine fünf Minuten, um zu begreifen, daß sie nicht als Gast des Hauses, sondern als Dienstbote betrachtet wurde – und als ein nicht gerade willkommener dazu. Ein Mann führte sie – wobei Dougless ihren Koffer selbst schleppen mußte – in einen kleinen kahlen, kalten Raum unweit der Küche. Sie kam sich vor wie eine Gouvernante in einem Schauerroman – weder Gesinde, noch Familie –, packte ihre Kleider aus und hängte sie in einen nicht ganz sauberen kleinen Wandschrank. Als sie sich in dem häßlichen kleinen Zimmer umsah, fühlte sie sich als Märtyrerin. Das nahm sie nun alles auf sich, um einem Kerl zu helfen, sein Leben und den Namen seiner Familie zu retten, und sie würde das nicht einmal jemandem erzählen dürfen.

Sie ging in die Küche und fand den riesigen Raum leer vor; aber an dem einen Ende des Arbeitstisches waren zwei Teegedecke aufgelegt worden.

»Da sind Sie ja«, sagte eine üppige Frau mit ergrauenden Haaren.

Binnen weniger Sekunden sah sich Dougless am Arbeitstisch sitzen und Tee mit dieser Frau trinken. Mrs. Anderson war die Köchin des Hauses und die herrlichste Plaudertasche, der Dougless jemals begegnet war. Es gab nichts, was diese Frau nicht wußte oder worüber sie nicht zu reden bereit war. Sie wollte wissen, warum Dougless hier war und wer Lord Stafford sei, und als Gegenleistung wollte sie Dougless *alles* erzählen. Dougless breitete ein kompliziertes Netz von Lügen vor ihr aus und hoffte inständig, daß sie auch alles, was sie der Frau erzählte, im Gedächtnis behalten würde.

Eine Stunde später fanden sich nach und nach auch die anderen Dienstboten wieder in der Küche ein, und Dougless merkte, wie ungeduldig sie waren, von Mrs. Anderson pikante Neuigkeiten zu erfahren, weshalb ihre Anwesenheit nicht mehr erwünscht war.

Nachdem Dougless die Küche verlassen hatte, machte sie sich auf die Suche nach Nicholas. Sie fand ihn zusammen mit Arabella in einer Gartenlaube, und die beiden waren offenbar inzwischen miteinander so vertraut wie zwei Turteltauben.

»Lord Stafford«, sagte Dougless laut. »Wollten Sie nicht Briefe diktieren?«

»Lord Stafford ist zur Zeit beschäftigt«, erwiderte Arabella, sie anfunkelnd. »Er wird sich am Montag wieder seinen Geschäften widmen. In der Bibliothek liegen ein paar Notizen von mir, die Sie tippen können.«

»Lord Stafford ist . . .« *mein Arbeitgeber*, wollte sie sagen, aber Nicholas fiel ihr ins Wort.

»Ja, Miss Montgomery, vielleicht können Sie Lady Arabella helfen.«

Dougless blickte ihn wütend an und hätte ihm fast gesagt, was sie von ihm hielt, aber in seinen Augen lag ein geradezu flehender Ausdruck, ihm zu gehorchen. Und obwohl sie wußte, was sie eigentlich tun sollte – nämlich beiden zu sagen, was sie von ihnen hielt –, machte sie auf den Absätzen kehrt und ging ins Haus zurück. Schließlich ging sie sein Privatleben ja nichts an, dachte sie bei sich. Es war nicht wichtig für sie, was er mit anderen Frauen anstellte. Natürlich hätte sie ihn darauf hinweisen können, daß er sich durch seine nekkischen Spielchen mit Arabella in der Vergangenheit seinen Nachruf verdorben und zum Gespött vieler Generationen gemacht hatte, und nun sah es so aus, als wollte er sich wiederholen. Ja, sie würde sich vielleicht schon die Freiheit herausnehmen, ihm das zu sagen. Und warum wollte er sich überhaupt an diese von der Gunst der Männer sicherlich verwöhnten Arabella heranmachen, wenn er doch so wahnsinnig in seine Frau verliebt war?

Sie brauchte eine Weile, bis sie die Bibliothek fand, und die sah genauso aus, wie sie sich eine Bibliothek in einem dieser großen englischen Adelshäuser vorgestellt hatte: mit in Leder gebundenen Folianten gefüllt, mit Ledersesseln, dunkelgrünen Wänden und Eichentüren. Sie blickte sich im Raum um und übersah zunächst den blondhaarigen Mann, der, in ein Buch vertieft, vor einem der Regale stand. Obwohl sie ihn nur im Profil sah, konnte Dougless doch sofort erkennen, daß er ein außerordentlich hübscher Mann war – zwar nicht so göttlich schön wie Nicholas, aber immerhin hübsch genug, um etliche Herzen schneller schlagen zu lassen. Sie registrierte ebenfalls, daß er ungefähr einsfünfundsechzig groß war. Dougless wußte aus eigener Erfahrung, daß kleine hübsche Männer so eitel waren wie Zwerghuhn-Gockel und so kleine hübsche Frauen, wie Dougless eine war, mochten.

»Hallo«, sagte sie.

Der Mann blickte von seinem Buch hoch, auf dieses hinunter, dann wieder hoch, bis er sie schließlich mit unverhohlenem Interesse anstarrte. Er legte sein Buch weg und kam mit ausgestreckter Hand auf sie zu. »Hei. Ich bin Hamilton Nolman.«

Dougless nahm seine Hand. Blaue Augen, perfekte Zähne. Was für ein überaus interessanter Mann. »Ich bin Dougless Montgomery, und Sie sind Amerikaner.«

»Ich bekenne mich schuldig«, sagte er, und sie schienen sich auf Anhieb gut zu verstehen. »Ist das nicht unglaublich?« sagte er zu ihr, sich im Zimmer umsehend.

»So unglaublich wie die Leute in diesem Haus. Lady Arabella schickte mich hierher, um zu tippen, und ich arbeite nicht einmal für sie.«

Hamilton lachte. »Warten Sie ab. Es wird nicht lange dauern, und sie wird Sie die Toiletten schrubben lassen. Sie duldet keine hübschen Frauen in ihrer Nähe. Alle Mädchen, die hier arbeiten, sind graue Mäuse.«

»Das ist mir bisher gar nicht aufgefallen.« Sie blickte ihn an. »Sind Sie nicht der Doktor, der die Stafford-Papiere auswerten soll? Die Papiere, die aus der Wand herausgefallen sind?«

»Der bin ich.«

»Das muß aufregend gewesen sein«, sagte Dougless mit großen, erstaunten Augen und bemühte sich, so jung, unschuldig und unbedarft wie möglich auszusehen. »Wie ich hörte, sollen die Papiere geheime Informationen enthalten. Ist das wahr, Dr. Nolman?«

Er lachte auf eine väterliche Weise. »Bitte, nennen Sie mich Lee. Ja, es war ziemlich aufregend. Obwohl ich mich gerade erst in die Papiere einlese.«

»Es dreht sich darin alles um einen Mann, der hingerichtet werden sollte, nicht wahr? Ich . . .« Sie senkte die Augen und die Stimme. »Ich schätze, Sie werden mir das nicht sagen wollen, nicht wahr?«

Sie sah, wie er die Brust stolz vorwölbte, und in der nächsten Sekunde saßen sie beide in Ledersesseln, und er hielt ihr einen Vortrag, als hätte er bereits einen Lehrstuhl als ordentlicher Professor. Trotz der Tatsache, daß er ein bißchen großspurig war, fand sie Gefallen an ihm. Würde ihr Vater nicht liebend gern einen Schwiegersohn haben, der sich für mittelalterliche Geschichte interessierte?

Moment mal, Dougless, ermahnte sie sich, vergiß nicht, daß du den Männern abgeschworen hast! Sie hörte Lee so gespannt zu, daß sie nicht hörte, wie Nicholas in den Raum kam.

»Miss Montgomery!« sagte Nicholas so laut und streng, daß ihr die Hand unter dem Kinn wegrutschte und sie fast aus dem Ledersessel gefallen wäre. »Sind meine Briefe getippt?«

»Getippt?« fragte sie. »Oh, Ni . . . Lord Stafford, ich würde Sie gern mit Dr. Hamilton Nolman bekanntmachen. Er ist . . .«

Nicholas ging, Dr. Nolmans ausgestreckte Hand übersehend, ans Fenster und sagte im arroganten Ton: »Lassen Sie uns allein.«

Lee sah Dougless, die Augenbrauen hochziehend, an, nahm seine Bücher, klemmte sie unter den Arm und verließ die Bibliothek.

»Für wen halten Sie sich eigentlich?« fragte Dougless. »Sie sind kein Lord mehr und auch nicht im Mittelalter, wo Sie die Leute nach Belieben herumkommandieren konnten. Außerdem – was wissen Sie schon vom Tippen!«

Nicholas drehte sich zu ihr um, und sie sah ihm an, daß er ihr gar nicht zugehört hatte. »Sie waren diesem kleinen Manne sehr nahe.«

»Ich . . .?« Dougless' Stimme verebbte. Hatte da etwa Eifersucht aus seiner Stimme gesprochen? Sie ging hinüber zu dem wuchtigen Schreibtisch aus Eiche. »Er sieht sehr gut aus, nicht wahr? Und denken Sie an – so jung und schon ein

Gelehrter! Wie geht es Arabella? Haben Sie ihr schon von Ihrer Frau erzählt?«

»Was für ein Gespräch haben Sie mit diesem Mann geführt?«

»Das Übliche«, sagte sie, mit dem Finger an der Schreibtischkante entlangfahrend. »Er erzählte mir, daß ich hübsch sei. Solche Dinge eben.«

Sie sah auf Nicholas zurück und bemerkte, daß sein Gesicht einen Ausdruck mühsam gebändigter Wut angenommen hatte. Ihr Herz schwoll an vor Glück. Rache, dachte sie, *kann* süß sein. »Ich konnte dennoch einiges herausfinden. Lee – das ist Dr. Nolman – hat die Papiere bisher noch gar nicht gelesen. Offenbar hatte Ihre Arabella sich Zeit gelassen, unter den vielen Gelehrten, die sie darum baten, die Papiere einsehen zu dürfen, einen auszuwählen. Wie ich Lees Worten entnehmen konnte, hatte sie nach Fotos denjenigen gesucht, der am besten aussah. Für sie war das Ganze gewissermaßen ein männlicher Schönheitswettbewerb. Wie ich hörte, hat sie die Fotos von Frauen weggeworfen. Er sagte, sie sei schrecklich enttäuscht gewesen, als sie feststellen mußte, daß er kleiner war als sie. Lee erzählte, Arabella habe einen Blick auf ihn geworfen und gesagt: ›Ich dachte, Amerikaner wären groß.‹ Lees Selbstbewußtsein scheint, Gott sei Dank, heil geblieben zu sein, weil er nur darüber lachte. Er ist ziemlich überzeugt, daß Arabella ein Ekel ist. Oh, Entschuldigung, ich hatte ganz vergessen, wie sehr Sie die Dame verehren.«

Nicholas' Gesicht war noch immer rot vor Wut, und Dougless zeigte ihm ihr schönstes Lächeln. »Wie *geht* es Arabella?« fragte sie mit süßer Stimme.

Nicholas funkelte sie noch einmal wütend an, und dann veränderte sich der Ausdruck seiner Augen. Er drehte sich um und deutete auf einen alten Eichentisch, der an einer Wand stand. »*Das* ist der richtige Tisch«. Dann lächelte er fein und verließ den Raum.

Dougless ballte die Hände zu Fäusten, ging zur Wand und trat mit dem Fuß nach dem Tisch. Dann hüpfte sie, sich den großen Zeh haltend, im Zimmer herum und verfluchte alle Männer.

9

Das Dinner sollte um acht serviert werden, und Dougless zog ihr Museumsbesuchskleid an. Sie hoffte, daß die Abendkleider, um die sie Elizabeth gebeten hatte, bereits auf dem Weg nach England waren. Als es kurz vor acht war und niemand kam, um sie zum Dinner zu rufen, wunderte sie sich. Sie wußte, daß die Dienstboten schon vor einer Stunde gegessen hatten und sie nicht dazu aufgefordert worden war, mit ihnen zu speisen. Also blieb sie in ihrem Zimmer und wartete.

Um Viertel nach acht klopfte ein Mann an ihre Zimmertür und sagte, daß sie ihm folgen solle. Sie wurde durch ein Labyrinth von Räumen in ein riesiges Speisezimmer mit einem mächtigen Kamin und einem Tisch geführt, der so lang war, daß man darauf hätte Rollschuh fahren können. Arabella, deren Vater, Nicholas und Lee saßen bereits am Tisch. Arabella trug, wie Dougless vermutet hatte, ein so tief ausgeschnittenes Kleid, daß sie von der Taille aufwärts so gut wie nackt war. Sie zeigte mehr, als Dougless überhaupt hatte.

So unauffällig wie möglich glitt Dougless neben Lee auf den Stuhl, den ein Diener für sie bereithielt.

»Ihr Boss mochte nicht eher essen bis Sie hier am Tisch sitzen«, wisperte Lee, als der erste Gang serviert wurde. »Was verbindet euch beide eigentlich? Ist er wirklich ein Nachkomme *dieses* Nicholas Stafford, den sie fast geköpft hätten?«

Dougless erzählte Lee die gleiche Geschichte, die sie der Köchin aufgetischt hatte. Inzwischen wußte vermutlich jeder Dienstbote im Haus, daß Nicholas ein Nachkomme dieses berüchtigten Stafford war und sich sehnlichst wünschte, den Namen seines Vorfahren reinzuwaschen.

»Ich bin froh, daß ich diese komische Arabella dazu gebracht habe, einen Vertrag zu unterschreiben, denn ich bin sicher, wenn *er* sie zuerst gefragt hätte, hätte sie *ihn* als ersten in das Papier blicken lassen. Schauen Sie sich die beiden an. So, wie sie ihn mit den Augen verschlingt, möchte sie es am liebsten gleich hier auf dem Tisch mit ihm machen – zum zweitenmal.«

Dougless erstickte fast an ihrem Lachs und mußte ein halbes Glas Wasser trinken, um den Schlund wieder frei zu bekommen.

»Was ist dieser Boss für Sie? Ihr beiden seid doch nicht etwa . . . Sie wissen schon.«

»Nein, natürlich nicht«, sagte Dougless und blickte zu Nicholas hinüber, der sich gerade zu Arabella hinüberlehnte.

Als sie sah, daß Nicholas hochblickte, rückte sie etwas näher an Lee heran. »Ich habe mir eben überlegt, Lee, daß Sie vielleicht übers Wochenende eine Sekretärin gebrauchen könnten, da mein Boss so beschäftigt zu sein scheint. Mein Vater ist Professor für mittelalterliche Geschichte, und ich habe einige Erfahrung als Helferin bei Recherchen.«

»Montgomery«, sagte Lee. »Montgomery. Doch nicht Adam Montgomery?«

»Das ist mein Daddy.«

»Ich habe bei ihm mal eine Vorlesung über die Wirtschaftsgeschichte des dreizehnten Jahrhunderts gehört. Brillant. So, er ist Ihr Vater. Vielleicht könnte *ich* ein bißchen Hilfe gebrauchen.«

Dougless konnte seine Gedanken förmlich lesen. Adam Montgomery wäre in der Lage, einem noch nach Reputation ringenden jungen Professor zu helfen. Aber Dougless störte das nicht. War Ehrgeiz nicht eine positive Charaktereigenschaft? Zudem konnte sie ihn ja glauben lassen, was er wollte, solange ihr das half, das Geheimnis zu entdecken, das Nicholas' Mutter gekannt hatte.

»Der Koffer mit den Papieren befindet sich in meinem Zimmer«, sagte Lee, und sein Blick war entschieden wärmer, seit er erfahren hatte, wer ihr Vater war. »Vielleicht wollen Sie nach dem Dinner gern – äh – einen Besuch dort machen?«

»Klar«, sagte Dougless und sah sich im Geist schon den ganzen Abend hindurch um den Tisch mit dem Koffer herumlaufen, um seinen Avancen zu entgehen. Bei dem Stichwort Tisch sah sie wieder zu Nicholas hinüber und bemerkte, daß er wütende Blicke zu ihr hinüberwarf. Sie hob das Weinglas, nickte ihm zu und trank. Er blickte finster zur Seite.

Nach dem Dinner ging Dougless in ihr Zimmer zurück, um sich dort ihren Notizblock, ein paar Bürobedarfsartikel und ihre Handtasche zu holen. Sie dachte, es könnte nicht schaden, sich auf jeden Fall für eine lange Nacht vorzubereiten, die sie mit dem Kramen in vierhundert Jahre alten Papieren verbrachte.

Zweimal verirrte sie sich, weil sie auf der Suche nach Lees Zimmer an einer Korridordecke in die falsche Richtung abbog. Vor einer offenen Tür blieb sie stehen, als sie Arabella mit verführerischer Stimme sagen hörte: »Aber, Darling, ich fürchte mich nachts doch so.«

»Eigentlich«, hörte Dougless Nicholas antworten, »hätte ich geglaubt, daß Sie über solche kindischen Ängste längst hinweg sind.«

Dougless verdrehte die Augen.

»Kommen Sie, lassen Sie mich Ihr Glas nachfüllen«, sagte Arabella. »Und dann würde ich Ihnen gern etwas zeigen.« Sie senkte die Stimme. »In meinem Zimmer.«

Dougless schnitt eine Grimasse. Dummer Mann! Die Köchin hatte ihr anvertraut, daß Arabella *jedem* männlichen Wesen in ihrem Zimmer *alles* zeigte. Dann begann Dougless mit einem kleinen boshaften Lächeln in ihrer Handtasche zu kramen, worauf sie mit einem breiten Lächeln durch die offene Tür in den Salon trat. Alle Lichter bis auf eine trübe Funzel waren ausgeschaltet. Arabella goß Nicholas gerade ein Wasserglas mit Bourbon voll, während Nicholas mit halb offenem Hemd auf dem Sofa saß.

»Oh, Lord Stafford«, zirpte Dougless, fing an, energisch im Zimmer umherzugehen und alle Lichter einzuschalten. »Hier ist der Taschenrechner, den Sie verlangten, aber ich konnte leider lediglich einen mit Solarzellen auftreiben. Er funktioniert nur in einem sehr hellen Zimmer.«

Nicholas starrte neugierig den kleinen Taschenrechner an, den sie ihm aushändigte, und als sie ihm dessen Arbeitsweise vorführte, wurden seine Augen so groß wie Untertassen. »Man kann damit addieren?«

»Und subtrahieren, multiplizieren und dividieren. Sehen Sie: hier steht die Antwort. Sagen wir, Sie wollten das Jahr, in dem wir uns gerade befinden, 1988, von 1564 abziehen, dem Jahr, als Ihr Vorfahre des Hochverrats beschuldigt wurde und sein Familienvermögen für immer verlorenging, dann bekommen Sie hier eine Minussumme von vierhundertundvierundzwanzig Jahren als Ergebnis – vierhundertundvierundzwanzig Jahre, in denen Sie ein Unrecht gutmachen und Ihre Nachkommen daran hindern konnten, Sie – ihn – auszulachen.«

»Sie«, sagte Arabella so wütend, daß sie kaum reden konnte, »verlassen sofort diesen Raum.«

»Oh? Oh«, sagte Dougless scheinheilig, »habe ich Sie etwa gestört? Das tut mir aber schrecklich leid. Das war nicht meine Absicht. Ich tue nur meinen Job.« Sie begab sich, rückwärts gehend, wieder zur Tür. »Bitte, machen Sie doch weiter an der Stelle, wo ich Sie unterbrochen habe . . .«

215

Dougless verließ den Salon, ging den Flur hinunter und kam dann auf Zehenspitzen wieder zurück. Sie sah, wie die Schatten aus dem Zimmer dunkler wurden.

»Ich brauche Licht«, sagte Nicholas. »Die Maschine arbeitet nicht ohne Licht.«

»Nicholas, um Himmels willen, das ist doch nur ein Taschenrechner. Stecken Sie ihn weg.«

»Es ist eine höchst wundersame Maschine. Was bedeutet diese Marke?«

»Das ist ein Prozent-Zeichen; aber ich kann nicht einsehen, daß das jetzt wichtig wäre.«

»Zeige mir, wie es funktioniert.«

Dougless konnte Arabella durch die Wände hindurch seufzen hören. Lächelnd und sehr zufrieden mit sich selbst begab sich Dougless wieder auf die Suche nach Lees Zimmer. Als sie dort anklopfte, begrüßte er sie mit einem Martiniglas, schwarzer Fliege und seidenem Smokingjackett. Dougless unterdrückte ein Kichern. Ein Blick auf sein Gesicht und das Martiniglas genügte ihr, um sich darüber im klaren zu sein, daß Lee nicht die mindeste Absicht hatte, mit ihr über etwas anderes zu reden als die Möglichkeit, mit ihm so rasch wie möglich ins Bett zu hüpfen. Sie nahm ihm das Martiniglas ab, nippte daran und verzog das Gesicht. Sie haßte Martinis – mit oder ohne Zutaten.

Lee begann zunächst damit, ihr zu sagen, wie wunderbar ihr Haar wäre, wie überrascht er sei, eine so verblüffend schöne Frau in diesem muffigen alten Haus anzutreffen, wie geschmackvoll sie gekleidet sei und wie klein ihre Füße wären. Dougless hätte gähnen können. Statt dessen nahm sie, als er ihr Glas nachfüllte, zwei von ihren kostbaren Librax-Kapseln aus ihrer Handtasche, zerbrach sie und schüttete den Inhalt in Lees Drink. »Ex!« sagte sie heiter und stieß mit ihm an.

Während sie darauf wartete, daß das Pulver wirkte, zeigte

sie Lee den Zettel, den Nicholas unter ihrer Tür im Hotel durchgeschoben hatte. »Was bedeutet das?«

Er betrachtete ihn. »Ich denke, ich sollte die Übersetzung besser niederschreiben.« Er nahm Papier und einen Stift zur Hand und schrieb:

Ich halte mich mit
Euch sehr verbunden;
Verdiene aber nicht mehr
Eure Unterstützung.

Sie war also mit ihrer Vermutung, was Nicholas in jener Nacht zu ihr gesagt hatte, als er aus dem Hotel verschwand und sie ihn später in einer Kneipe wiederfand, der Wahrheit sehr nahe gekommen.

Lee rieb sich mit der Hand die Augen und gähnte.

Er stand auf, ging zum Bett und streckte sich dort »nur einen Augenblick« lang aus. In der nächsten Sekunde war er weggetreten, und Dougless eilte zu der kleinen Truhe aus Holz, die auf dem Tisch neben dem Kamin stand.

Das Papier in der Truhe war alt, vergilbt und sehr brüchig; doch die Schrift darauf war klar zu erkennen – nicht vergilbt wie eine moderne Tinte, die schon nach ein, zwei Jahren verblaßt. Aber so begierig Dougless die Papiere in die Hand genommen hatte, so mutlos wurde sie, als sie den Text lesen wollte. Er war in der gleichen Schrift verfaßt wie das Billett, das Nicholas unter ihre Tür im Hotel geschoben hatte, und sie vermochte auch nicht ein Wort zu entziffern. Sie beugte sich über die Papiere und versuchte wenigstens hier und dort den Sinn eines Wortes zu erraten, als die Tür aufflog.

»Aha!« sagte Nicholas, sein Schwert in der Hand, und stürmte ins Zimmer.

Nachdem Dougless sich von dem Schrecken erholt hatte, lächelte sie ihn an. »Ist Arabella fertig mit Ihnen?«

Nicholas blickte zwischen dem auf dem Bett schlafenden Lee und Dougless, die sich über die jüngst entdeckten Papiere beugte, hin und her und machte plötzlich ein verlegenes Gesicht. »Sie ist zu Bett gegangen«, sagte er.

»Allein?«

Nicholas ging zu dem Tisch neben dem Kamin und nahm einen von den Briefen in die Hand. »Die Schrift meiner Mutter«, sagte er.

Bei dem Ton seiner Stimme vergaß Dougless ihre Eifersucht. »Ich kann sie nicht lesen.«

»Oh?« erwiderte er, eine Braue in die Höhe ziehend. »Ich könnte Euch vielleicht abends das Lesen beibringen. Ich glaube, Ihr könntet es lernen.«

Dougless lachte. »Okay, dieser Punkt geht an Sie. Und jetzt setzen Sie sich hin und lesen.«

»Und er?« Nicholas deutete mit seinem Schwert auf den schlafenden Lee.

»Der wacht vor morgen früh nicht auf.«

Nicholas legte sein Schwert quer über den Tisch und begann den ersten Brief zu lesen. Da Dougless ihm dabei keine Hilfe sein konnte, setzte sie sich still auf einen Stuhl und beobachtete ihn. Warum packte ihn jedesmal die Eifersucht, sobald ein anderer Mann sie anschaute, wenn er doch so sehr in seine Frau verliebt war? Und warum dann dieses Herumtändeln mit Arabella?

»Nicholas?« sagte sie leise. »Haben Sie sich schon einmal überlegt, was passieren würde, wenn Sie nicht mehr in Ihre Zeit zurückkehrten?«

»Nein«, antwortete er, einen Brief überfliegend. »Ich *muß* zurückkehren.«

»Aber was ist, falls nicht? Was ist, wenn Sie für immer hierblieben?«

»Ich bin hierhergeschickt worden, um Antworten zu finden. Meiner Familie ist genauso Unrecht geschehen wie mir.

Ich bin hierhergesandt worden, um dieses Unrecht zu korrigieren.«

Dougless spielte mit dem Griff seines Schwertes, rollte es hin und her, daß sich das Licht der Nachttischlampe in den Edelsteinen brach, mit dem Griff und Scheide verziert waren. »Aber was ist, wenn sie aus einem anderen Grund hierhergeschickt wurden? Einen Grund, der nichts mit Ihrer Verurteilung wegen Hochverrats zu tun hat?«

»Und was wäre das für ein Grund?«

»Ich weiß nicht«, erwiderte sie, aber sie dachte: *aus Liebe.*

Er blickte sie an. »Wegen dieser Liebe, von der Ihr immer redet?« fragte er, als hätte er ihre Gedanken gelesen. »Vielleicht denkt Gott wie eine Frau und erachtet Liebe wichtiger als Ehre.«

Er machte sich über sie lustig.

»Zu Ihrer Information – es gibt viele Völker, die glauben, daß Gott eine Frau ist.«

Nicholas streifte sie mit einem Blick, der ihr bedeutete, daß er diese Vorstellung absolut lächerlich fand.

»Nein, ernsthaft«, sagte Dougless. »Was ist, wenn Sie nicht zurückkehren in Ihre Zeit? Was ist, wenn Sie hier finden, was Sie wissen müssen, und dennoch hierbleiben? So für ein Jahr oder zwei?«

»Ich *will* nicht hierbleiben«, sagte Nicholas, blickte aber zu Dougless hoch. Vierhundert Jahre hatten Arabella nicht verändert. Sie war immer noch die gleiche. Sie wollte wie damals einen Mann nach dem anderen in ihrem Bett haben, besaß noch immer ein Herz aus Stein. Aber dieses Mädchen, das ihn zum Lachen brachte, das ihm half, das ihn mit großen Augen ansah, in denen sich alle ihre Empfindungen widerspiegelten – diese Frau vermochte ihn fast dazu zu bringen, daß er hierbleiben wollte. »Ich *muß* zurückkehren«, sagte er streng und blickte auf die Briefe zurück.

»Ich weiß, es ist alles schrecklich wichtig; aber das ist vor einer so langen Zeit geschehen und scheint doch ein gutes Ende genommen zu haben. Ihre Mutter hat wieder einen reichen Mann geheiratet und ihren Lebensabend in Luxus verbringen können. Es war doch nicht so, daß man sie in den Schnee hinausgejagt hätte oder so was Ähnliches. Und ich bin mir zwar bewußt, daß Ihre Familie den Stafford-Besitz verloren hat, aber was ist denn heute davon übriggeblieben? Sie sagten doch, daß Sie keine Kinder hatten und Ihr Bruder ohne Kinder gestorben ist. Wen haben Sie also um sein Erbe gebracht? Ihr Besitz fiel an die Königin von England zurück, und sie hat aus England einen bedeutenden Staat gemacht, also hat Euer Geld möglicherweise Eurem Land geholfen. Vielleicht . . .«

»Hört auf!« rief Nicholas ärgerlich. »Ihr versteht nichts von Ehre. Mein Andenken wird verspottet. Arabella sagt, sie habe alles über mich gelesen; doch alles, woran sich Eure Welt erinnert, sind die Tagebuchaufzeichnungen eines Schreibers. Ich kenne diesen Mann. Er war häßlich, und keine Frau mochte ihn haben.«

»Also hat er über sie geschrieben. Nicholas, es tut mir leid, aber es ist nun mal so geschehen. Es ist vorbei. Vielleicht kann man die Geschichte nicht ändern. Ich habe mich deshalb gefragt, was Sie tun können, wenn sie hierbleiben müßten – wenn Sie nicht zurückgerufen würden.«

Nicholas wollte darüber nicht nachdenken. Würde er Dougless sagen, daß er sie dann heiraten und mit ihr ins Bett hüpfen wollte? Er mochte ihr nicht verraten, daß Arabella, die er einmal so überaus reizend fand, ihn heute nur noch langweilte.

»Montgomery, verliebt Ihr Euch abermals in mich? Kommt, wir wollen diese Briefe in mein Schlafgemach bringen. Ich werde Euch dort gestatten, mich zu lieben.«

»Das könnt Ihr Euch abschminken«, sagte Dougless, sich von ihrem Stuhl erhebend. »Bleiben Sie hier und lesen Sie.

Mir ist es egal, was aus Ihnen wird – ob Sie im zwanzigsten Jahrhundert bleiben oder in das sechzehnte zurückkehren. Oder meinetwegen ins achte.«

Sie verließ das Zimmer und machte die Tür so heftig hinter sich zu, daß Lee sich im Bett unruhig bewegte.

Mich in ihn verlieben, bei Gott! dachte sie bei sich. Ebensogut konnte sie sich in ein Gespenst verknallen. Er hatte nicht mehr Substanz als ein Geist. Und abgesehen davon – wenn er im zwanzigsten Jahrhundert bliebe, wäre er nur eine Belastung. Immer mußte sie ihm irgend etwas erklären. Man stelle sich vor, er wollte den Führerschein machen! Ein entsetzlicher Gedanke. Und wenn er hierbliebe, was wollte er dann beruflich machen? Was *konnte* er überhaupt? Das einzige, was er gelernt zu haben schien, war das Reiten auf tückischen Pferden, das Herumfuchteln mit einem Schwert und . . .

. . . und das Bumsen, dachte sie bei sich. Auf diesem Gebiet schien er ja ein Meister zu sein.

Während sie die Korridore bis zu ihrem armseligen kleinen Zimmer hinunterging, sagte sie sich, daß sie wirklich sehr froh wäre, ihn loszuwerden. Seine arme Frau. Sie mußte sich eine Menge von ihm gefallen lassen. Arabella war nur eine von seinen ihr bekannten Affären. Vermutlich hatte dieser bedauernswerte, häßliche Schreiber von Hunderten von Frauen gewußt, mit denen Nicholas es getrieben hatte.

Ja, dachte Dougless, als sie sich ihr Nachthemd überstreifte, sie konnte froh sein, ihn loszuwerden, wenn die Zeit für seine Rückkehr kam. Aber als sie in ihr Bett stieg, konnte sie sich ein Leben gar nicht vorstellen, in dem sie ihn nicht täglich sah, nicht sein Entzücken über Dinge miterlebte, die sie für selbstverständlich hielt. Sie vermochte sich nicht vorzustellen, daß sie sein Lächeln nicht mehr sehen oder seine neckende Stimme nicht mehr hören würde.

Es dauerte lange, bis sie einschlummerte, und dann wurde es ein unruhiger Schlaf, der ihr keine Erholung brachte.

Am nächsten Morgen fühlte sie sich scheußlich, und als sie in die Küche hinunterging, fand sie dort Mrs. Anderson, die Köchin, und eine andere Frau fassungslos vor dem Arbeitstisch stehend vor. Er war mit geöffneten Konservendosen bedeckt – so zwischen zwanzig und dreißig.

»Was ist passiert?« fragte Dougless.

»Ich bin mir nicht sicher«, sagte die Köchin. »Ich habe eine Dose mit Ananas geöffnet und dann die Küche für ein paar Minuten verlassen. Als ich wiederkam, hatte jemand alle diese Dosen aufgemacht.«

Dougless stand einen Moment stirnrunzelnd da und blickte dann Mrs. Anderson an. »Hat Ihnen jemand zugeschaut, als Sie die Büchsen öffneten?«

»Nun, wo Sie davon reden, fällt mir ein, daß jemand hier war. Lord Stafford kam auf dem Weg zu den Ställen hier vorbei. Er blieb eine Moment an der Tür stehen und redete mit mir. Ein sehr netter Mann, dieser Stafford.«

Dougless suchte ein Lächeln zu verbergen. Nicholas hatte zweifellos das Wunder eines Büchsenöffners beobachtet und sich dazu entschlossen, ihn selbst auszuprobieren. In diesem Moment kam ein Zimmermädchen in die Küche gerannt, den Beutel eines Staubsaugers in der Hand.

»Ich brauche einen Besenstiel«, sagte das Mädchen mit einer Stimme, als müsse sie jeden Augenblick losweinen. »Lord Stafford hat mich gebeten, ihm den Hoover zu leihen, und dann hat er damit den ganzen Schmuck von Lady Arabella aufgesaugt. Ich werde entlassen, wenn sie etwas davon erfährt.«

Dougless verließ die Küche mit einer wesentlich besseren Stimmung als jener, mit der sie diese betreten hatte.

Sie wußte nicht, wo sie nun ihr Frühstück einnehmen sollte, aber als sie in das leere Speisezimmer hineinschlenderte, entdeckte sie eine Anrichte voller silberner Wärmepfannen. Mit einem Gefühl trotziger Unverfrorenheit bediente sie sich aus jeder Schüssel und setzte sich dann mit ihrem vollen Teller an den Tisch.

»Guten Morgen«, sagte Lee, der gerade den Raum betrat. Er füllte sich ebenfalls einen Teller aus diversen Pfannen und Schüsseln und setzte sich dann ihr gegenüber.«

»Äh . . . das gestern abend tut mir leid«, sagte er. »Ich schätze, ich bin von meiner Müdigkeit übermannt worden. Haben Sie die Briefe gesehen?«

»Ja, aber ich konnte sie nicht lesen«, bekannte sie ehrlich und beugte sich dann vor. »Haben Sie sie schon so weit ausgewertet, daß Sie wissen, wer Nicholas Stafford an die Königin verraten hat?«

»Oh, Himmel, ja. Den Brief habe ich mir gleich herausgepickt, als ich den Koffer zum erstenmal öffnete.«

»Wer?« fragte Dougless atemlos.

Lee öffnete den Mund, um ihr zu antworten; aber da trat Nicholas ins Zimmer, und Lee klappte den Mund wieder zu.

»Montgomery«, sagte Nicholas streng. »Ich wünsche Sie in der Bibliothek zu sehen.« Er machte kehrt und verließ den Raum wieder.

»Was ist nur mit ihm los?« brummelte Lee. »Ist er etwa heute morgen mit dem falschen Fuß aus Arabellas Bett gestiegen?«

Dougless warf ihre Serviette auf den Tisch und Lee einen flammenden Blick zu. Dann begab sie sich in die Bibliothek und machte dort die Tür ziemlich laut hinter sich zu. »Wissen Sie, was Sie eben getan haben? Lee wollte mir gerade sagen, wer Sie verraten hat, als Sie ins Zimmer kamen und ihn daran hinderten.«

Nicholas hatte blaue Ränder um die Augen, aber das schadete seinem Aussehen keineswegs, verbesserte es sogar, gab ihm etwas dunkel Romantisches, Heathcliffe-Ähnliches. »Ich las die Briefe«, sagte er, während er in einen Ledersessel sank und aus dem Fenster starrte. »Darin wird mein Verräter nicht namentlich erwähnt.«

Da war etwas, das ihn traurig gestimmt haben mußte. Dougless ging zu ihm und legte ihm die Hand auf die Schulter. »Was ist los? Haben die Briefe Sie aufgeregt?«

»Die Briefe berichten«, sagte er leise, »von den Leiden meiner Mutter nach meinem Tod. Sie schildern . . .« Er hielt inne, nahm ihre Hand und hielt deren Finger fest. »Sie schildern den Spott und die Verachtung, die über dem Namen Stafford ausgegossen wurden.«

Dougless konnte den Schmerz in seiner Stimme nicht ertragen. Sie trat vor seinen Sessel, kniete sich nieder und legte ihm die Hände auf die Knie. »Wir werden herausfinden, wer diese Lügen über Sie verbreitet hat«, sagte sie. »Wenn Lee es weiß, werde ich es aus ihm herausbekommen. Und wenn wir den Namen wissen, können Sie zurückkehren und den Lauf der Dinge ändern. Ihr Hiersein bedeutet, daß Sie eine zweite Chance bekommen.«

Er blickte sie lange an und nahm dann ihr Gesicht in seine großen Hände. »Spendet Ihr denn immer nur Hoffnung? Glaubt Ihr denn niemals, daß etwas hoffnungslos sein könnte?«

Sie lächelte. »Ich bin fast immer ein Optimist. Deswegen verliebe ich mich ja dauernd in Schufte und Lumpen, in der Hoffnung, daß einer von ihnen sich in meinen Ritter in schimmernder Rüstung verwandeln . . . oh, Colin«, sagte sie und wollte sich von den Knien erheben.

Aber Nicholas zog sie vom Boden hoch in seine Arme und küßte sie. Er hatte sie schon früher ein paarmal geküßt, aber da hatte er sie nur begehrt. Nun verlangte er mehr von ihr. Er verlangte nach ihrem gütigen Wesen, ihrem liebenden Herzen. Er verlangte nach dem, was aus ihren Augen sprach, ihrer Bereitwilligkeit, ihm wohlzutun.

»Dougless«, flüsterte er, sie haltend, ihren Hals abküssend.

In diesem Moment durchzuckte ihn der Gedanke, daß er nicht mehr aus dieser Zeit wegwollte, und er schob sie von sich. »Geht«, sagte er im Ton eines Mannes, der unter einer großen Belastung steht.

Dougless stand auf, während der Unmut sich in ihr regte. »Ich verstehe Sie nicht. Sie küssen jede Frau, die Ihr Gesicht erreichen kann; Sie schieben nie eine von diesen Frauen weg, aber mich behandeln Sie so, als hätte ich eine ansteckende Krankheit. Was ist los? Habe ich einen schlimmen Mundgeruch? Bin ich zu klein für Sie? Haben meine Haare nicht die richtige Farbe?«

Nicholas blickte sie an, und all sein Verlangen nach ihr, all seine Sehnsucht nach ihr flammten aus seinen Augen.

Dougless wich vor ihm zurück, wie ein Mensch von einem Freudenfeuer zurückweichen mochte, das ihm zu heiß wurde. Sie legte die Hand an den Hals, und einen langen Moment sahen sie sich nur gegenseitig an.

Die Tür flog auf, und Arabella stürmte ins Zimmer. Sie trug etwas, das offensichtlich ein maßgeschneidertes englisches Ausgehkostüm darstellte. »Nicholas, wo bleibst du denn?« Sie blickte zwischen Nicholas und Dougless hin und her, und es schien ihr gar nicht zu gefallen, was sie da sah.

Dougless wandte sich ab, denn sie konnte es nicht länger ertragen, Nicholas in die Augen zu blicken.

›Nicholas‹, drängte Arabella, »wir warten schon auf dich. Die Flinten sind geladen.«

»Flinten?« fragte Dougless, sich umdrehend und ihre Fassung wiederfindend.

Arabella blickte Dougless von Kopf bis Fuß an und hielt sie offenbar für geistig minderbemittelt. Große Frauen scheinen oft so etwas kleinen Frauen gegenüber zu empfinden, dachte Dougless bei sich, und war schrecklich froh, daß Männer da anders empfanden.

»Wir jagen Enten«, sagte Nicholas und blickte Dougless dabei nicht an. »Dickie will mir eine Schrotflinte vorführen.«

»Großartig«, sagte Dougless, »gehen Sie und schießen Sie hübsche kleine Enten. Ich komme schon allein zurecht.« Sie eilte an Arabella vorbei und hinaus auf den Korridor. Oben in ihrem Zimmer blickte sie durch das Fenster auf den Hof hinunter, wo Dougless in einen Range Rover einstieg und Arabella mit ihm davonfuhr.

Sich vom Fenster abwendend fiel ihr ein, daß sie nichts zu tun hatte. Sie glaubte nicht, die Freiheit zu besitzen, Arabellas Haus zu erkunden, und sie wollte sich nicht in Arabellas Gärten ergehen. Sie fragte einen Diener, der an ihrem Zimmer vorbeikam, wo Lee wäre, und erfuhr, daß er sich mit den Briefen in seinem Zimmer eingesperrt habe und nicht gestört werden durfte.

»Aber er hat ein Buch für Sie in der Bibliothek hinterlassen«, sagte der Diener.

Dougless ging in die Bibliothek zurück, und auf dem Schreibtisch lag ein kleiner Lederband mit einem Zettel darauf. »Dachte mir, daß Ihnen das gefallen könnte. Lee«, las sie. Sie nahm das Buch hoch.

Schon beim ersten Blick auf den Buchdeckel wußte sie, was für eine Lektüre das war – das Tagebuch von John Wilfred, des häßlichen kleinen Schreibers, der über Nicholas und Arabella-auf-dem-Tisch geschrieben hatte. Im Vorwort stand, daß man das Tagebuch in einem Versteck hinter der Täfelung in einer Wand gefunden habe, als man eines von Nicholas ehemaligen Häusern in den fünfziger Jahren abgerissen hatte.

Dougless nahm das Buch und ließ sich auf der Polsterbank nieder, um es zu lesen. Schon nach den ersten zwanzig Seiten wußte sie, daß es das Tagebuch eines liebeskranken jungen Mannes war – und die Frau, die er liebte, war Nicholas' Gattin, Lettice. John Wilfred zufolge konnte seine Herrin nichts falsch machen und sein Herr nichts richtig. Seitenlangen Listen von Nicholas' Fehlern folgten seitenlange Aufzählungen von Letticens Vollkommenheiten. Wenn man den Ergüssen dieses sabbernden Schreiberlings Glauben schenken wollte, war Lettice ein Ausbund von Schönheit, Weisheit, Tugend, Herzensgüte, Geistesgaben . . . und so weiter, und so fort, bis Dougless am liebsten gekotzt hätte.

An Nicholas ließ der Schreiber jedoch kein einziges gutes Haar. Er beteuerte, daß Nicholas seine Zeit nur damit verbracht habe, mit Mädchen ins Heu zu hüpfen, Gott zu lästern und allein, die in seinen Diensten standen, das Leben zur Hölle zu machen. Abgesehen von der hämischen Schilderung, wie sich Nicholas mit Arabella auf dem Tisch vergnügt hatte, machte er keine präzisen Angaben darüber, was Nicholas denn so Schlimmes angestellt hatte, um sich (wenn man, wie gesagt, Wilfried glauben wollte) jede zu seinem Haushalt gehörende Person zum Feinde zu machen.

Dougless las das Buch zu Ende und knallte es dann zu. Auf Grund einer zu Unrecht gegen ihn erhobenen Beschuldigung waren Nicholas' Güter zerstört worden und mit ihm die wahre Geschichte seines Lebens, wie er den Besitz seines Bruders verwaltet und einen wunderschönen Landsitz entworfen hatte. Alles, was von ihm blieb, waren die gehässigen Bemerkungen eines unter einem sexuellen Notstand leidenden Jungen. Doch die Leute von heute *glaubten* sie.

Sie stand auf und ballte wütend die Fäuste. Nicholas hatte recht: er mußte in seine Zeit zurückkehren, um das Unrecht zu bereinigen, das man ihm angetan hatte. Sie würde ihm von diesem Buch erzählen, und wenn Nicholas in das sechzehnte Jahrhundert zurückkehrte, konnte er diesen widerwärtigen John Wilfried aus seinem Haus jagen. Oder, dachte Dougless mit einem Lächeln, er konnte diesen häßlichen kleinen Schreiberling mit seiner perfekten Lettice sonstwo hinschicken.

Dougless nahm das Buch, verließ die Bibliothek und fragte einen Diener, wo sich Lord Staffords Zimmer befand. Sie gedachte das Buch dort zu deponieren, damit er es gleich sah, wenn er von der Jagd zurückkam. Er kam inzwischen schon recht gut mit der modernen Druckschrift zurecht, und sie war sicher, das Buch würde ihn so sehr interessieren, daß er es auch sofort las.

Eine Zofe sagte ihr, daß sein Zimmer sich unmittelbar neben dem Schlafgemach von Arabella befände. Wie sollte es auch anders sein, dachte Dougless wütend.

Sobald Dougless sein Zimmer betreten hatte, legte sich ihr Zorn wieder. Es war in Blautönen gehalten, das Vier-Pfosten-Bett mit tiefblauer Seide behängt. Sie fand in seinem Badezimmer alle Toilettenartikel, die sie für ihn ausgesucht hatte. Sie streckte die Hand aus und berührte die Rasierkrem, die Zahnpasta, seinen Rasierapparat.

Plötzlich wurde ihr schmerzlich bewußt, wie sehr er ihr fehlte. Seit er in dieser Zeit erschienen war, waren sie fast immer zusammengewesen. Sie hatten sich ein Schlafzimmer geteilt, ein Badezimmer, eine Zahnbürste. Sie drehte sich um und blickte auf die Wanne, über der keine Dusche angebracht war, und fragte sich, wie er wohl ohne Dusche zurechtkam. Gab es da noch andere Dinge in seinem Zimmer, die er nicht verstand?

Als sie ins Schlafzimmer zurückging, lächelte sie, weil sie sich daran erinnerte, wie er immer aus dem Badezimmer gekommen war, mit frischgewaschenen Haaren, nur ein Handtuch um die Lenden gewunden. Bevor sie nach Goshawk Hall kamen, waren sie stets auf eine angenehme Weise intim miteinander gewesen. Sie hatte abends die Bettdecke um ihn festgesteckt, ihn auf die Stirn geküßt, seine Unterwäsche im Waschbecken gewaschen. Sie hatten zusammen gelacht, miteinander geredet, alles miteinander geteilt.

Da lag ein *Time*-Magazin auf dem Nachttisch, und einem

Impuls folgend, zog sie die Schublade heraus. Darin lagen ein kleiner Bleistiftanspitzer und drei Bleistifte, zwei von ihnen nur noch kleine, einen Zoll lange Stummel; daneben ein Stapler und zwei Blatt Papier mit mindestens fünfzig Heftklammern darin. Da stand ein Spielzeugauto auf einer farbigen Broschüre über Aston-Martin-Automobile, und darunter lag die neueste Ausgabe des *Playboy*-Magazins. Lächelnd schob sie die Schublade wieder zu.

Sie trat ans Fenster und blickte über den welligen Rasen zu den Bäumen dahinter. Es war seltsam, daß sie über ein Jahr mit Robert zusammengelebt und geglaubt hatte, sie wäre wahnsinnig in ihn verliebt; aber in einigen Bereichen war sie niemals so intim mit Robert gewesen, wie das bei Nicholas der Fall war. Vielleicht, weil es so leicht war, mit Nicholas zu leben. Nicholas beschwerte sich nie, wenn sie die Zahnpastatube in der Mitte ausdrückte. Nicholas klagte niemals, daß sie nicht alles absolut perfekt gemacht hatte.

Tatsächlich schien Nicholas sie einfach so zu mögen, wie sie war. Er schien zu akzeptieren, was war, ob in Menschen oder Dingen, und er fand Vergnügen an ihnen. Dougless dachte an all die Verabredungen, die sie mit modernen Männern gehabt hatte, und wie sie sich über alles beschwert hatten: Der Wein war nicht richtig kalt, der Service zu langsam, der Film hatte keine tiefere Bedeutung. Aber Nicholas, der mit unüberwindlichen Schwierigkeiten zu kämpfen hatte, fand Freude an solchen Dingen wie einem Büchsenöffner.

Sie fragte sich, wie Robert reagieren würde, wenn er sich plötzlich im sechzehnten Jahrhundert wiederfand. Zweifellos würde er dieses und jenes verlangen und sich beschweren, wenn er es nicht bekam. Sie fragte sich, ob die Elisabethaner sich wie die Cowboys aus der frühen Pionierzeit verhielten und jeden aufhängten, der ihnen zu lästig wurde.

Sie lehnte die Stirn gegen das kühle Glas. Wann würde Nicholas in seine Zeit abreisen? Wenn er herausgefunden hatte, wer sein Verräter gewesen war? Wenn Lee dessen Namen beim Dinner erwähnte, würde Nicholas sich dann plötzlich in einer Rauchwolke auflösen?

Es ist fast vorbei, dachte sie und spürte, wie ihr Herz sich nach ihm sehnte. Wie würde sie damit fertig werden, daß sie ihn nie mehr wiedersah? Wenn sie es kaum ertragen konnte, ihn einen Tag lang nicht zu sehen: wie wollte sie dann den Rest ihres Lebens ohne ihn verbringen?

Bitte, komm zurück, dachte sie. Uns bleibt nur noch so wenig Zeit. Morgen kannst du schon fort sein, und ich möchte die Zeit bis dahin mit dir nicht missen. Verbringe nicht dies bißchen Zeit, was uns noch bleibt, mit Arabella.

Sie schloß die Augen und spannte ihren ganzen Körper an, als sie wünschte, daß er zurückkommen sollte.

»Wenn du zurückkommst«, flüsterte sie, »werde ich dir einen amerikanischen Lunch zubereiten: gebratenes Hähnchen, Kartoffelsalat, gepfefferte Spiegeleier und Schokoladenkuchen. Während ich koche, kannst du . . .«, dachte sie, ». . . kannst du dir die Plastik- und Aluminiumfolien ansehen und Tupperware – wenn sie so was haben in England. Bitte, bitte, bitte komm zurück, Nicholas.«

Nicholas' Kopf ruckte hoch. Arabellas Arme lagen um seinen Hals, und ihre üppigen Brüste preßten sich gegen seine nackte Brust. Sie befanden sich in einem Privatwäldchen, wo er und eine vergangene Arabella einen recht hitzigen Nachmittag verbracht hatten. Aber heute hatte Nicholas wenig Interesse an dieser Frau. Sie hatte ihm gesagt, sie wollte mit ihm besprechen, was sie über seine Vorfahren herausgefunden hatte. Sie habe neue Informationen, hatte sie gesagt – Tatsachen, die bisher noch nie veröffentlicht worden waren.

Ihre Worte waren für ihn ein Lockmittel, und um herauszufinden, was sie wußte, würde er jeden Preis bezahlen.

Arabella zog Nicholas' Kopf wieder zu sich herunter.

»Hörst du es?« sagte Nicholas.

»Nein, Darling«, flüsterte Arabella. »Ich höre nur dich.«
Nicholas schob sich von ihr weg. »Ich muß jetzt gehen.«

Als Nicholas sah, wie der Ärger ihr hochmütiges Gesicht
rötete, wußte er, daß er sie nicht erzürnen wollte. »Jemand
kommt hierher«, sagte er, »und du bist zu schön, als daß ich
deinen Anblick mit einem heimlichen Spion teilen möchte.
Ich will deine Lieblichkeit für mich allein haben.«

Das schien sie zu besänftigen, während sie anfing, ihre
Kleider zuzuknöpfen. »Heute abend dann?«

»Heute abend«, sagte er und verließ sie.

Zum größten Teil benützten die Jäger heutzutage Range
Rovers, aber da waren auch ein halbes Dutzend Pferde in
der Nähe der Wagen angebunden. Nicholas suchte sich das
beste davon aus, ritt damit zum Haus zurück und jagte, immer zwei Stufen auf einmal nehmend, die Treppe hinauf. Er
stieß die Tür zu seinem Schlafzimmer auf.

Dougless war keineswegs überrascht, als er plötzlich unter
der Tür stand.

Nicholas starrte sie einen Moment lang an. Ihr Gesicht,
ihr Körper verrieten ihr Verlangen nach ihm. Es war das
schwierigste Unterfangen seines Lebens, aber es gelang Nicholas, den Blick von ihr abzuwenden. Er konnte – wollte –
sie nicht berühren. Wenn er es tat . . . wenn er es tat, war er
nicht sicher, ob er in seine Zeit zurückkehren mochte.

»Was verlangt Ihr von mir?« fragte er barsch.

»*Ich* von Euch etwas verlangen?« fragte sie gereizt. Es war
ihr nicht entgangen, wie er sich von ihr weggedreht hatte.
»Es sieht eher so aus, als ob jemand anderer etwas von Euch
verlangt hat – nicht ich.«

Nicholas blickte zum Spiegel in der Kleiderschranktür hin
und sah, daß sein Hemd verkehrt zugeknöpft war. »Die Gewehre sind gut«, sagte er, sein Hemd richtend. »Mit ihnen
könnten wir die Spanier schlagen.«

»England schlägt jeden und ohne moderne Waffen. Als nächstes wollen Sie auch noch Bomben mitnehmen in Ihre Zeit. Haben die Gewehre Ihr Hemd aufgeknöpft?«

Er blickte sie im Spiegel an. »Eure Eifersucht schärft Euren Blick.«

Dougless Ärger legte sich ein wenig. »Sie Schuft!« sagte sie, »ist Ihnen denn noch nicht der Gedanke gekommen, daß Sie sich zum zweitenmal zu einem Hampelmann machen lassen? Seit mehreren hundert Jahren lachen Generationen von Menschen über die Geschichte von Ihnen und Arabella, und nun sind Sie hier und machen das alles noch einmal.«

»Sie weiß, was ich nicht mache.«

»Ich wette, daß sie das weiß«, murmelte Dougless. »Wahrscheinlich hat sie mehr Erfahrung als Sie.«

Nicholas faßte sie unter das Kinn. »Das bezweifle ich. Ist das ein Essen, was ich rieche? Ich habe Hunger.«

Dougless lächelte. »Ich habe Ihnen einen amerikanischen Lunch versprochen. Kommen Sie – wir wollen Mrs. Anderson besuchen.«

Arm in Arm gingen sie hinunter in die Küche. Die Jäger hatten ihren Lunch in Körben mitgenommen, und deshalb wurde die Küche jetzt nicht benützt, außer für einen Pudding, der auf dem hinteren Brenner des Gasherdes dampfte.

Nachdem Dougless sich die Erlaubnis von Mrs. Anderson eingeholt hatte, setzte sie Kartoffeln auf und Eier und wollte dann den Kuchenteig anrühren. Aber sie entschied sich nun doch lieber für einen flachen Nußkuchen mit Schokoladenguß. Nicholas setzte sich an den Küchentisch und experimentierte mit Aluminium- und Platikfolien, öffnete und schloß allerlei Plastikdosen. Er schälte gekochte Eier, pellte Kartoffeln und hackte Zwiebeln.

»Haben Sie Lettice immer beim Kochen geholfen?« fragte sie.

Nicholas lachte laut.

Als das Essen fertig war, machte Dougless die Küche sauber – Nicholas verweigerte ihr dabei allerdings die Mithilfe – und packte alles in einen großen Korb, zusammen mit einer Thermosflasche voll Limonade. Nicholas trug für sie den Korb hinaus in einen kleinen mauerumfriedeten Garten, wo sie sich unter eine Ulme setzten und aßen.

Sie erzählte ihm, daß sie am Vormittag das Tagebuch gelesen hatte, und als er sein fünftes Stück gebratenes Hähnchen verspeiste, fragte sie ihn nach Lettice. »Sie erwähnen sie nie. Sie reden von Ihrer Mutter und Ihrem Bruder, der ums Leben kam. Sie haben mir von Ihrem Lieblingspferd erzählt; aber Sie sprechen nie von Ihrer *Frau.*«

»Ihr verlangt, daß ich von ihr rede?« sagte er in einem Ton, der fast wie eine Warnung klang.

»Ist sie so schön wie Arabella?«

Nicholas dachte an Lettice. Sie schien weiter von ihm entfernt zu sein als bloß vierhundert Jahre. Arabella war dumm – ein Mann konnte mit ihr nicht eine Sekunde Konversation machen –, aber sie besaß Leidenschaft. Lettice hatte keine Leidenschaft, aber einen Verstand – genug Verstand, um sich stets darüber schlüssig zu werden, was am besten für sie war. »Nein, sie ist nicht so wie Arabella.«

»Ist sie wie ich?« fragte Dougless.

Nicholas blickte sie an und dachte an Lettice, die eine Mahlzeit kochen sollte.

»Sie ist nicht so, wie Ihr seid. Was ist das?«

»Kartoffelsalat«, erwiderte sie geistesabwesend und begann, Nicholas weitere Fragen zu stellen, aber er unterbrach sie.

»Der Mann, der Euch in der Fremde stehenließ – Ihr sagtet, Ihr liebtet ihn. Weshalb?«

Dougless fühlte sich sofort in die Defensive gedrängt und wollte ihm sagen, daß Robert ein großartiges Material für einen Ehemann abgäbe. Statt dessen sackten ihre Schultern

233

nach unten. »Mein Ego«, sagte sie. »Mein eigenes übertriebenes Bewußtsein von Macht. Robert erzählte mir, daß niemand ihm in seinem Leben sonderlich viel Liebe entgegengebracht habe. Er sagte, seine Mutter wäre kalt zu ihm gewesen und seine erste Frau auch. Ich dachte, ich könnte ihm all die Liebe geben, die er jemals brauchte. Also gab ich und gab ich. Ich versuchte alles zu tun, was er von mir verlangte, aber . . .«

Sie blickte zum Himmel hinauf. »Ich schätze, ich dachte, daß er eines Tages so sein würde wie diese Männer in den Filmen. Daß er zu mir käme und sagte: ›Du bist die beste Frau der Welt. Du gibst mir alles, was ich brauche und worum ich dich bitte.‹ Aber das tat er nicht. Robert sagte nur dauernd: ›Sie gibt mir nie was.‹ Und deshalb habe ich, dumm wie ich bin, mich immer mehr angestrengt, ihm immer mehr zu geben. Aber . . .«

»Ja?« fragte Nicholas leise.

Dougless versuchte zu lächeln. »Er schenkte seiner Tochter ein Diamantarmband und mir die Hälfte der Rechnung.«

Sie blickte von ihm weg, doch daran bemerkte sie, daß er ihr einen Ring hinhielt. Er hatte aufgehört, seine großen Ringe anzustecken, weil seinem stets regen Verstand nicht entgangen war, daß kein anderer Mann solche Ringe trug. Dieser Ring war mit einem Smaragd von der Größe eines Kieselsteins geschmückt.

»Was soll das?«

»Hätte ich Zutritt zu dem, was mein ist, würde ich Euch mit Juwelen überschütten.«

Sie lächelte ihn an. »Sie haben mir bereits diese Brosche geschenkt.« Sie drückte die Hand an ihr Herz. Sie trug die Brosche auf der Innenseite ihres Büstenhalters, hatte Angst, sie außen anzustecken, weil deren Alter und Einmaligkeit vielleicht neugierige Fragen herausfordern konnten. »Sie haben mir schon viel zuviel geschenkt. Sie haben mir Kleider

234

gekauft, sie haben . . . Sie sind immer gut zu mir gewesen.«
Sie lächelte. »Nicholas, die letzten paar Tage, seit ich Sie
kennengelernt habe, sind die glücklichste Zeit meines Lebens
gewesen. Ich hoffe, Sie kehren nie zurück.«

Sie schlug sich sofort mit der Hand auf den Mund. »Ich
meinte das nicht so. Natürlich müssen Sie zurückkehren. Sie
müssen zu Ihrer schönen Frau zurückkehren. Sie müssen . . .
müssen ein paar Erben zeugen, die einmal diese wunderbaren Güter übernehmen können, die Sie nun nicht mehr der
Königin zurückgeben müssen. Aber ist Ihnen bewußt, daß
Sie vielleicht schon in Ihre Zeit zurückversetzt werden könnten, sobald Dr. Nolman Ihnen sagt, wer Sie verraten hat?
Vielleicht in der Sekunde, wo er es sagt. Lee spricht den Namen aus, und Sie verschwinden. Puff! Weg. Einfach so.«

Nicholas, der angefangen hatte, im Korb zu kramen, hielt
die Hände still. »Ich werde es morgen wissen. Ob er es mir
zu sagen wünscht oder nicht – morgen werde ich es erfahren.«

»Morgen«, sagte Dougless und blickte ihn an, als versuchte sie seine Gesichtszüge auswendig zu lernen. Sie
blickte an seinem Körper hinunter, auf das Hemd, das sich
über seinen breiten Schultern spannte, seinen flachen Bauch,
seine muskulösen Beine. Feine Beine, hatte er einmal zu ihr
gesagt, und sie erinnerte sich an ihn, wie er nur in ein Handtuch eingewickelt gewesen war.

»Nicholas«, wisperte sie, sich zu ihm neigend.

»Was ist das?« fragte er scharf, einen Nußkuchen zwischen ihre Gesichter haltend.

»Ein Brownie«, sagte sie gereizt und kam sich ziemlich
blöde vor. Wen wollte er damit täuschen? Er hatte sie ein
paarmal geküßt, aber nur, wenn sie sich ihm an den Hals geworfen hatte. Doch heute morgen war er mit aufgeknöpftem
Hemd von einem Ausflug mit Arabella zurückgekommen.
»Essen«, murmelte sie. Sie schien ihm nur mit Speisen und

235

Plastikfolien eine Freude machen zu können. Sie sehnte sich so sehr danach, ihn anzufassen, daß ihre Fingerspitzen schmerzten; aber er schien nicht solche Gefühle für sie zu heben.

»Ich denke, wir gehen jetzt lieber«, sagte sie tonlos. »Arabella wird bald zurück sein und nach Ihnen verlangen.« Sie wollte aufstehen; aber Nicholas hielt sie am Arm fest.

»Ich würde lieber eine Stunde mit Euch verbringen als ein Leben mit Arabella.«

Dougless schluckte und wagte ihn nicht anzusehen. Sagte er ihr die Wahrheit? Oder wollte er nur Ihre Laune verbessern?

»Sing mir ein Lied, während ich das esse«, sagte er.

»Ich kann nicht singen, und ich kenne keine Lieder. Wie wäre es mit einer Geschichte?«

»Hmm«, war alles, was er sagte. Er hatte den Mund voller Schokolade.

Dougless wurde sich nun erst bewußt, wie viele Geschichten für ihn neu waren – Geschichten, die Bestandteil einer ihnen gemeinsamen Kultur waren, von denen er aber noch nie etwas gehört hatte. Sie erzählte ihm von Dr. Jekyll und Mr. Hyde.

»Ich habe einen Vetter, der so ist«, sagte er. Er aß den letzten Nußkuchen vom Teller, drehte sich dann zu ihrer Überraschung auf den Rücken und legte den Kopf in ihren Schoß.

»Wenn Sie auch weiterhin so viel essen, werden Sie eines Tages einen Bauch bekommen.«

»Ihr haltet mich für dick?« sagte er und blickte zu ihr hoch, daß ihr das Herz schneller schlug. Er schien genau zu wissen, was er in ihr bewegte, und das machte ihm obendrein noch Spaß. Aber sie schien keine Wirkung auf ihn ausüben zu können. Nur wenn sie in der Nähe eines anderen Mannes war, zeigte er Interesse für sie.

»Schließen Sie die Augen, und benehmen Sie sich«, sagte

sie, ihm durch die dicke, weiche, lockige Flut seiner Haare streichend, während sie ihm eine Geschichte nach der anderen erzählte.

Die Sonne war schon im Untergehen begriffen, als er wieder die Augen öffnete und lange zu ihr hinaufsah. »Wir müssen gehen.«

»Ja«, sagte sie leise. »Heute abend werde ich versuchen, von Lee zu erfahren, wer Sie verraten hat.«

Er bewegte sich so, daß er vor ihr kniete, und legte eine Hand an ihre Wange. Dougless hielt den Atem an, weil sie meinte, er würde sie wieder küssen. »Wenn ich zurückkehre«, sagte er, »werde ich an Euch denken.«

»Und ich an Sie«, sagte sie, ihre Hand auf die seine legend.

Er bewegte die andere Hand, nahm den Smaragdring vom Korbdeckel, schob ihn in ihre Hand und schloß ihre Finger darüber.

»Nicholas, das kann ich nicht annehmen. Sie haben mir schon so viel gegeben.«

Sein Blick hielt den ihren fest, und da war eine ferne Traurigkeit in seinen Augen. »Ich würde dir mehr als das geben, um . . .«

»Um was?« ermutigte sie ihn.

»Um dich mitnehmen zu können in meine Zeit.«

Dougless holte scharf Luft.

Nicholas verfluchte sich. Er hätte das nicht sagen sollen. Er durfte ihr keine Hoffnungen machen. Er wollte ihr nicht weh tun; aber der Gedanke, sie hier zurückzulassen, wurde für ihn fast zu einer unerträglichen Qual. Bald würde er herausfinden, was er wissen mußte, und dann würde er, wie er wußte, zurückkehren in seine Zeit. Noch eine Nacht, dachte er. Höchstens noch zwei, die er mit ihr zusammensein konnte.

Vielleicht würde er sie heute nacht in sein Bett holen, würde er die letzte Nacht in Liebe und Ekstase verbringen.

Nein! sagte er sich, während er ihr in die Augen sah und auf deren Grund hinuntertauchte. Er konnte ihr das nicht antun, sie in einer noch schlimmeren Verzweiflung zurückzulassen, als er sie hier angetroffen hatte. Teufel, dachte er, das konnte er sich selbst nicht antun. Zurückzukehren zu seiner kalten Frau, zu Arabella, dieser leeren Hülse von Frau, mit der Erinnerung an ihre Liebesnacht. Nein, es war besser, sie unberührt zu verlassen.

»Aye«, sagte er grinsend, »damit du für mich kochst.«

»Kochst?« wiederholte Dougless blöde. »Sie aufgeblasener, überheblicher, unerträglicher . . .«

»Pfau?« fragte er.

»Ja, das paßt genau. Sie aufgeblasener Pfau. Wenn Sie glauben, ich käme mit Ihnen in eine Zeit zurück, wo es kein fließendes Wasser, keine Ärzte und nur Dentisten gibt, die einem gleich den ganzen Kiefer brechen, wenn sie einem einen Zahn ausreißen, um für Sie zu *kochen*, dann . . .«

Er beugte sich vor, schob ihr Gesicht unter ihre Haare und leckte an ihrem Ohrläppchen. »Ich werde Euch auch gestatten, mein Bett zu besuchen.«

Dougless schob ihn von sich weg und wollte ihm noch eindringlichere Beschreibungen seiner Eitelkeit liefern, als sich plötzlich ihr Gesichtsausdruck veränderte. Sie konnte auch austeilen, wenn sie wollte. »Okay. Ich mache es. Ich kehre mit Ihnen zurück und werde für Sie kochen. Und die Sonntagnachmittage verbringen wir dann zusammen im Bett oder auf irgendwelchen Tischen. Was Ihnen lieber ist.«

Nicholas fiel auf die Fersen zurück, und sein Gesicht verlor jede Farbe. Er begann Speisereste und Bestecke in den Korb zu werfen. Das Grauen befiel ihn, wenn er sie sich in seiner Zeit vorstellte. Lettice würde sie in kleine Stücke zerhacken lassen, wenn sie merkte, daß Dougless seine Geliebte war.

»Nicholas«, hörte er da ihre Stimme. »Ich habe doch nur

Spaß gemacht.« Er blickte sie nicht an. »Hier. Ich werde Ihren Ring nehmen, wenn Sie das fröhlicher stimmt.«

Er hörte auf, Bestecke in den Korb zu werfen, und sah sie an. »Ihr wißt nicht, was Ihr sagt. Wünscht Euch nicht, was nicht sein sollte. Als ich zuletzt zu Hause war, erwartete mich der Richtblock. Wenn ich zu diesem Tag zurückkehrte und Ihr in meiner Begleitung seid, wäret Ihr ganz allein. Mein Zeitalter ist nicht so wie Eures. Alleinstehende Frauen stehen sich da nicht gut. Wenn ich nicht mehr da wäre, um Euch beschützen und versorgen zu können, wäret Ihr . . .«

Sie legte ihm die Hand auf den Arm. »Ich habe wirklich nur Spaß gemacht. Ich werde nicht mit Ihnen zurückkehren. Ich habe keine Geheimnisse zu entdecken. *Sie* sind doch hierhergekommen, um etwas herauszufinden, richtig?«

»Sie haben recht«, sagte er, hob rasch ihre Hand an die Lippen und küße sie. Er stand auf, und Dougless konnte sehen, daß er nicht vorhatte, den Korb, den er eben mit schmutzigen Tellern und gebrauchten Bestecken gefüllt hatte, mitzunehmen. Er hatte offensichtlich nur die Sachen weggeräumt, weil er so aufgeregt war. Aber warum zum Himmel war er so aufgeregt?

Sie trug, hinter ihm gehend, den Korb zum Haus zurück, und sie sprachen jetzt beide kein Wort.

10

Als sie im Haus angelangt waren, hatte Nicholas kaum noch ein Nicken für sie übrig, als er durch die Küche ging und dann hinauf in sein Zimmer. Dougless, ratloser denn je zuvor, begab sich ebenfalls auf ihr Zimmer. Auf ihrem Bett lag ein großer Karton mit dem Aufkleber einer Eilfrachtsendung. Dougless riß das Packpapier auf, dann den Deckel und das Seidenpapier darunter.

Im Karton lagen die beiden schönsten Modellabendkleider ihrer Mutter.

»Vielen Dank, vielen herzlichen Dank, Elizabeth«, hauchte Dougless, eines der Kleider an ihren Körper haltend. Vielleicht würde Nicholas heute abend noch jemand anderen bemerken neben Arabella, diesem Prachtexemplar.

Als Dougless in den Salon kam, wo die Familie Harewood Cocktails servierte, wußte sie, daß sich die zweieinhalb Stunden Arbeit, die sie zur Vorbereitung gebraucht hatte, gelohnt hatten. Lee erstarrte, und die Hand, die das Cocktailglas zum Mund führen wollte, blieb auf dem halben Weg dorthin in der Luft hängen. Lady Arabella wandte zum erstenmal, seit sie im Haus waren, den Blick von Nicholas ab, und Lord Harewood hörte sogar auf, von seinen Hunden, Gewehren und Rosen zu reden. Was Nicholas betraf, dachte Dougless, war seine Reaktion allein schon die Mühe wert gewesen. Seine Augen leuchteten auf, als er sie zur Tür hereinkommen sah, wurden heiß, als er auf sie zuging, und schließlich schwarz, als er stirnrunzelnd vor ihr stehenblieb.

Das weiße Kleid ihrer Mutter war in einem Stück aus einem anschmiegsamen Material gefertigt, das auf der einen Seite einen langen Ärmel hatte, aber ihre andere Schulter und ihren anderen Arm unbedeckt ließ. Es war mit winzigen Perlen bestickt, und wenn sie sich bewegte, zeigte es jede reizvolle Kurve ihres Körpers. Sie hatte Glorias Diamantarmband um das Gelenk ihres freien Armes befestigt.

»Guten Abend«, sagte sie.

»Wau«, sagte Lee, sie von oben bis unten betrachtend, »wau!«

Dougless lächelte ihm huldvoll zu. »Ist das ein Drink? Könnten Sie mir vielleicht einen Gin-Tonic besorgen?«

Lee trottete so gehorsam davon wie ein Schuljunge.

Es war erstaunlich, was ein Kleid für eine Frau leisten konnte. Gestern abend hätte sie sich noch in Arabellas Gegenwart am liebsten unter dem Tisch verkrochen, aber heute abend wirkte Arabellas tiefausgeschnittenes rotes Cocktailkleid billig und geschmacklos.

»Was macht Ihr da?« fragte Nicholas, sich vor ihr aufbauend.

»Ich habe keine Ahnung, wovon Ihr redet«, erwiderte sie mit einem unschuldigen Augenaufschlag.

»Ihr seid entblößt.« Es klang schockiert.

»Weit weniger als Eure Arabella«, gab sie schroff zurück und lächelte dann. »Gefällt Ihnen das Kleid? Ich ließ es mir von meiner Schwester hierherschicken.«

Nicholas' Rücken war wie gewöhnlich, wenn er in der Gegenwart der Harewoods mit ihr redete, so steif wie ein Ladestock. »Gedenkt Ihr nach dem Abendbrot diesen Arzt zu besuchen?«

»Natürlich«, erwiderte sie mit süßer Stimme. »Schließlich

241

haben Sie mir den Auftrag gegeben, herauszufinden, was er weiß.«

»Nichola«, rief Arabella. »Dinner!«

»Ihr dürft dieses Kleid nicht tragen.«

»Ich werde tragen, was mir gefällt. Sie sollten jetzt besser gehen. Arabella rüttelt bereits an Ihren Tischbeinen.«

»Sie . . .«

»Hier bin ich wieder«, sagte Lee und reichte Dougless ihren Drink. »Guten Abend, Lord Stafford.«

Das Dinner wurde zu einer wunderbaren Erfahrung für Dougless. Nicholas konnte die Augen nicht von ihr abwenden, was die liebliche Lady Arabella schier zur Weißglut brachte. Lee war ständig so sehr um sie bemüht, daß der Ärmel seiner Jacke mehrmals in Dougless Suppenschüssel eintauchte.

Nach dem Dinner begaben sie sich alle in den großen Salon, und Nicholas spielte Klavier und sang dazu. Es war wie eine Szene aus einem Jane-Austen-Roman. Er hatte eine volle tiefe Stimme, die Dougless überaus gut gefiel. Er hatte sie eingeladen, mit ihm zu singen, aber sie wußte, daß sie keine Stimme hatte. Sie saß auf einem harten kleinen Stuhl und sah eifersüchtig zu, wie Arabella und Nicholas ein Duett sangen, die Köpfe zusammensteckend, die Stimmen miteinander verschlungen.

Um zehn Uhr abends entschuldigte sich Dougless und ging auf ihr Zimmer. Sie hatte kein Verlangen, den Abend mit Lee in diesem Zimmer zu verbringen. Die Aufklärung des Geheimnisses, wer Nicholas verraten hatte, mußte eben noch einen Tag warten.

Um Mitternacht wußte Dougless dann, daß sie nicht schlafen konnte. Sie hatte ständig Nicholas vor Augen, wie er mit Arabella im Duett sang und wie er mit aufgeknöpftem Hemd von der Jagd heimgekommen war. Sie stand auf, legte einen Hausmantel an, fuhr sich mit den Fingern durch die

242

Haare, daß sie bauschiger wurden, und begab sich durch die Korridore auf den Weg zu Nicholas' Zimmer. Unter *seiner* Tür war es dunkel; aber hinter *ihrer* Tür zeigte sich Licht, klirrten Gläser und klang das gurrende Lachen von Arabella auf.

Dougless handelte, ohne erst nachzudenken. Sie klopfte einmal an, legte gleichzeitig die andere Hand auf den Türknopf, drehte ihn und marschierte in Arabellas Schlafzimmer hinein. »Hei. Ich wollte fragen, ob ich mir eine Nähnadel borgen könnte. Mir ist ein Halter gerissen. Ein sehr wichtiger Halter, wenn Sie wissen, was ich meine.«

Nicholas lag auf Arabellas Bett ausgestreckt, das Hemd aufgeknöpft und aus der Hose hängend. Arabella trug einen schwarzen Frisierumhang, der nicht viel von ihrer Haut verdeckte und überdies noch durchsichtig war.

»Sie . . . Sie . . .!« fauchte sie.

»Oh, hei, Lord Stafford! Habe ich Sie bei etwas unterbrochen?«

Nicholas blickte sie belustigt an.

»Na, so was!« rief Dougless, »ein Bang-and-Olafson-TV! So ein Gerät habe ich noch nie gesehen. Ich hoffe, Sie haben doch nichts dagegen. Ich wollte mir sowieso die Spätnachrichten anschauen. Ah, hier ist ja auch die Fernsteuerung dazu.« Sie setzte sich auf den Bettrand, schaltete den großen Farbfernseher ein und begann, die Kanäle zu wechseln. Sie spürte, wie Nicholas sich hinter ihr aufsetzte.

»Ein Kino«, flüsterte er.

»Nein, nur ein Fernseher.« Sie gab ihm die Fernsteuerung. »Sehen Sie, hier kann man den Fernseher ein- und ausschalten. Das ist der Knopf für die Lautstärke, und der hier ist für die Kanäle. Schauen Sie nur! Ein alter Film über Königin Elizabeth.« Sie schaltete das Gerät wieder ab, legte die Fernsteuerung auf den Nachttisch neben Nicholas, gähnte und sagte. »Ach, jetzt fällt mir ein, daß ich doch noch ein paar

243

Nähnadeln habe. Vielen Dank für Ihre Bemühungen, Lady Arabella. Hoffentlich habe ich Sie nicht zu sehr gestört.«

Dougless mußte zur Tür rennen, weil Arabella sich mit wie Raubvogelfänge gespreizten Fingern auf sie stürzen wollte. Sie schaffte es mit knapper Not durch die Tür, ehe diese hinter ihr zuknallte und knapp ihre Fersen verfehlte. Dann blieb sie draußen lauschend stehen. Nach ein paar Sekunden hörte sie die unmißverständlichen Geräusche eines Fernseh-Westernfilms und dann das Kreischen von Arabella: »Schalte ihn ab!« Lächelnd begab sich Dougless zurück in ihr Zimmer und hatte nun keine Mühe mehr, einzuschlafen.

Am nächsten Morgen wurde sie im Frühstückszimmer von Lee erwartet. »Ich dachte, Sie wären gestern abend vielleicht noch in mein Zimmer gekommen«, sagte er. »Ich wollte Ihnen die Briefe vorlesen.«

»Hatten Sie vor, mir zu sagen, wer Nicholas Stafford verraten hat?«

»Hmmm«, war alles, was Lee darauf sagte, und so folgte ihm Dougless nach dem Frühstück die Treppe hinauf zu seinem Zimmer. Wenn er ihr den Namen des Verräters sagte – würde Nicholas dann sofort wieder in das sechzehnte Jahrhundert zurückkehren?

Aber sie erkannte gleich, daß es ein Problem sein würde, Lee dazu zu bewegen, ihr den Verräternamen zu sagen.

»Ich hatte mir gerade überlegt, ob Ihr Vater nicht . . . er gehört doch zum Aufsichtsrat der Universität Yale, nicht wahr? Vielleicht wäre er daran interessiert, meine Forschungsergebnisse zu lesen.«

»Ich werde ihm nur zu gern davon erzählen. Und besonders gern würde ich ihm mitteilen, wer Lord Stafford verraten hat.«

Lee trat ganz nahe an sie heran. »Ich werde es Ihnen vielleicht sagen, wenn Sie ein kurzes Ferngespräch führten.«

»Mein Vater befindet sich gerade in der tiefsten Wildnis von Maine und ist dort leider telefonisch nicht erreichbar.«

»Oh«, erwiderte er, sich von ihr wegdrehend. »Dann kann ich Ihnen den Namen nicht sagen, schätze ich.«

»Sie kleiner Erpresser«, platzte Dougless wütend heraus, bevor sie nachdachte. »Sie haben nur Ihre Karriere im Sinn, aber der Name des Verräters entscheidet über Leben oder Tod eines Mannes!«

Er wandte sich ihr wieder zu und blickte sie erstaunt an. »Wie kann ein Papier aus dem sechzehnten Jahrhundert für das Leben eines Menschen heute von Bedeutung sein?«

Sie wußte nicht, wie weit sie ihn aufklären durfte. »Ich werde mit meinem Vater reden. Ich werde ihm noch heute schreiben. Sie können den Brief vorher lesen. Er wird ihn bekommen, sobald er wieder zu Hause ist.«

Er blickte sie stirnrunzelnd an. »Warum sind Sie so darauf erpicht, diesen Namen zu erfahren? Da ist doch etwas nicht ganz geheuer. Wer ist dieser Lord Stafford eigentlich? Ihr zwei verhaltet euch nicht wie Boss und Sekretärin. Sie benehmen sich eher wie . . .«

In diesem Moment flog die Tür auf, und Nicholas kam herein. Er trug seine elisabethanischen Kleider. Seine prächtigen muskulösen Beine zeichneten sich deutlich unter dem Stoff der Strumpfhose ab, sein silberner, mit Gold eingelegter Harnisch gleißte in der Sonne. Er hatte sein Schwert gezückt und setzte dessen Spitze Lee an die Kehle.

»Was soll das bedeuten?« verlangte Lee zu wissen. Er versuchte das Schwert von seinem Hals wegzuschieben und holte dann erschrocken Luft, als die scharfe Schneide ihm die Haut verletzte.

Nicholas rückte einen Schritt auf ihn zu, die Schwertspitze wieder fest auf Lees Kehle setzend.

»Dougless, holen Sie jemand zu Hilfe«, rief Lee, vor Nicholas zurückweichend. »Ihr Boss ist verrückt geworden.«

245

Als Lee mit dem Rücken an der Wand stand, sagte Nicholas: »Wer hat mich an die Königin verraten?«

»Sie verraten? Sie *sind* verrückt. Dougless, holen Sie jemand, ehe dieser Wahnsinnige etwas tut, das wir beide bereuen müssen.«

»Sagt mir seinen Namen«, forderte Nicholas und drückte die Schwertspitze noch tiefer in Lees Hals.

»Also gut«, keuchte Lee. »Es war ein Mann namens . .«

»Moment!« rief Dougless und blickte Nicholas an. »Sobald er den Namen sagt, könnten Sie verschwinden. O Nicholas, vielleicht sehe ich Sie niemals wieder.«

Das Schwert immer noch gegen Lees Kehle drückend, streckte Nicholas den anderen Arm aus, und Dougless rannte zu ihm, ihre Lippen an den seinen, ehe sich noch ihre Körper berührten. Sie küßte ihn mit all der Sehnsucht, all dem seit vielen Tagen aufgestauten Verlangen. Sie faßte mit beiden Händen in seine Haare und zog seinen Kopf zu sich herunter, während sie ihn küßte. Gemessen an seinem vermeintlich kaum entwickelten Libido, ihre Person betreffend, war die Leidenschaft, die sie nun bei ihm spürte, so gewaltig, daß sie den Boden unter ihren Füßen verlor, als er sie mit dem freien Arm an sich zog. Er brach zuerst den Kuß.

»Geh«, sagte er.

Tränen schossen Dougless nun in die Augen, und sie hätte schwören können, daß nicht nur ihre Augen überliefen.

»Geh«, sagte er abermals, »halte dich jetzt fern von mir.«

Gehorsam, zu schwach, um sich seinem Befehl wiedersetzen zu können, ging Dougless ein paar Schritte von ihm fort, blieb stehen und blickte ihn an. Ihn nie mehr sehen, ihn nie mehr festhalten zu können, ihn nie mehr lachen zu hören, ihn nie mehr . . .

»Der Name!« forderte Nicholas abermals; doch sein Blick ließ Dougless kein einziges Mal los. Wenn er diese Welt verließ, wollte er ihr Bild als letzten Anblick mit sich nehmen.

Lee war von alledem sehr verwirrt. »Der Mann hieß . . .«

Alles geschah nun auf einmal. Dougless, die den Gedanken, daß Nicholas nun diese Welt verließ, nicht ertragen konnte, machte einen Hechtsprung gegen Nicholas' Beine. Wenn er in seine Zeit zurückkehrte, ging sie mit ihm.

». . . Robert Sydney«, sagte Lee, als Nicholas und Dougless vor ihm über den Boden hinrollten. Er blickte auf die beiden hinunter. »*Beide* sind verrückt«, murmelte er, stieg über Dougless und Nicholas hinweg und verließ das Zimmer.

Dougless preßte den Kopf gegen Nicholas' silbernen Brustharnisch, die Augen fest geschlossen.

Als Nicholas sich von seinem Schrecken ein wenig erholt hatte, blickte er belustigt auf Dougless hinunter und sagte: »Wir sind da.«

»Wo? Sind das Autos da draußen oder Eselskarren?«

Leise lachend hob er mit beiden Händen ihr Gesicht an. »Wir bleiben in deiner Zeit. Ich sagte doch, daß du beiseite treten solltest.«

»Nun, ich . . . ah, ich . . .« Sie rollte von ihm herunter und setzte sich auf. »Ich dachte nur, daß es ein wunderbares Erlebnis sein könnte, Elizabeth von England persönlich kennenzulernen. Ich könnte ein Buch über sie schreiben, weißt du, und alle Fragen beantworten, die die Leute heute *wirklich* interessieren. Zum Beispiel, ob Königin Elizabeth eine Glatze hatte und ob die Leute damals glücklich waren. Und . . .«

Nicholas setzte sich auf und küßte sie überaus zärtlich auf den Mund. »Du kannst nicht mit mir in meine Zeit zurückkehren.« Er legte die Hand auf den Rücken. »Vorsicht – du drückst mir noch eine Delle in den Panzer! Du hast ihm schon ein paar Krazter am ersten Tag verpaßt, als du mich vor der Kirche ansprangst.«

»Da warst du gerade dabei, einem Bus vor den Kühler zu laufen.«

Er stand auf und streckte ihr die Hand hin, um ihr vom Boden aufzuhelfen, und als Dougless neben ihm stand, wollte sie seine Hand nicht mehr loslassen. »Du bist immer noch hier«, hauchte sie schließlich. »Du kennst den Namen des Verräters und bist noch da. Robert Sydney. Sydney? War es nicht Arabella Sydney, mit der du . . . die mit dir . . .«

Nicholas legte ihr den Arm um die Schultern und führte sie ans Fenster. »Er war Arabellas Mann«, sagte er leise. »Es fällt mir nicht leicht zu glauben, daß er bei der Königin falsche Anschuldigungen gegen mich erhob.«

»Zum Kuckuck mit dir und diesem verdammten Tisch!« murmelte Dougless. »Wenn du nicht so . . . so übereifrig gewesen wärest und sie nicht auf dem Tisch genommen hättest, hätte ihr Mann dich vielleicht nicht so sehr gehaßt. Was sagte denn eigentlich deine Frau dazu? Sie muß nicht gerade glücklich darüber gewesen sein.«

»Ich war zu der Zeit, als das passierte, noch ledig.«

»Zu *der* Zeit«, murmelte Dougless. »Vielleicht hat sich Robert auch wegen der vielen Gelegenheiten hinterher an dir rächen wollen.« Sie drehte sich um und sah ihn an. »Wenn ich mit dir zurückginge, könnte ich dich vielleicht vor solchen Schwierigkeiten bewahren.«

Er drückte ihren Kopf hinunter an seine gepanzerte Schulter. »Du kannst nicht mit mir in meine Zeit zurückkommen.«

»Vielleicht kehrst du gar nicht zurück. Vielleicht bleibst du für immer hier.«

»Wir müssen nach Ashburton fahren, wo sich mein Grab befindet. Ich werde an meiner Gruft beten.«

Sie wollte noch mehr sagen – ihm etwas sagen, das ihn veranlaßte, die Idee einer Rückkehr aufzugeben; aber sie wußte, daß dafür alle ihre Worte nicht reichten. Seine Familie, sein Name, seine Ehre waren ihm zu wichtig. »Wir werden noch heute abreisen«, sagte Dougless leise. »Ich glaube nicht, daß du Arabella noch einmal sehen mußt.«

248

»Hast du keine Taschenrechner oder Fernsehapparate mehr, um mich von ihr abzulenken?« fragte er amüsiert.

»Ich hatte mir das Stereogerät für heute abend aufgehoben.«

Er drehte sich herum, daß sie ihn ansehen mußte, und legte ihr die Hände auf die Schultern. »Ich werde allein beten«, sagte er. »Wenn ich zurückkehre, dann allein. Hast du mich verstanden?«

Sie nickte. Geborgte Zeit, dachte sie bei sich. Wir leben von geborgter Zeit.

Dougless saß auf dem Doppelbett in ihrem Pensionszimmer und blickte zu Nicholas im anderen Bett hinüber. Das fahle Dämmerlicht gab seinen Zügen auf dem hellen Kopfkissenbezug etwas Verschwommenes; aber es reichte hin, daß sie sein Gesicht sehen konnte. Sie kannten nun den Namen des Verräters seit drei Tagen, und in jeder Minute dieser zweiundsiebzig Stunden hatte Dougless gewußt, daß er im nächsten Moment verschwunden sein konnte. Jeden Morgen ging er in die Kirche und betete zwei Stunden lang auf den Knien vor seiner Gruft. Und nachmittags wiederholte er diese Prozedur.

Jedesmal, wenn er in die Kirche ging, blieb Dougless draußen stehen und hielt den Atem an. Sie wußte, es konnte das letztemal gewesen sein, daß sie seiner Gestalt einen Blick nachschickte. Um zehn Uhr morgens und um vier Uhr nachmittags pflegte sie dann jedesmal auf Zehenspitzen in die Kirche zu gehen, und wenn sie ihn dann dort an seiner Gruft knien sah, traten ihr Tränen der Erleichterung und Freude in die Augen. Ihr Herz zerfloß vor Liebe und Erbarmen beim Anblick seines in Schweiß gebadeten Gesichts. Er betete jeden Tag so angestrengt, daß er hinterher ganz schwach war vor Erschöpfung. Dougless half ihm jedesmal, sich vom Boden zu erheben, weil seine Beine vom stundenlangen Knien auf den kalten Steinplatten steif waren und schmerzten. Der Vikar, dem Nicholas leid tat, legte ihm ein Kissen vor die Gruft; aber Nicholas hatte sich geweigert, es zu benützen, da er, wie er sagte, den körperlichen Schmerz brauchte, um ihn daran zu erinnern, was die Pflicht von ihm verlangte.

Dougless fragte ihn nicht, warum er eine Erinnerung an seine Pflicht benötigte, weil sie nicht die Saat der Hoffnung ersticken wollte, die in ihr aufzukeimen begann. Jedesmal, wenn sie zu ihm in die Kirche kam und er, den Kopf zu ihr umdrehend, bemerkte, daß er noch bei ihr war, trat ein Leuchten in seine Augen. Vielleicht würde er nicht mehr zurückkehren, dachte Dougless bei sich. Eigentlich hätte sie ebenfalls für seine Rückkehr beten müssen, weil sie wußte, daß die Ehre, sein Familienname und die Zukunft vieler Menschen wichtiger waren als ihre eigensüchtigen Wünsche; aber jedesmal, wenn sie ihn an der Gruft knien sah, das Sonnenlicht auf seinem Körper, wisperte sie: »Ich danke Dir, Gott.«

Drei Tage, dachte sie, drei himmlische Tage. Wenn Nicholas nicht in der Kirche betete, verbrachten sie jede Sekunde zusammen. Sie mietete Fahrräder und amüsierte sich köstlich, als sie ihm das Radfahren beibrachte. Jedesmal, wenn er umkippte, riß er sie mit sich zu Boden, und dann rollten sie über das üppige englische Gras hin. Über süßes, englisches Gras, in dem sich frische Kuhfladen verbargen.

Lachend darüber, wie schrecklich sie rochen, duschten sie und wuschen sich die Haare, und Dougless mietete einen Videorecorder, und sie blieben in ihrem Zimmer und schauten sich einen Film an.

Nicholas war unersättlich in seinem Wissensdrang, und deshalb wurden sie beide Leser in einer örtlichen Leihbibliothek und gingen zusammen Hunderte von Büchern durch. Nicholas wollte alles sehen, was seit 1564 passiert war, wollte jedes seither komponierte Musikstück hören. Er wollte alles riechen, schmecken und anfassen.

»Wenn ich hierbliebe«, sagte er eines Nachmittags, »würde ich Häuser machen.«

Es dauerte einen Moment, ehe Dougless begriff, daß er damit das Entwerfen von Häusern meinte. Sie dachte an die Schönheit von Thornwyck und wußte, daß er das Talent dafür hatte. Ehe sie begriff, was sie da tat, redete sie schon wie ein Wasserfall: »Du solltest eine Fachschule für Architekten besuchen. Du müßtest eine Menge über moderne Baumaterialien lernen; aber dabei könnte ich dir helfen. Ich könnte dir beibringen, die moderne Druckschrift besser zu lesen, und mein Onkel J. T. könnte dir einen Paß besorgen. Er ist der König von Lanconia, und wir sagen einfach, daß du ein Lanconianer bist, und so könnte ich dich mitnehmen nach Amerika. Dort könnte mein Vater dir helfen, daß du eine Fachschule besuchen kannst, und im Sommer könnten wir in meine Heimatstadt Warbrooke an der Küste von Maine fahren. Es ist schön dort, und wir könnten auf dem Meer segeln und . . .«

Er wandte sich ab. »Ich muß zurückkehren.«

Ja, zurückkehren, dachte sie bei sich – zurückkehren zu seiner Frau, die er so sehr liebt. Wie kam es nur, daß sie ihn so gern hatte, während er offensichtlich so gar nichts für sie empfand? Die anderen Männer in ihrem Leben hatten immer etwas von ihr gewollt. Robert wollte, daß sie ihn anhimmelte. Ein paar Männer hatten sich ihres Familienvermögens wegen mit ihr verabredet. Einige Männer wollten sie haben, weil sie so leichtgläubig war – so leicht zu täuschen. Aber Nicholas war anders. Er versuchte nicht, ihr irgend etwas zu nehmen.

Es gab Zeiten, daß Dougless, wenn sie ihn betrachtete, von solchen Lustgefühlen ergriffen wurde, daß sie sich mitten in der Bibliothek oder in einem Pub oder auf der Straße auf ihn hätte werfen können. Sie litt unter Tagträumen, in denen sie ihm die Kleider vom Leib riß und ihn vergewaltigte.

Aber wenn sie ihm zu nahe kam, wich er ihr jedesmal aus.

Es schien, als wollte er alles in dieser Welt kosten, riechen und berühren – nur sie nicht.

Sie versuchte, sein Interesse an ihr zu wecken. Himmel, es gab wohl nichts, was sie nicht versuchte. Sie bezahlte – mit ihrer Kreditkarte – zweihundert Pfund für eine rotseidene Garnitur Unterwäsche, die jeden Mann garantiert zur Raserei bringen mußte. Als sie, angetan mit diesen kostbaren Dessous, aus dem Badezimmer kam, hatte Nicholas kaum einen Blick darauf geworfen. Sie hatte eine winzige Flasche Parfüm Marke Tigerin gekauft, das ihr Kreditkonto mit weiteren fünfundsiebzig Pfund belastete, sich dann so über Nicholas gebeugt, daß ihr das Hemd von den Brüsten wegstand, und ihn gefragt, ob er diesen Duft mochte. Er hatte kaum etwas gemurmelt als Antwort.

Sie hatte ihre Jeans in die Badewanne gelegt und sie in brühend heißem Wasser schwimmen lassen, und als sie diese wieder anzog, waren sie so eng, daß sie den Reißverschluß mit einer großen Sicherheitsnadel zusammenhalten und sich auf den Boden legen mußte, um sie überhaupt anziehen zu können. Sie trug sie zu einer dünnen roten Seidenbluse ohne Büstenhalter. Nicholas schaute gar nicht hin.

Sie hätte wohl geglaubt, daß er schwul sei, wenn er nicht jeder anderen Frau nachgeschaut hätte, die an ihm vorbeikam.

Dougless kaufte eine schwarze Strumpfhose, schwarze hochhackige Pumps und einen kleinen, klitzekleinen schwarzen Rock, den sie zu der roten Seidenbluse trug. Sie kam sich reichlich blöd vor, wenn sie in diesen Schuhen auf ein Fahrrad stieg; tat es aber trotzdem. Sie fuhr vier Meilen vor Nicholas her; doch soweit sie das beurteilen konnte, schaute er kein einzigesmal hin. Zwei Autos, die an ihr vorbeikamen, landeten im Straßengraben, aber Nicholas schien es nicht zu beeindrucken.

Das Videoband, das sie an diesem Tag mietete, hieß »Body Heat«.

Am vierten Tag war sie verzweifelt, und mit der Hilfe ihrer Pensionswirtin setzte sie ein kompliziertes Komplott ins Werk, um Nicholas in ihr Bett zu lotsen. Die Pensionswirtin sagte zu Nicholas, daß sie das Zimmer, das er mit Dougless bewohnte, brauchte, und Dougless mietete ein anderes Zimmer in einem in der Nähe gelegenen herrlichen Landhaus-Hotel. Sie sagte zu Nicholas, das einzige Zimmer, das sie dort bekommen konnte, habe nur ein großes Vier-Pfosten-Bett; aber damit würden sie wohl schon zurechtkommen. Er warf ihr einen seltsamen Blick zu, den sie nicht zu deuten vermochte, und ging davon.

Und nun befand sich Dougless im Badezimmer dieses Hotels, in dem sie seit dreißig Minuten wohnten. Sie war so nervös wie eine jungfräuliche Braut in ihrer Hochzeitsnacht. Mit zitternden Händen sprühte sie sich mit Parfüm ein.

Als sie dann endlich bettfertig war, toupierte sie noch ein bißchen die Haare und verließ das Badezimmer. Es war dunkel, aber sie konnte die Umrisse des Betts sehen – das Bett, das sie sich mit Nicholas teilen mußte.

Langsam ging sie darauf zu. Sie konnte eine lange Gestalt unter der Zudecke ausmachen, streckte die Hand aus und berührte sie. »Nicholas«, flüsterte sie.

Aber ihre Hand berührte nicht ihn, sondern – Federkissen!

Sie drehte die Nachttischlampe an und sah, daß Nicholas in der Mitte des Bettes aus allen verfügbaren Kissen des Zimmers eine Barrikade errichtet hatte. Sie reichte vom Kopf- bis zum Fußende der Bettstatt. Dahinter lag er, ihr den Rücken zukehrend, und sein breites Kreuz war wie eine zweite Barrikade.

Sie biß sich auf die Lippen, um nicht losweinen zu müssen, und stieg in das Bett, sich an dessen Rand haltend, um nicht diese verdammten Kissen berühren zu müssen. Sie drehte das Licht nicht aus, weil sie plötzlich keine Kraft mehr zu haben schien. Heiße Tränen rollten ihr über die Wangen.

»Warum?« flüsterte sie. »Warum?«

»Dougless«, sagte Nicholas leise, drehte sich zu ihr hin, ohne jedoch den Arm auszustrecken und über die Barrikade hinweg ihren Körper zu berühren.

»Warum bin ich für dich so gar nicht begehrenswert?« fragte sie und haßte sich, weil sie das sagte, aber sie besaß keinen Funken Stolz mehr. »Ich sehe doch, daß du andere Frauen anschaust, von denen ich weiß, daß sie nicht so hübsch sind wie ich. Aber mich schaust du nie an. Von Arabella konntest du manchmal die Hände nicht mehr wegnehmen, und zuweilen küßt du mich zwar; aber nicht mehr. Du hast so viele Frauen geliebt, aber mich verschmähst du. Warum? Bin ich dir zu klein? Zu fett? Haßt du Rothaarige?«

Als Nicholas nun redete, spürte sie, daß es aus seinem tiefsten Inneren kam. »Ich habe noch nie eine Frau so begehrt wie dich. Mein Körper schmerzt vor Verlangen nach dir, aber ich muß dich verlassen. Ich kann nicht zurückkehren in dem Bewußtsein, daß du meinetwegen trauerst. Als ich dich zum erstenmal sah, hast du so sehr geweint, daß ich es über eine Kluft von vierhundert Jahren hinweg hörte. Ich kann dich nicht noch einmal solchem Kummer überlassen.«

»Du willst mich nicht anfassen, weil du nicht willst, daß ich deinetwegen Kummer habe?«

»Aye«, flüsterte er.

Dougless Tränen wurden von einem Lachen abgelöst. Sie schwang sich aus dem Bett, stellte sich auf und blickte auf ihn hinunter. »Du Dummkopf«, sagte sie, »begreifst du denn nicht, daß ich, wenn du mich verläßt, den Rest meines Lebens hindurch jeden Tag um dich trauern werde? Ich werde so lang, so laut und heftig weinen, daß man mich bis zum Anbeginn der Zeiten hören wird. O Nicholas, du Narr, weißt du denn nicht, wie sehr ich dich liebe? Ob du mich anfaßt oder nicht – du wirst meine Tränen nicht zum Versiegen bringen.«

Sie hielt inne und lächelte ihn an. »Warum willst du mir nicht, wenn ich um dich traure, wenigstens eine Erinnerung hinterlassen, die Arabella von ihrem Tisch fegt?«

Eben noch hatte er regungslos unter seiner Zudecke gelegen und sie über die Barrikade hinweg angesehen, während sie, am Bett stehend, auf ihn einredete, und im nächsten Moment war er über ihr. Dougless hatte gar nicht gesehen, daß er sich bewegte, spürte nur seinen Körper auf dem ihren, seinen Mund auf ihrer Haut, seine Hände auf ihren Schultern, dann an ihren Armen, wo sie rasch nach ihren Händen suchten.

»Nicholas«, flüsterte sie, »Nicholas.«

Er war über ihr, und seine Lippen und seine Hände waren überall zugleich, während er jeden Teil ihres Körpers küßte, der seinem Mund nahe kam. Seine Hände zerrten an ihrem Gewand, und Dougless hörte, wie der Stoff zerriß. Als sein heißer, feuchter Mund sich über ihre Brust legte, schrie sie auf vor Entzücken.

Das war Nicholas, nach dem sie verlangt, nach dem sie sich seit Hunderten von Stunden vor Verlangen und Sehnsucht verzehrte. Seine großen harten Hände bewegten sich an ihren Flanken entlang, sein Daumen spielte mit ihrem Nabel, während seine Lippen und seine Zunge ihre Brüste liebkosten.

Ihre Finger gruben sich in seine Haare. »Laß mich«, flüsterte sie. Sie hatte sich immer Männer ausgesucht, die sie brauchten – Männer, die meinten, niemand könnte ihnen genug geben. Dougless hatte nur mit Männern sexuelle Erfahrungen gehabt, die erwarteten, daß sie gab und sich verschenkte.

»Nicholas?« sagte sie, als seine Lippen an ihrem Bauch

hinunterglitten. »Nicholas, ich glaube nicht, daß du . . .«
Seine Hände streichelten ihre Schenkel, seine Daumen kneteten dort das weiche weiße Fleisch und glitten dann tiefer,
immer tiefer.

Dougless wölbte ihren Körper gegen den Teppich. Kein
Mann hatte das bisher mit ihr gemacht. Die Leidenschaft
schwoll in ihr übermächtig an, als seine Zunge . . . O Gott,
seine Zunge.

»Nicholas«, stöhnte sie und begann ihn bei den Haaren zu
ziehen, während ihr Körper sich unter ihm bewegte. Er
knabberte sacht an der Innenseite ihrer Schenkel und liebkoste ihre Kniekehlen, bis sie meinte, sie könne diese Wonne
nicht länger ertragen.

Und dann faßte Nicholas ihr linkes Bein und bog es zur
Seite, während er so hart und so groß in sie eindrang, daß sie
ihn von sich wegzuschieben suchte. Aber dann schloß ihr
Körper sich um ihn, wickelte sich ihr freies Bein um das
seine, während er sich mit harten, tiefen Stößen in ihr bewegte, die sie über den Teppich schoben. Sie hob die Hände
und stemmte sie gegen die Wand.

Nicholas ließ ihr abgewinkeltes Bein los, und sie schlang
nun beide Beine um seine Taille, während ihre Hüften sich
hoben, um seinen Stößen zu begegnen. Er legte die Hände
um ihr Gesäß und hob sie an. Höher und höher.

Als sie schließlich fühlte, wie er sich in sie hineinwölbte zu
einem letzten, sich in sie ergießenden Stoß, spürte sie, wie ihr
Körper ihm erschauernd antwortete.

Es dauerte eine Weile, bis sie wieder zu sich kam und sich
erinnerte, wo sie war – wer er war. Ihr Kopf berührte fast die
Wand, die Nachttischlampe und die Deckenleuchte schienen
hoch über ihr zu schweben.

»Nicholas«, murmelte sie, seine schweißnassen Haare mit
den Fingerspitzen berührend. »Kein Wunder, daß Arabella
deinetwegen alles riskiert hat.«

Er stützte sich auf einen Ellenbogen und blickte auf sie hinunter. »Schläfst du schon?« fragte er mit einem leisen Lachen.

»Nicholas, das war wunderbar«, flüsterte sie. »Kein Mann . . .«

Er ließ sie nicht aussprechen, sondern ergriff ihre Hand und zog sie in die Höhe, bis sie neben ihm stand. Dann küßte er sie sacht und zärtlich und führte sie, immer noch ihre Hand festhaltend, ins Badezimmer. Er stellte die Dusche an, wartete, bis das Wasser heiß war, und zog sie dann zu sich in die Duschkabine hinein. Er drängte sie gegen die Kachelwand und küßte sie, während sein großer, harter Körper sich an den ihren preßte.

»Davon habe ich geträumt«, murmelte er. »Diese Wasserfontänen sind für die Liebe erschaffen.«

Dougless war zu sehr abgelenkt von seinem Mund, der sich zu ihren Brüsten hinunterbewegte, um ihm eine Antwort geben zu können. Während das heiße Wasser auf sie herunterrauschte, fing Nicholas an, sie überall zugleich zu küssen – auf die Brüste, den Bauch, den Hals. Sie hatte den Kopf nach hinten geworfen, ihre Hände auf seine Schultern gelegt – Schultern, die so breit waren, daß sie fast von einer Seite der Duschkabine zur anderen reichten.

Dann spürte sie seine Lippen auf ihrem Kinn, öffnete die Augen und sah, daß er sie anlächelte. »Vielleicht hat sich einiges doch nicht geändert in dieser modernen Welt«, sagte er. »Denn nun scheine ich dein Lehrmeister zu sein.«

»Wirklich?« sagte sie und begann, seinen Hals zu küssen. Ihre Lippen wanderten über seine breite Schultern und seine harte, muskulöse Brust, während ihre Hände seine Rückenmuskeln kneteten. Fett, dachte sie, sie hatte zu ihm gesagt, er könne zu dick werden; aber das war alles festes, hartes Muskelfleisch, was sie unter ihren Fingerspitzen spürte, das sich anfühlte, als wäre es gemeißelt.

257

Das heiße Wasser trommelte auf ihren Scheitel, während sie in die Hocke ging, ihre Hände auf seinem Gesäß. Als ihr Mund sich über seinem Glied schloß, war er es, der aufstöhnte vor Wonne und seine Hände in ihren nassen Haaren vergrub.

Er zog sie fast an den Haaren in die Höhe, warf sie dann gegen die nasse Kachelwand, legte sich ihre Beine um seine Taille und rammte sein Glied fast brutal in sie hinein. Dougless erwiderte sein Begehren mit gleicher Leidenschaft, klammerte sich an seine Schultern, während sein Mund sich auf den ihren preßte und er seine Zunge im gleichen Rhythmus mit seinem Glied in ihre Mundhöhle schob.

Als sie zum Höhepunkt kamen, hätte Dougless vor Wonne laut aufgeschrien, wenn Nicholas nicht ihren Mund mit dem seinen verschlossen hätte.

Sie hing mit schlaffem Körper zitternd an ihm. Wenn Nicholas sie nicht festgehalten hätte, wäre sie vermutlich durch den Abfluß davongeschwommen.

Er küßte ihren Hals. »Nun werde ich dich waschen«, sagte er zärtlich und stellte sie wieder auf ihre eigenen Beine; aber er mußte sie auffangen, weil sie fast umgefallen wäre.

Als habe er einen elektrischen Schalter in seinem Körper, so schien er seine Leidenschaft bändigen zu können. Er drehte ihr Gesicht dem Duschkopf zu und begann ihre Haare mit Shampoo zu behandeln. Seine großen starken Hände und sein kolossaler Körper gaben ihr das Gefühl, klein, zerbrechlich – und beschützt zu sein. Als er ihr die Haare gewaschen hatte, begann er ihren Körper einzuseifen.

Dougless lehnte sich gegen die Kachelwand zurück, während Nicholas' Hände über sie hinglitten, auf und nieder, vorn und hinten, ein und aus. Ehe sie sich vergaß, nahm sie ihm die Seife ab und begann ihn mit ihren von kremigem Schaum bedeckten Händen zu liebkosen. Er hatte den schönsten Körper, den sie jemals bei einem Mann gesehen

258

hatte: groß, breitschultrig, schmalhüftig, aber mit massigen Schenkeln. Himmel, dachte sie, selbst seine Füße sind schön.

Sie schaltete das Wasser ab und seifte ihn ein, ihn überall betrachtend und berührend. Da war ein Muttermal an seiner linken Hüfte, das wie eine kleine Acht geformt war. Da entdeckte sie eine Narbe an seiner rechten Wade: »Stürzte vom Pferd«, murmelte er mit geschlossenen Augen. Und da war eine lange Narbe an seinem linken Unterarm: »Schwertübungen an dem Tag, als . . .« Dougless wußte, wie der Satz weiterging: ». . . als Kit starb.« Da war schließlich noch eine seltsame ovale Narbe auf seiner Schulter. Nicholas lächelte mit geschlossenen Augen. »Ein Zweikampf mit Kit. Ich gewann«, sagte er.

Sie erreichte mit ihren seifigen Händen wieder seinen Kopf. »Ich bin nur froh, daß keine Frau dir ihr Zeichen eingeritzt hat.«

»Nur du, Montgomery, hast mich markiert«, flüsterte er.

Dougless wollte ihn nach seiner Frau fragen. Waren seine Gefühle für sie nun genauso stark wie für seine geliebte Frau? Aber sie fragte ihn nicht, weil sie zu große Angst vor seiner Antwort hatte.

Nicholas schwenkte sie herum, drehte das Wasser wieder an und spülte den Seifenschaum von ihnen beiden ab. Als sie sauber waren, zog er sie aus der Duschkabine heraus und begann sacht ihre Haare zu kämmen. Dougless wollte sich ihren Frisiermantel anziehen; aber Nicholas wollte das nicht zulassen.

»Ich habe davon geträumt, dich so nackt, wie du jetzt bist, zu kämmen«, sagte er und blickte sie dabei im Spiegel an. »Du hättest mich beinahe in den Wahnsinn getrieben. Mit diesem Duft.« Er fuhr mit beiden Händen an ihren Armen hinunter. »Mit den Kleidern, die du in jüngster Zeit getragen hast . . .«

Dougless lächelte, ihren Kopf an den seinen gelegt. Er *hatte* es also bemerkt, dachte sie. Er hatte alles bemerkt.

Als ihre Haare gekämmt waren, rieb er sie mit dem Handtuch trocken und hielt dann die Robe aus weißem Frottee hoch, die das Hotel seinen Gästen zur Verfügung stellte. »Komm«, sagte er, die andere Baderobe überstreifend.

Er führte sie nach unten, durch die dunkle Hotelhalle und dann in die Küche.

»Nicholas«, sagte sie »wir dürften eigentlich nicht hier sein.«

Er küßte sie auf den Mund, um sie zum Schweigen zu bringen. »Ich habe Hunger«, sagte er, als wäre das Begründung genug.

Sich in der Hotelküche aufzuhalten, obwohl sie wußte, daß dies eigentlich nicht zulässig war, gab dieser überaus wundervollen Nacht noch einen zusätzlichen Reiz. Sie blickte auf Nicholas' Rücken, während er den Kühlschrank öffnete. Er gehörte ihr, dachte sie, und sie konnte ihn berühren, wann immer sie wollte. Seine Hand ergreifend, preßte sie ihren Körper gegen den seinen und legte ihren Kopf in seine Achselhöhe.

»Nicholas«, flüsterte sie. »Ich liebe dich so sehr. Verlaß mich nicht.«

Er drehte sich um und sah ihr in die Augen, während sich auf seinem Gesicht Verwirrung und Verlangen mischten. Dann sah er in den Eisschrank zurück. »Wo ist die Eiskrem?«

Sie lachte. »Im Tiefkühlfach. Versuche diese Tür dort.« Sie deutete darauf.

Er wollte sie nicht aus dem Blick oder den körperlichen Kontakt zu ihr verlieren und zog sie mit sich zum Gefrierschrank. Da standen große Pappkarton-Fässer voller Eiskrem in einem Fach. Aneinanderklebend wie siamesische Zwillinge, gingen sie dann in der Küche umher, um Schüsseln, Löffel und eine Schöpfkelle zu suchen. Nicholas verteilte mit der Kelle eine gewaltige Menge Eiskrem auf beide

Schüsseln und stellte dann die Pappkarton-Fässer in das Fach des Gefrierschranks zurück. Er ließ Vanille-Eiskrem vorn über ihren Körper laufen und leckte sie dann ab, und zwar so, daß er immer um einer Zungenbreite über der rinnenden Eiskrem blieb. Er leckte die letzten Tropfen der Eiskrem auf, als sie ihre rotgoldenen Schamhaarlocken erreichten.

»Erdbeeren«, sagte er und reizte Dougless damit zum Lachen.

Sie saßen auf dem acht Fuß langen, klobigen Schlachtertisch, ihre Füße und Beine bis zum Knie hinauf miteinander verschränkend. Sie löffelten eine Weile lang stumm ihr Eis, bis Nicholas die Vanille-Krem auf Dougless' Füße tropfen ließ und diese dann aufleckte. Dougless beugte sich vor, um Nicholas zu küssen, und dabei tropfte etwas von ihrer Eiskrem »aus Versehen« auf seinen inneren Schenkel.

»Ich wette, es ist dir grauenhaft kalt«, sagte sie an seinen Lippen.

»Ich kann es nicht aushalten«, flüsterte er.

Langsam, so daß ihre Brüste über seinen Körper hinstrichen, bewegte sie sich nach unten zu dem kleinen Eiskrem-Klecks auf seinem Schenkel und leckte ihn auf. Und als er verschwunden war, leckte sie immer noch weiter. Die Eiskrem war vergessen, als sich Nicholas auf dem Tisch zurücklehnte und sie zu sich emporzog. Als wäre sie nicht schwerer als eine Feder, hob er sie in die Höhe und setzte sie auf sein Glied. Dann glitten seine Hände an ihrem Körper hinauf und faßten ihre Brüste, während Dougless sich sacht auf- und niederbewegte.

Es dauerte lange, bevor sie sich zueinander wölbten und Nicholas sie zu sich herunterzog, um sie hungrig und wild zu küssen.

»Ich glaube, Madam«, flüsterte er ihr ins Ohr, »daß Ihr mein Eis geschmolzen habt.«

Dougless lachte und schmiegte sich an ihn. »Ich habe dich schon so lange anfassen wollen«, sagte sie. Sie streichelte seine Brust, seine Schulter und streckte dann, so weit sie konnte, die Hände durch die Ärmel des Frottee-Bademantels, den er immer noch anhatte, um seine Oberarme zu streicheln. »Ich bin noch nie einem solchen Mann begegnet, wie du einer bist.«

Sie stemmte sich auf einen Ellenbogen hoch und blickte auf ihn nieder. »Warst du ein ungewöhnlicher Mann im sechzehnten Jahrhundert, oder waren sie alle so wie du?«

Nicholas grinste sie an. »Ich bin einzigartig, und deshalb sind ja alle Frauen so . . .«

Sie küßte ihn. »Sage es nicht. Ich möchte fortan nichts mehr von deinen Frauen hören – oder deiner Frau.« Sie legte den Kopf auf seine Brust. »Ich möchte glauben, daß ich für dich etwas Besonderes bin, nicht nur eine unter Hunderten.«

Er hob ihr Kinn an, damit er ihr ins Gesicht sehen konnte. »Du hast mich über Jahrhunderte hinweg gerufen, und ich bin gekommen. Ist das nicht genug, um dich zu etwas ›Besonderem‹ zu machen?«

»Dann magst du mich also? Wenigstens ein bißchen?«

»Es gibt keine Worte dafür«, erwiderte er, küßte sie leicht und schob dann ihren Kopf wieder auf seine Brust; doch als er ihr über die noch feuchten Haare strich, spürte er, wie ihre Muskeln sich entspannten, und wußte, daß sie einschlief. Er zog ihren Bademantel vorn zusammen, hob sie auf seine Arme und trug sie aus der Küche und hinauf in ihr Zimmer. Dort zog er ihr und sich die weißen Frotteemäntel aus, legte sie ins Bett und stieg dann neben ihr auf die Matratze. Sie war bereits eingeschlafen und schmiegte sich an ihn, ihr bloßes Gesäß unter sein noch halbgeschwollenes Glied geschoben, sein rechtes Bein über ihre Beine gelegt.

Sie hatte ihn gefragt, ob er sie mochte. Mochte? Sie wurde allmählich sein ein und alles, der Grund und Mittelpunkt sei-

262

nes Lebens. Was sie dachte, was sie fühlte, was sie brauchte – das alles berührte ihn zutiefst. Er konnte es nicht mehr ertragen, länger als ein paar Minuten von ihr getrennt zu sein.

Jeden Morgen und jeden Nachmittag ging er in die Kirche, um Gott zu bitten, ihn in seine Zeit zurückzuschicken; aber ein Teil seines Geistes dachte unentwegt daran, wie es wohl sein würde, wenn er sie nie mehr sah, sie nie mehr lachen, sie nie mehr weinen hörte, sie nie mehr in seinen Armen halten konnte.

Er strich sacht mit der Hand über ihre Schulter und steckte dann die Bettdecke um sie fest. Noch nie war er so einer Frau wie ihr begegnet. Sie war ohne Arg, ohne Eigensucht, ohne ausgeprägtes Empfinden für Selbsterhaltung. Er lächelte, als er sich an ihre Proteste am ersten Tag ihrer Begegnung erinnerte. Sie hatte gesagt, sie würde ihm nicht helfen; aber er hatte in ihren Augen gelesen, daß sie es nicht übers Herz bringen konnte, ihn allein zu lassen in einem ihm total fremden Land. Er dachte an die Frauen seiner eigenen Zeit und vermochte sich auf keine besinnen, die einem fremden, armen Wahnsinnigen helfen würde.

Aber Dougless hatte das getan, dachte er bei sich. Sie hatte ihm geholfen, ihn unterrichtet und . . . ihn geliebt. Sie hatte ihm selbstlos und rückhaltlos ihre Liebe geschenkt.

Rückhaltlos, dachte er, und lächelte in der Erinnerung an diese Nacht. Keine Frau hatte jemals auf ihn mit einer so totalen Hingabe reagiert wie Dougless. Arabella forderte immer nur. »Hier! Jetzt!«, pflegte sie zu rufen. Andere Frauen wiederum glaubten, ihm einen Gefallen damit zu tun. Lettice . . . Er mochte nicht gern an seine kalte Ehefrau denken. Sie lag mit steifen Gliedern und offenen Augen im Bett, als wollte sie ihn warnen, von ihr die Erfüllung ihrer ehelichen Pflichten zu verlangen. In vier Ehejahren war es ihm nicht gelungen, sie zu schwängern.

Er liebkoste Dougless' bloßen Arm, und sie versuchte im

Schlaf noch näher an ihn heranzurücken. Er küßte ihre Schläfe. Wie konnte er sie verlassen? dachte er bei sich. Wie konnte er in sein anderes Leben zurückkehren, zu seinen anderen Frauen, und sie hier allein und unbeschützt zurücklassen? Sie war so weich, so verletzbar, daß sie solchen Männern wie jenen, die er aus der Pension hinausgeworfen hatte, hilflos ausgeliefert war.

Er dachte an seine Mutter und Lettice. Diese beiden Frauen waren durchaus in der Lage, auf sich selbst aufzupassen, egal, welche Schicksalsschläge sie auch treffen mochte. Aber nicht Dougless. Er fürchtete, daß sie schon eine Woche nachdem er sie allein gelassen hatte, wieder bei diesem gräßlichen Mann sein würde, den sie einst zu lieben glaubte.

Er streichelte ihre Haare. Wie konnte er es überhaupt über sich bringen, sie allein zu lassen? Da würde niemand dasein, der sie beschützte. Er verstand diese moderne Welt nicht. Es wäre die Pflicht ihres Vaters gewesen, einen Ehemann für sie auszusuchen. Nicholas lächelte, als er daran dachte, wie Dougless wohl mit einigen Männern in seiner Zeit zurechtkommen mochte, die ein Vater für sie auswählen würde. Was wollte sie da mit ihrem kindischen Gerede von Liebe erreichen?

Aber als Nicholas sie betrachtete, wußte er, daß er allmählich zu verstehen begann, was sie meinte. Liebe. Dougless behauptete, daß er vielleicht der Liebe wegen in diese moderne Welt geschickt worden sein konnte. Nicholas hatte diesen Gedanken verächtlich abgetan. Dieses unglaubliche Ereignis hatte der Liebe und nicht der Ehre wegen stattgefunden? Aber sie hatten den Namen des Verräters inzwischen erfahren, und er, Nicholas, hatte dennoch diese Welt noch nicht verlassen.

Er erinnerte sich daran, wie Dougless zu ihm sagte, daß alles in der Vergangenheit ein gutes Ende gefunden habe. Ein gutes Ende vielleicht für sie, überlegte er. Diese Zeit hatte ein schlimmes Andenken an ihn, hielt ihn für einen leichtsinnigen Narren. Vielleicht war er tatsächlich ein Narr gewesen. Er hatte noch viele andere Frauen in seinem Leben gehabt, die er auch brauchte in seiner Ehe mit der kalten Lettice. Aber vielleicht war allein schon die Tatsache, daß er Robert Sydney Hörner aufgesetzt hatte, eine monumentale Dummheit gewesen, weil er damit sein Todesurteil herbeigeführt hatte. Aber falls es ihm doch noch beschieden war, zurückzukehren, konnte er dieses Unrecht wiedergutmachen.

Falls er zurückkehrte!

Was dann? Er würde noch immer mit Lettice verheiratet sein, und es würde Frauen wie Arabella geben, die ihn reizten. Selbst wenn er seine Unschuld beweisen und sich von der Anklage des Hochverrats befreien konnte – würde ihn das verändern?

Er drehte sich auf den Rücken, drückte Dougless fest an sich. Was wäre, wenn er in diesem Jahrhundert bliebe? Wenn er Gottes Ratschluß falsch ausgelegt hätte? Wenn er in die Zukunft geschickt worden war, um nicht zurückzukehren, sondern *hier* etwas zu bewirken?

Er dachte an die Bücher, die er sich mit Dougless angesehen hatte. Da waren welche darunter gewesen, die Häuser aus der ganzen Welt beschrieben und ihn fasziniert hatten. Und Dougless hatte von einer Einrichtung gesprochen, die sie Architektenschule nannte und wo er das Entwerfen von Häusern erlernen könne. Er sollte ein Gewerbe betreiben? dachte er verwundert; aber das schien in diesem Jahrhundert kein Makel zu sein. Und Männer wie Harewood, die ein großes Stück Land besaßen, genossen wiederum geringes Ansehen – jedenfalls in Amerika, hatte ihm Dougless erklärt.

Amerika, dachte er, von diesem Ort hatte Dougless ständig gesprochen. Sie sagte, sie würden nach Amerika gehen, »einen Hausstand gründen«, und er sollte dort die Schule besuchen. In seinem Alter? hatte er entrüstet erwidert und ihr

265

nicht gezeigt, wie sehr ihn diese Idee reizte. Sollte er mit Dougless in ihrer modernen Welt leben und Häuser entwerfen? War das der Grund, warum er in dieses Jahrhundert versetzt worden war? Vielleicht hatte Gott Thornwyck gesehen, Gefallen daran gefunden und beschlossen, ihm eine zweite Chance zu geben, dachte Nicholas lächelnd, wenngleich er nicht glauben mochte, daß Gott so frivol sein könne.

Aber was wußte er schon von der Vorsehung Gottes? Er war nicht in die Zukunft geschickt worden, um den Namen seines Verräters zu entdecken. Diesen kannte er nun bereits seit einer Woche, und er befand sich noch immer in dieser Zeit. Warum also sonst? Weshalb war er in diese Welt gekommen?

»Nicholas!« schrie Dougless laut und setzte sich mit einem Ruck auf.

Er zog sie in seine Arme, und sie klammerte sich an ihn. »Ich träumte, du seist fortgegangen und hättest mich hier zurückgelassen.«

Er streichelte ihr Haar. »Ich werde dich nicht verlassen«, sagte er leise. »Ich werde immer bei dir bleiben.«

Es dauerte einen Moment, ehe seine Worte zu ihrem Bewußtsein vordrangen. Sie stützte sich auf die Ellenbogen und sah ihn an. »Nicholas«, sagte sie. Es war eher eine große bange Frage, als habe sie sich verhört.

»Ich . . .« Er holte tief Luft. Es fiel ihm schwer, es auszusprechen. »Ich will nicht zurückkehren. Ich möchte hierbleiben.« Er sah sie an. »Bei dir.«

Dougless begrub ihr Gesicht an seiner Schulter und begann zu weinen.

Er streichelte ihren Körper und lachte. »Bist du traurig, weil ich hierbleibe und du nicht zu diesem Robert zurückkehren kannst, der Diamanten an Kinder verschenkt?«

»Ich bin nur überglücklich.«

Er nahm ein Seidenpapiertuch aus der Schachtel neben

dem Bett. »Hier, wisch dir die Tränen ab, und erzähle mir von Amerika.« Und mit einem schrägen Blick auf sie fügte er hinzu: »Und erzähl mir was von deinem Onkel, der König ist.«

Dougless schneuzte sich und lächelte. »Ich hätte nicht gedacht, daß du das mitbekommen hast.«

»Was ist ein Cowboy? Was ist ein Paß? Was ist der Grand Cannon? Und rutsch nicht so weit von mir weg.«

»*Canyon* heißt diese Schlucht«, korrigierte sie ihn, kuschelte sich wieder in seine Arme und begann ihm von Amerika zu erzählen, von ihrer Familie, ihrem Onkel, der eine Prinzessin geheiratet hatte und nun König von Lanconia war.

Als es draußen schon dämmerte, begannen sie Pläne zu schmieden. Dougless wollte ihren Onkel J. T. anrufen und ihm, so gut es ging, erklären, daß sie einen Paß für Nicholas benötigte, damit er mit ihr nach Amerika fliegen konnte. »Wie ich Onkel J. T. kenne, wird er dich erst nach Lanconia einladen, um dich persönlich kennenzulernen. Aber du wirst ihm gefallen.«

»Und seine Königin?«

»Tante Aria? Manchmal tritt sie ein bißchen autoritär auf; aber im Grunde ist sie eine großartige Frau. Sie spielte früher immer mit uns Kindern Baseball. Sechs davon gehörten ihr; das war schon die halbe Mannschaft.« Sie lächelte. »Und sie hat eine etwas exzentrische Freundin, die Dolly heißt und in Bluejeans und einer Krone auf dem Kopf im Palast herumläuft.« Sie blickte Nicholas an, betrachtete seine schwarzen Haare, seine blauen Augen und dachte daran, wie er in der Öffentlichkeit auftrat und zuweilen die Leute so ansah, daß sie unter seinem Blick zu schrumpfen schienen. »Du wirst in Lanconia eine gute Figur machen«, sagte sie.

Sie ließen sich das Frühstück aufs Zimmer bringen, und Nicholas sagte über den Tisch hinweg. »Ich hätte jetzt lieber ein Erdbeereis.«

In der nächsten Sekunde rollten sie schon über den Boden und liebten sich. Und danach ließen sie das Badewasser ein, saßen sich in der Wanne gegenüber und schmiedeten noch mehr Pläne für ihre gemeinsame Zukunft.

»Wir werden nach Schottland fahren«, sagte Dougless. »Wir werden die Zeit, bis dein Paß eintrifft, in Schottland verbringen. Es ist schön dort.«

Nicholas hatte seinen Fuß gegen ihren Bauch gelegt und massierte ihr Fleisch mit den Zehen. »Wirst du auch diese hochhackigen Schuhe tragen, wenn du Fahrrad fährst?« fragte er.

Dougless lachte. »Mache dich jetzt nicht über mich lustig. Die Schuhe haben mir verschafft, was ich mir schon immer wünschte.«

»Und ich mir auch«, sagte er.

Nach dem Bad zogen sie sich an, und Dougless nahm sich vor, noch am Vormittag ihren Onkel J. T. anzurufen.

Nicholas drehte sich von ihr weg. »Ich muß noch ein letztes Mal in die Kirche«, sagte er leise.

Dougless spürte, wie ihr Körper ganz starr wurde. »Nein«, flüsterte sie, rannte dann zu ihm und packte ihn bei den Armen.

»Ich muß«, sagte er, sie anlächelnd. »Ich bin so oft dort gewesen und nichts passierte. Schau mich an.«

Sie hob den Kopf, und er lächelte. »Hast du wieder Zwiebeln in den Augen?«

»Ich habe nur Angst.«

»Ich muß Gott um Vergebung bitten, daß ich nicht zurückkehren möchte, um meinen Namen und meine Ehre zu retten. Verstehst du das?«

Sie nickte stumm. »Aber ich komme mit, und ich werde dich keine Sekunde loslassen. Hast du verstanden? Diesmal warte ich nicht vor der Kirche auf dich.«

Er küßte sie. »Ich habe nicht die Absicht, mich auch nur

eine Minute lang von dir zu trennen. Wir gehen also zuerst in die Kirche und beten, und danach wirst du deinen Onkel anrufen. Gibt es in Schottland Züge?«

»Selbstverständlich.«

»Ah, dann hat es sich sehr verändert. Zu meiner Zeit war es eine Wildnis.« Er legte den Arm um ihre Schultern, und sie verließen gemeinsam das Hotel.

I I

In der Kirche nahm Dougless nicht einen Moment lang die Hände von Nicholas. Er kniete nieder, um zu beten, und sie kniete sich neben ihn, ihre Arme fest um seinen Körper gelegt. Er schob sie nicht weg, wie sie das befürchtet hatte, und sie wußte, daß er ebenso große Angst hatte wie sie, obwohl er ihr den Unbekümmerten vorspielte.

Sie knieten über eine Stunde lang auf den kalten Steinplatten, bis Dougless die Knie schmerzten und sie Muskelkrämpfe in den Armen bekam, die sie um Nicholas gelegt hatte. Aber sie lockerte nicht einen Moment lang ihren Griff. Der Vikar kam einmal in die Kirche, beobachtete sie eine Weile lang und ging dann wieder still hinaus.

So inständig Nicholas Gott um Verzeihung bat, so inbrünstig betete Dougless zum Allmächtigen, daß er ihr Nicholas nicht wegnehmen und ihn für immer in ihrer Zeit belassen möge.

Endlich öffnete Nicholas die Augen und drehte sich ihr zu. »Ich bleibe«, sagte er lächelnd. Er lachte, als er aufstand und Dougless, die Mühe hatte, sich von den Knien zu erheben, ihre Arme nicht von ihm lösen wollte.

»Ich bin nicht so kostbar, daß man mich stehlen wird«, neckte er sie.

»Ich werde dich nicht eher loslassen, bis wir aus der Kirche sind.«

Er lachte. »Es ist vorbei.«

»Nicholas, hör auf, mich zu hänseln, und laß uns von hier verschwinden. Ich will diese Gruft nie mehr sehen.«

Sie immer noch anlächelnd, wollte er einen Schritt zum Mittelgang hin machen; aber er bewegte sich nicht von der Stelle. Verdutzt blickte er auf seine Füße. Von den Knien abwärts war nichts mehr, nur leerer Raum. Da war eine Steinplatte, wo seine Füße hätten sein müssen.

Rasch zog er Dougless in seine Arme und drückte sie so fest an sich, als wollte er sie zerquetschen. »Ich liebe dich«, flüsterte er. »Ich liebe dich aus ganzer Seele. Über alle Zeiten hinweg werde ich dich lieben.«

»Nicholas«, sagte sie, und ihre Stimme verriet ihre Angst über seine Worte. »Laß uns von hier weggehen.«

Er hielt ihr Gesicht in beiden Händen. »Nur dich habe ich geliebt, meine Dougless.«

Da spürte sie es. Sein Körper war nicht länger eine feste Masse in ihren Armen. »Nicholas«, schrie sie.

Er küßte sie, ganz sacht, aber mit all der Sehnsucht und dem Verlangen, das er nach ihr hatte.

»Ich gehe mit dir«, sagte sie. »Nimm mich mit, Gott!« rief sie laut. »Laß mich mit ihm gehen!«

»Dougless«, sagte Nicholas, und seine Stimme drang nun aus weiter Ferne zu ihr, »Dougless, meine geliebte Dougless.«

Er war nicht länger in ihren Armen, sondern stand in seiner Rüstung vor seiner Gruft. Er war nun eine blasse, ungewisse Erscheinung – wie in einem Film, den man in einem hellerleuchteten Raum betrachtet. »Komm zu mir«, sagte er, ihr die Hand hinstreckend. »Komm zu mir.«

Dougless rannte zu ihm, konnte ihn aber nicht erreichen.

Ein Sonnenstrahl kam durch ein Kirchenfenster und spiegelte sich flüchtig auf seinem Panzer.

Und dann war da nichts mehr.

Dougless stand da und starrte auf die Gruft hinunter. Und

271

dann preßte sie die Hände gegen die Ohren und schrie – ein Schrei, wie er noch nie zuvor aus einer menschlichen Kehle gekommen war. Die alten Steinwände vibrierten, die Fenster klirrten, und das Grab . . . das Grab lag vor ihr, stumm und kalt.

Dougless schlug auf den Boden hin.

Sie faßte nach der Hand, die den Becher an ihren Mund hielt. »Nicholas«, sagte sie, ein schwaches Lächeln auf den Lippen. Ihre Augen flogen auf, und sie setzte sich hoch. Sie lag auf einer Kirchenbank, nur wenige Schritte von der Gruft entfernt. Sie schwang die Beine von der Bank herunter, setzte die Füße auf den Boden. In ihrem Kopf drehte sich alles.

»Geht es Ihnen jetzt besser?«

Sie wandte sich zum Vikar um, der den Becher mit dem Wasser in der Hand hielt. Sein gütiges altes Gesicht sah sehr besorgt aus.

»Wo ist Nicholas?« flüsterte sie.

»Ich habe außer Ihnen niemand gesehen. Soll ich jemand für Sie anrufen? Ich hörte Sie . . . schreien«, sagte er. Wenn er nur an diesen Schrei dachte, standen ihm jetzt noch die Haare zu Berge. »Ich kam in die Kirche, und Sie lagen dort auf dem Boden. Kann ich jemanden für Sie anrufen?«

Mit wackeligen Beinen begab sich Dougless zur Gruft. Langsam kam die Erinnerung zurück; aber sie mochte es noch immer nicht glauben. Sie blickte den Vikar an. »Sie haben ihn nicht fortgehen sehen, nicht wahr?« fragte sie heiser. Ihre Kehle war wund.

»Ich sah niemanden aus der Kirche gehen. Ich sah Sie nur beten. Nicht viele Menschen beten heutzutage.«

Sie blickte zurück auf die Gruft. Sie wollte diese Gestalt auf der Grabplatte berühren; aber sie wußte, daß sie kalt sein würde, so gar nicht Nicholas. »Sie haben *uns* beten sehen«, korrigierte sie ihn.

Der Vikar musterte sie betrübt. »Ich werde Sie zu einem Arzt bringen.«

Sie bewegte sich von seiner ausgestreckten Hand fort. »Nicholas. Der Mann, der eine Woche lang jeden Vormittag und Nachmittag hier betete. Er war der Mann in der elisabethanischen Rüstung, erinnern Sie sich? Er wäre beinahe von einem Bus überfahren worden.«

»Ich sah Sie vor einigen Tagen einem Bus vor den Kühler laufen. Sie haben mich nach dem Datum gefragt.«

»Ich . . .?« erwiderte Dougless. »Aber das war Nicholas gewesen! Erst letzte Woche sagten Sie zu mir, wie erstaunt Sie wären über seine Frömmigkeit. Ich wartete vor der Kirche auf ihn. Erinnern sie sich?« Ihre Stimme wurde eindringlicher, und sie trat näher an ihn heran. »Erinnern Sie sich? Nicholas! Sie winkten uns zu, als wir auf einem Fahrrad an Ihnen vorbeifuhren.«

Der Vikar wich vor ihr zurück. »Ich sah Sie auf einem Fahrrad; aber keinen Mann.«

»Nein . . .«, flüsterte Dougless. Ihre Augen weiteten sich vor Entsetzen.

Dann machte sie kehrt und rannte aus der Kirche, über den Friedhof, dann drei Straßen hinunter, bis sie zu ihrem Hotel kam. Sie ignorierte den Gruß der Frau in der Loge und rannte die Treppe hinauf.

»Nicholas«, rief sie und blickte sich im leeren Zimmer um. Die Badezimmertür war geschlossen, und sie lief zu ihr und riß sie auf. Da war niemand. Sie drehte sich wieder in das Schlafzimmer hinein, stockte und blickte dann über die Schulter ins Bad zurück. Ihre Toilettenartikel lagen auf der Konsole unter dem Spiegel; aber seine Hälfte war leer. Kein Rasierapparat, keine Rasierkrem, kein Rasierwasser. Aus der Duschkabine war sein Shampoo verschwunden.

Sie rannte zurück in ihr Schlafzimmer und riß den Kleiderschrank auf. Nicholas' Kleider waren weg. Nur ihre Sachen hingen noch auf den Bügeln, und darunter stand ihr alter Koffer. In der Kommode das gleiche Bild – seine Socken und Taschentücher fehlten.

»Nein«, flüsterte sie und sank auf den Bettrand nieder. Sie stellte das ganze Zimmer auf den Kopf, um etwas zu finden, was er vielleicht zurückgelassen haben konnte. Der Smaragdring, den er ihr geschenkt hatte, war fort; der Zettel, den er unter ihrer Türe durchgeschoben hatte, ebenfalls. Sie öffnete ihr Notizbuch. Nicholas hatte etwas in seiner bizarren Handschrift hineingeschrieben; aber diese Seiten waren jetzt leer.

»Denke nach, Dougless, denke nach«, ermahnte sie sich. Da mußte doch irgend etwas von ihm zurückgeblieben sein. Sie suchte sogar ihre Kleider nach dunklen Haaren ab. Sie fand keines.

Erst als sie ihr rotseidenes Nachthemd sah, das Nicholas ihr vom Leib gerissen hatte, und bemerkte, daß es wieder heil war, wurde sie wütend. »Nein«, preßte sie durch die zusammengebissenen Zähne, »du kannst ihn mir nicht so total wegnehmen.«

Die Leute, dachte sie. Wenn es hier keinen materiellen Beweis mehr von ihm gab, so existierten doch eine Menge Leute, die sich an ihn erinnern würden. Nur weil ein schon etwas seniler Vikar sich nicht auf ihn besinnen konnte, bedeutete das noch lange nicht, daß das für alle galt.

Sie nahm ihre Handtasche und verließ das Hotel.

Dougless öffnete langsam die Tür zu ihrem Hotelzimmer. Sie fürchtete sich vor der Leere, die sie dort antreffen würde. Sie war erschöpft; aber ihr Geist arbeitete leider noch.

Sie setzte sich auf den Bettrand, drehte sich dann müde herum und legte sich auf die Tagesdecke. Es war schon spät, und sie hatte seit dem Frühstück nichts mehr gegessen. Doch sie dachte nicht daran, ihren Hunger zu stillen. Ihre Augen waren weit geöffnet, fühlten sich an, als habe sie Sandkörner unter den Lidern. Sie starrte hinauf zum Betthimmel.

Niemand erinnerte sich mehr an Nicholas.

Der Münzhändler hatte kein Geld aus dem Mittelalter angekauft. Er erinnerte sich nicht einmal, Nicholas oder Dougless in seinem Laden gesehen zu haben. Er wußte nichts davon, daß er Nicholas' Kleider untersucht und seinen silbernen, mit Gold eingelegten Harnisch bewundert habe. Der Verkäufer im Modegeschäft wußte nichts von einem Mann, der ein Schwert gegen ihn gezückt hatte. Die Bibliothekarin sagte, Dougless habe sich bei ihr Bücher ausgeliehen, sei aber immer allein gewesen. Der Zahnarzt bestritt, daß er einen Patienten untersucht hatte, dem man brutal Zähne gerissen und dabei den Kiefer gebrochen hatte. Er besaß auch keine Röntgenaufnahmen von so einem Gebiß. Weder in den Pubs noch in den Teestuben erinnerte man sich an ihn. Sie erklärten übereinstimmend, Dougless sei stets ohne Begleitung gekommen. Im Fahrradladen zeigte man ihr eine Quittung, auf der sie nur den Empfang eines Damenfahrrades bescheinigt hatte. Selbst ihre liebenswürdige Wirtin in dem Hotel garni konnte sich nicht auf Nicholas besinnen und behauptete, niemand hätte seit dem Tod ihres Mannes mehr auf ihrem Piano gespielt.

Wie eine Besessene suchte Dougless jeden Winkel auf, den sie mit Nicholas besucht hatte, und fragte jeden nach ihm, der ihn vielleicht gesehen haben mochte. Sie fragte sogar die Touristen in den Teestuben, hielt Einheimische auf der Straße an und nahm sich jeden Verkäufer in den Läden vor.

Nichts, nichts, nichts.

Zermürbt und wie betäubt von der in ihr aufkeimenden Erkenntnis, was ihr da geschehen war, ging sie in ihr Hotel zurück und legte sich aufs Bett. Sie wagte nicht einzuschlafen. In der vergangenen Nacht war sie von dem Traum erwacht, daß sie Nicholas verloren habe. Nicholas hatte sie in seine Arme genommen, sie angelacht und gesagt, sie träume das nur, er sei bei ihr und würde immer bei ihr bleiben.

In der vergangenen Nacht, sagte sie sich immer wieder. Er hatte sie in seine Arme genommen und sie geliebt, und heute war er verschwunden – mehr als verschwunden. Nicht nur sein Körper und seine Kleider waren weg, sondern auch die Erinnerung im Gedächtnis anderer Leute war ausgelöscht worden.

Und das war ihre Schuld. Er war geblieben, solange sie nicht miteinander geschlafen hatten; aber nachdem sie sich körperlich vereinigt hatten, war er verschwunden. Er war dieser Liebe wegen zu ihr gekommen, nicht um ein vergangenes Unrecht zu korrigieren. Als er entdeckte, wer ihn verraten hatte, hatte das keine Folgen gehabt; doch kaum hatte er ihr gestanden, daß er sie liebte, war er ihren Armen entglitten.

Sie schlang die Arme um ihren Oberkörper. So unwiederbringlich war er von ihr gegangen, als sei er in ihren Armen gestorben. Nur hatte sie nicht den Trost, daß andere sich an ihn erinnerten und ihm ein liebendes Andenken widmeten.

Als das Telefon auf ihrem Nachttisch läutete, hörte sie das zuerst nicht. Beim fünften Klingeln hob sie ab und sagte matt: »Ja?«

»Dougless«, hörte sie Roberts strenge, wütende Stimme. »Hast du inzwischen deinen hysterischen Anfall überwunden?«

Sie fühlte sich zu betäubt, zu leer, um noch kämpfen zu können. »Was willst du von mir?«

»Das Armband natürlich. Wenn du nicht gerade mit deinem Liebhaber beschäftigt bist und keine Zeit hast, es zu suchen.«

»Was?« sagte Dougless, zuerst sehr langsam. »Was? Hast du ihn gesehen? Hast du Nicholas gesehen? Natürlich. Er hat dich ja die Treppe hinuntergeworfen!«

»Dougless, bist du noch bei Trost? *Niemand* hat mich jemals die Treppe hinuntergeworfen, und das möchte ich auch niemandem raten.« Er seufzte. »Nun benehme ich mich schon so verrückt wie du. Ich möchte dieses Armband haben.«

»Ja, natürlich«, gab sie hastig zurück. »Aber wen hast du denn mit dem Liebhaber gemeint, den du eben . . .«

»Ich habe keine Zeit, jedes meiner Worte zu sezieren . . .«

»Robert«, sagte Dougless mit eiskalter Ruhe,« »entweder sagst du mir das jetzt, oder ich spüle das Armband sofort die Toilette hinunter. Ich glaube nicht, daß du es bereits versichert hast.«

Es folgte eine kurze Pause am anderen Ende der Leitung. »Ich hatte recht, dich auszusetzen. Du bist verrückt. Kein Wunder, daß deine Familie dir erst mit fünfunddreißig den Zaster überlassen will. Ich könnte es unmöglich so lange mit dir aushalten.

»Ich bin bereits unterwegs zum Badezimmer.«

»Schön! Aber ich kann dir nicht mehr genau sagen, was du alles an jenem Abend geredet hast. Du warst hysterisch. Du hast davon gefaselt, daß du einen Job angenommen hättest, um einem Typen zu helfen, die Geschichte umzuschreiben. Das ist alles, was ich noch weiß.«

»Die Geschichte umschreiben«, wiederholte Dougless mit flüsternder Stimme. Ja, deshalb war Nicholas in diese Zeit gekommen – um die Geschichte zu verändern.

»Dougless, Dougless!« rief Robert am anderen Ende; aber sie legte den Hörer auf die Gabel zurück.

Als Nicholas zu ihr gekommen war, erwartete er seine Hinrichtung. Was sie dann herausgefunden hatten, hatte ihn davor bewahrt. Sie holte ihre große Tragetasche aus dem Schrank und stopfte ein paar Kleider hinein. Dann blickte sie in den Spiegel und lege die Hand an den Hals. Er sollte enthauptet werden. Heute lesen wir davon, reden davon, daß

277

jemand auf eine Plattform stieg und ein anderer ihm mit der Axt den Kopf abschlug. Aber wir denken beim Lesen nicht daran, was das wirklich bedeutete.

»Wir haben dich davor bewahrt«, flüsterte sie.

Nachdem sie gepackt hatte, setzte sie sich auf einen Stuhl und wartete auf die Dämmerung. Morgen früh würde sie Nicholas' ehemalige Häuser besuchen und sich davon überzeugen, daß sie die Geschichte verändert hatten. Wenn sie dort vielleicht erfuhr, daß Nicholas als hochbetagter Mann im Bett gestorben war und große Dinge in seiner Zeit vollbrachte, würde das helfen, daß sie sich besser fühlte. Sie lehnte sich auf dem Stuhl zurück und starrte auf das Bett. Sie wagte nicht, die Augen zu schließen, weil sie sich vor Träumen fürchtete.

Dougless nahm den ersten Zug in Ashburton und kam in Bellwood Castle an, ehe dort die Türen für das Publikum geöffnet wurden. Sie setzte sich vor dem Schloßtor ins Gras und wartete – versuchte, an nichts zu denken.

Als das Schloß für das Publikum geöffnet wurde, kaufte sie sich eine Karte für die erste Besichtigungstour. Ihre Depression legte sich ein wenig, als sie daran dachte, wie wichtig für Nicholas der gute Ruf seines Namens gewesen war. Er hatte sich schrecklich darüber geärgert, daß die Nachwelt ihn auslachte, und nun würde es wenigstens ein Trost für sie sein, wenn sie hörte, daß er die Geschichte im positiven Sinne verändert hatte.

Die Fremdenführerin war die gleiche, die damals Nicholas und sie durch das Schloß geführt hatte, und sie lächelte bei der Erinnerung daran, wie Nicholas die Geheimtüren geöffnet und damit die Alarmanlage ausgelöst hatte.

Die Erläuterungen, die sich auf Nicholas' Vorfahren bezogen, interessierten sie natürlich nicht, und sie sah sich nur die Wände und die Möbel an, ob Nicholas in späteren Jahren hier vielleicht etwas verändert hatte.

»Und nun kommen wir in das Zimmer, das sich beim Publikum besonderer Popularität erfreut«, sagte die Fremdenführerin mit dem gleichen ironischen Unterton wie damals.

Kein Wunder, daß nun alle gespannt auf die nächsten Ausführungen der Fremdenführerin warteten. Nur ärgerte sich Dougless über das anzügliche Lächeln dieser Dame. Solle sie diesmal nicht ein wenig mehr Respekt zeigen?

»Dies war Lord Nicholas Staffords Privatgemach. Er war das, was man heutzutage, gelinde ausgedrückt, als Wüstling bezeichnet.«

Die Gruppe drängte näher heran, um begierig die Geschichten von dem berüchtigten Grafen in sich aufzunehmen. Dougless blieb im Hintergrund stehen. Die Ereignisse hätten einen anderen Verlauf nehmen müssen. Als Nicholas in seine Zeit zurückkehrte, hatte er die Geschichte verändern wollen. Dougless hatte einmal zu ihm gesagt, daß die Geschichte sich nicht ändern ließe. Hatte sie damit auf schreckliche, grausame Weise recht behalten?

Mit einem energischen »Entschuldigen Sie« drängte sich nun Dougless an den vorderen Rand der Gruppe. Der Vortrag der Fremdenführerin war Wort für Wort derselbe wie damals. Sie berichtete von Nicholas' Charme, dem keine Frau habe widerstehen können, und erzählte abermals diese abscheuliche Geschichte von Arabella und dem Tisch.

Dougless hätte sich am liebsten die Ohren zugehalten. Nachdem sich keiner in Ashburton mehr an Nicholas hatte erinnern können und nun die Geschichte die gleiche war wie früher, zweifelte sie fast daran, daß das, was sich ihr unauslöschlich ins Gedächtnis eingegraben hatte, tatsächlich passiert war. War sie verrückt, wie Robert letzte Nacht meinte? Als sie Leute in Ashburton im fast flehenden Ton gefragt hatte, ob sie Nicholas denn wirklich nicht gesehen hätten, hatten diese sie auch angeschaut, als wäre sie nicht ganz richtig im Kopf.

279

»Bedauerlicherweise nahm der charmante Nick ein böses Ende«, sagte die Fremdenführerin in diesem Augenblick. »Er wurde des Hochverrats angeklagt und am neunten September 1564 enthauptet. Wir gehen jetzt weiter in den Salon auf der Südseite. Bitte, halten Sie sich immer an die Richtungsweiser, die an den Türen aufgestellt sind.«

Dougless' Kopf ruckte hoch. Hingerichtet? Nein, Nicholas war tot in seiner Zelle über einem unvollendeten Brief an seine Mutter aufgefunden worden.

Dougless drängelte sich wieder bis zur Fremdenführerin vor, die sie von oben herab ansah und sagte: »Aha, die Türöffnerin.«

»Ich habe keine Türen geöffnet. Das war Ni . . .« Sie hielt inne. Es hatte keinen Sinn, dieser Dame zu erklären, daß damals Nicholas die durch eine Alarmanlage gesicherten Türen auf- und zugemacht hatte. »Sie sagten eben, daß Lord Nicholas Stafford enthauptet worden wäre. Ich habe aber gelesen, daß Lord Stafford drei Tage vor seiner geplanten Hinrichtung tot über einem Brief aufgefunden wurde, den er seiner Mutter schreiben wollte.«

»Das stimmt *nicht*«, erwiderte die Frau mit Nachdruck. »Er wurde zum Tode verurteilt, und die Hinrichtung fand termingerecht statt. Wenn Sie mich jetzt entschuldigen wollen? Ich habe eine Besichtigungstour zu leiten.«

Dougless blieb einen Moment wie erstarrt stehen und blickte hinauf zu Nicholas' Porträt, das über dem Kamin hing. Hingerichtet? Enthauptet? Da stimmte etwas nicht, war absolut falsch.

Sie drehte sich um und strebte dem Ausgang zu. Auf dem Weg dorthin blieb sie vor der Tür mit der Aufschrift »Zutritt verboten« stehen. Hinter dieser Tür befand sich, ein paar Gänge weiter, der Raum mit dem Geheimfach, in dem die Elfenbeinkassette versteckt war. Konnte sie diese wiederfinden? Sie streckte die Hand nach der Türklinke aus.

»Ich würde das nicht machen, wenn ich Sie wäre«, sagte jemand hinter ihr.

Sie drehte sich um und sah einen Aufseher, der sie nicht gerade freundlich musterte.

»Vor ein paar Tagen sind ein paar Touristen durch diese Tür gegangen. Deshalb haben wir inzwischen die Tür verschlossen und mit einer Alarmanlage sichern lassen.«

»Oh«, murmelte Dougless. »Ich dachte, hier ginge es zu den Toiletten.« Sie drehte sich wieder um und verließ das Schloß, was von den Aufsehern mit Stirnrunzeln vermerkt wurde, weil sie dafür den Eingang benützte.

Sie ging in den Souvenirladen und wollte dort alles kaufen, was sie über Nicholas Stafford hatten.

»Da steht ein kurzer Absatz im Katalog für die Besichtigungstour; aber nirgends sonst. Er hat nicht lange genug gelebt, um viel zu bewirken«, sagte die Kassiererin.

Sie fragte, ob sie inzwischen wieder Postkarten mit seinem Porträt bekommen hätten; aber das hatten sie nicht. Dougless kaufte den offiziellen Katalog des Fremdenverkehrsvereins und ging damit hinaus in den Park. Nachdem sie den Ort wiedergefunden hatte, wo sie mit Nicholas den Tee eingenommen hatte – an dem himmlischen Tag, als er ihr die Brosche schenkte –, begann sie zu lesen.

In dem dicken, herrlich bebilderten Katalog war Nicholas nur ein kurzer Absatz gewidmet, und der handelte von den Frauen, der Armee, die er ausgehoben hatte, und daß er deswegen enthauptet worden war.

Dougless lehnte sich gegen den Baum zurück. Daß er den Namen seines Verräters erfahren und in die Vergangenheit mitgenommen hatte, hatte ihm also nichts genützt. Er hatte die Königin nicht von seiner Unschuld überzeugen können. Es war ihm nicht einmal gelungen, das Tagebuch zu beseitigen, daß dieser böswillige Schreiber der Nachwelt überlassen und damit Nicholas' Namen für alle Zeiten in Verruf ge-

281

bracht hatte. Und niemand schien an Nicholas' Schuld zu zweifeln. Der Katalog schilderte in seinem kurzen Absatz Nicholas als machtbesessenen Frauenhelden. Die Touristen hatten gelacht, als sie von Nicholas' Enthauptung erfuhren.

Dougless schloß die Augen und dachte an ihren schönen, stolzen, herrlichen Nicholas, der die Stufen zum Schafott hinaufstieg. Würde es so gewesen sein wie im Film – daß ein muskulöser, in schwarzes Leder gekleideter Mann die Axt für ihn bereithielt?

Ihre Augen flogen auf. Daran konnte sie nicht denken. Ihre Vorstellungskraft sträubte sich, ihr zu zeigen, wie Nicholas' schöner Kopf über die Bretter des Schafotts rollte.

Sie stand auf, nahm ihre schwere Segeltuchtasche vom Boden, verließ den Park und ging die zwei Meilen zur Bahnstation zu Fuß. Sie kaufte sich eine Fahrkarte nach Thornwyck. Vielleicht würde sie dort in der Bibliothek ein paar Antworten für dieses Rätsel finden.

Die Bibliothekarin in Thornwyck begrüßte sie wie eine alte Bekannte, hatte sie jedoch nie, als Dougless sie danach fragte, zusammen mit einem Mann in der Bibliothek gesehen. Niedergeschlagen ging Dougless zum Regal mit den Stafford-Büchern und begann zu lesen. Darin stand nun nichts mehr davon, daß er kurz vor seiner Hinrichtung gestorben und vielleicht vergiftet worden sei. Und jedes Buch hatte wie damals nur Zorn und Verachtung für Nicholas übrig: der berüchtigte Graf; der Verschwender; der Mann, der alles hatte und alles verschleuderte.

Als die Bibliothekarin zu ihr kam, um ihr mitzuteilen, daß die Bücherei schlösse, klappte Dougless das letzte Buch zu und stand auf. Sie fühlte sich elend und schwindlig. Sie hielt sich am Tischrand fest.

»Ist Ihnen nicht gut?« fragte die Bibliothekarin.

Dougless blickte die Frau an. Dem Mann, den sie liebte, war soeben der Kopf abgeschlagen worden. Ihr war mehr als schlecht. »Nein, es ist alles in Ordnung«, murmelte sie. »Ich bin nur müde und habe den ganzen Tag nichts gegessen.« Sie schenkte der Frau ein blasses Lächeln und ging nach draußen.

Dougless blieb einen Moment vor dem Gebäude stehen. Sie sollte sich wohl irgendwo ein Zimmer mieten, eine Mahlzeit zu sich nehmen; aber das erschien ihr alles so unwichtig. Immer wieder hatte sie das Bild vor Augen, wie Nicholas die Stufen zum Schafott hinaufstieg. Würde man ihm die Hände auf den Rücken binden? Würden Priester ihn begleiten? Nein, als Nicholas in seine Zeit zurückkehrte, hatte Heinrich der Achte den Katholizismus bereits abgeschafft.

Sie setzte sich auf eine eiserne Bank und legte den Kopf in beide Hände. Er war zu ihr gekommen, hatte sie geliebt und wieder verlassen. Wofür? Er war zurückgekehrt, um sich mit einer Axt den Kopf abschlagen zu lassen.

»Dougless? Sind Sie das?«

Dougless blickte hoch und sah Lee Nolman vor sich stehen.

»Dachte ich es mir doch, daß Sie das sind. Niemand sonst hat so eine Haarfarbe. Ich glaubte, Sie wären bereits wieder abgereist.«

Dougless stand auf, wankte und mußte sich an der Bank festhalten.

»Ist Ihnen nicht gut? Sie sehen furchtbar aus.«

»Nur ein bißchen müde.«

Er blickte sie prüfend an, bemerkte die blauen Ringe um ihre Augen, die Blässe um Mund und Nase. »Und hungrig, wie ich vermute.« Er nahm ihren Arm und hängte sich ihre Tasche über die Schulter. »Gleich um die Ecke ist ein Lokal. Lassen Sie uns dort etwas essen.«

Dougless erlaubte ihm, sie die Straße hinunterzuführen. Warum sollte er an dem, was ihr passiert war, Anteil nehmen?

Im Pub führte er sie zu einer Nische und bestellte zwei Glas Bier und etwas zu essen. Sie war schon nach dem ersten Schluck beschwipst. Da wurde ihr klar, daß sie seit dem Frühstück mit Nicholas gestern morgen – als sie sich auf dem Boden geliebt hatten – keinen Bissen mehr zu sich genommen hatte.

»Was haben Sie denn so alles getrieben, seit Sie Thornwyck verlassen haben?« fragte Lee.

»Nicholas und ich sind nach Ashburton gefahren«, sagte sie, ihn beobachtend.

»Ist das jemand, den Sie inzwischen kennengelernt haben?«

»Ja«, flüsterte sie. »Und wie ist es Ihnen ergangen?«

Er lächelte wie eine Cheshire-Katze, als wüßte er etwas sehr Wichtiges.

»Lord Harewood ließ am Tag nach Ihrer Abreise die Wand in Lady Margaret Staffords Zimmer ausbessern, und raten Sie mal, was wir dort fanden?«

»Ratten«, erwiderte Dougless, der es herzlich gleichgültig war, was sie dort gefunden hatten.

Lee beugte sich mit Verschwörermiene über den Tisch. »Eine kleine Eisenkassette und darin Lady Margarets Geschichte von den wahren Gründen für Lord Nicholas' Hinrichtung. Ich sage Ihnen, Dougless, was in dieser Kassette steckt, wird meinen Ruf in der Welt der Wissenschaft begründen. Es ist so, als würde ich ein vierhundert Jahre altes Verbrechen aufklären.«

Es dauerte eine Weile, bis seine Worte zu Dougles' Bewußtsein vordrangen. »Erzählen Sie es mir«, flüsterte sie.

Lee lehnte sich in der Nische zurück. »O nein, ich verrate das nicht. Sie haben mir schon Robert Sydneys Namen entlockt; aber diesmal müssen Sie warten, bis das Buch erscheint.«

Dougless wollte etwas sagen; aber da kam die Serviererin

mit ihrem Essen. Sie blickte ihren Teller nicht an; aber als sie wieder allein waren, beugte sie sich über den Tisch zu Lee hinüber. Mit einer Intensität, die Lee noch nie zuvor im Auge eines Menschen geschaut hatte, sagte Dougless: »Ich weiß nicht, ob Sie Genaueres über meine Sippschaft wissen, aber die Montgomerys gehören zu den reichsten Familien der Welt. An meinem fünfunddreißigsten Geburtstag erbe ich Millionen. Wenn Sie mir sagen, was Lady Margaret geschrieben hat, bekommen Sie noch in dieser Minute von mir einen Gutschein über eine Million Dollar.«

Lee blieb zunächst vor Verblüffung die Sprache weg. Er hatte natürlich nichts über ihre Familie gewußt; aber er glaubte ihr jedes Wort. Niemand konnte ihn so ansehen, wie sie das eben getan hatte, und lügen. Er wußte, daß sie diese Information haben wollte. Sie hatte ja auch keine Ruhe gegeben, bis sie ihm Robert Sydneys Namen aus der Nase gezogen hatte. Und er war auch nicht scharf darauf, sie nach den Gründen ihrer Wißbegierde zu fragen. Wenn sie bereit war, ihm eine Million für eine Auskunft zu zahlen, und ihre Familie so viel Geld und Macht besaß, war das so, als würde eine Fee ihm einen Wunsch gewähren.

»Ich möchte einen Lehrstuhl für Geschichte in einem Elite-College haben«, sagte er leise.

»Schon geschehen«, erwiderte Dougless im Ton eines Auktionators. Sie würde dem College dafür ein Institut einrichten oder einen Flügel anbauen lassen, wenn das nötig sein sollte.

»Also gut«, sagte Lee. »Setzen Sie sich hin, und essen Sie. Es ist eine *großartige* Geschichte. Vielleicht kann ich sie sogar als Filmstoff verkaufen. Die Sache hat schon viel früher angefangen, nicht erst in dem Jahr, als der arme Nick hingerichtet . . .«

»Nicholas«, sagte Dougless. »Er mag es nicht, wenn man ihn Nick nennt.«

»Klar, okay, also dann Nicholas. Was ich bisher noch in keinem Buch gelesen habe – ich denke, kein Historiker hat dem irgendeine Bedeutung beigemessen –, ist die Tatsache, daß die Familie Stafford durch Heinrich den Sechsten einen obskuren Anspruch auf den Thron besaß. Sie konnte in der männlichen Linie auf eine direkte Abstammung von ihm verweisen, während Königin Elizabeth von einer nicht gerade kleinen Minderheit des Adels als Bastard betrachtet wurde und, da sie dazu noch eine Frau war, zum Regieren ungeeignet. Sie wissen sicherlich, daß sie etliche Jahre lang auf einem sehr wackeligen Thron saß, nicht wahr?«

Dougless nickte.

»Wenngleich die Historiker vergessen hatten, daß die Staffords von Königen abstammten, so gab es damals doch jemand, der das wußte. Eine Frau namens Lettice Culpin.«

»Nicholas' Ehefrau?«

»Ich sehe schon, daß Sie sich in der Geschichte Englands sehr gut auskennen«, sagte Lee. »Ja, die schöne Lettice. Offenbar hatte auch ihre Familie einen gewissen Anspruch auf den Thron von England, wenn er auch noch viel weiter hergeholt war als jener der Staffords. Lady Margaret ist der Meinung, daß Lettice eine sehr ehrgeizige junge Frau war. Und deshalb nahm sie sich vor, einen Stafford zu heiraten, ihm einen Erben zu gebären und diesen dann auf den Thron von England zu setzen.«

Dougless bedachte seine Worte. »Aber warum Nicholas? Warum nicht den älteren Bruder? Mir scheint, für ihre Pläne wäre doch der Mann, der den Titel besaß, viel geeigneter gewesen, nicht wahr?«

Lee lächelte. »Ich muß bei Ihnen wirklich höllisch aufpassen. Sie werden mir bei nächster Gelegenheit einmal verraten müssen, wo Sie Ihre Geschichtskenntnisse über die Staffords herhaben, der ältere Bruder . . . äh . . .«

». . . Christopher.«

»Ja, Christopher, der hatte einer sehr reichen französischen Erbin das Eheversprechen gegeben. Sie war allerdings erst zwölf Jahre alt. Vermutlich war ihm das Geld weitaus lieber als Lettice, auch wenn sie noch so schön war.«

»Doch Kit starb, und der Titel samt Besitz fiel Nicholas zu«, sagte Dougless leise.

»Lady Margaret deutet in ihrem Bericht an, daß der Tod ihres ältesten Sohnes kein Unfall gewesen sein könnte. Er ertrank; aber Lady Margaret schreibt, daß Christopher ein außerordentlich guter Schwimmer gewesen sei. Nur besaß sie keine Beweise für ihre Behauptung, daß es ein Mord gewesen sein kann.«

»Und so kam es zur Heirat zwischen Lettice und Nicholas.«

»Ja«, sagte Lee, »aber die Dinge liefen nicht so, wie Lettice sich das vorgestellt hatte. Anscheinend hatte Nicholas kein Interesse daran, sich am Hofe der Königin Einfluß zu verschaffen oder eine Verschwörung anzuzetteln und für seinen Anspruch auf den Thron im Hochadel Unterstützung zu suchen. Nicholas interessierte sich vor allem für Frauen.«

». . . und die Wissenschaft und die schönen Künste«, warf Dougless hier schroff ein. »Er hat Mönche damit beauftragt, Bücher zu kopieren. Er hat Thornwyck entworfen. Er . . .« Sie hielt inne.

Lee blickte sie mit großen Augen an. »Das stimmt. Lady Margaret hat das alles in ihren Papieren berichtet. Aber woher wissen Sie denn das?«

»Das spielt jetzt keine Rolle. Was passierte, nachdem Nicholas sie . . . geheiratet hat?«

»Sie hören sich an, als wären Sie auf diese Dame eifersüchtig. Okay, okay. Als Lettice nach ihrer Heirat schon bald einsehen mußte, daß Nicholas nicht machen wollte, was sie von ihm verlangte, sah sie sich nach einer Möglichkeit um, ihn wieder loszuwerden.«

». . . ihn so loszuwerden wie Christopher.«

»Das ist niemals bewiesen worden. Es könnte ein sehr vorteilhafter Unfall gewesen sein – vorteilhaft für Lettice jedenfalls. Lady Margaret räumt ein, daß es sich um bloße Vermutungen handelt; aber Nicholas wurde auf einmal vom Pech verfolgt, wobei so manches Mißgeschick, das ihn traf, leicht sein letztes hätte sein können. So brach zum Beispiel sein Steigbügel und . . .«

». . . er schnitt sich die Waden auf«, flüsterte Dougless, »als er vom Pferd stürzte.«

»Ich weiß nicht, wo er sich verletzte. Das steht nicht in Lady Margarets Bericht. Dougless, fehlt Ihnen wirklich nichts?«

»Ich sagte doch schon, daß mir nichts fehlt!«

»Okay, okay. Jedenfalls stellte es sich heraus, daß Nicholas viel schwerer umzubringen war als Christopher, und deshalb begann Lettice, sich nach einem Helfer umzuschauen.«

»Und den fand sie in Robert Sydney.«

Lee lächelte. »Ich wette, Sie sind eine gewitzte Krimileserin – erraten immer schon auf den ersten Seiten den Mörder. Ja, Lettice fand in Robert Sydney einen Helfer. Er war der Ehemann von Arabella Harewood, und er mußte ziemlich erbost gewesen sein darüber, daß ganz England über die Geschichte lachte, wie Stafford ihm mit seiner Frau auf einem Tisch Hörner aufsetzte. Diese Blamage wurde noch dadurch vergrößert, daß Arabella ihn neun Monate später mit einem schwarzhaarigen Sohn beglückte.«

»Worauf dieser Sohn und Arabella im Kindbett starben.«

»Richtig. Lady Margaret glaubt, Sydney habe bei dem Tod der beiden nachgeholfen.«

Dougless holte tief Luft. »Also schmiedeten Lettice und Robert Sydney ein Komplott, Nicholas wegen Hochverrats anklagen und hinrichten zu lassen.«

»Ja. Lady Margaret schreibt, daß Lettice ihrer Meinung

nach nur auf eine Gelegenheit wartete, Nicholas etwas anhängen zu können. Und als Stafford dann begann, zum Schutz seiner Ländereien in Wales eine kleine Streitmacht aufzustellen, teilte sie das Sydney mit, und der ritt sofort an den Hof der Königin, um ihr zu sagen, daß Stafford Truppen aushebe, um sie zu stürzen. In gewisser Hinsicht ist es verständlich, daß die Königin Sydneys Behauptungen Glauben schenkte. Erst wenige Monate zuvor hatte Maria, Königin von Schottland, sich auch zur Königin von England ausrufen lassen, und nun stellte der Graf von Stafford eine Armee zusammen. Elizabeth ließ Stafford sofort in Ketten legen, auf Grund ›geheimer‹ Beweise in einem Scheinprozeß zum Tode verurteilen und den Kopf abschlagen.«

Dougless zuckte zusammen. »Und damit hatten Lettice und Robert Sydney alles beiseite geräumt, was ihnen und ihren Plänen hinderlich war.«

Lee lächelte. »Gewissermaßen ja. Aber was nach Staffords Hinrichtung passierte, kann man nur als Ironie der Geschichte bezeichnen. Offenbar hatte Lettice, die doch alles so sorgsam geplant hatte, nicht mit dem Ehrgeiz von Robert Sydney gerechnet. Lady Margaret vermutet, daß Lettice vorgehabt habe, einen englischen Herzog zu heiraten, der ein Vetter von Königin Elizabeth war und mit dem sie ihr Vorhaben endlich durchsetzen konnte. Aber Sydney hatte andere Pläne. Er drohte, der Königin alles zu verraten, wenn sie ihn nicht heiratete. Er wollte *sein* Kind auf den Königsthron setzen.«

»Erpressung«, flüsterte Dougless.

»Richtig. Erpressung. Ich sagte Ihnen doch schon, daß die Story einen guten Filmstoff abgibt. Egal – sie war nun dazu gezwungen, Sydney zu heiraten.« Lee lachte schnaubend. »Aber die *wirkliche* Ironie des Ganzen besteht darin, daß Lettice steril war. Sie hat nie ein Kind bekommen können, nicht einmal eine Fehlgeburt gehabt. Und da schickte sie

289

ihren ersten Mann aufs Schafott, nur weil sie sich ein Kind wünscht, das sie niemals bekommen kann. Unglaublich, nicht wahr?«

»Ja«, sagte Dougless mit halb zugeschnürtem Hals. »Unglaublich.« Nach kurzem Schweigen fragte sie: »Und was wurde aus Lady Margaret?«

»Weder Lettice noch Sydney ahnten, daß die alte Dame wußte, was sie verbrochen hatten. Die beiden hätten sie zweifellos umgebracht, wenn sie dies auch nur vermutet hätten; aber Lady Margaret war eine gerissene alte Dame und ließ sich nichts anmerken. Vielleicht erkannte sie auch, daß sie den beiden nichts nachweisen konnte. Die Königin beschlagnahmte alles, was sie besaß, und deshalb stellte Sydney sie vor die Wahl, entweder auf einer Farm für Besitzlose Fronarbeit zu leisten oder seinen Exschwiegervater, Lord Harewood, zu heiraten. Natürlich machte Sydney ihr das Angebot nicht ohne Hintergedanken. Da er ja noch drei lebende Kinder von Arabella hatte, wurden sie durch die Heirat von Lady Margaret doch entfernte Verwandte einer Linie von Prätendenten auf den Königsthron – jedenfalls verwandt genug, daß Königin Elizabeth Sydney zwei von Staffords ehemaligen Besitztümern übertrug.«

Lee nahm einen kräftigen Schluck Bier aus seinem Glas.

»Nachdem Lady Margaret Harewood geheiratet hatte, schrieb sie alles nieder, was sie wußte, legte ihren Bericht in eine Eisenkassette, ließ von einem alten, ihr treu ergebenen Diener ein Versteck in einer Wand herrichten und verbarg dann die Kassette darin. Im nachhinein kam ihr dann noch der Gedanke, ihre Briefe ebenfalls in eine Kassette zu legen und diese an einer anderen Stelle der Wand zu verstecken. Schließlich wurden dann beide Verstecke zugemauert.«

Lee legte eine kurze Pause ein. »Es war ein Segen, daß sie noch rechtzeitig tat, was sie tat. Denn einem Brief zufolge, den eine Freundin von Lady Margaret schrieb, die diese überlebte, wurde Lady Margaret zwei Wochen später am Fuß einer Treppe mit gebrochenem Genick tot aufgefunden. Ich nehme an, daß Mr. und Mrs. Sydney keine Verwendung mehr für sie hatten, nachdem sie mit den beiden Besitztümern der Staffords, die ihnen die Königin übereignete, alles, was sie sich von der alten Dame versprachen, bekommen hatten.«

Dougless lehnte sich auf ihrer Bank in der Nische zurück und schwieg eine Weile. »Was passierte dann mit diesen beiden ... Lettice und Robert Sydney?« Sie brachte nur mit Mühe ihre Namen über die Lippen.

»Sie schmoren vermutlich in der Hölle, würde ich meinen. Tatsächlich weiß ich es nicht. Ich weiß nur, daß die beiden keine Kinder hatten und ihr Besitz später in die Hände seines Neffen überging, der ein übler kleiner Bastard war und dem es gelang, innerhalb einer Generation den gesamten Besitz der Sydneys zu ruinieren. Ich muß erst noch Nachforschungen anstellen, um herauszufinden, was später mit Lettice und ihrem zweiten Mann passierte. Die Historiker haben bisher wenig Interesse für die beiden gezeigt.« Er lächelte. »*Bisher*, möchte ich betonen. Die Geschichte wird sich verändern, wenn mein Buch auf den Markt kommt.«

»Die Geschichte wird sich verändern«, flüsterte Dougless. Das war Nicholas' Wunsch gewesen; aber es war ihm nur gelungen, seine Hinrichtung zu einer historischen Tatsache werden zu lassen. »Ich muß jetzt gehen«, sagte sie unvermittelt.

»Wo sind Sie jetzt abgestiegen? Ich bringe Sie zu Ihrem Hotel.«

»Ich habe noch kein Zimmer.« Ihr Kopf ruckte hoch. »Ich würde gern im Thornwyck-Castle absteigen.«

»Ja, möchten wir das nicht alle? Sie müssen ein Jahr im voraus buchen, um dort ein Zimmer zu bekommen.« Er stand vom Tisch auf und kam nach einer Minute grinsend wieder. »Sie sind ein Glückskind. Jemand hat seine Vorbestellung stornieren lassen. Sie können sein Zimmer haben. Ich bringe Sie hin.«

»Nein«, sagte Dougless. »Ich muß jetzt allein sein. Danke für das Dinner und für die Geschichte. Sie werden Ihre Professur bekommen.« Sie gab ihm die Hand, drehte sich dann um und verließ die Gaststätte.

12

In Thornwyck konnte sich ebenfalls niemand mehr an Nicholas erinnern. Sie schlug im Hotelregister nach. Wo damals Nicholas seinen Namen eingetragen hatte, stand nun in einer ihr fremden Handschrift »Miss Dougless Montgomery«. Lustlos warf sie in ihrem Zimmer ihre Segeltuchtasche in eine Ecke und ging wieder hinaus, um den unfertigen Teil des Schlosses zu besichtigen. Er war Ruine geblieben, da Nicholas hingerichtet worden war, ehe er seine Pläne ausführen konnte.

Als sie auf die dachlosen Wände blickte, an denen noch immer Weinranken wucherten, erinnerte sie sich an jedes Wort, das Nicholas zu ihr gesagt hatte, und wie er diesen Teil des Schlosses hatte gestalten wollen. Ein Mittelpunkt der Bildung, hatte er gesagt. Aber es war nichts daraus geworden.

War er in seine Todeszelle zurückgekehrt, als er sie gestern verließ? War er in jenen Augenblick der Zeit zurückgekehrt, als er gerade seiner Mutter schreiben und von ihr erfahren wollte, wer ihn verraten hatte? Was hatte er in den drei Tagen vor seiner Hinrichtung gemacht? Wollte ihm keiner zuhören, als er Robert Sydneys Beschuldigungen als Lügen entlarvte?

Müde lehnte sie sich gegen eine Wand der Ruine. *Wem* hatte er von Robert Sydneys Verrat erzählt? Lettice? War sein geliebtes Weib in die Zelle gekommen, um ihn zu besuchen? Hatte er ihr berichtet, was er nun wußte, und sie um Hilfe gebeten?

Ironie, dachte Dougless. Lee hatte gesagt, es wäre eine Ironie, daß Nicholas hatte sterben müssen, weil er *gut* gewesen war. Er hatte sich geweigert, auf die konspirativen Pläne seiner Frau einzugehen, sich geweigert, sie auch nur in Erwägung zu ziehen – und war deswegen gestorben. Nicht einen raschen, ehrenhaften Tod, sondern einen Tod, der ihn in der Öffentlichkeit lächerlich machte. Er hatte sein Leben, seine Ehre, seinen Namen, seinen Besitz, sogar den Respekt nachfolgender Generationen verloren, und das alles nur, weil er sich geweigert hatte, der Komplize einer machtbesessenen Frau zu werden.

»Es ist ungerecht!« sagte Dougless laut. »Was damals geschah, ist ein *schreckliches Unrecht*!«

Langsam, wie in Trance, wanderte sie zum Hotel zurück. Sie duschte sich, zog ihr Nachthemd an, legte sich ins Bett und konnte nicht einschlafen. Eine ohnmächtige Wut über die grausame Ironie der Geschichte hielt sie lange wach.

Ungerechtigkeit, Verrat, Heimtücke, Erpressung: Die Worte drehten sich wie ein Karussell in ihrem Kopf.

Gegen Morgen verfiel sie in einen unruhigen Schlummer, und als sie aufwachte, war ihr noch elender zumute als vor dem Zubettgehen. Sie fühlte sich tausend Pfund schwerer und sehr alt, als sie sich anzog und nach unten zum Frühstücken ging.

Nicholas war eine zweite Chance gegeben worden, und er hatte sie um Hilfe gebeten. Aber sie hatte versagt. Sie war so eifersüchtig auf Arabella gewesen, daß sie den eigentlichen Grund, warum sie sich bei den Harewoods einquartiert hatten, aus den Augen verlor. Als sie nach Informationen hätte suchen sollen, war ihr nur wichtig gewesen, ob Nicholas und Arabella nun miteinander ins Bett gingen oder nicht. Jetzt würde keine Frau mehr mit ihm ins Bett gehen – weder im sechzehnten noch im zwanzigsten Jahrhundert.

Sie frühstückte eine Semmel, kündigte ihr Zimmer, ging zur Bahnstation und stieg in einen Zug, der sie nach Ashburton zurückbrachte. Irgendwann während der Fahrt hörte sie auf, sich ihre Fehler vorzuwerfen, und überlegte, was nun getan werden konnte. Würde die Veröffentlichung von Lees Buch helfen, Nicholas' Namen reinzuwaschen? Wenn sie sich als Sekretärin anbiete und ihm bei seinen Recherchen helfen würde, konnte sie vielleicht ein wenig den Schaden gutmachen, den sie Nicholas im zwanzigsten Jahrhundert angetan hatte, indem sie ihm die Hilfe versagte, die er so nötig brauchte.

Sie lehnte den Kopf gegen das Abteilfenster. Wenn sie nun eine zweite Chance bekäme, würde sie nicht mehr eifersüchtig sein und nicht mehr die kostbare Zeit ihres Beisammenseins sinnlos vergeuden. Warum hatte sie, als sie in Goshawk Hall waren, Lee nicht gefragt, ob es nicht noch mehr Verstecke in den Wänden des alten Hauses gab? Warum hatte sie nicht selbst nachgesehen? Warum hatte sie nicht . . .

Das Stationsschild von Ashburton erschien vor dem Fenster, und sie verließ den Zug. Als sie zur Sperre ging, wurde ihr bewußt, daß sie gar nichts tun konnte. Die Zeit, wo sie ihm helfen konnte, war vorbei. Lee konnte sein Buch auch allein schreiben, und sie wußte, daß er gute Arbeit leisten würde. Robert hatte seine Tochter und brauchte sie nicht. Nicholas war der Mann gewesen, der sie gebraucht hatte, und sie hatte ihn enttäuscht.

Nun blieb ihr nichts anderes mehr übrig, als nach Hause zu fliegen.

Sie verließ den Bahnhof und ging in die Richtung ihres Hotels. Sie würde ihre Fluggesellschaft anrufen und fragen, ob sie noch einen Platz in der nächsten Maschine frei hatten.

295

Vielleicht würde sie zu Hause, in der ihr vertrauten Umgebung, anfangen, sich selbst zu vergeben.

Auf dem Weg zum Hotel kam sie an der Kirche vorbei, in der sich Nicholas' Gruft befand, und als hätten ihre Beine einen eigenen Willen, lenkte sie ihre Schritte zum Friedhofstor. Die Kirche war leer. Die Sonne flutete durch die bemalten Kirchenfenster und spendete seiner Grabplatte etwas Licht. Das blasse Weiß des Marmors sah kalt und tot aus.

Langsam ging Dougless auf die Gruft zu. Vielleicht würde Nicholas wieder in diese Zeit zurückkommen, wenn sie betete. Wenn sie Gott darum bat, ließ er Nicholas vielleicht zu ihr zurückkommen. Nur fünf Minuten lang. Das genügte, um ihm die Geschichte vom Verrat seiner Frau erzählen zu können.

Aber als sie die kalte Marmorwange der Grabplatte berührte, wußte sie, daß das nicht funktionieren würde. Was da passiert war, geschah nur einmal. Man hatte ihr die Chance gegeben, das Leben eines Mannes zu retten, und sie hatte sie vertan.

»Nicholas«, flüsterte sie, und zum erstenmal, seit er von ihr gegangen war, flossen ihre Tränen. Heiße, dicke Tränen, die ihren Blick trübten.

»Ich habe wieder Zwiebelaugen«, sagte sie, fast lächelnd. »Es tut mir leid, daß ich dich enttäuscht habe, mein geliebter Nicholas. Ich scheine offenbar immer nur zu versagen. Nur mußte bisher niemand wegen meiner Fehler *sterben*.

»O Gott«, flüsterte sie, drehte sich um und setzte sich auf den Rand der Grabplatte. »Wie soll ich nur weiterleben, wo nun dein Blut an meinen Händen klebt?«

Sie zog den Reißverschluß ihrer Tasche auf, die noch am Riemen über ihrer Schulter hing, und kramte darin nach einem Papiertaschentuch. Sie nahm den Karton heraus und entnahm ihm ein Tuch aus Seidenpapier. Als sie sich die

296

Nase schneuzte, sah sie, wie ein Blatt Papier aus dem Karton herausfiel. Sie bückte sich, hob es auf und betrachtete es.

Es war die Nachricht, die Nicholas für sie geschrieben und unter der Tür durchgeschoben hatte.

»Die Nachricht«, sagte sie laut und richtete sich kerzengerade auf. Es war diese Botschaft in Nicholas' Handschrift! Es war etwas, das er berührt, etwas, das . . . das ein *Beweis* war, dachte sie bei sich.

»O Nicholas«, sagte sie, und nun begannen die Tränen erst richtig zu strömen – heiße Tränen tiefster Reue. Ihre Beine gaben nach, und sie glitt langsam auf den Steinboden hin, seine Botschaft an ihre Wange drückend. »Es tut mir so leid, Nicholas«, schluchzte sie. »So, so bitter leid, daß ich dich enttäuscht habe.«

Sie legte die Stirn auf das kalte Marmorgrab, ihren Körper zu einem Ball zusammenrollend. »Gott«, flüsterte sie, »hilf mir, daß ich mir selbst verzeihen kann.«

In ihrem Schmerz erkannte Dougless nicht, wie das Licht, das durch das Fenster sickerte, ihr Haar berührte. Die bemalten Butzenscheiben stellten einen knienden und betenden Engel dar, und das Licht, das Dougless' Haar berührte, kam durch den Glorienschein dieses Engels. Und dann wanderte eine Wolke weiter, und das Licht berührte Nicholas' Marmorhand.

»Bitte«, flüsterte Dougless, »bitte«.

Und in diesem Moment hörte Dougless sein Lachen. Nicht irgendein Lachen, sondern *sein* Lachen.

»Nicholas?« flüsterte sie, hob den Kopf und blinzelte, damit sie besser sehen konnte. Aber da war niemand außer ihr in der Kirche.

Sie erhob sich schwerfällig vom Boden. »Nicholas?« sagte sie lauter und drehte sich jählings um, als sie wieder dieses Lachen hörte, diesmal direkt hinter ihr. Sie streckte die Hand aus; aber da war nichts – niemand – in ihrer Nähe.

»Ja«, sagte sie, sich gerade aufrichtend, dann lauter: »Ja.« Sie hob ihr Gesicht in das Sonnenlicht und dem Engel im Fenster entgegen. Sie schloß die Augen, den Kopf in den Nacken gelegt. »Ja«, flüsterte sie.

Plötzlich hatte Dougless das Gefühl, als würde sie jemand heftig in den Magen boxen. Sie knickte nach vorn bei dem jähen Schmerz und fiel mit dem Gesicht nach unten auf den Steinboden. Als sie wieder aufzustehen versuchte, wurde sie von einem heftigen Schwindelgefühl erfaßt, und sie meinte, sich erbrechen zu müssen. Sie mußte eine Toilette aufsuchen. Sie konnte unmöglich die Kirche beschmutzen.

Aber als sie zu gehen versuchte, geschah nichts. Es war so, als gehorchte ihr Körper nicht mehr ihrem Gehirn. »Nicholas«, flüsterte sie und streckte ihre Hand nach der Gruft aus; aber im nächsten Moment wurde es dunkel um sie her, und sie brach auf dem Boden zusammen.

Als sie wieder aufwachte, fühlte sie sich schwindlig und schwach. Sie wußte nicht, wo sie sich befand. Als sie die Augen aufschlug, war über ihr der blaue Himmel und ein Laubbaum in ihrer Nähe.

»Wie komme ich hierher?« flüsterte sie. War sie denn noch aus der Kirche gelaufen?

Sie schloß die Augen wieder. Sie war so schwach, daß sie gern dort liegenbleiben wollte, wo sie jetzt war, um ein wenig zu schlafen. Später wollte sie dann nachsehen, wo sie sich befand.

Als sie einzudösen begann, hörte sie ein Mädchen in der Nähe kichern. Kinder, dachte sie, spielende Kinder.

Doch als ein männliches Lachen dem Kichern antwortete, öffnete sie wieder die Augen. »Nicholas?« Sie setzte sich abrupt auf und blickte sich um. Sie saß im Gras unter einem Baum in einer hübschen englischen Landschaft. Sie drehte sich, um sich zu orientieren. Wann hatte sie die Kirche verlassen?

Sie hörte auf, sich im Kreis zu drehen, als sie einen Mann auf einem Feld erblickte. Er war ziemlich weit entfernt und nicht leicht zu erkennen; aber er schien eine Art kurzer brauner Robe zu tragen und pflügte mit einem Ochsen das Feld. Dougless blinzelte ein paarmal; aber das Bild wollte sich nicht verändern. Das ländliche England verdiente diesen Namen wirklich.

Hinter ihr klang wieder dieses Kichern auf. »Sir Nicholas«, sagte dann eine verträumte weibliche Stimme.

Dougless überlegte erst gar nicht, was sie da tat – sie reagierte nur. Sie sprang auf die Füße und watete in die Büsche hinein.

Dort rollte Nicholas über das Gras. *Ihr* Nicholas. Sein Hemd hing ihm halb vom Leib, und er hatte seine starken Arme um ein dralles Mädchen gelegt, die das Oberteil eines seltsamen Kleidungsstückes vorn geöffnet hatte.

»Nicholas«, rief Dougless laut, »wie konntest du nur? Wie konntest du mir das antun?« Tränen begannen wieder zu fließen. »Ich bin fast wahnsinnig vor Sorge um dich, und hier liegst du mit dieser . . . mit dieser . . . O Nicholas, wie konntest du nur?« Sie nahm ein Seidenpapiertuch aus ihrer Tasche und schneuzte sich laut.

Auf dem Boden hatten Nicholas und das Mädchen aufgehört, sich zu bewegen. Das Mädchen zog ängstlich und hastig das Busentuch vorne wieder zusammen, glitt unter Nicholas hervor und suchte eilends das Weite.

Nicholas drehte sich mit einem finsteren Ausdruck auf seinem hübschen Gesicht auf den Rücken, stemmte sich auf den Ellenbogen in die Höhe und blickte zu der rothaarigen Frau hinauf. »Wie meintet Ihr das eben?« forschte er.

Dougless erster Zorn legte sich sofort. Sie stand einen Moment da und starrte auf ihn hinunter. Nicholas war hier bei ihr. Hier!

Sie sprang zu ihm, warf ihm die Arme um den Hals und begann, sein Gesicht mit Küssen zu bedecken. Seine Arme gingen um ihren Körper, als er wieder auf den Boden zurückfiel.

»Nicholas, du *bist* es. Du bist es wirklich. O mein Liebling, es war grauenhaft, nachdem du mich verlassen hattest. Niemand konnte sich mehr daran erinnern, uns zusammen gesehen zu haben.« Sie küßte seinen Hals. »Du hast dir wieder einen Bart wachsen lassen; aber das ist okay. Mir gefällt er jetzt.«

Er küßte ihren Hals. Seine Hand war nun an ihrem Oberteil, und ihre Bluse ging vorne sofort auf, als sich seine Lippen an ihrem Hals nach unten bewegten.

»Nicholas, ich habe dir so viel zu erzählen. Ich habe mit Lee gesprochen, nachdem du mich verlassen hast, und er erzählte mir von Lettice und Robert Sydney . . . und . . . oh, das tut gut, so unheimlich gut.«

»Nein!« rief sie dann abrupt und schob ihn auf Armeslänge von sich. »Wir dürfen das jetzt nicht tun. Du erinnerst dich doch daran, was beim letztenmal passiert ist, nicht wahr? Wir müssen reden. Ich habe dir so viele Dinge mitzuteilen. Weißt du, daß man dich doch noch hingerichtet hat?«

Nicholas hörte mit dem Versuch auf, sie wieder in seine Arme zu ziehen. »Ich? Hingerichtet? Ich bitte Euch, Madam, weswegen?«

»Wegen Hochverrats. Weil du eine Armee ausgehoben hast. Weil – Nicholas, nun verliere du mir nur nicht auch noch dein Gedächtnis. Ich hatte in den letzten vierundzwanzig Stunden schon mehr als genug Fälle von Amnesie. Ich weiß nicht, wie lange du hierbleiben wirst, ehe du wieder zurückkehrst. Deine Frau hatte das alles geplant. Ich weiß, daß du sie liebst; aber sie hat dich nur geheiratet, weil du mit Königin Elizabeth verwandt bist – oder ist es der Vater der Königin? Egal. Lettice wollte dich aus dem Weg haben, weil du nicht auf ihre ehrgeizigen Pläne eingehen und ihr Kind auf den Thron setzen wolltest. Natürlich kann sie gar keine Kinder bekommen; aber das weiß sie nicht.«

Sie hielt inne und meinte dann verwundert: »Warum siehst du mich so komisch an? Wo willst du hin?«

»Nach Hause, weg von diesem seltsamen Colley-Weston-Kauderwelsch.« Er stand auf und begann, sein Hemd in seine Ballonhose zu stecken.

Dougless stand nun ebenfalls auf. »Colley-Weston. Der Ausdruck ist mir neu, Nicholas, warte, du kannst jetzt nicht weggehen!«

Er drehte sich ihr wieder zu. »Wenn Ihr zu beendigen wünscht, was Ihr soeben begonnen habt« – er deutete mit dem Kopf auf den Boden –, »werde ich bleiben und Euch gut dafür bezahlen; aber ich kann mir diese verquere, tumbe Rede nicht länger anhören.«

Dougless stand da, blinzelte und versuchte zu verstehen, was er eben gesagt hatte. »Mich bezahlen?« flüsterte sie. »Nicholas, wie benimmst du dich! Du tust gerade so, als hättest du mich noch nie zuvor gesehen.«

»Nein, Madam, das habe ich auch nicht.« Er drehte sich auf den Absätzen herum und verließ die Lichtung.

Dougless war so verdattert, daß sie sich nicht von der Stelle bewegen konnte. Er hatte sie noch nie zuvor gesehen? Was redete er denn da! Sie schob sich wieder durch die Büsche. Nicholas war auf eine geradezu extravagante Art gekleidet – trug ein schwarzes Satin-Jackett, das mit . . .

»Sind das Diamanten?« hauchte sie.

Nicholas sah sie mit schmalen Augen an. »Ich gehe nicht sehr gnädig mit Dieben um.«

»Ich hatte nicht vor, dich zu bestehlen. Ich habe nur bisher noch keinen Mann gesehen, der seine Kleider mit Diamanten schmückte.« Sie trat einen Schritt zurück und betrachtete ihn – sah ihn sich zum erstenmal genauer an – und erkannte da einen Unterschied. Es waren nicht nur die Kleider oder die Tatsache, daß er wieder einen Bart trug. Sie vermißte eine gewisse Ernsthaftigkeit in seinem Gesicht. Das war ihr Nicholas; aber in einer jüngeren Ausgabe.

Wie hätte er sich in so kurzer Zeit wieder einen Bart wachsen lassen können?

»Nicholas?« fragte sie. »Welches Jahr zählte man, als du von zu Hause weggegangen bist – diesmal, meine ich, nicht bei deinem ersten Erscheinen?«

Nicholas warf einen kurzen Umhang aus schwarzer Seide, der mit Hermelin gefüttert war, um seine Schultern und zog ein Pferd hinter den Büschen hervor – ein Rappe, der genauso wild die Augen rollte wie dieser Hengst »Zuckerpuppe« aus dem Mietstall. Leichtfüßig sprang er in den Sattel, der so groß war wie der eines amerikanischen Cowboys, nur daß er vorne und hinten mit einem hohen Holzgestell versehen war. »Als ich heute morgen von zu Hause wegritt, war das im Jahre des Herrn, 1560. Und nun geht mir aus den Augen, Hexe.«

Dougless mußte in die Büsche zurückweichen, um nicht von seinem Pferd niedergeritten zu werden. »Nicholas, warte!« rief sie; aber da war er bereits aus ihrem Blickfeld verschwunden.

Fassunglos starrte Dougless in die Staubwolke, die sein Pferd aufgewirbelt hatte, setzte sich auf einen umgestürzten Baumstamm und stützte den Kopf auf die Hände. Was nun? dachte sie. Mußte sie wieder von vorne anfangen und ihn mit den Verhältnissen des zwanzigsten Jahrhunderts vertraut machen? Als sie ihn zum erstenmal sah, war er aus dem Jahr 1564 zu ihr gekommen; doch diesmal aus dem Jahr 1560, so daß die Ereignisse der darauffolgenden vier Jahre für ihn noch Zukunft, also ihm nicht bewußt sein konnten.

Ihr Kopf ruckte hoch. Natürlich! Das war die Lösung Als er die Wahrheit über Robert Sydney erfahren hatte, war er anschließend wieder in seine Zelle – oder was man im Mittelalter als Gefängnis verwendete – zurückversetzt worden, wo er nun wirklich nichts ausrichten konnte, um sein Leben zu retten. Aber diesmal war er aus einer vier Jahre davorliegenden Zeit zu ihr gekommen. Jetzt blieb ihm also eine Frist von vier Jahren, um zu *verhindern*, was ihn auf das Schafott gebracht hatte.

Mit einem schon viel besseren Gefühl erhob sie sich vom Baumstamm. Sie mußte ihn wiederfinden, ehe er wieder Dummheiten machte und vor einen Bus lief. Sie hob ihre schwere Segeltuchtasche vom Boden, hängte sie sich um die Schulter und ging in die Richtung, in die Nicholas davongaloppiert war.

So eine schlechte Straße hatte sie bisher noch nicht erlebt. Sie war von tiefen Furchen durchzogen und mit Unkraut überwuchert. Die Landstraßen in Amerika waren schon schlimm genug; aber weitaus besser als diese. Holpersteine auf der Fahrbahn hatte sie in England bisher noch nicht gesehen.

Sie wich auf die Böschung aus, als sie ein Fahrzeug um eine Biegung herumkommen hörte. Ein müde aussehender Esel zog einen Karren mit zwei Rädern. Neben dem Karren trottete ein Mann in einem Kittel, der aus Sackleinwand geschneidert zu sein schien. Von der Wade abwärts waren seine Beine nackt und mit häßlichen Geschwüren bedeckt. Dougless gaffte den Mann mit offenem Mund verwundert an, und der Mann drehte sich um und gaffte nicht weniger verwundert zurück. Sein Gesicht sah aus wie gegerbtes Leder, und als er den Mund öffnete, konnte Dougless die verfaulten Zähne darin erblicken. Der Mann betrachtete sie von oben bis unten, und als er ihre mit Strümpfen bedeckten Beine sah, grinste er anzüglich und zeigte wieder seine verdorbenen Zähne.

303

Dougless wandte sich rasch von ihm ab und ging schneller voran. Die Straße wurde immer schlechter, und überall lag Dung umher. »Verwendet England jetzt Pferdemist zum Ausbessern von Schlaglöchern?« murmelte sie.

Auf der Kuppe eines kleinen Hügels blieb sie stehen und blickte in ein Tal hinunter. Da waren drei kleine Häuser – Hütten eher – mit strohgedeckten Dächern und kahlen Vorplätzen, auf denen Hühner, Enten und Kinder sich tummelten. Eine Frau, die einen langen Rock trug, kam aus einer der Häuser und schüttete vor der Haustür einen Bottich aus.

Dougless setzte sich wieder in Bewegung. Vielleicht konnte die Frau ihr sagen, in welche Richtung sie gehen mußte. Aber als sie sich den Häusern näherte, verlangsamte sie ihren Schritt. Sie konnte das kleine Dorf riechen. Tiere, Menschen, verfaulende Speisereste. Dunghaufen – das alles vermischte sich zu einem üblen Gestank. Dougless hielt sich die Nase zu und atmete durch den Mund. Wahrhaftig, dachte sie, die Regierung sollte so etwas nicht zulassen. Unter solchen Verhältnissen durften Leute doch nicht leben!

Sie ging zum ersten Haus der Ortschaft und versuchte, ihre Schuhe einigermaßen rein zu halten. Ein Kind, das ungefähr drei Jahre alt sein mochte und ein schmutziges Nachthemd trug, blickte zu ihr hoch. Das arme Ding schien seit einem Jahr kein Bad mehr gesehen zu haben, und Windeln kannte es offenbar auch nicht. Dougless schwor sich, daß sie sich bei den Behörden beschweren würde, wenn sie sich mit Nicholas auseinandergesetzt hatte. Dieses Dorf war eine Gefahr für die öffentliche Gesundheit.

»Entschuldigen Sie!« rief sie in das Dunkel eines Hauses hinein. Es schien dort drin nicht besser zu riechen als draußen. »Hallo? Ist denn keiner daheim?«

Niemand antwortete ihr; aber Dougless hatte das Gefühl, als würde sie beobachtet. Sie drehte sich um und erblickte drei Frauen und eine Horde von Kindern hinter sich. Die

Frauen waren nicht sauberer als das Kind, über das sie fast gestolpert wäre. Ihre langen Kleider waren mit Speiseresten und Gott weiß was noch bekleckert.

Dougless versuchte ein Lächeln aufzusetzen. »Entschuldigen Sie – aber ich suche die Kirche von Ashburton. Ich scheine von der Straße abgekommen zu sein.«

Die Frauen antworteten nicht; aber eine von ihnen kam nun auf Dougless zu. Es fiel Dougless schwer, ihr Lächeln beizubehalten; denn die Frau verströmte einen üblen Körpergeruch.

»Wissen Sie den Weg nach Ashburton?« wiederholte Dougless.

Die Frau ging stumm um Dougless herum und betrachtete deren Kleider, Haare und Gesicht.

»Ein Haufen Verblödeter«, murmelte Dougless. Wenn diese Leute in so einem Schmutz lebten, konnten sie ja nicht alle Tassen im Schrank haben, überlegte Dougless. Sie trat einen Schritt von der übelriechenden Frau weg und öffnete den Reißverschluß ihrer Segeltuchtasche. Die Frau machte einen Satz zur Seite, als sie das Geräusch des Reißverschlusses hörte. Dougless holte eine Straßenkarte von Südengland und betrachtete sie; aber die half ihr auch nicht weiter, da sie ja nicht wußte, wo sie sich befand, und ihr daher die Karte auch nicht sagen konnte, in welche Richtung sie gehen mußte.

Sie ließ die Karte sinken, als sie am Geruch merkte, daß eine der Frauen ihr nun sehr nahe war und ihren Kopf fast in ihre Hängetasche steckte. »Moment mal«, erboste sich Dougless. Die Frau trug ein Kopftuch, dessen Stoff unter dem Schmutz und dem Fett, das daran klebte, nicht mehr zu erkennen war.

Die Frau machte nun ebenfalls einen Satz von ihr weg; aber erst, nachdem sie Dougless Sonnenbrille aus der Segeltuchtasche stibitzt hatte. Sie rannte zu den anderen Frauen zurück, und diese betrachteten nun eingehend Dougless' Sonnengläser.

»Das geht entschieden zu weit!« Dougless ging energisch auf die Frau zu, wobei ihr Fuß auf etwas ausglitt, was sie nicht näher betrachten wollte. »Kann ich meine Brille wiederhaben?«

Die Frauen blickten sie mit harten Gesichtern an. Eine von ihnen hatte tiefe, trichterförmige Narben auf den Wangen und versteckte nun Dougless' Sonnenbrille auf dem Rücken.

Dougless stemmte die Hände in die Hüften. »Würden Sie mir bitte mein Eigentum zurückgeben?«

»Pack dich«, sagte eine der Frauen nur, und Dougless bemerkte, daß die Frau ihre drei vordersten Schneidezähne im Oberkiefer verloren hatte und die anderen verfault waren.

In diesem Moment begann sie zu begreifen. Sie betrachtete die Häuser vor sich, sah das an den Außenwänden gestapelte Feuerholz; die Zwiebeln, die vom Dachfirst hingen, den Schmutz, die Karren und die Leute, die offenbar noch nie etwas von einem Zahnarzt gehört hatten.

»Wer ist eure Königin?« fragte sie mit Flüsterstimme.

»Elizabeth«, erwiderte eine der Frauen mit einem eigenartigen Akzent.

»Richtig«, flüsterte Dougless. »Und wer war ihre Mutter?«

»Die Hexe Anne Bullen.«

Die Frauen kamen nun wieder näher; aber Dougless merkte es nicht, weil sie noch von der Wahrheit wie betäubt war. Nicholas hatte zu ihr gesagt, daß er heute morgen im Jahr 1560 von zu Hause weggeritten sei. Sein Pferd hatte einen seltsamen Sattel getragen. Er schien genau gewußt zu haben, wo er war und in welche Richtung er reiten mußte. Er hatte sich nicht so verhalten wie damals, als er zum erstenmal ins zwanzigste Jahrhundert gekommen war. Er hatte sich so benommen, als wäre er hier zu Hause.

»Au!« rief sie, weil eine der Frauen sie bei den Haaren zog.

»Bist du eine Hexe?« fragte eine andere Frau, die dicht vor ihr stand.

Plötzlich hatte Dougless schreckliche Angst. Im zwanzigsten Jahrhundert konnte man sich nur darüber amüsieren, wenn man von einem Mann als Hexe bezeichnet wurde; aber im sechzehnten Jahrhundert wurden Frauen auf dem Scheiterhaufen verbrannt, die man für Hexen hielt.

»Natürlich bin ich keine Hexe«, sagte Dougless, aber als sie sich von der Frau, die ihr auf den Leib gerückt war, zurückziehen wollte, stand eine andere hinter ihr und verlegte ihr den Weg.

Eine dritte zupfte Dougless am Ärmel. »Hexenkleider.«

»Nein, das sind sie nicht. Ich wohne nur . . . in einem anderen Dorf. Im nächsten Jahr werdet ihr alle solche Kleider tragen.« Sie kam weder vorwärts noch rückwärts, weil die Frauen sie nun von allen Seiten bedrängten. Dir muß jetzt rasch etwas einfallen, Dougless, ermahnte sie sich, oder du könntest heute abend bereits auf dem Scheiterhaufen rösten. Sie behielt die Frauen im Auge und griff rasch in ihre Tragetasche, um dort nach weiß Gott was zu suchen. Ihre Finger berührten ein Streichholzbriefchen, das sie in irgendeinem Hotel eingesteckt hatte.

Sie holte das Briefchen heraus, brach ein Zündholz ab und rieb es an. Mit einem erschrockenen Keuchen wichen die Frauen vor ihr zurück. »In eure Häuser!« befahl Dougless, das brennende Zündholz auf Armeslänge von sich weghaltend. »Los, geht in eure Häuser!«

Die Frauen zogen sich in ein Haus zurück, als das Streichholz schon bis zu Dougless' Fingerspitzen heruntergebrannt war. Sie ließ das verkohlte Streichholz fallen und begann zu laufen.

Sie rannte von den übelriechenden Häusern weg, ließ auch diesmal die Straße links liegen und lief in den Wald hinein. Sie rannte, bis sie außer Puste war, sank dann auf den Waldboden nieder und lehnte sich gegen einen Baum.

Offenbar war sie, als sie in der Kirche ohnmächtig wurde, in das sechzehnte Jahrhundert hinübergeglitten. Sie war nun ganz auf sich allein gestellt, weil Nicholas sie ja noch gar nicht kannte – allein in einer Zeit, als die Seife noch nicht erfunden worden war oder noch keine allgemeine Verwendung fand. Und die Leute schienen sie hier als Mißgeburt oder als böse Hexe zu betrachten.

»Wie kann ich also Nicholas mitteilen, was er wissen muß, wenn ich ihn nicht einmal sehen kann?« fragte sie sich bang.

Die ersten kalten Regentropfen fielen auf sie herunter. Sie holte ihren zusammenfaltbaren Regenschirm aus ihrer Segeltuchtasche und spannte ihn auf. Zum erstenmal blickte sie ihre alte, abgewetzte Reisetasche dankbar an. Sie hatte das Ding nun schon viele Jahre, es auf jede Reise mitgenommen und allmählich mit allen Dingen gefüllt, die man eben auf einer Reise so braucht: Kosmetiksachen, Toilettengegenstände, Nähzeug, Schreibzeug, Magazine, Nachthemd, Naschkram, Filzstifte und allerlei sonst noch, was sich mit der Zeit am Grund der Tasche angesammelt hatte.

Sie kauerte sich unter dem Schirm zusammen, als der Regen heftiger wurde. Der Boden unter ihr wurde feucht, und sie überlegte, ob sie sich ein Magazin unterlegen sollte. Aber wer weiß? Vielleicht würde sie am Ende noch Magazine verkaufen müssen, um ihr Leben zu retten.

Sie legte den Kopf auf die Knie. »O Nicholas, wo bist du?« flüsterte sie.

Dann erinnerte sie sich an den Abend des ersten Tages, an dem sie sich kennenlernten und er in diesen Schuppen gekommen war, als sie weinte. Er hatte gesagt, er habe sie nach ihm »rufen« hören. Wenn das damals funktioniert hatte, konnte es vielleicht auch jetzt seine Wirkung tun.

Mit gesenktem Kopf konzentrierte sie sich darauf, Nicholas im Geiste zu bitten, daß er zu ihr kommen möge. Sie stellte sich vor, wie er sich auf ein Pferd schwang und zu ihr ritt. Sie dachte an ihre gemeinsame Zeit im zwanzigsten Jahrhundert. Sie lächelte, als sie sich an ein Dinner erinnerte, das ihre Wirtin auf ihre Bitte hin für sie beide zubereitet hatte: in Butter geschwenkte, gedünstete Maiskolben, Avocados, gegrillte Koteletts und Mangofrucht zum Nachtisch. Nicholas hatte gelacht wie ein kleiner Junge. Sie erinnerte sich an die Musik, die er auf dem Klavier gespielt hatte, sein Entzücken über die Bücher und seine Mißbilligung der modernen, schmucklosen Kleider.

»Komm zu mir, Nicholas«, flüsterte sie. »Komm zu mir.«

Es wurde schon dunkel, der Regen wurde immer schlimmer, und sie schlotterte vor Kälte, als Nicholas auf seinem Rappenhengst erschien.

Sie grinste zu ihm hinauf. »Ich wußte, daß du kommen würdest.«

Aber er lächelte nicht, sondern blickte vielmehr finster auf sie hinunter.

»Lady Margaret möchte Euch sehen«, sagte er.

»Deine Mutter? Deine Mutter möchte *mich* sprechen?« Sie konnte es in dem Regen nicht genau erkennen; aber sie hatte den Eindruck, daß er momentan geschockt war von ihren Worten. »Schön«, sagte Dougless, erhob sich vom Boden, reichte ihm dann ihren Regenschirm und eine Hand, damit er ihr auf das Pferd hinaufhelfen sollte.

Er nahm ihr den Regenschirm ab, untersuchte ihn genau, hielt ihn dann über seinen Kopf und ritt davon, Dougless im Regen stehen lassend. »Da soll doch gleich . . .«, fluchte sie leise. Sollte sie *zu Fuß gehen*, während er hoch zu Roß vor ihr herritt?

Sie zog sich unter ein paar Bäumen zurück, wo sie einigermaßen vor dem Regen geschützt war, und nach einer Weile kam Nicholas, den Regenschirm über sich haltend, zurück.

»Ihr habt mit mir zu kommen«, sagte er.

»Etwa zu Fuß?« schrie sie zu ihm hinauf. »Du reitest, und ich soll hinter dir herwaten durch kniehohen Schlamm? Gib mir wenigstens meinen Regenschirm zurück!«

Er schien einen Moment lang verwirrt zu sein. »Ihr sprecht eine seltsame Sprache.«

»Nicht so seltsam wie deine altmodischen Ideen. Nicholas, ich friere, habe Hunger und bin naß bis auf die Haut. Hilf mir auf dein Pferd hinauf, und dann laß uns deine Mutter besuchen.«

Nicholas zeigte nun so etwas wie ein belustigtes Lächeln und streckte dann eine Hand zu ihr hinunter. Dougless ergriff sie, setzte ihren rechten Fuß auf seinen rechten Fuß und schwang sich hinter ihm auf das Pferd – nicht auf den Sattel, sondern den nackten, harten Rumpf des Tieres. Dougless legte die Arme um Nicholas' Taille, doch er löste ihre Hände wieder von seinem Körper und schob sie auf das hohe Rükkengestell seines Sattels. Dann gab er ihr ihren Schirm zurück.

»Haltet das über mich!« befahl er und trieb sein Pferd an.

Dougless wollte ihm eine geharnischte Antwort geben; aber sie mußte sich darauf konzentrieren, nicht vom Pferd herunterzufallen. Dazu brauchte sie beide Hände, und der Regenschirm hing nutzlos auf einer Seite, während sie im Galopp durch den Regen preschten. Sie sah noch mehr von diesen Strohhütten und Leuten, die im Regen arbeiteten und sich offenbar wenig um ihn scherten. »Vielleicht bekommt ihnen diese Wäsche gut«, murmelte sie und klammerte sich so gut sie konnte an dieses Gestell.

Da sie hinter Nicholas saß und er so groß war, daß sie nicht über seine Schultern blicken konnte, sah sie auch das Haus nicht, bis sie sich unmittelbar vor ihm befanden. Da war eine große Steinmauer und dahinter ein zweistöckiges Gebäude.

Ein Mann, der ähnlich gekleidet war wie Nicholas – keine Sackleinwand –, eilte herbei, um das Pferd beim Zügel zu nehmen. Nicholas stieg aus dem Sattel, stand dann neben dem Pferd und schlug ungeduldig mit den Handschuhen in die rechte Handfläche, während Dougless sich mühte, von dem Rappen herunterzukommen und dabei ihren Regenschirm und ihre Umhängetasche nicht zu verlieren.

Als sie endlich auf dem regendurchweichten Boden stand, öffnete der Diener das Tor, und Nicholas ging hindurch. Offenbar erwartete er, daß Dougless ihm folgte, und so rannte sie ihm nach, einen mit Ziegelsteinen gepflasterten Pfad hinunter, dann eine Treppe hinauf und über eine Terrasse aus Ziegelsteinen hinein ins Haus.

Ein zweiter Diener erwartete sie dort mit feierlichem Gesicht und nahm Nicholas den Umhang und den nassen Hut ab. Dougless klappte den Regenschirm zusammen, und Nicholas nahm ihn ihr aus den Händen, blickte hinein, versuchte offenbar zu ergründen, wie er funktionierte. Nach der rüden Behandlung, die sie von ihm erfahren hatte, war sie nicht bereit, ihn aufzuklären, sondern riß ihm den Schirm aus den Händen und überreichte ihn dem Diener, der sie mit großen Augen ansah. »Das gehört *mir*. Vergessen Sie das nicht, und lassen Sie niemanden sonst an dieses Ding heran.«

Nicholas sah sie an und schnaubte. Dougless hängte sich ihre Tasche wieder über die Schulter und gab seinen Blick wütend zurück. Sie begann zu zweifeln, daß dies der Mann sei, in den sie sich unsterblich verliebt hatte. Ihr Nicholas würde niemals eine Frau gezwungen haben, ohne Sattel auf dem Rücken eines wilden Hengstes zu reiten.

Er drehte sich von ihr weg und lief eine Treppe hinauf. Dougless folgte ihm, naß und mit vor Kälte klappernden Zähnen. Sie konnte nur einen flüchtigen Blick auf Wände und Möbel werfen; aber dieses Gebäude hatte keine Ähnlichkeit mit den elisabethanischen Häusern, die sie auf ihren

Reisen durch England besichtigt hatte. Zunächst hatten vierhundert Jahre das Eichenholz der Vertäfelung nicht dunkel gemacht, sondern es schimmerte in einem hellen, angenehm warmen Goldton. Der Verputz über der Vertäfelung war bunt bemalt, zeigte Szenen aus dem Landleben. Überall sah sie in frischen Farben prangende Wandteppiche und Tische, auf denen Schalen aus blankem Silber standen. Wie seltsam, dachte Dougless bei sich, daß der Boden, über dem sie hinschritt, mit gemeinem Stroh ausgelegt zu sein schien.

Im oberen Stockwerk standen geschnitzte Möbel in der Halle, die so neu aussahen, als wären sie erst vor einer Woche hergestellt worden. Auf einem Tisch entdeckte sie einen hohen Krug mit einer wunderschönen tiefen Kannelierung. Er bestand aus einem gelben Metall, das nur pures Gold sein konnte.

Ehe Dougless eine diesbezügliche Frage stellen konnte, öffnete Nicholas vor ihr eine Tür und ging hindurch.

»Ich habe die Hexe gebracht«, hörte sie Nicholas sagen.

»Moment mal!« protestierte Dougless, drehte sich von dem Tisch mit der Kanne weg und eilte Nicholas in das Zimmer nach.

Dort blieb sie erstaunt stehen. Sie hatte einen Raum betreten, den man nur als prächtig bezeichnen konnte. Er war sehr groß, hatte eine hohe Decke, und dicke Wände waren auch hier mit dieser herrlichen goldfarbenen Eiche getäfelt. Der Gips darüber war mit bunten Vögeln, Schmetterlingen und Tieren bemalt. Die Möbel, die Fensterbänke und das gewaltige Pfostenbett waren mit Polstern und Behängen aus glänzender Seide versehen, alle mit Gold- und Silberfäden durchwirkt und mit bunten Stickereien geschmückt. Jeder Gegenstand in diesem Zimmer – ob Becher, Kannen, Spiegel oder Kämme – schienen kostbare Kunstgegenstände zu sein, aus Gold oder Silber gefertigt und mit Edelsteinen besetzt. Das ganze Zimmer glich einer farbensprühenden Schatzkammer.

»Du meine Güte«, murmelte Dougless ehrfürchtig.

»Bringe sie zu mir«, befahl eine weibliche Stimme.

Dougless löste nun den Blick von den Wänden und Spiegeln und sah zum Bett hin. Hinter den meisterhaft gedrechselten und beschnitzten Pfosten und scharlachroten Behängen, auf denen aus Goldfäden gewirkte Blumen prangten, lag eine streng aussehende Frau in einem weißen Nachthemd, das an den Manschetten und am Rüschenkragen mit schwarzen Stickereien versehen war. Ihre Augenpartie deutete eine Ähnlichkeit mit Nicholas an.

»Kommt hierher«, befahl sie, und Dougless trat näher an das Bett heran.

Obwohl die Frau mit autoritärer Stimme sprach, klang sie matt und halb erstickt. Verschnupft vielmehr. Die Frau hatte eine böse Erkältung.

Erst als Dougless das Fußende des Bettes erreichte, bemerkte sie, daß der linke Arm der Frau ausgestreckt auf einem Kissen lag und ein Mann in einer faltenreichen Robe aus schwarzem Samt sich darüber beugte und . . .

»Sind das Blutegel?« keuchte Dougless entsetzt. Schleimige schwarze Würmer schienen sich am Arm der Frau festgesaugt zu haben.

Dougless sah nicht, wie Lady Margaret mit ihrem Sohn einen Blick wechselte.

»Man hat mir berichtet, daß Ihr eine Hexe seid, die aus ihren Fingern Feuer versprüht.

Dougless konnte den Blick nicht von den Blutegeln abwenden. »Tut das nicht weh?«

»Ja«, tat die Frau diese Frage im ungeduldigen Ton ab. »Ich möchte Euren Feuerzauber sehen.«

Der Abscheu, den Dougless vor diesen widerlichen Saugern auf dem Arm der Frau empfand, war stärker als ihre Angst vor einer Hexenverfolgung. Sie ging am Bett entlang, schob eine hübsche silberne, mit Smaragden verzierte Kas-

313

sette auf einem Tisch beiseite und stellte ihre Segeltuchtasche darauf. »Sie sollten nicht zulassen, was dieser Mann mit Ihnen tut. Sie scheinen mir eine schlimme Erkältung zu haben. Kopfschmerzen? Niesen? Mattigkeitsgefühl?«

Die Frau sah sie mit großen Augen an und nickte.

»Habe ich mir doch gleich gedacht.« Dougless kramte in ihrer Reisetasche. »Wenn Sie diesem Mann sagen, daß er diese scheußlichen Würmer wegnehmen soll, werde ich Ihren Schnupfen kurieren. Ah, hier sind sie ja. Tabletten gegen Grippe.« Sie hielt die Packung in die Höhe.

»Mutter«, sagte Nicholas, ans Bett tretend, »du kannst nicht . . .«

»Weg vom Bett, Nicholas«, befahl Lady Margaret. »Und Ihr auch«, sagte sie zu dem Arzt.

Der Mann zog die Würmer von Lady Margarets Arm ab und ließ sie in eine kleine, mit Leder überzogene Schachtel fallen.

»Sie brauchen dafür ein Glas Wasser.«

»Wein!« befahl Lady Margaret, und Nicholas händigte ihr einen hohen Silberbecher aus, der mit ungeschliffenen Edelsteinen verziert war.

Dougless wurde sich nun der unnatürlichen Stille im Zimmer bewußt und begriff auf einmal, wie tapfer diese Lady Margaret sein mußte. Oder wie dumm, konnte sie nicht umhin zu denken, da sie Medizin von einer wildfremden Person annahm. Dougless gab nun Lady Margaret eine Medikamentenkapsel. »Schlucken Sie das, und es wird in etwa zwanzig Minuten wirken.«

»Mutter«, begann Nicholas wieder; aber Lady Margaret schnitt ihm mit einer Handbewegung das Wort ab und schluckte die Kapsel.

»Wenn ihr ein Leid geschieht, werdet Ihr mir das büßen«, zischelte Nicholas Dougless ins Ohr, und Dougless erschauerte. Wenn der elisabethanische Körper nun nicht auf Grip-

314

petabletten ansprach? Oder wenn Lady Margaret eine Allergie gegen Antibiotika hatte?

Dougless blieb dort stehen, wo sie sich gerade befand. Das Regenwasser rann ihr noch aus den Kleidern, und sie zitterte vor Kälte. Das Haar klebte ihr am Kopf; doch niemand hatte ihr bisher ein Handtuch angeboten. Niemand im Zimmer schien zu atmen, während sie alle Lady Margaret beobachteten, die in den gestickten Kissen lag. Dougless trat nervös von einem Bein aufs andere und wurde sich noch einer anderen Frau im Zimmer bewußt, die sich in der Nähe des Bettvorhangs aufhielt. Dougless konnte nur die Umrisse der Frau in einem engen Leibchen und weiten langen Rock erkennen.

Dougless hüstelte, und Nicholas, der am Fußende des Bettes stand, warf ihr einen scharfen Blick zu.

Es waren die längsten zwanzig Minuten in Dougless' Leben, als sie dort frierend und nervös neben dem Bett stand und auf die Wirkung des Grippemittels wartete. Wenn sie wirkten, wirkten sie rasch. Lady Margarets Stirnhöhlen und Nasengänge wurden wieder offen, und sie verlor dieses schreckliche Erstickungsgefühl, das von den durch die Erkältung verstopften Atemwegen ausgelöst wurde.

Sie setzte sich kerzengerade im Bett auf und sagte mit großen runden Augen. »Ich bin kuriert.«

»Noch nicht ganz«, sagte Dougless. »Die Kapseln unterdrücken nur die Symptome. Sie sollten im Bett bleiben und viel Orangensaft trinken . . . oder was es eben hier so gibt.«

Die Frau, die hinter dem Bettvorhang gestanden hatte, eilte nun herbei, beugte sich über Lady Margaret und steckte die Bettdecke um sie herum fest.

»Ich bin gesund, ich sagte es doch bereits«, sagte Lady Margaret. Und dann an den Arzt gewandt: »Ihr da! Hinaus!« Der Mann verließ, rückwärts gehend, eilends das Zimmer.

»Nicholas, nimm sie, füttere sie, trockne sie ab, kleide sie und bring sie morgen wieder zu mir. In aller Frühe!«

»Ich?« sagte Nicholas hochmütig. »Ich?«

»Du hast sie gefunden, also bist du auch für sie verantwortlich. Und jetzt geh!«

Nicholas blickte Dougless an und kräuselte die Oberlippe. »Kommt«, sagte er in einem Ton, in dem sich Abscheu und Wut mischten.

Sie folgte ihm aus dem Zimmer in die Halle. Dort sagte sie zu ihm: »Nicholas, wir müssen miteinander reden.«

Er drehte sich zu ihr um. Aus seinem Gesicht sprach noch immer die Abneigung von vorhin. »Nein, Madam, wir reden nicht miteinander.« Er zog eine Braue in die Höhe. »Und ich bin *Sir* Nicholas, Ritter des Königreiches.« Er drehte sich auf den Absätzen herum und ging davon.

»*Sir* Nicholas?« fragte sie. »Nicht *Lord* Nicholas?«

»Ich bin nur Ritter. Mein Bruder ist Lord.«

Dougless blieb unvermittelt stehen. »Bruder? Du meinst Kit? Kit ist noch am *Leben*?«

Nicholas drehte sich zum zweitenmal zu ihr um, diesmal mit wutverzerrtem Gesicht. »Ich weiß nicht, wer Ihr seid oder warum Ihr Euch so gut in meiner Familie auskennt; aber ich warne Euch, Hexe! Sollte sich auch nur ein Haar auf dem Kopf meiner Mutter verfärben oder irgendeinem hier im Haus ein Leid geschehen, werdet Ihr mir das mit Eurem Leben bezahlen. Und denkt ja nicht daran, Euren Hexenzauber gegen meinen Bruder zu verwenden.«

Damit machte er wieder auf den Absätzen kehrt und ging davon. Dougless folgte ihm; wagte aber nicht mehr, ihn anzusprechen. Großartig, dachte sie bei sich. Ich komme nun aus einer Entfernung von vierhundert Jahren zu ihm, um seinen Kopf zu retten, und er lohnt mir das, indem er mir droht, mich umzubringen. Wie konnte sie ihn dazu bringen, daß er sie anhörte?

316

Sie gingen in das obere Stockwerk hinauf, und Nicholas riß eine Tür auf. »Ihr schlaft hier.«

Sie trat in das Zimmer hinein. Das war kein hübscher Raum, der mit Schätzen gefüllt war, sondern eine fensterlose Zelle mit einer Matratze in einer Ecke, auf der eine schmutzige Wolldecke lag. »Hier kann ich nicht bleiben«, sagte Dougless entsetzt. Aber als sie sich umdrehte, mußte sie feststellen, daß Nicholas schon wieder aus dem Zimmer gegangen war. Sie hörte, wie sich ein Schlüssel im Schloß drehte.

Sie schrie und hämmerte mit den Fäusten gegen die schwere Tür; aber er öffnete sie nicht. »Du Bastard!« schrie sie und rutschte an der Tür entlang auf den Boden. »Du verdammter Bastard«, flüsterte sie, als sie allein in dem dunklen Zimmer auf dem Boden saß.

13

Niemand kam in der Nacht oder am nächsten Morgen, um Dougless aus ihrem Zimmer zu befreien. Sie hatte kein Wasser, kein Licht, kein Essen. Da stand ein alter hölzerner Eimer in einer Ecke, und sie nahm an, daß sie darin ihre Notdurft verrichten sollte. Sie versuchte, sich auf die Matratze zu legen; aber schon nach wenigen Minuten spürte sie kleine Wesen, die ihr über die Haut krabbelten. Sie sprang von der Matratze hoch, kratzte sich und drückte sich gegen die kalte Steinwand.

Sie konnte nicht sagen, wann der Morgen anbrach, weil nur etwas graues Licht vom Korridor unter der Tür hindurchschimmerte. In der Nacht hatte sie sich so oft gekratzt, um sich dieser Wesen auf ihrem Körper zu erwehren, daß sie an manchen Stellen blutete. Sie wartete gespannt darauf, daß jemand sie aus ihrer Zelle befreite. Lady Margaret hatte angeordnet, daß sie Dougless in aller Frühe zu sehen wünsche. Doch niemand kam.

Sie hielt ihren Arm in das Licht, das unter der Tür hindurchsickerte, und blickte auf ihre Armbanduhr. Wenn sie korrekt nach der elisabethanischen Zeit gestellt war, war bis zwölf Uhr mittags noch immer keiner gekommen, um sie aus ihrer Zelle zu befreien.

Sie versuchte, sich nicht von einer Hysterie überwältigen zu lassen, sondern einen kühlen Kopf zu behalten. Also dachte sie immer wieder daran, welche Ereignisse nach Lees

Worten zu Nicholas' Hinrichtung geführt hatten. Irgendwie mußte sie Nicholas warnen. Irgendwie mußte sie verhindern, daß Lettice und Robert Sydney Nicholas für ihre Pläne mißbrauchten.

Aber wie sollte sie etwas bewirken können, wenn sie in einem dunklen, von Flöhen verseuchten Raum eingesperrt war? Und Nicholas würde nicht nur nicht auf sie hören – er schien sie sogar zu hassen. Sie suchte sich zu erinnern, was sie gestern zu ihm gesagt hatte. Womit hatte sie ihn beleidigt? Vielleicht mit der Warnung vor seiner geliebten Lettice?

Es war frostig im Zimmer, und Dougless zitterte vor Kälte. Immer wieder mußte sie sich die juckende Kopfhaut kratzen. Im zwanzigsten Jahrhundert hatte sie sich immer auf den Namen der Montgomerys berufen und auf deren Reichtum stützen können. Obwohl es noch Jahre dauern würde, bis sie ihren Erbteil bekam, hatte sie doch stets gewußt, daß das Geld vorhanden war – daß sie für eine Information Millionen von Dollar bieten konnte.

Doch hier im sechzehnten Jahrhundert besaß sie nichts, war sie ein Nichts. Sie hatte nur diese Reisetasche voller moderner Wunder und ihren Verstand. Irgendwie mußte sie diese Leute davon überzeugen, daß man sie nicht so einfach in eine dunkle Zelle sperren und dort verrotten lassen konnte. Als Nicholas zu ihr ins zwanzigste Jahrhundert gekommen war, hatte sie versagt. Sie hatte ihm die Information, mit der er seine Hinrichtung hätte verhindern können, nicht beschafft. Diesmal würde sie nicht versagen, egal, was sie anstellen mußte – sie würde ihn retten.

Sie stand an der Wand, und ihre Lethargie wurde von einer neuerwachten Energie verdrängt. Ihr Vater hatte seinen Töchtern leidenschaftlich gern Geschichten von ihren Vorfahren erzählt – von den Montgomerys in Schottland, England und Amerika. Das waren durchweg Geschichten

319

von heroischen Taten gewesen und von knapper Rettung aus tödlicher Gefahr.

»Wenn die das vermochten, kann ich das auch«, sagte Dougless sich. »Nicholas«, sagte sie dann mit lauter Stimme, »komme hierher und befreie mich aus dieser scheußlichen Zelle.« Sie schloß die Augen und konzentrierte sich darauf, sich einzubilden, wie er die Treppe hinaufstieg und sich zu ihrer Zelle begab.

Es dauerte nicht lange, bis er sie »hörte«. Als die Tür aufflog, war sein Gesicht fast schwarz vor Wut.

»Nicholas, ich möchte mit dir reden«, sagte sie.

Er drehte sich von ihr weg. »Meine Mutter verlangt nach Euch.«

Sie stolperte ihm nach. Ihre Beine waren geschwächt vom langen Stehen an der Wand in der Nacht, und ihre Augen mußten sich erst an die Helligkeit in der Halle gewöhnen. »Du bist gekommen, weil ich dich gerufen habe«, sagte sie. »Da gibt es ein Band zwischen uns beiden, und wenn du mir nur eine Weile zuhören würdest . . .«

Er blieb stehen und funkelte sie wütend an. »Ich will nichts von dem hören, was Ihr mir sagen möchtet.«

»Willst du mir wenigstens verraten, was dich so wütend auf mich macht? Was habe ich dir getan?«

Er blickte sie auf eine unverschämte Weise von Kopf bis Fuß an. »Ihr werft mir Verrat vor. Ihr erschreckt meine Dorfbewohner. Ihr beschmutzt den Namen der Frau, die ich heiraten soll. Ihr verhext meine Mutter. Ihr . . .«, er senkte die Stimme, ». . . dringt in meinen Kopf ein.«

Sie legte ihm die Hand auf den Arm. »Nicholas, ich weiß, wie seltsam ich dir erscheinen mag; aber wenn du nur zuhören würdest, bis ich dir alles erklärt habe . . .«

»Nein«, sagte er, sich von ihr fortdrehend. »Ich habe meinen Bruder gebeten, Euch aus dem Haus zu werfen. Die Dorfbewohner werden dann schon für Euch sorgen.«

»Diese Leute werden für mich sorgen?« flüsterte Dougless und erschauerte, als sie sich an die schmutzigen Frauen im Dorf erinnerte. Zweifellos würden diese zahnlosen Hexen sie steinigen, wenn sie eine Gelegenheit dazu bekommen. »Du würdest mir das antun? Nachdem ich dir so sehr geholfen habe?« Ihre Stimme wurde schrill. »Nach allem, was ich für dich getan habe, willst du mich aus dem Haus jagen? Nachdem ich aus der Entfernung von vierhundert Jahren zu dir gekommen bin, um dich zu retten, willst du mich einfach auf die Straße werfen?«

Er funkelte sie an. »Mein Bruder entscheidet.« Er drehte sich um und ging die Treppe hinunter.

Dougless blieb dicht hinter ihm und versuchte, ihren Zorn so weit zu bändigen, daß sie nüchtern überlegen konnte. Sie mußte etwas unternehmen, um zu verhindern, daß man sie aus der relativen Sicherheit dieses Hauses entfernte und den Gefahren einer Hexenverfolgung aussetzte. Lady Margaret schien die Lösung dieses Problems zu sein.

Lady Margaret lag wieder im Bett. Dougless wußte sofort, daß die Wirkung des Grippemittels, die nur zwölf Stunden anhielt, vorbei war.

»Ihr werdet mir noch eine von Euren Zauberpillen geben«, sagte Lady Margaret, sich in ihre Kissen zurücklegend.

Obwohl Dougless hungrig, müde und verängstigt war, wußte sie, daß sie nun ihren Verstand gebrauchen mußte.

»Lady Margaret, ich bin keine Hexe. Ich bin lediglich eine arme, gedemütigte Prinzessin, die von Räubern überfallen wurde und an Eure Hilfsbereitschaft appellieren muß, damit mein Onkel, der König, hierherkommen und mich abholen kann.«

»Prinzessin?« wiederholte Lady Margaret.

»König?« brüllte Nicholas förmlich. »Mutter, ich . . .«

Lady Margaret hob die Hand, um ihn zum Schweigen zu bringen. »Wer ist Euer Onkel?«

321

Dougless holte tief Luft. »Er ist der König von Lanconia.«

»Ich habe schon einmal von diesem Land gehört«, sagte Lady Margaret nachdenklich.

»Sie ist keine Prinzessin«, sagte Nicholas. »Schau sie dir doch nur an, Mutter.«

»Dies ist zufällig der Kleiderstil meines Landes«, schnaubte Dougless ihn nun ihrerseits an. »Willst du den Zorn eines Königs auf dein Haupt laden, indem du mich auf die Straße werfen läßt?« Sie sah auf Lady Margaret zurück. »Mein Onkel würde sich sehr großzügig gegenüber jedem erweisen, der mich beschützt.«

Dougless konnte sehen, daß ihre Worte Lady Margaret nachdenklich stimmten. »Ich kann zudem sehr nützlich sein«, setzte Dougless rasch hinzu. »Ich habe eine Menge Tabletten gegen Erkältung in meiner Tasche, dazu noch allerlei interessante Sachen. Und ich...« Was konnte sie noch tun? »... kann Geschichten erzählen. Ich weiß eine Menge Geschichten.«

»Mutter, du kannst nicht ernsthaft daran denken, sie im Haus zu behalten«, begann Nicholas. »Sie ist nicht viel besser als ein Flirt-Mädchen.«

Dougless vermutete, daß man darunter eine Dame von üblem Ruf verstehen mußte. Sie schickte ihm einen wütenden Blick zu. »Schaut nur mal, wer da redet! Ein Mann, der keinen Moment lang die Hände von Lady Arabella Sydney lassen kann!«

Nicholas Gesicht färbte sich dunkelrot, und er rückte einen Schritt auf Dougless zu.

Lady Margaret hüstelte, damit sie nicht lachen mußte. »Nicholas, hole mir Honoria hierher. Geh! Rasch!«

Dougless noch einen wütenden Blick zuwerfend, ging Nicholas gehorsam aus dem Zimmer.

Lady Margaret blickte Dougless an. »Ihr amüsiert mich.

Ihr mögt in meiner Obhut bleiben, bis ein Bote nach Lanconia sich bei Eurem Onkel nach Euch erkundigt hat.«

Dougless schluckte. »Wie lange wird das dauern?«

»Einen Monat oder länger.« Lady Margaret sah sie listig an. »Wollt Ihr Eure Geschichte widerrufen?«

»Nein, natürlich nicht. Mein Onkel *ist* König von Lanconia.« Oder wird es sein, verbesserte Dougless in Gedanken.

»Nun diese Pille«, sagte Lady Margaret, sich wieder in die Kissen zurücklegend. »Dann dürft Ihr wieder gehen.«

Dougless fischte nach einer Grippekapsel in ihrer Segeltuchtasche, zögerte jedoch, sie der alten Dame zu verabreichen. »Wo soll ich fortan schlafen?«

»Mein Sohn wird sich darum kümmern.«

»Euer Sohn hat mich in diese scheußliche kleine Kammer gesperrt, und das Bett wimmelte von Wanzen und Flöhen!«

Dem Gesichtausdruck von Lady Margaret war zu entnehmen, daß sie daran nichts Unrechtes fand.

»Ich möchte ein ordentliches Zimmer haben und Kleider, in denen mich die Leute nicht so angaffen. Und ich möchte mit dem Respekt behandelt werden, der meiner ... meiner Stellung im Leben angemessen ist. Und ich möchte ein Bad haben.«

Lady Margaret sah sie mit kalten, dunklen Augen an, und Dougless wußte nun, von wem Nicholas sein hochfahrendes Wesen geerbt hatte. »Nehmt Euch in acht. Ich könnte sonst Eure Rede nicht mehr amüsant finden.«

Dougless' Knie begann zu wackeln. Sie hatte als Kind in einem Wachsfigurenkabinett die Darstellung einer mittelalterlichen Folterkammer gesehen. Das Rad. Die Eiserne Jungfrau. »Ich hatte nicht beabsichtigt, Euer Mißfallen zu erregen, Mylady«, sagte sie leise. »Ich werde mir meinen Unterhalt selbst verdienen. Ich werde mein Bestes tun,

323

Euch zu amüsieren.« Wie Scheherazade, dachte Dougless bei sich. Wenn ich diese Frau nicht bei guter Laune halte, kann mich das morgen schon den Kopf kosten.

Lady Margaret studierte sie eine Weile, und Dougless wußte, daß in diesem Moment ihr Schicksal entschieden wurde. »Ihr sollt mir dienen. Honoria wird . . .«

»Das bedeutet, ich kann im Haus bleiben? Oh, Lady Margaret, das werdet Ihr nicht bereuen. Das verspreche ich Euch. Ich werde Euch zeigen, wie man Poker spielt. Ich werde Euch Geschichten erzählen. Ich werde Euch alle Stücke von Shakespeare aufsagen. Nein, lieber nicht; sie könnten Euch zu sehr aufregen. Ich werde Euch von . . . ja, von *The Wizard of Oz* und von *My Fair Lady* berichten. Vielleicht kann ich mich auf den Text und sogar die Musik besinnen.« Sie begann zu singen: *»I Could Have Danced All Night.«*

»Honoria!« rief Lady Montgomery mit scharfer Stimme. »Nimm sie, kleide sie.«

»Und auch etwas zu essen und ein Bad«, fügte Dougless hinzu.

»Die Pille.«

»Oh, klar.« Dougless gab ihr die Kapsel.

»Laßt mich nun ruhen. Honoria wird sich um Euch kümmern. Sie wird bei dir wohnen, Honoria.«

Dougless hatte gar nicht gehört, wie die andere Frau ins Zimmer gekommen war. Es schien sich um die gleiche Person zu handeln, die gestern abend hinter dem Bettvorhang gestanden hatte, aber Dougless konnte noch immer nicht deren Gesicht sehen, weil sie es von ihr abgewandt hielt. Dougless folgte Honoria aus dem Zimmer.

Sie fühlte sich schon besser, weil sie so viel Zeit gewonnen hatte, bis Lady entdecken würde, daß sie keine Prinzessin war. Wurde das Belügen einer Lady mit dem Tod oder nur mit der Folter bestraft? Vielleicht würde es Lady Margaret am Ende egal sein, ob sie eine Prinzessin war oder nicht, wenn sie, Dougless, nur dafür sorgte, daß sich die alte Dame prächtig unterhielt. Und ein Monat reichte vermutlich dafür aus, daß Dougless ihre Mission erfolgreich beenden konnte.

Dougless drückte ihre Segeltuchtasche an sich und folgte Honoria in die Halle hinaus. Honorias Zimmer lag direkt neben dem von Lady Margaret. Es war nur etwa halb so groß; aber immer noch geräumig genug und hübsch dazu. Sie sah einen Kamin aus weißem Marmor, ein großes Vier-Pfosten-Bett, einige Schemel, zwei Stühle mit Schnitzwerk und am Fuß des Bettes eine Kommode. Sonnenlicht flutete durch ein Fenster mit rautenförmigen Butzenscheiben.

Als Dougless sich in dem hübschen Zimmer umsah, begann sie sich ein wenig zu entspannen. Es war ihr immerhin gelungen zu verhindern, daß man sie auf die Straße warf.

»Gibt es hier ein Badezimmer?« fragte sie Honoria, die ihr noch immer den Rücken zudrehte.

Die Frau bewegte sich nicht.

»Einen Abort?« verbesserte Dougless sich.

Die Frau drehte sich noch immer nicht um, sondern deutete nur auf eine kleine Tür in der Täfelung. Dougless öffnete sie, und dahinter befand sich ein steinerner Sitz mit einem Loch darin – gewissermaßen ein Plumpsklosett, wie man es früher in Gebäuden ohne sanitäre Einrichtungen außerhalb der Wohnungen benützte. Es stank zum Himmel. Neben dem Sitz lag ein Berg von hartem dickem Papier, das beschrieben worden war. Sie hielt ein Stück davon in die Höhe. »Jetzt weiß ich endlich, wo all die mittelalterlichen Handschriften hingekommen sind«, murmelte Dougless. Sie benütze den Abort und verließ ihn so rasch wie möglich wieder.

Als sie ins Zimmer zurückkam, sah sie eine Weile zu, wie Honoria eine Truhe öffnete, Kleider herausnahm und sie auf das Bett legte. Dann verließ Honoria das Zimmer, und Dougless wanderte im Traum umher, um sich alles genauer anzusehen. Hier gab es keine silbernen oder goldenen Ornamente wie nebenan in Margarets Zimmer; doch dafür reichlich Stoffe mit Stickereien. Dougless hatte einige Proben elisabethanischer Stickarbeiten in Museen bewundern können, aber die waren alle verschossen und verblichen gewesen. Diese hier leuchteten in frischen Farben, waren unverdorben durch die Zeit und einen langen Gebrauch.

Dougless wanderte umher und bewunderte das alles, bestaunte die Farbenpracht, die sie allerorten entdeckte. Neue Antiquitäten, dachte sie bei sich und kratzte sich heftig im Nacken.

Nach einer Weile öffnete sich wieder die Tür, und zwei Männer traten herein, die einen großen, tiefen Holzzuber zwischen sich trugen. Die Männer waren mit knapp sitzenden Jacken aus roter Wolle bekleidet. Dazu trugen sie wie Nicholas eine kurze Ballonhose und schwarze gestrickte Strumpfhosen, die ihre muskulösen Beine betonten.

Es gab schon einiges, was für die elisabethanische Kleidermode sprach, dachte Dougless bei sich, während sie die Beine der Männer musterte.

Vier Frauen folgten den beiden Männern, jede mit Holzeimern befrachtet, in denen sich siedendheißes Wasser befand. Sie trugen schlichte lange Wollröcke mit hautengen Leibchen darüber und auf dem Kopf kleine Kappen. Die Gesichter zweier Frauen waren von Pockennarben entstellt.

Als der Zuber zur Hälfte mit dampfendem heißem Wasser gefüllt war, begann sich Dougless auszuziehen, und Honoria drehte sich ihr zu. Sie war eine Frau mit blassem Gesicht, weder hübsch noch häßlich. »Hei, ich bin Dougless Montgomery«, sagte Dougless, ihr die Hand hinstreckend.

Honoria schien nicht zu wissen, wie sie sich verhalten sollte, und so nahm Dougless einfach ihre Hand und drückte sie. »Wir sind also Zimmergenossinnen.«

Honoria schickte Dougless einen verwirrten Blick zu.

»Lady Margaret hat angeordnet, daß Ihr bei mir wohnen sollt, ja.« Honoria hatte eine weiche angenehme Stimme, und Dougless erkannte, daß sie noch sehr jung war, höchstens ein- oder zweiundzwanzig Jahre alt.

Dougless zog sich aus und stieg in den Zuber, während Honoria ihre modernen Kleider nahm und sie eingehend studierte.

Dougless nahm die Seife zur Hand, die man für sie bereitgelegt hatte; aber sie erinnerte Dougless an ein Stück Bimsstein, und sie entwickelte auch ungefähr so viel Schaum wie dieser. »Würdest du mir bitte meine Tasche herüberreichen?« fragte sie Honoria. Honoria stellte die Tasche neben den Zuber, betrachtete neugierig den Nylonstoff und sah zu, wie Dougless den Reißverschluß öffnete. Dougless nahm ein Stück Seife heraus – sie nahm immer die hübsch verpackten duftenden Seifen aus den Hotels mit, die diese für ihre Gäste in die Badezimmer legten – und fing an, sich damit zu waschen.

Inzwischen bemühte Honoria sich nicht mehr länger, ihre Neugierde zu verbergen, als sie Dougless beim Waschen zusah.

»Kannst du mir etwas über dieses Haus berichten?« fragte Dougless. »Über die Bewohner? Und über Kit und Nicholas? Ist er bereits mit Lettice verlobt? Und ist John Wilfred als Schreiber im Haus tätig? Und wie oft kommt Arabella Sydney hierher zu Besuch?«

Honoria setzte sich auf einen Stuhl, bemühte sich, die vielen Fragen von Dougless zu beantworten, und sah dabei ehrfürchtig zu, was für einen herrlichen Schaum die Seife entwickelte, die Dougless benützte, und wie sie sich anschließend die Haare mit Shampoo wusch.

Dougless konnte Honorias Worten entnehmen, daß sie in einer Zeit eingetroffen war, in der Nicholas zwar bereits mit Lettice verlobt war, sich aber noch nicht dazu hatte hinreißen

327

lassen, Arabella auf einem Tisch zu vögeln. Und John Wilfred war offenbar in dieser Zeit so unbedeutend, daß Honoria nicht einmal seinen Namen kannte. Honoria gab Dougless bereitwillig über alles Auskunft, was sie wissen wollte, hütete sich jedoch, irgendeine Meinung abzugeben. Offensichtlich war sie keine Tratschtante.

Nachdem Dougless gebadet und sich die Haare gewaschen hatte, reichte Honoria ihr ein grobes, rauhes Leinenhandtuch, und nachdem Dougless damit ihren Körper und ihre Haare einigermaßen trockengerieben hatte, begann Honoria ihr beim Ankleiden zu helfen.

Zuerst mußte sie ein langes nachthemdähnliches Unterkleid anziehen, das aus fein gesponnenem Leinen bestand. »Wo bleibt das Höschen?« fragte Dougless.

Honoria blickte sie verständnislos an.

»Das da.« Dougless nahm ihren pinkfarbenen Slip von der Truhe, wo Honoria ihn abgelegt hatte, und hob ihn hoch. Honoria schien aber noch immer nicht zu begreifen, was Dougless meinte.

»Da unten ist nichts«, sagte Honoria schließlich.

»Du meine Güte«, erwiderte Dougless mit großen runden Augen. Wer hätte das gedacht, daß Unterhöschen zu den Errungenschaften der Neuzeit gehörten? »Als in Rom . . .«, murmelte sie und warf ihren Slip zurück auf die Kommode.

Dougless war auf das nächste Kleidungsstück nun gar nicht vorbereitet. Honoria hielt ein Korsett für sie in die Höhe. Dougless' Erfahrung mit diesem Dessous war außerordentlich flüchtig: Sie hatte auf der Leinwand beobachtet, wie Mammy in »Vom Winde verweht« Scarlett in ein Korsett einschürte. Doch dieses Exemplar war aus . . .«

»Stahl?« flüsterte Dougless, das Ding betrachtend.

Das Ding bestand aus dünnen elastischen, mit Seide überzogenen Stahlstreifen und war an einer Seite mit Stahlhäkchen versehen. Da es nicht mehr neu war, schimmerte der

Rost durch die Seide. Honoria zwängte sie nun in dieses Ding hinein, und Dougless hatte das Gefühl, als müßte sie jeden Moment das Bewußtsein verlieren. Ihr Brustkorb konnte sich nicht mehr ausdehnen, ihre Taille hatte einen Umfang von knapp drei Zoll, und ihre Brüste wurden flach an den Leib gepreßt.

Dougless hielt sich an einem Bettpfosten fest. »Und ich habe mich darüber beschwert, daß Strumpfhosen unbequem seien«, murmelte sie.

Über das Korsett kam nun ein weites, langärmeliges Leinenhemd, dessen Kragen und Ärmel gerüscht und mit schwarzer Seide bestickt waren.

Um ihre Taille hatte Scarlett O'Hara eine Krinoline gebunden – einen leinernen Unterrock, in den Drähte eingenäht waren, so daß der äußere Rock eine perfekte Glokkenform erhielt. »Ein Reifrock«, sagte Honoria, als Dougless sie fragte, was das für ein Kleidungsstück sei, und schickte Dougless einen sonderbaren Blick zu, weil sie über so eine simple Sache nicht Bescheid wußte.

»Das wird verdammt schwer. Kommt noch mehr?« fragte Dougless.

Honoria zog einen wollenen Überrock über den mit Drähten versteiften Reifrock.

Über diesen Unterrock kam ein zweiter, der aus grünem Taft bestand. Dougless' Laune besserte sich. Der Taft, ein ungewöhnlich schöner Stoff, raschelte beim Gehen.

Als nächstes nahm Honoria nun das Kleid zur Hand. Es bestand aus rostfarbenem Brokat mit einem gewaltigen abstrakten Blumendekor auf dem Rücken. Es war nicht leicht, in dieses Ding hineinzuschlüpfen. Über der Schulter befand sich ein kompliziertes Netz aus Seidenschnüren, ein Zickzack-Muster, mit Perlen an den Schnittstellen. Das Leibchen wurde mit einem bestickten Band am Hals befestigt und hatte Haken und Ösen, die kräftig genug aussa-

329

hen, um die Panzerplatten eines Tanks zusammenhalten zu können.

Das Kleid hatte keine angenähten Ärmel. Sie wurden erst jetzt von Honoria über die langen Ärmel des leinernen Unterkleides gezogen, waren an den Schultern gepufft und verjüngten sich dann zu den Handgelenken hinunter. Sie bestanden auch nicht aus einem Stück, sondern aus Streifen von gesäumtem smaragdgrünem Taft, die alle paar Zoll mit goldenen Plättchen, auf denen eine Perle saß, am Stoff des Unterkleides befestigt wurden.

Dougless befingerte die Perlen, während Honoria geschäftig um Dougless herumlief und mit einem langen, an eine Hutnadel erinnernden Instrument Partien des weißen Untergewandes durch die geschlitzten Ärmel zog.

Inzwischen hatte Honoria bereits anderthalb Stunden damit verbracht, Dougless dieses Gewand anzulegen, und sie schien noch lange nicht mit dem Ankleiden fertig zu sein.

Als nächstes kam der Schmuck. Honoria band einen Gürtel aus Goldgelenken, der mit ungeschliffenen rechteckigen Smaragden besetzt war, um Dougless nun winzige Taille. Eine von Perlen eingefaßte Emaillebrosche wurde in der Mitte des Leibchens festgesteckt. Von dieser Brosche gingen zwei aus goldenen Gliedern zusammengesetzte Ketten nach links und rechts ab und wurden unter den Armen befestigt. Dann nahm Honoria den Kragen hoch, ein weiches Rüschengebilde, das sie um Dougless Hals legte und im Nacken an den Enden verhakte (später fand Dougless dann heraus, daß im Jahre 1564 Nicholas' Kragen mit gelber Stärke behandelt worden war; jedoch vier Jahre früher noch niemand etwas von Stärke gehört hatte). An der Stelle, wo Kragen und Kleid aneinanderstießen, wurde nun noch ein Band, das aus rechteckigen Goldplättchen bestand, um den Hals gelegt.

»Ihr könnt Euch jetzt hinsetzen«, sagte Honoria leise.

Dougless versuchte zu gehen; aber sie schleppte nun unge-

330

fähr vierzig bis fünfzig Pfund Kleider mit sich herum, und das Stahlkorsett hinderte sie am Atmen.

Steif, den Kopf aus den Rüschenkragen reckend, ging Dougless auf einen Stuhl zu. Sie konnte sich jedoch nicht darauf sinken lassen, weil das Stahlkorsett nur ein kerzengerades Sitzen erlaubte.

Sie saß also in dieser erzwungenen aufrechten Haltung auf dem Stuhl, während Honoria ihr dickes kastanienrotes Haar auskämmte, es nach hinten zog und zu Zöpfen flocht, die sie dann auf Dougless' Scheitel mit beinernen Nadeln feststeckte. Über den Zöpfen befestigte Honoria auf Dougless' Hinterkopf eine kleine Kappe, die Dougless an ein Haarnetz erinnerte. Auch hier waren die feinen, sich kreuzenden Fäden an den Schnittstellen mit Perlen bestickt.

Honoria half Dougless beim Aufstehen. »Ja«, sagte sie lächelnd, »Ihr seid ungemein schön.«

»So hübsch wie Lettice?« fragte Dougless, ohne sich erst ihre Worte zu überlegen.

»Lady Lettice ist ebenfalls ungemein schön«, erwiderte Honoria.

Dougless lächelte. Taktvoll, überaus taktvoll.

Honoria bat Dougless nun, sich auf den Bettrand zu setzen und die Beine von sich zu strecken, worauf sie ihr handgestrickte feine Wollstrümpfe überstreifte und diese unter den Knien mit hübschen, mit Hummeln bestickten Strumpfbändern befestigte. Dann schob sie weiche Lederschuhe mit Korksohlen über Dougless' Füße und half Dougless dann wieder beim Aufstehen.

Dougless ging langsam zum Fenster und wieder zurück. Diese Kleider waren natürlich lächerlich – schwer, sperrig und schrecklich ungesund für die Lungen. Dennoch ... Sie legte die Hände um ihre Taille. Sie war so schmal, daß sie mit den Fingerspitzen der einen Hand die Fingerspitzen der anderen Hand berühren konnte. Sie trug Perlen, Gold, Smaragde, Seide und Brokat, und obwohl sie kaum atmen konnte und ihr die Schultern bereits weh taten von dem Gewicht, das sie tragen mußten, war sie sich in ihrem Leben noch nie so schön vorgekommen wie jetzt.

Sie drehte sich im Kreis, und die Röcke bauschten sich anmutig und zeigten ihre Beine.

Sie blickte Honoria an. »Wem gehört dieses Kleid?«

»Mir«, erwiderte Honoria leise. »Wir haben ungefähr die gleiche Größe.«

Dougless ging zu ihr und legte ihr die Hände auf die Schulter. »Ich danke dir vielmals, daß du mir das Kleid geliehen hast. Das war sehr großzügig von dir.« Sie küßte Honoria auf die Wange.

Honoria errötete, wandte sich verwirrt ab und sagte: »Es ist der Wunsch von Lady Margaret, daß Ihr heute abend etwas vorspielt.«

»Vorspielt?« Dougless betrachtete die Ärmel ihres Gewandes. Das war echtes Gold und kein Dublee. Wie sehr vermißte sie nun einen bis zum Boden reichenden Spiegel. »Was soll ich spielen? Doch nicht etwa ein Instrument! Ich beherrsche keines.«

Honoria war offensichtlich schockiert. »Gibt es in Eurem Land keinen Musikunterricht?«

»Das schon; aber ich habe keinen Musikunterricht genommen.«

»Was lernen die Frauen in Eurem Land denn noch außer Nähen und dem Spielen eines Instrumentes?«

»Algebra, Literatur, Geschichte – solche Sachen. Kannst du denn ein Instrument spielen?

»Aber gewiß doch.«

»Auch singen?«

»Selbstverständlich.«

»Wie wäre es, wenn ich dir ein paar Lieder beibrächte, und *du* singst und spielst sie dann?«

»Aber Lady Margaret . . .«

»Wird es nicht stören. Ich werde das Orchester dirigieren.« Honoria lächelte. »Wir sollten dazu in den Garten hinuntergehen.«

Honoria verließ das Zimmer, und Dougless verbrachte noch ein paar Minuten damit, sich ein wenig zu schminken – sehr unauffällig, damit sie nicht gleich wie ein »Flirt-Mädchen« aussah.

Sekunden später kam Honoria mit einer Laute zurück. Ein Mann brachte etwas Brot, Käse und Wein, und dann waren sie schon unterwegs nach draußen.

Nun, wo Dougless nicht mehr befürchten mußte, daß man sie jeden Augenblick in den Burggraben oder auf die Straße werfen würde, sah sie sich aufmerksam um. Da wimmelte es nur so von Leuten: Kinder rannten, mit irgendwelchen Dingen beladen, treppauf und treppab; Männer und Frauen huschten hierhin und dorthin. Einige trugen grobe Leinen- oder Wollkleider; andere Seide und Juwelen. Da gab es welche, die mit Pelzen bekleidet waren, andere wieder, die nur ein kleines Fell als Besatz am Hals hatten; Männer, die sich wie Nicholas in gepolsterten Oberschenkelhosen zeigten, und Männer, die in langen Kitteln umherliefen. Ihr fiel auf, daß es durchweg junge Leute waren; aber was Dougless am meisten verwunderte, war deren Größe – sie schienen in dieser Hinsicht den Menschen des zwanzigsten Jahrhunderts nicht nachzustehen. Und da hatte sie doch immer gehört, daß im Mittelalter die Leute viel kleiner gewesen seien als in der Neuzeit. Doch sie fand, daß sie mit ihren einhundertsiebenundfünfzig Zentimetern sowohl im zwanzigsten wie im sechzehnten Jahrhundert zu den Kleinen gehörte.

Allerdings schienen die Menschen hier wesentlich schlanker zu sein als ihre Zeitgenossen. Wenn sie immer so viel in Bewegung waren wie jetzt, hatten sie wahrscheinlich gar keine Zeit, Speck anzusetzen.

333

»Wo ist das Zimmer von Nicholas?« fragte Dougless, und Honoria deutete auf eine geschlossene Tür.

Dougless mußte aufpassen, daß sie mit ihren langen Rökken auf der Treppe nicht ins Stolpern kam; aber es war ein erhebendes Gefühl, sich so kostbar gekleidet den Leuten zeigen zu können.

Sie verließen das Haus durch einen Hinterausgang. Auf dem Weg dorthin konnte Dougless immer wieder einen Blick in wunderschöne Zimmer werfen, in denen Frauen in prächtigen Gewändern sich über einen Stickrahmen beugten. Draußen hielten sie dann auf einer Backsteinterrasse an, die von einer niedrigen Mauer umgeben war, und Dougless bekam einen ersten Eindruck von einem elisabethanischen Garten. Direkt vor ihr, am Fuß einer kurzen Freitreppe, befand sich ein Labyrinth aus sattgrünen Hecken. Zu ihrer Rechten sah sie einen zweiten, von einer Mauer umfriedeten Garten, in dem Gemüse und Kräuter in perfekt abgezirkelten quadratischen Beeten wuchsen. Ein hübsches kleines, achteckiges Gebäude stand in der Mitte der Anlage. Zu ihrer Linken konnte Dougless einen dritten Garten mit Obstbäumen und einem seltsamen Hügel in der Mitte sehen. Auf der Kuppe des Hügels befand sich eine hölzerne Reling.

»Was ist das?« fragte Dougless.

»Ein Aussichtspunkt«, erwiderte Honoria. »Kommt, wir gehen in den Obstgarten.«

Honoria lief nun vor ihr die Backsteintreppe hinunter, schritt dann auf einem etwas erhöhten Laufgang neben einer mit Kletterrosen bewachsenen Mauer zu einer Eichentür, durch die sie in den Obstgarten gelangten. Dougless fand, daß ihr Gewand zwar ihren Oberkörper beträchtlich einschnürte, sie sich aber von der Taille abwärts ungehindert bewegen konnte. Der Reifrock hielt das Gewicht der Überröcke von ihren Beinen weg, und da sie kein Höschen darunter trug, hatte sie das eigenartige Gefühl, nackt zu sein.

334

Der Obstgarten war wunderschön, und Dougless war beeindruckt von der Ordnung, die hier herrschte. Alles war symmetrisch angeordnet und von einer mustergültigen Sauberkeit. Da waren, soweit sie sehen konnte, mindestens vier Männer und zwei Kinder damit beschäftigt, zu harken, zu jäten und den Garten so schön wie möglich zu machen. Nun verstand sie, warum sich Nicholas so sehr über den Garten in Bellwood aufgeregt hatte; aber für eine so aufwendige Gartenpflege brauchte man auch eine Menge Arbeitskräfte.

Honoria ging einen Kiesweg am Rande des Gartens hinunter, bis sie zu einem Weinstock kamen. Soweit Dougless sehen konnte, gab es nicht ein welkes Blatt oder einen toten Zweig an diesem Stock, und die noch unreifen Trauben hingen im Überfluß von den Ranken.

»Wie hübsch«, flüsterte Dougless. »Ich habe noch nie so einen schönen Garten gesehen.«

Honoria lächelte, setzte sich auf eine Bank vor einem Birnbaum, der als Spalierobst an der Mauer wuchs, und zog die Laute auf ihren Schoß. »Wollt Ihr mir nun Euer Lied beibringen?«

Dougless setzte sich neben Honoria und wickelte das in ein Tuch eingeschlagene Päckchen auf, das ihr ein Mann zugesteckt hatte. Darin befand sich ein großes Stück Weißbrot, das jedoch nicht mit dem Weißbrot aus einer modernen Bäckerei zu vergleichen war. Es war schwerer, sehr frisch und hatte seltsame Löcher in der Kruste. Es schmeckte köstlich. Der Käse war würzig und ebenfalls frisch. Eine Flasche aus hartem Leder enthielt einen sauer schmeckenden Wein. Ein silberner Becher lag daneben.

»Trinkt hier keiner Wasser?«

»Das Wasser ist schlecht«, sagte Honoria, ihre bauchige Laute stimmend.

»Schlecht? Du meinst, ungenießbar?« Dougless dachte an die kleinen Häuser, die sie gestern gesehen hatte. Wenn diese

Leute Zutritt zu einem Wasserreservoir hatten, mußte dieses
ja verschmutzt sein. Und sie hatte geglaubt, daß die Verun-
reinigung des Wassers nur ein Problem des zwanzigsten
Jahrhunderts wäre.

Dougless verbrachte zwei herrliche Stunden mit Honoria
im Obstgarten. Sie verzehrte das Brot und den Käse, trank
dazu den kühlen Wein aus dem Silberbecher, betrachtete die
Juwelen an ihrem und Honorias Kleid und sah den Gärtnern
bei der Arbeit zu. Sie kannte nicht viele Lieder, hatte jedoch
eine Vorliebe für Broadway-Musicals und sich die meisten
von ihnen auf Videobändern angeschaut. Als sie nun überlegte, was sie Honoria vortragen sollte, fielen ihr viel mehr
Melodien und Texte ein, als sie zu wissen meinte. Sie kannte
»I Could Have Dances All Night« und »Get Me to the
Church on Time« aus *My Fair Lady* auswendig, und Honoria lachte, als sie ihr die Titelmelodie von *Hair* vorsang. Sie
konnte auch »Call the Wind Mariah« aus *Paint Your Wagon*
zu Gehör bringen und summte dann das Leitmotiv von »Gil-
ligan's Island«.

Honoria hob die Hand. »Das muß ich mir alles aufschrei-
ben«, sagte sie und ging ins Haus zurück, um Papier und Feder zu holen.

Dougless blieb auf der Bank sitzen und genoß diesen Augenblick wie eine faule, sich sonnende Katze. Hier gab es
nicht diesen Zeitdruck wie in ihrem modernen Dasein, dieses
Gefühl, im nächsten Moment irgendwoanders sein zu müssen und etwas anderes tun zu müssen.

Sie bemerkte, wie sich in der entfernten Mauer eine kleine
Tür öffnete und Nicholas in den Garten kam. Sogleich war
Dougless wieder hellwach, und ihr Herz begann wie rasend
zu klopfen. Würde ihm ihr Kleid gefallen? Würde sie nun
einen größeren Eindruck auf ihn machen, weil sie aussah wie
die anderen Frauen in seinem Jahrhundert?

Sie wollte sich von ihrem Platz erheben, als sie eine zweite

Person hinter ihm in den Garten treten sah. Es war eine hübsche junge Frau, die Dougless bisher noch nie gesehen hatte. Nicholas hielt sie bei der Hand, und die beiden rannten nun einen Pfad hinunter zu einer Weinlaube in der entgegengesetzten Ecke des Gartens. Es war unschwer zu erkennen, daß sie sich ein Plätzchen suchten, so sie ungestört waren.

Dougless ballte die Hände zu Fäusten. Zum Henker mit ihm, dachte sie bei sich. Das ist genau die Verhaltensweise, die ihn bei ihren Zeitgenossen so schrecklich in Verruf gebracht hatte. Kein Wunder, daß die Geschichtsbücher nichts Gutes über ihn zu berichten wußten.

Dougless' erster Gedanke war, den beiden nachzurennen und der Frau die Haare auszureißen. Nicholas mochte sich zwar nicht mehr an sie erinnern, aber das änderte nichts an der Tatsache, daß sie, Dougless, die Frau war, die er liebte. Was ihm jedoch in diesem Augenblick nicht bewußt war. Sie war es aber dem zukünftigen Andenken an Nicholas schuldig, seinem leichtsinnigen Treiben ein Ende zu setzen.

Sie kam sich wie eine Heilige vor, als sie sich sagte, sie täte das alles nur zum Nutzen und Frommen von Nicholas, während sie den Pfad zur Laube hinunterging und die Blicke der Gärtner in ihrem Rücken spürte.

Im Schatten der Laube hatte Nicholas bereits die Röcke der Frau über deren nackten Schenkel hinaufgestreift, und seine Hand schob sich soeben zwischen ihre Beine, während die Frau ihrerseits mit der Hand unter seinem offenen Hemd wühlte. Dabei küßten die beiden sich recht heftig.

»Also!« sagte Dougless laut, ihren Impuls, die beiden anzuspringen, mühsam beherrschend, »ich denke nicht, daß dies das Benehmen eines Gentleman ist, Nicholas!«

Die Frau löste sich zuerst von ihm und blickte Dougless überrascht an. Sie versuchte, Nicholas von sich wegzuschieben, aber er schien mit dem Küssen nicht aufhören zu können.

»Nicholas!« rief sie in ihrem strengsten Schulmeisterton.

Nicholas drehte den Kopf zur Seite und sah sie über die Schulter hinweg an. Seine Lider waren halb gesenkt, und er hatte jenen Schlafzimmerblick, den sie aus der Nacht kannte, als er zuerst mit ihr geschlafen hatte.

Sie holte geräuschvoll Luft.

Dann veränderte sich Nicholas' Miene rasch. Sein Gesicht lief rot an vor Zorn, und er ließ die Röcke der Frau fallen.

»Ich denke, du solltest jetzt lieber gehen«, sagte Dougless, die nun vor Wut bebte, zu der jungen Frau.

Die Frau blickte zwischen Nicholas und Dougless hin und her und eilte dann zum Gartentor.

Nicholas blickte Dougless von Kopf bis Fuß an, und sein wütendes Gesicht hätte sie fast in die Flucht geschlagen; aber sie verharrte tapfer auf der Stelle und sagte:

»Nicholas, wir müssen miteinander reden. Ich muß dir erklären, wer ich bin und warum ich hierherkam.«

Er ging auf sie zu, und diesmal wich sie vor ihm zurück. »Ihr habt meine Mutter verhext«, sagte er mit leiser Stimme, »aber mich verzaubert Ihr nicht. Wenn Ihr Euch noch einmal zwischen mich und meine Wünsche stellt, werde ich ein Batlet gegen Euch gebrauchen.«

Er schob sich so heftig an ihr vorbei, daß sie gegen die Gartenmauer taumelte, und sie sah ihm mit schwerem Herzen nach, als er wütend den Pfad hinunterlief. Wie sollte sie in diesem Jahrhundert etwas erreichen, wenn er ihr nicht einmal zuhören wollte? Was konnte sie dagegen tun, daß er nicht einmal zehn Minuten in ihrer Gesellschaft verbringen wollte? Was konnte sie dagegen unternehmen? Ihn mit dem Lasso einfangen? Richtig, dachte sie, fessle ihn und erzähle ihm, daß du aus der Zukunft stammst und in seine Zeit zurückgekommen bist, um seinen Hals zu retten – buchstäblich. »Und ich bin sicher, daß er mir glauben wird«, flüsterte sie.

Honoria kam nun mit einem Schreibbrett und Federn, die sie geschickt anspitzte, Tinte und drei Blatt Papier in den Garten zurück. Sie bat Dougless, die Musik niederzuschreiben, während sie die Noten vorspielen wollte.

Ihre Meinung von Dougless' Bildungstand sank noch weiter, als sie hörte, daß Dougless weder Noten schreiben noch lesen konnte.

»Was ist ein Batlet?« fragte Dougless.

»Ein Schlagholz, mit dem man den Staub aus den Kleidern klopft«, antwortete Honoria, die Dougless' Lieder zu Papier brachte.

»Schäkert – äh – schäkert Nicholas hier mit allen Frauen?« Honoria hörte zu spielen auf und blickte Dougless an.

»Ihr solltet Euer Herz nicht an Sir Nicholas verlieren. Eine Frau sollte nur Gott ihr Herz schenken. Die Menschen sterben, Gott jedoch nicht.«

Dougless seufzte. »Richtig; aber solange wir leben, können wir uns das Leben lebenswert machen oder auch nicht.« Dougless wollte noch mehr zu diesem Thema sagen, aber in diesem Moment blickte sie hoch, sah jemand auf der Terrasse stehen, und dieser Kopf erinnerte sie . . .

»Wer ist dieses Mädchen dort?« fragte Dougless, zur Terrasse hindeutend.

»Sie soll Lord Christopher heiraten, sobald sie im heiratsfähigen Alter ist. Wenn sie so lange lebt. Sie ist ein kränkliches Kind und verläßt nur selten das Haus.«

Aus dieser Entfernung sah das Mädchen Gloria verblüffend ähnlich – genauso dick, der gleiche Schmollmund. Dougless erinnerte sich daran, daß Lee zu ihr gesagt hatte, Nicholas' ältester Bruder sollte eine französische Erbtochter heiraten, und aus diesem Grund hätte er Letticens Heiratsangebot ausgeschlagen.

»Soso. Nicholas ist Lettice versprochen, und Christopher ist mit einem Kind verlobt«, sagte Dougless. »Wenn dieses

Kind nun stürbe – würde Kit dann erwägen, Lettice zu heiraten?«

Honoria war entsetzt über die respektlose Weise, mit der Dougless die Angehörigen des Hochadels beim Vornamen nannte. In ihrem Land mußten ganz andere Sitten herrschen als hier. »Lord Christopher ist Erbe einer Grafschaft und mit der Königin verwandt. Lady Lettice nimmt nicht einen so hohen Rang ein.«

»Aber Nicholas.«

»Sir Nicholas ist ein jüngerer Sohn. Er erbt weder den Besitz noch den Titel. Für ihn ist Lady Lettice eine gute Partie. Sie ist zwar ebenfalls mit der Königin verwandt, aber nur entfernt. Ihre Mitgift ist nicht sehr groß.«

»Wenn Lettice nun Nicholas heiraten und Christopher etwas zustoßen würde, wäre Nicholas der Graf und würde den Besitz übernehmen, nicht wahr?«

»Ja«, erwiderte Honoria und hörte auf zu schreiben. Sie sah hinauf zur Terrasse, wo das dicke, kränkliche Mädchen sich gerade umdrehte und wieder ins Haus zurückging. »Sir Nicholas würde an die Stelle von Lord Christopher treten, richtig«, sagte sie nachdenklich.

14

Als Dougless an diesem Abend neben Honoria in das Pfostenbett stieg, war sie restlos erschöpft. Kein Wunder, daß sie so wenig dicke Menschen gesehen hatte und die Frauen so winzige Taillen hatten. Wenn eine Frau mit so einem Stahlkorsett ständig in Bewegung sein mußte, hatte das Fett keine Chance, sich in ihrem Gewebe festzusetzen.

Sie hatte mit Honoria den Garten verlassen, um an der Vesper in der kleinen Kapelle im Erdgeschoß des Hauses teilzunehmen. Sie hatten einem prächtig gekleideten Geistlichen zugehört, der eine lateinische Messe sang, und dabei eine beträchtliche Zeit auf ihren Knien verbracht. Dougless sah sich alsbald in ihrer Andacht gestört, weil sie förmlich geblendet war von der Pracht der Gewänder der hier versammelten Männer und Frauen – Seide, Satin, Pelzwerk, Juwelen.

In dieser Kapelle konnte sie auch zum erstenmal einen Blick auf Christopher werfen. Er sah Nicholas ähnlich, war nur nicht so jung und so hübsch wie er. Eine ruhige Kraft ging von ihm aus, die ihre Wirkung auf Dougless nicht verfehlte. Er sah zu ihr herüber, und sein Blick verriet ein so großes Interesse, daß sie errötend die Augen senkte. Sie wußte nicht, daß Nicholas sie beide beobachtete und die Stirn runzelte.

Nach dem Gottesdienst fand das Abendessen statt, das Dougess im Audienzsaal zusammen mit Lady Margaret,

341

Honoria und noch vier Damen einnahm. Es gab eine Fleischsuppe mit Gemüseeinlagen, ein ekelhaft bitteres Bier und Kaninchenbraten. Ein Mann – Honoria bezeichnete ihn als Butler – hackte zuerst mit einem Messer die Holzkohlenasche von der Brotkruste, ehe er den Laib aufschnitt und servierte. Das erklärte die Löcher in dem Brot, das Dougless am Nachmittag gegessen hatte.

Die anderen vier Damen, erfuhr Dougless von Honoria, waren Lady Margarets adelige Kammerfrauen. Soweit Dougless das beurteilen konnte, hatte jeder im Haushalt einen besonderen Rang, und Diener hatten Diener, welche wiederum selbst Diener hatten. Und zu Dougless' Überraschung hatten sie alle geregelte Arbeitszeiten. Ihre Kenntnisse von Dienstboten stammten aus Büchern über die Viktorianische Zeit, wo Hausangestellte vom frühen Morgen bis zum späten Abend schuften mußten; aber wie sie jetzt auf ihre Fragen hin von Honoria erfuhr, gab es viele Dienstboten im Haushalt der Staffords, die nie länger als sechs Stunden hintereinander arbeiteten.

Beim Abendessen wurde Dougless den Kammerfrauen vorgestellt, die sich nun eifrig nach Lanconia und ihrem Onkel, dem König von Lanconia, erkundigten. Dougless errötete und gab einsilbige Antworten, worauf sie die Damen rasch von diesem Thema abzulenken suchte, indem sie diese nach ihren Kleidern ausfragte. Sie erhielt ein paar faszinierende Auskünfte über den spanischen Kleiderstil und über die französische, englische und italienische Mode. Dougless war so angetan von allem, was sie hörte, daß sie sogar daran dachte, sich selbst ein Kleid im italienischen Stil zuzulegen, das kein Drahtgestell unter den Röcken hatte, sondern eine sogenannte Steißrolle.

Nach dem Abendessen räumten die Diener die Tische weg, und Lady Margaret verlange jetzt Dougless' Lieder zu hören. Das Ergebnis war ein sehr lebhafter und lustiger

Abend. Da es kein Fernsehen gab und auch noch niemand –
außer Dougless natürlich – in seinem Leben eine professio-
nelle Darbietung erlebt hatte, scheute sich auch keiner davor,
sich im Tanzen und Singen zu produzieren. Dougless hatte
es bisher noch nie gewagt, auch nur laut zu singen, weil sie
wußte, wie schrecklich sich das anhören mußte im Vergleich
zu den Interpreten im Radio und auf Schallplatten, aber
noch bevor dieser Abend zu Ende ging, sang sie zu ihrem
Erstaunen sogar Solopartien.

Christopher stieß zu den Frauen, und Honoria legte ihm
die Noten von »They Call the Wind Mariah« vor, die er anschließend auf der Laute spielte. Jeder der Anwesenden
schien mindestens ein Instrument zu beherrschen, und alsbald bildete Lady Margaret mit ihren Kammerzofen ein kleines Orchester, das die Melodien, die Dougless ihnen aus der
Neuzeit mitgebracht hatte, auf eigenartig geformten, seltsam
klingenden Instrumenten spielten. Da gab es eine Art von
Gitarre, die jedoch wie eine Geige aussah; eine Violine mit
drei Saiten; ein winziges Piano; eine mächtige Laute und eine
Reihe von Flöten und Hörnern.

Dougless fühlte sich zu Kit hingezogen. Er war Nicholas
so ähnlich – dem Nicholas, den sie im zwanzigsten Jahrhundert gekannt hatte, nicht diesem Nicholas, der die Frauen
wechselte wie Männer im zwanzigsten Jahrhundert die
Hemden. Dougless sang »Get Me to the Church on Time«,
und Kit griff die Melodie rasch auf und begleitete sie auf der
Laute. Und schon sangen sie alle die lustige Melodie im
Chor.

Einmal sah sie Nicholas unter der Tür stehen und finstere
Blicke durch den Raum schicken. Er weigerte sich, das Zimmer zu betreten, als Lady Margaret ihn mit einer Handbewegung dazu aufforderte.

Es war erst neun Uhr abends, als Lady Margaret sagte,
daß es Zeit wäre, die Versammmlung aufzuheben. Kit küßte

Dougless die Hand, und sie lächelte ihm zu und folgte dann Honoria in ihr gemeinsames Zimmer.

Eine Zofe – Honorias Zofe – kam herein, um den Damen beim Auskleiden zu helfen. Dougless machte ein paar herrliche tiefe Atemzüge, und angetan mit dem langen Leinenhemd, das sie unter ihrem Kleid getragen hatte, und einer kleinen Kappe als Schutz für ihre Frisur, stieg sie ins Bett. Die Bezüge waren aus Leinen, kratzten und waren nicht allzu sauber; aber die Matratze war mit Gänsedaunen gefüllt und so weich wie ein Flüsterhauch. Sie schlief bereits, ehe sie die Zudecke ganz über sich gezogen hatte.

Sie wußte nicht, wie lange sie geschlafen hatte, als sie von dem Gefühl erwachte, daß jemand nach ihr gerufen habe. Sie hob den Kopf, lauschte, hörte nichts und legte den Kopf ins Kissen zurück. Doch dieses Gefühl, daß da jemand nach ihr verlangte, wollte nicht weichen. Es war still im Zimmer, aber ihre innere Unruhe hielt an.

»Nicholas!« sagte sie und setzte sich kerzengerade auf.

Dougless blickte kurz auf den Rücken der schlafenden Honoria und kroch dann aus dem Bett. Am Fuß der Bettstatt lag eine Robe aus schwerem Brokatstoff, die sie sich überwarf, und sie schlüpfte in ihre weichen Schuhe. Das elisabethanische Korsett mochte zwar mörderisch sein, doch die Schuhe waren das genaue Gegenteil.

Leise verließ sie das Zimmer, stand dann vor der geschlossenen Tür und lauschte. Es herrschte absolute Stille, und da der Boden mit Stroh ausgelegt war, hätte sie jeden Schritt hören müssen. Sie wandte sich nach rechts, denn der Ruf, den sie empfing, wurde dort immer stärker. Sie trat an eine verschlossene Tür, legte die Hand darauf und empfand nichts dabei. Die gleiche Reaktion bei der nächsten Tür. Erst an der dritten Tür konnte sie den Ruf vernehmen.

Sie öffnete die Tür und war überrascht, als sie dort Nicholas, bekleidet mit der eng anliegenden Strumpfhose und der

gebauschten kurzen Hose darüber, die man hier »Slops«
nannte, auf einem Stuhl sitzen sah. Sein weites Leinenhemd
war an der Taille offen. Im Kamin brannte ein Feuer, und
Nicholas hielt einen silbernen Humpen in der Hand. Es sah
so aus, als habe er ihn bereits einmal geleert.

»Was willst du von mir?« fragte Dougless. Sie fürchtete
sich inzwischen vor diesem Mann, der so gar nicht dem Nicholas glich, der zu ihr ins zwanzigste Jahrhundert gekommen war.

Er blickte sie nicht an, starrte nur ins Feuer.

»Nicholas, ich bin sehr müde und möchte gern wieder ins
Bett zurück. Wenn es dir also nichts ausmacht, dann sage mir
jetzt, was du von mir willst, damit ich weiterschlafen kann.«

»Wer seid Ihr?« fragte er leise. »Woher kenne ich Euch?«

Sie setzte sich in einen Stuhl neben dem seinen und blickte
in die Kaminflammen. »Wir sind irgendwie aneinanderge-
bunden. Ich kann das nicht erklären. Ich rief nach Hilfe, und
du kamst zu mir. Ich brauchte dich, un du hörtest meinen
Ruf. Du hast mir . . .« *Liebe* gegeben, hätte sie beinahe gesagt. Aber das schien schon so weit zurückzuliegen, und dieser Mann wirkte auf sie fast wie ein Fremder. »Nun scheine
ich an der Reihe zu sein, dir zu helfen. Ich bin gekommen,
um dich zu warnen.«

Er blickte sie an. »Mich zu warnen? Ah ja, ich darf keinen
Verrat begehen.«

»Du kannst dir deinen Zynismus sparen. Wenn ich schon
von so weit hergekommen bin, um dich zu warnen, könntest
du mich wenigstens anhören. Aber wenn du keine Zeit dafür
hast, weil du den Frauen dauernd unter die Röcke greifen
mußt . . .«

Sie konnte sehen, wie sein Gesicht dunkelrot anlief vor
Wut. »Ihr, die Ihr mit Eurem Hexenzauber meine Mutter
verwirrt habt und Euch schamlos meinem Bruder anbietet,
wagt es, übel über mich zu reden?«

»Ich bin *keine* Hexe. Das habe ich dir schon tausendmal gesagt. Ich habe mir lediglich Zutritt in eurem Haus verschafft, damit ich dich warnen kann.« Sie stand auf und versuchte sich zu beruhigen. »Nicholas, wir müssen aufhören, uns zu streiten. Ich bin in die Vergangenheit zurückgeschickt worden, um dich zu warnen, aber wenn du mich nicht anhören willst, wird das Unglück so oder so seinen Lauf nehmen. Kit wird . . .«

Er sprang von seinem Stuhl auf und schnitt ihr, sich drohend über sie beugend, das Wort ab: »Seid Ihr gerade aus dem Bett meines Bruders gekommen, als Ihr in mein Zimmer tratet?«

Dougless überlegte nicht lange, was das für Konsequenzen haben konnte: Sie gab ihm eine Ohrfeige.

Er packte sie, zog sie an sich, drückte ihren Körper mit dem seinen nach hinten und küßte sie hart und zornig.

Dougless konnte es nicht leiden, wenn ein Mann Gewalt anwendete, um sie zu küssen, und so suchte sie ihn mit aller Kraft von sich wegzuschieben. Aber er wollte sie nicht loslassen, faßte mit einer Hand ihre Haare und zog ihren Kopf zur Seite, während er die andere Hand auf ihr Kreuz legte und sie auf intime Weise an sich preßte.

Dougless wehrte sich nicht länger gegen ihn. Das war Nicholas – der Nicholas, den sie liebte und von dem selbst eine Kluft von vierhundert Jahren sie nicht hatte trennen können. Sie legte ihm die Arme um den Hals und öffnete ihren Mund unter seinen Lippen. Während sie seinen Kuß erwiderte, schien ihr Körper mit dem seinen zu verschmelzen. Ihre Beine begannen zu zittern, die Knie wurden ihr schwach.

Seine Lippen glitten an ihrem Hals hinunter.

»Colin«, flüsterte sie, »mein geliebter Colin.«

Er zog sein Gesicht von dem ihren zurück und blickte sie groß an. Sie berührte das Haar an seinen Schläfen und strich dann mit den Fingerspitzen über seine Wangen.

»Ich dachte, ich hätte dich verloren«, flüsterte sie. »Ich dachte, ich würde dich nie wiedersehen.«

»Du kannst alles von mir sehen, wenn du möchtest«, sagte er lächelnd, schob seine Hand unter ihre Knie und trug sie zu seinem Bett. Er streckte sich neben ihr aus, und Dougless schloß die Augen, als seine Hand unter ihre Robe glitt und das Band an ihrem Hals löste. Er küßte ihr Ohr, knabberte sacht an ihrem Ohrläppchen, fuhr mit der Zungenspitze an einer empfindlichen Sehne an ihrem Hals entlang, während er eine Hand über ihre Brüste legte.

Als er mit dem Daumen ihre Brustwarze zu reiben begann, flüsterte er an ihrem Ohr: »Wer hat dich zu mir geschickt?«

»Hmmm«, murmelte Dougless. »Gott vermutlich.«

»Wie heißt der Name des Gottes, den du verehrst?«

Dougless konnte ihn kaum hören, als er ein Bein über ihre Schenkel schob. »Gott. Jehovah. Allah. Welcher Name dir lieber ist.«

»Wer betet zu diesem Gott?«

Dougless begann ihn nun zu hören. Sie öffnete die Augen. »Mann? Gott? Wovon redest du eigentlich?«

Nicholas drückte mit den Fingern ihre Brust zusammen. »Wer hat dich in mein Haus geschickt?«

Sie fing an zu begreifen. Sie schob sich von ihm weg, setzte sich auf und band ihre Robe wieder vorn zusammen. »Ich verstehe«, sagte sie und bemühte sich, ihren Zorn zu beherrschen. »Auf diese Art bekommst du wohl immer alles von den Frauen, was du dir wünschst, wie? In Thornwyck mußtest du nur meinen Arm küssen, und ich willigte in alle deine Wünsche ein. Und nun hast du dir in den Kopf gesetzt, daß ich nur Unglück ins Haus bringe, und willst mir das vermeintlich Böse austreiben, indem du mich verführst, wie?«

Sie stand vom Bett auf und funkelte ihn wütend an. Er lehnte sich gegen das Kopfende und schien sein hinterlistiges Vorhaben keineswegs zu bereuen. »Laß dir eines sagen, Ni-

cholas Stafford: Du bist nicht der Mann, für den ich dich gehalten habe. Der Nicholas, den ich kannte, war ein Mann,
dem sein Name und seine Ehre über alles ging. Aber *du* besitzt nur den Ehrgeiz, möglichst viel Frauen in dein Bett zu
ziehen.«

Sie machte sich noch ein wenig größer und sagte: »Also
gut. Ich werde dir sagen, wer mich schickte und warum ich
hier bin.«

Sie holte tief Luft. »Ich komme aus der Zukunft, genauer
gesagt, aus dem zwanzigsten Jahrhundert. Du bist voher in
meiner Zeit gewesen, und wir verbrachten ein paar schöne
Tage miteinander

Er öffnete den Mund und wollte etwas sagen; aber Dougless hinderte ihn mit erhobener Hand am Sprechen: »Hör
mich erst bis zu Ende an. Als du zu mir kamst, schrieb man
hier den September des Jahres 1564 – war es also vier Jahre
später als jetzt. Du saßest an jenem Tage irgendwo in einem
Gefängnis und hast auf deine Hinrichtung als Verräter gewartet.«

Nicholas zwinkerte ihr belustigt zu, rollte sich vom Bett
herunter und nahm wieder seinen Humpen in die Hand.
»Nun begreife ich, warum meine Mutter dich als Kammerfrau zu sich nahm, damit du ihr die Zeit vertreiben solltest.
Was für einen Verrat hatte ich denn begangen?«

Dougless drückte die Hände zu Fäusten zusammen.
»Hochverrat. Aber du hast ihn gar nicht begangen. Du warst
unschuldig.«

»Ach ja?« meinte er spöttisch. »Das überrascht mich
nicht.«

»Du warst im Begriff, eine Armee auszuheben, um deine
Ländereien in Wales zu schützen, hast aber versäumt, die
Königin vorher um Erlaubnis zu bitten, Soldaten zu rekru-
tieren. Jemand sagte zu ihr, du hättest vor, sie vom Thron zu
stürzen.«

Nicholas setzte sich aufs Bett und blickte sie erstaunt an. »Dann verrate mir einmal, wer die Königin belog, daß ich Soldaten rekrutierte, die ich gar nicht habe, um einen Besitz zu schützen, der mir gar nicht gehört?«

Sie war so wütend über sein arrogantes Verhalten, daß sie am liebsten aus dem Zimmer gelaufen wäre. Warum sollte sie sich eigentlich die Mühe machen, sein Leben zu retten? Sollten doch die Geschichtsbücher ruhig über ihn schreiben, daß er ein Verschwender und Lüstling gewesen war. Es *stimmte* doch beides. »Diese Ländereien und diese Armee gehörten dir, weil Kit inzwischen gestorben war, tot war; und Robert Sydney und deine geliebte Lettice waren die beiden Personen, die die Königin belogen.«

Nicholas' Miene veränderte sich rasch. Aus Belustigung wurde kalte Wut. Er stand auf und rückte gegen sie vor. »Habt Ihr Euch in dieses Haus eingeschlichen, um das Leben meines Bruders zu gefährden? Glaubt Ihr, Ihr könntet mich mit Eurem Hexenzauber umgarnen, so daß ich fühle, was Ihr fühlt? In der Hoffnung, daß ich Euch zu meiner Frau mache und später zu einer Gräfin? Schreckt Ihr denn vor gar nichts zurück? Ihr beschmutzt den Namen meiner Verlobten und den eines Vetters, um an das Ziel Eurer Wünsche zu gelangen?«

Sie wich vor ihm zurück. Nun hatte sie wirklich Angst vor Nicholas. »Ich kann Euch nicht heiraten«, sagte sie. »Ich kann nicht einmal mit Euch ins Bett gehen, weil ich dann vermutlich verschwinden werde. Zudem *wollte* ich Euch gar nicht heiraten. Ich kam in diese Zeit, um Euch eine Botschaft zu übermitteln. Das ist alles. Vielleicht ist es mir sogar in diesen Minuten bestimmt, wieder zu verschwinden. Ich *hoffe* das sogar. Ich hoffe, daß ich Euch nie wiedersehe.«

Sie griff nach der Türklinke; aber er warf sie ihr vor der Nase zu und wollte sie nicht gehen lassen.

»Ich werde Euch beobachten. Wenn mein Bruder auch

nur über Schmerzen klagt, werde ich wissen, daß Ihr sie ausgelöst habt. Und dafür werdet Ihr mir büßen.«

»Ich habe meine Voodoo-Puppe im Flugzeug vergessen. Wollt ihr mich jetzt gefälligst aus der Tür gehen lassen? Ich werde schreien, wenn Ihr mich daran hindert.«

»Seid auf der Hut, Weib!«

»Ich verstehe Euch gut, aber wie ihr seht, schreckt mich diese Warnung nicht, weil ich ja keine Hexe bin. Nun gebt die Tür frei und laßt mich hinaus.«

Er trat zur Seite, und Dougless verließ mit hoch erhobenem Kopf das Zimmer. Sie war schon vor Honorias Schlafzimmer angelangt, ehe ihr die Tränen kamen. Sie hatte geglaubt, Nicholas verloren zu haben, als er ins sechzehnte Jahrhundert zurückkehrte, aber damals hatte sie ihn nicht so gründlich verloren wie jetzt. Nun war er nicht einmal mehr der gleiche Mann, den sie gekannt und in so kurzer Zeit lieben gelernt hatte.

Sie ging nicht in Honorias Schlafzimmer, sondern in den Audienzsaal, wo sie sich auf eine Fensterbank setzte. Die winzigen, rautenförmigen Gläser, aus denen sich das Fenster zusammensetzte, waren so dick und uneben, daß Dougless nicht durch die Scheibe nach draußen blicken konnte. Aber das machte ihr nichts aus. Wie oft würde sie wohl noch den Mann verlieren, den sie liebte? War der Nicholas, der zu ihr ins zwanzigste Jahrhundert gekommen war, der gleiche Mann, der sie vorhin geküßt hatte? Die beiden schienen nichts miteinander gemein zu haben – nur die äußere Hülle.

Wieder einmal mußte sie sich sagen, daß sie auf den Verkehrten hereingefallen war. Wenn es nicht ein Mann war, der mit einem Bein im Gefängnis stand, dann eben ein Schürzenjäger, der mit jeder Frau, die er sah, gleich ins Bett gehen mußte. Erst verfluchte er sie als Hexe, und im nächsten Moment küßte er sie und zog sie auf seine Matratze.

Als draußen schon der Morgen heraufdämmerte, trocknete Dougless sich die Tränen ab und hörte auf, sich selbst zu bemitleiden. Nachdem Nicholas wieder in seine Zeit zurückgekehrt war, hatte man ihn hingerichtet, weil er nicht über ausreichende Informationen verfügte. Sie glaubte, daß sie sich die notwendigen Daten hätten beschaffen können, wenn sie nur nicht so eifersüchtig auf Arabella gewesen wäre. Wenn sie mehr Zeit darauf verwandt hätte, Nachforschungen anzustellen, hätte sie ihm bestimmt das Leben retten können.

Und jetzt, wo ihr eine zweite Chance geboten wurde, machte sie den gleichen Fehler noch einmal. Sie ließ sich von Gefühlen beherrschen, die sie blind machten für das, was hier getan werden mußte. Diese unglaubliche, einmalige Gnade, daß zwei Menschen über Jahrhunderte hinweg die Plätze tauschen durften, war Nicholas und ihr zuteil geworden, damit sie Menschenleben retten und eine großes Unrecht verhüten sollte. Und sie hielt es für wichtiger zu klären, ob Nicholas sie noch liebte oder nicht. Sie bekam Eifersuchtsanfälle wie eine siebzehnjährige Oberschülerin, nur weil ein erwachsener Mann mit einer Frau in einer Rosenlaube schäkerte.

Sie stand von der Fensterbank auf. Sie hatte einen Auftrag zu erfüllen, und sie durfte nicht zulassen, daß ihre Mission scheiterte, nur weil sie sich gekränkt fühlte.

Auf Zehenspitzen ging sie in Honorias Zimmer zurück und schlüpfte neben ihr ins Bett. Morgen würde sie nach Mitteln und Wegen suchen, wie sie das Ränkespiel von Lettice Culpin vereiteln konnte.

Kaum hatte Dougless die Augen zugemacht, als auch schon die Zimmertür aufgestoßen wurde und Honorias Zofe hereinkam. Sie zog die Bettvorhänge zurück, öffnete die Fensterläden, nahm Honorias und Dougless' Gewänder und Unterwäsche von der Truhe am Fußende des Bettes und schüttelte sie aus. Dougless sah sich alsbald in das hektische

351

Getriebe einbezogen, wurde abermals in Honorias zweitbestes Kleid eingeschnürt und verzehrte anschließend ein aus Rindfleisch, Bier und Brot bestehendes Frühstück. Honoria begann dann ihre Zähne mit einem Leinentuch und einer Seife zu putzen, die Dougless nicht in den Mund nehmen wollte, und deshalb lieh Dougless Honoria eine Zahnbürste und ihre Zahnpasta, und sie putzten sich nun gemeinsam die Zähne über einem wunderschönen gehämmerten Kupferkessel, in den sie den Schaum hineinspuckten.

Nach dem Frühstück auf ihrem Zimmer begleitete sie Honoria, die Lady Margaret bei der Leitung des gewaltigen Haushalts zu assistieren hatte. Zunächst ging es zur Morgenandacht und dann in den Audienzsaal, wo Lady Margaret die Dienerschaft empfing. Dougless verfolgte mit großem Respekt, wie Lady Margaret für jedes Problem, das ihr vorgetragen wurde, eine Lösung wußte, sich Beschwerden anhörte und für Abhilfe sorgte.

Dougless wollte von Honoria tausend Dinge auf einmal wissen, während sich Lady Margaret mit Hunderten von Leuten, wie es Dougless vorkam, sachkundig und gewandt auseinandersetzte: mit den »Marshals of the Hall«, »Yeomen of the Chamber«, »Yeomen Waiters« und so fort. Honoria erklärte Dougless, daß das alles nur die Leiter einer Abteilung im Haushalt seien und jeder dieser Männer selbst wieder ein Heer von Dienern unter sich habe. Und daß es ungewöhnlich sei, wenn sich Lady Margaret persönlich mit den Problemen des Personals befasse.

»Gibt es denn noch mehr Bedienstete, als sich heute hier eingefunden haben?« fragte Dougless.

»Viel mehr; aber um diese kümmert sich Sir Nicholas.«

»*Steht denn in Euren Geschichtsbüchern kein Wort davon, daß ich der Haushofmeister meines Bruders gewesen bin?*« war Nicholas' Frage an sie gewesen, als er im zwanzigsten Jahrhundert weilte.

352

Nach einem anstrengenden Morgen wurden die Dienstboten gegen elf Uhr aus der Audienz entlassen, und Dougless begab sich mit Lady Margaret, Honoria und den anderen Kammerfrauen in das Erdgeschoß in einen Raum, den Honoria als Wintersalon bezeichnete. Hier war eine lange Tafel vorbereitet, und auf schneeweißem Leinen stand für jede Person ein Gedeck bereit, das aus einer großen Platte, einem Löffel und einer großen Serviette bestand. Die Platten in der Mitte der Tafel waren – Dougless mochte ihren Augen nicht trauen – aus purem *Gold*. Danach kamen Platten aus Silber, anschließend solche aus Steingut, und am Ende der Tafel standen schließlich ein paar aus Holz gemachte Platten. Vor den Gedecken aus Gold waren Sessel bereitgestellt, und Speisende geringeren Ranges hatten sich mit Stühlen und Bänken zufriedenzugeben. Jedenfalls konnte man an der Sitzordnung und den Gedecken genau erkennen, welchen Rang jeder Teilnehmer am Essen innehatte.

Dougless freute sich sehr, als Honoria sie zu einem Platz führte, vor dem ein Teller aus Silber stand. Und nicht minder erfreut stellte sie fest, daß sie Kit gegenübersitzen sollte.

»Was für ein Vergnügen habt Ihr Euch für heute abend ausgedacht?« fragte er sie.

Dougless blickte in seine tiefblauen Augen und dachte: Wie wäre es mit einem Pfänderspiel? »Ah . . .« Sie war so sehr mit ihrem Auftrag, Nicholas das Leben zu retten, beschäftigt gewesen, daß sie darüber den Job, den Lady Margaret ihr im Haushalt gegeben hatte, fast vergessen hatte. »Walzer«, sagte sie dann. »Das ist der Nationaltanz meines Landes.«

Er lächelte ihr zu, und Dougless gab sein Lächeln mit Wärme zurück.

Sie wurde aus ihrer Konzentration aufgeschreckt, als ein Diener einen Krug mit Wasser, ein Becken und ein Handtuch für jeden Tafelgast brachte, damit er sich die Hände

353

waschen konnte. Dougless bemerkte, daß Nicholas ihr schräg gegenübersaß – drei Plätze weiter – und in ein ernsthaftes Gespräch mit einer großen, dunkelhaarigen Frau verwickelt war. Sie war zwar keine ausgesprochene Schönheit, aber sehr hübsch. Dougless mußte sich erst daran gewöhnen, Frauen ohne Make-up zu sehen; aber die hier anwesenden Damen legten offenbar Wert darauf, ihre Haut zu pflegen. Sie begnügten sich anscheinend nicht damit, sich morgens das Gesicht zu waschen und dann ihren Pflichten nachzugehen.

Links neben Nicholas hatte die französische Erbtochter, die Kit heiraten sollte, Platz genommen. Das Mädchen saß stumm da, die Unterlippe schmollend vorgeschoben, einen mürrischen Ausdruck auf ihrem hausbackenen Gesicht. Niemand sprach mit ihr, und das schien sie nicht zu stören. Hinter ihr stand eine streng aussehende ältere Frau, die jedesmal, wenn dem Mädchen die Serviette schief vor der Brust hing, diese wieder geradezog.

Dougless fing den Blick des Mädchen auf und lächelte, aber das Mädchen behielt ihre gelangweilte Miene bei, und die ältere Frau hinter ihrem Sessel warf Dougless einen bösen Blick zu, als wollte Dougless ihr Mündel vergiften. Dougless blickte von ihr weg.

Als das Essen kam, wurde es, was Dougless sogleich auffiel, mit großer Feierlichkeit serviert. Und so ein Essen *verdiente* dieses Zeremoniell. Die Diener trugen den ersten, aus Fleisch bestehenden Gang auf mächtigen silbernen Tabletts herein: Roastbeef, Kalbsbraten, Hammelbraten, gekochtes gepökeltes Schweinefleisch. Der Wein, den man in kupfernen, mit kaltem Wasser gefüllten Kübeln gekühlt hatte, wurde in herrlichen Kelchen aus venezianischem Glas kredenzt.

Der nächste Gang bestand aus Geflügel: Truthahn, Kapaun, Hühnerfrikassee in Lauch, gebratene Rebhühner, gebratener Fasan, Wachteln und Waldschnepfen. Anschließend wurde Fisch serviert: Seezunge, Steinbutt, Wittling, Hummer, Flußkrebse, Aal.

Zu jedem Gang wurde auch eine andere Soße gereicht, die alle herrlich gewürzt waren und köstlich schmeckten.

Dann war das Gemüse an der Reihe: weiße Rübchen, grüne Erbsen, Gurken, Karotten, Spinat. Dougless fand die Gemüsegerichte nicht so gut, weil sie zu einem Brei zerkocht waren.

Mit den Gängen wechselten auch die Getränke. Und die Diener spülten jedesmal die Gläser aus, bevor sie eine andere Sorte Wein eingossen.

Nach dem Gemüse kam der Salat. Nicht Salat, wie Dougless ihn kannte, sondern gekochter Blattsalat und sogar geschmorte Rapunzeln.

Als Dougless so vollgestopft war mit Essen, daß sie sich auf der Stelle hätte niederlegen und den Nachmittag verschlafen können, wurde das Dessert gebracht: Törtchen mit Quitten, Mandeln und mit jeder nur erdenklichen Frucht gefüllte Pasteten, Weichkäse und Käse in allen nur vorstellbaren Härtegraden und frische Erdbeeren.

Zum erstenmal war Dougless froh über ihr Stahlkorsett, das verhinderte, daß ihr der Magen platzte.

Nach der Mahlzeit wurde wieder die Kanne mit Wasser herumgetragen, weil man zum Essen die Finger und den Löffel benützte.

Endlich, nach drei Stunden Völlerei, wurde die Tafel aufgehoben. Dougless watschelte hinter Honoria die Treppe hinauf und sank auf das Bett. »Ich sterbe«, klagte sie. »Ich werde nie mehr gehen können. Und da hatte ich geglaubt, Nicholas wäre mit einem Club-Sandwich als Lunch ausreichend verköstigt!«

Honoria blickte sie lachend an. »Wir müssen jetzt Lady Margaret wieder unsere Aufwartung machen.«

355

Dougless fand rasch heraus, daß die elisabethanischen Leute so hart arbeiteten, wie sie aßen. Die Hand auf ihren strammen Unterleib gepreßt, folgte Dougless Honoria wieder ins Erdgeschoß hinunter, durch einen wunderschönen Ziergarten und in einen Stall hinein. Dougless wurde auf ein Pferd mit Damensattel gehoben, wobei sie große Mühe hatte, sich auf dem Pferd zu halten, und dann preschten Lady Margaret, ihre fünf Kammerfrauen und vier mit Dolchen und Schwertern bewaffnete Männer im wahnwitzigen Tempo durch die Landschaft. Dougless hatte große Mühe, den Anschluß nicht zu verlieren, und wußte, daß ihre Vettern in Colorado nicht sehr stolz auf sie sein würden, denn sie verwendete beide Hände dazu, sich festzuhalten.

»Gibt es denn keine Pferde in Lanconia?« fragte sie einer der sie begleitenden Männer.

»Pferde ja, Damensättel nein«, gab sie zur Antwort.

Nach ungefähr einer Stunde ließ ihre Angst ein wenig nach, und sie wagte zum erstenmal, sich umzusehen. Wenn man das schöne Haus der Staffords verließ und sich in die englische Landschaft hinausbegab, war das so, als würde man aus einem Märchenschloß in eine Slumgegend geraten oder von Beverly Hills nach Kalkutta.

Sauberkeit war im Leben der Dorfbewohner ein Fremdwort. Tier und Mensch hausten unter dem gleichen Dach und auf gleicher sanitärer Ebene. Küchenabfälle und Fäkalien wurden einfach vor den dunklen kleinen Häusern ausgeschüttet. Die Leute waren so schmutzig, wie man nach einem Jahr, ohne sich zu waschen oder gar zu baden, eben schmutzig sein mußte, wenn man täglich im Schweiße seines Angesichts auf dem Feld arbeitet. Ihre Kleider waren steif von dem Lehm und dem Fett, das an dem groben Stoff klebte.

Und diese Krankheiten! Dougless starrte die Leute an, an denen sie vorbeikamen. Sie waren von Pockennarben entstellt, hatten Kröpfe, eiternde Geschwüre und Ringelflechten. Auch die vielen verkrüppelten oder verstümmelten Männer, Frauen und Kinder fielen ihr auf. Und offenbar gab es keinen, der noch alle Zähne besaß, wenn er das zehnte Lebensjahr überschritten hatte – und die ihm noch geblieben waren, waren in der Regel schwarz.

Dougless drohte ihr umfangreiches Mittagessen wieder von sich zu geben. Was ihr noch mehr zusetzte als der Anblick und der Geruch dieser Leute war das Wissen, daß diese Menschen mit den Möglichkeiten der modernen Medizin leicht kuriert werden könnten. Und als sie bemerkte, daß nur wenige von der ländlichen Bevölkerung älter als dreißig Jahre waren, überlegte sie, daß sie, wäre sie im sechzehnten Jahrhundert zur Welt gekommen, wohl kaum älter geworden wäre als zehn. In diesem Alter hatte sie einen Blinddarm-Durchbruch und war vom Notarztwagen in den Operationssaal gebracht worden. Vielleicht hätte sie sogar überhaupt nicht das Licht der Welt erblickt, denn sie war eine Steißgeburt gewesen, und ihre Mutter wäre wohl ohne Bluttransfusionen bei ihrer Geburt gestorben.

Als ihr das durch den Kopf ging, betrachtete sie diese Leute plötzlich mit ganz anderen Augen: Das waren die Überlebenden, die Gesündesten der Gesunden.

Die Dorfbewohner kamen aus ihren Hütten, stellten auf den Feldern ihre Arbeit ein und starrten die Prozession aus prächtig gekleideten Leuten auf rassigen Pferden an. Lady Margaret und deren Gefolge winkten ihnen zu, und die Leute grinsten zurück. Wir sind Rockstars, Filmstars und Lady Diana in einer Person, dachte Dougless bei sich und winkte ebenfalls.

Sie mußten einige Stunden, wie es Dougless vorkam, durch die Landschaft geritten sein, weil ihr das Hinterteil mächtig weh tat, ehe sie auf einer hübschen kleinen Wiese Rast machten. Vor ihnen breitete sich ein Feld mit einer grasenden Schafherde aus. Einer der Reitknechte half Dougless

357

vom Pferd herunter, und sie humpelte zu der Stelle, wo Honoria auf einem Tuch im feuchten Gras saß.

»Habt Ihr den Ritt genossen?« fragte Honoria.

»So sehr wie die Masern oder Keuchhusten«, murmelte Dougless. »Offenbar hat Lady Margaret ihre Erkältung überwunden, wie?«

»Sie ist eine sehr rührige Dame.«

»Das sehe ich.«

Sie saßen im freundschaftlichen Schweigen eine Weile nebeneinander, und Dougless genoß die schöne Aussicht und versuchte nicht, an ihre Begegnung mit Nicholas in der Nacht zuvor zu denken. Dann fragte sie Honoria, was eine »Callet« sei, und als sie erfuhr, daß das eine lüsterne Dirne wäre, biß sie sich in neuerwachter Wut auf die Zunge.

»Und ein ›Cater-Cousin‹?« fragte sie weiter.

»Ein Freund des Herzens.«

Dougless seufzte. Also waren Nicholas und Robert Sydney »Herzensfreunde«. Kein Wunder, daß er ihm keine bösen Absichten zutrauen wollte. Eine seltsame Freundschaft, dachte Dougless bei sich. Nicholas vergnügt sich mit Roberts Frau auf einem Tisch, und Robert schmiedet Pläne, um seinen Freund aufs Schafott zu bringen.

»Robert Sydney ist ein ›Pillicock‹«, murmelte Dougless.

Honoria blickte sie schockiert an. »Ihr kennt ihn? Ihr mögt ihn?«

»Ich kenne ihn nicht, und mögen tue ich ihn ganz bestimmt nicht.«

Honoria machte ein verwirrtes Gesicht, und so fragte Dougless, was das Wort »Pillicock« bedeutete.

»Es ist ein Kosewort. Man versteht darunter einen ›geliebten Schuft‹.«

»Ein Kosewort? Aber . . .« Dougless brach ab. Als Nicholas sie gefragt hatte, ob sie nicht mit ihm in das sechzehnte Jahrhundert zurückkommen möchte, um dort für ihn zu ko-

358

chen, war sie wütend geworden und hatte ihm allerlei Schimpfnamen gegeben. Nicholas hatte zu dieser Liste das Wort »Pillicock« beigesteuert. Es mußte ihn sehr erheitert haben, daß eine wütende Frau ihn als »geliebten Schuft« bezeichnete.

Sie lächelte. Nicholas konnte tatsächlich ein »geliebter Schuft« sein.

Eine der Frauen, eine Dienerin von einer Zofe der Lady Margaret, reichte ein aus geriebenen Mandeln bestehendes Gebäck herum.

Dougless fragte kauend: »Wer war diese hübsche dunkelhaarige Frau, die an der Mittagstafel neben Nicholas saß?«

»Lady Arabella Sydney.«

Dougless hätte fast ihr Plätzchen verschluckt. »Lady Arabella? Ist sie schon lang im Haus? Wann ist sie eingetroffen? Wann wird sie wieder abreisen?«

Honoria lächelte. »Sie kam gestern abend und wird morgen in aller Frühe wieder abreisen. Sie will ihren Mann auf eine Reise nach Frankreich begleiten. Sie werden erst in einigen Jahren zurückkommen, und deshalb wollte sie sich bei Lady Margaret verabschieden.«

Dougless' Gedanken begannen zu rasen. Wenn Nicholas Arabella noch nicht auf diesem Tisch gebumst hatte und Arabella morgen abreisen wollte, dann mußte *dies* der bewußte Tag gewesen sein. Sie mußte es verhindern!

Plötzlich knickte sie nach vorn, preßte die Hände gegen den Magen und begann zu stöhnen.

»Was fehlt Euch?« fragte Honoria besorgt.

»Ich muß etwas Unrechtes gegessen haben. Ich muß ins Haus zurück.«

»Aber . . .«, begann Honoria.

»Ich *muß*.« Dougless stöhnte wieder laut.

Honoria stand auf, ging zu Lady Margaret und kam in

ein paar Minuten wieder. »Wir haben die Erlaubnis dazu bekommen. Ich werde Euch mit einem Reisigen begleiten.«

»Großartig. Laß uns nur schnell reiten.«

Honoria blickte Dougless verwirrt nach, als sie zu einem der Pferde lief. Als ein Reitknecht ihr in den Sattel hinaufhalf, sah sie gar nicht krank aus.

Dougless hätte am liebsten ihr Bein über diesen idiotischen Damensattel geworfen; aber er hatte keinen Steigbügel auf der anderen Seite. Und so legte sie ihr Bein nur um das dicke Polster an der Stelle, wo der Sattelknopf hätte sein müssen, nahm eine kleine Reitgerte und schlug damit gegen die Flanken des Pferdes. Sie beugte sich vor und klammerte sich am Pferd fest, während es die mit Löchern und Furchen durchzogene Landstraße hinunterdonnerte.

Hinter ihr kamen Honoria und der Reitknecht und bemühten sich nach Kräften, nicht den Anschluß zu verlieren.

Zweimal mußte Dougless mit dem Pferd springen, einmal über eine Wagendeichsel, ein andermal über eine Schubkarre. Sie zog heftig am Zügel, als ein Kind über die Straße rannte, aber sie konnte ihm noch knapp ausweichen. Und sie sprengte mitten durch eine Schar von Gänsen hindurch, die ein mächtiges Gezeter anstimmten.

Als sie das Haus erreichte, sprang sie aus dem Sattel, stolperte über den Saum ihrer Röcke und fiel auf das Gesicht. Aber davon ließ sie sich nicht aufhalten, sondern riß das Gartentor auf, rannte den Backsteinpfad hinunter, die Treppe hinauf und dann über die Terrasse ins Haus.

Sie blieb vor der Treppe in der Halle stehen. Wo? Wo war Nicholas? Arabella? Der Tisch?

Zu ihrer Linken hörte sie Stimmen. Kits Stimme war auch darunter. Sie rannte zu ihm. »Wißt Ihr, wo ein Tisch steht, der ungefähr sechs Fuß lang und drei Fuß breit ist? Die Beine sind spiralförmig.«

Kit lächelte über die Hast, mit der sie sprach. Ihr Gesicht

war mit Schweiß bedeckt, ihre Kappe verrutscht, und ihre kastanienroten Haare hingen ihr über die Schultern. »Wir haben viele solcher Tische.«

»Dies ist ein besonderer Tisch.« Sie versuchte ruhig zu sprechen, aber es gelang ihr nicht. Das Stahlkorsett hinderte sie daran, tief durchzuatmen. »In einem Zimmer, das Nicholas benützt, und wo sich noch ein Kleiderschrank im Raum befindet, in dem sich zwei Menschen verstecken können.«

»Kleiderschrank?« erwiderte Kit verwundert, und Dougless wußte in diesem Moment, daß ein Schrank im elisabethanischen England kein Möbelstück war, in dem man Kleider aufhängte.

Ein älterer Mann, der hinter Kit stand, flüsterte etwas, und Kit lächelte. »Die Kammer neben Nicholas' Schlafgemach hat so einen Tisch. Er ist oft . . .«

Dougless hörte den Rest nicht mehr, sondern hob ihre Röcke und Unterröcke an und rannte die Treppe hinauf. Nicholas' Schlafzimmer war das zweite Zimmer auf der rechten Seite, und gleich daneben befand sich eine Tür. Sie drehte am Knauf, aber die Tür war verschlossen. Sie rannte in sein Schlafzimmer und zu der Verbindungstür zu dieser Kammer, aber die war ebenfalls verschlossen.

Sie hämmerte mit den Handflächen gegen die Tür. »Nicholas! Wenn du dort drin bist, laß mich ein. Nicholas! Hörst du mich?«

Sie hätte schwören können, daß sie Geräusche hinter der Tür hörte. »Nicholas!« schrie sie. »Nicholas!«

Er öffnete die Tür, einen tödlich aussehenden Dolch in der Hand. »Ist meiner Mutter etwas zugestoßen?« fragte er.

Dougless drängte sich an ihm vorbei. Dort, an der Wand, stand der Tisch, den sie in Harewoods Bibliothek gesehen hatte. Er war zwar vierhundert Jahre jünger, aber

361

nichtsdestoweniger der gleiche Tisch. Und auf einem Stuhl daneben saß Lady Arabella und bemühte sich, so unschuldig wie möglich auszusehen.

»Ich werde Euren Hals . . .«, begann Nicholas.

Doch Dougless unterbrach ihn, indem sie eine kleine Tür links neben dem Fenster aufriß. Dort, unter einem Bett kauernd, befanden sich zwei Diener. »*Das* ist der Grund, weshalb ich wollte, daß du die Tür öffnest«, sagte Dougless zu Nicholas. »Diese beiden Spione hätten alles mit angesehen, was ihr beide in diesem Zimmer treiben wolltet.«

Nicholas und Arabella blickten sie sprachlos an.

Dougless herrschte die beiden Dienstboten an: »Wenn auch nur ein Wort von dem, was hier geschah, nach außen dringt, werden wir wissen, woher es kommt. Habt ihr mich verstanden?«

So schnell wie Mäuse huschten die beiden aus der Kammer.

»Ihr . . .«, begann Nicholas erneut.

Dougless ignorierte ihn und wandte sich Arabella zu. »Ich habe Euch das Leben gerettet, denn Euer Gemahl hätte durch diese beiden Diener von dieser Sache erfahren. Ich denke, Ihr solltet jetzt lieber gehen.«

Arabella, die nicht gewohnt war, daß man so mit ihr redete, wollte protestieren; dachte dann aber an das jähzornige Temperament ihres Gemahls. Sie huschte ebenfalls aus dem Zimmer.

Dougless drehte sich zu Nicholas um und sah die Wut aus seinen Augen leuchten – was ihr nichts mehr ausmachte, denn seit sie hierhergekommen war, hatte er sie immer nur so angeschaut wie jetzt. Sie warf ihm einen strafenden Blick zu und ging zur Tür. Aber es gelang ihr nicht, hindurchzugehen, weil Nicholas sie ihr wieder vor der Nase zuwarf.

»Spioniert Ihr mir nach?« fragte er. »Macht es Euch Spaß, zuzuschauen, was ich mit anderen Frauen mache?«

Zähle bis zehn, dachte Dougless, oder besser noch bis zwanzig. Sie holte tief Luft. »Mir macht es gewiß kein Vergnügen, Euch zuzuschauen, wie Ihr Euch vor anderen Frauen zum Narren macht«, sagte sie in gelassenem Ton. »Ich habe Euch bereits mehrmals erzählt, warum ich hier bin. Ich wußte, daß Ihr im Begriff wart, auf diesem Tisch dort . . . Eure Lust an Arabella zu stillen. Denn in der Zeit, aus der ich komme, ist das als Tatsache bekannt. Eure Diener haben es jedem erzählt, der es wissen wollte, Jon Wilfred hat diese Geschichte dann für die Nachwelt aufgeschrieben, Arabella kam mit Eurem Kind nieder, und Robert Sydney hat sie und Euer Kind dann töten lassen. Darf ich jetzt gehen?«

Sie sah, wie sich die verschiedenartigsten Gefühle auf Nicholas' Gesicht stritten: Wut, Verwirrung, Ungläubigkeit, Verblüffung. Nicholas tat ihr in diesem Moment leid. »Ich weiß, daß das, was ich eben zu Euch sagte, unglaublich klingt. Als Ihr zu mir ins zwanzigste Jahrhundert kamt, wollte ich Euch anfangs auch nicht glauben. Aber ich bin tatsächlich aus der Zukunft in diese Zeit zurückgeschickt worden, um zu verhindern, daß ein paar schreckliche Dinge passieren. Lettice . . .«

Sein Blick schnitt ihr das Wort ab: »Wollt Ihr eine unschuldige Frau beschuldigen? Oder seid Ihr nur eifersüchtig auf jede Frau, die ich anfasse?«

Dougless' Vorsatz, sich zu beherrschen, flog zum Fenster hinaus. »Du eitler Pfau! Mir kann es egal sein, wie viele Frauen durch dein Bett marschieren! Das bedeutet mir nichts. Du bist nicht der Mann, den ich einst gekannt habe. Tatsächlich bist du nicht einmal halb so viel Mann wie dein Bruder. Ich wurde in die Vergangenheit geschickt, um ein Unrecht wiedergutzumachen, und ich versuche mein Bestes, egal, wie sehr du dich anstrengst, mein Vorhaben zu vereiteln. Wenn es mir wenigstens gelingen könnte, Kits Tod zu verhindern, dann wäre zumindest der Besitz der Staffords gerettet. Dann brauchte sich keiner mehr zu bemühen, aus dem lüsternen Satyr, der du bist, einen vernünftigen Menschen zu machen. Und nun laß mich durch.«

Nicholas bewegte sich aber nicht von der Tür weg. »Ihr sprecht vom Tod meines Bruders. Meint Ihr damit, daß Ihr Euren Zauber . . .«

Dougless warf die Hände in die Luft und drehte sich von ihm weg. »Ich bin *keine* Hexe. Wann begreifst du das endlich? Ich bin ein ganz gewöhnlicher, normaler Mensch, der in außerordentlich ungewöhnliche Umstände verstrickt ist.« Sie drehte sich ihm wieder zu. »Ich weiß nicht alles, was passierte, als Kit starb. Du erzähltest mir damals, du hättest dich im Schwertkampf geübt, dir dabei den Arm aufgeschnitten und nicht mit ihm ausreiten können. Er sah ein Mädchen in einem See und stellte diesem nach. Er ertrank. Das ist alles, was mir bekannt ist.« Abgesehen davon, daß Lettice vermutlich an Kits Tod schuld war, dachte Dougless bei sich, sagte das aber nicht laut.

Er starrte sie mit feindseligen Augen an.

Sie fuhr in sanfterem Ton fort: »Als du zu mir kamst, wollte ich dir ebenfalls nicht glauben. Du hast mir einige Dinge erzählt, die nicht in unseren Geschichtsbüchern standen, aber ich glaubte dir nicht. Und da nahmst du mich schließich mit nach Bellwood und zeigtest mir eine Geheimtür in der Wand, hinter der ein Kästchen aus Elfenbein versteckt war. Keiner von den Besitzern, die in den vierhundert Jahren seither das Haus bewohnten, hatte dieses Geheimfach entdeckt. Du erzähltest mir, Kit habe dir das Geheimfach eine Woche vor seinem Tod gezeigt.« Der Gedanke, daß Kit sterben könne, gefiel ihr ganz und gar nicht.

Nicholas sah sie nun mit offenem Mund an. Sie *war* eine Hexe; denn Kit hatte ihm erst Ende letzter Woche das Wandversteck in Bellwood gezeigt. Was hatte sie nur mit Kit

364

angestellt, daß er ihr dieses Geheimfach verraten hatte, das eigentlich ein Familiengeheimnis bleiben sollte?

Überhaupt schien diese Frau einen unheimlichen Einfluß auf die ganze Familie und den Haushalt zu haben. Erst gestern hatte er einen Stallknecht irgendein blödsinniges Lied singen hören, das »Zippity Doo-Dah« hieß. Drei von den Kammerfrauen seiner Mutter beschmierten sich die Augenlider mit Farbe, die sie, wie sie sagten, von »Lady« Dougless bekommen hatten. Seine Mutter – seine nüchtern denkende, blitzgescheite, weise Mutter – hatte mit dem Vertrauen eines Kindes Medizin von dieser Hexe eingenommen. Kit betrachtete diese rothaarige Dirne mit den hungrigen Augen eines Raubvogels.

In den wenigen Tagen, die sie nun im Haushalt der Staffords weilte, hatte sie alles verändert. Ihre Lieder, ihre unverschämten Tänze, die Geschichten, die sie erzählte (seit kurzem sprach das Burgvolk nur noch den ganzen Tag von Leuten, die Scarlett und Rhett hießen), selbst die Art, wie sie sich das Gesicht bemalte, übten eine mächtige Wirkung auf jeden aus. Sie war eine Zauberin, und sie zog nach und nach alle, die in diesem Haus wohnten, in ihren Bann.

Nicholas war die einzige Person in diesem Haushalt, die wenigstens den Versuch machte, ihr zu widerstehen. Als er sich bemühte, Kit auf die Macht aufmerksam zu machen, die diese Frau in diesem Haus über die Leute gewann, hatte Kit nur gelacht. »Meinst du wirklich, daß ein paar neue Lieder und Geschichten uns schaden könnten?« hatte Kit gesagt.

Nicholas wußte nicht, was diese Frau wirklich wollte; aber er war entschlossen, ihrem Zauber nicht so leicht zu erliegen wie all die anderen. Er hatte sich vorgenommen, ihr Widerstand zu leisten – und wenn ihm das noch so schwerfallen sollte.

Und als er nun so vor ihr stand und sie wütend anfunkelte, wußte er, wie sauer ihn das ankam. Ihre kastanienroten

Haare flossen ihr über die Schultern, und sie hielt die kleine Perlenkappe in der Hand. Er hatte noch keine schönere Frau in seinem Leben gesehen als sie. Lettice mochte vielleicht noch ebenmäßigere Züge haben; aber diese Frau, diese Dougless, die ihn so in Rage brachte, hatte etwas mehr – etwas, das er nicht zu deuten wußte.

Vom ersten Moment an, als er sie sah, hatte er das Gefühl gehabt, daß sie irgendeine geheime Macht über ihn hatte. Es gefiel ihm, wenn er Macht über Frauen besaß, wenn sie unter seinen Küssen schwach wurden und dahinschmolzen. Es gefiel ihm, den Widerstand schwieriger Frauen zu brechen, und er genoß auch das Gefühl der Macht, das er empfand, wenn er sie wieder verließ.

Doch von der ersten Sekunde an war es mit dieser Frau anders gewesen. Er beobachtete sie weitaus öfter als sie ihn. Er spürte sofort, wenn sie Kit ansah oder einem gutaussehenden Diener einen Blick nachschickte, spürte sogar, wenn sie lächelte oder lachte. Gestern nacht in seinem Zimmer war dieses Bewußtsein fast zu einem Schmerz geworden, und diese Erkenntnis von ihrer Macht hatte ihn so wütend gemacht, daß er kaum noch zusammenhängend sprechen oder denken konnte.

Nachdem sie ihn verlassen hatte, hatte er nicht mehr geschlafen, weil er wußte, daß sie weinte. Die Tränen einer Frau hatten ihn bisher immer kaltgelassen. Frauen weinten immer. Sie weinten, wenn man sie verließ, wenn man nicht tat, was sie von einem wollten, und wenn man ihnen sagte, daß man sie nicht liebte. Er mochte Frauen wie Arabella und Lettice, die niemals weinten.

Doch die letzte Nacht hatte diese Frau fast die ganze Nacht geweint, und obwohl er sie weder hören noch sehen konnte, hatte er ihre Tränen gespürt. Dreimal wäre er beinahe zu ihr gegangen, hatte sich dann aber doch beherrschen können. Sie sollte nicht wissen, daß sie Macht über ihn besaß.

Was ihre Geschichte von der Vergangenheit und der Zukunft anlangte, hielt er sie für eine Erfindung. Aber etwas an ihr war merkwürdig. Daß sie eine Prinzessin von Lanconia sei, glaubte er nicht – und seiner Meinung nach glaubte das seine Mutter ebensowenig. Aber Lady Margaret mochte ihre seltsamen Lieder und ihre ungewöhnliche Sprechweise. Diese Dougless benahm sich so, als wäre alles neu für sie – das Essen, die Kleider, die Dienerschaft.

». . . wirst du es mir mitteilen, nicht wahr?«

Nicholas starrte sie an. Er hatte keine Ahnung, was sie gerade gesagt hatte. Aber plötzlich wurde er von einem derart mächtigen Verlangen nach dieser Frau überwältigt, daß er bis an die Tür zurückwich. »Ihr werdet mich nicht verhexen können wie meine Familie«, sagte er, als müßte er sich an seinen eigenen Worten festklammern, um nicht schwach zu werden.

Dougless sah das Begehren in seinen Augen, sah, wie er die Lider halb über die Augen senkte. Ihr Herz begann laut zu klopfen. Wenn du dich von ihm anfassen läßt, wirst du ins zwanzigste Jahrhundert zurückversetzt, sagte sie sich. Und du mußt so lange hierbleiben, bis Kits Leben nicht mehr gefährdet ist und du Lettice und ihre arglistigen Pläne bloßgestellt hast.

»Nicholas, ich will dich nicht verhexen, und wenn ich etwas in diesem Haus tue, ist das notwendig für das Überleben deiner Familie.« Sie streckte den Arm nach ihm aus. »Wenn du doch nur auf mich hören wolltest . . .«

»Eure Geschichten von der Vergangenheit und Zukunft?« Er lachte höhnisch und brachte sein Gesicht ganz nahe an ihres heran: »Seid auf der Hut, Weib, denn ich werde Euch ständig im Auge behalten. Wenn ich erfahre, daß Ihr keinen Onkel habt, der König ist, werde ich Euch eigenhändig aus diesem Haus werfen. Geht jetzt und versucht nicht mehr, mir nachzuspionieren.« Er drehte sich um und stürmte aus dem Zimmer.

Dougless blickte ihm nach, fühlte sich hilflos und verlassen. Und in ihrer Not begann sie zu beten: »Lieber Gott, zeige mir einen Weg, wie ich Nicholas helfen kann. Laß es nicht zu, daß ich zum zweitenmal versage!«

15

Am nächsten Morgen sah Dougless Arabella vor dem Haus mit Hilfe eines Holzstockes in den Sattel ihres wunderschönen Rappenhengstes steigen. Der Mann, den sie bei Arabella stehen sah, mußte wohl ihr Gatte, Robert Sydney, sein, und Dougless wollte sich diesen Mann genauer anschauen, sich sein Gesicht einprägen, den Nicholas als »Herzensfreund« betrachtete und der ihn, seinen »Freund«, aufs Schafott geschickt hatte.

Sydney drehte sich in diesem Moment um, und Dougless hielt den Atem an. Robert Sydney sah Dr. Robert Whitley – dem Mann, den sie einmal heiraten wollte – unheimlich ähnlich!

Dougless wandte sich mit zitternden Händen ab. Purer Zufall, sagte sie sich. Nichts als ein Zufall. Doch später am Tag fiel ihr wieder ein, daß Nicholas im zwanzigsten Jahrhundert, als er Robert dort zum erstenmal sah, ein Gesicht machte, als würde er ein Gespenst erblicken. Und Robert hatte Nicholas mit haßerfüllten Augen angesehen.

Zufall, sagte sie sich abermals. Es konnte nichts anderes sein als ein Zufall.

In den folgenden zwei Tagen bekam Dougless Nicholas nur selten zu Gesicht. Wenn sie ihn sah, stand er unter einer Tür und blickte sie genauso finster an wie an der Mittagstafel.

Dougless war eine sehr beschäftigte Frau. Inzwischen betrachtete man sie gewissermaßen als Fernsehstudio, Kino und Konzerthalle in einer Person. Man wollte von ihr immer neue Spiele, Lieder und Geschichten haben; die Unterhaltungssucht im Haus war unersättlich. Dougless konnte keinen Schritt in den Garten hinaus machen, ohne von jemandem angesprochen zu werden, der bei ihr Zerstreuung suchte. Sie verbrachte viele Stunden damit, sich auf alles zu besinnen, was sie in ihrem Leben gelesen, gesehen oder gehört hatte. Mit Honorias Hilfe erfand sie eine primitive Version von Monopoly. Sie spielten Pictionary mit Schieferblättchen. Als der Vorrat der Geschichten und Romane, die sie gelesen hatte, erschöpft war, erzählte sie wahre Begebenheiten aus Amerika, die besonders bei Lady Margaret gut ankamen.

Sie bemühte sich sehr, auf dem Unterhaltungssektor zu bleiben und nicht ins Politische oder gar Religiöse abzuschweifen. Schließlich hatte Königin Mary erst vor ein paar Jahren Leute auf dem Scheiterhaufen verbrennen lassen, weil sie der falschen Religionsgemeinschaft angehörten. Doch zuweilen suchte Kit von ihr zu erfahren, wie es denn in ihrem Lande um den Ackerbau und die Viehzucht bestellt sei, wovon Dougless herzlich wenig wußte. Aber sie konnte ihm ein paar Tips geben für die Kompostherstellung und wie man damit höhere Ernten erzielen könne.

Dougless wußte, daß die Hofdamen von Lady Margaret entsetzt waren über ihre mangelnde Bildung, daß sie nur eine Sprache beherrschte und nicht ein Instrument spielen konnte. Ja, sie vermochte nicht einmal ihre Schrift zu lesen, doch sie sahen ihr das zumeist nach.

Denn indem Dougless ihnen neue Spiele und Lieder beibrachte, lernte sie auch dabei. Diese Frauen standen nicht unter dem Druck, dem eine amerikanische Frau im zwanzigsten Jahrhundert ausgesetzt war, die den verschiedenartigsten Ansprüchen gerecht werden mußte. Von einer Frau im sechzehnten Jahrhundert verlangte man nicht, daß sie gleichzeitig ihren Job in einer Firma beherrschen, liebende Mutter, eine exzellente Köchin, Gastgeberin und eine kreative Liebhaberin mit der Ausdauer eines Athleten sein sollte. Wenn sie reich war, mußte sie sticken und nähen, einen Haushalt überwachen und sich amüsieren können. Natürlich hatte die elisabethanische Frau keine Lebenserwartung von mehr als vierzig Jahren, aber zumindest stand sie nicht ständig unter dem Druck, mehr zu tun und darzustellen in den wenigen Jahren ihres irdischen Daseins, als ihre Kräfte das vielleicht zuließen.

Nachdem Dougless sich schon etliche Tage im England des sechzehnten Jahrhunderts aufgehalten und sich hier einigermaßen eingelebt hatte, erinnerte sie sich wieder ihrer Zeit mit Robert. Der Wecker hatte um sechs Uhr morgens geläutet, worauf sie aus dem Bett in die Küche rannte. Sie mußte rennen, wenn sie ihr Tagespensum schaffen wollte. Da waren Mahlzeiten zu kochen, Einkäufe zu erledigen, das Haus in Ordnung zu bringen (Robert hatte nur einmal in der Woche eine Putzfrau ins Haus bestellt), mußten Küche, Töpfe und Geschirr immer wieder von neuem saubergemacht werden. Und für ihre »freie Zeit« hatte sie ebenfalls einen vollen Terminkalender. Manchmal hatte sie sich gewünscht, drei Tage hintereinander im Bett bleiben und Kriminalromane lesen zu können, aber da gab es immer viel zuviel zu tun, als daß sie auch nur an einen faulen Tag hätte denken können.

Und da kam noch dieses Schuldgefühl dazu. Wenn sie eine Ruhepause hatte, meinte sie, in ein Fitneßzentrum fahren zu müssen, um zu verhindern, daß ihre Schenkel dicker wurden oder daß sie Roberts Kollegen eine großartige Dinnerparty geben sollte. Sie hatte schon ein schlechtes Gewissen bekommen, wenn sie abends erschöpft nach Hause geeilt war, eine Pizza aus der Tiefkühltruhe geholt und diese dann in der Mikrowelle erhitzt und serviert hatte.

371

Doch nun, im sechzehnten Jahrhundert, schien der Druck ihres Neuzeit-Alltags weit weg zu sein. Die Menschen lebten hier nicht allein und isoliert. Dies war kein Haus mit einer Frau, die zwanzig Aufgaben zugleich bewältigen sollte, sondern eines mit über hundertvierzig Bediensteten, die zusammen vielleicht siebzig Aufgaben zu erledigen hatten. Eine müde nach Hause kommende Frau mußte hier nicht noch waschen, putzen, kochen etcetera, etcetera und am nächsten Morgen wieder in ein Büro fahren. Hier hatte eine Person nur einen Job.

Moderne Frauen hatten ihre hausgemachten Schuldkomplexe und litten unter Streß, wohingegen die Menschen im sechzehnten Jahrhundert unter Krankheiten, der Angst vor dem Unbekannten und der Unwissenheit ihrer sogenannten Ärzte litten. Das Leben der Menschen im sechzehnten Jahrhundert war kurz, und der Tod lauerte hinter jeder Ecke. Seit Dougless hierhergekommen war, hatte es vier Todesfälle im Haus gegeben, und alle wären vermeidbar gewesen, wenn man eine Erste-Hilfe-Station im Schloß gehabt hätte. Ein Mann starb, als er unter einen umstürzenden Wagen geriet. Er verblutete innerlich. Als Dougless diesen Mann auf der Erde liegen sah, hätte sie alles dafür gegeben, die Mittel und Kenntnisse einer Ärztin zu besitzen, um die inneren Blutungen zum Stillstand bringen zu können. Die Leute starben hier an einer Lungenentzündung, einer Grippe oder einer infizierten aufgescheuerten Blutblase. Dougless verteilte Aspirin-Tabletten, behandelte Wunden mit Neosporin-Tinktur und gab den Leuten ein paar Löffel Pepto-Bismol ein. Sie konnte mit den Mitteln aus ihrer Reisetasche diesen Menschen zwar vorübergehend helfen; aber sie war machtlos gegen faulende Zähne und gerissene Bänder und Sehnen, die die Menschen zu lebenslangen Krüppeln machten. Und sie konnte auch Kindern nicht helfen, die an einem Blinddarmdurchbruch zugrunde gingen.

Auch gegen die herrschende Armut konnte sie nichts ausrichten, obwohl sie einmal versuchte, Honoria das Unrecht klarzumachen, daß die Staffords im Überfluß lebten, während ihre Dorfbewohner im Elend verkamen. Das war der Tag, wo Honoria sie mit den »Aufwandsgesetzen« bekannt machte. In Amerika tat jeder so, als wären alle Menschen gleich, und daß ein Millionär nicht besser behandelt würde als einer, der für seinen Lebensunterhalt im Schweiße seines Angesichts schuften mußte. Doch niemand glaubte das wirklich. Reiche Verbrecher kamen mit milden Strafen davon, arme Schlucker erhielten die Höchststrafe.

Im sechzehnten Jahrhundert mußte Stafford feststellen, daß die Idee von der Gleichheit der Menschen nur ein mildes Lächeln oder Kopfschütteln hervorrief. Die Menschen waren nicht gleich, und es war ihnen auch per Gesetz verboten, sich gleich zu kleiden. Ungläubig hatte Dougless Honoria gebeten, ihr die »Aufwandsgesetze« zu erklären. Wenn ein Mann ein Einkommen von hundert Pfund oder weniger im Jahr hatte, durfte er Samt für sein Wams verwenden, aber nicht für seinen Umhang. Wenn er zwanzig Pfund im Jahr verdiente, durfte er Wams und Oberbekleidung nur aus Satin oder Damast herstellen lassen. Ein Mann mit einem Einkommen von zehn Pfund im Jahr oder weniger durfte nur Kleider aus einem Stoff tragen, dessen Preis pro Yard höchstens einen Shilling betrug. Grafen war es erlaubt, Zobelpelze zu tragen, Barone jedoch nur Polarfuchsfelle. Diener durften kein Gewand tragen, das bis unter ihre Waden reichte. Lehrlinge waren stets blau gekleidet (was erklärte, daß die Vertreter der Oberklasse nur selten diese Farbe trugen).

Und so ging es weiter mit diesen Gesetzen: Sie regelten, je nach Einkommen, das Tragen von Pelzwerk, Stoffen, Farben und Zuschnitt. Dougless durfte sich wie eine Gräfin kleiden, weil sie zu den Kammerfrauen von Lady Margaret gehörte. Honoria lachte dann und sagte, daß eben jeder das trug, was er sich leisten konnte, und wenn man eine Person überführte, daß sie sich besser kleidete, als sie durfte, bezahlte sie eine Strafe an den Stadtsäckel und fuhr fort zu tragen, was ihr gefiel.

Im zwanzigsten Jahrhundert hatte sie sich nie viel Gedanken darüber gemacht, wie sie sich kleidete. Sie schätzte zwar eine bequeme und langlebige Kleidung, aber ansonsten war es ihr ziemlich egal, was sie anzog. Doch diese wunderschönen elisabethanischen Gewänder waren eine ganz andere Sache. In der kurzen Zeit, die sie nun im sechzehnten Jahrhundert lebte, hatte sie entdeckt, daß die Leidenschaft für Kleider an Besessenheit grenzte. Die Kammerfrauen von Lady Margaret verbrachten viele Stunden damit, sich neue Kleider auszudenken.

Eines Tages traf ein Kaufmann aus Italien mit zwei Fuhrwerken voller Stoffe ein und wurde im Audienzsaal empfangen, als hätte er ein Mittel gegen Flohbisse erfunden. Dougless hatte sich von der allgemeinen Begeisterung anstecken lassen und immer wieder neue Stoffbahnen an ihren und die Körper der anderen Damen gehalten.

Selbst Kit und Nicholas hatten es sich nicht nehmen lassen, bei dieser Gelegenheit im Audienzsaal zu erscheinen. Wie den meisten Männern gefiel es ihnen, von lachenden, aufgeregten und schönen Frauen umgeben zu sein. Dougless hatte betroffen zur Kenntnis nehmen müssen, daß Kit Stoffe für zwei Kleider aussuchte, die sie sich nähen sollte. Er meinte, es wäre höchste Zeit, daß sie ihre eigene Garderobe habe.

In der Nacht hatte Dougless dann wach im Bett gelegen und daran gedacht, wie ähnlich doch trotz verschiedenartiger Lebensumstände die Elisabethaner den Menschen ihrer Zeit waren. Dougless hatte aus Romanen, die in der Zeit von Königin Elizabeth spielten, den Eindruck gewonnen, daß die

Leute damals nur über Politik geredet hatten. Trotz Fernsehen, Radio und Nachrichtenmagazinen schienen die Amerikaner am Ende des zwanzigsten Jahrhundert nur halb so gut informiert zu sein wie die Romanfiguren aus der elisabethanischen Zeit. Aber nun entdeckte sie, daß diese Menschen hier wie jeder Durchschnittsamerikaner mehr an Mode und Tratsch und an einem reibungslosen Funktionieren dieses riesigen und komplizierten Haushalts interessiert waren als an dem politischen Wirken ihrer Königin.

Schließlich beschloß Dougless nur das zu tun, was ihr möglich war. Sie glaubte nicht, daß es ihre Aufgabe sei, die Lebensweise und Anschauungen des sechzehnten Jahrhunderts zu verändern. Sie war in die Vergangenheit zurückgeschickt worden, um Nicholas zu retten, und darauf wollte sie sich konzentrieren. Sie war eine Beobachterin, keine Missionarin.

Es gab jedoch einen Aspekt mittelalterlichen Lebens, mit dem Dougless sich nicht abfinden konnte, und das war der Mangel an Badehygiene. Die Leute wuschen sich zwar das Gesicht, die Hände und Füße, aber ein Vollbad war ein überaus seltenes Ereignis. Honoria warnte sie sogar ihres häufigen Badens wegen (drei Bäder in der Woche); und Dougless war es gar nicht recht, daß Dienstboten dreimal wöchentlich ihretwegen einen Zuber in das Zimmer tragen und anschließend viele Eimer heißen Wassers schleppen mußten. Der Aufwand, um ein heißes Bad zuzubereiten, war so groß, daß jedesmal noch zwei Leute das Wasser benützten, wenn Dougless gebadet hatte. Einmal war Dougless sogar erst der dritte Badegast, und da schwammen Heerscharen von Läusen auf der Wasseroberfäche.

Das Baden wurde bei ihr fast zu einem Tick, bis Honoria ihr einen Springbrunnen im Ziergarten – dem sogenannten »Knot Garden« – zeigte. Die »Knots« waren Hecken, die nach einem komplizierten Muster angepflanzt waren, und in den Schlingen dieser »Knoten« wuchsen bunte Blumen. Im Zentrum dieser vier »Knoten« befand sich ein steinerner Brunnen in einem kleinen Bassin. Honoria winkte ein Kind zu sich heran, das im Ziergarten Unkraut zupfte, und dieses rannte dann hinter eine Mauer. Zu Dougless' Entzücken versprühte der Brunnen kurz darauf eine Wasserfontäne. Honoria hatte das Kind fortgeschickt, damit es das Rad der Wasserzufuhr bedienen sollte.

»Wie herrlich«, hatte Dougless gerufen. »Wie ein Wasserfall oder eine . . .« Ihre Augen leuchteten auf. »Wie eine Dusche!« In diesem Moment begann ein Plan in ihr zu reifen, und sie verabredete sich insgeheim mit dem Kind für den nächsten Morgen um vier Uhr an der gleichen Stelle. Sie wollte ihm einen Penny bezahlen, wenn es das Wasserrad für sie aufdrehte.

Kurz vor vier Uhr morgens verließ Dougless, mit ihrem Shampoo und ihrem Duschgel bewaffnet, auf Zehenspitzen Honorias Zimmer und begab sich hinunter in den Ziergarten. Das Kind nahm, mit schlaftrunkenen Augen lächelnd, den Penny entgegen (den Dougless von Honoria bekommen hatte) und ging hinter die Mauer, um die Wasserleitung aufzudrehen. Dougless blieb eine Weile unschlüssig stehen, ob sie alle Kleider ausziehen sollte oder nicht; aber es war noch ziemlich dunkel, und es würde noch eine Weile dauern, ehe die Bediensteten im Haus aufstanden. Sie legte ihre geborgte Robe ab, schlüpfte aus ihrem Leinenhemd und trat unter die Wasserfontaine.

Noch nie hat wohl jemand in der Menschheitsgeschichte ein Duschbad so genossen wie sie. Dougless hatte das Gefühl, als würden der Schmutz, das Öl und der Schweiß von Jahren aus ihren Poren gespült. Sie war sich nach ihren Sitzbädern im Holzzuber nie recht sauber vorgekommen, und nachdem sie seit Wochen nicht mehr geduscht hatte, hatte sie das Empfinden, als würde sie geradezu starren vor Schmutz.

Sie wusch sich die Haare dreimal mit Shampoo, rasierte sich die Beine und unter den Achseln und spülte dann nach. Himmlisch! Absolut himmlisch!

Endlich stieg sie wieder aus dem Becken, ließ einen leisen Pfiff hören zum Zeichen, daß der Knabe das Rad wieder zudrehen könne, trocknete sich ab und wickelte sich in ihre Robe ein.

Selig lächelnd, lief sie den Pfad zum Haus zurück. Vielleicht konnte sie nicht richtig sehen, weil sie noch Seife im Auge hatte oder weil es einfach noch zu dunkel war – jedenfalls lief sie in jemanden hinein.

»Gloria!« rief sie erschrocken und erkannte dann, daß es die französische Erbtochter war. »Ich dachte«, sagte sie verdattert, »daß du Gloria heißen könntest, aber das ist vermutlich gar nicht dein Name, nicht wahr? Wo ist die Löwin?« Dougless erschrak über die Kühnheit ihrer Worte. Sie hatte dieses Mädchen bisher nur selten zu Gesicht bekommen, und wenn, dann immer nur in Begleitung dieser gestrengen Gouvernanten-Pflegerin. »Ich wollte sie natürlich nicht beleidigen . . .«, suchte Dougless sich zu entschuldigen.

Die Erbin hörte ihr gar nicht zu, sondern segelte mit hoch erhobener Nase an ihr vorbei. »Ich bin erwachsen und kann auf mich selbst aufpassen.«

Dougless blickte lächelnd auf den plumpen Rücken des Mädchens. Sie sprach genauso wie die Schülerinnen in ihrer Klasse. »Du hast dich heimlich aus dem Haus geschlichen, nicht wahr?« sagte Dougless lächelnd.

Das Mädchen drehte sich um, blickte erst Dougless von oben herab an und sagte dann mit dem Hauch eines Lächelns um den Mund: »Sie schnarcht. Was treibt Ihr denn hier?«

Dougless blickte zum Springbrunnen hinüber und sah mit Schrecken, daß das Wasser im Becken voller Seifenschaum war. Für sie war das ein Zeichen von Umweltverschmutzung, aber die Erbtochter schien den Schaum wunderbar zu fin-

377

den. Sie schöpfte eine Handvoll davon ab und betrachtete ihn. »Ich habe ein Bad genommen«, sagte Dougless. »Möchtest du das auch?«

Das Mädchen schüttelte sich und meinte geziert. »Nein, dafür habe ich eine zu zarte Gesundheit.«

»Baden schadet niemals . . .« Dougless biß sich auf die Zunge. Sie durfte nicht vergessen, daß sie nicht als Missionarin in dieses Jahrhundert gekommen war. Sie stellte sich neben das Mädchen und betrachtete es prüfend im Morgenlicht. »Wer hat dir denn gesagt, daß du eine zarte Gesundheit hättest?«

»Lady Hallet.« Sie blinzelte Dougless an. »Meine Löwenwärterin.« Zwei winzige Grübchen zeigten sich auf ihren Wangen.

Dougless überlegte sich nun, was sie sagen sollte, und beschloß, ein Risiko einzugehen. Das Mädchen sah so aus, als könnte es eine Freundin gebrauchen. »Lady Hallet sagt zu dir, daß du eine zarte Gesundheit hättest, damit sie dir vorschreiben kann, was du essen sollst und wann du ins Freie gehen darfst und wann nicht. Sie hat dich so sehr unter ihrer Fuchtel, daß du dich vor Tagesanbruch aus dem Zimmer schleichen mußt, um die Gärten besichtigen zu können. Habe ich recht?«

Das Mädchen ließ die Kinnlade herunterfallen und richtete sich dann steif auf. »Lady Hallet verhindert nur, daß ich mit Leuten aus den unteren Schichten in Berührung komme.« Sie blickte Dougless wieder von oben bis unten an.

»Mit Leuten wie mir?« erwiderte Dougless, ein Lächeln unterdrückend.

»Ihr seid keine Prinzessin. Lady Hallet sagt, eine Prinzessin würde niemals ein solches Spektakel von sich machen, wie Ihr das tut. Sie sagt, Ihr wäret nicht gebildet. Ihr sprecht ja nicht einmal Französisch.«

»Das meint Lady Hallet. Und was meinst du?«

378

»Daß du keine Prinzessin bist und nicht . . .«

»Nein«, schnitt Dougless ihr das Wort ab. »Du sollst nicht Lady Hallet nachplappern, sondern deine eigene Meinung sagen.«

Das Mädchen druckste herum. Offenbar wußte es nicht, was es sagen sollte.

Dougless sagte lächelnd: »Magst du Kit?«

»Er beachtet mich nicht«, flüsterte das Mädchen mit Tränen in der Stimme. Sie ruckte mit dem Kopf hoch und blickte Dougless haßerfüllt an. In diesem Moment sah sie genauso aus wie Gloria. »Er schaut nur Euch an.«

»Mich?« erwiderte Dougless betroffen. »Aber Kit interessiert sich doch gar nicht für mich.«

»Alle Männer mögen dich. Lady Hallet sagt, du wärst nicht viel besser als eine . . . eine . . .«

Dougless schnitt eine Grimasse. »Sag es mir nicht. Ich habe mir das schon ein paarmal anhören müssen. Verrate mir mal, wie du denn nun wirklich heißt?«

»Lady Allegra Lucinde Nicoletta de Couret«, sagte das Mädchen stolz.

»Und wie nennen dich deine Freundinnen?«

Das Mädchen blickte sie einen Moment lang verwirrt an und lächelte dann. »Meine erste Schwester nannte mich Lucy.«

»Lucy«, wiederholte Dougless lächelnd. Sie blickte zum Himmel hinauf. »Ich glaube, wir sollten jetzt lieber wieder ins Haus gehen. Die Leute werden sonst nach . . . uns suchen.«

Lucy machte ein erschrockenes Gesicht, raffte ihre schweren, teuren Röcke hoch und begann zu laufen. Offenbar hatte sie schreckliche Angst davor, daß man sie im Haus vermissen könne.

»Morgen früh«, rief Dougless dem Mädchen nach. »Zur selben Zeit.« Sie war sich nicht sicher, ob Lucy das gehört hatte.

379

Dougless ging ins Haus zurück und ignorierte die neugierigen Blicke der Dienstboten auf ihre nassen Haare und ihre um den Leib gewickelte Robe. Als sie die Tür von Honorias Schlafzimmer öffnete, seufzte sie. Nun würde der lange, schmerzhafte Prozeß des Ankleidens beginnen, und sie sehnte sich doch so sehr nach ihren bequemen Jeans und Sweatshirts.

Nach dem Frühstück stahl sie sich von den anderen Frauen fort, um nach Nicholas zu sehen. Die Damen verlangten schon wieder ein neues Lied von ihr zu hören, und ihr bescheidener Vorrat an Gesangsstücken war bereits erschöpft. Sie summte nur noch Melodien und überredete dann die Damen, ihre eigenen Texte dazu zu verfassen. Doch heute mußte sie unbedingt mit Nicholas reden. Nichts würde seine Hinrichtung aufhalten können, wenn sie nicht mit ihm ins Gespräch kommen konnte.

Sie fand ihn in einem Zimmer, das nur sein Büro sein konnte, weil er dort, von Papieren umgeben, an einem Tisch saß. Offenbar rechnete er eine Zahlenkolonne zusammen.

Er blickte auf, als sie hereinkam, zog eine Braue in die Höhe und sah dann wieder hinunter auf sein Papier.

»Nicholas, du darfst mich nicht mit Mißachtung strafen. Wir müssen reden. Du darfst das Gespräch mit mir nicht auf die lange Bank schieben.«

»Ich bin beschäftigt. Verschont mich mit Eurem unsinnigen Gewäsch.«

»Unsinniges Gewäsch?«

Er warf ihr noch einen bösen Blick zu, der sie zum Schweigen zwingen sollte, und beugte sich dann wieder über seine Zahlenkolonnen. Dougless konnte nichts damit anfangen, denn einige Summen waren in römischen Ziffern geschrieben, andere wieder hatten ein »J« an Stelle eines »I«, und etliche Zahlen waren arabische Ziffern. Kein Wunder, daß er Schwierigkeiten hatte, die Zahlen zu addieren. Sie öffnete ihren kleinen bestickten Beutel, der an ihrer Taille hing, und nahm den Rechner mit den Solarzellen heraus. Sie trug den Taschenrechner ständig bei sich, weil Honoria und die anderen Kammerfrauen immer ihre Stiche zählten und Dougless oft für sie nachrechnen mußte, wie viele Stiche abgezogen oder hinzugefügt werden mußten, damit das Muster auch stimmte.

Sie legte den Solarrechner neben Nicholas' Hand auf den Tisch.

»Hat Kit dir bereits das Wandversteck in Bellwood gezeigt?« fragte sie.

»*Lord* Kit«, sagte er mit Nachdruck. »Das geht Euch nichts an. Mich genausowenig. Das ist der Haushalt meiner Mutter, Madam, und Ihr seid hier unerwünscht.«

Sie stand neben seinem Tisch, blickte auf ihn hinunter und sah, wie er in seiner Wut den Taschenrechner hochnahm und die Zahlen einzutasten begann. Dann hieb er auf den Knopf mit dem Plus-Zeichen und dann auf jenen mit dem Symbol für die Endsumme. Immer noch auf sie schimpfend, trug er dann die Summe auf dem Papier unter der Zahlenkolonne ein.

»Übrigens . . .«, sagte er und begann die zweite Zahlenkolonne in den Rechner einzutippen.

»Nicholas«, flüsterte sie, »du erinnerst dich.« Sie holte tief Luft und sagte zum zweitenmal, diesmal mit lauter Stimme: »Du erinnerst dich!«

»Ich erinnere mich an gar nichts«, entgegnete er zornig, doch noch während er das sagte, starrte er auf den Rechner hinunter, den er in der Hand hielt. Ihm wurde in diesem Moment bewußt, daß er ihn verwendet hatte, doch die Kenntnis dessen, was er darstellte und wie man ihn benützen mußte, verließ ihn zugleich mit dem Bewußtwerden seiner Verhaltensweise. Er ließ den Rechner fallen, als wäre er Teufelswerk.

Für Dougless war dieser Vorwand eine Offenbarung. Irgendwie war das, was er im zwanzigsten Jahrhundert erlebt hatte, in seinem Gedächtnis haftengeblieben. Zwar war sein Besuch in ihrem Jahrhundert erst ein Ereignis, das in vier Jahren stattfand, aber sie stand ja jetzt auch hier und sah ihm beim Rechnen zu, obwohl sie erst in vierhundert Jahren das Licht der Welt erblicken würde. So viele seltsame Dinge waren geschehen, daß sie nun nicht seine Kenntnis von einem Taschenrechner bezweifeln konnte. Aber wenn er sich an dieses Gerät erinnern konnte, mochte er sich auch an *sie* erinnern.

Sie sank neben ihm auf die Knie und legte ihre Hände auf seinen Arm. »Nicholas, du erinnerst dich an damals . . . an uns!«

Nicholas wollte ihr seinen Arm entziehen; aber er konnte es nicht. Was hatte diese Frau nur an sich, daß sie diese Macht über ihn besaß? Sie war hübsch, aber er hatte schon schönere Frauen gesehen. Ganz bestimmt hatte er schon Frauen gehabt, die amüsanter gewesen waren. Aber diese Frau . . . diese Frau wollte ihm keinen Moment aus dem Sinn gehen.

»Bitte«, flüsterte sie, »verschließe deinen Geist nicht vor mir. Wehre dich nicht gegen mich. Dir könnte noch mehr einfallen, wenn du nur deinen Geist öffnen wolltest.«

»Ich erinnere mich an gar nichts«, sagte er fest und sah in ihre Augen. Er hätte so gern ihre Haare aus ihrer kleinen Kappe geholt und ihre Zöpfe aufgewickelt.

»Du erinnerst dich. Wie könntest du sonst wissen, wie man einen Taschenrechner benützt?«

»Ich habe ihn nicht . . .«, begann er und blickte zu dem Ding hinüber, das auf den Papieren mit den Zahlenkolonnen lag. Er hatte gewußt, wie er funktioniert, hatte gewußt, wie man mit ihm Zahlen zusammenzählen konnte. Er befreite seinen Arm mit einem Ruck aus ihren Händen. »Geht jetzt!«

»Nicholas, bitte, höre mich an«, flehte sie. »Du mußt mir sagen, ob Kit dir bereits das Versteck in der Wand in Bellwoods gezeigt hat oder nicht. Dann haben wir eine Vorstellung, wie lange es noch dauern wird, bis . . . bis er ertrinkt.« Bis Lettice den Befehl gibt, ihn umzubringen, dachte sie bei sich. »Es könnten noch Wochen oder sogar Monate vergehen, bis dieses verhängnisvolle Ereignis eintritt, aber wenn er dir das Geheimfach bereits gezeigt hat, können wir nur noch mit Tagen rechnen. Du mußt mir das ehrlich sagen, Nicholas, bitte – hat er oder hat er nicht?«

Er wehrte sich dagegen, daß diese Frau ihn am Gängelband führte. Er würde ihr nicht wie alle anderen im Haus nachlaufen und sie um ein Lied oder eine Geschichte bitten. Er wartete ja nur darauf, daß sie auch noch Geld dafür verlangte. Aber seine Mutter hatte einen solchen Narren an dieser Frau gefressen, daß sie diese Hexe auch noch mit Gold aufwiegen würde. Schon jetzt überhäufte Lady Margaret sie mit Kleidern und Fächern und öffnete die Schatztruhen der Staffords, um ihr kostbares Geschmeide zu leihen.

»Ich weiß von keinem Geheimfach«, log er. Es war erst wenige Tage her, daß Kit ihm dieses Wandversteck gezeigt hatte.

Dougless sank auf ihre Fersen zurück, so daß sich der grüne Satinrock glockig bauschte, und seufzte erleichtert. »Das ist gut«, flüsterte sie. »Sehr gut.« Es wäre für sie ein schrecklicher Gedanke gewesen, daß Kits Tod unmittelbar bevorstand. Aber sollte Kit sein ursprüngliches Schicksal nicht erleiden und am Leben bleiben, hatte vielleicht auch Lettice keine Chance mehr, Nicholas ihren ehrgeizigen Plänen zu opfern, und das Unrecht, das den Staffords angetan wurde, konnte so verhindert werden. Und wenn Kit nicht starb, würde sie wohl auch wieder ins zwanzigste Jahrhundert zurückgeschickt werden.

383

»Ihr habt eine Schwäche für meinen Bruder?« sagte Nicholas, auf Dougless hinunterblickend.

Sie lächelte. »Ich finde ihn sympathisch, aber er wird niemals . . .«, ihre Stimme verebbte, ». . . die Liebe meines Lebens sein« hätte sie beinahe gesagt. Sie blickte in Nicholas' blaue Augen, und da wurde in ihr wieder die Erinnerung an ihre Liebesnacht lebendig. Sie hatte sein Lachen im Ohr, und ihr fiel sein großes Interesse für ihre moderne Welt wieder ein. Unwillkürlich streckte sie die Hand nach ihm aus, und er nahm sie und führte ihre Fingerspitzen an seine Lippen.

»Colin«, flüsterte sie.

»Sir«, kam eine Stimme von der Tür her, »ich bitte um Entschuldigung . . .«

Nicholas ließ ihre Hand fallen, und der Bann war gebrochen. Dougless erhob sich von den Knien und strich ihre Röcke glatt. »Du wirst mir doch sagen, wenn Kit dir das Geheimfach zeigt, nicht wahr? Wir müssen über Kits Leben wachen.«

Nicholas blickte sie nicht an. Diese Frau redet nur von meinem Bruder, dachte er bei sich. Sie wollte ihm nicht aus dem Kopf gehen; aber sie fühlte sich zu seinem Bruder hingezogen.

»Geht«, murmelte er, »geht, und stimmt Eure Sirenengesänge woanders an. Mich werdet ihr nicht so leicht mit euren Liedern verzaubern. Und nehmt das da mit.« Er blickte den Taschenrechner an, als wäre er eine Erfindung des Teufels.

»Du kannst ihn gern behalten.«

»Was soll ich damit?« Er blickte sie mit harten Augen an. »Ich weiß doch nicht, wie dieses Kästchen funktioniert.«

Da nahm Dougless seufzend den Rechner wieder an sich und verließ das Zimmer. Auch dieser Versuch, mit Nicholas ins Gespräch zu kommen, war gescheitert. Allerdings mußte sie ihm zugute halten, daß er meinte, er müsse seine Familie vor ihr schützen. Und da fiel ihr ein, daß dem Mann, der aus

384

dem sechzehnten Jahrhundert zu ihr gekommen war, ebenfalls das Wohl und Wehe seiner Familie über alles ging. Obwohl ihn der Richtblock erwartete, wollte er in seine Zeit zurückkehren, um die Ehre seiner Familie zu retten.

Sie lächelte. Das war *ihr* Nicholas – der Mann, den sie schätzen- und liebengelernt hatte. Zunächst hatte es ja wirklich den Anschein gehabt, als sei er nur ein leichtsinniger Schürzenjäger, wie es in ihren Geschichtsbüchern stand. Und natürlich war sie schrecklich enttäuscht gewesen, daß er sie mit seinem Zorn verfolgt und feindselig behandelt hatte. Alle anderen Mitglieder der Familie hätten nicht netter zu ihr sein können – nur Nicholas bildete eine Ausnahme.

Aber wenn sie nun tatsächlich in böswilliger Absicht die Nähe seiner Familie suchte? Ein so blindes Vertrauen, wie es seine Mutter und sein älterer Bruder zu ihr hatten, war nicht gut. Nicholas zeigte als einziger von der Familie ein richtiges Verhalten. Er *mußte* ihr mißtrauen. Da er sich nicht daran erinnern konnte, sie schon einmal gesehen zu haben, hatte er auch keine Veranlassung, ihren Worten zu glauben. Und was dieses »Band« zwischen ihnen betraf – daß er sie manchmal nach ihm »rufen« hörte – meinte er, ganz den Anschauungen seiner Zeit verhaftet, sie für eine Hexe halten zu müssen.

Doch dann diese Erinnerung. Er, der ein Gedächtnis an seinen Besuch in der modernen Welt leugnete, hatte auf einmal den Taschenrechner richtig bedienen können. Sie fragte sich, ob sie nicht noch andere Erinnerungen in ihm wecken könne, und dachte an die Gegenstände in ihrer Reisetasche. Was konnte sie ihm noch zeigen, das geeignet war, sein Gedächtnis anzuregen?

Im Audienzsaal eilten die Damen aufgeregt hin und her. Offenbar war die Sendung des »Hoflieferanten« eingetroffen. Das war ein Mann, hatte man Dougless erzählt, der ganz England bereiste, Delikatessen für die Staffords be-

385

schaffte und sie einmal im Monat der Familie zustellte. Diesmal hatte er ein Fuhrwerk mit Pampelmusen, Schokolade, die aus Mexiko über Spanien nach England gekommen war, und Zucker aus Brasilien in die Burg geschickt.

Dougless beobachtete von der Tür aus, wie die Ladies sich entzückt über diese »Kostbarkeiten« äußerten. Und ein wenig beschämt dachte sie daran, daß es für einen Amerikaner des zwanzigsten Jahrhunderts eine Selbstverständlichkeit war, wenn er das ganze Jahr hindurch Früchte und Nahrungsmittel aus aller Welt im Supermarkt kaufen konnte.

Als sie das sorgsam in Tüchern eingeschlagene Schokoladenpulver sah, fiel ihr wieder das Picknick ein, das sie damals für Nicholas zubereitet hatte; gebratenes Hähnchen, Kartoffelsalat und Schokoladentörtchen.

Da kam ihr plötzlich eine Idee. Hatte sie nicht irgendwo gelesen, daß das Gedächtnis durch Geruch und Geschmack besonders stark angeregt wurde? Sie wußte aus eigener Erfahrung, daß gewisse Gerichte sie stets an ihre Großmutter Amanda erinnerten, denn die Küche ihrer Großmutter hatte sich durch eine erstaunliche Vielfalt ausgezeichnet. Und der Duft von Jasmin erinnerte sie stets an ihre Mutter. Wenn sie Nicholas die gleichen Gerichte vorsetzte wie damals beim Picknick im zwanzigsten Jahrhundert, würde er sich dann vielleicht eher an ihre gemeinsame Zeit erinnern?

Dougless ging zu Lady Margaret und bat sie um die Erlaubnis, das Abendessen zubereiten zu dürfen. Lady Margaret gefiel dieser Vorschlag, sie war jedoch entsetzt darüber, daß Dougless selbst das Kochen übernehmen wollte. Sie schlug vor, daß sie dem Meister der Vorratskammern sagen sollte, was sie benötigte, und dann dem Meister der Küchen (der für den Mund zuständigen), was er damit zu machen habe. Sie sollte sich nicht persönlich in die Küche begeben.

Doch Dougless bemühte sich nach Kräften, ihren Wunsch durchzusetzen, zumal Lady Margaret ihre Neugierde ge-

386

weckt hatte. Wie sah ein Küchenmeister aus, der für den Mund zuständig war?

Nach einem langen, verschwenderischen Dinner begab sich Dougless hinunter in die Küchenräume und war zutiefst beeindruckt von dem, was sie dort sah: Da gab es eine wahre Flucht von Küchenräumen, die mit mächtigen Herden, riesigen Tischen und einer Menge Personal ausgestattet war. Jede Person hatte eine bestimmte Aufgabe zu verrichten: Da waren zwei Schlachtermeister, zwei Bäckermeister, zwei Braumeister, ein Mälzer, etliche Hopfenmeister, Wäschemeisterinnen, Kinder als Hilfsarbeiter und sogar ein Mann, der sich als Rohrputzer bezeichnete, weil er die Löcher in den Wänden verputzen mußte, sobald ein Stück Gips herunterfiel. Und da waren noch Bedienstete, die jeden Penny aufzeichneten, der in der Küche ausgegeben wurde.

Ganze Schweine und Rinderhälften wurden auf Karren durch die Küche in die Schlachträume geschoben. Da waren Vorratsräume mit Fässern, die größer waren als ein Haus. Meterlange Würste, so dick wie ihr Arm, hingen von hohen Decken herunter. In zwei Küchen waren mit Strohmatratzen ausgekleidete Nischen über den Herdstellen in die Wand eingelassen, in denen ein Teil des Küchenpersonals schlief.

Der Meister der Küche führte sie durch die Räume, und als Dougless endlich wieder den Mund schließen konnte, nachdem sie die Größe und den Umfang seines Reichs und die unglaublichen Mengen von Nahrungsmitteln, die hier verarbeitet wurden, bestaunt hatte, begann sie ihm auseinanderzusetzen, was sie machen wollte.

Sie schluckte kurz, als sie die Lattenkisten mit Hühnern sah, die in diesem Moment angeliefert und in eine Ecke der Küche geschafft wurde, wo eine kräftige Frau anfing, dem gackerndem Federvieh den Hals umzudrehen. Große, mit Wasser gefüllte Kessel wurden auf den Herd gesetzt, damit man die toten Vögel dann brühen und leichter rupfen konnte (die weichsten Federn wurden als Füllung für die Kissen der Dienerschaft aufgehoben).

Sie war überrascht, daß es zwar Kartoffeln in einem Haushalt des sechzehnten Jahrhunderts gab, diese jedoch selten auf den Tisch kamen. Frauen wurden nun zum Schälen dieser Knollen aus der Neuen Welt bestimmt, andere wieder zum Kochen der Eier abkommandiert, die jedoch viel kleiner waren als jene im zwanzigsten Jahrhundert.

Um sich das Mehl zum Bestäuben der Hähnchen und zum Backen ihrer Törtchen zu beschaffen, wurde Dougless in den Siebraum geführt. Dort wurde das Mehl nacheinander durch Siebe geschüttelt, die immer engere Maschen aufwiesen, so daß das Mehl nach jedem Arbeitsgang feiner wurde. Nun begann Dougless zu begreifen, warum das hellste Weißbrot, »Manchet« genannt, so geschätzt und teuer war. Je niedriger der Status einer Person in einem Haushalt, um so gröber sein Brot. Mehl, das einmal gesiebt war, enthielt noch viele Kleie, Sand und andere Verunreinigungen. Nur die Familie und die zu ihrem Hofstaat gehörigen Personen erhielten Brot aus Mehl, das so oft gesiebt wurde, bis es rein war.

Dougless wußte, daß es hier genügend Hähnchen, Eier und Kartoffeln gab, um den ganzen Haushalt damit zu versorgen, aber die Törtchen mit der kostbaren und seltenen Schokolade mußten der Familie vorbehalten bleiben. Einer der leitenden Köche half ihr dabei zu entscheiden, wieviel Mehl sie zum Panieren der Hühner für die unteren Chargen, welche Menge vom ersten Siebgang und welche vom übernächsten Siebgang gebraucht wurden und so fort. Dougless nahm sich nicht die Mühe, ihm einen Vortrag über die Gleichheit der Menschen zu halten, zumal sie wußte, daß das feinste Mehl den geringsten Anteil an Mineralien und Vitaminen enthielt und daher die gröberen Mehlsorten einen viel größeren Nährwert hatten. Dougless konzentrierte sich nur auf die Zubereitung einer Mahlzeit, die für eine ganze Armee hätte reichen können.

Das war keine leichte Aufgabe im sechzehnten Jahrhundert. Da gab es keine Küchenmaschinen oder tafelfertige Gewürze und Zutaten. Weder Senf noch Mayonnaise für die Eier und Kartoffeln waren vorhanden. Der Pfeffer, der in verschlossenen Räumen aufbewahrt wurde, mußte erst, nachdem die Steine herausgeklaubt waren, in einem Mörser zerstampft werden, der so groß war wie eine Badewanne. Zwar waren die Nüsse für die Schokoladentörtchen nicht in Plastiksäcken verpackt, aber man mußte sie von ihrer Schale befreien.

Dougless überwachte diese Arbeiten und lernte beim Zusehen. Sie hielt erschrocken die Luft an, als man mit Tinte beschriebenes Papier zum Auskleiden der Backformen verwendete. Sie sah, wie man den mit Schokolade und Nüssen angerührten Teig auf ein Pergament goß, das die Unterschrift von Heinrich dem Siebten trug.

Als das Essen schon fast serviert werden konnte, überlegte Dougless, daß sie ein Picknick veranstalten wollte, und schickte ein paar Männer in den Obstgarten, damit sie dort Tücher und Kissen auf dem Boden auslegen sollten.

Und so wurde diesmal Abendessen nicht Punkt sechs, sondern mit einiger Verspätung serviert, aber die Mühe hatte sich gelohnt, wie Dougless an den zufriedenen Gesichtern der Picknickgäste sehen konnte. Sie aßen den Kartoffelsalat mit dem Löffel und die stark gepfefferten Spiegeleier mit den Fingern. Und alle waren voll des Lobes über das gewürzte Hühnerfleisch.

Dougless saß Nicholas gegenüber und schaute ihm so gespannt beim Essen zu, daß er kaum einen Bissen zu sich nahm. Soweit sie sehen konnte, wurde sein Erinnerungsvermögen von den Speisen nicht angeregt.

Nach dem Hauptgericht trugen die Diener mit feierlichen

389

Gesichtern auf Silbertabletts das Dessert auf – die mit Nüssen gefüllten Schokoladentörtchen. Und schon beim ersten Törtchen traten einigen der Tafelgäste Tränen der Dankbarkeit in die Augen.

Doch Dougless wartete gespannt darauf, wie Nicholas auf die Nachspeise reagieren würde. Er biß in ein Törtchen und kaute. Und dann hob er den Kopf und blickte zu Dougless hinüber, daß ihr das Herz bis zum Hals hinauf schlug. Er erinnert sich, dachte sie. Endlich zeigt das Essen die beabsichtigte Wirkung!

Und da legte Nicholas das Törtchen wieder auf seinen Teller. Und obwohl ihm offenbar nicht bewußt war, was er tat, zog er einen Ring von der linken Hand und reichte ihn ihr.

Dougless streckte eine zitternde Hand aus, um den Ring entgegenzunehmen. Es war ein Ring mit einem großen Smaragd – derselbe Ring, den er ihr schon einmal geschenkt hatte, als sie ihm im Hause von Arabellas Vater eine Picknick-Mahlzeit zubereitete. Sie konnte seinem Gesicht ansehen, wie verwundert er über seine Handlungsweise war.

»Du hast mir diesen Ring schon einmal gegeben«, sagte sie leise zu ihm. »Damals, als ich eigens für dich diese Törtchen gebacken habe, hast du mir diesen Ring verehrt.«

Doch Nicholas starrte sie nur entgeistert an. Und ehe er sie um eine Erklärung bitten konnte, wurde der Bann durch ein lautes Gelächter von Kit gebrochen.

»Ich kann dich gut verstehen«, meinte Kit lachend. »Diese Kuchen sind Gold wert.« Er zog einen einfachen Goldreif vom Finger und reichte ihn Dougless. »Nehmt das als Zeichen der Dankbarkeit von mir an.«

Lächelnd, aber zugleich enttäuscht, weil Kit seinen Bruder dabei gestört hatte, sich auf »vergangene« Ereignisse zu besinnen, nahm Dougless den Goldreif entgegen. Im Vergleich zu Nicholas' Ring hatte Kits Geschenk einen sehr bescheidenen Wert, aber selbst wenn es umgekehrt gewesen wäre, hätte sie Nicholas' Gabe bei weitem höher eingeschätzt. Und nachdem sie sich höflich bei Kit für die erwiesene Gnade bedankt hatte, blickte sie Nicholas wieder gespannt an, doch der hörte nun einem Gespräch zu, das in seiner Nähe geführt wurde, und der Moment, wo er angefangen hatte, sich zu erinnern, war unwiederbringlich vorbei.

»Du bist auffallend schweigsam, Bruder«, meinte Kit lächelnd zu Nicholas. »Du solltest dich lieber in geselliger Runde zerstreuen. Dougless will uns ein neues Kartenspiel beibringen, das Poker genannt wird.«

Nicholas blickte von seinem Bruder fort. Heute abend war etwas geschehen, das er nicht verstand. Er hatte in ein Gebäck gebissen, das diese Frau zubereitet hatte, und auf einmal gewußt, daß sie nicht seine Feindin war.

Er hatte ihr einen Ring geschenkt. Er hatte sich deswegen Vorwürfe gemacht und es trotzdem getan. Er meinte doch, der einzige in der Familie zu sein, der noch klar denken konnte. Er hielt diese Frau nicht wie die anderen für einen Segen, eine von Gott gesandte Person: Ihre guten Taten konnten doch nur Blendwerk sein, mit denen sie ihre bösen Absichten verschleiern wollte. Wenn das zutraf, war er der einzige im Haus, der sie durchschaut hatte.

Aber an diesem Abend, als er in dieses köstliche Backwerk biß, hatte er plötzlich Visionen von dieser Frau, wie sie mit nackten Beinen und aufgelösten Haaren auf einem Metallgestell mit zwei Rädern saß. Und wie sie nackt unter einer Wasserfontäne stand. Und wie sie einen Smaragdring an ihre Brust drückte und ihn mit liebevollen Augen ansah. Und da hatte er, ohne zu bedenken, was er tat, den Ring vom Finger gezogen und ihn ihr gegeben. Es war so, als wäre er ihr und nicht sein Eigentum.

»Nicholas?« fragte Kit. »Ist dir etwa nicht gut?«

»Doch«, erwiderte Nicholas geistesabwesend, »warum fragst du?«

»Wirst du zu unserem Vergnügen kommen?«

»Nein«, murmelte Nicholas. Er wollte sich nicht in der Nähe dieser Frau aufhalten – wollte nicht, daß sie Bilder in ihm wachrief von Vorgängen, die seines Wissens nach nie stattgefunden hatten. Wenn er sich eine Zeitlang mit ihr beschäftigte, mochte ihr Einfluß auf ihn so zunehmen, daß er am Ende auch noch ihre absurden Geschichten von der Vergangenheit und Zukunft glaubte.

»Nein, ich werde nicht daran teilnehmen«, sagte er noch einmal.

»Ich bin mit meiner Abrechnung noch nicht fertig.«

»Du willst noch arbeiten?« erwiderte Kit im neckenden Ton. »Übrigens fiel mir auf, daß du dich ganz ungewöhnlich keusch verhältst, seit Lady Dougless in unser Haus kam.«

»Sie ist keine . . .« – »Lady«, hatte Nicholas sagen wollen, als ihn wieder eine Vision von Dougless überwältigte, wie ihr das lange Haar weich und locker über die Schultern rollte.

Kit lachte. »So steht es also mit dir, wie?« Er nickte und blinzelte seinem Bruder zu. »Ich kann dich verstehen. Die Frau ist schön. Willst du sie nach deiner Heirat zu deiner Mätresse machen?«

»Nein!« antwortete Nicholas im energischen Ton. »Sie bedeutet mir nichts. Nimm du sie dir. Ich möchte sie nie mehr sehen. Ich wünschte, sie wäre niemals in mein Leben getreten.«

Kit sah ihn mitleidig an. »Dich hat es aber schlimm erwischt«, meinte er grinsend. »Wie ein Blitz aus heiterem Himmel, wie?«

Nicholas schoß aus seinem Stuhl, um auf seinen Bruder loszugehen und ihm dieses spöttische Grinsen aus dem Gesicht zu wischen. Aber Kit wich ihm lachend aus, lief aus dem Zimmer und warf die Tür hinter sich zu.

Nicholas starrte die Tür an, ging dann an seinen Arbeitstisch zurück und versuchte sich auf seine Zahlenkolonnen zu konzentrieren. Aber er hatte ständig das Bild dieser rothaarigen Frau vor Augen. Sie lachte jetzt, schien sich über das, was sie tat, zu amüsieren. Er wußte genau, daß er es sofort merken würde, wenn sie unglücklich war.

Er stand wieder vom Tisch auf und trat ans Fenster. Er öffnete es und blickte in den Garten hinaus. Unwillkürlich trat wieder ein Bild vor sein inneres Auge – ein anderer Garten, Nacht, strömender Regen, und plötzlich der Ruf dieser Frau, der zu ihm drang. Er sah Lichter, seltsame blau-rote Lichter auf langen Stangen. Und er sah sich selbst im Regen, glattrasiert und in eigenartigen Kleidern.

Nicholas prallte vom Fenster zurück und warf es zu. Er rieb sich die Augen, um sich von diesen Visionen zu befreien. Er durfte nicht dem Zauber dieser Frau erliegen. Sie sollte keine Macht über seinen Geist gewinnen.

Er verließ sein Büro und ging in sein Schlafgemach, goß sich einen großen Becher spanischen Weißwein ein und leerte ihn auf einen Zug. Er goß einen zweiten und dritten Becher hinterher, bis er die Wärme des Weins in seinen Adern spürte. Er würde ihr Bild im Wein ertränken. Er würde so lange trinken, bis er sie nicht mehr hören, sehen oder riechen konnte.

Bis er sie vergessen konnte.

Eine Weile lang tat der Wein die gewünschte Wirkung, und die Bilder in seinem Kopf verblaßten. Zufrieden streckte er sich auf seinem Bett aus und war in der nächsten Sekunde schon eingeschlafen.

Doch nun suchte ihn ihr Bild im Traum heim.

»Du mußt mir sagen, ob Kit dir bereits das Geheimfach gezeigt hat«, hörte er die Stimme dieser Frau. »Sage mir, ob du dich in den Arm geschnitten hast.« – »Kit ist tot, und du hast Schuld daran.« – »Und wenn du dich täuschst?« Die

393

Stimme der Frau wurde schriller. »Wenn du dich in mir täuschst und Kit stirbt, nur weil du nicht auf mich hören willst?«

Nicholas erwachte schweißgebadet und lag den Rest der Nacht mit offenen Augen da, weil er Angst hatte zu träumen, wenn er wieder einschlief. Etwas mußte gegen diese Frau unternommen werden, wenn sie ihn nicht einmal ruhig schlafen ließ. Etwas mußte geschehen.

16

Um vier Uhr morgens schlich sich Dougless wieder aus dem Haus, um im Springbrunnen zu duschen. Gestern hatten sich ein paar Frauen über den Seifenschaum im Brunnenbecken gewundert, und Lady Margaret hatte Dougless verständnisinnig angesehn. Dougless war rot geworden und hatte zur Seite geblickt. Offenbar geschah nichts im Haus Stafford, worüber Lady Margaret nicht Bescheid wußte.

Nun mußte Dougless lächeln, als sie an diese Szene zurückdachte. Wenn es Lady Margaret nicht recht gewesen wäre, daß sie sich im Brunnen wusch, hätte sie ihr das zweifellos gesagt.

Obwohl es noch sehr dunkel war, konnte Dougless doch Lucy beim Brunnen warten sehen. Armes, einsames Kind, dachte sie bei sich. Sie hatte inzwischen von Lucy erfahren, daß das Kind bereits im Alter von drei Jahren mit Ihrer Gouvernante in das Haus der Staffords gebracht worden war. Man glaubte, sie würde Kit eine bessere Frau sein, wenn sie in der Familie ihres zukünftigen Mannes aufwuchs und die englische Lebensart annahm.

Doch von dem Augenblick an, als sie in dieses Haus gekommen war, hatte Lady Hallet jedem den Zutritt zu dem Kind verweigert, das von der Reise über den Kanal und der beschwerlichen Fahrt über schlechte Landstraßen sehr krank geworden war. Als Lucy wieder gesund wurde, schien sich keiner mehr daran zu erinnern, daß sie in diesem Haus wohnte.

Dougless war bereits am ersten Tag aufgefallen, daß die Erwachsenen im sechzehnten Jahrhundert ihre Kinder keineswegs vergötterten, wie das die Amerikaner im zwanzigsten Jahrhundert zu tun pflegten. Sie hörte voller Erstaunen, daß die meisten von Lady Margarets Kammerfrauen verheiratet waren und zwei von ihnen sogar kleine Kinder hatten, die hundert Meilen vom Haus der Staffords entfernt wohnten. Die Frauen schienen keineswegs unter Gewissensbissen zu leiden, daß sie ihre Kinder nicht sahen und diese nicht die nötige elterliche Zuwendung bekamen. Dougless hatte einmal beim Sticken – eine Fertigkeit, die diese Damen meisterhaft beherrschten, während Dougless sich sehr ungeschickt anstellte – bemerkt, daß in ihrem Land die Frauen den ganzen Tag mit ihren Kindern verbrachten, sie unterhielten, sie unterrichteten und sich bemühten, immer auf ihre Wünsche einzugehen. Die Frauen waren entsetzt gewesen, als sie das hörten. Sie meinten, daß Kinder keine Beachtung verdienten, solange sie nicht im heiratsfähigen Alter waren. Schließlich war die Sterblichkeitsrate unter Kindern groß, und ihre Seelen wurden erst mit der körperlichen Reife geformt.

Dougless hatte sich wieder stumm über ihren Stickrahmen gebeugt. Bisher hatte sie geglaubt, daß Eltern schon seit jeher ihre Kinder vergöttert hätten. Und daß eine Mutter in der Steinzeit sich genauso Sorgen gemacht hatte, ob sie ihr Kind nicht in irgendeiner Beziehung vernachlässigte, wie das eine Mutter im zwanzigsten Jahrhundert tat. Nun mußte sie erfahren, daß die Unterschiede zwischen dem sechzehnten und dem zwanzigsten Jahrhundert sich nicht nur auf Kleider und Politik zu beschränken schienen.

Und als sie jetzt Lucy neben dem Brunnen stehen sah, konnte sie die Einsamkeit des Mädchens förmlich spüren.

Lacy war eine Fremde in dem Haus, in dem sie seit ihrem dritten Lebensjahr wohnte.

»Hallo«, sagte Dougless.

Lucy lächelte breit und wurde dann sofort wieder steif. »Guten Morgen«, sagte sie förmlich. »Habt Ihr vor, das gleiche wie gestern zu tun?« fragte sie dann, als Dougless ihre Robe ablegte.

»Ich werde es jeden Tag tun.« Dougless stieg in das Brunnenbecken und gab mit einem Pfiff dem Jungen das Signal, das Wasser aufzudrehen. Sie erschauerte, als das eiskalte Wasser ihr über den Körper lief; aber sie nahm diese Widrigkeit gern in Kauf für einen sauberen Körper.

Lucy drehte Dougless den Rücken zu, solange diese sich im Becken badete und die Haare wusch. Aber sie ging nicht fort, und das war für Dougless ein Zeichen, daß Lucy etwas von ihr wollte. Vielleicht wollte sie nur eine Freundin haben.

Nachdem Dougless sich abgetrocknet und ihre Robe angezogen hatte, wandte sie sich an Lucy: »Wir werden heute morgen Charaden spielen. Vielleicht willst du daran teilnehmen?«

»Wird Lord Christopher ebenfalls dasein?« fragte Lucy rasch.

»Ah«, erwiderte Dougless, die diese Frage sehr aufschlußreich fand. »Ich glaube nicht.«

Lucy ließ sich auf eine Bank sinken wie ein Strandball, aus dem man die Luft entweichen läßt. »Nein, ich werde nicht kommen.«

Dougless rieb sich die Haare mit einem Tuch trocken und blickte Lucy nachdenklich an. Wie konnte ein pummeliges, nicht besonders hübsches pubertäres Mädchen die Aufmerksamkeit eines so prächtigen Mannsbildes wie Kit erregen?

»Er redet nur von Euch«, sagte Lucy mürrisch.

Dougless setzte sich neben sie auf die Bank. »Kit redete von *mir*? Wann siehst du ihn denn?«

»Er besucht mich fast jeden Tag.«

Das traute sie Kit zu, dachte Dougless bei sich. Er schien ein außerordentlich rücksichtsvoller und gutmütiger Charakter zu sein. »Kit redet von mir, aber worüber redest du mit Kit?«

Lucy knetete unsicher die Hände im Schoß. »Ich sage gar nichts.«

»Nichts? Du sagst kein Wort zu ihm? Er kommt dich jeden Tag besuchen, und du sitzt da wie ein Stück Holz?«

»Lady Hallet meint, es wäre unziemlich, wenn ich . . .«

»Lady Hallet! Dieser Drachen meint so etwas? Die Frau ist so häßlich, daß ein Spiegel schon zerbricht, wenn er ihren Hinterkopf sieht.«

Lucy kicherte. »Ein Habicht ist mal zu ihr geflogen statt zu seinem Falkner. Ich glaube, er hat sie mit seinem Weibchen verwechselt.«

Dougless lachte. »Wenn ich mir ihre Nase betrachte, kann ich den Habicht gut verstehen.«

Lucy lachte hellauf und hielt sich dann rasch den Mund zu. »Ich wünschte, ich wäre so wie Ihr«, sagte sie dann sehnsüchtig. »Wenn ich nur meinen Kit zum Lachen bringen könnte . . .«

Mehr brauchte sie nicht zu sagen. Dougless wußte nun, was sie für Kit empfand. Mein Kit – so wie sie von *ihrem* Nicholas sprach.

»Vielleicht finden wir etwas, das Kit zum Lachen bringt. Ich hatte daran gedacht, mit Honoria eine Posse aufzuführen, aber vielleicht können wir beide das übernehmen.«

»Eine Posse? Ich glaube nicht, daß Lady Hallet mir das erlauben . . .«

»Lucy!« Dougless nahm die unruhigen Hände des Mädchens in die ihren. »Eines hat sich wohl seit dem Beginn der Menschheitsgeschichte nicht geändert: Wenn du einen Mann haben willst, mußt du um ihn kämpfen. Und du möchtest, daß Kit dich beachtet, und was du dazu brauchst, ist ein bißchen Selbstvertrauen. Und du mußt dir auch angewöhnen, deinem Urteil zu vertrauen und dich nicht danach zu richten, was andere über dich denken. Vielleicht können wir etwas von dem, was du dir wünschst, erreichen, indem wir eine Posse aufführen. Kit wird merken, daß du kein kleines Mädchen mehr bist – Lady Hallet kann es auch nicht schaden, wenn sie das begreift –, und wir beide werden uns dabei prächtig amüsieren. Wie wäre das?«

»Ich . . . ich weiß nicht. Ich . . .«

»Was hat ein Herzog zum anderen gesagt?«

Lucy blickte sie verständnislos an.

»Das war keine Lady – das war meine Frau.«

Lucy öffnete schockiert den Mund und kicherte dann.

»Wo sitzt ein dreihundert Pfund schwerer Kanarienvogel?« Dougless wartete kurz, ehe sie fortfuhr: »Wo er gerade sitzen möchte.«

Lucy lachte noch heftiger.

»Du hast bestanden«, sagte Dougless. »Du wirst eine großartige Schauspielerin abgeben. Und nun wollen wir gleich mit den Vorbereitungen beginnen. Wann können wir zusammen proben? Keine Ausflüchte. Vergiß nicht, daß du die Erbtochter bist und Lady Hallet für reich arbeitet.«

Als Dougless aus dem Garten ins Gebäude zurückkehrte, war es bereits heller Tag. Sie wußte, daß wohl die meisten inzwischen wußten, was sie morgens im Garten trieb, denn in diesem Haushalt gab es keine Geheimnisse. Doch jeder vermied es aus Höflichkeit, sie direkt danach zu fragen.

An diesem Morgen verlangte Lady Margaret keine neuen Spiele zu sehen, weil sie zu sehr mit anderen Aufgaben beschäftigt war. Und so wanderte Dougless in den Gärten umher und ertappte sich alsbald dabei, wie sie mit einem Stock für drei Kinder, die in der Küche arbeiteten, das Abc in den Sand malte. Und ehe sich Dougless versah, war es bereits wieder Zeit zum Mittagessen.

Weder Nicholas noch Kit erschienen zum Dinner. Dougless nahm sich vor, gleich nach dem Essen Nicholas aufzusuchen, um mit ihm zu reden. Wenigstens wußte sie, daß Kit ihm noch nicht das Geheimfach in Bellwood gezeigt hatte und Kits »Unfall« also nicht unmittelbar bevorstand.

Lächelnd stand sie von der Tafel auf und gestattete Honoria, ihr zu zeigen, wie man aus einem Stück Leinen Spitzen anfertigte. Honoria machte eine wunderschöne Manschette mit ihrem Namenszug, der von seltsamen Vögeln und Tieren umgeben war.

Als Dougless sich über den Stickrahmen beugte, war sie von einem inneren Frieden erfüllt. Sie würde Lucy helfen können, und gestern hatte sich Nicholas zum erstenmal an das zwanzigste Jahrhundert erinnert. Sie blickte auf den großen Smaragd, der an ihrem Daumen steckte. Nachdem sie sein Erinnerungsvermögen angeregt hatte, würde ihm sicherlich mit der Zeit wieder alles einfallen, was er in der modernen Welt erlebt hatte.

Nicholas' Kopf schmerzte, und er stand nicht besonders sicher auf den Beinen. Er hatte keine Visionen mehr gehabt, nachdem er sich mit Erfolg dagegen gewehrt hatte, wieder einzuschlafen. Aber nun wollten ihm die Traumbilder nicht mehr aus dem Kopf gehen. »Und wenn du dich täuschst?« hörte er immer wieder die Stimme dieser Frau. In welcher Beziehung sollte er sich denn täuschen? Daß sie eine Hexe war? Diese Visionen waren doch der beste Beweis dafür.

Er machte mit dem Schwert einen Ausfall gegen den Mann, der mit ihm übte. Er sah nicht die betroffene Miene des Ritters. Er war in der Regel nicht aggressiv bei den Schwertkampfübungen, aber heute, wo ihm der Schädel brummte und er sich vor Zorn über diese Frau nicht zu lassen wußte, war er mehr als angriffslustig. Immer wieder stieß er mit dem Schwertarm zu, und der Ritter wich jedesmal mit einem Schritt zur Seite seinen Attacken aus.

»Sir?« meinte der Mann verwundert.

»Wollt Ihr mir nun einen guten Kampf liefern oder nicht?« forderte Nicholas den Ritter heraus und attackierte ihn erneut. Wenn er sich todmüde kämpfte, würde er vielleicht auch die Stimme der Frau nicht mehr hören können.

Nicholas kämpfte drei Männer matt, ehe ein vierter, frischer Mann ihn besiegte. Nicholas drehte nach rechts ab, statt nach links, wie er es hätte tun müssen, um den Schlag des Ritters zu parieren, und die Klinge seines Gegners schnitt seinen linken Unterarm fast bis zum Knochen auf. Nicholas stand da und starrte seinen blutenden Arm an, und plötzlich war da wieder eine Vision. Aber das Bild erschien nicht einfach, er befand sich mitten *in* einem Traum.

Er ging neben einer rothaarigen Frau durch ein seltsames Dorf an einem seltsamen Ort, und sie blieben vor einem Haus mit Glasfenstern stehen, aber mir Glasfenstern, wie er sie noch nie gesehen hatte oder sich selbst in seinen kühnsten Träumen nicht hätte vorstellen können: Das Glas war so klar, als wäre es gar nicht da. Eine Maschine – eine große, seltsame Maschine auf Rädern – zog an ihnen vorbei; aber sie schien ihn nicht zu interessieren. Er war gerade dabei, dieser Frau zu erzählen, wo er sich die Narbe an seinem linken Arm geholt hatte. Und er erklärte ihr, daß an dem Tag, wo er sich den Arm beim Schwertkampf verletzte, Kit in einem See ertrunken war.

Er kam so abrupt aus seinem Traum heraus, wie er in ihn hineingeraten war, und als er in die Gegenwart zurückkehrte, lag er auf dem Boden, während seine Männer besorgt um ihn herumstanden und einer von ihnen sich bemühte, die Blutung an seinem Arm zum Stillstand zu bringen.

Nicholas hatte keine Zeit, sich nun seinen Schmerzen zu überlassen. »Sattelt zwei Pferde«, sagte er leise, »eines mit einem Frauensattel.«

»Reiten?« fragte einer seiner Männer verwundert. »Ihr gedenkt, mit einer Frau auszureiten? Euer Arm . . .«

Nicholas blickte ihn mit kalten Augen an. »Für diese Montgomery-Frau. Sie . . .«

»Sie kann gerade so gut reiten, daß sie nicht vom Pferd fällt«, sagte einer der Ritter im verächtlichen Ton.

Nicholas erhob sich vom Boden. »Bindet meinen Arm ab, damit die Blutung aufhört, und dann sattelt zwei Pferde. Mit Männersätteln. Sputet euch«, sagte er. »Verliert keine Zeit damit.« Seine Stimme war schwach, aber er sprach in einem Ton, der keinen Widerspruch duldete.

»Soll ich die Frau holen?« fragte ein anderer Ritter.

Nicholas, der den verletzten Arm von sich streckte, damit ein Ritter ihn stramm mit einem Tuch umwickeln konnte, blickte zu den Fenstern des Hauses hinauf. »Sie wird kommen«, sagte er mit zuversichtlicher Stimme.

Dougless saß über ihre Stickerei gebeugt und hörte einer der Damen zu, die eine pikante Geschichte von einer Frau erzählte, die mit dem Gatten ihrer Nachbarin schlafen wollte. Sie war mit ihren Gedanken ganz bei dieser Geschichte, als sie plötzlich einen sengenden Schmerz in ihrem linken Unterarm spürte.

Sie stieß einen Schrei aus, kippte auf dem Schemel nach hinten und fiel auf den Boden. »Mein Arm!« wimmerte sie. »Jemand hat meinen Arm verletzt.« Sie drückte ihn gegen ihren Leib, während ihr vor Schmerzen die Tränen in die Augen schossen.

Honoria sprang auf die Beine und rannte zu Dougless. Sie kniete sich neben ihr auf den Boden. »Reibt ihre Hände, damit sie nicht in Ohnmacht fällt«, befahl Honoria den ande-

402

ren Damen, während sie eilends Dougless' linken Ärmel an der Schulter losband und herunterzog. Honoria biß sich auf die Lippen, als sie Dougless' Arm von deren Brust lösen mußte, damit sie den Ärmel entfernen konnte. Dann streifte sie den Stoff des leinernen Untergewandes in die Höhe, um sich Dougless' Arm anzusehen.

Aber da war keine Wunde zu entdecken. Nicht einmal die Haut hatte sich verfärbt.

»Ich kann nichts finden«, sagte Honoria, die es plötzlich mit der Angst bekam. Sie hatte Dougless sehr liebgewonnen, aber diese Frau war zuweilen wunderlich. Sir Nicholas beschuldigte sie sogar, eine Hexe zu sein. War dieser Schmerz etwa eine Manifestation ihrer Zaubermacht?

Aber Dougless tat der Arm höllisch weh. Und als sie ihn nun selbst betrachtete, mußte sie in der Tat einsehen, daß ihm nichts fehlte. »Ich habe das Gefühl, als wäre er aufgeschnitten«, flüsterte sie. »Als habe ihn jemand mit dem Messer aufgeschlitzt.«

Sie benützte ihre rechte Hand dazu, ihren linken Unterarm zu reiben. Doch der Schmerz wollte nicht nachlassen. »Ich spüre den Schnitt«, flüsterte sie, um nicht laut zu wimmern. Die Frauen blickten sie jetzt mit seltsamen Augen an, als wäre sie nicht ganz bei Trost.

Plötzlich konnte Dougless Nicholas' Stimme in ihrem Kopf hören. Sie lagen zusammen im Bett, und sie hatte die Narbe an seinem linken Arm mit dem Finger berührt – die Narben der Schwertwunde, die er an dem Tag empfing, als Kit ertrank.

Dougless war sofort wieder auf den Beinen. »Wo üben sich die Männer im Schwertkampf?« fragte sie schrill. Und dabei betete sie zu Gott, daß sie nicht zu spät kommen möge.

Die anderen Frauen waren nun überzeugt, daß Dougless den Verstand verloren haben müsse, aber Honoria gab ihr Auskunft. Nichts, was Dougless tat, überraschte sie mehr.

»Sie üben hinter dem Haus. Man muß durch den Irrgarten zum Nordosttor gehen, um dorthin zu gelangen.«

Dougless nickte, hob ihre Röcke an und eilte aus dem Zimmer. Sie dankte Gott für den Reifrock, der die Überröcke von ihren Beinen weghielt. In der Halle lief sie in einen Mann hinein, der zu Boden stürzte. Sie sprang einfach über ihn hinweg. In der Küche wollte eine Frau etwas vom obersten Regalbrett holen. Dougless duckte sich und lief unter ihren Armen hindurch. Eine Wagenladung voll Fässer hatte sich gelöst, und Dougless hüpfte über fünf tollende Fässer hinweg wie eine seltsam bekleidete olympische Hürdenläuferin. Sie rannte vor dem Irrgarten an Lady Margaret vorbei, ohne ein Wort zu ihr zu sagen. Als das Tor an der hinteren Mauer des Irrgartens klemmte, hob sie das Bein und trat einfach die Tür ein.

Als sie das Tor passiert hatte, rannte sie so schnell, wie ihre Beine sie tragen wollten, weiter.

Nicholas, dessen linker Arm in ein blutdurchtränktes Tuch eingewickelt war, saß auf einem Pferd und blickte auf sie hinunter.

»Kit!« schrie Dougless, immer noch laufend. »Wir müssen Kit retten!«

Dougless sagte nichts mehr, weil sie im gleichen Moment ein Ritter mit beiden Armen auffing und auf ein Pferd hob. Gott sei Dank – es trug einen Männersattel. Sie fuhr mit den Füßen in die Steigbügel, packte die Zügel und blickte Nicholas an.

»Wir reiten!« brüllte er nur und gab seinem Pferd die Sporen.

Der Wind stach ihr in die Augen, und ihr linker Arm schmerzte immer noch; aber sie mußte sich darauf konzentrieren, Nicholas nicht aus den Augen zu verlieren. Ihnen folgten drei Ritter, die sich und ihre Pferde anstrengen mußten, damit sie von den beiden nicht abgehängt wurden.

Sie galoppierten über gepflügte Felder, durch Gärten voller

Kohlköpfe, über schmutzige, kahle Hinterhöfe, und zum erstenmal verschwendete Dougless keinen Gedanken an die Gleichheit der Menschen, als ihr Pferd erntereife Feld- und Gartenfrüchte zertrampelte und einmal sogar eine ganze Hütte niederriß. Sie sprengten in einen Wald hinein, wo die Äste ihr ins Gesicht schlugen. Dougless beugte sich tief über den Hals ihres Pferdes und ließ das Tier laufen, so schnell es konnte. Nicholas verließ den Pfad und ritt quer durch das Unterholz. Der Waldboden war frei von Reisig und abgebrochenen Zweigen, weil das alles als Feuerholz gebraucht wurde. So behinderte nichts ihren Weg außer den Ästen, die tief über ihren Köpfen hingen.

Sie dachte nicht einen Moment daran, Nicholas zu fragen, woher er wußte, wo er Kit finden würde. Sie war sich sicher, daß er den Ort genau kannte – so genau, wie er vorhin gewußt hatte, daß sie zu ihm kommen würde, als er sich den Arm verletzte.

Sie brachen aus dem Wald heraus und gelangten auf eine Lichtung, auf der sich ein klarer, von einer Quelle gespeister kleiner See ausbreitete. Nicholas war schon aus dem Sattel, ehe sein Pferd zum Stehen kam, und Dougless folgte seinem Beispiel und zerriß sich den Rock, als dieser am Sattel hängenblieb.

Sie rannte zum See, und ihr wollte das Herz stillstehen, als sie dort Kit mit dem Gesicht nach unten im Wasser treiben sah. Drei Männer zogen nun seinen nackten, regungslosen Körper aus dem See. Sein langes dunkles Haar hing ihm über das Gesicht. Sein Hals war schlaff, und sein Kopf pendelte hin und her.

Nicholas stand da und starrte seinen Bruder an. »Nein«, sagte er dann. »NEIN!«

Dougless schob sich an Nicholas vorbei und rannte zu den Männern, die Kit zwischen sich trugen. »Legt ihn hierher. Auf den Bauch«, befahl sie.

Kits Männer zögerten . . . ihrem Verlangen nachzukommen.

»Gehorcht ihr!« brüllte Nicholas.

Dougless machte sich sofort an die Arbeit, verwendete die moderne Lebensrettungstechnik, um das Wasser aus seinen Lungen zu entfernen. Sie kniete mit gegrätschten Schenkeln über ihm, drückte mit beiden Händen fest gegen seinen Brustkorb und hob dann seine Arme an, um Luft in seine Lungen zu pumpen. Einmal, zweimal, dreimal. Keine Reaktion.

»Betet«, rief sie dem Mann, der am dichtesten bei ihr stand, zu. »Ich brauche jede Hilfe, die man mir geben kann. Betet, daß ein Wunder geschehen möge.«

Die Männer sanken auf die Knie, falteten die Hände und neigten die Köpfe.

Nicholas kniete vor Kits leblosem Körper nieder, legte die Hände auf Kits nassen Scheitel und neigte dann den Kopf, die Augen fest geschlossen.

Dougless arbeitete ununterbrochen: Ein, aus; ein, aus.« Kit, bitte«, flüsterte sie. »Bitte, verlaß uns nicht.«

Als sie schon nahe daran war, jede Hoffnung aufzugeben, hustete Kit.

Nicholas' Kopf ruckte in die Höhe, während er Dougless ansah. Sie fuhr fort, Kits Rücken zu bearbeiten und seine zusammengelegten Arme zu heben.

Kit hustete zum zweitenmal, zum drittenmal, und dann erbrach er Wasser, und seine Lungen waren frei.

Dougless rollte von ihm weg, barg ihr Gesicht in den Händen und brach in Tränen aus.

Nicholas hielt die Schultern seines Bruders, während der ununterbrochen Wasser ausspuckte. Ein Ritter wickelte seinen Umhang um Kits nackten Unterkörper, während die anderen Männer Dougless anstarrten. Ihre Haare hingen ihr lose und wirr über die Schulten, ihr Kleid war zerrissen, sie hatte einen Schuh verloren, ein Ärmel fehlte und der andere war mit Nicholas Blut beschmiert.

Kit hörte endlich auf, sich zu erbrechen, und lehnte sich erschöpft gegen den Rücken seines Bruders. Er blickte auf den verletzten Arm von Nicholas, der ihn vorn stützte, und auf das Blut, das ihm auf die nackte Brust tropfte. Er blickte zu den Männern hin, die nun alle auf die leise in ihre Hände weinende Montgomery-Frau hinunterstarrten.

»Das ist mir eine feine Art, einen Mann zu begrüßen, der soeben von den Toten auferstanden ist«, brachte schließlich Kit mit krächzender Stimme heraus. »Mein Bruder blutet sich auf meiner Brust aus, und eine hübsche Frau vergießt Tränen. Freut sich denn keiner, daß ich noch lebe?«

Wenn es möglich gewesen wäre, hätte Nicholas seinen Bruder jetzt noch inniger an sich gedrückt. Dougless blickte hoch, wischte sich die Tränen mit dem Handrücken und schniefte. Ein Ritter gab ihr sein Taschentuch. »Danke«, murmelte sie und schneuzte sich laut.

»Diese Maid hat Euch gerettet«, sagte einer der Ritter mit ehrfürchtiger Stimme. »Es ist ein Wunder.«

»Hexenzauber«, murmelte ein zweiter.

Nicholas blickte den Mann scharf an. »Wenn du sie noch einmal eine Hexe nennst, wirst du nicht lange genug leben, um dieses Wort ganz aussprechen zu können.«

Die Männer wußten, daß das keine leere Drohung war.

Dougless blickte Nicholas an. Sie spürte, daß er seinen Haß überwunden hatte. Vielleicht würde er in Zukunft auf sie hören, wenn sie ihn vor Gefahren für seine Familie warnte. Sie schneuzte sich zum zweitenmal und wollte sich vom Boden erheben, und als sie stolperte, eilte ein Ritter zu ihr, um ihr beim Aufstehen zu helfen. Die Männer blickten sie alle an, als wüßten sie nicht, ob sie sie für eine Heilige oder eine Dämonin halten sollten.

»Gütiger Himmel«, rief sie, »hört auf, mich so entgeistert

anzustarren. Ich habe kein Wunder vollbracht, sondern nur ein in meinem Land übliches Verfahren angewendet. Bei uns gibt es viel Wasser, und deshalb kommt es auch häufig vor, daß Menschen ertrinken.«

Erleichtert stellte sie fest, daß die Männer ihr glaubten – vermutlich, weil sie ihr glauben wollten.

»Steht jetzt nicht länger herum und haltet Maulaffen feil! Der arme Kit wird noch erfrieren, wenn er nicht bald etwas zum Anziehen bekommt. Und dein Arm sieht schrecklich aus, Nicholas. Ihr beiden dort helft Kit, und die anderen sehen zu, ob sie nicht ein paar saubere Tücher für einen frischen Verband auftreiben können. Und du schaust nach den Pferden, ob sie diesen Gewaltritt überlebt haben. Marsch, bewegt euch!«

Einen Vorteil haben die Frauen seit jeher gehabt: In jedem Mann steckt ein kleiner Junge, der sich immer an die Zeit erinnern wird, wo Frauen die Allmacht über ihn besaßen. Und so rannten sich nun die Ritter gegenseitig fast um, als sie sich beeilten, Dougless' Befehle auszuführen.

»Da hast du dir was Feines angelacht, Bruder«, meinte Kit vergnügt. »Die hat Haare auf den Zähnen.« Nicholas hielt seinen Bruder noch immer umklammert, als fürchtete er, Kit würde sterben, wenn er ihn losließe. »Vielleicht könntest du mal meine Kleider für mich holen«, raunte er dann in Nicholas' Ohr, als er sah, wie Dougless zum Ufer des Sees rannte, wo er seine Sachen abgelegt hatte.

Nicholas nahm die Arme von Kits Schultern und setzte sich in Bewegung. Es war eher ein Torkeln als ein Gehen. Der Blutverlust, der scharfe Ritt, die Angst um Kits Leben, die Aufregung – das alles hatte ihn sehr geschwächt. Dougless trat von Kits Kleiderbündel weg und sah zu, wie Nicholas die Kleider seines Bruders einsammelte und sie Kit brachte.

Der nahm sie so feierlich entgegen wie ein Prinz die Krone, wenn er zum König gesalbt wird. Dann grinste er. »Und jetzt solltest du dich lieber hinsetzen, kleiner Bruder«, sagte er, als Nicholas ihm beim Anziehen helfen wollte.

Nicholas machte einen Schritt von ihm weg, taumelte, und Dougless fing ihn auf, damit er nicht auf den Boden fiel, statt sich zu setzen. Dann kauerte sie neben ihm nieder. Er drehte ihr den Rücken zu und legte dann den Kopf in ihren Schoß.

»Nun erkenne ich meinen Bruder schon eher wieder«, sagte Kit lachend. Dann blickte er hoch, weil seine Männer auf die Lichtung zurückkamen.

Dougless sah auf Nicholas hinunter und strich ihm die verschwitzten schwarzen Locken aus der Stirn. Endlich hatte sie ihren Nicholas wiedergefunden – den Mann, den sie geliebt und dann verloren hatte.

»Hast du wieder Zwiebeln in den Augen?«

Als sie die ihr von damals noch so vertrauten Worte hörte, wurden ihr tatsächlich die Augen naß. »Es ist der Wind«, murmelte sie. »Sonst nichts.« Sie lächelte ihm zu. »Gib mir deinen Arm. Ich will sehen, was du mit ihm angestellt hast.«

Gehorsam hielt er ihr den Arm hin, und der Magen wollte sich ihr umdrehen, als sie den nassen, mit Blut durchtränkten Verband sah und das verkrustete Blut an seiner Hand.

»Wie schlimm ist es?«

»Ich glaube nicht, daß ich den Arm verlieren werde. Die Blutegel werden . . .«

»Blutegel! Du kannst dir keinen Blutverlust mehr leisten.« Sie blickte hoch und sah, daß Kit nun wieder angezogen war und zwei Männer ihn stützten, als er zu seinem Pferd ging.

»Nicholas, steh auf. Wir reiten zum Haus zurück, wo ich deinen Arm versorgen werde«, sagte sie.

»Nein«, murmelte er. »Es wäre mir lieber, wenn wir beide hierblieben.«

Er hatte diesen weichen, warmen, sinnlichen Blick unter halbgesenkten Lidern, der ihr versprach, sie glücklich zu machen, wenn sie hierbliebe.

409

»Nein«, sagte sie, obwohl sie sich unwillkürlich zu ihm hinunterbeugte, um ihn zu küssen.

»Das ›Nein‹ einer Frau hatte schon immer einen besonderen Reiz für mich«, flüsterte Nicholas, während er seinen unverletzten Arm um ihren Hals legte.

Ihre Lippen trafen sich nicht.

»Nein, das tust du nicht«, sagte Dougless streng. »Du stehst jetzt auf. Los, Nicholas, es ist mein Ernst. Du wirst mich nicht dazu überreden, das zu tun, was du jetzt vielleicht gern möchtest, während dein Arm inzwischen brandig wird. Wir müssen ins Haus zurück, die Wunde säubern und sie dann von Honoria nähen lassen.«

»Honoria?«

»Sie kann besser nähen als irgendwer sonst.«

Er runzelte die Stirn. »Der Arm tut ziemlich weh.« Er hob langsam, widerstrebend, den Kopf aus ihrem Schoß, aber als er auf der Höhe ihres Gesichts war, drückte er rasch einen Kuß auf ihre Lippen.

Sie ritten langsam zum Haus der Staffords zurück, und als sie sich dem Gebäude näherten, versuchte Dougless ihre Kleider zu ordnen. Aber ihr Oberteil war blutig, schmutzig und zerrissen. Damit ließ sich kein Staat mehr machen. Und irgendwo im Wald hatte sie auch noch ihre kleine, mit Perlen besetzte Kappe verloren. Und jetzt fiel ihr zudem ein, daß sie an Lady Margaret vorbeigerannt war, ohne ein Wort mit ihr zu sprechen oder sie gar zu grüßen. Und dann hatte sie die hintere Gartenpforte Lady Margaret praktisch vor der Nase zugeworfen. Und nun kehrte sie wie eine Straßendirne ins Haus zurück, mit zerissenen Kleidern und gegrätschten Beinen auf einem Männersattel, wobei ihr die Röcke fast bis zu den Knien hinaufrutschten.

»Ich glaube nicht, daß ich in diesem Aufzug vor deiner Mutter erscheinen kann«, sagte sie zu Nicholas.

Der warf ihr nur einen verwunderten Blick zu, sah dann

aber zur Seite, als das Haus vor ihnen auftauchte. Einer von den Rittern war vorausgeritten und hatte im Haus gemeldet, daß Kit fast sein Leben verloren hätte. Lady Margaret wartete nun mit all ihren Damen vor dem Tor, um die Heimkehrenden zu begrüßen. Dougless schluckte schwer.

Lady Margaret eilte auf Kit zu, als dieser sich aus dem Sattel schwang, und umarmte ihn heftig. Dann wandte sie sich Dougless zu.

»Ich bitte vielmals um Entschuldigung, Madam«, sagte Dougless, »daß ich mich in so einer Verfassung Euch präsentieren . . .«

Lady Montgomery nahm Dougless' Gesicht in beide Hände und küßte sie auf beide Wangen. »In meinen Augen könnt ihr nicht schöner aussehen«, sagte sie, und Dougless spürte, wie ihr Gesicht rot anlief vor Verlegenheit und Freude.

Lady Margaret drehte sich dann Nicholas zu, sah seinen blutigen Verband und rief: »Die Blutegel!«

Dougless schob sich zwischen Mutter und Sohn. »Bitte, Mylady, darf ich mich um seinen Arm kümmern? Bitte«, flüsterte sie, »Honoria wird mir helfen.«

Lady Margaret war unschlüssig, was sie tun sollte. »Habt Ihr denn auch eine Pille für Wunden?« fragte sie.

»Nein, nur Wasser, Seife und ein Desinfektionsmittel. Bitte, Mylady, lassen Sie mich seine Wunde versorgen.«

Lady Margaret blickte über Dougless' Schulter hinweg ihren Sohn an. Dann nickte sie zustimmend.

Sobald Dougless mit Nicholas in dessen Schlafgemach war, gab sie Honoria eine Liste von Sachen, die sie benötigte. »Die stärkste Seife, die Ihr habt. Eine, die Lauge enthält. Einen Kessel mit Wasser. Und dann brauche ich noch Nadeln – silberne Nadeln – weißen Seidenzwirn, Bienenwachs, meine Segeltuchtasche, und das sauberste weiße Leinen, das Ihr im Haus auftreiben könnt.«

411

Drei Mägde eilten davon, um Dougless das Gewünschte zu besorgen.

Als Dougless mit Nicholas allein war, bat sie ihn, den bandagierten Arm in eine lange, mit sauberem Wasser gefüllte Kupferwanne zu legen. Er war von der Taille aufwärts nackt, und so sehr sich Dougless auch bemühte, sich auf das Verarzten seiner Wunde zu konzentrieren, spürte sie dennoch seinen heißen Blick auf ihrer Haut.

»Erzähle mir, was wir einmal gewesen sind – wir beide.«

Dougless stellte den Kessel mit Wasser auf den Rost des Kaminfeuers, um das Wasser zum Kochen zu bringen. »Du bist zu mir in meine Zeit gekommen.« Jetzt, wo er bereit war, ihr zuzuhören, hatte sie Hemmungen, ihm von ihren gemeinsamen Erlebnissen in der modernen Welt zu berichten. Der Nicholas, der sie beschuldigt hatte, eine Hexe zu sein, besaß keine Macht über sie; aber dieser Nicholas, der sie mit brennenden Augen ansah, jagte ihr heiße Schauer über den Rücken.

Sie trat zu ihm und sah, daß das gestockte Blut sich vom Verband gelöst hatte. Sie holte eine kleine Nähschere, bat ihn, seinen Arm auf den Rand des Kupferbeckens zu legen, und begann den mit gestocktem Blut verklebten Verband aufzutrennen.

»Waren wir ein Liebespaar?« fragte er leise.

Dougless sog geräuschvoll die Luft ein. »Wenn du nicht stillhältst, kann ich dir den Verband nicht abnehmen.«

»Ich habe mich ja gar nicht bewegt, sondern du«, sagte er und beobachtete sie eine Weile. »Waren wir lange zusammen? Haben wir uns oft geliebt?«

»O Nicholas«, sagte sie, und sie schämte sich, weil ihr die Augen wieder naß wurden. »So war es nicht. Du bist aus einem ganz bestimmten *Grund* zu mir gekommen. Man hatte dich des Hochverrats für schuldig befunden, und dann bist du in meine Zeit gekommen, weil man inzwischen Lady

Margarets Aufzeichnungen gefunden hatte. Du und ich, wir stellten Nachforschungen an, wer dich bei der Königin verraten hat.«

Sie begann vorsichtig die blutigen Leinenstreifen von seinem Arm zu lösen.

»Haben wir die Wahrheit gefunden?«

»Nein«, sagte sie leise. »*Wir* nicht. Ich entdeckte die Wahrheit, nachdem du schon wieder in deine Zeit zurückgekehrt warst. Und nachdem man dich . . .«, sie blickte zu ihm hoch, »dich enthauptet hatte.«

Nicholas' Gesicht veränderte sich, seine Augen verloren den heißen Blick. Er konnte es sich nicht länger erlauben, die Worte dieser Frau als Hirngespinste abzutun. Sie hatte gewußt, daß Dienstboten im Schrank versteckt waren, als er mit Arabella auf dem Tisch schäkerte. Und sie hatte gewußt, was Kit zustoßen würde. Sein Herz hämmerte in seiner Brust, als er daran dachte, daß Kit um ein Haar ums Leben gekommen war. Wäre diese Frau nicht bei ihm gewesen, würde Kit jetzt tot sein.

Und das wäre dann ganz allein seine Schuld, dachte Nicholas, weil er die Frau belogen hatte, als sie ihn fragte, ob Kit ihm schon das Geheimfach in Bellwood gezeigt habe. Sie hat ihm erzählt, Kit habe ihm, Nicholas, das Versteck in der Wand eine Woche vor seinem Tod gezeigt, aber er hatte ihre Warnung nicht beachtet. Ihm war nur aufgefallen, daß sie immer von Kit sprach. Seine Eifersucht hätte seinen Bruder fast das Leben gekostet.

Nicholas lehnte sich gegen die Kissen am Kopfende der Bettstatt zurück. »Was weißt du noch?«

Sie öffnete den Mund, um ihm von Lettice zu erzählen, aber sie brachte es nicht fertig – noch nicht. Es war noch zu früh dazu, er vertraute ihr noch nicht blind. Sie wußte, daß er Lettice liebte – so sehr, daß er ihretwegen das zwanzigste Jahrhundert verließ (und sie), um zu seinem geliebten Weib zurückzukehren. Sie brauchte Zeit, bis sie genügend Vertrauen zu ihm hatte, daß sie mit ihm über Lettice reden konnte. Das eilte nicht so wie bei Kit, dessen Leben von Anfang an bedroht gewesen war.

»Ich werde dir alles später erzählen«, sagte Dougless, »aber dein Arm ist jetzt wichtiger.«

Dougless fuhr fort, die Leinwandstreifen abzulösen, bis sie die tiefe Schnittwunde vor Augen hatte. Sie war noch nie besonders tapfer gewesen, was blutende Wunden betraf, aber ihr Lehramt an Grundschulen hatte sie dazu erzogen, ausgeschlagene Zähne, gebrochene Knochen und blutende Wunden zu betrachten und dabei noch, des Kindes wegen, Munterkeit und Zuversicht zu zeigen. Sie wußte, daß Nicholas' Wunde eigentlich von einem Arzt behandelt werden mußte, und wußte zugleich, daß sie der beste Arzt war, den er in seiner Zeit bekommen konnte.

Honoria und die Mägde kamen mit allen Sachen zurück, die Dougless bestellt hatte. Honoria erlaubte nicht, daß die Mägde auch nur das geringste an dem, was Dougless ihnen anschaffte, auszusetzen hatten. Die vier Frauen entfernten gehorsam ihre äußeren Ärmel, rollten dann die Ärmel ihres leinernen Unterhemds bis über die Ellbogen hinauf und scheuerten sich dann minutenlang die Hände und Arme, während Dougless inzwischen die silbernen Nadeln und den Seidenfaden mit kochendem Wasser steril machte.

Das einzige Betäubungsmittel, das sie in ihrer Reisetasche fand, waren ihre Librax, mit denen sie ihren Magen beruhigte, wenn sie Kummer hatte. Sie wünschte sich, sie hätte ein Packung Valium mitgenommen, wie sie das früher oft getan hatte. So konnte sie Nicholas nur zwei Librax verabreichen und hoffen, daß sie ihn wenigstens schläfrig machten.

Binnen weniger Minuten war er eingeschlafen.

Als Dougless alles so sauber und steril wie möglich gemacht hatte, gab sie Honoria Anweisung, die Schnittwunde an Nicholas' Arm zu vernähen. Honoria wurde weiß wie ein Laken, aber Dougless bestand darauf, weil Honorias Stiche fein und akkurat waren.

Dougless war sich nicht sicher, ob sie das Richtige tat, aber sie befahl Honoria, den klaffenden Schnitt in Nicholas' Arm in zwei Schichten zu vernähen. Die inneren Nähte würden für immer in seinem Arm bleiben müssen, aber Dougless' Vater hatte eine Stahlplatte in seinem Bein von einer Wunde, die ihm ein Granatsplitter im Zweiten Weltkrieg zugefügt hatte, und deshalb mutmaßte Dougless, daß Nicholas auch mit einem paar Gramm Seide im Arm gut leben könne. Sie hielt die Schnittenden der obersten Hautschicht aneinander, während Honoria sie sorgsam vernähte.

Als die Wunde zugenäht war, legte Dougless mit sauberem Leinen einen frischen Verband an. Sie befahl den Mägden, das Leinen, das sie für den nächsten Tag brauchte, auszukochen und es dann nur noch mit sauberen – absolut sauberen! – Händen anzufassen. Honoria versprach Dougless, darauf zu achten, daß ihre Anweisungen strikt befolgt wurden.

Dougless schickte dann die Frauen aus dem Zimmer, setzte sich in einen Sessel neben dem Kamin und wartete. Wenn Nicholas Fieber bekam, hatte sie kein Penicillin, keine Antibiotika-, nur ein paar Aspirin-Tabletten. Sie sagte sich, daß sie sich keine allzu großen Sorgen machen müsse, weil sie ja Nicholas' Zukunft kannte. Aber hatte sie denn heute nicht die Geschichte verändert? Wenn Kit also nicht, wie es in ihren Geschichtsbüchern stand, ertrunken war, konnte sie nun nicht ausschließen, daß Nicholas an Kits Stelle trat und starb. Würde sie ins zwanzigste Jahrhundert zurückkehren und dort lesen, daß Kit ein gesegnetes Alter erreicht hatte, sein jüngerer Bruder jedoch in der Blüte seines Lebens an einer Schwertwunde gestorben war? Die Geschichte – oder genauer gesagt, die Zukunft – verlief von nun an anders, als es in ihren Büchern gestanden hatte.

415

Sie döste in ihrem Sessel, als die Tür aufging und Honoria hereinkam. Sie hatte ein prächtiges Gewand aus purpurrotem Samt über dem Arm, mit langen Ärmeln aus weichem weißem Hermelin, wobei die schwarzen Schwanzspitzen versetzt zu den Fellen angenäht waren und ein eigenes Muster bildeten.

»Lady Margaret schickt Euch das«, flüsterte Honoria, um Nicholas nicht zu wecken. »Es muß erst noch geändert werden, damit es Euch paßt, aber ich dachte, ich sollte es Euch schon vorher zeigen.

Dougless nahm ihr das Kleid ab und fuhr mit den Fingerspitzen über den weichen Samt. Das war kein moderner Samt aus Kunstseide oder schwerer Baumwolle; dieser bestand aus reiner Seide und leuchtete, wie eben nur echte Seide leuchten kann.

»Wie geht es Kit?« wisperte Dougless.

»Er schläft. Er sagt, daß jemand versucht habe, ihn umzubringen. Ein Mann schwamm unter Wasser an ihn heran, packte ihn bei den Beinen und zog ihn auf den Grund des Sees hinunter.«

Dougless blickte in eine Zimmerecke. In den Aufzeichnungen von Lady Margaret, die man bei der Reparatur in Harewoods Haus in der Wand gefunden hatte, stand, daß sie glaubte, Kit wäre ermordet worden – daß sein Ertrinken kein Unfall gewesen sei.

»Wenn Ihr nicht gewußt hättet, wie man ihn wieder von den Toten erweckt . . .«, flüsterte Honoria.

»Ich habe ihn nicht von den Toten erweckt«, schnaubte Dougless. »Das hatte nichts mit Magie oder Hexenzauber zu tun.«

Honoria blickte ihr fest ins Gesicht. »Euer Arm tut Euch nicht mehr weh, wie? Ist er gesund?«

»Ja, ich spüre nur noch einen leisen pochenden Schmerz im Unterarm. Es ist . . .« Sie stockte und wich nun Honorias

Blick aus. Vielleicht war da doch Magie im Spiel gewesen. Sie war schließlich in die Vergangenheit zurückgeschickt worden und hatte den Schmerz gespürt, als Nicholas mit dem Schwert am Arm verwundet wurde.

»Ihr solltet Euch jetzt ausruhen«, sagte Honoria »und Eure Kleider wechseln.«

Dougless blickte zu Nicholas hinüber, der immer noch schlief. »Ich muß bei ihm bleiben. Wenn er aufwacht, möchte ich bei ihm sein. Ich kann nicht riskieren, daß er Fieber bekommt. Glaubt Ihr, Lady Margaret hat etwas dagegen, wenn ich bei ihm bleibe?«

Honoria lächelte. »Wenn Ihr jetzt eine Schenkungsurkunde für die Hälfte des Stafford-Besitzes von ihr verlangen würdet, ich glaube, Lady Margaret würde sie Euch geben.«

Dougless erwiderte ihr Lächeln. »Ich wünsche mir nur, daß Nicholas wieder gesund wird.«

»Ich werde Euch eine Robe bringen«, sagte Honoria und ging wieder aus dem Zimmer.

Eine Stunde später hatte Dougless ihre zerissenen Kleider und sogar das Stahlkorsett abgelegt und saß, angetan mit einer wunderschönen rubinroten Brokatrobe, vor dem Kaminfeuer. Alle paar Minuten legte sie Nicholas die Hand auf die Stirn. Sie war warm; aber er schien kaum mehr als ein bißchen erhöhte Temperatur zu haben.

17

Die Schatten im Raum wurden immer länger; doch Nicholas schlief immer noch. Eine Zofe brachte Dougless ein Tablett mit Essen, aber Nicholas wachte auch jetzt noch nicht auf. Als es dunkel wurde, zündete Dougless eine Kerze an und blickte auf ihn hinunter. Er lag so friedlich auf seinem Bett, und die schwarzen gelockten Haare bildeten einen lebhaften Kontrast zu seiner blassen Haut. Seit Stunden hatte sie nichts anderes getan, als ihn zu beobachten, und als sie immer noch kein Anzeichen von einem Wundfieber entdecken konnte, begann sie sich zu entspannen und im Raum umherzublikken.

Nicholas' Zimmer war reich ausgestattet, wie es sich für einen Sohn des Hauses gehörte. Auf dem Kaminsims standen mehrere Schalen und Becher aus Gold und Silber, und Dougless lächelte, als sie diese betrachtete. Sie verstand nun, was Nicholas damals gemeint hatte, als er zu ihr sagte, sein Reichtum wäre in seinem Haus untergebracht. Da es keine Banken gab, in denen man ein so großes Vermögen, wie es die Staffords besaßen, verwahren konnte, mußten die Staffords eben ihr Geld in Gold und Silber anlegen, es zu herrlichen Kunstgegenständen verarbeiten und mit Juwelen verzieren lassen. Lächelnd nahm sie einen goldenen Kelch in die Hand und dachte bei sich, daß die Pfandbriefe und Aktien ihrer Familie erheblich hübscher aussehen würden, wenn man sie in goldene Teller verwandelte.

Neben dem Kamin hing eine lange Reihe kleiner Porträts in ovalen Rahmen. Die meisten der darauf dargestellten Personen kannte sie natürlich nicht, aber eines davon mußte Lady Margaret in jungen Jahren darstellen – sie konnte eine entfernte Ähnlichkeit mit Nicholas' Augen auf dem Bild entdecken. Und daneben hing das Porträt eines älteren Mannes, dessen Kinnpartie sie auch bei Nicholas wiederfand. Sein Vater? fragte sich Dougless. Und dann kam ein Miniaturbild von Kit. Und als letzter in der Reihe entdeckte sie ein Miniaturporträt von Nicholas.

Sie nahm es von der Wand, hielt es einen Moment in der linken Hand und liebkoste es mit den Fingerspitzen. Was war mit diesen Porträts im zwanzigsten Jahrhundert geschehen? Hing eines davon vielleicht in einem Museum mit einem Kärtchen darunter, auf dem *Unbekannter Mann* stand?

Das Porträt in der Hand, wanderte sie im Raum umher. Unter dem Fenster befand sich eine Polsterbank, auf die Dougless jetzt zuging. Sie wußte, daß man den Sitz hochklappen konnte, und sie fragte sich, was Nicholas wohl darunter verbergen mochte. Sie sah zum Bett hin und bemerkte, daß er noch immer schlief. Sie legte das Porträt auf ein Regal und hob den Sitz an. Er knarrte, aber nicht sonderlich laut.

Im Hohlraum unter dem Sitzbrett befanden sich mit Garn umwickelte Papierrollen. Sie nahm eine davon heraus, löste den Faden und rollte das Papier auf dem Boden auf. Es war eine Skizze von einem Haus, und Dougless wußte sofort, daß dieses Haus Thornwyck war.

»Spionierst du?« fragte Nicholas vom Bett her, und Dougless schrak beim Klang seiner Stimme zusammen.

Sie ging zu ihm und legte ihm die Hand auf die Stirn. »Wie fühlst du dich?«

»Ich würde mich besser fühlen, wenn eine Frau nicht in meinen Privatsachen herumschnüffelte.«

419

Er sprach wie ein kleiner Junge, dessen Mutter gerade eine Schachtel gefunden hatte, in der sein Tagebuch versteckt war, dachte Dougless. Sie hob die Gebäudeskizze vom Boden auf. »Hast du diese Skizzen außer mir schon anderen gezeigt?«

»Ich habe sie dir ja gar nicht gezeigt«, erwiderte er und wollte ihr das Papier aus der Hand reißen, aber sie wich ihm aus. Er sank, von diesem Kraftakt erschöpft, in die Kissen zurück.

Dougless legte die Pläne auf die Fensterbank. »Hungrig?« fragte sie und füllte eine silberne Schale mit Suppe aus einem Topf, den sie im Kamin warm gehalten hatte. Sie setzte sich neben Nicholas aufs Bett und begann ihm die Suppe löffelweise einzuflößen. Erst wollte er protestieren, daß er zum Essen keine Amme brauchte, aber dann ließ er es sich doch, wie alle Männer, gern gefallen, von einer Frau verwöhnt zu werden.

»Hast du dir die Skizzen schon länger angeschaut?« fragte er zwischen zwei Löffeln Suppe.

»Ich hatte gerade erst eine Skizze auf dem Boden ausgerollt. Wann willst du mit dem Bau des Hauses beginnen?«

»Das ist doch nur so eine Spielerei von mir. Kit wird . . .« Er lächelte und beendete den Satz nicht.

Dougless wußte, was in seinem Kopf vorging. Er war froh, daß sein Bruder, der dem Tod so nahe gewesen war, noch lebte. Das war ihm wichtiger als seine Pläne.

»Meinem Bruder geht es gut?« fragte er.

»Er ist bei bester Gesundheit. Was man von dir nicht sagen kann. Du hast so viel Blut verloren, daß man damit einen Fluß speisen könnte.« Sie wischte ihm den Mund mit einer Serviette ab, und er nahm ihre Hand und küßte ihre Fingerspitzen.

»Wenn ich am Leben bleibe, ist das ebenso dein Verdienst wie die Rettung meines Bruders. Was kann ich tun, um dich dafür zu belohnen?«

Indem du mich liebst, hätte Dougless beinahe geantwortet. Indem du dich genauso wieder in mich verliebst wie beim erstenmal. Und mich jetzt mit den Augen der Liebe betrachtest. Ich bliebe für immer im sechzehnten Jahrhundert, wenn du mich lieben würdest. Ich würde gern auf Autos, Zahnärzte und moderne sanitäre Einrichtungen verzichten, wenn du mich wieder lieben würdest. »Ich möchte nichts dafür haben. Ich wünsche mir nur, daß ihr beiden gesund bleibt und euch in der Geschichte einen guten Namen macht. Dein Arm braucht Zeit. Die Wunde heilt nicht über Nacht.«

»Ich habe reichlich lange geschlafen. Das sollte genügen. Bleibe bei mir und unterhalte mich.«

Dougless verzog das Gesicht. »Mir ist der Stoff für Unterhaltungen ausgegangen. Ich habe jedes Spiel, das ich einmal gesehen, jedes Lied, das ich einmal gehört, in diesem Haus vorgetragen. Mein Gedächtnis ist restlos ausgeplündert. Und nun weiß ich nichts mehr.«

Nicholas lächelte ihr zu. Manchmal verstand er zwar ihre Worte nicht, aber er erfaßte ihren Sinn.

»Warum unterhältst du zur Abwechslung nicht einmal *mich*?« fragte sie und nahm die Gebäudeskizze von der Fensterbank. »Warum erzählst du mir nichts von diesen Plänen?«

»Nein«, sagte er rasch. »Leg das wieder weg!« Er wollte sich aufsetzen, aber Dougless drückte ihn in die Kissen zurück.

»Nicholas, bitte nicht, sonst reißt du noch deine Nähte auf. Du mußt liegenbleiben und sollst dich nicht bewegen. Und höre auf, mich so vorwurfsvoll anzusehen. Ich weiß von deiner Liebe zur Architektur. Als du zu mir in die Zukunft gekommen bist, hattest du bereits mit dem Bau von Thornwyck begonnen.« Sie hätte fast gelacht, weil er so komische Grimassen schnitt.

»Woher weißt du, daß diese Pläne für ein Haus in Thorn-wyck bestimmt sind?«

»Das sagte ich dir doch eben. Du bist aus einer Zeit zu mir gekommen, die vier Jahre später ist als heute. Und da hattest du das Haus bereits gebaut. Genauer gesagt, du hattest mit dem Bau begonnen. Es wurde nie fertiggestellt, weil . . . weil du . . .«

»Weil ich enthauptet wurde?«, sagte er, und zum erstenmal sprach er diese Worte nicht leichtfertig. »Ich wünschte, du würdest mir alles erzählen.«

»Von Anfang an?« erwiderte Dougless. »Das kann lange dauern.«

»Jetzt, wo Kit außer Lebensgefahr ist, habe ich viel Zeit.«

Bis du in die Fänge von Lettice gerätst, dachte sie bei sich. »Ich war in der Kirche von Ashburton und weinte«, sagte sie. »Und ich . . .«

»Warum hast du geweint? Und warum warst du in Ashburton? Und wenn es eine lange Geschichte ist, kannst du doch nicht dort stehenbleiben. Nein, setzte dich nicht dorthin, sondern hierhin.«

Er klopfte mit der flachen Hand auf die leere Seite seines Betts.

»Nicholas, ich kann nicht mit dir ins Bett gehen.« Schon der Gedanke, ihm so nahe zu sein, genügte, daß ihr Herz wie rasend klopfte.

»Glaubst du wirklich, daß ich dir in meinem geschwächten Zustand gefährlich werden könnte?« fragte er mit vor Erschöpfung halbgeschlossenen Augen.

»Ich glaube, daß du sogar mit zwei bandagierten Armen und Beinen einer Frau noch gefährlich werden könntest.«

Er öffnete die Augen ganz und lächelte sie an. »Ich sah ein . . . Traumbild von dir. Ich sah dich in einer Art von weißer Kiste, ohne Kleider, und Wasser floß über deinen Körper.« Er blickte sie von oben bis unten an, als könnte sein

Blick den dicken Stoff der Robe durchdringen. »Ich glaube nicht, daß du dich mir gegenüber immer so scheu verhalten hast wie jetzt.«

»Nein«, sagte sie heiser, als ihr wieder einfiel, wie sie zusammen unter der Dusche – der »weißen Kiste« – gestanden hatten. »Eine Nacht lang waren wir uns sehr nahe gewesen, und am nächsten Morgen wurdest du mir genommen. Ich fürchte, daß ich in meine Zeit zurückversetzt werde, wenn ich dich berühren würde. Aber ich habe meine Aufgabe hier noch nicht erfüllt.«

»Noch nicht?« fragte er. »Du weißt von anderen, die sterben werden? Meine Mutter? Ist Kits Leben noch immer nicht sicher?«

Sie lächelte ihn an. *Ihr* Nicholas. Ihr geliebter Nicholas, der erst an andere dachte und nicht an sich selbst. »Du bist derjenige, der in Gefahr ist.«

Er lächelte erleichtert. »Ich kann schon selbst auf mich aufpassen.«

»Da täuschst du dich aber gewaltig! Wenn ich nicht gewesen wäre, hättest du vermutlich den Arm verloren oder wärest an deiner Wunde gestorben. Einer von diesen Idioten, die ihr hier als Arzt bezeichnet, hätte mit seinen schmutzigen Händen nur deine Wunde zu berühren brauchen und – presto – es wäre aus mit dir gewesen.«

Nicholas sah sie groß an. »Du führst gar seltsame Reden. Komm, setz dich zu mir, und erzähle mir alles.« Als Dougless sich nicht von der Stelle bewegte, seufzte er. »Ich schwöre dir bei meiner Ehre, daß ich dich nicht anfassen werde.«

»Also gut«, sagte sie. Sie spürte, daß sie ihm mehr vertrauen könne als sich selbst. Sie ging auf die andere Seite des Bettes hinüber und mußte auf das Gestell hinaufklettern, denn es ragte ein paar Ellen über dem Boden auf. Sie streckte sich auf der Federmatratze aus.

»Warum hast du in der Kirche geweint?« fragte er sie leise.

Eines wußte sie ganz genau: Nicholas war ein guter Zuhörer. Er war noch mehr als das, denn er entlockte ihr Geständnisse, die sie ihm nicht machen wollte. Und das endete damit, daß sie ihm alles über Robert erzählte.

»Du hast mit ihm gelebt, ohne mit ihm verheiratet zu sein? Hat dein Vater ihn nicht getötet wegen Kindesentführung?«

»Im zwanzigsten Jahrhundert herrschen andere Verhältnisse als hier. Frauen können sich frei entscheiden, und Väter schreiben ihren Töchtern nicht vor, was sie zu tun und zu lassen haben. Männer und Frauen sind in meiner Zeit gewissermaßen gleichberechtigt.«

Nicholas schnaubte: »Mir scheinen aber in deiner Zeit noch die Männer das Regiment zu führen; denn dieser Mann bekam alles von dir, was er sich wünschte, ohne dich zu seiner Ehefrau zu machen, seinen Besitz mit dir zu teilen und von seiner Tochter den dir gebührenden Respekt zu verlangen. Und du sagst, du hättest dir diesen Mann frei erwählt?«

»Ich . . . nun . . . es ist nicht ganz so, wie du es darstellst. Robert war sehr gut zu mir. Wir verlebten ein paar schöne Zeiten zusammen. Erst als Gloria hinzukam, wurde es unangenehm.«

»Wenn eine schöne Frau mir alles gäbe und ich mich als Gegenleistung nur als Mann bei ihr beweisen müßte – was du eine ›schöne Zeit zusammen‹ nennst –, würde ich dieser Frau meinen Dank dafür zeigen. Verschenken sich alle Frauen in deiner Zeit auf so billige Weise?«

»Es ist nicht billig. Du willst das nur nicht verstehen. Viele Leute leben bei uns erst zusammen, bevor sie heiraten. Es ist gewissermaßen eine Probe aufs Exempel. Und zudem glaubte ich, daß Robert mich bitten würde, ihn zu heiraten, aber statt dessen kaufte er . . .« Sie stockte. Nicholas gab ihr das Gefühl, als dächte sie viel zuwenig an sich selbst. »Du verstehst es eben nicht. Das ist alles. Männer und Frauen sind anders im zwanzigsten Jahrhundert.«

»Hmmm. Ich begreife es doch. Frauen verlangen nicht mehr von einem Mann, daß er sie respektiert. Sie wollen nur eine ›schöne Zeit‹ mit ihm haben.«

»Natürlich wollen sie auch respektiert werden. Es ist nur so . . .« Sie wußte nicht, wie sie ihr Zusammenleben mit Robert einem Mann des sechzehnten Jahrhunderts begreiflich machen konnte. Da sie nun selbst in der elisabethanischen Welt lebte, begann sie auch ihr Zusammenleben mit einem Mann in einem anderen Licht zu sehen und meinte, sich tatsächlich billig gemacht zu haben. Natürlich war die Heirat keine Garantie dafür, daß der Mann sie respektieren würde, aber warum hatte sie sich nicht gegen Robert gewehrt und ihm gesagt: »Wie kannst du mich nur so behandeln?« Oder: »Nein, ich will nicht die Hälfte von Glorias Flugschein bezahlen.« Oder »Nein, ich werde deine Hemden nicht bügeln.« Tatsächlich konnte sie in diesem Moment nicht begreifen, warum sie sich von ihm so schamlos hatte ausnützen lassen.

»Willst du nun die Geschichte hören oder nicht?« schnaubte sie.

Nicholas legte sich in die Kissen zurück und lächelte. »Ich möchte sie *ganz* hören.«

Nachdem sie nun seine vielen Fragen, ihre Beziehung zu Robert betreffend, beantwortet hatte, konnte sie mit ihrer Geschichte fortfahren. Sie erzählte ihm, wie sie am Grab von Nicholas geweint hatte, er plötzlich erschienen war und sie ihm nicht geglaubt hätte, wer er sei. Sie erzählte ihm, wie er beinahe unter einen Bus geraten wäre.

Sie kam mit ihrer Geschichte nicht viel weiter, weil er nun wieder anfing, Fragen zu stellen. Es schien, als hätte er eine Vision von ihr auf einem Fahrrad gehabt, und sie sollte ihm erklären, was das für ein Gerät sei. Er wollte wissen, was ein

Bus war. Als sie ihm erzählte, daß sie ihre Schwester angerufen hatte, mußte sie ihm ein Telefon beschreiben.

Dougless konnte ihm nicht alles erklären, was er wissen wollte, und so stieg sie wieder vom Bett herunter und holte ihre Reisetasche. Sie packte ihre drei Magazine aus und zeigte ihm Fotos.

Als er die Magazine sah, konnte sie nicht mehr hoffen, mit ihrer Geschichte zu Ende zu kommen. Es gab ein elisabethanisches Sprichwort: »Lieber nicht geboren als nicht gebildet zu sein«, und Nicholas schien eine Verkörperung dieses Sprichworts zu sein. Seine Neugierde war unersättlich, und er stellte rascher Fragen, als Dougless sie beantworten konnte.

Als sie keine Fotos mehr fand, die sie ihm zeigen konnte, zog sie ihren Spiralblock hervor und ihre farbigen Filzstifte und begann zu zeichnen. Die Stifte und der Block regten ihn zu neuen Fragen an.

Sie wolle schon gereizt darauf reagieren, sagte sich dann aber, daß sie nun genügend Zeit habe, ihm alles zu erzählen, weil er ihr jetzt glaubte. »Weißt du«, sagte sie nachdenklich, »als ich Thornwyck sah, hatte der linke Turm eine andere Form als auf deiner Skizze. Und wo sind die Bogenfenster geblieben?«

»Bogenfenster?«

»So zum Beispiel.« Dougless begann, die Fenster zu skizzieren, aber sie war keine sonderlich gute Zeichnerin.

Nicholas rollte sich auf die Seite und machte ein paar herrliche perspektivische Skizzen von den Fenstern. »Sehen sie so aus?«

»Ja, genau so. Wir wohnten in einem dieser Räume und konnten unten den Garten sehen. Die Kirche ist gleich nebenan, und im Reiseführer steht, daß es früher hölzerne Verbindungsgänge zwischen der Kirche und dem Haus gegeben hätte.«

Nicholas lehnte sich wieder in die Kissen zurück und begann zu zeichnen. »Ich habe keinem etwas von meinen Plänen erzählt, aber du sagst, daß das Haus zur Hälfte gebaut war, ehe ich . . . ehe ich . . .«

»Richtig. Ja. Nachdem Kit gestorben war, hattest du freie Hand und konntest alles tun, was du dir vorgenommen hattest. Aber nun ist Kit am Leben geblieben, und du wirst vermutlich seine Erlaubnis einholen müssen, ehe du dieses Haus bauen kannst.«

»Ich bin kein Baumeister«, sagte Nicholas, während er seine Skizzen betrachtete. »Wenn Kit ein neues Haus brauchte, würde er dafür einen Baumeister bestellen.«

»Einen *anderen* Baumeister bestellen? Warum? Du kannst das doch bauen. Das sind herrliche Skizzen. Ich habe Thornwyck selbst gesehen und weiß zufällig, daß es ein schönes Haus ist.«

»Ich soll ein Gewerbe betreiben?« fragte er, eine Braue hochmütig in die Höhe ziehend.

»Nicholas«, sagte sie streng, »es gibt vieles, was ich an eurem Jahrhundert schätze, aber euer Klassensystem und die Aufwandsgesetze gehören nicht dazu. In meinem Jahrhundert arbeiten alle Menschen. Es wird einem als Schande angerechnet, wenn man zu ›müßigen Reichen‹ gehört. In England arbeiten sogar die Mitglieder des Königshauses. Prinzessin Diana fährt im ganzen Land herum, weiht neue Straßen und Schulen ein und gräbt Löcher für Bäume, die sie einpflanzt, um Geld für wohltätige Zwecke zu sammeln. Und die Königin – also, die hat so viel zu tun, daß ich müde würde, wenn ich dir nur ihren Terminplan vorlesen müßte. Prinz Andrew nimmt Bilder auf; Prinz Michael schreibt Bücher; Prinz Charles versucht zu verhindern, daß England aussieht wie ein Büroviertel in Dallas. Und . . .«

Nicholas lachte leise. »Es ist auch heutzutage keine Seltenheit, daß Könige arbeiten. Oder glaubst du, daß unsere liebliche Königin ihre Hände in den Schoß legt?«

Plötzlich erinnerte sich Dougless daran, gelesen zu haben, daß einer der Gründe für die Hinrichtung von Nicholas die Sorge einiger Leute gewesen war, er könne die junge Königin Elizabeth verführen. »Nicholas, du denkst doch wohl nicht daran, an den Königshof zu gehen, nicht wahr? Du willst doch nicht einer von ihren jungen Männern sein, oder?«

»Einer ihrer . . .«, wiederholte Nicholas entsetzt. »Was weißt du über diese Frau, die unsere Königin ist? Einige behaupten, Maria von Schottland sei unsere wahre Königin und daß die Staffords ihre Streitmacht mit anderen vereinigen sollten, um Maria auf den Thron von England zu setzen.«

»Tu das nicht! Was du auch immer machst – setze dein Geld immer nur auf Elizabeth.« Als Dougless das sagte, fragte sie sich, ob sie damit nicht die Geschichte veränderte. Wenn die Stafford-Streitmacht und all ihr Besitz Mary zur Verfügung gestellt worden wären, würde sie dann den Thron bestiegen haben? Wenn Elizabeth nicht Königin geblieben wäre, hätte es dann eine Zeit gegeben, in der England die erste Weltmacht war? Wenn England nicht eine Weltmacht gewesen wäre, würde man dann in Amerika heute englisch sprechen? »Ein Knödelenglisch«, sagte sie leise, einen ihrer Vetter zitierend, der im Ausland lebte.

»Wen wird Elizabeth heiraten?« fragte Nicholas. »Wen wird sie neben sich auf den Thron setzen?«

»Niemanden, und nun werde nicht wieder aufbrausend, denn wir haben das alles schon einmal durchgekaut. Elizabeth heiratet niemanden und wird ihr Land und eine Menge anderer Gebiete in dieser Welt dazu ausgezeichnet regieren. Läßt du mich nun meine Geschichte zu Ende erzählen, oder willst du mich auch noch weiterhin belehren, daß das, was nicht passiert ist, passieren wird?«

Er grinste sie an. »Du hast dich freiwillig an einen Mann

verschenkt, und ich kam, um dich zu retten. Ja, fahre bitte fort.«

»So war es zwar nicht ganz, aber . . .« Sie verstummte jählings und sah ihn an. Er *hatte* sie gerettet. Er war in dieser Kirche erschienen in einer Rüstung, die in der Sonne blitzte, und hatte sie einem Mann weggenommen, der sie nicht liebte. Er hatte ihr die wahre Liebe gezeigt, die aus Geben und Nehmen bestand. Bei Nicholas konnte sie sie selbst sein. Sie brauchte nicht erst zu überlegen, was sie tun mußte, um ihn zu erfreuen. Sie schien ihm so zu gefallen, wie sie war. Sie hatte sich, als sie noch ein Kind war, bemüht, so perfekt zu sein wie ihre älteren Schwestern. Alle ihre Lehrerinnen schienen ihre drei älteren Schwestern unterrichtet zu haben, ehe sie selbst in die Schule kam. Und sie war immer eine Enttäuschung für ihre Lehrerinnen gewesen. Dougless paßte nicht im Unterricht auf, was ihren Schwestern nie passiert war. Dougless war nicht gut im Sport, wo ihre Schwestern immer nur Einser gehabt hatten. Ihre Schwestern hatten Legionen von Freundinnen gehabt, aber Dougless war immer ein bißchen schüchtern gewesen, hatte sich stets als Außenseiterin gefühlt.

Ihre Eltern hatten sie nie mit ihren Schwestern verglichen. Das brauchten sie auch gar nicht, denn ihre Tennistrophäen, ihre Baseballpokale, ihre Auszeichnung für ausgezeichnetes Betragen und gute Zeugnisse standen oder hingen überall im Haus. Dougless hatte einmal einen dritten Preis für den Apfelkuchen gewonnen, den sie für den Kirchenbasar gebacken hatte, und ihr Vater hatte stolz ihre gelbe Schleife neben die blauen und pupurroten ihrer Schwestern für die »Siegerin im Turnierreiten‹ an die Wand gehängt. Die gelbe Schleife hatte sich seltsam daneben ausgenommen, und so hatte Dougless sie, peinlich berührt, wieder von der Wand entfernt.

Ihr ganzes Leben schien von dem Wunsch geprägt, anderen Menschen gefällig zu sein und ihnen Freude zu machen;

aber bisher war ihr das nie gelungen. Ihr Vater behauptete zwar stets, er sei mit allem einverstanden, was sie auch immer tat, aber Dougless brauchte sich doch nur die Leistungen ihrer Schwestern vor Augen zu führen, um zu wissen, daß sie mehr tun mußte. Robert war ein Versuch gewesen, ihrer Familie eine Freude zu machen. Vielleicht wäre Robert, ein geachteter Chirurg, die größte Trophäe im Haus gewesen.

Nicholas hatte sie gerettet, dachte Dougless bei sich, aber nicht so, wie er das meinte. Er hatte sie nicht dadurch gerettet, daß er Robert irgendeine Treppe hinuntergeworfen hatte. Er hatte sie damit gerettet, daß er sie respektierte, und sie hatte begonnen, sich selbst durch seine Augen zu betrachten. Dougless bezweifelte sehr, ob ihre Schwestern die Situation in der Kirche von Ashburton so gut gemeistert hätten wie sie. Ihre drei älteren Schwestern waren ja so vernünftig, so weltklug, daß sie vermutlich die Polizei gerufen hätten, weil sie von einem Mann in einem Harnisch belästigt wurden, der behauptete, aus dem sechzehnten Jahrhundert zu stammen. Keine von ihnen wäre so weichherzig gewesen, einen armen Kerl zu bemitleiden, der offensichtlich nicht alle Tassen im Schrank hatte.

»Warum lächelst du auf einmal?« fragte Nicholas leise.

»Ich dachte eben an meine Schwestern. Sie sind perfekt. Absolut fehlerfrei. Aber mir ist eben klargeworden, daß ein perfekter Mensch zuweilen auch ein wenig einsam sein kann. Vielleicht bemühe ich mich zu sehr, anderen Menschen gefällig zu sein, aber ich schätze, es gibt Schlimmeres. Vielleicht sollte ich nur einfach die richtige Person für meinen Wunsch finden, gefällig zu sein.«

Nicholas war offensichtlich überfordert und verwirrt durch ihre Erklärung. Er nahm ihre Hand und begann deren Innenseite mit Küssen zu bedecken. »Dougless, du gefällst mir sehr.«

Sie entriß ihm ihre Hand. »Wir dürfen . . . einander nicht berühren«, stammelte sie.

Er blickte sie durch halbgesenkte Wimpern an. »Aber wir haben uns doch schon berührt, nicht wahr?« sagte er leise. »Ich erinnere mich, dich schon einmal gesehen zu haben. Ich scheine zu wissen, daß ich dich berührt habe.«

»Ja«, flüsterte Dougless, »das stimmt.« Sie lagen auf dem Bett, waren allein im Zimmer, das dunkel war bis auf den goldenen Schimmer dreier Kerzen.

»Wenn wir uns berührt haben, spielt es doch keine Rolle mehr, wenn wir uns noch einmal in diesem Leben berühren.« Seine Hände griffen nach ihr.

»Nein«, sagte sie und blickte ihn dabei flehend an. »Wir dürfen das nicht. Ich würde in meine eigene Zeit zurückgeschickt werden.«

Nicholas rückte nicht näher an sie heran, und er konnte nicht verstehen, warum nicht. Er spürte doch das Verlangen in ihr. Und bisher hatte ihn das »Nein« einer Frau davon abgehalten, sie zu berühren. Er hatte schon sehr schnell herausgefunden, daß die Frauen ihr Nein nicht ernst meinten. Doch jetzt, wo er zusammen mit dieser höchst begehrenswerten Frau auf dem Bett lag, ertappte er sich dabei, daß er auf sie hörte.

Er lehnte sich in die Kissen zurück und seufzte. »Ich bin zu schwach, um viel zustande zu bringen«, sagte er im schwermütigen Ton.

Dougless lachte. »Klar, und wenn du das glaubst, habe ich ein paar Grundstücke in Florida, die ich dir verkaufen kann.«

Nicholas grinste, weil er den Sinn ihres Vergleiches verstand. »Komm, dann setze dich wenigstens neben mich und erzähle mir von deiner Zeit und was wir dort gemacht haben.« Er streckte seinen gesunden Arm aus, und Dougless rückte wieder ihr besseres Wissen dichter an ihn heran.

Er zog sie fest an sich und legte seinen gesunden Arm um ihren Oberkörper. Sie wehrte sich zunächst, seufzte dann und schmiegte sich an seine nackte Brust. »Wir haben dir ein paar Kleider gekauft.« Sie lächelte, als sie sich daran erinnerte. »Und du hast den armen Verkäufer mit dem Schwert attackiert, weil der Preis dafür so hoch war. Und dann gingen wir Tee trinken. Du warst begeistert von diesem Getränk. Und dann fanden wir für dich eine Unterkunft in einem Hotel garni.« Sie schwieg einen Moment. »Das war die Nacht, wo du mich im Regen wiederfandest.«

Nicholas hörte ihr nur mit einem Ohr zu. Er war sich noch nicht sicher, ob er ihre Geschichten von der Vergangenheit und Zukunft glaubte, aber er war sich sicher, wie sie sich anfühlte: Ihr Körper war etwas, an das er sich sehr wohl erinnern konnte.

Sie erklärte ihm gerade, daß er anscheinend über die Fähigkeit verfügt hatte, sie zu »hören«. Sie sagte, sie hätte nicht genau gewußt, wie das funktionierte, aber sie hätte diese seine Fähigkeit schon am ersten Tag ausgenützt, als sie in das sechzehnte Jahrhundert gekommen war. Sie hatte damals im Regen nach ihm »gerufen«, und er wäre auch prompt bei ihr erschienen. Sie schalt ihn wegen seiner Grobheit und daß er sie gezwungen hatte, hinter ihm auf dem Pferd ohne Sattel zu reiten. Und später, als sie in dem Raum im Speicher eingesperrt war, hatte sie abermals nach ihm »gerufen«.

Nicholas brauchte dafür keine weiteren Erklärungen, denn er schien immer zu spüren, was sie empfand. Nun, wo sie in seinem Arm lag, ihren Kopf an seiner Brust, konnte er spüren, wie geborgen sie sich fühlte, aber auch, wie sehr sie sexuell erregt war. Er hatte noch mit keiner Frau so gern schlafen wollen wie mit ihr, aber etwas hielt ihn davon ab.

Sie erzählte ihm nun, wie sie nach Bellwood gefahren waren und er ihr das Geheimfach in der Wand gezeigt hatte.

»Danach habe ich dir alles geglaubt«, sagte sie. »Nicht,

weil du dieses Versteck gekannt hast, sondern weil du so gekränkt warst, daß die Welt sich nur noch an deine Unarten erinnerte, aber nicht an all das Gute, was du vollbracht hast. Niemand im zwanzigsten Jahrhundert wußte, daß du Thornwyck entworfen hast. Es gab da nur eine unbestätigte Vermutung. Es existierten keine Beweise mehr, die dich als Baumeister von Thornwyck auswiesen.«

»Ich bin kein Mann, der ein Handwerk oder Gewerbe betreibt. Ich werde nicht . . .«

Sie beugte sich von ihm weg, daß sie ihm ins Gesicht sehen konnte. »Ich sagte dir bereits, daß meine Zeit anders darüber denkt. Talent wird bei uns geschätzt.«

Er blickte auf ihr Gesicht hinunter, das ihm so beunruhigend nahe war, legte den Zeigefinger unter ihr Kinn und hob es an. Ganz langsam senkte er den Mund auf ihre Lippen hinunter und küßte sie sacht.

Dann zog er sich wieder erschrocken von ihr zurück. Ihre Augen waren geschlossen, ihr Körper weich und nachgiebig an ihn hingegossen. Er wußte, daß er sie jetzt nehmen konnte, aber etwas hielt ihn davon ab. Er nahm seine Hand von ihrem Kinn und sah, daß sie zitterte. Er fühlte sich so wie ein Junge, der sein erstes Liebeserlebnis mit einer Frau hat. Nur daß er bei seiner ersten Frau sehr eifrig und keineswegs schüchtern gewesen war. Und jetzt zitterte auch er am ganzen Körper.

»Was machst du nur mit mir?« flüsterte er.

»Ich weiß es nicht«, erwiderte Dougless mit dunkler, rauher Stimme. »Ich denke, daß wir füreinander bestimmt sind. Obwohl unsere Geburtsstunden vierhundert Jahre auseinanderliegen, waren wir füreinander bestimmt.«

Er strich ihr mit der Hand über das Gesicht, den Hals, die Schulter, den Arm. »Trotzdem soll ich jetzt nicht mit dir schlafen? Ich darf dir nicht das Kleid von den Schultern streifen, nicht deine Brüste und Beine küssen?«

»Nicholas, bitte«, sagte sie und löste sich aus seinem Arm. »Es ist schon so schwer genug für mich. Ich weiß nur, daß du, am Morgen, nachdem wir uns geliebt haben, aus meiner Zeit verschwunden bist. Ich hatte dich mit beiden Armen festgehalten, aber du bist mir entglitten. Nun habe ich dich wieder, und ich will dich nicht ein zweites Mal verlieren. Wir können die Zeit miteinander verbringen, reden, auf jede erdenkliche Art zusammensein – nur eine körperliche Vereinigung ist uns verwehrt, wenn du möchtest, daß ich bei dir bleiben soll.«

Nicholas blickte sie an, sah und spürte, wie groß ihre Angst war, ihn zu verlieren; aber in diesem Moment war sein Verlangen so mächtig, daß seine Vernunft unterliegen mußte.

Dougless sah, was er dachte, und als er nach ihr greifen wollte, rollte sie rasch vom Bett herunter. »Einer von uns beiden muß einen kühlen Kopf behalten. Ich möchte, daß du dich jetzt ausruhst. Morgen können wir weiterreden.«

»Ich möchte nicht mit dir reden«, sagte er schmollend.

Dougless lachte und erinnerte sich daran, was sie damals alles angestellt hatte, um ihn zu verführen. »Morgen, mein Geliebter. Ich muß jetzt gehen. Die Dämmerung bricht schon herein, ich muß mich mit Lucy treffen und . . .«

»Wer ist Lucy?«

»Lady Lucinda Soundso. Das Mädchen, das Kit heiraten soll.«

»Dieser Fettkloß«, schnaubte Nicholas verächtlich.

»Keine Schönheit wie die Frau, die du heiraten wirst, wie?« brauste Dougless auf.

Nicholas lächelte. »Eifersucht steht dir.«

»Ich bin nicht eifersüchtig. Ich bin nur . . .« Sie wandte sich von ihm weg. Eifersucht konnte ihre Gefühle für Lettice nicht beschreiben, aber sie sagte nichts. Nicholas hatte bereits klargestellt, daß er die Frau liebte, die er heiraten sollte,

434

und er würde nicht auf das hören, was Dougless gegen sie vorzubringen hatte. »Ich muß jetzt gehen«, sagte sie schließlich. »Und ich möchte, daß du wieder schläfst, damit die Wunde verheilen kann.«

»Ich würde besser schlafen, wenn du bei mir bliebest.«

»Lügner«, sagte sie lächelnd. Sie wagte nicht mehr, in seine Nähe zu kommen. Sie war erschöpft von den aufregenden Ereignissen des Tages. Und von der schlaflosen Nacht davor.

Sie nahm ihre Reisetasche, ging zur Tür und warf noch einen letzten Blick auf ihn – seinen nackten Oberkörper, seine brünette Haut auf weißem Laken – und eilte, ehe ihr Entschluß ins Wanken geraten konnte, aus dem Zimmer.

Lucy erwartete sie beim Bassin im Garten, und nachdem Dougless sich unter der Fontäne des Springbrunnens »geduscht« hatte, studierten sie die Posse ein. Dougless spielte den Einfaltspinsel, der auf dumme Fragen witzige Antworten bekam, so daß Lucy die Lacher immer auf ihrer Seite haben würde.

Als es bereits heller Tag war, ging Dougless ins Haus zurück. Honoria erwartete sie bereits und hielt das geänderte purpurfarbene Samtkleid für sie bereit.

»Ich hatte vor, noch ein bißchen zu schlafen«, sagte Dougless gähnend.

»Lady Margaret und Lord Christopher erwarten dich. Du sollst belohnt werden.«

»Ich möchte keine Belohung. Ich wollte nur helfen.« Noch während sie das sagte, wußte sie schon, daß das eine Lüge war. Sie wollte für den Rest ihres Lebens mit Nicholas zusammensein. Ob sechzehntes oder zwanzigstes Jahrhundert – es war ihr gleich, wenn sie nur bei ihm bleiben konnte.

»Du mußt kommen. Du darfst dir wünschen, was du willst – ein Haus, eine Pfründe, einen Ehemann, einen . . .«

»Glaubst du, sie würden mir Nicholas zum Mann geben?«

»Er ist versprochen«, sagte Honoria leise.

»Ich weiß das nur zu gut. Sollen wir anfangen, mich ins Korsett hineinzuquetschen?«

Nachdem Dougless angekleidet war, führte Honoria sie in das Audienzzimmer, wo Lay Margaret und ihr ältester Sohn eine Partie Schach spielten.

»Ah«, sagte Kit, als Dougless eintrat. Er nahm ihre Hand und hob sie an seine Lippen. »Der Engel des Lebens, der mir meines zurückgab.«

Dougless lächelte errötend.

»Kommt und setzt Euch hierher«, sagte Lady Margaret und deutete auf einen Sessel. Einen Sessel, nicht einen Stuhl, woran Dougless erkannte, daß sie eine hohe Ehre empfangen sollte.

Kit stand hinter dem Sessel seiner Mutter. »Ich möchte Euch für mein Leben danken und Euch ein Geschenk machen, aber ich weiß nicht, was Ihr Euch wünscht. Sagt mir, was Ihr gerne von mir bekommen möchtet. Und seid nicht bescheiden in Eurem Wunsch«, fuhr er augenzwinkernd fort, »denn mein Leben gilt mir viel.«

»Es gibt nichts, was ich mir wünschen möchte«, erwiderte Dougless. »Ihr habt mir viel Güte erwiesen, mich überaus prächtig gekleidet und bewirtet. Mehr könnte ich gar nicht von Euch verlangen.« Außer Nicholas, dachte sie bei sich. Könntest du ihn mir in Geschenkpapier einwickeln und ihn in das Haus meiner Familie in Maine schicken?

»Ich bitte Euch«, sagte Kit lachend. »Es muß doch etwas geben, das Ihr Euch wünscht. Eine Truhe mit Juwelen vielleicht. Ich habe ein Haus in Wales, das . . .«

»Ein Haus«, sagte Dougless. »Ja, ein Haus. Ich wünsche mir, daß Ihr Euch ein Haus in Thornwyck baut und Nicholas die Pläne dafür entwirft.«

»Mein Sohn?« fragte Lady Margaret entsetzt.

»Ja, Nicholas. Er hat ein paar Skizzen für ein Haus ange-

fertigt, und es wird wunderschön werden. Aber er muß Kits
– Lord Christophers – Erlaubnis dafür bekommen.«

»Und Ihr wollt in diesem Haus wohnen?« fragte Kit.

»O nein – ich meine, es soll mir nicht gehören. Ich will
nur, daß Nicholas die Erlaubnis erhält, es zu entwerfen.«

Kit und Lady Margaret starrten sie beide an. Dougless
blickte auf die Kammerfrauen, die um sie herumsaßen und
stickten. Auch sie schienen höchst verwundert über ihren
Wunsch.

Kit fand seine Fassung als erster wieder. »Euer Wunsch
wird erfüllt. Mein Bruder wird sein Haus bekommen.«

»Vielen Dank. Ich danke Euch vielmals.«

Niemand im Raum sagte darauf noch ein Wort, und deshalb stand Dougless von ihrem Sessel auf und meinte, an
Lady Margaret gewandt: »Ich glaube, daß ich Euch noch
eine Charade schuldig bin.«

Lady Margaret erwiderte lächelnd: »Ihr braucht Euch
nicht länger Euren Lebensunterhalt zu verdienen. Die Rettung meines Sohnes hat ihn für Euch bezahlt. Ihr könnt in
diesem Haus tun und lassen, was Ihr wollt.«

Dougless wollte zunächst protestieren, daß sie gar nicht
wüßte, was sie mit sich anfangen sollte, aber dann überlegte
sie, daß ihr da schon etwas einfallen würde. »Vielen Dank,
Mylady«, sagte sie und machte einen Hofknicks, ehe sie den
Audienzsaal wieder verließ. Ich bin meiner Pflichten entbun-
den, dachte sie, als sie in Honorias Schlafzimmer zurückging. Ich brauche niemanden mehr zu unterhalten. Ein
Glück, überlegte sie, denn ihr Vorrat an Liedern war total
aufgezehrt, und sie hätte nun auf Gesangseinlagen im Wer-
befernsehen zurückgreifen müssen.

Honorias Zofe half Dougless, ihr neues Samtkleid und ihr
Stahlkorsett auszuziehen (das Korsett, das bereits unter dem
Seidenüberzug Rost zeigte), und Dougless ging lächelnd zu
Bett. Sie hatte verhindert, daß Nicholas Arabella schwän-

437

gerte, und sie hatte Kit das Leben gerettet. Nun mußte sie nur noch Lettice und Nicholas auseinanderbringen. Wenn ihr das gelang, würde sie den Lauf der Geschichte geändert haben.

Lächelnd schlief sie ein.

18

Was nun folgte, waren für Dougless die glücklichsten Wochen ihres Lebens. Jeder im Haushalt der Staffords mochte sie, und es schien so, als könnte sie keinem schaden und niemand ihr böse sein. Sie selbst dachte zwar, daß dieses allgemeine Wohlwollen nach ungefähr einer Woche wieder abklingen würde, aber sie beschloß, das Beste daraus zu machen, solange es dauerte.

Sie verbrachte fast jede freie Minute mit Nicholas. Er wollte alles über die Welt des zwanzigsten Jahrhunderts wissen und wurde nie müde, Fragen zu stellen. Er hatte Mühe zu glauben, was sie ihm über Autos erzählte, und ihre Beschreibung von Flugzeugen verbannte er ins Reich der Fabel. Er ließ sich jeden Gegenstand aus ihrer Reisetasche erklären. Ganz unten entdeckte Dougless sogar ein paar in Stanniol eingewickelte Teebeutel, und sie bereitete Nicholas eine Tasse Tee mit Milch zu. Und er tat das, was er damals gemacht hatte, als sie ihm zum erstenmal eine Eiskrem kaufte – er küßte sie schallend auf den Mund vor Freude.

Als Ausgleich für ihre Erzählungen vom zwanzigsten Jahrhundert gab er ihr Gelegenheit, die Dinge kennenzulernen, die sein Leben bestimmten. Er führte ihr alle Tänze vor, die er beherrschte, und nahm sie eines Tages mit auf die Falkenjagd und lachte, als sie sich weigerte, den herrlichen Vogel auf ihrem Arm zum Töten auffliegen zu lassen. Er zeigte ihr Bussarde in Pferchen, an die tagelang nur weißes Brot verfüttert wurde, bis sie das Aas in ihren Kröpfen aufgezehrt hatten, ehe sie dann selbst geschlachtet und verspeist wurden.

Sie stritten sich über die Bildung der »unteren Klassen«. Und das führte zu einem heftigen Disput über die Gleichheit der Menschen. Nicholas sagte, nach ihren Schilderungen von Amerika habe er den Eindruck, daß dies ein gewalttätiges Land voller einsamer Menschen sei, und Dougless ärgerte sich jetzt, daß sie ihm so viel von Amerika erzählt hatte.

Er stellte ihr Hunderte von Fragen, die unmittelbare Zukunft Englands und Königin Elizabeths betreffend. Dougless wünschte, daß sie sich alles, was sie darüber gelesen oder gehört hatte, gemerkt hätte, um ihn jetzt besser informieren zu können. Er schien fasziniert zu sein von der Idee, mit einem Schiff über die Weltmeere zu segeln und ihr erst vor kurzem entdecktes Land zu erforschen.

»Aber du wirst, mit Lettice verheiratet, hierbleiben. Du kannst nicht irgendwo hinreisen, falls du überhaupt am Leben bleibst. Falls du nicht hingerichtet wirst, meine ich.«

Nicholas wollte ihr *nicht* zuhören, wenn sie von seiner Hinrichtung sprach. Er hatte den Glauben junger Männer, daß er unbesiegbar sei und niemand ihm Schaden zufügen könne. »Ich werde aber keine Armee ausheben, um meine Ländereien in Wales zu schützen, weil sie nämlich nicht mir, sondern Kit gehören. Und da er nicht tot ist, sondern lebt, wird die Zukunft, die ich einmal hatte, nicht eintreten.«

Sie konnte ihn nicht vom Gegenteil überzeugen. Als sie ihn fragte, wer seiner Meinung nach versucht habe, Kit zu töten, zuckte er nur mit den Achseln und sagte, das müßte wohl ein Gauner gewesen sein, der zufällig des Weges kam. Dougless konnte sich noch immer nicht an die Vorstellung von einem Land gewöhnen, in dem es weder eine Polizei noch eine Bundesregierung gab. Der Adelsstand hatte nicht nur das Geld, sondern auch alle Macht im Land. Diese Leute

sprachen Recht, hängten jeden auf, den sie aufhängen wollten, und waren allein der Königin verantwortlich. Wenn die
Bauern einer Familie gehörten, die sie gut regierte, konnten
sie froh sein. Die meisten hatten dieses Glück nicht.

Eines Tages bat sie Nicholas, sie in eine Stadt mitzunehmen, die sie besichtigen wollte. Er hob eine Braue in die
Höhe und sagte, es würde ihr nicht gefallen, was sie dort sah,
aber er wolle ihr diesen Gefallen gern tun.

Er hatte recht. Der Frieden und die relative Sauberkeit im
Haushalt der Staffords hatten sie nicht auf den Schmutz
einer mittelalterlichen Stadt vorbereitet. Acht Ritter aus Nicholas' Gefolge begleiteten sie, um sie vor Straßenräubern zu
schützen. Unterwegs suchte Dougless den Schatten hinter
jedem Baum mit den Augen ab, ob dort nicht irgendwelches
Gesindel lauerte. Von einem verwegen aussehenden Räuber
in einem romantischen Abenteuerroman überfallen zu werden, war eine Sache, die Wirklichkeit jedoch eine ganz andere – Dougless bezweifelte, daß echte Straßenräuber ritter-
liche Gefühle gegenüber Frauen hegten. Sie waren vermutlich durchwegs Halsabschneider.

Der Schmutz, den sie in der Stadt sah, übertraf ihre
schlimmsten Befürchtungen. Die Bewohner kippten den Inhalt ihrer Nachttöpfe und ihre Küchenabfälle einfach auf die
Straße. Sie sah Erwachsene, die vermutlich noch nie in ihrem
Leben gebadet hatten. An der Ecke einer Brücke, die einen
kleinen Fluß überspannte, erblickte sie hohe Stangen, auf denen abgeschlagene Menschenköpfe verfaulten.

Sie bemühte sich, alles ohne Vorurteile zu betrachten und
auch das Gute zu sehen. Sie versuchte, sich das Aussehen der
Häuser und der Fuhrwerke auf den Straßen genau einzuprä-
gen, damit sie, wenn sie in ihre Zeit zurückkehrte, ihrem Vater erzählen konnte, was sie alles gesehen hatte. Aber sie
schien nur schlechte Eindrücke in ihre Zeit mitnehmen zu
können. Die Häuser standen so dicht beieinander, daß

Frauen Gegenstände von einem Haus auf der einen Straßenseite zu einem Haus auf der anderen Straßenseite hinüberreichen konnten. Leute schrien, Tiere grunzten oder bellten, Handwerker hämmerten auf Metall. Schmutzige und mit Schwären bedeckte Kinder rannten zu ihnen, klammerten sich an ihre Beine und bettelten sie an. Nicholas' Männer stießen sie beiseite, und statt Mitleid für die armen Würmer zu empfinden, spürte Dougless nur einen Ekel vor ihnen, wenn sie ihr zu nahe kamen. Als Nicholas sich umdrehte und ihr bleiches Gesicht sah, befahl er seinen Leuten, umzukehren und mit ihnen wieder aus der Stadt zu reiten.

Sobald sie sich auf freiem Feld befanden und die Luft wieder rein war, ließ Nicholas seine Leute anhalten und ein Tuch unter den Bäumen ausbreiten. Essen wurde ihnen serviert, und Nicholas reichte Dougless einen Becher voll starkem Wein, den sie mit zitternden Händen entgegennahm. Nachdem sie einen Schluck davon getrunken hatte, sagte er: »Unsere Welt ist nicht mit deiner zu vergleichen.«

In den letzten Tagen hatte er sich bei ihr über alle Aspekte eines modernen Gemeinwesens erkundigt und sie auch gefragt, wie eine Stadtreinigung und ein Kanalsystem funktionierte und welche sanitären Einrichtungen es in ihren Städten gab.

»Nein«, erwiderte sie und versuchte die Erinnerung daran, wie die Stadt ausgesehen und gerochen hatte, aus ihrem Bewußtsein zu verdrängen. Amerika hatte viele Obdachlose, aber sie hausten in nicht annähernd so schlimmen Verhältnissen wie die Bewohner dieser Stadt. Natürlich hatte sie auch ein paar gutgekleidete Leute auf den Straßen gesehen, aber die wogen den schrecklichen Gestank in den Gassen nicht auf. »Nein, eine moderne Kommune ist etwas ganz anderes.«

Er streckte sich neben ihr aus, während sie auf dem Tuch saß und den Becher mit Wein leerte. »Möchtest du in meiner Zeit bleiben?«

Sie blickte ihn an, und zwischen ihnen stand das Bild der Stadt, die sie eben besichtigt hatte. Wenn sie bei Nicholas blieb, würde diese Stadt Bestandteil ihres Lebens sein. Jedesmal, wenn sie die Geborgenheit und Ruhe, die sie im Haus der Staffords genoß, verließ, würde sie aufgespießte verfaulende Köpfe sehen und Straßen und Wege, die mit Fäkalien überschwemmt waren.

»Ja«, sagte sie, ihm in die Augen blickend. »Ich würde bleiben, wenn ich könnte.«

Er hob ihre Hand an die Lippen und küßte sie.

»Aber ich würde dafür sorgen, daß die Hebammen sich die Hände waschen.«

»Hebammen? Ah, dann hast du also vor, meine Kinder zu bekommen?«

Der Gedanke, ein Kind in die Welt zu setzen ohne einen richtigen Arzt und ohne Krankenhaus, erschreckte sie, aber das sagte sie ihm nicht. »Mindestens ein Dutzend«, antwortete sie.

Ihr Ärmel war zu fest verschnürt, als daß man ihn hätte in die Höhe schieben können; aber sie spürte seine heißen Lippen durch den Stoff hindurch. »Wann sollen wir damit anfangen, sie herzustellen? Ich würde gern noch mehr Kinder haben wollen.«

Ihre Augen waren geschlossen, ihr Kopf lag im Nacken. »Mehr?« Plötzlich tauchte etwas, das Nicholas gesagt hatte, wieder in ihrer Erinnerung auf. Ein Sohn. Er hatte gesagt, er habe keine Kinder, aber er hätte einen Sohn gehabt.

Wie hatte er sich damals ausgedrückt?

Sie entzog ihm ihren Arm. »Nicholas, hast du einen Sohn?«

»Ja, einen kleinen Jungen. Aber du brauchst dich deswegen nicht zu beunruhigen. Ich habe die Mutter schon vor langer Zeit weggeschickt.«

Sie suchte sich zu konzentrieren. Einen Sohn. Was hatte Nicholas damals gesagt?

Ich hatte einen Sohn; aber er ist eine Woche nach dem Tod meines Bruders bei einem Sturz umgekommen.

»Wir müssen umkehren«, sagte sie.

»Aber zuerst werden wir noch essen.«

»Nein.« Sie stand auf. »Wir werden sofort nach deinem Sohn sehen müssen. Du sagtest damals zu mir, er sei eine Woche nach dem Tod deines Bruders bei einem Sturz ums Leben gekommen. Diese Woche ist morgen zu Ende. Wir müssen sofort zu ihm.«

Nicholas zögerte nicht einen Moment. Er ließ einen Mann zurück, der die Speisen und Teller wieder einpacken sollte, und die anderen sieben Ritter galoppierten mit Dougless zurück zum Haus der Staffords. Sie sprangen am vorderen Tor von den Pferden, und Dougless hob ihre Röcke an und folgte Nicholas, der vor ihr die Treppe in den zweiten Stock hinauflief, wo sie noch nie gewesen war.

Dort warf er eine Tür auf, und was Dougless nun im Raum sah, der sich vor ihr öffnete, war schlimmer als alles, was sie bisher im sechzehnten Jahrhundert an Eindrücken gesammelt hatte. Ein kleiner Junge, kaum über ein Jahr alt, war vom Hals bis zu den Füßen fest in Leinwandstreifen eingewickelt – und hing an einem Haken an der Wand. Arme und Beine waren ihm von der Leinwand an den Leib gefesselt, wie bei einer Mumie. Die untere Hälfte dieser Wickelpackung war schmutzig von dem Kot und dem Urin des Kleinen. Offenbar war das Leinen dort nie gewechselt worden, und unter dem Kleinen stand ein hölzerner Eimer auf dem Boden, der das, was der Stoff nicht mehr zurückhalten konnte, auffangen sollte.

Dougless war zunächst wie gelähmt von dem Anblick dieses Kindes, dessen Augen halb offen oder halb geschlossen waren.

»Dem Kind fehlt nichts«, sagte Nicholas. »Es ist ihm kein Leid geschehen.«

»Kein Leid geschehen«, wiederholte Dougless fassungslos. Wenn ein Kind im zwanzigsten Jahrhundert so behandelt worden wäre, hätte man es den Eltern weggenommen und diese strafrechtlich verfolgt, aber Nicholas sagte, daß dem Kind nichts fehle. »Nimm ihn von der Wand herunter«, sagte sie.

»Herunter? Aber dort ist er doch sicher. Es gibt keinen Grund, ihn . . .«

Dougless fauchte ihn an: »Nimm ihn herunter!«

Mit einem Achselzucken und einem Blick an die Decke nahm Nicholas das Kind vom Haken herunter und hielt ihn mit ausgestreckten Armen von sich, damit es seinen Vater nicht »bekleckerte«. So trug er es, mit beiden Händen an den Schultern gepackt, zu Dougless. »Und was soll ich nun mit ihm machen?«

»Wir werden ihn baden und ordentlich anziehen. Kann er gehen? Sprechen?«

Nicholas blickte sie erstaunt an. »Woher soll ich das denn wissen?«

Dougless Lider zuckten. Da lag mehr als nur Zeit zwischen ihren beiden Welten. Es dauerte eine Weile, bis Dougless durchsetzen konnte, daß man ihr einen großen Holzeimer und heißes Wasser in dieses Zimmer brachte. Nicholas murrte, klagte, ja fluchte sogar, aber sie wickelte seinen schmutzigen, übelriechenden Sohn aus der Leinwand und steckte ihn in das warme Wasser. Der arme Kerl war von der Hüfte bis zu den Zehen hinunter wund von seinem Urin. Dougless benützte ein Stück von ihrer kostbaren Seife, um ihn vorsichtig zu waschen.

Einmal kam die Amme des Kindes herein. Sie war sehr erregt und behauptete, Dougless würde das Kind umbringen. Nicholas wollte sich zunächst nicht einmischen – vermutlich

teilte er die Ansichten dieser Person –, bis Dougless ihn wütend anfunkelte und er die Amme wieder aus dem Raum
schickte.

Das warme Wasser machte den Jungen sichtlich munter,
und Dougless argwöhnte, daß die Binden so fest gewickelt
worden waren, daß die Blutzirkulation behindert und der
Junge in eine Art Dämmerzustand versetzt wurde. In diesem
Sinn äußerte sie sich auch Nicholas gegenüber.

»Das machen alle Ammen. So halten die Kinder still. Sobald man die Binden lockert, fangen sie an zu plärren.« »Ich
möchte mal erleben, was *du* machen würdest, wenn man *dich*
in so eine feste Windel gepackt und an die Wand gehängt
hätte! Du würdest Zeter und Mordio schreien.«

»Ein Kind hat keinen Verstand.« Ihm schien jedes Verständnis für ihre Worte und ihr Verhalten zu fehlen.

»Er hat jetzt den Verstand, mit dem er eines Tages nach
Yale kommen wird.«

»Yale?«

»Ach, nichts. Hat man in eurer Zeit bereits die Sicherheits-
nadeln erfunden?«

Dougless mußte Windeln improvisieren. Nicholas protestierte, als Dougless mit einer Diamant- und einer Sma-
ragdbrosche die Zipfel der Windel feststeckte. Sie wünschte
sich, sie hätte etwas Zinksalbe in ihrer Reisetasche, mit der
sie die wunden Hautstellen des Kindes hätte behandeln können.

Als der Junge endlich sauber, trocken und eingepudert
war (dank einer Gratisprobe, die sie in einem Hotel im Badezimmer gefunden und in ihre Reisetasche gepackt hatte),
reichte sie ihn dem Vater zu. Nicholas nahm ihn mit einem
halb entsetzten, halb verlegenen Gesicht entgegen, aber er
hielt ihn tapfer auf dem Arm, und nach einer Weile lächelte
er ihn sogar an. Das Kind lächelte zurück.

»Wie heißt er?« fragte Dougless.

»James.«

Sie nahm Nicholas den Jungen wieder ab. Es hatte bereits
das gute Aussehen seines Vaters, dessen dunkles Haar und
blaue Augen. Es zeigte auch schon ein kleines Grübchen im
Kinn. »Laß doch mal sehen, ob du schon gehen kannst«,
sagte Dougless, setzte das Kind auf den Boden, und nach ein
paar unsicheren Schritten lief es in ihre ausgestreckten Arme.

Nicholas blieb bei ihr, während sie eine Stunde lang mit
dem Kind spielte, und als sie ihn dann für die Nacht zurecht-
machte, wurde sie wieder um eine Erfahrung reicher, was die
elisabethanische Kinderpflege betraf: James' Krippe hatte in
der Mitte ein Loch, und das Kind wurde über Nacht mit dem
Popo über dem Loch in der Krippe festgebunden, worauf
wieder der Eimer daruntergestellt wurde.

Nicholas verdrehte nur die Augen, als sie eine Matratze
für das Kind verlangte. Die Amme protestierte, und Dougless konnte diesmal ihren Standpunkt verstehen. Wenn das
Kind keine Gummihose anhatte, würde die Matratze am
Morgen schmutzig sein, und wie wollte sie Gänsendaunen
von Urin und Kot reinigen? Dougless löste dieses Problem,
indem sie ein Stück Wachstuch, aus dem Regenkleider angefertigt wurden, unterlegte. Die Amme tat, was Dougless ihr
anschaffte, brummelte aber etwas in ihren nichtvorhandenen
Bart, als Dougless und Nicholas wieder aus dem Zimmer
gingen.

Nicholas grinste und sagte: »Ich möchte dich einladen, mit
mir zu Abend zu speisen. Wir wollen die Reinigung meines
Sohnes feiern.« Damit nahm er Dougless' Hand und schob
sie unter seinen Arm.

Nicholas lehnte sich auf der Bank zurück und sah zu, wie
Dougless mit seinem Sohn spielte. Die Sonne schien warm
vom Himmel, die Luft war erfüllt vom Duft der Rosen und –
soweit Nicholas das beurteilen konnte – die Welt vollkom-

men in Ordnung. Es war nun drei Tage her, daß er das Kind vom Wandhaken genommen hatte und dieses von seinen Binden befreit worden war. Seither hatte das Kind eine Menge Zeit mit ihnen beiden verbracht. Aber was das anbelangte, hatte einen Menge Leute ihre Zeit mit ihnen verbracht. Nicholas konnte nur staunen, in wie viele Dinge sich Dougless in der kurzen Zeit, die sie nun im Haushalt der Staffords lebte, eingemischt hatte oder verwickelt worden war. Jeden Morgen hatte sie mit der dicken kleinen Erbin »geprobt«, wie sie das nannte, und dann ein lächerliches Stück in lächerlichen Bauernkleidern mit ihr aufgeführt. Sie hatten ein Lied gesungen mit dem Text »*Trabvelin' along, singin' a song* . . .« und Witze gerissen, die an Blasphemie grenzten.

Das ganze Stück hindurch hatte Nicholas sich geweigert, auch nur einmal zu lachen, weil er wußte, daß Dougless diese Posse nur für Kit »einstudiert« hatte. Sie hatte ihm das sogar selbst gesagt. Der Rest der Familie hatte sich vor Lachen gebogen, aber Nicholas hatte sich nur auf die Lippen gebissen.

Später, als sie wieder unter sich waren, hatte sie ihn ausgelacht und ihn der Eifersucht geziehen. Eifersucht? Nicholas Stafford und eifersüchtig? Er konnte jede Frau haben, wenn er wollte, und warum sollte er daher eifersüchtig sein? Sie hatte ihn so vielsagend angesehen, daß er sie zur Strafe an sich gerissen und sie so lange geküßt hatte, bis sie sich kaum noch an ihren Namen erinnern konnte, geschweige denn an einen anderen Mann.

Als er nun, an die Gartenmauer gelehnt, zusah, wie sie seinem Sohn einen Ball zuwarf, fühlte er einen tiefen inneren Frieden. War das Liebe? fragte er sich. War das die Liebe, von der die Troubadoure sangen? Wie konnte er eine Frau lieben, mit der er noch nicht einmal ins Bett gegangen war? Er hatte sich schon einmal eingebildet, eine Frau zu lieben – das war ein Zigeunermädchen gewesen, die herrliche Dinge mit seinem Körper angestellt hatte. Aber mit dieser Dougless redete er doch nur und – lachte.

Sie hatte ihm so lange mit den Skizzen in den Ohren gelegen, die sie in seiner Fensterbank gefunden hatte, als sie in seinem Zimmer herumschnüffelte, daß er angefangen hatte, neue Entwürfe zu machen. Kit hatte Nicholas mitgeteilt, daß der Bau in Thornwyck im nächsten Frühjahr beginnen könne.

Sie redeten zusammen, sangen zusammen, ritten zusammen und gingen zusammen spazieren. Und er erzählte ihr Dinge von sich, die er bisher keinem anderen Menschen anvertraut hatte.

Vor zwei Tagen war ein Porträtmaler ins Haus gekommen, und Nicholas hatte ihn damit beauftragt, ein Miniaturbild von Dougless anzufertigen. Es sollte nun bald fertig sein.

Als er sie jetzt betrachtete, begann er sich zu fragen, ob er ohne sie leben könne. Immer wieder sprach sie von Abschied. Und was er tun müsse, wenn sie nicht mehr da sei. Sie sprach von Sauberkeit, bis er das Wort nicht mehr hören konnte, aber sie konnte nicht oft genug betonen, daß Sauberkeit von größter Wichtigkeit war.

Wenn sie nicht mehr da sei . . . Ihm wurde der Gedanke, daß ihr Zusammensein nicht von Dauer sein könnte, unerträglich. Jeden Tag passierte es ihm, daß er dachte: »Das muß ich Dougless erzählen.« In ihrer Zeit wären Mann und Frau Partner, hatte sie zu ihm gesagt, die sich gegenseitig ihre Gedanken und Pläne mitteilten. Er wußte, daß der letzte Gatte seiner Mutter Lady Margaret oft nach ihrer Meinung gefragt hatte, aber er konnte sich nicht erinnern, daß sein Stiefvater sie gefragt hatte, wie ihr Tag verlaufen sei. Dougless fragte ihn immer danach.

Und da war dieses Kind. Selbstverständlich war es eine Plage, aber es gab Zeiten, wo er sich über das Lächeln des

Jungen freute. Der Kleine sah zu seinem Vater auf, als wäre er ein Gott. Gestern hatte Nicholas den Jungen vor sich auf den Sattel gesetzt, und das Jauchzen des Knaben hatte ihn zum Schmunzeln gebracht.

Dougless lachte über etwas, das der Knabe tat, und holte Nicholas in die Gegenwart zurück. Die Sonne brachte ihr Haar zum Leuchten, aber die Sonne schien auch immer nur hinter den Wolken hervorzukommen, wenn sie in der Nähe war. Er wollte sie in die Arme nehmen, sie an sich pressen, sie lieben, aber die Drohung, daß sie dann sogleich verschwinden könne, hielt ihn davon zurück, sie in sein Bett zu ziehen. Oh, er küßte sie, wann immer er das konnte, berührte jeden Teil ihres Körpers, den er erreichen konnte. Sie saßen abends in irgendeinem versteckten Winkel beisammen, betrachteten die Sterne am offenen Fenster oder sahen in die Flammen des Kamins. Er streichelte sie, legte den Arm um sie, aber weiter gingen sie nicht. Die Möglichkeit, daß sie ihn dann verlassen könnte, war für ihn ein zu großes Risiko.

Ein Junge kam und teilte Nicholas mit, daß Lady Margaret ihn zu sprechen wünsche, und so erhob er sich widerstrebend von seinem Platz, verließ den Garten und Dougless und ging ins Haus.

Seine Mutter erwartete ihn in ihrem Privatgemach neben ihrer Kemenate.

»Hast du es ihr gesagt?« fragte seine Mutter mit strengem Gesicht.

Sie mußte Nicholas nicht erst erklären, was sie mit »es« meinte. »Nein, das habe ich nicht.«

»Nicholas, das geht zu weit. Ich habe Nachsicht mit dieser Frau gehabt, weil sie Kits Leben rettete, aber dein Verhalten . . .« Sie ließ den Satz unbeendet, weil es nicht nötig war, ihm noch mehr zu sagen.

Nicholas ging ans Fenster, öffnete es und blickte in den Garten hinunter. Er konnte Dougless unten mit dem Kind spielen sehen. »Ich wünschte, ich könnte mein Leben mit dieser Montgomery-Frau verbringen«, murmelte er.

Lady Margaret warf das Fenster wieder zu und fixierte ihren Sohn. Sie hatte Augen, die einen Mann durchbohren konnten. »Das kannst du nicht. Die Mitgift für Lettice Culpin ist angenommen und ein Teil davon bereits zum Ankauf von Schafen verwendet worden. Die Frau bringt Land mit und einen guten Namen. Deine Kinder werden mit dem Königshaus verwandt sein. Du kannst das nicht alles einer Frau wegen wegwerfen, die ein Nichts ist.«

»Sie ist alles für mich.«

Lady Margaret funkelte ihn wieder wütend an. »Sie ist ein Nichts. Vor zwei Tagen kam ein Reiter aus Lanconia zurück. Es gibt dort keinen König Montgomery. Diese Dougless Montgomery ist nicht mehr als ein mit flinker Zunge begabtes . . .«

»Sag nicht mehr«, unterbrach Nicholas sie rasch. »Ich habe nie geglaubt, daß sie von königlichem Geblüt ist, aber sie bedeutet mir inzwischen mehr als Besitz und Abstammung.«

Lady Margaret stöhnte. »Glaubst du, du wärest der erste, der sich verliebt hat? Als Mädchen liebte ich meinen Vetter und weigerte mich, deinen Vater zu heiraten. Meine Mutter prügelte mich, bis ich einwilligte, ihn zum Gatten zu nehmen.« Sie sah Nicholas mit schmalen Augen an. »Und sie hatte recht. Dein Vater schenkte mir zwei Söhne, die das Mannesalter erreichten, und mein Vetter verspielte sein Vermögen.«

»Es ist sehr unwahrscheinlich, daß Dougless mein Vermögen verspielen würde.«

»Aber vermehren wird sie es auch nicht!« Lady Margaret zwang sich zur Ruhe. »Was hast du eigentlich? Kit soll ein dickes Kind heiraten, während du eine der größten Schönheiten Englands zur Gattin bekommst. Lettice ist weitaus schöner als diese Montgomery-Frau.«

»Was bedeuten mir schon Geld und Schönheit? Lettice hat ein Herz aus Stein. Sie heiratet mich, den jüngeren Sohn, nur meiner Verbindung zum Königshaus wegen. Soll sie sich doch einen anderen suchen, den ihre Gefühlskälte nicht stört und der nur ihr schönes Gesicht sieht.«

»Du meinst, du willst dein Eheversprechen brechen? Die Verlobung auflösen?« fragte Lady Margaret entsetzt.

»Wie kann ich eine Frau heiraten, wenn mein Herz einer anderen gehört?«

Lady Margaret ließ ein schnaubendes Lachen hören. »Ich habe dich nicht großgezogen, damit du dich wie ein Tölpel verhältst. Behalte doch nach der Eheschließung diese Montgomery. Mache sie zur Kammerfrau deiner Gattin. Ich kann nicht glauben, daß Lettice etwas dagegen hat, wenn du sie nicht jede Nacht besuchst. Mache Lettice ein Kind und gehe dann zu dieser Montgomery. Das war eine Regelung, die mein zweiter Gatte traf, und ich war damit einverstanden. Obwohl er dieser Frau drei Kinder schenkte und mir nur eines, das noch dazu starb«, setzte sie bitter hinzu.

Nicholas drehte sich von seiner Mutter weg. »Ich glaube nicht, daß Dougless mit so einem Arrangement einverstanden wäre. Ich glaube nicht, daß in ihrem Land so etwas Brauch ist.«

»Ihr Land? Wo liegt denn das Land, aus dem sie kommt? Es ist gewiß nicht Lanconia. Wo hat sie diese Spiele und Lieder her? Woher diese seltsamen Geräte, die sie in ihrer Tasche mit sich herumträgt? Sie zählt Zahlen auf einer Maschine zusammen. Sie hat Pillen, die Zauberkräfte besitzen. Kommt sie vom Teufel? Möchtest du geschlechtlichen Umgang mit einem Geschöpf des Teufels haben?«

»Sie ist keine Hexe. Sie ist aus . . .« Er biß sich auf die Zunge und sah seine Mutter an. Er konnte ihr nicht die Wahrheit über Dougless sagen. Dougless hatte eine Bemer-

452

kung gemacht, daß sie zwar im Augenblick im Hause beliebt sei, sich das aber rasch wieder ändern würde.

Lady Margaret funkelte ihren Sohn abermals an. »Verkaufst du dich an sie? Glaubst du alles, was sie dir erzählt? Die Frau ist eine Lügnerin und . . .« Sie zögerte. »Sie mischt sich zu sehr in alles ein. Sie läßt dich Häuser zeichnen, als wärst du ein Handelsmann aus niedrigem Stande. Sie hat das Mädchen, das Kit heiraten soll, in gewöhnliche Bauernkleider gesteckt. Sie holt die Kinder aus der Säuglingsstube. Sie bringt den Kindern der Dienstboten das Lesen und Schreiben bei – als ob sie das brauchten! Sie . . .«

»Aber du hast das doch alles eingeführt«, sagte Nicholas erstaunt. »Ich habe doch anfangs immer zur Vorsicht geraten, als sie ins Haus kam. Aber du hast die Pillen genommen, die sie dir anbot.«

»Ja, das stimmt. Sie hat mich anfangs sehr amüsiert. Und sie würde mich auch jetzt noch amüsieren, würde nicht mein jüngerer Sohn sich einbilden, sie zu lieben.« Lady Margaret blickte ihn nun mit sanften Augen an und legte ihm die Hand auf den Arm. »Liebe Gott, liebe deine Kinder, wenn sie erwachsen sind, wenn du mußt, aber schenke deine Liebe nicht einer dich belügenden Frau. Was will sie von dir? Was will sie von uns allen? Höre auf mich, Nicholas, und nimm dich in acht vor ihr. Sie verändert zu viel in unserer Familie. Sie verfolgt damit irgendwelche eigensüchtigen Absichten.«

»Nein«, sagte Nicholas leise. »Sie will nichts anderes als helfen. Sie ist geschickt worden, um . . .«

»Geschickt? Sie ist hierhergeschickt worden? Von wem? Was kann sie damit gewinnen?« Lady Margarets Augen weiteten sich. »Kit sagt, jemand habe ihn unter Wasser gezogen, als er fast ertrunken wäre. Hat diese Montgomery-Frau es so eingerichtet, daß er erst ertränkt wurde, damit sie ihn dann retten konnte? So ein Trick würde ihr Einfluß in unserer Familie verschaffen. Oder vielleicht hatte sie tatsächlich seinen

453

Tod gewollt? Wäre Kit jetzt tot, wärest du der Graf, und sie hätte dich in ihrer Hand.«

»Nein, nein, nein«, sagte Nicholas. »Sie ist nicht so. Sie wußte nicht einmal etwas von Kit, weil ich sie angelogen habe. Ich verschwieg ihr, daß Kit mir schon das Geheimfach in Bellwood gezeigt hatte.«

Lady Margarets hübsches Gesicht zeigte Verwirrung bei seinen Worten. »Was weißt du über sie?«

»Nichts. Ich weiß nichts Böses über sie. Du mußt mir glauben. Diese Frau will nur Gutes für uns. Sie hat keine bösen Absichten.«

»Und warum will sie dann deine Heirat verhindern?«

»Das tut sie nicht«, sagte Nicholas und wandte sich wieder ab. Als er Dougless zum erstenmal getroffen hatte, hatte sie viele schmähliche Dinge über Lettice gesagt, aber doch in jüngster Zeit nicht mehr. Nicholas merkte, daß die Worte seiner Mutter Zweifel in ihm weckten.

Lady Margaret baute sich vor ihrem Sohn auf. »Liebt diese Montgomery-Frau dich?« fragte sie leise.

»Ja«, erwiderte er.

»Dann wird sie das wollen, was für dich am besten ist. Und Lettice Culpin ist am besten für dich. Diese Montgomery-Frau muß einsehen, daß sie dir keine Mitgift in die Ehe bringen kann. Sie hat uns angelogen, daß ihr Onkel König von Lanconia sei, und deshalb bezweifle ich, daß sie eine Verwandtschaft von einiger Bedeutung hat. Was ist sie? Die Tochter eines Kaufmanns?«

»Ihr Vater unterrichtet.«

»Ah«, sagte Lady Margaret. »Endlich kommt die Wahrheit ans Licht. Was kann sie der Stafford-Familie schon bieten? Sie hat nichts.« Lady Margaret legte wieder die Hand auf Nicholas' Arm. »Ich bitte dich nicht darum, sie aufzugeben. Sie wird in diesem Haus bei dir bleiben oder mit dir und deiner Frau mitgehen. Zeuge mit dieser Frau. Liebe sie. Ver-

454

treibe dir die Zeit mit ihr.« Ihr Gesicht wurde wieder streng. »Aber du kannst sie nicht zu deiner Frau machen. Verstehst du mich? Staffords heiraten nicht die armen Töchter von Lehrern.«

»Ich verstehe Euch sehr gut, Madam«, sagte Nicholas mit vor Zorn schwarzen Augen. »Ich spüre mehr als jeder andere das Gewicht meines Familiennamens auf meinen Schultern. Ich werde meine Pflicht tun und diese schöne, kaltherzige Lettice heiraten.«

»Gut«, sagte Lady Margaret und senkte dann die Stimme. »Es wäre mir gar nicht recht, wenn dieser Montgomery-Frau etwas zustoßen würde. Sie ist mir nämlich ans Herz gewachsen.«

Nicholas starrte seine Mutter einen Moment an, drehte sich dann auf den Absätzen und verließ das Zimmer. Er ging wütend in sein eigenes Schlafgemach, lehnte sich dort gegen die Tür und schloß die Augen. Die Worte seiner Mutter waren deutlich genug gewesen: Tue deine Pflicht und heirate Lettice Culpin, oder Dougless wird »etwas« zustoßen. Während er noch ihre Worte bedachte, wußte er, wie Dougless reagieren würde, wenn er eine andere heiratete. Dougless würde nicht in diesem Haushalt bleiben, um seiner Frau zu dienen.

Ich werde Dougless verlieren und Lettice gewinnen, dachte er. Er würde Dougless Augen, die ihn voller Liebe betrachteten, gegen Lettices kalte, berechnende Augen eintauschen. Als er Lettice das erstemal begegnete, war er von ihrer Schönheit eingenommen gewesen. Dunkle Augen, dunkles Haar, volle rote Lippen. Aber Nicholas hatte schon mit so vielen schönen Frauen Umgang gehabt, daß er bald hinter ihre schöne Larve zu schauen vermochte. Sie ging im Haushalt der Staffords umher, und ihr Geist war wie eine Waage, die das Gewicht des Goldes und Silbers im Haushalt feststellte und dann dessen Wert berechnete.

Nicholas hatte versucht, sie zu verführen, was ihm jedoch nicht gelungen war. Es war nicht daran gescheitert, weil sie nicht willig gewesen wäre, sondern an ihrer Gleichgültigkeit. Als er Lettice küßte, war es so, als hätte er einer Marmorstatue einen Kuß gegeben.

Meine Pflicht, dachte er. Heute abend mußte er Dougless von seiner bevorstehenden Hochzeit erzählen. Er konnte das nicht länger aufschieben.

»Du kannst sie nicht heiraten«, sagte Dougless mit ruhiger Stimme.

»Mein Liebling«, sagte Nicholas, mit ausgestreckten Händen auf sie zugehend.

Sie befanden sich in der Mitte des Irrgartens – ein Ort, wo er sie hingeführt hatte, um ihr die unangenehme Neuigkeit mitzuteilen. Er wußte, daß sie den richtigen Weg zum Ausgang dieses Labyrinths nicht kannte und ihm deshalb nicht weglaufen konnte.

»Ich muß sie heiraten«, sagte Nicholas. »Es ist meine Familienpflicht.«

Dougless ermahnte sich zur Ruhe. Sie sagte sich, daß sie eine Aufgabe zu erfüllen habe und Nicholas erklären mußte, warum er Lettice nicht heiraten konnte. Aber wenn der Mann, den sie liebte, ihr sagte, daß er eine andere heiraten müsse, ließ die Logik sie im Stich.

»Pflicht?« preßte sie durch zusammengebissene Zähne. »Es kostet dich zweifellos große Überwindung, so eine schöne Puppe wie Lettice zu heiraten. Ich möchte wetten, du fürchtest sie wie die Pest. Und mich willst du auch noch haben, schätze ich. Ist es so? Eine Frau *und* eine Geliebte? Nur kann ich nicht deine Geliebte sein, wie?« Sie funkelte ihn wütend an. »Oder vielleicht doch. Wenn ich mit dir ins Bett ginge – würde dich das davon abhalten, diese böse Frau zu heiraten?«

456

Nicholas kam auf sie zu, versuchte sie in die Arme zu schließen, aber dann blieb er plötzlich stehen. »Böse? Lettice ist vielleicht habgierig aber – böse?«

Dougless ballte die Hände an den Seiten zu Fäusten. »Was weißt du schon von dem Bösen? Ihr Männer seid doch alle gleich, egal, wann ihr das Licht der Welt erblickt habt. Ihr seht immer nur die Fassade eines Menschen. Wenn eine Frau schön ist, kann sie jeden Mann haben, den sie möchte, egal, wie verdorben sie auch innerlich sein mag. Und wenn eine Frau häßlich ist, zählt nichts anderes mehr.«

Nicholas ließ seine Hände fallen und sah sie wütend an. »Ja, ihre schöne Fassade ist alles, was mich interessiert. Mich kümmert nicht meine Pflicht oder meine Familie oder die Frau, die ich liebe. Mir liegt ausschließlich daran, der göttlich schönen Lettice die Kleider vom Leib reißen zu können.«

Dougless sah ihn mit offenem Mund an. Ihr war so, als hätte er ihr eine Ohrfeige gegeben. Sie drehte sich auf den Absätzen herum, um den Irrgarten zu verlassen, wußte aber, daß sie den Weg zum Ausgang nicht kannte. Sie drehte sich ihm wieder zu. Der Zorn hielt sie aufrecht, aber dann war der Zorn plötzlich wie weggeblasen. Sie sank auf eine Bank, schlug die Hände vors Gesicht und flüsterte: »O Gott!«

Nicholas setzte sich neben sie, zog sie in seine Arme und hielt sie fest, während sie an seiner Brust weinte. »Ich muß es tun. Diese Ehe ist eine längst beschlossene Sache. Ich will sie nicht heiraten – jetzt nicht mehr, seit ich dich habe –; aber ich muß es tun. Wenn Kit etwas zustieße, wäre ich Graf, und ich muß einen Erben zeugen.«

»Lettice kann es nicht«, schluchzte Dougless an seiner Brust.

Er zog ein leinernes Taschentuch aus seiner Ballonhose. »Wie bitte?«

Dougless schneuzte sich heftig. »Lettice kann keine Kinder bekommen.«

457

»Woher willst du das wissen?«

»Lettice war diejenige, die deine Hinrichtung betrieb. O Nicholas, bitte, heirate sie nicht. Du *kannst sie nicht heiraten.* Sie wird dich umbringen.« Dougless beruhigte sich ein wenig und begann sich darauf zu besinnen, was sie ihm mitteilen mußte. »Ich wollte es dir schon lange sagen, aber ich dachte, wir hätten noch mehr Zeit füreinander. Ich wollte erst dein Vertrauen gewinnen, ehe ich es dir sagte. Ich weiß, wie sehr du Lettice liebst, und . . .«

»Ich liebe sie? *Ich* liebe Lettice Culpin? Wer hat dir denn das erzählt?«

»Du selbst. Du erzähltest mir, daß einer der wichtigsten Gründe, warum du ins sechzehnte Jahrhundert zurückkehren wolltest, deine große Liebe zu ihr wäre.«

Er löste sich von ihr und stand auf. »Ich habe sie geliebt?«

Dougless schniefte und schneuzte sich dann. »Als du zu mir kamst, warst du schon vier Jahre mit ihr verheiratet.«

»Es würde mehr als vier Jahre dauern, mich dazu zu bewegen, diese Frau zu lieben«, murmelte Nicholas.

»Wie bitte?«

»Erzähle mir mehr von dieser Liebe, die ich für meine Frau empfand.«

Da steckte ein Kloß in Dougless' Hals, und sie hatte große Schwierigkeiten beim Sprechen; aber sie bemühte sich, ihm alles so wiederzugeben, wie er es damals zu ihr gesagt hatte. Er fragte sie gründlich aus, erkundigte sich nach den letzten Tagen ihres Zusammenseins in ihrer Zeit. Dougless hielt sich mit beiden Händen an seiner großen Hand fest, während sie seine Fragen beantwortete.

Schließlich legte er die Fingerspitzen unter ihr Kinn und hob es ab. »Als ich früher mit dir zusammen war, wußte ich also ganz genau, daß ich nach Hause zurückkehren müsse. Vielleicht wollte ich dir keinen Kummer machen, als ich

458

dich verließ. Vielleicht wollte ich verhindern, daß du einen Mann liebst, der nicht bei dir bleiben konnte.«

Dougless' Augen weiteten sich, und ihre Tränen glitzerten im Mondlicht. »Das hast du selbst gesagt«, flüsterte sie. »In unserer letzten Nacht hast du zu mir gesagt, du würdest mich nicht anfassen, weil ich sonst vielleicht zu sehr um dich trauern würde.«

Er lächelte ihr zu und schob eine feuchte Strähne aus ihrem Gesicht. »Ich könnte Lettice nicht lieben – selbst in tausend Jahren nicht.«

»O Nicholas«, sagte sie, warf ihre Arme um seinen Hals und begann ihn zu küssen. »Ich wußte doch, daß du das Richtige machen und sie nicht heiraten würdest. Nun wird alles ein gutes Ende nehmen. Du wirst nicht hingerichtet werden. Lettice wird nun keinen Grund mehr haben, dir oder Kit nach dem Leben zu trachten. Und sie wird sich auch nicht mehr mit Robert Sydney zusammentun, weil Arabella von dir kein Kind bekam. O Nicholas, ich wußte, daß du sie nicht heiraten würdest.«

Nicholas löste ihre Arme von seinem Hals und hielt ihre Hände fest. Er blickte ihr tief in die Augen.

»Ich bin Lettice versprochen. Und in drei Tagen werde ich abreisen, um sie zu heiraten.« Als Dougless sich von ihm losreißen wollte, gab er ihre Hände nicht frei. »Meine Beweggründe sind von anderer Art als deine. Meine Zeit ist nicht dieselbe wie deine. Ich habe nicht die Freiheiten, die du besitzt. Ich kann nicht heiraten, wie es mir und wer mir gefällt.«

Er beugte sich zu ihr und legte die Lippen auf ihre Wange. »Du mußt mich verstehen. Meine Heirat war schon vor vielen Jahren vertraglich vereinbart worden. Meine Frau wird Vermögen und einflußreiche Verwandte in die Familie der Staffords einbringen.«

»Werden dieses Vermögen und diese Verwandtschaft dir helfen, wenn der Henker dir mit dem Beil den Kopf abschlägt?« fragte sie zornig. »Wirst du mit dem Gedanken aufs Schafott steigen, was für eine gute Ehe das für dich war?«

»Du mußt mir alles darüber erzählen. Was du mir jetzt sagst, kann mir helfen, eine Anklage wegen Hochverrats zu vermeiden.«

Sie entriß ihm ihre Hände und ging auf die andere Seite des Rasenstücks hinüber, der das Zentrum des Irrgartens bildete. »Du wirst deine Hinrichtung genausowenig verhindern können, wie du Kits Tod durch Ertrinken hättest verhindern können. Wäre ich nicht hier gewesen, wäre dein Bruder jetzt tot, und deine reizende Lettice würde einen Grafen heiraten.«

Ein Lächeln huschte über Nicholas' Gesicht. »Wäre ich ein Graf, würde ich Lettice niemals heiraten. Dann würde mich meine Mutter zweifellos mit deiner dicken Lucy verkuppeln.«

»Du kannst mich gern auslachen, wenn dir das gefällt; aber ich kann dir versichern, daß du nicht gelacht hast, als du das erstemal zu mir kamst. Wenn man in der Zelle sitzt und auf die Axt des Henkers wartet, ist man gewiß nicht zu Scherzen aufgelegt.«

Nicholas wurde wieder ernst. »Nein, das wäre ich wohl nicht. Wirst du mir nun von Lettice erzählen? Wirst du mir alles berichten, was du über sie weißt?«

Dougless setzte sich am anderen Ende der Bank nieder, weit weg von seinen Händen. Sie starrte auf die grüne Heckenwand vor sich. Sie wollte ihn nicht ansehen.

Sie begann nun stockend, wieder alles von Anfang an zu erzählen, wie sie die Briefe und Aufzeichnungen von Lady Margaret gelesen hatten, die in dem Versteck in einer Wand entdeckt worden waren. Sie erzählte ihm, wie er – Nicholas – damals sich eine Einladung in Harewoods Haus erschlichen hatte, wo sie dann mit Lee und Arabella zusammengetroffen waren.

»Wir lasen die Papiere und stellten ein ganzes Wochenende hindurch Fragen, fanden jedoch nicht viel heraus. Schließlich

460

hast du dein Schwert gezogen und damit Lee bedroht, und er gab dir endlich den Namen deines Verräters preis. Robert Sydney, sagte er, hätte dich bei der Königin angeschwärzt. Wir dachten beide, du würdest am nächsten Tag wieder in diese Zeit zurückkehren, aber das geschah nicht. Du bist in meiner Zeit geblieben.«

Sie schloß einen Moment lang die Augen. »Wir hatten eine wunderbare Zeit miteinander, aber dann ...« Der Schmerz an dem Morgen in der Kirche, als Nicholas verschwand, war noch so frisch, als wäre es eben erst geschehen. »Wir liebten uns, und du kehrtest in deine Zeit zurück. Später fand ich dann heraus, daß man dich hingerichtet hatte.«

Sie holte tief Luft und erzählte ihm, was danach geschah. Sie berichtete ihm von ihrem Wiedersehen mit Lee und wie er ihr mitteilte, er habe noch ein Tagebuch von Lady Margaret gefunden, in dem sie aufgezeichnet hatte, was passiert war – die Wahrheit, die erst nach Nicholas' Tod ans Licht gekommen war.

Sie erzählte ihm, wie Lettice sich vorgenommen hatte, einen Stafford zu heiraten, ihm einen Erben zu schenken und diesen dann auf den Thron von England zu setzen. Sie wiederholte Lady Margarets Vermutung, daß Lettice Kit habe umbringen lassen, damit sie einen Grafen heiratete und nicht einen jüngeren Sohn ohne Titel und Erbe.

»Nachdem du verheiratet warst, versuchte sie dich dazu zu überreden, bei Hof Karriere zu machen. Sie wollte so viele Leute wie möglich um sich versammeln, die ihre Pläne unterstützten, aber du weigertest dich, an den Hof zu gehen.«

»Ich mag den königlichen Hof nicht«, sagte Nicholas. »Zu viele Leute konspirieren dort gegeneinander.«

Sie drehte sich ihm wieder zu. »Du hast dich geweigert, Lettice an den Hof der Königin zu bringen, und deshalb versuchte sie, dich zu töten. Als ich dich in meiner Zeit kennen-

lernte, hattest du eine lange tiefe Narbe an deiner Wade –
von einer Wunde, die du dir ungefähr ein Jahr nach deiner
Eheschließung zuzogst, als du vom Pferd gefallen bist. Du
sagtest zu mir, jemand hätte deinen Sattelgurt gelockert.«

Nicholas sagte nichts darauf, und so fuhr Dougless fort,
ihm zu berichten, wie Lettice begonnen hatte, nach jemandem Ausschau zu halten, der sie von Nicholas befreien
konnte, und wie sie Robert Sydney als Verbündeten gewann.

»Er haßte dich, weil du seine Frau auf einem Tisch geliebt
und dabei geschwängert hast. Lady Margaret glaubte, daß er
sowohl Arabella als auch das Kind, das sie von dir bekam,
hat umbringen lassen.«

»Aber ich habe Arabella nicht geschwängert«, sagte Nicholas leise.

»Als du anfingst, eine Armee auszuheben, um deinen Besitz in Wales zu verteidigen, hatte Lettice keine Schwierig-
keit, Robert dazu zu überreden, dich bei der Königin als
Verräter anzuschwärzen. Königin Elizabeth bangte ja bereits, Maria von Schottlands wegen, um ihren Thron, und
vielleicht hatte sie auch Gerüchte gehört, daß die Staffords
überlegten, ob sie sich nicht Maria von Schottland anschließen sollten.«

Dougless blickte Nicholas an – sein schönes Gesicht, seine
hellen blauen Augen. Sie streckte ihre Hand aus, legte den
Handteller auf seinen weichen, dunklen Bart.

»Sie haben dir den Kopf abgeschlagen«, flüsterte sie, die
Tränen hinunterschluckend.

Nicholas küßte ihre Handfläche.

Dougless ließ den Arm fallen und blickte von ihm weg.
»Nachdem man dich . . . nach deinem Tod erpreßte Robert
Sydney Lettice und zwang sie, ihn zu heiraten. Er wollte sein
Kind auf den Thron von England setzen, nur daß die schöne
Lettice – die Frau, für die ihr Gatte sterben mußte – un-
fruchtbar war. Sie konnte keine Kinder bekommen.«

Dougless schnitt eine Grimasse. »Lee sagte, es wäre eine einzige Ironie. Lettice vernichtete die Stafford-Familie für ein Kind, das sie niemals bekommen würde.«

Eine Weile lang herrschte Schweigen zwischen ihnen.

»Und was wurde aus meiner Mutter?«

Sie blickte ihn wieder an. »Die Königin ließ alles beschlagnahmen, was den Staffords gehörte, und Robert Sydney verheiratete sie mit Dickie Harewood.«

»Harewood?« rief Nicholas im abfälligen Ton.

»Sie hatte die Wahl zwischen ihm oder dem Hungertod. Die Königin belieh Sydney mit einigen eurer besten Güter, und dann stieß jemand deine Mutter eine Treppe hinunter, und sie brach sich das Genick.«

Sie hielt inne, als sie hörte, wie Nicholas geräuschvoll die Luft einsog. »Danach gab es keine Staffords mehr. Lettice war es gelungen, die ganze Familie auszulöschen.«

Sie drehte sich ihm wieder zu. Sein Gesicht war leichenblaß.

Nicholas stand auf und ging bis zur Hecke. Dort blieb er eine Weile schweigend stehen und dachte über ihre Worte nach, ehe er sich wieder zu ihr umdrehte. »Was einmal hatte geschehen können, kann aber jetzt nicht mehr passieren, hast du einmal zu mir gesagt.«

Sie verstand, was er meinte: Daß es nun erlaubt sei, Lettice zu heiraten. Der Zorn schwoll wieder in ihren Adern an: »Du wirst doch nicht so töricht sein, sie trotzdem zu heiraten? Nach allem, was ich dir erzählt habe?«

»Aber die Geschichte kann doch jetzt nicht mehr so verlaufen, wie du sie mir geschildert hast, oder? Arabella ist nicht mit meinem Kind schwanger, und deshalb hat auch Robin keinen Grund, mich zu hassen. Kit lebt, und so habe ich keine Veranlassung, eine Armee auszuheben. Und wenn Kit eine Armee aushebt, kannst du sicher sein, daß ich erst die Königin um Erlaubnis frage.«

463

Dougless sprang von der Bank auf. »Nicholas, kannst du denn nicht begreifen, daß du die Zukunft nicht kennst? Als du in meiner Zeit weiltest, stand in den Geschichtsbüchern, du wärest drei Tage vor deiner Hinrichtung gestorben. Nachdem du wieder in deine Zeit zurückgekehrt bist, stand in den Geschichtsbüchern, du seist hingerichtet worden. Die Geschichte läßt sich so leicht verändern. Und wenn du jetzt Lettice heiraten, ich in meine Zeit zurückkehren und dort lesen würde, Kit sei auf eine andere Weise ums Leben gekommen? Und Lettice habe vielleicht auf eine andere Weise erreicht, daß man dich hingerichtet hat? Vielleicht wird sie auch einen anderen Verbündeten finden. Ich bin sicher, es gibt noch andere Männer mit schönen Frauen, die dich hassen.«

Nicholas grübelte und lächelte schließlich. »Ein oder zwei.«

»Du lachst mich aus? Ich rede mit dir über Leben und Tod, und du stehst da und *lachst* mich aus?«

Sie machte sich steif, als er sie in seine Arme zog.

»Liebes, es rührt mich, daß du dir meinetwegen so viel Sorgen machst, und es ist gut, daß du mich gewarnt hast. Ich werde von jetzt an auf der Hut sein.«

Sie schob sich von ihm weg. Ihre Stimme und ihr Körper verrieten ihren Zorn. »Du denkst wie ein *Mann*«, klagte sie. »Du meinst, daß keine Frau dir wirklich schaden könne, nicht wahr? Ich erzähle dir das alles, und du lachst mich aus. Warum tätschelst du mir nicht auch noch den Kopf und zwinkerst mit den Augen? Warum sagst du mir nicht, daß ich zurückgehen soll an meinen Stickrahmen und die Dinge, die Tod und Leben betreffen, lieber den Männern überlasse, die etwas davon verstehen?«

»Dougless, bitte«, sagte er, wieder die Hände nach ihr ausstreckend.

»Faß mich nicht an. Hebe dir das für deine reizende Lettice auf. Sag mir – ist sie wirklich so schön, daß sie diese Tragödie wert ist, die sie auslösen wird? Deinen Tod, Kits Tod, den Tod deiner Mutter und das Ende der noblen Stafford-Familie?«

Nicholas ließ die Arme an die Hüften fallen. »Siehst du denn nicht ein, daß ich gar keine andere Wahl habe? Soll ich meiner Familie und den Culpins sagen, daß ich mein Eheversprechen breche, weil eine Frau aus der Zukunft mir erzählte, daß meine Braut möglicherweise alle Staffords umbringen wird? Man würde mich zum Narren erklären und dich . . . dich würden sie nicht sonderlich gut behandeln.«

»Nur weil die Leute über dich reden könnten, riskierst du das alles – deinen Tod, Kits Tod, den Tod deiner Mutter?«

Nicholas ballte die Hände zu Fäusten und suchte nach einer Erklärung, die auch sie verstand.

»Schließt man in deiner Zeit denn keine Verträge? Gesetzliche Verträge, die auf Papieren stehen?«

»Selbstverständlich. Wir haben für alles Verträge. Selbst für eine Ehe haben wir einen Vertrag, aber die Ehe soll aus Liebe geschlossen werden, nicht aus . . .«

»Wir heiraten *nicht* aus Liebe. Wir können uns das nicht leisten. Schau dich doch um! Siehst du den Reichtum dieses Hauses? Das ist nur eines von den Häusern, die meiner Familie gehören. Dieser Reichtum ist in unsere Familie gekommen, weil meine Vorfahren nicht aus Liebe heirateten, sondern um unseren Besitz zu mehren. Mein Großvater heiratete einen Drachen von Frau, aber sie brachte ihm drei Häuser mit in die Ehe und eine Menge goldener Schüsseln und Kannen.«

»Nicholas, ich verstehe deine Heiratstheorie, aber die Ehe ist so . . . so intim. Es ist nicht so, als würde man einen Vertrag unterschreiben, der mich zur Arbeit für eine andere Person verpflichtet. Die Ehe ist ein Bündnis aus Zuneigung, aus dem Kinder entstehen, das Sicherheit und Geborgenheit

465

schaffen soll. Daß man weiß, einen Freund an seiner Seite zu haben.«

»Also lebst du gern in Armut an der Seite eines Menschen, den du liebst? Ernährt oder kleidet dich diese Liebe? Hält sie dich im Winter warm? Du bist arm, also kannst du das nicht verstehen.«

Ihre Augen flammten. »Zu deiner Information – ich bin *nicht* arm. Weit entfernt davon – meine Familie ist sehr reich. Sehr vermögend. Aber nur, weil meine Familie viel Geld besitzt, bedeutet das nicht, daß ich keine Liebe haben möchte. Oder daß ich mich an jemanden verkaufe, der mir das beste Angebot macht.«

»Wie ist deine Familie zu ihrem Reichtum gekommen?« fragte er leise.

»Ich weiß es nicht. Wir sind schon immer reich gewesen. Mein Vater erzählte mir, daß unsere Vorfahren . . .« Sie brach ab und sah ihn an.

»Deine Vorfahren heirateten wen?«

»Reiche Frauen«, sagte sie wütend. »Er sagte, unsere Vorfahren hätten es immer verstanden, reiche Frauen zu heiraten.«

Nicholas sagte nichts, stand nur da und blickte sie an.

Der Ärger verließ sie wieder, und sie ging zu ihm, legte ihm die Arme um die Taille und drückte ihn an sich. »Heirate Geld«, sagte sie. »Heirate meinetwegen die reichste Frau der Welt, aber um Gottes willen nicht Lettice. Sie ist böse. Sie wird dir weh tun, Nicholas – euch allen sehr weh tun.«

Nicholas schob sie auf Armeslänge von sich weg und blickte ihr in die Augen. »Lettice Culpin ist das Beste, was ich mir erwarten darf. Ich bin der jüngere Sohn, ein Ritter ohne Erbe. Ich besitze nichts außer dem, was Kit mir zukommen läßt. Ich habe Glück, daß er so großzügig mir gegenüber ist, mir erlaubt, daß ich auf seine Kosten leben darf. Das Land, das Lettice in die Ehe mitbringt, kommt der ganzen Familie

466

zugute. Soll ich meinem Bruder nicht diesen Landbesitz zukommen lassen, nachdem er so viel für mich getan hat?«

»Lettice ist nicht das Beste, was du dir erhoffen kannst. Viele Frauen mögen dich. Du kannst auch eine andere bekommen. Wenn du eine Frau ihres Geldes wegen heiraten möchtest, werden wir schon eine für dich finden. Jemand, der reich ist, aber nicht so ehrgeizig wie Lettice.«

Nicholas lächelte auf sie hinunter. »Eine Frau fürs Bett ist eine ganz andere Sache als eine Heiratsallianz. Du mußt dich in dieser Angelegenheit auf mich verlassen. Lettice ist eine gute Partie für mich. Nein, nun runzle nicht die Stirn – ich werde vor ihr sicher sein. Siehst du das denn nicht ein? Ihre Gefahr bestand für mich darin, daß ich nichts wußte. Nun, da ich weiß, was in ihr vorgeht, kann ich mich und meine Familie retten.«

»Du willst jeden Sattelgurt prüfen und nachsehen, ob er durchgeschnitten ist? Und jede Speise vorkosten lassen, damit sie dich nicht vergiften kann? Oder einen Diener vorausschicken, falls sie einen Draht vor einer Treppe ausgespannt hat? Und wenn sie einen Schurken dafür bezahlt, daß er dich aus dem Hinterhalt angreift? Oder einen, der dich ertränken oder deine Kleider anzünden soll?«

Er lächelte auf eine gönnerhafte Art. »Ich freue mich, daß du meinetwegen so besorgt bist. Du wirst mir helfen, auf mich aufzupassen.«

»Ich?« sagte sie, vor ihm zurückweichend. *»Ich?«*

»Ja. Du sollst in meinem Hause bleiben.« Er blickte sie durch halbgesenkte Wimpern an. »Du sollst Kammerzofe bei meiner Frau werden.«

Es dauerte einen Moment, ehe Dougless reagieren konnte. »Ich soll deiner Frau dienen?« sagte sie kalt. »Du meinst, ich soll ihr beim Ankleiden helfen und prüfen, ob ihr Badewasser nicht zu heiß ist? Solche Sachen?«

Er ließ sich von ihrem ruhigen Ton täuschen. »Dougless,

meine Geliebte – meine einzige, wahre Liebe –, es wird nicht
so schlimm werden. Wir werden viel Zeit zusammen verbringen.«

»Verbringen wir die Zeit zusammen mit oder ohne die Erlaubnis deiner Gattin?«

»Dougless«, sagte er in flehendem Ton.

»Kannst du so etwas von mir verlangen, nachdem du mir
mein Zusammenleben mit Robert vorgeworfen hast? Bei Robert war ich wenigstens seine *einzige* Frau. Aber du . . . du
bittest mich, dieser . . . dieser Mörderin zu dienen? Was soll
ich in den Nächten tun, wo du – vergeblich – versuchst, mit
ihr einen Erben zu produzieren?«

Nicholas erwiderte steif: »Du kannst nicht von mir verlangen, in Keuschheit zu leben. Du sagtest zu mir, daß du das
Bett nicht mit mir teilen kannst, weil du befürchten mußt,
dann in deine Zeit zurückgeschickt zu werden.«

»Ich verstehe. Aber *ich* soll selbstverständlich ein keusches
Leben führen. Das findest du in Ordnung. Aber du kannst
als männlicher Potenzprotz natürlich jede Nacht eine andere
Frau haben. Was macht Ihr in den Nächten, in denen Lettice
Euch sagt, sie habe keine Lust, mit Euch zu schlafen? Vögelt
Ihr dann ihre Zofen in der Rosenlaube?«

»So kannst du nicht mit mir reden!« brauste er auf.

»Oh, ich kann das nicht? Wirklich nicht? Wenn jemand
wie ich vierhundert Jahre weit hergereist ist, um eine andere
Person zu warnen, und diese Person will nicht auf mich hören, weil sie zu eitel dazu ist, dann kann ich verdammt alles
sagen, was ich will. Geh hin und heirate Lettice. Was kümmert mich das? Bringe Kit um. Bringe deine Mutter um. Ver-
nichte den ganzen Besitz, den du für so verdammt kostbar
hältst. *Und verliere meinetwegen deinen eigenen Kopf!*«

Sie schrie ihm den letzten Satz ins Gesicht, rannte dann an
ihm vorbei und lief, während ihre Tränen sie blind machten,
in den Irrgarten hinein.

Binnen weniger Sekunden wußte sie in dem Garten nicht mehr ein noch aus und blieb weinend stehen. Vielleicht konnte ein Mensch die Geschichte *wirklich* nicht verändern. Vielleicht war alles vorausbestimmt: daß Kit starb und Nicholas auf dem Schafott sein Leben lassen mußte. Vielleicht war es längst von der Vorsehung beschlossen, daß die Stafford-Familie aussterben sollte. Vielleicht konnte niemand ändern, was geschehen sollte.

Nicholas kam jetzt zu ihr, aber er sagte nichts mehr, und Dougless war froh darüber. Sie wußte, daß bloße Worte nicht ändern würden, was jeder meinte tun zu müssen. Sie ging schweigend hinter ihm her aus dem Irrgarten.

19

Die nächsten drei Tage waren für Dougless die Hölle. Alle im Haushalt der Staffords waren sehr aufgeregt wegen Nicholas bevorstehender Hochzeit, und jeder redete nur noch davon. Was für Speisen, was für Kleider, wer bei der Hochzeit anwesend sein würde, was bei anderen Hochzeiten passiert war – darum drehte sich jedes Gespräch. Fuhrwerke wurden mit den Gütern beladen, die Kit und Nicholas mit sich führen wollten. Mit einem Gefühl, als ginge die Welt unter, beobachtete Dougless die Vorbereitungen für einen langen Aufenthalt in der Fremde. Nicholas und Kit nahmen nicht nur ihre Kleider mit, sondern auch Möbel und Diener.

Für Dougless war es so, als wäre jeder Gegenstand, der auf die Wagen geladen wurde, ein zusätzliches Gewicht auf ihrem Herzen. Sie versuchte mit Nicholas zu reden – versuchte es immer wieder. Aber er wollte nicht auf sie hören. Pflicht bedeutete ihm mehr als alles andere auf der Welt. Er würde um keinen Preis der Erde seine Pflicht an seiner Familie versäumen, nicht für Liebe, nicht einmal für die Möglichkeit, sich eines Tages den Kopf dafür abhacken lassen zu müssen.

In der Nacht vor Nicholas' Abreise fühlte sich Dougless elender als je zuvor. Als ihr Börsenmakler-Freund verhaftet wurde, war das nichts im Vergleich zu diesmal gewesen. Nur der Schmerz an dem Tag, wo Nicholas in das sechzehnte Jahrhundert zurückgekehrt war und sie in der Kirche zurückgelassen hatte, war diesem Elend vergleichbar.

In dieser Nacht zog sie ihr dünnes seidenes Nachthemd aus ihrer Segeltuchtasche, legte ihre schwere und voluminöse Robe aus dem sechzehnten Jahrhundert ab und schlüpfte in ihre modernen Kleider. Sie zog ihre geliehene Robe wieder darüber und ging zu seinem Schlafzimmer.

Sie legte außen die Hand auf die Tür. Sie wußte, daß er wach war, sie konnte es fühlen. Ohne anzuklopfen, öffnete sie die Tür. Er saß im Bett, das grobe Leinen über die Beine gebreitet. Seine Brust und sein harter, flacher Bauch waren entblößt, und er hielt einen silbernen Humpen in der Hand. Er trank daraus und blickte nicht hoch, als sie hereinkam.

»Wir müssen miteinander reden«, flüsterte sie. Es war still im Raum bis auf das Knattern des Kaminfeuers und das Knistern einer Kerzenflamme.

»Nein«, murmelte er, »wir haben uns nichts mehr zu sagen. Wir müssen beide tun, was unsere Pflicht ist.«

»Nicholas«, flüsterte sie; aber er blickte sie nicht an. Sie ließ die Robe von den Schultern fallen. Das Nachthemd, das sie darunter trug, war eine schamlose Enthüllung im Vergleich zur elisabethanischen Kleidermode. Die dünnen Träger, der tiefe Ausschnitt und der auf der Haut liegende transparente Stoff gaben der Phantasie keine Chance.

Sie kroch über das Bett auf ihn zu wie eine Tigerin auf der Pirsch. »Nicholas«, flüsterte sie, »heirate sie nicht.«

Als sie nahe war bei ihm, blickte er sie an – und der Wein schwappte aus dem Humpen. »Was tust du da?« fragte er heiser, erst schockiert und dann mit heißen Augen.

»Vielleicht willst du diese Nacht mit mir verbringen«, sagte sie, sich näher an ihn heranarbeitend.

Nicholas blickte in den Ausschnitt ihres Nachthemds, und die Hand, die er jetzt nach ihrer Schulter ausstreckte, zitterte.

»Eine Nacht«, flüsterte sie, ihr Gesicht ganz nahe an seines heranbringend.

Nicholas reagierte sofort. Seine Arme umfingen sie, seine Lippen lagen auf den ihren, tranken sie in sich hinein, wie er sich das schon so lange gewünscht hatte. Der Stoff ihres Nachthemds zerriß unter seinen Händen, seine Lippen waren auf ihren Brüsten, sein Gesicht zwischen ihnen begraben.

»Diese eine Nacht für dein Versprechen«, sagte Dougless, den Kopf in den Nacken gelegt. Sie versuchte sich daran zu erinnern, was sie tun mußte, ehe Nicholas' Lippen und Hände sie um ihren Verstand brachten. »Schwöre mir das«, sagte sie.

»Alles, was ich habe, gehört dir. Weißt du denn das nicht?« flüsterte er, während seine Lippen an ihrem Körper hinabwanderten zu ihrem Bauch. Seine Hände waren auf ihren Hüften, seine Finger gruben sich in ihr Fleisch.

»Dann reise morgen nicht ab«, sagte sie. »Diese eine Nacht für morgen.«

Nicholas hob mit seinen starken Händen ihre Hüften an, und der Rest ihres Nachtgewandes rutschte weiter nach unten. »Du kannst alle meine Morgen haben.«

»Nicholas, bitte.« Dougless suchte sich zu erinnern, was sie sich vorgenommen hatte, ihm zu sagen; denn bei seinen Liebkosungen schienen sich alle ihre Gedanken zu verflüchtigen. »Bitte, mein Geliebter. Ich werde nicht hiersein. Du mußt es mir schwören.«

Da hob er einen Augenblick den Kopf und blickte über ihren herrlichen Körper hinweg in ihr Gesicht. Sein Geist wurde von den Empfindungen für diese Frau, die ihm inzwischen so viel bedeutete, in einen wilden Taumel versetzt, aber allmählich drangen ihre Worte bis zu seinem Bewußtsein vor. »Was soll ich dir denn schwören?« fragte er mit einer tiefen, vibrierenden Stimme.

Auch Dougless hob nun den Kopf. »Ich werde die Nacht

mit dir verbringen, aber du wirst mir schwören, daß du Lettice nicht heiraten wirst, wenn ich nicht mehr da bin«, erwiderte sie fest.

Nicholas blickte sie einen langen Moment an, sein nackter Körper halb über den ihren geschoben, und Dougless hielt den Atem an. Sie hatte sich diese Entscheidung wahrlich nicht leichtgemacht, aber sie wußte, daß sie diese Heirat verhindern mußte, selbst auf die Gefahr hin, daß sie in ihre eigene Zeit zurückgeschickt wurde und Nicholas für immer verlor.

Er rollte sich in einer raschen Bewegung von ihr herunter, warf sich eine Robe über und stellte sich, mit dem Rücken zu ihr, vor das Feuer. Als er wieder das Wort ergriff, war seine Stimme heiser vor Eregung: »Denkst du so gering von mir, daß du meinst, ich würde für eine Liebesnacht riskieren, dich für immer zu verlieren? Denkst du so gering von dir, daß du dich für ein Versprechen an mich verkaufst?«

Bei seinen Worten fühlte sich Dougless plötzlich minderwertig. Sie schob ihr zerrissenes Nachthemd wieder über die Schultern hinauf. »Es fiel mir nichts anderes ein«, sagte sie, als müsse sie sich entschuldigen. »Ich würde *alles* tun, um deine Heirat zu verhindern.«

Er drehte sich zu ihr um, und man sah seinen Augen an, wie aufgewühlt er innerlich war: »Du hast mir von deinem Land erzählt, von den Sitten, die dort herrschen. Meinst du, eure Gebräuche wären die einzig richtigen? Diese Heirat bedeutet mir nichts, doch für dich scheint sie von größter Wichtigkeit zu sein.«

»Ich kann nicht zulassen, daß du dein Leben riskierst für eine . . .«

Seine Augen sprühten Flammen. »Du riskierst *unser* Leben für sie!« sagte er zornig. »Du erzählst mir immer wieder, daß du nicht mit mir schlafen kannst. Doch nun bist du zu mir gekommen, bekleidet wie eine . . . eine . . .«

473

Dougless zog das Laken über ihre Schultern. Sie kam sich wie eine Dirne vor. »Ich wollte nur sichergehen, daß du mir dein Versprechen gibst, sie nicht zu heiraten.«

Er trat ans Bett, ragte mächtig über ihr auf. »Was ist das für eine Liebe, die du für mich empfindest? Du kommst in mein Bett gekrochen, bietest dich mir an wie eine Hure. Nur verlangst du kein Gold – nein, du willst, daß ich meine Familie entehre und meine Selbstachtung, das wichtigste Gut meines Lebens, verliere.«

Dougless schlug die Hände vors Gesicht. »Bitte, nicht. Ich kann das nicht ertragen. Ich hatte nie vor, deine Ehre . . .«

Er setzte sich auf den Bettrand und zog ihre Hände von ihrem Gesicht. »Weißt du eigentlich, wie sehr ich den morgigen Tag fürchte? Daß ich diese Frau fürchte, die ich zu meiner Gattin machen muß? Wäre ich frei, hätte ich die Wahl, wem ich mich in Liebe verbinden könnte. Aber hier und jetzt kann ich das nicht. Würde ich dich heiraten, könnte ich dich nicht einmal ernähren. Kit würde mir mein Heim nehmen, wo ich wohnen, essen und mich kleiden kann . . .«

»Kit ist nicht so. Es gäbe sicherlich einen Weg für uns beide. Du hilfst Kit bei der Verwaltung seines Besitzes. Er würde dich nicht aus dem Haus werfen. Er würde . . .«

Nicholas' Finger spannten sich fest um ihre Handgelenke. »Willst du denn nicht hören? Nicht verstehen? Ich *muß* diese Ehe schließen.«

»Nein«, flüsterte sie, »nein.«

»Du kannst nicht verhindern, was sein muß. Du kannst mir nur helfen.«

»Wie? Wie soll ich dir denn helfen können? Habe ich etwa die Kraft, die Axt des Henkers festzuhalten?«

»Ja«, sagte er. »Du kannst mir helfen, indem du für immer bei mir bleibst.«

»Für immer? Während du mit einer anderen Frau lebst? Mit ihr schläfst? Sie liebst?«

Er ließ ihre Hände los. »So steht es also mit dir«, sagte er und blickte dabei auf ihre bloßen Schultern über dem Laken. »Du willst keine andere Frau in meiner Nähe dulden. Lieber trennst du dich für immer von mir, als dich an den Anblick einer anderen Frau an meiner Seite zu gewöhnen?«

»Nein, das ist es nicht. Es geht allein darum, daß Lettice böse ist. Ich habe dir gesagt, was sie vorhat. Nimm dir eine andere Frau zur Gattin.«

Er lächelte bitter. »Du würdest mir eine andere Frau zugestehen? Mir erlauben, mit ihr zu schlafen, weil ich dich nicht berühren darf? Du bist bereit, für den Rest unseres Lebens im Abseits zu stehen?«

Dougless schluckte schwer. Konnte sie unter dem gleichen Dach mit ihm wohnen, während er mit einer anderen Frau zusammenlebte? Was würde sie tun? Eine jüngferliche Tante für Nicholas' Kinder sein? Wie würde sie sich fühlen, wenn er jede Nacht mit einer anderen Frau schlief? Und wie lange würde er sie wohl noch lieben, wenn er sie nicht berühren durfte? Waren sie beide stark genug für eine platonische Liebe?

»Ich weiß es nicht«, sagte sie leise. »Ich weiß nicht, ob ich auf dich verzichten und es zugleich ertragen könnte, daß du mit einer anderen zusammenlebst. Nicholas, o Nicholas, ich weiß nicht, was ich tun soll.«

Er saß auf dem Bett neben ihr und schloß sie nun in seine Arme. »Ich will nicht riskieren, dich zu verlieren – nicht für hundert Frauen von Letticens Art. Du bist mein ein und alles. Gott hat dich mir geschickt, und ich gedenke, dich bei mir zu behalten.«

Sie legte ihren Kopf an seine Brust, teilte seine Robe vorne, damit sie ihre Wange auf seine Haut legen konnte. Sie kämpfte gegen ihre Tränen an; konnte aber nicht verhindern, daß ihr die Augen naß wurden. »Ich habe Angst. Lettice ist . . .«

». . . nur eine Frau. Nicht mehr, nicht weniger. Sie besitzt keine überragende Weisheit, keine Zauberkräfte. Wenn du bei mir bist, kann sie mir oder meiner Familie keinen Schaden zufügen.«

»Bei dir?« Ihre Hand war unter seiner Robe und tastete über seine bloße Haut. »Kann ich bei dir bleiben, ohne dich zu berühren?«

Er nahm ihre Hand, die unter seiner Robe über seinen Körper glitt. »Bist du sicher, daß du in deine Zeit zurückgeschickt wirst, wenn ich dich . . .«

»Ja«, sagte sie fest. »Wenigstens *denke* ich, mir sicher zu sein.«

Er hielt ihre Finger und betrachtete sie, wie ein verhungernder Mann einen festlich gedeckten Tisch ansehen mochte. »Wir würden viel zu verlieren haben, wenn wir es versuchten, nicht wahr?«

»Ja«, sagte sie traurig. »Sehr viel – allzuviel.«

Er ließ ihre Hand fallen. »Du mußt gehen. Ich bin nur ein Mann, und die Versuchung, in die du mich bringst, ist zu groß für mich.«

Dougless wußte, daß sie gehen sollte, aber sie zögerte. Abermals legte sie die Hand auf Nicholas' Brust.

»Geh!« befahl er.

Rasch rollte sie sich von ihm weg und rannte aus dem Zimmer. Sie kehrte in Honorias Schlafgemach zurück, kroch zu ihr ins Bett, lag dann aber wach neben ihr.

Morgen würde der Mann, den sie liebte – nein, mehr als liebte, der ihr so viel bedeutete, daß selbst die Zeit sie nicht voneinander trennen konnte – das Haus verlassen, um eine andere Frau zu heiraten. Was sollte sie tun, wenn Nicholas mit seiner schönen Gattin zurückkam? (Dougless hatte so viel von Letticens Schönheit gehört, daß sie diese Frau schon deswegen haßte, auch wenn sie nichts anderes über sie gewußt hätte.) Sollte sie einen Knicks vor ihr machen und ihr

476

gratulieren? Ihr etwa sagen: »Ich hoffe, Ihr habt Freude an ihm. Ist er bei Ihnen auch so ein guter Liebhaber, wie er das bei mir gewesen ist?«

Dougless sah im Geist, wie Nicholas und seine hübsche Frau darüber lachten, als sei das ein Geheimnis, das nur sie beide wußten. Sie sah, wie Nicholas Lettice auf seine Arme hob und sie in ihr gemeinsames Schlafzimmer trug. Würden sie bei den Mahlzeiten die Köpfe zusammenstecken und sich gegenseitig zulächeln?

Dougless schlug mit der Faust in das Kissen, daß Honoria sich im Schlaf unruhig bewegte. Männer waren solche Narren. Sie sahen doch nie über eine hübsche Larve hinaus. Wenn sich ein Mann nach einer Frau erkundigte, wollte er nur wissen, wie hübsch sie war. Kein Mann fragte jemals danach, ob eine Frau Moral besaß, ob sie aufrichtig war, gutherzig und ob sie Kinder mochte. Dougless sah im Geist, wie diese liebreizende Lettice einen kleinen Hund vor Nicholas mißhandelte, Nicholas das aber nicht bemerkte, weil die teure, appetitliche Lettice ihn durch flatternde Wimpern hindurch ansah.

»Männer!« schnaubte Dougless wütend, wußte aber, daß sie es nicht so meinte. Nicholas hatte sich heute nacht nicht von ihr verführen lassen, weil er fürchtete, sie zu verlieren. Wenn das nicht Liebe war – was war es dann?

»Vielleicht wollte er sich für Lettice aufsparen«, sagte Dougless in das Kissen hinein und begann zu weinen.

Die Sonne ging auf, und Dougless weinte noch immer. Es war so, als könnte sie ihren Tränenfluß nie mehr aufhalten. Honoria tat alles, um Dougless aufzumuntern, aber es gelang ihr nicht.

Dougless sah, hörte und dachte an nichts anderes mehr als an die bevorstehende Verbindung von Nicholas mit dieser schönen Frau. Was ihr an Möglichkeiten – oder Unmöglichkeiten – blieb, ließ ihre Tränen nur noch reichlicher fließen.

477

Sie konnte im sechzehnten Jahrhundert bleiben und ohnmächtig zusehen, wie Nicholas mit seiner Frau den Tag verbrachte, mit ihr plauderte, ihr eines Ehrenplatz am Tisch zuwies, der ihr als Gattin eines Sohnes der Familie zustand. Oder sie konnte verlangen, daß Nicholas seine Frau aufgab, oder sie, Dougless, würde das Haus verlassen. Und was würde sie dann tun? Wie wollte sie sich im sechzehnten Jahrhundert ihren Lebensunterhalt verdienen? Ein Taxi fahren? Vielleicht Chefsekretärin werden? Sie konnte recht gut mit Computern umgehen.

Sie war nun schon lange genug in der elisabethanischen Zeit, um zu wissen, wie schlecht eine alleinstehende Frau ohne Mann zurechtkam. Sie konnte nicht einmal zwei Meilen weit vom Haus wegreiten, ohne von Räubern überfallen zu werden.

Und selbst wenn sie ihn verlassen könnte, würde das bedeuten, daß er dieser ränkesüchtigen Lettice ausgeliefert war.

Was für eine Alternative hatte sie noch, wenn sie weder hierbleiben noch das Haus verlassen konnte? Sie könnte sich noch stärker darum bemühen, Nicholas zu verführen, und würde dann nach einer wundervollen Liebesnacht in das zwanzigste Jahrhundert zurückkehren. Ohne Nicholas. Allein. Ihn nie mehr sehen. Sie stellte sich vor, wie sie zu Hause in Maine allein in einer Ecke saß und dachte, sie würde alles, was sie besaß, dafür geben, daß sie Nicholas wiedersah und wieder mit ihm sprechen könne. Es wäre ihr egal, daß er mit hundert Frauen zusammenlebte, wenn sie ihn nur noch einmal sehen dürfte.

»Die Frauenrechtlerinnen haben so eine Situation nicht berücksichtigt«, sagte sie unter Tränen. Die Frauenrechtlerinnen sagten, du würdest es dir nicht gefallen zu lassen brauchen, wenn dein Kerl eine Affäre mit einer anderen hätte, und so wäre es ihr ganz bestimmt nicht zuzumuten, daß er eine andere *heiratete*.

Er war alles oder nichts. Wenn sie Nicholas behalten wollte, mußte sie ihn in jeder Hinsicht mit einer anderen teilen – räumlich, zeitlich, körperlich, geistig. Ihn verlassen bedeutete eine absolute, ewige Einsamkeit für Dougless und den wahrscheinlichen Tod für ihn und seine Familie.

Bei jeder dieser Überlegungen weinte sie heftiger. Tage vergingen, und sie weinte noch immer. Honoria sorgte dafür, daß Dougless jeden Tag angekleidet wurde, und suchte sie zum Essen anzuhalten, aber Dougless brachte keinen Bissen hinunter. Sie wollte weder essen noch schlafen. Sie dachte nur immer an Nicholas.

Anfangs waren die andern Mitglieder des Stafford-Haushalts voller Anteilnahme. Sie wußten, warum sie weinte. Sie hatten beobachtet, wie Nicholas und sie sich einander ansahen, wie sie sich bei den Händen faßten. Manche seufzten und erinnerten sich an ihre erste Liebe. Sie hatten Mitleid mit Dougless, als Nicholas abreiste, um eine andere zu heiraten und sie mit gebrochenem Herzen zurückblieb und weinte. Aber ihr Mitleid nützte sich ab, als die Tage vergingen und Dougless immer noch nicht aufhören wollte zu jammern. Sie begannen sich zu fragen, wozu diese Frau denn noch nütze sei. Lady Margaret hatte Dougless alles gegeben, und Dougless gab ihr dafür nichts. Wo waren die neuen Spiele, die neuen Lieder, die diese Frau ihr verschaffen sollte?

Am vierten Tag rief Lady Margaret Dougless zu sich.

Dougless, entkräftet vom Fasten und von endlosen Tränen, stand mit gesenktem Kopf und nassen Wangen vor Lady Margaret. Ihr Gesicht war geschwollen und rot.

Lady Margaret schwieg eine Weile, als sie Dougless gebeugten Kopf sah, ihr leises Schluchzen hörte. »Hör auf!« befahl Lady Margaret. »Ich habe Eure Heulerei satt.«

»Ich kann nicht aufhören«, sagte Dougless mit einem Schluckauf. »Die Tränen wollen nicht aufhören zu fließen.«

Lady Margaret verdrehte die Augen. »Habt Ihr denn kein

479

Rückgrat? Mein Sohn war ein Narr, als er meinte, Euch zu lieben.«

»Ich gebe Euch recht. Ich bin seiner nicht wert.«

Lady Margaret setzte sich hin und betrachtete nachdenklich Dougless' gebeugten Kopf. Sie kannte ihren jüngeren Sohn sehr genau und wußte, daß die Tränen dieser Frau sein weiches Herz rühren würden. Schon glaubte Nicholas, seine Pflicht nicht erfüllen und diese Culpin-Frau nicht heiraten zu können. Wie würde seine Ehe wohl verlaufen, wenn er zurückkam und diese seltsame rothaarige Frau sah, die aus Liebe zu ihm heulte? Lady Margaret hatte Kit stets zur Vernunft bringen können, aber Nicholas hatte wie sein Vater einen Dickschädel. Sie traute es Nicholas zwar nicht zu: Aber es konnte passieren, daß er seine Ehe hinwarf, wenn er zurückkam und die rot verweinten Augen dieser Dougless sah.

Lady Margaret fuhr fort, den gesenkten Kopf vor sich zu betrachten. Diese Frau *mußte* aus dem Haus. Aber warum zögerte sie, diesen Entschluß in die Tat umzusetzen? Warum hatte sie überhaupt erlaubt, daß diese Frau in ihrem Haus aufgenommen wurde? Anfangs war Nicholas empört gewesen über seine Mutter, weil sie dieser eigenartig gekleideten, seltsam redenden jungen Frau so sehr vertraut hatte, daß sie eine ihr unbekannte Pille von ihr angenommen hatte. Doch Lady Margaret hatte nur einen Blick auf ihr Gesicht geworfen und ihr vertraut – ihr sogar ihr Leben anvertraut.

Nicholas war danach wütend über sie gewesen. Lady Margaret lächelte in Erinnerung daran. Offenbar hatte Nicholas sie im obersten Stockwerk des Hauses in eine schmutzige Zelle eingesperrt, und Dougless war dort oben geblieben, von Flöhen zerbissen, während Lady Margaret mit ihrem Sohn wegen dieser Frau gestritten hatte. Nicholas hatte sie auf die Straße werfen wollen, und wenn sie ehrlich war, mußte sie zugeben, daß er mit seinen Argumenten recht hatte. Aber etwas hatte sie daran gehindert, etwas in ihr hatte sich geweigert, dieses Mädchen auf die Straße zu setzen.

Es war Nicholas, der dann hinaufgegangen war, um das Mädchen zu holen. Er hatte versucht, seiner Mutter »Vernunft beizubringen« (wie er seine hartnäckigen Versuche nannte, immer recht zu behalten, als er plötzlich mitten im Gespräch aufgestanden war, um das Mädchen zu holen).

Lady Margaret lächelte noch breiter, als sie an die absurde Geschichte des Mädchens dachte, daß sie eine Prinzessin des weit entfernten Landes Lanconia sei. Lady Margaret hatte ihr kein Wort geglaubt, aber diese törichte Behauptung hatte ihr einen Vorwand geliefert, das Mädchen in ihrer Nähe zu behalten – trotz Nicholas' schärfstem Protest.

Diese ersten Tage waren göttlich gewesen. Dieses Mädchen war lebhaft, phantasiebegabt und amüsant über alle Maßen. Selbst ihre Redeweise war erheiternd. Und alle ihre Veranstaltungen hatten sie stets entzückt, verblüfft und fasziniert. Während dieses Mädchen in vielen Dingen unglaublich unwissend war, was Kleider- und Tafelsitten anlangte, war sie in anderen Bereichen wieder ungemein beschlagen. Sie wußte besser in der Medizin Bescheid als ein Arzt und wußte Wundersames über den Mond, die Sterne und die Kugelform der Erde zu berichten. Sie hatte einen kurzen, breiten Stuhl entwickelt, ihn mit Daunen ausgekleidet und dann mit Stoff überzogen, den sie am Holz festnagelte. Sie hatte das Ding einen »Lehnstuhl« genannt und ihn Lady Margaret zum Geschenk gemacht. Dougless wußte es zwar nicht, aber der halbe Haushalt stand beim Anbruch der Morgendämmerung auf, um sich im Garten zu verstecken und sie dabei zu beobachten, wie sie im Springbrunnen badete und einen wundersamen Schaum auf ihren Haaren und ihrer Haut verteilte. Insgeheim hatte auch sie die Wunder in Dougless' Reisetasche in Augenschein genommen und die kleine Bürste samt der Paste probiert, die Dougless für ihre Zähne benützte.

Oh, dieses Mädchen war in der Tat äußerst unterhaltsam. In gewisser Hinsicht hoffte Lady Margaret, daß sie nie, niemals, dieses Haus verlassen möge.

Aber dann hatte sich Nicholas in sie verliebt. Lady Margaret hatte dies zunächst nicht gestört. Junge Männer verliebten sich häufig. Mit sechzehn war Kit in eine ihrer Kammerfrauen verliebt gewesen. Lady Margaret hatte dafür gesorgt, daß die Frau Kit in ihr Bett nahm und ihm ein paar Dinge beibrachte. Dann hatte sie Kit in die Küchenräume geschickt, wo ihres Wissens nach eine dralle Küchenmagd arbeitete. Binnen einer Woche war Kit in diese Magd »verliebt« gewesen.

Lady Margaret hatte solchen Kummer mit Nicholas nie gehabt. Nicholas mußte nicht erst beigebracht werden, wie man mit einer Frau umzugehen hat. Jahrelang hatte er seinen Körper großzügig verschenkt, jedoch niemals sein Herz.

Sie hätte wissen müssen, daß Nicholas sein Herz nur einmal verschenken würde und dann so gründlich, daß auch hundert hübsche dralle Küchenmädchen es nicht mehr zurückzuholen vermochten. Anfangs war Lady Margaret sogar froh gewesen, daß Nicholas ein so starkes Interesse für Dougless Montgomery gezeigt hatte. Lady Margaret hatte gedacht, daß die rothaarige Frau nicht daran denken würde, den Haushalt der Staffords zu verlassen, wenn Nicholas mit seiner Braut heimkehrte, weil Dougless ihn liebte. Lady Margaret würde den Humor und das Wissen des Mädchens sehr vermissen, wenn sie aus dem Hause schied.

Doch mit der Zeit hatte sich Lady Margaret dann der Einsicht verschlossen, wie groß Nicholas' Zuneigung zu diesem Mädchen wirklich war. Als Lady Margaret schließlich aus ihrer Gleichgültigkeit erwachte und ihren Haushalt mit kritischen Augen betrachtete, gefiel ihr gar nicht, was sie da sah. Ihr jüngerer Sohn liebte dieses Mädchen in einem Maße, das an Besessenheit grenzte; ihr Ältester sprach davon, daß er das Mädchen reich beschenken wolle; und Kits zukünftige Frau redete nur noch davon, was Dougless alles sagte oder tat.

Und so redete auch der übrige Haushalt. »Dougless sagt, Kinder dürfen nicht stramm gewickelt werden.« – »Dougless sagt, die Wunde muß erst ausgewaschen werden.« – »Dougless sagt, mein Mann hat nicht das Recht, mich zu schlagen.« – »Dougless sagt, eine Frau sollte über ihr eigenes Geld verfügen können.« Dougless sagt dies, Dougless sagt das, dachte Lady Margaret. Wer leitete eigentlich diesen Haushalt? Die Staffords oder dieses Mädchen, das Lügen über ihre Verwandtschaft verbreitete?

Und nun stand es weinend vor Lady Margaret – so in Tränen aufgelöst wie seit Tagen schon. Lady Margaret preßte die Zähne aufeinander bei dem Gedanken, wie sehr die Tränen einer Frau einen ganzen Haushalt durcheinanderbringen konnten.

Aber am meisten beeinflußten diese Tränen Nicholas. Nicholas, der behauptete, sie zu lieben; Nicholas, der davon redete, sein Verlöbnis zu brechen wegen dieser Frau, die nichts hatte und die nichts war. Doch diese Frau, der Lady Margaret so viele Wohltaten erwiesen hatte, bedrohte nun ihre ganze Familie. Wenn Nicholas seinen Ehevertrag mit der Culpin-Familie brach . . . Nein, sie mochte nicht daran denken, was dann passierte.

Die rothaarige Frau *mußte* aus dem Haus.

Lady Margarets Gesicht nahm einen harten, entschlossenen Ausdruck an. »Der Läufer ist aus Lanconia zurückgekommen. Ihr seid keine Prinzessin. Ihr seid nicht einmal weitläufig mit dem Königshaus verwandt. Wer seid Ihr?«

»Nur eine Frau. Nichts Besonderes«, sagte Dougless schniefend.

»Wir haben Euch alles gegeben, was unser Haus bieten kann, und Ihr habt uns belogen.«

483

»Ja, das habe ich.« Dougless hielt den Kopf weiter gesenkt und stimmte allem zu, was Lady Margaret ihr vorwarf. Egal, was jemand zu ihr sagte – elender als jetzt konnte sie sich wirklich nicht mehr fühlen. Die Heirat sollte heute morgen stattfinden. Heute würde Nicholas seine schöne Lettice heiraten.

Lady Margaret holte tief Luft. »Morgen werdet Ihr uns verlassen. Ihr werdet die Kleider nehmen, in denen Ihr hergekommen seid – sonst nichts – und für immer das Haus der Staffords verlassen.«

Es dauerte eine Weile, ehe Dougless begriff. Sie blickte Lady Margaret mit nassen Augen blinzelnd an. »Verlassen? Aber Nicholas wünscht, daß ich hierbleiben soll – daß ich hier bin, wenn er zurückkommt.«

»Glaubt Ihr, seine Frau wünschte Euch hier zu sehen? Mein törichter Sohn hat sich zu sehr in Euch verliebt. Ihr werdet ihm schaden.«

»Ich würde Nicholas *niemals* schaden. Ich bin hierhergekommen, um ihn zu retten – nicht, um ihm zu schaden.«

Lady Margaret funkelte sie wütend an. »Von woher kommt Ihr denn? Wo habt Ihr gelebt, ehe Ihr zu uns kamt?«

Dougless preßte die Lippen zusammen. Sie konnte ihr das nicht sagen, absolut nicht. Wenn sie Lady Margaret die Wahrheit erzählte, war ihr Leben keinen Pfifferling mehr wert, und sie hätte nie mehr eine Chance, Nicholas zu sehen.

»Ich . . . ich verspreche Euch neue Unterhaltungen«, sagte Dougless im verzweifelten Ton. »Ich kenne noch mehr Lieder, noch mehr Spiele. Und ich kann Euch noch viele Geschichten über Amerika erzählen. Ich könnte auch von Automobilen und Flugzeugen berichten und . . .«

Lady Margaret hob eine Hand. »Ich bin Eurer Zerstreuungen überdrüssig. Ich kann Euch nicht länger ernähren und kleiden. Wer seid Ihr? Die Tochter eines Bauern?«

»Mein Vater unterrichtet, und das tue ich auch. Lady

Margaret, Ihr könnt mich nicht auf die Straße werfen. Ich habe keine Adresse, wo ich hingehen könnte, und Nicholas braucht mich. Ich muß ihn beschützen, wie ich Kit beschützt habe. Ich habe Kit das Leben gerettet, wenn Ihr das inzwischen vergessen haben solltet. Er hat mir damals ein Haus angeboten. Ich werde es jetzt annehmen.«

»Ihr habt Eure Belohnung genannt und sie auch bekommen. Dank Euch arbeitet mein Sohn nun als Handwerker.«

»Aber . . .« Dougless streckte flehend die Hände aus.

»Ihr werdet das Haus verlassen. Wir beherbergen keine Schwindler.«

»Ich werde Teller waschen«, sagte Dougless im flehenden Ton. »Ich könnte der Arzt der Familie sein. Ich kann unmöglich mehr Schaden anrichten als Blutegel. Ich . . .«

»Ihr werdet *gehen*«, schrie Lady Margaret sie nun förmlich an. Ihre Augen glitzerten wie Edelsteine. »Ich will Euch nicht länger in meinem Haus haben. Mein Sohn hat Euretwegen gebeten, sein Verlöbnis auflösen zu dürfen.«

»Hat er das?« Hier hätte Dougless fast gelächelt. »Das hat er mir gar nicht gesagt.«

»Ihr bringt meinen Haushalt durcheinander. Ihr verhext meinen Sohn, bis er seine Pflicht vergißt. Seid froh, daß ich Euch nicht auspeitschen lasse.«

»Wäre das etwa ein besseres Los? Mich aus diesem Haus unter diese . . . diese Leute zu schicken? Mich von Nicholas wegzuschicken?«

Lady Margaret stand auf und drehte Dougless den Rücken zu. »Ich will mich mit Euch nicht streiten. Heute verabschiedet Ihr Euch von meinen Frauen, und morgen werdet Ihr aus dem Haus geschickt. Geht jetzt.«

Wie betäubt drehte sich Dougless um und verließ das Zimmer. Ohne etwas zu sehen, tastete sie sich in Honorias Zimmer zurück. Honoria warf einen Blick auf ihr Gesicht und erriet, was passiert war. Sie hatte so etwas erwartet.

»Lady Margaret hat dich fortgeschickt?« flüsterte Honoria.

Dougless nickte.

»Hast du eine Adresse, wo du hingehen könntest? Hast du jemand, der sich um dich kümmert?«

Dougless schüttelte den Kopf. »Ich werde Nicholas dieser bösen Frau überlassen müssen.«

»Lady Lettice?« erwiderte Honoria stirnrunzelnd. »Die Frau ist vielleicht kalt, aber ich glaube nicht, daß sie böse ist.«

»Du kennst sie nicht.«

»Du aber?«

»Ich weiß sehr viel über sie. Ich weiß, was sie machen wird.«

Honoria hatte gelernt, solche sonderbaren Bemerkungen von Dougless zu ignorieren. Sie dachte bei sich, daß sie vielleicht gar nicht alles wissen wollte, was es über Dougless zu wissen gab. »Wo willst du nun hingehen?«

»Ich habe keine Ahnung.«

»Hast du irgendwelche Verwandte?«

Dougless lächelte schwach. »Wahrscheinlich. Ich vermute, daß irgendwo ein paar Montgomerys im sechzehnten Jahrhundert leben.«

»Aber du kennst sie nicht?«

»Ich kenne nur Nicholas.« Nicholas, der inzwischen zweifellos verheiratet war. Sie hatte gedacht, sie habe eine Wahl zwischen Bleiben und Fortgehen, und nun sah es so aus, als würde ihr Schicksal von anderen entschieden. »Ich kenne Nicholas, und ich weiß, was geschehen wird«, sagte sie müde.

»Du sollst zu meiner Familie gehen«, sagte Honoria entschlossen. »Sie wird begeistert sein von deinen Liedern und Spielen. Sie wird für dich sorgen.«

Dougless brachte ein kleines Lächeln zustande. »Das ist

sehr gütig von dir, aber wenn ich nicht bei Nicholas bleiben kann, möchte ich überhaupt nicht hierbleiben.«

Honorias Gesicht wurde aschfahl. »Wer sich selbst tötet, versündigt sich an Gott.«

»Gott«, flüsterte Dougless, und dabei traten ihr wieder die Tränen in die Augen. »Gott hat das alles mit mir veranstaltet, und nun geht alles schief.« Sie schloß die Augen. »Bitte«, flüsterte sie, »bitte, Nicholas, heirate sie nicht. Ich flehe dich an – tu es nicht.«

Honoria ging besorgt zu Dougless und legte ihr die Hand auf die Stirn. »Dougless, du bist heiß. Du mußt heute im Bett bleiben. Du bist krank.«

»Ich bin jenseits aller Krankheiten«, sagte Dougless, während sie sich von Honoria aufs Bett niederdrücken ließ. Sie spürte kaum, wie Honoria ihr vorn das Kleid öffnete. Sie schloß wieder die Augen.

Stunden später, als sie die Augen öffnete, sah sie sich in einem verdunkelten Zimmer in Honorias Bett liegen, trug nur ihr Leinenhemd, und ihre Haare waren aufgelöst. Ihr Kissen war naß, also wußte sie, daß sie im Schlaf geweint hatte.

»Nicholas«, flüsterte sie. Inzwischen verheiratet. Verheiratet mit einer Frau, die ihn umbringen würde – am Ende die Familie Stafford auslöschen würde. Sie schloß wieder die Augen.

Als sie zum zweitenmal erwachte, war es draußen Nacht und sehr dunkel im Zimmer. Honoria schlief neben ihr.

Etwas stimmt nicht, dachte Dougless bei sich. Etwas stimmte ganz und gar nicht. Sie erinnerte sich daran, wie Lady Margaret zu ihr gesagt hatte, sie müssen den Stafford-Haushalt verlassen. Aber da war noch etwas.

»Nicholas«, flüsterte sie. »Nicholas braucht mich.«

Sie stieg aus dem Bett und ging hinaus auf den Korridor. Alles war still. Barfuß ging sie die Treppe hinunter. Ihre

487

nackten Sohlen berührten das getrocknete Schilfgras vom Fluß. Sie ging durch die Hintertür hinaus in den Garten und folgte ihrem Instinkt und einer unerklärlichen Kraft, die sie in eine Richtung zog. Sie überquerte die Terrasse aus Ziegelsteinen, stieg die Treppe dahinter hinunter, folgte dann dem Pfad bis zum Irrgarten und tauchte in ihn ein. Es stand nur eine Mondsichel am Himmel, und es war sehr dunkel, aber sie brauchte nichts zu sehen – sie folgte einem inneren Licht.

Als sie in den Garten eintauchte, hörte sie die Fontäne des Springbrunnens, wo sie sich jeden Morgen gebadet hatte, bis Nicholas das Haus verließ. Seither hatte sie das Gebäude nicht mehr verlassen.

Dort stand Nicholas nackt im Bassin, von Seifenschaum bedeckt.

Dougless dachte nicht erst nach, gebrauchte nicht ihren Verstand. Eben noch stand sie neben dem Brunnen, und im nächsten Moment lag sie in Nicholas' nassen Armen, klammerte sich an ihn, küßte ihn mit all der Verzweiflung und Angst, die sie seit Tagen empfunden hatte.

Alles geschah zu plötzlich, als daß sie hätte nachdenken und aufhören können. Sie war in seinen Armen, sie lagen auf dem Boden, sie waren nackt. Sie kamen mit der Urgewalt lang aufgestauter Leidenschaft zusammen, daß Dougless laut aufschrie. Nicholas ging nicht sacht mit ihr um – weit entfernt davon –, sondern drückte ihren Rücken auf eine Steinbank nieder und stieß mit blinder Gewalt in sie hinein. Dougless klammerte sich an seinen Schultern fest, grub ihre Nägel in seine Haut, schlang die Beine um seine Taille und bewegte sich mit ihm im Takt.

Sie liebten sich schnell, gewaltsam, wie von Sinnen, bis Nicholas dann seine starken Hände unter ihr Gesäß legte und nach einem letzten, tiefen Stoß sich in ihr ergoß, während Dougless aufschrie, als die Welt um sie dunkel wurde und ihr Körper sich nach hinten durchbog in einer letzten befreienden Hingabe.

Es dauerte eine Weile, bis sie einigermaßen zu sich kam und wieder sehen und denken konnte. Nicholas grinste sie mit weißen Zähnen an. Selbst im Dunkeln konnte sie sein Glück sehen.

Aber Dougless begann nun nachzudenken. »Was haben wir nur getan?« flüsterte sie.

Nicholas löste ihre Beine von seinen Hüften und zog sie in die Höhe, bis sie vor ihm stand. »Wir haben doch gerade erst begonnen.«

Sie sah ihm blinzelnd ins Gesicht, versuchte ihren Verstand zusammenzusuchen, weil ihr Körper bei jeder seiner Berührungen erschauerte. Ihre Brustwarzen berührten seine nackte Brust, und sie begannen zu kribbeln. »Warum bist du hier? O Gott, Nicholas, was haben wir nur getan?« Sie wollte sich auf die Bank setzen, aber er zog sie wieder in seine Arme.

»Wir haben noch reichlich Zeit für Worte«, sagte er. »Nun werde ich das tun, wonach ich mich so sehr gesehnt habe.«

»Nein«, sagte sie und schob sich von ihm weg. Sie tastete auf dem Boden, suchte die Überreste ihres Gewandes zusammen. »Wir müssen jetzt reden. Es wird sonst keine Zeit mehr dafür bleiben. Nicholas!« Ihre Stimme wurde schriller. »Wir werden *keine Zeit mehr haben*!«

Er zog sie wieder an sich. »Behauptest du noch immer, daß du verschwinden wirst? Wir haben doch gerade eine Kostprobe voneinander genommen – nichts als eine Kostprobe – und trotzdem bist du noch hier.«

Wie konnte sie es ihm nur sagen? Sie sank auf der Bank zusammen, beugte den Kopf nach vorn. »Ich wußte, daß du hier bist. Ich spürte dich. Und sobald ich fühlte, daß du mich brauchst, wußte ich auch, daß das unsere letzte gemeinsame Nacht sein wird.«

489

Nicholas sagte nichts, aber einen Moment später setzte er sich neben sie auf die Bank, sehr nahe, aber ohne sie zu berühren. »Ich habe dich immer gespürt«, sagte er leise. »Diese Nacht hast du meinen Ruf gehört; aber bei mir ist es immer so gewesen, nachdem ich dich verlassen hatte . . .« Er hielt inne. »Ich spürte deine Tränen, ich konnte nichts anderes hören als dein Weinen. Ich konnte Lettice nicht sehen – nur dein in Tränen aufgelöstes Gesicht.«

Er streckte die Hand aus und nahm ihre beiden Hände. »Ich habe diese Frau verlassen. Ich sagte nichts. Ich nahm mein Pferd und ritt los. Statt mein Versprechen einzulösen, ritt ich zu dir. Ich bin eben erst bei dir angelangt.«

Dies war es, was sie sich gewünscht hatte, aber nun, wo es Wirklichkeit geworden war, hatte sie Angst vor der Ungeheuerlichkeit seiner Tat. Sie sah ihn an. »Was wird jetzt geschehen?«

»Es wird . . . Ärger geben«, sagte er. »Ärger auf beiden Seiten. Kit . . . meine Mutter werden . . .« Er blickte zur Seite.

Dougless konnte sehen, wie sehr er zwischen Liebe und Pflichtgefühl hin und her gerissen wurde. Und nun würde sie nicht mehr da sein und ihm nicht mehr helfen können. Sie drückte seine Hand. »Du wirst sie auch nicht heiraten, wenn ich nicht mehr da bin?«

Er sah sie mit flammenden Augen an. »Du würdest mich auch jetzt noch verlassen?«

Tränen traten ihr wieder in die Augen, als sie sich an seine Brust warf. »Ich würde dich *niemals* verlassen, wenn ich eine Wahl hätte; aber ich habe sie nicht – nicht jetzt. Nun gibt es keine Wahl mehr. Ich werde bald von dir gehen. Ich weiß es. Ich kann es fühlen.«

Er küßte sie und strich ihr dann die Haare aus dem Gesicht. »Wieviel Zeit bleibt uns noch?« flüsterte er.

»Bis zur Dämmerung, denke ich. Nicht mehr. Nicholas, ich . . .«

Er brachte sie mit einem Kuß zum Schweigen. »Ich würde lieber ein paar Stunden mit dir als ein ganzes Leben mit einer anderen Frau verbringen. Nein, keine Reden mehr. Wir wollen diese Stunden damit ausfüllen, daß wir uns lieben.«

Er stand auf, zog sie von der Bank hoch, führte sie zu dem noch laufenden Springbrunnen und begann den Rest der ihr noch verbliebenen Seife auf ihrer Haut zu verreiben. »Die hast du hier liegengelassen«, sagte er, sie anlächelnd.

Vergiß, daß dies das Ende ist, dachte Dougless. Vergiß es. Die Zeit *mußte* für diese eine Nacht stillstehen. »Wowoher hast du gewußt, daß ich mich hier zu waschen pflegte?« fragte sie mit stockender Stimme.

»Ich gehörte zu denen, die dir dabei zuschauten.«

Sie hörte auf, sich einzuseifen, und Nicholas' Hände hielten bei ihrem Blick ebenfalls still. »Zuschauten? Wer schaute mir zu?«

»Alle«, sagte er grinsend. »Ist dir denn nicht das Gähnen der Männer aufgefallen? Sie standen schon in aller Frühe auf, um sich hier zu verstecken.«

»Verstecken?« Zorn regte sich in ihr. »Und du warst einer von ihnen? Du hast das *zugelassen*? Du hast ihnen erlaubt, mich heimlich dabei zu beobachten?«

»Hätte ich dich daran gehindert, hätte ich mir selbst das Vergnügen verdorben. Es war ein Dilemma.«

»Dilemma! Warte, du ...« Sie wollte sich auf ihn stürzen. Doch Nicholas wich schnell zur Seite, fing sie auf und zog sie an sich. Er vergaß sie einzuseifen, als er sie zurückbog und anfing, ihre Brüste zu küssen, während das Wasser über sie hinströmte. »Davon habe ich geträumt«, sagte er, »seit dieser Vision damals.«

»Die Dusche«, murmelte sie. »Wir beide unter der Dusche.« Ihre Hände wühlten in seinen Haaren, während sein

Mund immer tiefer an ihr hinunterwanderte. Er kniete jetzt vor ihr. »Nicholas, mein Nicholas«, stöhnte sie.

Sie liebten sich wieder, wie sie das schon einmal getan hatten, im Wasser. Für Nicholas war das die Entdeckung ihres Körpers, aber für Dougless war das ein Begehren nach monatelanger Erinnerung. Ihre Hände waren überall zugleich, sich erinnernd, sich neue Stellen einprägend, die sie bisher noch nicht berührt oder ausgekostet hatte.

Als sie sich diesmal voneinander lösten, waren Stunden vergangen. Das Wasser floß nicht mehr. Sie lag in Nicholas' Armen auf dem süßen Gras.

»Wir müssen miteinander reden«, sagte sie schließlich.

»Nein, tu das nicht.«

Sie schmiegte sich enger an ihn. »Ich muß. Ich wünsche mir von ganzem Herzen, daß ich nun nicht zu reden brauchte; aber es muß sein.«

»Wenn morgen die Sonne wieder deine Haare küßt, wirst du darüber lachen. Du bist keine Frau aus der Zukunft. Du bist jetzt hier bei mir. Und du wirst für immer bei mir bleiben.«

»Ich wünschte . . .« Ihre Stimme wurde heiser, und sie schluckte. Ihre Hand wanderte über seinen Körper hin und berührte ihn. Das letzte Mal. Das allerletzte Mal. »Nicholas, bitte«, sagte sie, »hör mir zu.«

»Ja, ich werde dir zuhören, und dann werde ich dich wieder lieben.«

»Als du mich damals verlassen hast, hat sich niemand mehr an dich erinnern können. Es war so, als hättest du nie existiert. Es war so furchtbar für mich.« Sie barg ihr Gesicht an seiner Schulter. »Du bist gekommen und wieder gegangen, aber niemand erinnerte sich daran. Es war so, als hätte ich dich nur erfunden.«

»Ich bin kein Mensch, an den zu erinnern sich lohnte.«

Sie stützte sich auf einen Ellenbogen, um ihn zu betrachten, seinen Bart zu berühren, seine Wange und seine Brauen. Dann küßte sie seine Augenlider. »Ich werde dich niemals vergessen.«

»Und ich dich ebenfalls nicht.« Er hob seinen Oberkörper ein wenig an, um sie auf den Mund zu küssen, und als er mehr verlangte, zog sie sich von ihm zurück.

»Dasselbe könnte hier passieren, wenn ich diese Zeit verlasse. Ich möchte, daß du darauf vorbereitet bist, wenn sich niemand an mich erinnern kann. Versuche nicht . . . ich weiß es nicht . . . mache dich nicht verrückt, indem du von den anderen verlangst, daß sie sich an mich erinnern sollen.«

»Niemand wird dich hier vergessen.«

»Sie werden mich vermutlich bereits vergessen haben, wenn ich nicht mehr hier bin. Und das würde wohl passieren, wenn die Lieder, die ich ihnen beigebracht habe, der Nachwelt erhalten blieben? Das könnte ein paar sehr gute Broadway-Inszenierungen im zwanzigsten Jahrhundert ruinieren.« Sie versuchte zu lächeln, was ihr jedoch nicht ganz gelang. »Ich möchte, daß du mir nun etwas schwörst.«

»Ich werde Lettice nicht heiraten. Ich bezweifle sehr, daß ich nun noch einmal dazu aufgefordert werde«, setzte er mit sarkastischer Stimme hinzu.

»Gut. Oh, das ist sehr, sehr gut. Nun werde ich wohl in keinem Buch mehr von deiner Hinrichtung lesen.« Sie fuhr ihm sacht mit der Fingerspitze über den Hals. »Versprich mir, daß du dich um James kümmern wirst. Keine Leibbinden mehr, die ihn von Kopf bis zu den Zehen einschnüren. Und spiele zuweilen mit ihm.«

Er küßte ihre Fingerspitzen und nickte.

»Und kümmere dich um Honoria. Sie ist sehr gut zu mir gewesen.«

»Ich werde ihr den besten Mann zum Gatten geben.«

»Nicht den reichsten, sondern den *besten*. Versprochen?« Als er nickte, fuhr sie fort. »Und jede Frau, die hilft, ein Baby

493

auf die Welt zu bringen, muß sich vorher erst die Hände waschen. Und du mußt Thornwyck bauen und Urkunden hinterlassen, daß *du* Thornwyck entworfen hast. Ich will, daß das der Nachwelt bekannt wird.«

Er lächelte ihr nun zu. »Ist das alles? Du wirst an meiner Seite bleiben und mich immer wieder daran erinnern müssen.«

»Wir gern wollte ich das«, flüsterte sie. »Wie sehr wünsche ich mir das, aber ich kann es nicht. Darf ich das Miniaturporträt von dir haben?«

»Du kannst mein Herz, meine Seele und mein Leben haben.«

Sie nahm seinen Kopf in ihre Hände. »Nicholas, ich ertrage es nicht«, flüsterte sie.

»Du mußt doch nichts ertragen«, sagte er, ihren Arm küssend, ihre Schulter, und dann seine Lippen zu ihren Brüsten hinunterbewegend. »Vielleicht gibt Kit mir ein kleines Gut, und wir . . .«

Sie löste sich von ihm und blickte ihm ins Gesicht. »Wickle das Miniaturbild in ein geöltes Tuch – in etwas, das es die nächsten vierhundert Jahre schützen wird – und verstecke es hinter dem . . . wie nennt man den Stein, auf dem die Balken ruhen?«

»Kragstein.«

»In Thornwyck wirst du einen Kragstein mit dem Porträt von Kit versehen. Wickle die Miniatur in Öltuch ein und verstecke sie hinter diesem Kragstein. Wenn ich . . . wenn ich in meine Zeit zurückkehre, werde ich es mir dort holen.«

Er küßte sie auf die Brüste.

»Hast du gehört?«

»Ich habe alles gehört. James. Honoria. Die Hebammen. Thornwyck. Kits Porträt.« Er unterstrich jedes Wort mit einem Kuß auf ihre Brust. »Und jetzt komm zu mir, mein Leben«, flüsterte er.

Er hob ihren Körper und setzte ihn auf sich, und Dougless vergaß alles auf der Welt bis auf die Berührung dieses Mannes, den sie so sehr liebte. Er streichelte ihre Hüften und ihre Brüste, während sie sich auf und nieder bewegte – langsam erst und dann immer schneller.

Dann drehte er sie auf den Rücken, und seine Leidenschaft wuchs, als er tief in sie eindrang. Und sie wölbten sich, beide den Kopf in den Nacken werfend, zueinander, und nach ihrem gemeinsamen Höhepunkt sank Nicholas auf sie hinunter und hielt sie an sich gedrückt.

»Ich liebe dich«, flüsterte er, »ich werde dich bis in alle Ewigkeit lieben.«

Dougless klammerte sich an ihn, drückte ihn so fest an sich, wie sie es vermochte. »Du wirst dich an mich erinnern? Du wirst mich nicht vergessen?«

»Niemals«, sagte er. »Ich werde dich niemals vergessen. Würde ich morgen sterben, würde sich meine Seele an dich erinnern.«

»Rede nicht vom Sterben, sondern nur vom Leben. Bei dir bin ich lebendig. Bei dir bin ich ganz.«

»Und ich bei dir.« Er rollte sich auf die Seite und zog sie fest an sich. »Schau nur – die Sonne geht auf.«

»Nicholas, ich habe Angst.«

Er streichelte ihre feuchten Haare. »Angst, daß man dich nackt sehen könnte? Da ist nichts, was sie nicht schon vorher gesehen hätten.«

»Du!« sagte sie lachend. »Ich werde dir nie verzeihen, daß du mir nichts davon gesagt hast.«

»Ich habe ja ein Leben lang Zeit, dich dazu zu bringen, daß du mir doch noch verzeihst.«

»Ja«, flüsterte sie. »Ja, dazu wirst du ein ganzes Leben brauchen.«

Er blickte zum heller werdenden Himmel hinauf. »Wir müssen jetzt ins Haus gehen. Ich muß meiner Mutter mittei-

495

len, was ich getan habe. Kit wird zweifellos bald hier eintreffen.«

»Sie werden wütend sein – sehr wütend. Und daß ich an deiner Entscheidung Anteil hatte, wird dir die Sache nicht gerade erleichtern.«

»Du mußt mit mir zu Kit gehen. Ich werde schamlos sein und meinem Bruder sagen, daß er uns ein Haus geben muß, wo wir immer daran denken werden, daß wir ihm das Leben gerettet haben.«

Dougless blickte zum Himmel hinauf, der mit jeder Sekunde lichter wurde. Sie mochte fast glauben, daß es ihr vergönnt war, bei ihm zu bleiben. »Wir werden irgendwo in einem kleinen hübschen Haus wohnen«, sagte sie, und ihre Worte kamen immer schneller. »Wir werden nur ein paar Diener haben, so an die fünfzig, denke ich«, sagte sie lächelnd. »Und wir werden ein Dutzend Kinder haben. Ich mag Kinder. Und wir werden sie ordentlich erziehen und ihnen beibringen, wie sie sich waschen müssen. Vielleicht können wir ein Spülklosett erfinden.«

Nicholas lachte. »Du wäschst dich zuviel. Meine Söhne werden nicht . . .«

»*Unsere* Söhne. Ich werde dir die Rechte der Frau erklären müssen.«

Er stand auf und zog sie hinauf in seine Arme. »Wird es lange dauern?«

»Ungefähr vierhundert Jahre«, flüsterte sie.

»Dann werde ich dir Zeit dafür geben.«

»Ja«, sagte sie lächelnd, »Zeit. Wir werden soviel Zeit haben, wie wir dafür brauchen.«

Er küßte sie wieder, küßte sie lang, hart und innig, und dann wurde sein Kuß leichter. »Für immer«, flüsterte er. »Ich werde dich über alle Zeiten hinweg lieben.«

Eben noch lag Dougless in seinen Armen, seine Lippen auf

den ihren, und im nächsten Moment befand sie sich in der Kirche von Ashburton, und draußen flog eine Düsenmaschine vorbei.

20

Dougless weinte nicht. Was sie empfand, war so tief, so profund, daß es keine Tränen erlaubte. Sie saß auf dem Boden der kleinen Kirche von Ashburton, und sie wußte, daß sich hinter ihr die Marmorgruft von Nicholas befand. Sie konnte es nicht ertragen, sich umzudrehen und Nicholas' warmes Fleisch in kalten Marmor verwandelt zu sehen.

So blieb sie eine Weile lang vor der Gruft sitzen und betrachtete die Kirche. Sie sah so alt und nüchtern aus. Da waren keine Farben am Gebälk oder an den Wänden, und der Steinboden wirkte so nackt ohne Binsenbelag. Auf den vordersten Kirchenbänken lagen ein paar mit Stickereien versehene Kissen – stümperhaft und primitiv in ihren Augen, die an die erlesenen Handarbeiten von Lady Margarets Damen gewöhnt waren.

Die Kirchentür ging auf, und der Vikar trat herein. Dougless blieb sitzen, wo sie war.

»Ist Ihnen nicht gut?« fragte der Vikar.

Zuerst konnte Dougless ihn nicht verstehen. Er sprach mit einem so eigenartigen Akzent, der für ihre Ohren wie eine fremde Sprache klang. »Wie lange bin ich schon hier?« fragte sie.

Der Vikar sah sie mit gerunzelter Stirn an. Diese junge Frau benahm sich wahrlich sonderbar. Sie lief vor die Kühler von fahrenden Bussen und behauptete, in Begleitung eines Mannes zu sein, wenn sie alleine hierherkam. Und jetzt, nachdem sie soeben erst die Kirche betreten hatte, fragte sie, wie lange sie schon hier sei. »Ein paar Minuten – höchstens«, erwiderte er.

Dougless lächelte schwach. Ein paar Minuten. Und dabei war sie viele Wochen im sechzehnten Jahrhundert gewesen. Hier waren es nur Minuten.

Als sie aufstehen wollte, waren ihre Beine zu schwach dafür, und der Vikar stützte sie unter der Achsel.

»Vielleicht sollten sie doch lieber einen Arzt aufsuchen«, sagte der Vikar.

›Vielleicht einen Psychiater?‹ hätte Dougless ihn um ein Haar gefragt. Würde der Psychiater, wenn sie ihm erzählte, was ihr passiert war, ein Buch darüber schreiben oder die Geschichte als Filmstoff verwerten?

»Nein, mir fehlt nichts. Wirklich nicht«, flüsterte sie. »Ich muß jetzt nur wieder in mein Hotel zurück und . . .« Und was? Was hatte sie hier noch zu suchen, nachdem Nicholas von ihr gegangen war? Sie machte einen Schritt zum Ausgang zu.

»Vergessen Sie Ihre Tasche nicht!«

Dougless drehte sich zu ihrer alten Segeltuchtasche um, die auf dem Boden neben der Gruft stand. Der Inhalt dieser Tasche war ihr in der elisabethanischen Zeit eine große Hilfe gewesen. Als sie nun die Tasche betrachtete, geschah es mit einem Gefühl inniger Verbundenheit. Diese Tasche hatte sie überallhin begleitet wie ein treuer Freund – selbst ins sechzehnte Jahrhundert. Sie ging zu ihr und öffnete, einem Impuls folgend, den Reißverschluß. Sie brauchte nicht erst den Inhalt nachzuprüfen, um zu wissen, daß alles vorhanden war. Das Röhrchen mit den Aspirintabletten war voll – nicht eine von den Pillen, die sie verschenkt hatte, fehlte. Ihre Zahnpastatube war ebenfalls prall gefüllt. Keine von ihren Kapseln gegen Grippe fehlte, keine Seite aus ihrem Notizblock. Alles war wieder so, wie es einst gewesen war.

499

Sie hob ihre Tasche vom Boden auf, schob das Tragband über die Schulter und drehte sich abermals dem Ausgang zu. Aber dann hielt sie abrupt inne, machte wieder auf den Absätzen kehrt und blickte auf die Grabplatte der Gruft. Etwas war da anders. Sie war zunächst nicht sicher, was, aber etwas hatte sich an der Gruft verändert.

Sie blickte zum Fuß der Grabplatte, vermied es sorgfältig, die Skulptur von Nicholas auf der Gruft zu betrachten . . .

»Stimmt etwas nicht?« fragte der Vikar.

Dougless las die Inschrift zweimal, ehe sie begriff, was daran anders war.

»Das Datum«, flüsterte sie.

»Das Datum? Ach ja, das Grab ist ziemlich alt.«

Das Todesjahr von Nicholas war 1599. *Nicht* 1564. Sie ɔückte sich und fuhr mit den Fingerspitzen die Zahlen nach, um sicherzugehen, daß sie richtig sah. Fünfunddreißig Jahre. Er hatte fünfunddreißig Jahre über die Zeit hinaus gelebt, zu der er angeblich hingerichtet worden war.

Erst als sie die Jahreszahlen mit den Fingern berührt hatte, richtete sie den Blick auf die Skulptur der Grabplatte. Sie zeigte zwar immer noch ihren Nicholas, aber ganz anders als beim letzten Mal. Das war nicht die Darstellung eines jungen Mannes, der in der Blüte seiner Jahre gestorben war, sondern die eines älteren Menschen, der sein Leben hatte ausleben können.

Sie blickte auf ihn hinunter und bemerkte, daß auch seine Kleider anders waren, – daß Nicholas mit den längeren Kniehosen des Jahres 1599 bekleidet war, statt mit den kurzen Ballonhosen, wie sie dreißig Jahre früher in Mode gewesen waren. Sie strich ihm liebevoll über die kalten Wangen, fuhr mit dem Finger die Falten nach, die der Bildhauer an den Mundwinkeln eingemeißelt hatte. »Wir haben es geschafft«, flüsterte sie. »Nicholas, Liebster, wir haben es geschafft.«

»Wie bitte?« sagte der Vikar.

Dougless blickte zu ihm hoch und schenkte ihm ein strahlendes Lächeln. »Wir haben die Geschichte verändert«, sagte sie, und immer noch lächelnd, ging sie aus der Kirche hinaus in die Sonne.

Sie stand einen Moment auf dem Kirchhof und fand sich nicht zurecht. Die Grabsteine waren so alt, aber vor ihr brauste ein Auto vorbei. Dougless holte erschrocken Luft, als sie zum erstenmal wieder ein Auto sah. Als sie Luft holte, spürte sie, wie ihre Lungen sich ausdehnten. Einen Moment lang hatte sie das eigenartige Gefühl, als wäre die Welt verkehrt. Sie fühlte sich nackt und erbärmlich in ihren schmucklosen Kleidern. Sie blickte voller Abscheu auf ihre Bluse und ihren unansehnlichen Rock hinunter. Ihr Rücken fühlte sich so an, als habe er keine Stütze mehr, nachdem ihr das Korsett abhanden gekommen war, und ihre Lederstiefel kniffen sie in die Füße und Waden.

Wieder kam ein Auto vorbei, und die Geschwindigkeit, mit dem es am Friedhof vorbeizog, machte sie schwindlig. Sie ging zum Tor, öffnete es und trat auf den Bürgersteig hinaus. Wie seltsam sich doch dieser harte Beton unter der Füßen anfühlte! Als sie den Bürgersteig hinunterging, betrachtete sie voller Ehrfurcht die Häuser. Riesige Flächen aus Glas, Ladenschilder mit Schriften darauf – wer konnte das lesen? Sie dachte an die Leute in der Zeit, in der sie gewesen war und in der nur wenige des Lesens kundig waren, und daß sie Ladenschilder mit Bildern angezeigt hatten, was es in ihrem Laden zu kaufen gab.

Aber wie sauber hier doch alles war, dachte sie bei sich. Kein zäher Schlamm, kein Unrat aus Nachtschüsseln, keine Küchenabfälle und keine Schweine, die im Dreck wühlten. Und die Leute auf den Straßen sahen ebenfalls sonderbar aus: Sie trugen alle die gleiche eintönige Kleidung wie sie. Offenbar hatten sie auch alle den gleichen Rang. Und nirgends ein Bettler in schmutzigen Lumpen, aber auch keine Damen mit perlenbestickten Röcken.

Dougless wanderte langsam die Straße hinunter und blickte mit großen Augen um sich, als erlebte sie das zwanzigste Jahrhundert zum erstenmal. Dann drang der Geruch von Essen zu ihr, so daß sie sich umdrehte und unter die Tür einer Gaststätte trat. Sie blickte in den Raum hinein, der offenbar eine Nachbildung einer Taverne aus elisabethanischer Zeit sein sollte. Aber da fehlte es weit: Sie war zu sauber, zu still, zu . . . einsam, dachte sie bei sich. Die Leute, die an den Tischen saßen, waren voneinander isoliert. Die Atmosphäre, die hier herrschte, war ganz und gar nicht zu vergleichen mit der lärmenden Geselligkeit der elisabethischen Gäste.

An der Rückseite der Gaststätte war eine Tafel angebracht, auf der mit Kreide das Menü verzeichnet war. Sie bestellte ein Menü mit sechs Gängen und beachtete die Kellnerin nicht, die das Ganze mit hochgezogenen Brauen notierte. Sie suchte sich einen Tisch und nippte dann an dem Bier, das die Serviererin ihr brachte. Der dicke Glaskrug fühlte sich seltsam an, und das Bier schmeckte so, als bestünde es zur Hälfte aus Wasser.

Sie stellte ihre Reisetasche neben sich auf die Bank und begann darin zu kramen. Am Boden lag der Reiseführer durch die historischen Baulichkeiten Großbritaniens. Bellwood war darin verzeichnet, und es war – wie bisher – der Öffentlichkeit zugänglich. Sie suchte nach den anderen Häusern von Nicholas. Sie wurden nicht länger als Ruinen geführt. Alle elf Häuser, die Nicholas einst besessen hatte, standen noch, *und drei davon gehörten noch immer den Staffords.*

Dougless blinzelte und las den Absatz ein zweitesmal. Im Reiseführer stand, daß die Staffords zu den ältesten und reichsten Familien Englands gehörten, daß sie im siebzehnten Jahrhundert in die königliche Familie eingeheiratet hatten und der gegenwärtige Herzog ein Vetter der Königin sei.

»Herzog«, flüsterte Dougless. »Nicholas, deine Nachkommen sind Herzöge.«

Das Essen wurde ihr gebracht, und Dougless war unangenehm davon berührt, wie es serviert wurde – formlos und alles zugleich auf den Tisch.

Sie begann zu essen und las dabei in ihrem Reiseführer. Von Bellwood abgesehen, waren alle ehemaligen Häuser von Nicholas im Privatbesitz und der Öffentlichkeit nicht zugänglich. Sie suchte nun die Beschreibung von Thornwyck heraus. Auch dieses Schloß befand sich in Privatbesitz, aber ein kleiner Teil davon konnte jeden Donnerstag besichtigt werden. ›Der derzeitige Inhaber der Herzogswürde ist der Auffassung, daß die Schönheit dieses Hauses, das von seinem Vorfahren, dem hervorragenden Gelehrten und kunstsinnigen Nicholas Stafford selbst entworfen wurde, ein Gut sei, das er mit der ganzen Menschheit teilen müsse.‹

»Hervorragender Gelehrter«, flüsterte sie. Kein Frauenheld mehr, wie sie das damals in diesem Buch gelesen hatte. Keine Rede mehr von einem Verschwender und gewissenlosen Verführer, sondern ein Loblied auf den brillanten Architekten und Gelehrten.

Sie klappte den Reiseführer wieder zu und blickte hoch. Die Kellnerin stand an ihrem Tisch und sah sie seltsam befremdet an.

»War etwas mit Ihrer Gabel nicht in Ordnung?« fragte sie.

»Gabel?« Dougless wußte nicht recht, was die Frau meinte. Diese fuhr fort, Dougless anzustarren, und Dougless blickte auf ihren leeren Teller hinunter. Da lag eine unbenützte Gabel daneben. Dougless hatte ihr Menü mit dem Löffel und dem Messer gegessen. »Nein, natürlich ist sie in Ordnung; aber ich wollte nur . . .« Sie wußte nicht, was sie als Erklärung anführen sollte, und so ließ sie den Satz unbeendet, lächelte schwach und sah sich die Rechnung an. Der Betrag – groß genug, daß man damit im Mittelalter mindestens hundert Diners hätte kaufen können – machte sie sprachlos, aber sie bezahlte sie.

Als sie wieder im Freien war, erlaubte sie sich nicht mehr, irgendwo stehenzubleiben. Wenn sie zu lange an einem Platz verharrte, verfiel sie in ein Grübeln, mußte sie über Nicholas nachdenken – daß sie ihn verloren hatte und nie mehr wiedersehen würde.

Sie rannte förmlich zum Bahnhof, um dort den ersten Zug nach Bellwood zu nehmen. Sie mußte sich dort selbst überzeugen, was sich verändert hatte. Im Zug zwang sie sich dann wieder dazu, im Reiseführer zu lesen, um sich abzulenken.

Inzwischen kannte sie den Weg vom Bahnhof zum Schloß auswendig. Nach der Zeitrechnung des zwanzigsten Jahrhunderts hatte sie Bellwood erst am Vortage besucht – an dem Tag, als sie dort von Nicholas' Hinrichtung erfuhr. Die Fremdenführerin war nicht sehr freundlich zu ihr gewesen, da sie Dougless als die Person identifizierte, die beim ersten Rundgang den Alarm ausgelöst und ihre Tour gestört hatte.

Dougless kaufte ihre Karte und das Begleitheft für den Rundgang am Eingang, und als die Tour begann, wurde sie wieder von der gleichen Fremdenführerin geleitet.

Im Haus hatte Dougless nun einen ganz anderen Eindruck als vorher – sie hielt es nicht für »schön«, sondern war enttäuscht von seiner kargen Einrichtung und seinem blassen Interieur. Da standen keine Schalen aus Gold und Silber auf den Kaminsimsen, lag keine erlesene Stickerei auf den Tischen, befanden sich keine prächtigen Kissen auf den Stühlen. Doch vor allem vermißte sie die kostbar gekleideten Menschen in den Räumen, das Lachen seiner Bewohner und die Musik.

Sie langten in Nicholas' Privatgemach an, ehe sich Dougless von ihrer Enttäuschung erholen konnte. Dougless stand etwas abseits von der Gruppe, blickte zu dem Porträt von Nicholas hinauf und lauschte den Ausführungen der Frau, die die Tour leitete. Die Geschichte des Zimmers hörte sich nun ganz anders an – völlig anders.

Die Fremdenführerin konnte nicht genügend Superlative finden, um Nicholas' Bedeutung zu würdigen.

»Er war ein echter Renaissance-Mensch«, vernahm Dougless nun aus dem Munde der Fremdenführerin, »die Verkörperung dessen, was seine Epoche erstrebte und zu erreichen hoffte. Er entwarf herrliche Häuser, die seiner Zeit um hundert Jahre voraus waren. Er machte große Fortschritte auf dem Gebiet der medizinischen Vorsorge, verfaßte ein Buch über die Verhütung von Krankheiten, und hätte man in seiner Zeit seine Ratschläge befolgt, währen Tausende von Menschen vom Tod errettet worden.«

»Was hat er denn in diesem Buch geschrieben?« fragte Dougless.

Die Dame warf ihr einen schroffen Blick zu, da sie sich offensichtlich wieder an den Vorfall erinnerte, wo Dougless ihrer Meinung nach die Alarmanlage ausgelöst hatte. »Im wesentlichen lief es darauf hinaus, daß Ärzte und Hebammen sich vor jeder Behandlung die Hände waschen sollten. Wenn Sie mir jetzt in das nächste Zimmer folgen möchten? Dort sehen wir dann . . .«

Dougless verließ an dieser Stelle wieder die Besichtigungstour, benützte den Eingang wieder als Ausgang und begab sich in die Bibliothek. Die Bibliothekarin blickte hoch und lächelte: »Die Stafford-Sammlung?«

»Ja«, erwiderte Dougless. Für diese Leute waren keine vierundzwanzig Stunden vergangen, seit sie zum letztenmal die Stadt besucht hatte.

Sie verbrachte den Nachmittag damit, die Geschichtsbücher aus elisabethanischer Zeit zu lesen. Alle Berichte aus dieser Epoche lauteten nun anders. Sie las die Namen von Leuten, die sie gekannt und schätzen gelernt hatte. Es waren

505

bloße Namen für andere Leser dieser Bücher; aber für sie waren es Wesen aus Fleisch und Blut.

Nachdem Lady Margaret drei Ehemänner überlebt hatte, hatte sie nicht mehr geheiratet und das für ihre Zeit biblische Alter von sechsundsiebzig Jahren erreicht.

Kit hatte die kleine Lucy geheiratet, und in einem Buch stand, daß Lucy eine große Wohltäterin gewesen sei, die Musikanten und Maler förderte. Kit hatte den Besitz der Staffords gut verwaltet, bis er im zweiundvierzigsten Lebensjahr an einem Magenleiden starb. Da er und Lucy keine Kinder hatten, ging der Grafentitel und der Besitz auf Nicholas über.

Als sie nun von Nicholas las, berührte sie die Buchstaben mit den Fingern, als würden sie ihr so näher sein. Als sie las, daß Nicholas nie geheiratet hatte, traten ihr Tränen in die Augen, aber sie wischte sie rasch wieder weg.

Nicholas hatte ebenfalls ein gesegnetes Alter von zweiundsechzig Jahren erreicht und in seinem Leben große kulturelle Leistungen vollbracht. Das Buch schilderte in breiter Ausführlichkeit die Schönheit und die architektonische Bedeutung der Gebäude, die er entworfen hatte. »In der Weise, wie er Glas als Baustoff verwendete, war er seiner Zeit weit voraus«, schrieb ein Autor.

In einem anderen Buch wurden Nicholas Ideen auf dem Gebiet der medizinischen Vorsorge gepriesen und daß er einen wahren Feldzug für die Sauberkeit geführt habe. »Hätte man seine Ratschläge beherzigt«, schrieb der Autor, »hätte die moderne Medizin schon vor Hunderten von Jahren ihren Anfang genommen.«

»Seiner Zeit weit voraus«, war der Tenor, der sich in allen Büchern wiederholte.

Sie lehnte sich auf ihrem Stuhl zurück. Keine Arabella auf dem Tisch. Kein Tagebuch, in dem Nicholas als Schürzenjäger verschrien wurde. Kein Hochverrat. Keine Verschwörung seiner Frau mit seinem Freund. Und was am wichtigsten war – keine Enthauptung.

Sie verließ die Bibliothek, als diese wieder schloß, ging zum Bahnhof und nahm einen Zug zurück nach Ashburton. Sie hatte noch immer ein Zimmer in ihrem Hotel gemietet, und dort befanden sich auch ihre Sachen.

Sobald sie in ihrem Hotelzimmer angelangt war, hatte sie Mühe, sich seiner Modernität anzupassen, besonders im Badezimmer. Sie stellte sich unter die Dusche, konnte aber das heiße Wasser und den harten Strahl aus dem Duschkopf nicht ertragen. Sie drehte das kalte Wasser an, ließ es sacht rieseln und fühlte sich schon heimischer.

Das Spülklosett kam ihr wie eine Verschwendung von Wasser vor, und sie starrte in den bodenlangen Spiegel, als wäre er ein Weltwunder.

Nach dem Abendessen, das sie sich aufs Zimmer bringen ließ, legte sie ihr Nachtgewand an und kam sich in dem dünnen Stoff mit dem großen Ausschnitt wie eine Dirne vor. Und als sie ins Bett stieg, fühlte sie sich einsam, weil sie Honoria neben sich vermißte.

Zu ihrer Überraschung schlief sie sofort ein, und wenn sie träumte, konnte sie sich nachher nicht mehr daran erinnern.

Morgens hatte sie Schwierigkeiten mit dem Hotel, als sie sich Rindfleisch und Bier zum Frühstück bestellte; aber die Engländer hatten mehr als jede andere Nation auf der Welt Verständnis für ausgefallene Wünsche.

Sie langte um zehn Uhr morgens in Thornwyck an, als dort gerade die Tore geöffnet wurden, kaufte sich eine Karte und schloß sich der ersten Gruppe zu einem Rundgang an. Die Fremdenführerin sprach ausführlich über die Bedeutung der Familie Stafford, der dieses Haus noch immer gehörte, und besonders über den brillanten Nicholas Stafford.

»Er hat nicht geheiratet«, meinte die Fremdenführerin augenzwinkernd, »hatte aber einen Sohn namens James. Als der ältere Bruder von Nicholas starb und keine Kinder hinterließ, erbte Nicholas den Titel und den Besitz, und nach dem Tod von Nicholas gingen die Besitztümer der Staffords auf James über.«

Dougless lächelte, als sie sich an den süßen kleinen Jungen erinnerte, mit dem sie gespielt hatte.

Die Fremdenführerin fuhr fort: »James machte eine glänzende Partie und verdreifachte das Familienvermögen. James Stafford sorgte dafür, daß die Familie zu einer der reichsten im Königreich wurde.«

»Und er wäre gestorben, wenn ich ihn nicht rechtzeitig aus seinem Windelkorsett befreit hätte«, dachte Dougless lächelnd.

Die Gruppe wanderte nun in den nächsten Raum weiter und wurde dort mit den nachfolgenden Generationen bekannt gemacht. Dougless zog sich in diesem Moment diskret zurück. Als sie Thornwyck das letzte Mal besucht hatte, war es halb verfallen gewesen, und Nicholas hatte ihr den Kragstein mit Kits Gesicht hoch oben an der Wand gezeigt, wo ursprünglich die Decke für das nächst höhere Stockwerk hätte eingezogen werden sollen. Bedauerlicherweise war der erste Stock nicht zur Besichtigung freigegeben.

Sie öffnete eine Tür, auf der »Zutritt verboten« stand, und fand sich in einem kleinen Wohnzimmer wieder, das mit englischem Chintz eingerichtet war. Sie kam sich vor wie eine Spionin, wußte aber auch, daß sie tun mußte, was sie nun tat. Sie ging zur Tür, die in den Korridor hinausführte, und blickte hindurch. Der Flur war leer, und sie ging auf Zehenspitzen weiter, in der Hoffnung, daß Teppichläufer sich besser als Schilfmatten für einen heimlichen Pirschgang in diesem Haus eigneten.

Sie fand eine Treppe und stieg in den ersten Stock hinauf. Zweimal mußte sie sich verstecken, als sie Schritte hörte, aber niemand sah sie. In Nicholas' Haus waren so viele Diener gewesen, daß es für einen Eindringling unmöglich gewesen wäre, unbemerkt in den ersten Stock zu gelangen, aber diese Zeiten waren längst vorbei.

Sobald sie sich im ersten Stock befand, hatte sie Mühe, sich zurechtzufinden, während sie sich zu erinnern suchte, wo sich dieser besondere Kragstein befinden mußte. Sie durchsuchte drei Räume, ehe sie in ein Schlafzimmer kam und ihn dann hoch über einem herrlichen Nußbaum-Kleiderschrank erblickte.

Sie schob sich zwischen den Schrank und die Wand, als eine Zofe aus dem angrenzenden Badezimmer kam. Dougless hielt den Atem an, als das Mädchen eine Tagesdecke über das Bett breitete und dann den Raum verließ.

Wieder allein im Zimmer, ging Dougless sogleich ans Werk. Sie schob einen schweren Stuhl an den Schrank, stieg darauf, und es gelang ihr, nach zwei vergeblichen Versuchen, endlich auf den hohen Schrank zu klettern. Sie hatte gerade die Hand an den alten Kragstein gelegt, als die Zimmertür abermals aufging. Dougless preßte sich erneut gegen die Wand.

Das Mädchen von vorhin kam ins Zimmer, diesmal mit einem Stapel frischer Handtücher. Dougless hielt den Atem an, bis das Mädchen wieder verschwunden war.

Als die Tür sich hinter dem Mädchen schloß, drehte sich Dougless um und berührte Kits steinernes Gesicht. Sie wünschte, sie wäre so klug gewesen, einen Schraubenzieher oder sogar eine kleine Brechstange zur Besichtigungstour mitzubringen. Sie zog und zerrte an dem Gesicht und war schon versucht, ihre Bemühungen aufzugeben, als sich der Stein unter ihrer Hand bewegte.

Sie brach ein paar Fingernägel ab und schürfte sich die Haut von den Knöcheln, aber endlich gelang es ihr, das Relief, das Kits Gesicht darstellte, vom Kragstein abzuziehen.

Ein langes Stück Stein ragte aus der Hinterseite des gemeißelten Gesichts heraus, das genau in eine Aushöhlung des Kragsteins paßte.

Sich auf die Zehenspitzen stellend, schaut Dougless in diese Vertiefung hinein. Dort lag ein in ein Tuch eingeschlagener Gegenstand. Rasch nahm sie das Päckchen heraus, schob es in ihre Tasche, befestigte das Gesicht wieder an seiner alten Stelle und kletterte vom Schrank herunter. Sie hatte nicht die Zeit, den Stuhl wieder vom Schrank wegzurücken, und huschte aus dem Zimmer.

Es gelang ihr, sich ihrer Besichtigungstour wieder anzuschließen, als die Gruppe sich im letzten Zimmer befand.

»Und hier sehen Sie eine Ausstellung von im Hause angefertigten Spitzen«, sagte die Fremdenführerin soeben. »Die meisten stammen aus der Zeit Königin Viktorias, aber wir haben hier ein paar besonders herrliche Stücke aus dem sechzehnten Jahrhundert.«

Dougless war nun wieder ganz Ohr.

»Obwohl Lord Nicholas Stafford nicht geheiratet hat, scheint eine geheimnisvolle Frau eine Rolle in seinem Leben gespielt zu haben. Auf seinem Totenbett bat er darum, mit dieser Spitze beerdigt zu werden, aber es kamen so viele Leute zu seinem Begräbnis, daß man bei dem Andrang vergaß, die Spitze in seinen Sarg zu legen, und so wurde Lord Nicholas ohne diese Spitze in seiner Gruft beigesetzt. Sein Sohn James ordnete an, daß die Spitze immer einen Ehrenplatz in der Familie bekommen solle, da sie seinem geliebten Vater so viel bedeutete.«

Dougless mußte warten, bis die anderen Touristen weitergegangen waren, ehe sie die Vitrine betrachten konnte. Dort lag unter Glas, inzwischen vergilbt, die Spitzenmanschette, die Honoria für sie angefertigt hatte mit dem eingestickten Namen »Dougless«.

»Dougless?« meinte ein Tourist lachend. »Vielleicht hat

der alte Nick nicht geheiratet, weil er ein bißchen« – er bewegte wegwerfend die Hand –, »na, Sie wissen schon.«

Dougless sprach, ehe sich der Fremdenführer zu Wort melden konnte: »Zu Ihrer Information – im sechzehnten Jahrhundert war Dougless ein Frauenname, und ich kann Ihnen versichern, daß Nicholas keineswegs ein bißchen« – sie funkelte den Touristen wütend an –, »na, Sie wissen schon.« Dann stürmte sie an ihm vorbei aus dem Schloß.

Sie ging in die Gärten hinter dem Gebäude, und während die anderen Touristen sich entzückt über deren Schönheit äußerten, dachte Dougless bei sich, daß die Gärten vernachlässigt, ja, verwildert aussähen. Sie suchte sich eine stille Ecke, nahm dort auf einer Bank Platz und holte das Päckchen aus der Tasche.

Das Miniaturporträt von Nicholas kam ans Licht, so hell und farbig wie an dem Tag, als es gemalt worden war. »Nicholas«, flüsterte sie und legte ihre Fingerspitzen auf das kleine Gemälde. »O Nicholas, habe ich dich wirklich so total verloren? Bist du nun für immer von mir gegangen?«

Sie blickte die Miniatur an, berührte sie, und als sie das Porträt umdrehte, sah sie etwas auf der Rückseite eingraviert. Sie hielte es ins Licht und las

Die Zeit hat keine Bedeutung
Die Liebe wird sie überdauern

Er hatte die zwei Zeilen mit einem »N« signiert, über dem ein »D« schwebte.

Dougless lehnte den Kopf gegen die alte Steinmauer und wischte sich verstohlen ein paar Tränen ab. »Nicholas, komm zurück zu mir«, flüsterte sie. »Bitte, komm zu mir zurück.«

Sie saß lange auf dieser Bank. Als sie wieder aufstand, war die Lunchzeit längst vorüber, aber sie ging nun in die Teestube des Schlosses und bestellte dort eine Platte mit Hörnchen, eine Kanne mit starkem schwarzem Tee und ein Kännchen Milch dazu. Sie hatte den Katalog von Bellwood und einen von Thornwyck gekauft, und während sie aß und trank, las sie darin.

Nach jedem Wort, das sie las, sagte sie sich, daß das, was sie damals erreicht hatte, es wert gewesen war, den Mann zu verlieren, den sie liebte. Was hatte die Liebe zwischen zwei Menschen schon zu bedeuten, wenn sie für den Preis ihrer Liebe den Lauf der Geschichte so vorteilhaft verändern konnten? Kit hatte weitergelebt, Lady Margaret hatte weitergelebt, James hatte weitergelebt, Nicholas hatte weitergelebt. Und durch ihr Weiterleben hatten sie die Familienehre retten können, so daß heute ein Stafford in den Herzogstand erhoben war und der Königsfamilie angehörte.

Was hatte im Vergleich dazu schon eine kleine Liebesaffäre zu bedeuten?

Sie verließ die Teestube und ging zum Bahnhof. Sie konnte jetzt nach Hause fliegen, heim nach Amerika, heim zu ihrer Familie. Sie würde nie mehr eine Außenseiterin sein, würde nie mehr versuchen, eine Person darzustellen, die sie in Wirklichkeit gar nicht war.

Als sie wieder im Zug nach Ashburton saß, sagte sie sich, daß sie allen Grund habe zu jubilieren. Sie und Nicholas hatten so viel erreicht. Wie viele Menschen waren wohl in der glücklichen Lage, den Lauf der Geschichte verändern zu können? Doch Dougless war diese Gnade zuteil geworden. Dank ihrer Bemühungen existierte die Familie Stafford auch heute noch, war reich und angesehen. Und man konnte herrliche Häuser aus dem sechzehnten Jahrhundert besichtigen, weil sie, Dougless, Nicholas dazu ermutigt hatte, sein Talent als Architekt zu nützen. Da gab es . . .«

Ihre Gedanken rissen ab. Es hatte keinen Sinn, sich einzureden, was sie empfinden *sollte*; denn sie fühlte sich miserabel.

In Ashburton ging sie dann langsam zu ihrem Hotel zurück. Sie mußte das Büro ihrer Fluglinie anrufen und einen Platz für morgen im Flugzeug bestellen.

In der Hotelhalle wurde sie von Gloria und Robert erwartet. In diesem Moment glaubte sie sich nicht in der Lage, eine Konfrontation mit den beiden überstehen zu können. Sie baute sich vor Robert auf. »Ich werde das Armband holen«, sagte sie und drehte sich dann rasch um, ehe er etwas sagen konnte.

Er faßte nach ihrem Arm und hielt sie fest. »Dougless, könnten wir miteinander reden?«

Sie erstarrte, bereitete sich innerlich auf eine unangenehme Szene vor. »Ich sagte dir doch, daß ich das Armband holen werde und ich mich dafür entschuldige, daß ich es behalten habe.«

»Bitte«, sagte er, und er sah sie dabei sanft und gütig an.

Dougless betrachtete seine Tochter. Das Mädchen hatte nicht mehr diesen Schmollmund und diesen Blick, der ihr zu sagen schien: ›Warte, dich krieg ich schon noch.‹ Dougless nahm nun Gloria und ihrem Vater gegenüber in einem Sessel Platz und musterte sie mißtrauisch. Lucy und Robert Sydney, dachte sie bei sich. Wie sehr ähnelte Gloria doch Kits zukünftiger Braut, und wie sehr sah Robert diesem Robert im sechzehnten Jahrhundert gleich! Und sie dachte auch daran, wie sie und Nicholas das Leben dieser beiden Menschen verändert hatten. Robert Sydney war kein Grund geliefert worden, Nicholas zu hassen, weil Arabella nicht auf dem Tisch geschwängert worden war. Und Dougless hatte Lucy geholfen, Selbstvertrauen zu gewinnen.

Robert räusperte sich jetzt und sagte: »Gloria und ich haben miteinander gesprochen, und wir, nun, wir meinten beide, daß wir uns dir gegenüber vielleicht nicht ganz fair verhalten haben.«

Dougless starrte ihn mit geweiteten Augen an. In einer

Phase ihres Lebens hatte sie Robert mit verbundenen Augen betrachtet. Sie hatte nur gesehen, was sie sehen wollte, hatte ihm Eigenschaften angedichtet, die er in Wirklichkeit gar nicht besaß. Als sie nun auf ihr gemeinsames Leben zurückschaute, erkannte sie, daß sie ihn nie geliebt hatte. »Was willst du von mir?« fragte sie müde.

»Wir wollten uns nur entschuldigen«, sagte Robert. »Und wir sähen es gern, wenn du dich uns wieder anschließen würdest und mit uns den Rest der Urlaubsreise verbringst.«

»Du kannst auch gerne vorne sitzen«, ergänzte Gloria.

Dougless blickte verwundert zwischen den beiden hin und her. Sie wunderte sich nicht über seine Worte, denn Robert hatte sich oft entschuldigt oder das getan, was nötig war, um bei ihr zu erreichen, was er wollte. Nein, sie staunte, wie zerknirscht die beiden sie ansahen, als meinten sie auch, was sie sagten.

»Nein«, sagte sie leise, »ich fliege morgen wieder in die Staaten zurück.«

Robert streckte den Arm aus und nahm ihre Hand. »Heim in mein Haus, hoffe ich doch.« Seine Augen glänzten. »In das Haus, das unseres sein wird, sobald wir verheiratet sind.«

»Verheiratet?« flüsterte Dougless.

»Bitte, Dougless. Ich bitte dich darum, mich zu heiraten. Ich war töricht, eine Zeitlang zu vergessen, wie gut wir beide doch zusammenpassen.«

Dougless zeigte die Spur eines Lächelns. Hier wurde ihr das geboten, was sie sich immer so sehnlichst gewünscht hatte: eine Ehe mit einem respektablen, soliden Mann.

Sie holte tief Luft und lächelte breiter, dann plötzlich hatte sie das Gefühl, als würde sie sich nicht mehr so billig verkaufen. Sie war nicht länger das Baby der Familie, das nicht so gut war wie ihre großen Schwestern. Sie war eine Frau, die in eine andere Zeit versetzt worden war, und sie hatte dieses Abenteuer nicht nur überlebt, sondern es war ihr sogar gelungen, eine fast übermenschliche Aufgabe erfolgreich zu bewältigen. Sie mußte ihrer fast zu perfekten Familie nun nichts mehr beweisen, indem sie einen karrierebewußten, erfolgreichen Ehemann mit nach Hause brachte. Nein, diesmal war Dougless die Erfolgreiche.

Sie hob Roberts Hand hoch und legte sie in seinen Schoß zurück. »Danke, aber nein, danke«, sagte sie im freundlichen Ton.

»Aber ich dachte, du wolltest heiraten.« Nun sah er ehrlich verdutzt aus.

»Und Daddy sagte, daß ich deine Brautjungfer sein kann«, setzte Gloria hinzu.

»Wenn ich heirate, wird es ein Mann sein, der sich mir schenken möchte«, sagte Dougless und blickte dann Gloria an. »Und meine Brautjungfer suche ich mir schon selbst aus.«

Gloria wurde rot und blickte auf ihre Hände hinunter.

»Du hast dich verändert, Dougless«, sagte Robert leise.

»Habe ich das?« erwiderte Dougless mit verwunderter Stimme. »Ja, es scheint, daß ich mich tatsächlich verändert habe.« Sie stand auf. »Ich werde dir jetzt das Armband holen.«

Sie ging zur Treppe, und Robert folgte ihr, während Gloria in der Halle sitzen blieb. Er sagte nichts, bis sie ihre Zimmertür aufgeschlossen und den Raum betreten hatte. Er folgte ihr ins Zimmer und machte die Tür hinter sich zu.

»Dougless, gibt es da einen anderen?«

Sie nahm das Diamantarmband aus dem Versteck in ihrem Koffer und hielt es ihm hin. »Es gibt keinen anderen«, sagte sie, den Verlust von Nicholas wieder schmerzlich empfindend.

»Ist es auch nicht der Typ, dem du bei seinen Nachforschungen helfen wolltest, wie du mir erzähltest?«

»Die Nachforschungen sind abgeschlossen, und er ist . . . fort.«

515

»Für immer?«

»So endgültig, wie der gestrige Tag vorüber ist.« Sie blickte einen Moment zur Seite und sah ihn dann wieder an. »Ich bin ziemlich erschöpft, und ich habe morgen einen langen Flug. Deshalb meine ich, wir sollten uns jetzt besser Lebewohl sagen. Wenn ich zurück bin in den Staaten, werde ich meine Sachen aus deinem Haus holen lassen.«

»Dougless, bitte, überdenke noch einmal deinen Entschluß. Wir können das, was wir zusammen hatten, nicht einfach wegen so eines lächerlichen Streits über Bord werfen. Wir lieben uns doch.«

Sie blickte ihn an und dachte, daß sie tatsächlich einmal geglaubt hatte, ihn zu lieben. Aber ihre Beziehung war einseitig gewesen, wobei Dougless immer die Rolle des Bittstellers hatte spielen müssen, stets versucht hatte, ihm gefällig zu sein. »Was hat dich denn so verändert?« fragte sie. »Wie konntest du mich erst vor ein paar Tagen in einem fremden Land ohne Geld aussetzen und jetzt hierherkommen mit der Bitte, dich zu heiraten?«

Roberts Gesicht lief ein bißchen rot an, und er sah betreten zur Seite. »Ich bitte dich dafür aufrichtig um Entschuldigung.« Er blickte wieder auf sie zurück, und diesmal zeigte er wahrhaftig eine treuherzige Miene und sah zugleich ein wenig verwirrt aus. »Es ist eine sehr seltsame Geschichte. Das viele Geld, das du hast, machte mich wütend, mußt du wissen. Ich habe mich durchs Studium hungern müssen, habe von weißen Bohnen gelebt, aber du hast immer alles gehabt: eine Familie, die dich vergöttert, Reichtum, der sich seit Jahrhunderten in der Familie forterbt. Ich haßte diese Theater, das du mir vorgespielt hast – daß du nämlich von dem kargen Gehalt einer Lehrerin leben mußtest, obwohl ich genau wußte, du brauchtest nur bei deiner Familie anrufen und könntest so viel Geld bekommen, wie du nur immer willst. Als ich dich auf diesem besagten Friedhof sitzen ließ, wußte ich, daß Gloria deine Handtasche mitgenommen hatte, und darüber war ich sogar froh. Ich wollte, daß du einmal in deinem Leben zu spüren bekommst, wie es ist, wenn man sich ohne Geld durchs Leben schlagen muß und sich nur auf sich selbst verlassen kann, wie es mir immer beschieden war.«

Er holte tief Luft, und sein Gesicht wurde wieder weich. »Aber gestern veränderte sich dann plötzlich alles. Gloria und ich saßen in einem Restaurant, und plötzlich wünschte ich mir, daß du bei uns wärest. Ich . . . ich war nicht länger wütend auf dich. Ergibt das einen Sinn? Mein Zorn, daß dir im Leben alles geschenkt wurde, war plötzlich weg – verflogen, als hätte es ihn nie gegeben.«

Er ging zu ihr und legte ihr die Hände auf die Schultern. »Ich war ein Narr, jemanden wie dich gehen zu lassen. Wenn du es mir gestattest, werde ich den Rest meines Lebens damit verbringen, das alles wieder an dir gutzumachen. Wir brauchen nicht zu heiraten, wenn du es nicht möchtest. Wir müssen auch nicht zusammenleben. Ich werde . . . werde um dich werben, wenn du mir das erlaubst. Ich werde um dich werben mit Blumen und Konfekt und . . . und Ballons. Was sagst du dazu? Gibst du mir noch eine Chance?«

Dougless starrte ihn an. Er hatte gesagt, daß ihn gestern plötzlich sein Zorn verlassen habe. Ihre Wochen im sechzehnten Jahrhundert waren nur wenige Minuten im zwanzigsten Jahrhundert gewesen, und in ihrer Zeit bei Nicholas hatte sie dem Groll von Glorias und Roberts Ebenbildern im sechzehnten Jahrhundert jede Grundlage entzogen. Konnte dieser Zorn, den Robert gerade erwähnt hatte, auf seine Verbitterung über das, was im sechzehnten Jahrhundert geschehen war, zurückgeführt werden? Als Robert Nicholas zum erstenmal in der modernen Welt gesehen hatte, hatte er ihn zornig angeblickt. Warum? Weil Nicholas einmal seine Frau geschwängert hatte?

Und Gloria schien auch nicht mehr auf Dougless böse zu

sein. Weil Dougless einer früheren Inkarnation von Gloria geholfen hatte?

Dougless schüttelte den Kopf, um ihn von solchen Gedanken zu befreien. *Würde ich morgen sterben, würde sich meine Seele an dich erinnern*, hatte Nicholas gesagt. Waren Robert und Gloria die Seelen von Menschen, die früher einmal gelebt hatten?

»Willst du mir eine zweite Chance geben?« wiederholte Robert.

Dougless lächelte ihn an und küßte ihn auf die Wange. »Nein«, sagte sie, »obwohl ich dir für dein Angebot herzlich danke.«

Er wich einen Schritt zurück, und Dougless war froh, als sie sah, daß er nicht böse auf sie war. »Ein anderer?« fragte er abermals, als könnte sein Ego die Zurückweisung besser ertragen, wenn ihre Entscheidung sich auf eine Wahl zwischen zwei Männern stützte.

»Gewissermaßen.«

Robert blickte auf das Armband in seiner Hand hinunter. »Hätte ich einen Verlobungsring statt dieses Dinges da gekauft . . . wer weiß?« Er sah sie wieder an. »Er ist ein glücklicher Hundesohn, wer immer es auch sein mag. Ich wünsche dir alles Glück dieser Welt.« Er verließ das Zimmer und machte die Tür hinter sich zu.

Dougless stand einen Moment in dem leeren Zimmer und ging dann zum Telefon, um ihre Eltern anzurufen. Sie wollte den Klang ihrer Stimmen hören.

Elizabeth meldete sich.

»Sind Mama und Papa schon zurück?« fragte Dougless.

»Nein, sie sind immer noch in der Jagdhütte. Dougless, ich verlange jetzt von dir, daß du mir sagst, was los ist. Wenn du wieder in einer deiner Klemmen steckst, sollst du mir das lieber beichten, damit ich dich herauspauken kann. Du sitzt doch diesmal wohl nicht im Gefängnis, oder doch?«

518

Dougless wunderte sich, daß die Worte ihrer perfekten älteren Schwester sie weder ärgerten noch einen Schuldkomplex bei ihr auslösten. »Elizabeth«, sagte sie energisch, »ich würde es sehr begrüßen, wenn du nicht in so einem Ton mit mir reden würdest. Ich habe angerufen, um meiner Familie mitzuteilen, daß ich nach Hause komme.«

»Oh«, erwiderte Elizabeth, »ich hatte es wirklich nicht böse gemeint. Es ist doch nur so, daß du zumeist in irgendeiner Patsche sitzt, wenn du hier anrufst.«

Dougless antwortete nichts darauf.

»Okay, ich entschuldige mich. Möchtest du, daß ich dich und Robert abhole, oder fährt er mit seinem Wagen?«

»Robert wird nicht mit mir zurückfliegen.«

»Oh«, sagte Elizabeth wieder und gab Dougless nun genügend Zeit, ihr die Situation zu erklären. Als Dougless stumm blieb, fuhr Elizabeth fort: »Dougless, wir werden alle froh sein, dich wiederzusehen.«

»Und ich werde froh sein, Euch wiederzusehen. Hol mich nicht ab. Ich werde mir einen Wagen mieten und – Elizabeth, du hast mir gefehlt.«

Es folgte eine Pause, und dann sagte Elizabeth: »Komm nach Hause, und ich werde ein Festdinner zu deinem Empfang kochen.«

Dougless stöhnte. »Wann, sagtest du, kommt Mama wieder nach Hause?«

»Okay, ich bin nicht die beste Köchin der Welt. Du kochst, und ich wasche später dann das Geschirr ab.«

»Abgemacht. Ich werde übermorgen zu Hause eintrudeln.«

»Dougless«, sagte Elizabeth, »du hast mir ebenfalls gefehlt.«

Dougless legte den Hörer auf die Gabel zurück und lächelte. Es schien so, als habe sie nicht nur den Lauf der Geschichte verändert, sondern auch die Gegenwart. Sie wußte –

519

spürte es –, daß sie nie mehr die Zielscheibe sein würde für den Spott der Familie, weil sie nicht länger an ihrer angeblichen Untüchtigkeit litt, ihr eigenes Leben zu meistern.

Sie rief in Heathrow an, buchte ihren Flug und begann dann zu packen.

21

Dougless mußte sehr früh aufstehen, um den Zug nach London zu erwischen und dann eine lange, teure Taxifahrt zum Flugplatz zu unternehmen. Das Gefühl, etwas Großes geleistet zu haben, das sie aufrechterhalten hatte, seit sie aus dem sechzehnten Jahrhundert zurückgekommen war, verließ sie nun wieder. Alles, was sie jetzt empfand, war eine große Erschöpfung und eine grenzenlose Einsamkeit. Sie hatte sich zweimal in Nicholas verliebt. Sie erinnerte sich wieder an ihr Zusammensein im zwanzigsten Jahrhundert und an das Staunen, als er zum erstenmal ein Buch mit Farbfotos in der Hand gehalten hatte. Sie erinnerte sich, wie er den Taxichauffeur fasziniert dabei beobachtet hatte, wie er die Gänge wechselte. Und wie er in Arabellas Nachttischschublade eine Ausgabe des *Playboy* gefunden hatte.

Als sie in das sechzehnte Jahrhundert versetzt wurde und er sich nicht an sie erinnern konnte – ja, sie sogar zu hassen schien –, hatte sie gedacht, er habe sich verändert. Aber das hatte er nicht. Er war immer noch der Mann, dem seine Familie wichtiger war als er sich selbst, und als er anfing, Dougless als Teil seiner Familie zu betrachten, hatte er sie ebenso rückhaltlos geliebt wie seinen Bruder und seine Mutter.

Ihre Maschine wurde aufgerufen, und Dougless wartete bis zur letzten Sekunde, ehe sie an Bord ging. Vielleicht sollte sie England nicht verlassen. In England würde sie Nicholas näher sein. Vielleicht sollte sie sich ein Haus in

Ashburton kaufen und jeden Tag sein Grab besuchen. Vielleicht würde er ihr zurückgegeben, wenn sie oft genug an seiner Gruft betete.

Sie versuchte sich zu beherrschen; aber die Tränen begannen trotzdem zu fließen. Nicholas war wahrhaftig und vollständig von ihr gegangen. Sie würde ihn nie mehr sehen, hören, berühren können.

Die Tränen machten sie so blind, daß sie beim Einsteigen in die Maschine einem Mann in die Hacken trat, der vor ihr ging. Ihre Reisetasche glitt ihr von der Schulter und landete auf dem Schoß eines Erster-Klasse-Passagiers.

»Ich bitte vielmals um Entschuldigung«, sagte sie und blickte in die blauen Augen eines sehr gut aussehenden Mannes. Einen Moment lang klopfte ihr Herz ganz laut, aber dann richtete sie sich wieder gerade. Das war nicht Nicholas, seine Augen waren nicht Nicholas' Augen.

Sie nahm ihre Reisetasche wieder an sich, während der Mann interessiert zu ihr hinaufstarrte. Aber Dougless war nicht an ihm interessiert. Der einzige Mann, der sie interessierte, war in einer Marmorgruft begraben.

Sie begab sich zu ihrem Sessel, schob ihre Reisetasche unter den Sitz vor ihr und blickte aus dem Fenster. Als das Flugzeug zur Startbahn rollte und ihr bewußt wurde, daß sie England nun verlassen würde, begann sie zu weinen. Der Mann auf dem Sessel neben ihr – ein Engländer – vergrub sein Gesicht noch tiefer in seiner Zeitung.

Dougless versuchte, ihre Tränen zurückzuhalten. Sie redete sich wieder mit kleinen heroischen Sprüchen ein, wie viel sie doch geleistet habe und daß der Verlust von Nicholas doch nur ein kleiner Preis sei, den sie für all das Gute, das sie getan, habe bezahlen müssen. Doch bei jedem dieser heroischen Sprüche weinte sie nur noch heftiger.

Als das Flugzeug sich in die Lüfte erhoben hatte und die Leuchtschrift *FASTEN SEAT BELT* erlosch, schluchzte sie so laut, daß sie gar nicht merkte, was neben ihr vorging. Der Mann aus der Ersten Klasse fragte, eine Champagnerflasche und zwei Gläser in der Hand haltend, den Passagier neben ihr, ob er nicht den Platz mit ihm tauschen könne.

»Hier«, sagte er.

Sie konnte durch ihren Tränenschleier ein großes schlankes Glas mit Champagner erkennen, das ihr hingehalten wurde.

»Nun nehmen Sie schon. Es wird Ihnen guttun.«

»Sie sind A . . . Amerikaner?« sagte sie unter Tränen.

»Ich bin aus Colorado. Und Sie?«

»M . . . Maine.« Sie nahm den Champagner, trank ihn zu schnell aus und hustete. »Ich . . . ich habe einen Vetter in Colorado.«

»So? Wo?«

»In Chandler.« Ihre Tränen flossen nicht mehr so schnell.

»Doch nicht etwa die Taggerts?«

Sie sah zu ihm hoch. Schwarze Haare und blaue Augen. Genauso wie Nicholas. Die Tränen flossen wieder schneller. Sie nickte.

»Ich pflegte früher zuweilen mit meinem Vater nach Chandler zu fahren, und dort lernte ich die Taggerts kennen. Übrigens – mein Name ist Reed Stanford.« Er streckte ihr die Hand hin, um die ihre zu schütteln, und als sie seine Hand nicht nahm, hob er ihre Rechte hoch und legte sie zwischen seine Hände. »Nett, Sie kennenzulernen.«

Er hielt ihre Hand, betrachtete sie und sagte nichts mehr, bis Dougless ihm ihre Hand wieder entzog.

»Entschuldigung«, sagte er.

»Mr . . .?«

»Stanford.«

»Mr. Stanford«, sagte sie und schniefte. »Ich weiß nicht, was ich getan habe, daß Sie den Eindruck gewannen, ich sei jemand, den man leicht aufgabeln könne, aber ich kann Ihnen versichern, daß das ein Trugschluß ist. Ich denke, Sie sollten jetzt lieber wieder Ihren Champagner nehmen und auf Ihren Sitz zurückkehren.« Sie versuchte, königlich auszusehen, aber da ihre Nase rot war, ihre Augen geschwollen und die Tränen ihr immer noch über die Wangen liefen, mußte dieses Vorhaben wohl kläglich scheitern.

Jedenfalls nahm er ihr weder das Glas ab, noch räumte er seinen Sitz.

Er fing an, Dougless in Rage zu bringen. War das etwa ein Perverser, der auf weinende Frauen stand? Was in aller Welt war in seiner Kindheit geschehen, daß er sich von heulenden Frauen stimuliert fühlte? »Wenn Sie nicht sofort gehen, werde ich die Stewardeß rufen müssen.«

Er drehte ihr das Gesicht zu und sagte: »Bitte, tun Sie das nicht«, und da war etwas in seinen Augen, was Dougless veranlaßte, die Hand wieder zurückzuziehen, die sich bereits auf den Klingelknopf für die Stewardeß zubewegte. »Sie müssen mir glauben. Ich habe noch nie so etwas in meinem Leben getan. Ich meine, ich habe noch nie eine Frau im Flugzeug angesprochen. Übrigens auch noch nicht in einer Bar. Es ist nur so, daß Sie mich an jemanden erinnern.«

Dougless weinte nicht länger. Da war etwas Vertrautes an der Art, wie er den Kopf bewegte.

»An wen?« fragte sie.

Er grinste ein bißchen, und Dougless' Herz setzte einen Takt lang aus. Nicholas grinste manchmal so. »Sie werden mir nicht glauben, wenn ich es Ihnen sage. Es ist zu weit hergeholt.«

»Sagen Sie es trotzdem. Ich habe eine große Phantasie.«

»Also gut«, sagte er. »Sie erinnern mich an eine Lady auf einem Porträt.«

Dougless hörte nun gespannt zu.

»Als ich noch klein war, ungefähr elf, glaube ich, flogen meine Eltern, mein älterer Bruder und ich nach England, um

524

dort ein Jahr lang zu wohnen. Mein Vater hatte hier einen Job. Meine Mutter pflegte mich und meinen Bruder damals durch die Antiquitätenläden zu schleppen, und ich fürchte, ich war nicht sehr gnädig, wenn ich dazu aufgefordert wurde. Das heißt, bis zu einem Samstagnachmittag, als ich das Porträt sah.«

Er hielt inne und füllte Dougless' leeres Glas nach. »Es war eine Miniatur in Öl aus dem sechzehnten Jahrhundert, und es stellte eine Lady dar.« Er blickte sie an, und trotz ihres verschwollenen Gesichts schien sein Blick sie förmlich zu liebkosen.

»Ich wollte das Porträt haben. Ich kann das nicht erklären. Es war nicht nur, daß ich es einfach haben wollte – *ich mußte es haben.*« Er lächelte. »Ich fürchte, ich habe meinen Wunsch damals nicht gerade liebenswürdig vorgetragen. Das Porträt war sehr teuer, und meine Mutter weigerte sich, auf meinen Wunsch einzugehen, aber ich habe nie ein Nein als Antwort gelten lassen. Am darauffolgenden Samstag nahm ich die Untergrundbahn, fuhr zu diesem Antiquitätenladen und legte alles, was ich besaß, als Anzahlung für dieses Porträt auf den Tisch. Ich glaube, es waren ungefähr fünf Pfund.«

Er drehte ihr das Gesicht zu und lächelte. »Wenn ich daran zurückdenke, habe ich den Eindruck, daß der alte Mann, dem der Laden gehörte, dachte, ich wollte Kunstsammler werden. Ich wollte nicht sammeln, ich wollte nur dieses eine Porträt haben.«

»Haben Sie es bekommen?« flüsterte Dougless.

»O ja. Meine Eltern dachten, ich wäre verrückt, und sagten zu mir, eine elisabethanische Miniatur gehöre nicht in die Hände von Kindern, aber als sie feststellten, daß ich Woche für Woche mein Taschengeld in den Antiquitätenladen trug, begannen sie mir dabei zu helfen. Und dann, kurz bevor wir England verließen, als ich das Gefühl hatte, ich würde niemals so viel Geld zusammenbekommen, um das Porträt kaufen zu können, fuhr mein Vater mit mir in den Antiquitätenladen und schenkte mir das Porträt.« Er lehnte sich in seinem Sitz zurück, als wäre dies das Ende der Geschichte.

»Haben Sie das Porträt bei sich?« flüsterte Dougless.

»Immer. Ich gehe nie ohne dieses Porträt aus dem Haus. Möchten Sie es mal sehen?«

Dougless konnte nur nicken. Er holte aus der Innentasche seines Jacketts eine Ledertasche heraus und reichte sie ihr. Langsam öffnete Dougless das Futteral. Dort, auf schwarzem Samt, lag das Porträt, das Nicholas von ihr hatte malen lassen. Ohne erst um Erlaubnis zu fragen, hob sie es aus der Schatulle, drehte es um und hielt es ins Licht.

»*Meine Seele wird deine finden*«, sagte Reed. »Das steht darauf, und es ist mit einem ›C‹ signiert. Ich habe mich immer gefragt, was die Worte wohl bedeuten mochten und wofür das ›C‹ steht.«

»Colin«, sagte Dougless, ohne erst nachzudenken.

»Woher wußten Sie das?«

»Wußte ich was?«

»Colin ist mein Mittelname. Reed Colin Stanford.«

Sie blickte ihn an, blickte ihn nun wirklich an. Er sah auf das Porträt hinunter, dann wieder zu ihr hoch, und als er das tat, blickte er sie durch gesenkte Wimpern hindurch an, wie Nicholas das immer getan hatte. »Was haben Sie für einen Beruf?« flüsterte sie.

»Ich bin Architekt.«

Sie hielt den Atem an. »Sind Sie schon mal verheiratet gewesen?«

»Sie kommen aber rasch auf den Punkt, wie? Nein, ich bin noch nicht verheiratet gewesen, aber ich will Ihnen die Wahrheit sagen: Ich habe einmal eine Frau praktisch vor dem Traualtar verlassen. Das war die schlimmste Tat meines Lebens, versichere ich Ihnen.«

»Und wie hieß diese Frau?« Dougless' Stimme war noch leiser als ein Flüstern.

»Leticia.«

Es war in diesem Augenblick, daß die Stewardeß bei ihren Sesseln stehenblieb.

»Wir haben Roastbeef oder Huhn-Kiew heute abend zum Dinner. Welches von beiden wünschen Sie?«

Reed drehte sich Dougless zu. »Würden Sie mit mir zu Abend essen?«

Meine Seele wird deine finden, hatte Nicholas geschrieben. Seelen, nicht Körper – aber Seelen. »Ja, ich werde mit Ihnen zu Abend essen.«

Er lächelte sie an, und das war wirklich Nicholas' Lächeln. Ich danke Dir, Gott, dachte sie. Ich danke Dir . . .

Von Jude Deveraux, der Bestsellerautorin aus Amerika, sind bisher erschienen:

Die Ascotts
Judith (Band 1)
10 471

Die Ascotts
Alicia (Band 2)
10 513

Die Ascotts
Clarissa (Band 3)
10 567

Die Ascotts
Fiona (Band 4)
10 598

Und am Ende siegt
die Liebe
10 746

Geliebter Tyrann
10 722

Dieses heißersehnte
Glück
10 849

Herz aus Eis
10 866

Herz aus Feuer
10 932

Die Verführerin
10 993

Herz in Aufruhr
11 216

Liebe kennt keine
Gefahren
11 342

Lodernde Glut
11 445

Rendezvous in
Kentucky
11 497

Die Prinzessin
11 545

Im Zwiespalt der
Gefühle
11 588

Die Zähmung
11 616

Heimliche Wünsche
11 635

BASTEI LÜBBE

Bastei-Lübbe-Taschenbücher — Überall, wo es gute Bücher gibt